L'épouse silencieuse

À PROPOS DE L'AUTRICE

N° 1 sur les listes internationales de best-sellers, Karin Slaughter est l'une des autrices les plus populaires et les plus plébiscitées au monde. Publiée dans cent vingt pays et vendue à plus de trente-cinq millions d'exemplaires, elle est l'autrice de nombreux romans, parmi lesquels figurent les séries « Grant County » et « Will Trent », ainsi que les thrillers *Pretty Girls*, *Une fille modèle* et *L'épouse silencieuse*. Son roman *Son vrai visage* est en cours d'adaptation par Netflix, et ses deux séries, en cours de d'adaptation pour la télévision.

Originaire de Géorgie, Karin Slaughter vit à Atlanta. Elle est aussi à l'initiative du projet « Save the Libraries », une organisation à but non lucratif créée pour soutenir les bibliothèques.

DE LA MÊME AUTRICE CHEZ HARPERCOLLINS

Mort aveugle
Au fil du rasoir
À froid
Triptyque
Au fond des bois
Pretty Girls
Angie
Dernier souffle
Une fille modèle
Son vrai visage
Argent sale
La dernière veuve

KARIN SLAUGHTER

L'épouse silencieuse

Traduit de l'anglais (États-Unis) par
SOUAD DEGACHI et MAXIME SHELLEDY

HarperCollins
NOIR

Titre original :
THE SILENT WIFE

HARPERCOLLINS FRANCE
83-85, boulevard Vincent-Auriol, 75646 PARIS CEDEX 13
Tél. : 01 42 16 63 63

www.harpercollins.fr

ISBN 979-1-0339-0770-1 — ISSN 2551-0096

Pour Wednesday

Speak to me.
Let me have a look inside these eyes while I'm learning.
Please don't hide them just because of tears.
Let me send you off to sleep with a "There, there, now stop
your turning and tossing".
Let me know where the hurt is and how to heal.
Spare me? Don't spare me anything troubling.
Trouble me, disturb me with all your cares and your worries.
Speak to me and let our words build a shelter from the storm.

Parle-moi.
Laisse-moi regarder dans tes yeux et lire tes pensées.
Je t'en prie, ne les détourne pas à cause des larmes qui
les emplissent.
Laisse-moi te bercer d'un « Là, là, ça va, cesse de te
tourner et te retourner dans ton lit ».
Dis-moi où tu as mal et comment te guérir.
Pourquoi m'épargner ? Ne m'épargne rien de ce qui
pourrait me troubler.
Trouble-moi, perturbe-moi avec tous tes soucis et tes
inquiétudes.
Parle-moi et laissons nos paroles nous abriter de l'orage.

« Trouble Me »

Natalie Merchant et Dennis Drew
10,000 Maniacs

Veuillez noter qu'il s'agit d'une œuvre de fiction. J'ai donc pris quelques libertés avec la chronologie.

Prologue

Beckey Caterino scruta les recoins les plus sombres du frigo de la résidence étudiante. Rageusement, elle passa en revue les étiquettes collées sur tous les aliments qui lui tombaient sous la main, à la recherche de ses initiales griffonnées dessus – du fromage blanc, une boîte de Lunchables, des minibagels, des hotdogs véganes et même des bâtonnets de carotte.

KP, pour Kayleigh Pierce. DL, pour Deneshia Lachland. VS, pour Vanessa Sutter.

— Les salopes.

Beckey claqua la porte du frigo, suffisamment fort pour faire s'entrechoquer les bouteilles de bière. Elle mit un coup de pied dans ce qu'elle trouva de plus proche – qui s'avéra être la poubelle.

Des pots de yaourt vides s'éparpillèrent sur le sol. Des sachets tout chiffonnés de pop-corn allégé Skinny Girl. Des bouteilles de Coca light, vides, elles aussi. Et sur chacun de ces déchets apparaissaient deux lettres tracées au marqueur noir.

BC.

Beckey observa fixement les emballages dépouillés de leur contenu, cette nourriture achetée avec le peu d'argent qu'elle avait, et que ses abruties de colocs avaient engloutie pendant qu'elle passait la nuit à la bibliothèque, à plancher sur un devoir qui représenterait cinquante pour cent de sa note de chimie organique. Elle avait rendez-vous à 7 heures avec son professeur pour s'assurer qu'elle était sur la bonne voie.

Elle jeta un coup d'œil à l'horloge.

4 h 57 du matin.

— Bande de connasses ! cria-t-elle en levant les yeux au ciel.

Marchant d'un pas traînant, elle alluma toutes les lampes qu'elle put trouver. Ses pieds nus laissèrent une trace derrière elle, sur la moquette du couloir. Elle était épuisée. Elle tenait à peine debout. Le sachet de tortillas Doritos et les deux grands roulés à la cannelle qu'elle avait achetés au distributeur automatique de la bibliothèque s'étaient transformés en béton dans son estomac. La seule chose qui l'avait poussée à quitter la bibliothèque pour rejoindre la résidence universitaire était la promesse d'y trouver de quoi manger.

— Lève-toi, sale voleuse ! cria-t-elle en cognant si fort sur la porte de Kayleigh qu'elle s'ouvrit d'un coup.

La pièce était embrumée de fumée de cannabis. Sous ses draps, Kayleigh cligna des yeux. Le type couché près d'elle se tourna de l'autre côté.

Markus Powell, le petit ami de Vanessa.

— Merde ! s'écria Kayleigh en sautant hors du lit, nue comme un ver – à l'exception de la chaussette à son pied gauche.

À grands coups de poing, Beckey tambourina sur les murs en rejoignant sa propre chambre. La chambre la plus petite, celle qu'elle s'était dévouée à prendre parce qu'elle n'était qu'une carpette incapable de tenir tête à trois filles qui avaient son âge mais le double de son compte en banque.

— Le dis pas à Nessa !

Kayleigh s'était précipitée derrière elle, toujours nue.

— C'est rien du tout, Beck. On était bourrés et…

« On était bourrés et. »

Toutes les histoires que racontaient ces pétasses commençaient par ces quatre mots. Quand Vanessa s'était fait surprendre en train de sucer le petit copain de Deneshia. Quand le frère de Kayleigh avait accidentellement pissé dans le placard. Quand Deneshia avait « emprunté » les dessous de Beckey. Ils étaient toujours bourrés, défoncés, en train de coucher à droite à gauche, ou les uns avec les autres, parce qu'ici ce n'était pas la fac, c'était l'émission *Big Brother*, dont personne ne se faisait jamais virer et où tout le monde chopait la chaude-pisse.

— Allez, Beck..., fit Kayleigh en frottant ses bras nus. Elle allait rompre avec lui, de toute façon, ajouta-t-elle.

Beckey pouvait soit se mettre à hurler et ne jamais s'arrêter, soit s'en aller le plus vite possible.

— Beck...

— Je vais faire un jogging.

Elle ouvrit un tiroir d'un coup sec et chercha ses chaussettes, mais bien sûr elles étaient toutes dépareillées. Sa brassière de sport préférée était roulée en boule sous le lit. Dans la panière à linge, elle attrapa un short sale et enfila deux chaussettes différentes, dont une était trouée au talon – mais risquer de se faire une ampoule n'était rien à côté de la perspective de rester ici, où elle allait devenir dingue et s'en prendre physiquement à tout ce qui bougeait.

— Beckey, arrête de faire la conne. Tu me blesses, là.

Beckey ignora les pleurnicheries de Kayleigh. Elle mit ses écouteurs autour de son cou. Elle était stupéfaite que son iPod shuffle soit exactement à l'endroit où il était censé se trouver. Kayleigh était la martyre de l'appartement, et tous les crimes dont elle se rendait coupable étaient commis au nom de l'intérêt général. Elle n'avait couché avec Markus que parce que Vanessa lui avait brisé le cœur. La seule raison pour laquelle elle avait copié sur Deneshia lors de l'examen, c'était parce que sa mère risquait d'être dévastée si elle échouait de nouveau. Et si elle avait mangé le gratin de macaroni de Beckey, c'était uniquement parce que son père la trouvait trop maigre.

— Beck… pourquoi tu veux pas me parler ? demanda Kayleigh, tentant une autre approche. Qu'est-ce que tu me reproches exactement ?

Beckey était sur le point de le lui dire *exactement*, quand elle remarqua que sa pince à cheveux n'était pas sur la table de chevet où elle la posait toujours.

Elle eut soudain l'impression de suffoquer.

Kayleigh leva les mains, d'un air innocent.

— C'est pas moi qui l'ai prise, dit-elle.

Beckey resta un instant captivée par la vue des aréoles parfaitement rondes de ses seins, qui semblaient la regarder comme une deuxième paire d'yeux.

— OK, j'avoue, reprit Kayleigh, c'est moi qui ai mangé tes trucs dans le frigo, c'est vrai, mais jamais j'aurais touché à ta pince. Tu le sais bien.

Beckey avait l'impression qu'un trou noir s'ouvrait dans sa poitrine. Cette pince à cheveux n'était qu'un bout de plastique bon marché, comme on peut en acheter dans n'importe quel bazar, mais elle lui était plus chère que tout au monde, car c'était la dernière chose que sa mère lui avait donnée avant de monter en voiture pour aller au travail et de se faire tuer par un chauffard alcoolisé qui roulait du mauvais côté de l'autoroute.

— Eh, Blair et Dorota, vous pouvez la mettre en sourdine, pour vous raconter vos petits secrets ?

La porte de la chambre de Vanessa était ouverte. Ses yeux ressemblaient à deux fentes sur son visage bouffi de sommeil. Sans relever la nudité de Kayleigh, elle s'adressa à Beckey.

— Ma grande, tu vas quand même pas aller faire du jogging maintenant ? C'est l'heure des violeurs.

Beckey se mit à courir. Elle passa devant ces deux connes. Traversa le couloir. Rejoignit la cuisine. Traversa le salon. Franchit la porte. Un autre couloir. Trois étages. La grande salle de jeux. La porte d'entrée vitrée qu'on ne pouvait ouvrir de l'extérieur qu'avec une carte-clé, mais elle s'en foutait, car tout ce qu'elle voulait, c'était s'en aller, loin de ces monstres. Loin de leur méchanceté ordinaire. Loin de leurs langues de vipère, de leurs seins pointus et de leurs regards blessants.

Des gouttelettes de rosée lui éclaboussèrent les jambes quand elle traversa la pelouse du campus. Beckey contourna une barrière de béton et se retrouva sur l'allée principale. L'air était encore frais. Un à un, les lampadaires s'éteignaient en clignotant dans la lumière de l'aube. Les ombres enveloppaient les arbres. Elle entendit quelqu'un tousser au loin et sentit un frisson remonter brusquement le long de sa colonne vertébrale.

L'heure des violeurs.

Comme si elles en avaient quoi que ce soit à faire que Beckey se fasse violer. Comme si elles se souciaient qu'elle ait à peine assez d'argent pour manger, qu'elle doive travailler plus dur qu'elles, étudier davantage, fournir plus d'efforts, courir plus vite – et même en se dépassant, même en repoussant ses limites, elle finissait toujours immanquablement à la traîne, deux pas derrière tous les autres.

Blair et Dorota.

La fille populaire et la domestique joufflue et obséquieuse de *Gossip Girl.* Pas besoin de réfléchir bien longtemps pour savoir qui jouait quel rôle, dans l'esprit de ses camarades.

Beckey mit les écouteurs sur ses oreilles. Elle pressa le bouton Play sur l'iPod attaché au bas de son T-shirt. Flo Rida commença à chanter.

Can you blow my whistle baby, whistle baby...

Ses pieds martelaient le sol en rythme. Elle passa le portail qui séparait le campus du triste petit centre-ville. Dans la grand-rue, il n'y avait aucun bar, ni aucun autre lieu où les étudiants pouvaient se retrouver, d'ailleurs, car l'université était située dans un comté où la vente d'alcool était interdite. Son père disait que ça ressemblait au patelin de la série *Mayberry*, mais en plus blanc encore, et en plus ennuyeux. Le magasin de bricolage. La clinique pédiatrique. Le poste de police. La boutique de vêtements. Le vieux propriétaire du *diner* était en train de laver le trottoir au jet d'eau tandis que le soleil se levait au-dessus de la cime des arbres. Tout était baigné d'une étrange lueur rouge orangé. Le vieux salua Beckey en touchant du doigt sa casquette de base-ball. Elle trébucha sur une crevasse dans le bitume et se rattrapa à temps. Elle continua à regarder droit devant elle, faisant semblant de ne pas avoir vu l'homme lâcher son tuyau pour lui venir en aide, car elle voulait continuer de croire mordicus que tous les êtres humains de cette Terre étaient des connards et que sa vie était pourrie.

« Beckey..., lui avait dit sa mère en sortant la pince en plastique de son sac à main, je suis sérieuse cette fois : elle s'appelle reviens. »

La pince à cheveux. Deux petits peignes articulés ensemble, dont l'une des dents était cassée. Écaille de tortue, comme un chat. Julia Stiles en portait une comme ça dans *Dix bonnes raisons de te larguer*, que Beckey avait regardé avec sa mère plus d'un milliard de fois car c'était l'un de ces rares films qu'elles aimaient toutes les deux.

Kayleigh n'aurait jamais volé la pince sur sa table de chevet. C'était une poufiasse sans âme, certes, mais elle savait ce que cette pince à cheveux signifiait pour Beckey : un soir, alors qu'elles avaient toutes les deux fumé et étaient complètement stone, Beckey lui avait raconté toute l'histoire. Beckey était en cours d'anglais quand la principale était venue la chercher. Le policier scolaire l'attendait dans le couloir, et elle s'était mise à paniquer car elle n'avait jamais eu de problème auparavant – mais, en fait, elle n'avait rien fait de mal. Tout au fond d'elle, Beckey devait savoir qu'une chose horrible s'était passée car, lorsque le policier avait commencé à lui parler, son ouïe n'avait cessé de lui faire faux bond, entrecoupant les propos de son interlocuteur comme une mauvaise connexion de téléphone portable. Seuls quelques mots épars lui parvenaient à travers la friture…

Mère… autoroute… conducteur en état d'ébriété…

Bizarrement, Beckey avait instinctivement tendu la main vers la pince dans ses cheveux, à l'arrière de sa tête. C'était la dernière chose que sa mère avait touchée avant de quitter la maison. Beckey avait ouvert les mâchoires de la pince et glissé les doigts dans ses cheveux pour la dégager. Puis elle avait serré la pince en plastique si fort dans sa main qu'une des dents s'était cassée. Elle se souvenait avoir pensé que sa mère allait la tuer – *elle s'appelle reviens.* Mais ensuite, elle avait compris que sa mère ne pourrait plus jamais la tuer, car elle était morte.

Essuyant les larmes qui coulaient sur son visage, Beckey arriva au bout de la grand-rue. À gauche ou à droite ? Vers le lac où habitaient les professeurs et les riches, ou vers les petits terrains jalonnés de mobile homes et de minuscules bicoques de primo-accédants ?

Elle tourna à droite, s'éloignant du lac. Sur son iPod, Flo Rida avait cédé la place à Nicki Minaj. Son estomac brassait les Doritos et les roulés à la cannelle et en faisait remonter le sucre jusque dans sa gorge. Elle éteignit la musique et laissa les écouteurs retomber autour de son cou. Ses poumons vibraient comme pour la prévenir qu'ils étaient sur le point de cesser de fonctionner, mais elle poursuivit sa course malgré tout, inspirant l'air à grandes bouffées. Elle avait encore les yeux qui piquaient quand ses pensées la ramenèrent aux moments passés sur le canapé avec sa mère, à mâcher du pop-corn Skinny Girl, et à chanter *Can't Take My Eyes off You* en chœur avec Heath Ledger.

You're just too good to be true…

Beckey accéléra sa course. Plus elle s'enfonçait dans ce triste quartier, plus l'air sentait le renfermé. Les panneaux des rues affichaient des noms qui, très étrangement, filaient la thématique du petit déjeuner : SW Omelet Road (route de l'omelette sud-ouest),

Hashbrown Way (voie des galettes de pomme de terre)... Beckey ne prenait jamais cette direction, surtout à cette heure. La lueur rouge orangé avait viré au marron sale. La rue était jonchée de pick-up décatis et de vieilles voitures. La peinture s'écaillait sur les maisons. Beaucoup de fenêtres étaient barricadées avec des planches. Soudain, son talon se mit à palpiter de douleur. Évidemment. Qui dit chaussette trouée dit ampoule. Dans la mémoire de Beckey, une image resurgit : Kayleigh jaillissant de son lit sans rien d'autre sur elle qu'une chaussette.

Celle de Beckey, justement.

Elle ralentit la cadence et se mit à marcher. Puis elle s'arrêta au milieu de la rue. Les mains posées sur ses genoux, elle se pencha en avant pour reprendre son souffle. À présent, la douleur s'était étendue à tout son pied, cinglante, comme si un frelon était coincé à l'intérieur de sa chaussure. Jamais elle ne pourrait retourner jusqu'au campus sans s'écorcher complètement le talon. Elle était censée retrouver la professeure Adams à 7 heures ce matin, pour reprendre son devoir avec elle. Beckey ne savait pas quelle heure il était à présent, mais elle savait que Mme Adams serait contrariée si elle manquait le rendez-vous. Elle n'était plus au lycée. Ici, les enseignants pouvaient vraiment saquer les étudiants qui leur faisaient perdre leur temps.

Kayleigh allait devoir venir la chercher. C'était un être humain déplorable, mais on pouvait toujours compter sur elle pour accourir à la rescousse en cas de besoin – ne serait-ce que par amour du mélodrame. Beckey tendit la main vers sa poche, mais sa mémoire lui renvoya une nouvelle série d'images : Beckey à la bibliothèque, glissant son portable dans son sac à dos, puis laissant tomber, plus tard, le même sac à dos sur le sol de la cuisine, à la résidence universitaire.

Pas de téléphone. Pas de Kayleigh. Pas d'aide.

Le soleil était plus haut au-dessus des arbres à présent, mais Beckey se sentait toujours cernée par l'obscurité. Personne ne savait où elle se trouvait. Personne n'attendait son retour. Elle était dans un quartier inconnu. Un quartier inconnu et malfamé. Frapper à une porte, demander à quelqu'un si elle pouvait utiliser le téléphone, tout cela ressemblait au début de l'émission *Dateline*. Elle entendait déjà la voix du narrateur dans sa tête…

Les camarades de chambre de Beckey se disaient qu'elle était partie faire un tour pour se calmer. Mme Adams pensait que si elle n'avait pas honoré leur rendez-vous, c'était parce qu'elle n'avait pas réussi à terminer son devoir. Mais personne ne savait que la jeune étudiante en colère avait en fait frappé à la porte d'un violeur cannibale…

Une odeur âcre de pourriture la ramena à la réalité. Un camion d'éboueurs arrivait au croisement au bout de la rue. Les freins crissèrent, et le véhicule s'arrêta. Un type en combinaison sauta de l'arrière du camion. Il fit rouler une poubelle et l'accrocha au machin qui sert à la soulever. Beckey regarda les engrenages mécaniques broyer les déchets à l'intérieur du camion. Le type en combinaison n'avait même pas jeté un œil dans sa direction, mais Beckey fut soudain envahie par l'impression d'être observée.

L'heure des violeurs.

Elle se retourna, essayant de se souvenir si elle avait tourné à gauche ou à droite pour se retrouver sur cette route. Il n'y avait même pas de panneau indiquant le nom de la rue. L'impression d'être épiée s'intensifia. Beckey jeta un coup d'œil alentour, vers les maisons, les camions, les voitures. Rien ne lui renvoya son regard. Aucun rideau ne bougea aux fenêtres. Aucun violeur cannibale ne sortit lui proposer de l'aide.

Aussitôt, son cerveau fit l'inverse de ce que les femmes sont censées faire : il lui reprocha d'avoir peur et, contredisant son instinct, lui commanda d'aller au-devant de la situation qui l'effrayait plutôt que de s'enfuir en courant comme un bébé.

Mais Beckey contre-attaqua : ne reste pas au milieu de la rue ; va vers les maisons, car il y a des gens à l'intérieur ; hurle de toutes tes forces si quelqu'un s'approche de toi. Et retourne sur le campus, car là-bas tu seras en sécurité.

De bons conseils, certes, mais où était le campus ?

Elle se faufila sur le côté de la route, entre deux voitures garées, et se retrouva, non pas sur un trottoir, mais sur un étroit chemin envahi de mauvaises herbes qui séparait deux maisons. Dans une vraie ville, elle aurait appelé ça une ruelle, mais, ici, ça ressemblait plus à une espèce de petit terrain vague. Des mégots de cigarette et des bouteilles de bière cassées jonchaient le sol. Beckey aperçut une grande pelouse parfaitement tondue derrière les maisons, puis la forêt qui s'étendait, juste au-delà de la montée.

S'enfoncer dans les bois pouvait sembler contre-intuitif, mais Beckey connaissait parfaitement les sentiers de terre battue qui quadrillaient la forêt. Elle y croiserait sans doute d'autres étudiants archi-motivés en train de faire du vélo, de se rendre au lac pour faire du tai-chi ou de caser un jogging matinal dans leur emploi du temps surchargé. Elle leva les yeux au ciel pour se servir du soleil comme boussole. Prendre la direction de l'ouest la ramènerait vers le campus. Ampoule ou pas, il faudrait bien qu'elle y retourne, car elle ne pouvait pas se permettre d'être recalée en chimie organique.

Beckey sentit dans sa bouche un renvoi acide avec un net arrière-goût de cannelle. Elle eut l'impression d'avoir quelque chose dans la gorge. Les friandises du distributeur automatique cherchaient à refaire surface. Il fallait qu'elle rentre avant de vomir. Elle n'allait quand même pas gerber dans l'herbe comme un chat.

Emprunter le chemin qui passait entre les deux maisons la fit trembler si fort que ses dents s'entrechoquèrent. Elle accéléra pour traverser la pelouse à découvert. Pas en courant, mais pas exactement en flânant non plus. Son ampoule lui enflammait le talon à chaque fois qu'elle posait le pied par terre. Grimacer à chaque pas semblait l'aider à supporter la douleur. Elle serra les dents. Finalement, elle se mit à courir sur la pelouse, le dos brûlant comme si des milliers de personnes dardaient leur regard sur elle, alors que c'était peu probable qu'on l'observe.

Peu probable.

Quand elle atteignit la lisière de la forêt, la température fraîchit. Des ombres ne cessaient d'entrer et sortir de son champ de vision. Elle retrouva facilement l'un des sentiers sur lesquels elle avait déjà couru un million de fois auparavant. Elle tendit la main vers son iPod, mais se ravisa. Elle voulait entendre le silence de la forêt. Seul un rayon de soleil parvenait de temps à autre à transpercer l'épaisse canopée. Elle repensa à la scène qui s'était déroulée plus tôt, ce matin. Elle, debout devant le frigo, dont l'air frais caressait ses joues brûlantes. Les sachets de pop-corn vides et les bouteilles de Coca éparpillées par terre. Les filles allaient lui rembourser la nourriture. Elles remboursaient toujours. Ce n'étaient pas des voleuses. Elles étaient juste trop paresseuses pour aller au magasin et trop désorganisées pour faire une liste quand Beckey leur proposait de faire des courses.

— Beckey ?

Une voix d'homme lui fit tourner la tête, mais le reste de son corps continua d'avancer. Elle aperçut son visage en une fraction de seconde, entre le moment où elle trébucha et celui où elle tomba. Il avait l'air gentil, inquiet. Il tendit la main vers elle quand elle tomba.

Dans un grand craquement, sa tête heurta quelque chose de dur. Le sang lui emplit la bouche. Sa vue se brouilla. Elle essaya de rouler sur le côté, mais n'y parvint qu'à moitié. Ses cheveux étaient coincés par quelque chose. Ça tirait. Elle tâta l'arrière de sa tête, s'attendant à y trouver, pour une raison étrange, la pince à cheveux de sa mère. Au lieu de quoi, elle sentit du bois sous ses doigts, puis de l'acier. Alors le visage de l'homme devint net, et elle se rendit compte que l'objet logé dans son crâne était un marteau.

1

Atlanta

Will Trent décala un peu sur le siège sa grande carcasse d'un mètre quatre-vingt-quinze, cherchant à trouver une position confortable pour ses jambes dans la Mini de sa coéquipière. Le sommet de son crâne était confortablement calé contre le toit ouvrant, mais le siège enfant installé à l'arrière limitait drastiquement la place dont il disposait. Il dut attraper ses genoux et les serrer l'un contre l'autre pour ne pas cogner accidentellement le levier de vitesse et le mettre au point mort. Il devait ressembler à un contorsionniste, comme ça, sauf que Will avait plutôt l'impression d'être un nageur : de façon répétée, il plongeait la tête dans la conversation que Faith Mitchell semblait avoir avec elle-même, et l'en ressortait aussitôt. Mais au lieu d'alterner bras droit, bras gauche, inspiration, il enchaînait des séries de rêvasserie, rêvasserie, *excuse-moi qu'est-ce que t'as dit* ?

— Et me voilà, à 3 heures du mat, en train de poster un commentaire assassin et de mettre une seule étoile à cette spatule de toute évidence défectueuse, disait Faith tout en lâchant le volant pour pianoter dans le vide comme sur un clavier d'ordinateur. Et ensuite, je me suis rendu compte que j'avais mis une capsule de lessive dans le lave-vaisselle, ce qui est dingue parce que la buanderie est à l'étage, et puis dix minutes plus tard, plantée devant la fenêtre, je me surprends à me demander, comme Patrick dans *Bob l'Éponge* : *est-ce que la mayonnaise est un instrument de musique ?*

Will avait bien entendu la voix de Faith monter en fin de phrase, mais il n'aurait su dire si sa collègue attendait une réponse. Il essaya de rembobiner la conversation dans sa tête, mais cet exercice ne l'aida pas à y voir plus clair. Cela faisait près d'une heure qu'ils étaient dans cette voiture, et Faith avait déjà abordé, dans le désordre, le prix exorbitant des bâtons de colle, les chaînes de restaurants Chuck E. Cheese qui organisent des anniversaires pour les enfants, et l'étalage – scandaleux, à ses yeux – de toutes ces photos de rentrée des classes postées en ligne par des parents béats, qui la faisaient bisquer alors que sa petite à elle était encore à la maison.

Will baissa la tête, pour replonger dans la conversation.

— Alors on arrive au passage où Mufasa tombe dans le vide et meurt, poursuivait Faith, qui semblait parler d'un film, à présent. Et là, Emma se met à brailler exactement comme Jeremy au même âge, et je me rends compte que j'ai donné naissance à deux gamins à exactement deux *Roi Lion* d'écart.

Will ressortit de la conversation aussitôt. Il avait senti son estomac se contracter quand Faith avait prononcé le nom d'Emma. La culpabilité éclata dans sa poitrine comme de la chevrotine.

Un jour, il avait failli tuer la fille de sa coéquipière qui n'avait alors que deux ans.

Voilà ce qui s'était passé : jouant les baby-sitters, Will gardait Emma chez lui, ce jour-là. Sara, sa petite amie, remplissait de la paperasse dans la cuisine. Will était assis par terre, dans le salon, avec Emma. Il montrait à la petite fille comment changer la minuscule pile bouton d'un robot Hexbug. Le jouet était sur la table basse, démonté. Will avait posé la pile, de la taille d'une pastille à la menthe, sur le bout de son doigt pour qu'Emma puisse la voir. Il était en train de lui expliquer qu'il fallait faire très attention à ne pas la laisser traîner pour éviter que Betty, sa chienne, ne la mange accidentellement, quand soudain, sans crier gare, Emma s'était penchée en avant et avait gobé la pile d'un coup.

Will était agent au GBI, le bureau d'investigation de Géorgie. Dans la vraie vie, il s'était souvent retrouvé dans des situations d'urgence où se jouaient des questions de vie ou de mort, et la seule chose qui avait changé la donne, c'était sa capacité à réagir rapidement.

Mais, quand cette pile avait disparu, Will avait été comme paralysé.

Son doigt était resté tendu dans le vide, impuissant. Son cœur s'était ratatiné comme un vélo percutant un poteau électrique. Il n'avait rien pu faire d'autre qu'observer, comme au ralenti, Emma qui se rasseyait, un sourire sur son visage angélique, sur le point d'avaler la pile.

C'était Sara qui leur avait sauvé la mise. Aussi rapidement qu'Emma avait englouti la pile, Sara avait fondu sur elle comme un oiseau de proie, plongé ses doigts au fond de la bouche de la petite fille et ressorti l'objet.

— Bref, je suis dans la queue, à la caisse, et je regarde par-dessus l'épaule de cette nana qui est en train de passer un savon à son copain par texto, continuait Faith qui avait embrayé sur une autre histoire. Et puis elle s'en va en me plantant là, et je ne saurai jamais si son petit ami a vraiment couché avec sa sœur.

L'épaule de Will alla s'écraser contre la fenêtre lorsque la Mini prit un virage serré. Ils étaient presque arrivés à la prison d'État. Sara serait là. Cette pensée fit naître chez Will une certaine appréhension qui relégua à l'arrière-plan sa culpabilité au sujet d'Emma.

Il s'agita à nouveau sur son siège. Le cuir du dossier adhérait à sa chemise. Pour une fois, Will ne suait pas à cause de la chaleur. Aujourd'hui, c'était sa relation avec Sara qui le faisait transpirer.

Tout se passait pourtant bien entre eux, mais en même temps, pour une raison qui lui échappait, ça n'allait vraiment pas, mais alors pas du tout.

Vu de l'extérieur, rien n'avait changé. Ils passaient encore la plupart de leurs nuits ensemble. Le week-end dernier, ils avaient savouré le repas préféré de Sara – le petit déjeuner du dimanche tout nus, en tête à tête –, avant d'embrayer sur son repas préféré à lui – le second petit déjeuner du dimanche tout nus, en tête à tête. Sara l'embrassait de la même façon qu'auparavant. Il avait l'impression qu'elle l'aimait autant qu'avant. Elle laissait toujours ses vêtements sales choir à quelques centimètres de la panière, elle commandait toujours une salade pour finalement ne pas y toucher et lui piquer la moitié de ses frites, mais quelque chose clochait terriblement.

Cette femme, qui depuis deux ans le passait presque à tabac pour le forcer à parler de choses dont il ne voulait pas parler, avait soudain décrété qu'un sujet de conversation était devenu tabou entre eux.

Voilà comment tout avait commencé : six semaines plus tôt, Will était rentré chez lui après s'être acquitté de deux ou trois commissions. Sara était assise à la table de la cuisine. Tout à coup, elle s'était mise à parler de rénover la maison de Will. Et pas seulement la rénover, d'ailleurs, mais la démolir pour s'y faire plus de place – ce qui était une façon détournée d'annoncer à Will qu'elle voulait s'installer avec lui. Will décida donc de la demander en mariage, de façon détournée également, en lui disant que ce serait une bonne idée de se marier à l'église, car cela ferait plaisir à la mère de Sara.

Alors, il avait entendu comme un craquement sinistre, et le sol sous ses pieds s'était soudain transformé en glace. Au lieu de répondre « Oui, mon amour, je serais ravie de t'épouser », Sara avait poussé un grand soupir et dit, d'une voix plus glaciale encore que les stalactites acérées soudain apparues au plafond : « Qu'est-ce que ma mère vient foutre là-dedans ? »

Ils s'étaient disputés, et Will s'était retrouvé en position inconfortable car il ne savait pas au juste pourquoi ils se disputaient. Il avait lancé quelques piques à Sara, lui reprochant de ne pas trouver sa maison assez bien pour elle, et la querelle s'était ensuite focalisée sur la question de l'argent, ce qui avait donné l'avantage à Will, car il n'était qu'un pauvre fonctionnaire, tandis que Sara… Bon, Sara aussi était une pauvre fonctionnaire maintenant mais, avant, c'était une riche médecin.

La dispute s'était éternisée, jusqu'à ce qu'il soit l'heure de retrouver les parents de Sara pour le brunch. Alors, Sara avait placé un moratoire de trois heures sur les questions du mariage et de l'emménagement à deux, et ces trois heures s'étaient étirées jusqu'à la fin de la journée, puis la fin de la semaine – et maintenant, cela faisait un mois et demi que Will vivait avec une coloc vraiment canon, qui avait tout le temps envie de coucher avec lui mais ne parlait que de ce qu'elle allait commander à dîner, de sa petite sœur qui tenait à tout prix à foutre sa vie en l'air, et de ces vingt algorithmes faciles à retenir qui permettaient de résoudre un Rubik's Cube.

Faith engagea la Mini sur le parking de la prison.

— Bien sûr, c'est tout moi, ça, déclara-t-elle, c'est pile à ce moment-là que j'ai enfin eu mes règles.

En silence, elle gara rapidement la voiture sur un emplacement libre. La dernière phrase qu'elle avait prononcée ne semblait pas vraiment terminée. Attendait-elle une réponse ? Oui, assurément, elle attendait une réponse.

— Ça craint, dit finalement Will.

Faith eut un air surpris, comme si elle venait tout juste de s'apercevoir qu'il était dans la voiture.

— Qu'est-ce qui craint ?

De toute évidence, elle n'attendait *pas* de réponse.

— Bon Dieu, Will ! fit-elle, en mettant le levier de vitesse au point mort, d'un geste énervé. La prochaine fois que tu m'écoutes vraiment, préviens-moi.

Faith sortit de la voiture et se dirigea à grands pas vers l'entrée des employés. Elle lui tournait le dos, mais Will l'imaginait grommelant à chaque pas. Elle brandit sa pièce d'identité à l'attention de la caméra devant la grille. Will se frotta le visage et inspira profondément l'air chaud qui emplissait l'habitacle. Toutes les femmes de sa vie étaient-elles folles à lier, ou était-ce lui l'imbécile ?

Seul un imbécile se poserait une telle question.

Il ouvrit la portière et réussit à s'extraire de la Mini. La sueur lui piquait le cuir chevelu. C'était la dernière semaine d'octobre, et la chaleur extérieure valait bien celle de la voiture. Will ajusta le pistolet à sa ceinture. Il récupéra sa veste, coincée entre le siège auto d'Emma et un sachet de crackers Goldfish rassis. Il en engloutit tout le contenu façon Homer Simpson, en regardant un bus de transport de détenus prendre la route. Le bus passa à toute allure sur un nids-de-poule. Derrière les vitres grillagées, les visages des prisonniers déclinaient toutes les nuances du malheur.

Will balança le sachet de crackers vide sur la banquette arrière. Puis il décida de le récupérer et l'emporta avec lui en direction de l'entrée des employés. Il leva les yeux vers le bâtiment, un parallélépipède absolument déprimant. La prison d'État Phillips était un établissement de sécurité moyenne situé à Buford, à environ une heure d'Atlanta. Près de mille hommes y étaient répartis dans dix unités de vie, dont sept étaient constituées de cellules pour deux. Les trois autres unités, destinées aux détenus SM/TS, présentaient un mélange de cellules individuelles, de cellules doubles et de cellules d'isolement. L'acronyme SM renvoyait aux prisonniers chez qui l'on avait diagnostiqué des problèmes de santé mentale. TS signifiait traitement spécial, ou détention protectrice – ce qui concernait essentiellement les flics et les pédophiles, les deux catégories de détenus les plus détestées dans toutes les prisons.

Il y avait une raison qui expliquait pourquoi les cellules SM et TS étaient regroupées. Pour un observateur extérieur, une cellule individuelle était un luxe. Mais pour un détenu mis à l'isolement, cela voulait dire vingt-quatre heures sur vingt-quatre de confinement solitaire dans une pièce sans fenêtre, une boîte en béton de deux mètres sur quatre. Et cela, c'était un progrès obtenu après un procès révolutionnaire qui avait qualifié d'inhumaines les précédentes règles de mise à l'isolement appliquées en Géorgie.

Quatre ans plus tôt, la prison Phillips – ainsi que neuf autres centres pénitentiaires de l'État – avait été la cible d'une opération d'infiltration menée par le FBI, qui avait fait tomber quarante-sept surveillants pénitentiaires corrompus. Tous les gardiens restants avaient été répartis ailleurs dans le système carcéral. Le nouveau directeur n'était pas du genre marrant, ce qui était à la fois une bonne et une mauvaise nouvelle, selon le regard que l'on portait sur les dangers inhérents au fait d'isoler dans leur cellule tant d'hommes en colère. Car, après deux jours d'émeute, la prison était actuellement en état de confinement généralisé. Six gardiens et trois prisonniers avaient été gravement blessés. Un autre détenu avait été sauvagement assassiné à la cafétéria.

Et c'était à cause de ce meurtre que Will et Faith étaient ici.

En vertu des lois de l'État, le GBI était chargé d'enquêter sur tous les décès survenus en prison. Les détenus qui quittaient le pénitencier à bord des bus n'étaient pas directement impliqués dans l'assassinat, mais ils avaient d'une façon ou d'une autre participé à l'émeute. Ils subissaient donc ce qu'on appelait la « thérapie diesel ». Le directeur mettait dans le bus les grandes gueules, les fouteurs de merde, et ceux qui servaient de pions dans les rivalités entre gangs. Se débarrasser des agitateurs était sans doute bon pour la santé de la prison, mais cela ne faisait pas beaucoup de bien aux hommes qu'on envoyait ailleurs. Ceux-là perdaient le seul lieu qu'ils pouvaient considérer comme chez eux et rejoignaient souvent un nouvel établissement beaucoup plus dangereux que celui qu'ils quittaient. C'était un peu comme changer d'école mais, au lieu de méchantes pimbêches et de petites brutes, le comité d'accueil était composé de violeurs et d'assassins.

Une plaque métallique était fixée à la grille d'entrée : GDOC – *Georgia Department of Corrections*, c'est-à-dire Service pénitentiaire de Géorgie. Will jeta le sachet de crackers vide dans la poubelle près de la porte. Il essuya ses mains sur son pantalon pour se débarrasser de la poudre jaune des biscuits. Puis il frotta le tissu maculé d'empreintes de cheddar afin de le rendre plus présentable.

La caméra était à cinq centimètres au-dessus de la tête de Will. Il dut reculer d'un pas pour montrer sa pièce d'identité. L'Interphone bourdonna bruyamment, et un déclic plus tard, il était à l'intérieur du bâtiment. Il remisa son arme dans un casier dont il glissa la clé dans sa poche pour la ressortir presque aussitôt, ainsi que tous ses effets personnels, au moment de passer sous le portique de sécurité. Il franchit la porte fortifiée sous la houlette d'un surveillant pénitentiaire taiseux qui ne communiquait que par petits coups de menton, qui semblaient dire : *Quoi de neuf, cousin ? Ta coéquipière est au bout du couloir, suis-moi.*

Le gardien traînait les pieds plus qu'il ne marchait, une habitude qui venait avec ce type d'emploi. En effet, pourquoi se presser quand l'endroit où l'on va ressemble en tout point à celui que l'on quitte ?

Dans cette prison résonnaient des bruits de prison. Les détenus criaient et tapaient sur les barreaux de leur cellule ; ils contestaient le confinement et/ou les injustices de l'humanité en général. Will desserra le nœud de sa cravate tandis qu'ils s'engouffraient dans les entrailles du centre carcéral. La sueur ruisselait dans son cou. Les prisons étaient, à dessein, des lieux difficiles à chauffer et à rafraîchir. La faute aux longs et larges couloirs et à leurs soudaines bifurcations. Aux murs de parpaing et aux sols en linoleum. Au fait que chaque cellule avait un égout à ciel ouvert en guise de toilettes, et que chaque homme à l'intérieur produisait suffisamment de sueurs froides pour transformer le paisible débit de la rivière Chattahoochee en rapides de classe six.

Faith l'attendait devant une porte close. La tête baissée, elle prenait des notes dans son carnet. Sa propension au bavardage était un véritable atout dans son travail. Pendant que Will étalait du cheddar sur son pantalon, elle avait eu le temps de récolter des informations.

Elle adressa un hochement de tête au surveillant silencieux, qui alla prendre place de l'autre côté de la porte.

— Le détenu qui a été tué est dans la cafétéria, annonça-t-elle à Will. Amanda vient de se garer. Elle veut voir la scène de crime avant de parler au directeur. Six agents du bureau local de Géorgie du Nord ont passé les trois dernières heures à répertorier les suspects potentiels. Dès qu'ils auront une liste viable, on passe à l'action. Sara attend notre feu vert pour commencer.

Will jeta un œil à travers la vitre de la porte.

Sara Linton était debout au milieu de la cafétéria, vêtue d'une combinaison de protection Tyvek blanche. Ses longs cheveux auburn étaient relevés sous une casquette de base-ball bleue. Elle était médecin légiste pour le GBI. Ce nouveau tournant dans sa carrière avait d'abord rendu Will très heureux, mais ce n'était plus le cas depuis six semaines environ. Sara s'entretenait avec Charlie Reed, le technicien en chef du GBI, spécialiste de l'analyse des scènes de crime. Il était à genoux, en train de photographier une empreinte de chaussure sanglante. Gary Quintana, l'assistant de Sara, tenait une règle à côté de l'empreinte pour fournir une échelle de référence.

Sara avait l'air fatigué. Cela faisait quatre heures qu'elle examinait les lieux. Will était sorti faire son jogging matinal quand le coup de fil avait tiré Sara de leur lit. Elle lui avait laissé une note avec un petit cœur dessiné dans un coin.

Il avait contemplé ce cœur bien plus longtemps qu'il ne l'avouerait jamais à personne.

— OK. Donc, l'émeute a éclaté il y a deux jours, résuma Faith. À 11 h 58, samedi matin.

Will quitta Sara des yeux. Il attendait que Faith poursuive.

— Deux détenus commencent à se balancer des coups de poing, continua-t-elle. Le premier surveillant qui essaye de les séparer se fait mettre K-O. Un coup de coude dans la tête, la tête qui tape le sol, et bonne nuit les petits. Et une fois le premier surveillant à terre, c'est parti très vite. Strangulation du deuxième maton. Un troisième, qui arrive en courant à la rescousse, se fait assommer. Ensuite, quelqu'un chope leurs tasers, un autre prend les clés, et là, la fête commence. De toute évidence, le meurtrier avait préparé son coup.

Will ponctua son « de toute évidence » d'un hochement de tête, car les émeutes en prison avaient tendance à évoluer comme les éruptions cutanées. Il y avait toujours une démangeaison initiale, et il y avait toujours un gars ou un groupe de gars qui sentaient venir cette démangeaison avant tout le monde, et qui se mettaient à réfléchir à la meilleure façon de tirer profit de l'émeute. Faire un raid à l'économat ? Remettre certains gardiens à leur place ? Buter quelques ennemis ?

La question était de savoir si la victime du crime était un dommage collatéral ou si elle avait été spécifiquement visée. C'était difficile d'en juger depuis l'extérieur de la cafétéria. Will regarda à nouveau par la vitre. Il compta trente tables de pique-nique, toutes d'une capacité de douze personnes et toutes boulonnées au sol. Il y avait des plateaux éparpillés partout à travers la salle. Des serviettes en papier. De la nourriture qui pourrissait. De nombreuses flaques séchées – du sang pour la plupart. Quelques dents. Will aperçut une main figée sous l'une des tables du réfectoire et supposa qu'elle appartenait à la victime, dont le corps gisait pourtant sous une autre table, près de la cuisine. Le mort tournait le dos à la porte. Son uniforme de détenu blanc à rayures bleues décolorées donnait à la scène un air de massacre chez le marchand de glaces.

— Écoute, dit Faith, si tu es toujours chamboulé à cause de l'histoire d'Emma et de la pile, ne t'inquiète pas. C'est pas ta faute si les piles sont si appétissantes.

Will se dit qu'à la vue de Sara il avait dû envoyer des signaux de détresse malgré lui, et que Faith y réagissait maintenant.

— Les tout-petits, c'est comme les pires des taulards, continua Faith. Quand ils sont pas en train de te raconter des bobards ou de bousiller tes affaires, ils font la sieste, ils font caca ou ils réfléchissent à d'autres façons de te faire tourner en bourrique.

Le surveillant acquiesça d'un coup de menton. *C'est bien vrai, ça.*

— Vous pouvez dire à vos collègues qu'on est là ? lui demanda Faith.

Le type hocha la tête comme pour répondre *bien sûr, madame, vos désirs sont des ordres*, avant de s'éloigner en traînant les pieds.

Will observa Sara à travers la vitre. Elle était en train de noter quelque chose sur un porte-bloc. Elle avait baissé la fermeture Éclair de sa combinaison et en avait noué les manches autour de sa taille. Sa casquette de base-ball avait disparu. Ses cheveux étaient coiffés en une queue-de-cheval lâche.

— C'est Sara ? demanda Faith.

Will baissa les yeux vers Faith. Il oubliait souvent à quel point elle était petite. Cheveux blonds, yeux bleus. Et, sur le visage, un air de déception permanente. Avec ses mains posées sur ses hanches et sa tête complètement renversée en arrière, au point qu'elle en avait le menton à hauteur de la poitrine de Will, elle le faisait penser à Pearl Pureheart, la petite amie de Super-Souris – si Pearl était tombée enceinte à quinze ans et une nouvelle fois à trente-deux.

Et c'était la raison principale pour laquelle Will ne voulait pas lui parler de Sara. Faith maternait de force tous ceux qui se trouvaient dans son orbite, qu'il s'agisse d'un suspect en garde à vue ou du caissier de l'épicerie. Will avait eu une enfance assez difficile. Gamin, il en savait beaucoup plus sur le monde que la plupart des enfants de son âge, mais il ne savait pas se laisser materner.

La deuxième raison de son silence, c'était que Faith était une flic hors pair. Il ne lui faudrait que deux secondes environ pour résoudre l'énigme dite du « Brusque silence de la petite amie ».

Indice numéro un : Sara était une personne on ne peut plus logique et cohérente. À la différence de l'ex-femme psychotique de Will, Sara n'avait pas été vomie par la gueule des enfers puis balancée dans une existence en forme de montagnes russes. Si Sara était fâchée, irritée, ennuyée ou contente, elle disait clairement à Will ce qui avait provoqué ce sentiment et ce qu'elle souhaitait faire en conséquence.

Indice numéro deux : Sara ne jouait à aucun petit jeu. Avec elle, pas de silence punitif, pas de bouderie, ni de piques acerbes à interpréter. Will n'avait jamais à deviner ce qu'elle pensait, car elle le lui disait.

Indice numéro trois : Sara aimait de toute évidence le mariage. Dans sa vie d'avant, elle s'était mariée à deux reprises, les deux fois avec le même homme. Elle serait toujours mariée avec Jeffrey Tolliver en ce moment même s'il n'avait pas été assassiné cinq ans plus tôt.

Conclusion : Sara n'était pas opposée au mariage, ni aux demandes en mariage formulées de façon détournée. Elle était seulement opposée à l'idée d'épouser Will.

— Voilà Voldemort, le prévint Faith juste au moment où le claquement des talons d'Amanda Wagner, la directrice adjointe du GBI, parvenait aux oreilles de Will.

Amanda avançait dans le couloir, le téléphone à la main. Elle était toujours en train d'envoyer des textos ou de passer des coups de fil pour obtenir des informations grâce à son réseau de vieilles copines – un effrayant groupe de femmes, à la retraite pour la plupart, que Will imaginait assises dans un antre secret, tricotant des housses en laine pour tenir leurs grenades bien au chaud avant de les faire exploser.

La mère de Faith était l'une d'elles.

— Eh bien, agent Trent..., fit Amanda en jaugeant à distance le pantalon tartiné de cheddar. Vous étiez le seul clochard à tomber du train ou il faut qu'on aille chercher les autres ?

Will se racla la gorge.

— OK, intervint Faith en feuilletant son calepin pour se mettre au travail sans tarder. La victime est Jesus Rodrigo Vasquez, un homme de trente-huit ans, d'origine hispanique ; six ans pour AMA qui en sont devenus dix quand il a échoué à son interro de meth, il y a trois mois, alors qu'il était en LA.

Will traduisit en silence : *Vasquez, condamné pour agression à main armée, a purgé six années de prison avant de bénéficier d'une liberté conditionnelle, mais a été testé positif il y a trois mois lors de son contrôle anti-drogue alors qu'il était en libération anticipée. A donc été renvoyé en détention pour effectuer le reste de sa peine de dix ans d'emprisonnement.*

— Affiliation ?

Est-ce qu'il faisait partie d'un gang ?

— Suisse, répondit Faith.

Neutre.

— Son dossier est truffé de sanctions pour croupionnage de portables.

A été pris plusieurs fois en flagrant délit de dissimulation de téléphones portables dans ses fesses.

— J'en déduis que ce type était une vraie cuillère.

Toujours en train de remuer la merde.

— Et j'en conclus qu'il s'est fait buter parce qu'il était trop bavard.

— Problème résolu, déclara Amanda.

Elle cogna sur la vitre pour attirer l'attention de Sara :

— Docteur Linton ?

Avant de venir leur ouvrir la porte, Sara s'arrêta pour prendre du matériel.

— Nous avons fini les prélèvements sur les lieux du crime, leur annonça-t-elle. Vous n'avez pas besoin de combinaison, mais il y a beaucoup de sang et de fluides.

Elle leur tendit des protections pour chaussures et des masques. Elle serra les doigts de Will quand celui-ci prit son matériel.

— La rigidité cadavérique a disparu, et le corps est en train d'entamer sa décomposition, ce qui, en prenant en compte la température du foie et la chaleur ambiante, nous donne une heure physiologique de décès conforme aux rapports indiquant que Vasquez a été attaqué il y a quarante-huit heures environ. Cela situe l'heure du décès aux alentours du début de l'émeute.

— Dans les premières minutes ou dans les premières heures ? demanda Amanda.

— À la louche, je dirais que la fourchette se situe entre midi et 16 heures, samedi. Si vous voulez circonscrire un horaire exact, il va falloir s'appuyer sur les déclarations des témoins. Bien évidemment, la science seule ne peut pas déterminer l'heure précise du trépas, rappela-t-elle à Amanda tout en rajustant le masque de Will.

— Bien évidemment, répéta Amanda, qui n'était pas fan des estimations à la louche.

Sara leva les yeux au ciel à l'intention de Will. Elle n'était pas fan du ton d'Amanda.

— La scène du crime de Vasquez comporte trois emplacements. Deux ici, dans la zone principale, et la troisième dans la cuisine. Vasquez ne s'est pas laissé faire.

Will tendit le bras derrière Sara pour tenir la porte ouverte. Une odeur d'excréments et d'urine – la carte de visite des détenus émeutiers – imprégnait chaque molécule à l'intérieur de la pièce.

— Dieu du ciel, s'exclama Faith en pressant le dos de sa main contre son masque.

Les scènes de crime n'étaient généralement pas son truc mais, là, l'odeur était si âcre que même Will sentit les larmes lui monter aux yeux.

— Gary, vous pouvez aller chercher les petites pinces multiprise dans le fourgon ? demanda Sara à son assistant. Il va nous falloir déboulonner la table pour pouvoir enlever le corps.

La queue-de-cheval de Gary rebondit sous son filet à cheveux lorsqu'il s'empressa de sortir d'un pas allègre. Cela faisait moins de six mois qu'il travaillait pour le GBI. Ce n'était pas la pire scène de crime sur laquelle il était intervenu, mais qu'elle soit dans une prison la rendait plus pénible encore que les autres.

Le flash de l'appareil-photo de Charlie éblouit Will, qui cligna des yeux pour en chasser les phosphènes.

— J'ai réussi à jeter un œil à la vidéo de surveillance, dit Sara à Amanda. Il y a neuf secondes d'enregistrement qui couvrent le début de la dispute et le moment où elle vire à l'émeute. C'est à ce moment-là qu'est arrivée, hors-champ, derrière la caméra, une personne non identifiée qui a coupé l'alimentation.

— Aucune empreinte digitale exploitable sur le mur, le câble ou la caméra, renchérit Charlie.

— La dispute a commencé à l'avant du réfectoire, près du comptoir de la cafétéria. Les esprits se sont échauffés très vite. Six prisonniers d'un gang rival se sont jetés dans la mêlée. Vasquez est resté assis à la table du coin, là-bas. Les onze autres hommes qui étaient à sa table ont couru à l'avant de la salle pour mieux voir le spectacle. Et c'est là que l'alimentation a été coupée.

Will évalua les distances. La caméra étant à l'arrière de la pièce, aucun des onze hommes n'aurait pu se faufiler à cet endroit sans être vu.

— Par ici, fit Sara en les conduisant à une table dans le coin de la cafétéria.

Douze plateaux de repas étaient posés devant douze chaises en plastique. La nourriture était moisie. Il y avait du lait rance répandu partout.

— Vasquez a été attaqué par-derrière. Le traumatisme consécutif à un choc violent a provoqué une fracture enfoncée du crâne. L'arme était probablement un petit objet lourd, balancé avec rapidité. La puissance du coup a projeté sa tête en avant. On a retrouvé, incrustés dans le plateau, des fragments de ce qui semble être les dents de devant de Vasquez.

Will regarda à nouveau la caméra. Cela ressemblait fort à une opération menée à deux – l'un coupait l'alimentation pendant que l'autre neutralisait la cible.

Faith respirait par la bouche, et régulièrement son masque se plaquait contre ses lèvres avant de se gonfler à nouveau.

— Le premier coup, il était destiné à tuer ou à assommer ? demanda-t-elle.

— Je ne peux pas parler d'intention, répondit Sara. C'était un coup puissant. Je n'ai pas remarqué de lacération, mais l'expression « fracture enfoncée » décrit bien ce qu'elle veut dire : les os brisés s'enfoncent vers l'intérieur et font pression sur le cerveau.

— Combien de temps est-il resté conscient ? demanda Amanda.

— D'après les indices, nous pouvons supposer qu'il l'est resté jusqu'au moment de sa mort. Mais je ne peux pas m'avancer sur son état. Nauséeux ? Certainement. Vision trouble ? C'est probable. À quel point était-il conscient ? Impossible à dire. Chacun réagit différemment aux traumatismes crâniens. D'un point de vue médical, à chaque fois qu'on parle de lésion cérébrale, la seule chose qu'on sait, c'est qu'on ne sait pas.

— Bien évidemment, ponctua Amanda, bras croisés.

Will croisa les bras à son tour. Tous les muscles de son corps étaient contractés. Même sa peau était tendue. Quel que soit le nombre de scènes de crime sur lesquelles il avait pu enquêter, son corps n'acceptait jamais de considérer comme une chose naturelle le fait d'être en présence d'un être humain violemment assassiné. Il pouvait supporter la puanteur de la nourriture moisie et des excréments. Mais l'odeur métallique qui se dégageait du sang quand le fer s'oxydait lui laissait un arrière-goût dans la bouche toute la semaine suivante.

— Vasquez a été battu à terre, poursuivit Sara. Trois molaires gauches ont été fendues jusqu'à la racine, les os de l'orbite gauche ainsi que le côté gauche de la mâchoire sont fracturés. L'examen préliminaire suggère des côtes fracturées sur le flanc gauche. Vous pouvez voir que les éclaboussures de sang sur le mur et le plafond ont un tracé semi-circulaire. Nous avons trois groupes d'empreintes de pas ici, il s'agit donc de deux agresseurs, tous deux probablement droitiers. Je dirais qu'ils ont utilisé une chaussette lestée de cadenas, ce qui fait qu'on ne trouvera pas de traces visibles sur les mains des assaillants.

Une chaussette lestée de cadenas ressemblait fort à ce que son nom laissait entendre : un ou plusieurs cadenas à combinaison glissés à l'intérieur d'une chaussette.

— Pour une raison encore inconnue, Vasquez a fini pieds nus après l'attaque initiale. Nous n'avons pas retrouvé ses chaussures, ni ses chaussettes, dans le réfectoire. Ses agresseurs portaient les tennis fournies par la prison, dont les semelles présentent toutes les mêmes motifs gaufrés. Nous avons réussi à rassembler beaucoup d'informations à partir des empreintes de pieds et de chaussures. Ensuite, ils l'ont emmené à la cuisine.

— Et qu'est-ce que c'est que ce tatouage ? demanda Amanda à l'autre bout de la pièce, les yeux rivés sur la main tranchée. C'est un tigre ? Un chat ?

— La base de données sur les tatouages indique qu'un tigre peut symboliser la haine de la police, ou bien que l'homme est un cambrioleur.

— Un taulard qui déteste la police. Comme c'est original. Poursuivons, docteur Linton, dit Amanda en faisant un mouvement du poignet en direction de Sara.

D'un geste, Sara les invita à la suivre jusqu'à l'avant de la cafétéria. Il y avait des plateaux vides sur le tapis roulant : au moins, certains détenus avaient pu terminer leur déjeuner avant que l'émeute commence.

— Vasquez mesurait environ un mètre soixante-quinze pour soixante-trois kilos. Sous-alimenté, donc, mais ce n'est pas surprenant vu que c'était un toxicomane invétéré. Des traces d'injection sur le bras gauche, entre les orteils du pied gauche et à la carotide droite, donc on peut supposer qu'il était droitier. Il y a un hachoir à viande dans la zone de préparation des aliments de la cuisine, ainsi qu'une grande quantité de sang, ce qui indique que c'est là-bas que la main gauche a été sectionnée.

— Il ne se l'est pas tranchée lui-même, accidentellement ?

Sara secoua la tête.

— C'est peu probable. Les empreintes de pieds et de chaussures indiquent qu'il était plaqué au sol.

— Il n'y a pas de marque distinctive sur les traces de pas laissées par les baskets, ajouta Charlie. Comme Sara l'a dit, elles sont toutes réglementaires, chaque détenu en a une paire.

Sara était arrivée à l'endroit où Vasquez avait trouvé la mort. Elle s'accroupit devant une autre table. Tout le monde, à part Amanda, en fit autant.

Les narines de Will se dilatèrent. Le cadavre avait macéré dans la chaleur pendant presque deux jours entiers. La décomposition était bien avancée. La peau se détachait de l'os. Quelqu'un avait visiblement poussé du pied le cadavre de Vasquez pour le faire glisser sous la table, l'écartant du passage comme on fourrerait, d'un coup de pied, des vêtements sales sous un lit. Des traînées de sang et des empreintes de semelles gaufrées apparaissaient à l'endroit où deux hommes au moins l'avaient poussé.

Les pieds nus de Vasquez étaient couverts de sang. Il était allongé sur le côté, en chien de fusil. Il tendait une main devant lui. Le moignon sanguinolent où se trouvait autrefois son autre main était enfoncé dans son ventre. Littéralement. Ceux qui avaient tué Vasquez l'avaient poignardé à tant de reprises que ses intestins semblaient avoir éclos hors de son abdomen en une sorte de fleur grotesque. L'os de son poignet tranché était planté dans l'orifice béant, comme une tige.

— En l'absence de preuve contradictoire, la cause du décès est probablement l'exsanguination ou le choc, dit Sara.

C'est sûr que le type avait l'air choqué. Il avait les yeux grands ouverts. Les lèvres écartées. À part ça, il avait un visage plutôt ordinaire, si l'on faisait abstraction de la trace sombre – noire, même – et boursoufflée qui s'étirait, en forme de croissant, jusqu'au bas de son crâne, là où le sang avait coulé et s'était accumulé. Tête rasée. Moustache d'acteur porno. Autour du cou, une fine chaîne en or avec une croix, légalement autorisée par le département des services correctionnels de Géorgie car c'était un symbole religieux. C'était une chaîne délicate. Peut-être un cadeau de sa mère, de sa fille ou de sa petite amie. Will trouva étrange que les meurtriers aient pris les chaussures et les chaussettes de Vasquez mais lui aient laissé son collier.

— Merde, c'est de la merde, s'exclama Faith d'une voix étranglée, les deux mains plaquées sur son masque, prise de haut-le-cœur.

Les intestins de Vasquez s'échappaient de son abdomen comme une saucisse crue. Ses excréments s'étaient répandus sur le sol, formant un tas qui avait séché en une masse noire de la taille d'un ballon de basket dégonflé.

— Allez voir s'ils ont déjà fouillé la cellule de Vasquez, ordonna Amanda à Faith. Si c'est le cas, je veux savoir qui l'a fait et ce qu'ils ont trouvé. Sinon, à vous l'honneur.

Faith n'eut pas besoin de se le faire répéter, tant elle avait hâte de s'éloigner du cadavre.

— Will, reprit Amanda qui était déjà en train de pianoter sur son téléphone. Terminez ce qu'il y a à faire ici, puis commencez la deuxième série d'interrogatoires. Ces hommes ont eu suffisamment de temps pour accorder leurs violons. Je veux que cette affaire soit bouclée rapidement. Pas question de se retrouver à devoir chercher une aiguille dans une botte de foin.

Will se dit que c'était pourtant la tournure que prenait la situation. Il y avait, à vue de nez, un bon millier de suspects, et tous étaient des criminels avérés.

— Oui, chef, répondit-il.

Sara lui fit un signe de tête pour qu'il la suive dans la cuisine. Elle baissa son masque.

— Faith a tenu le coup plus longtemps que je ne l'aurais cru, remarqua-t-elle.

Will abaissa son masque à son tour. La cuisine était dans un état semblable au réfectoire. Il y avait des plateaux, de la nourriture et du sang partout. Des repères jaunes en plastique sur le plan de découpe des viandes indiquaient l'endroit où la main de Vasquez avait été tranchée. Un hachoir gisait par terre. Le sang avait giclé en cascade.

— Pas d'empreintes digitales sur le couteau, lui dit Sara. Ils ont enroulé du film alimentaire autour du manche, puis ils ont fait disparaître le plastique par le trou de l'évier.

Will s'aperçut que le siphon sous l'évier avait été dévissé. Le père de Sara était plombier. Elle savait y faire avec la tuyauterie.

— Tout ce que je trouve montre qu'ils ont eu la présence d'esprit d'effacer leurs empreintes.

— Mais pourquoi ramener la main dans la cafétéria ?

— Ils l'ont très probablement jetée à travers la pièce.

Will tenta d'échafauder une hypothèse sur la façon dont le crime s'était déroulé.

— Quand la bagarre a commencé, Vasquez est resté assis à table. Il ne s'est pas levé parce qu'il ne fait partie d'aucun gang.

Les prisonniers avaient leur propre forme d'OTAN. Une agression contre l'un de vos alliés vous obligeait à prendre part au conflit.

— Seuls deux types s'en sont pris à lui, pas tout un gang, continua Will.

— Est-ce que ça réduit le nombre de suspects ? demanda Sara.

— Les détenus ont tendance à faire de l'autoségrégation. Vasquez ne se serait pas ouvertement mêlé à des détenus qui n'auraient pas été de la même race que lui.

La botte de foin venait de diminuer légèrement.

— Ça m'a tout l'air d'un crime opportuniste. *Si une émeute éclate, voilà comment on le tuera.*

— Du chaos naît l'occasion.

Will se frotta la mâchoire tout en examinant les empreintes sanglantes de pieds et de chaussures. Vasquez s'était débattu comme un diable.

— Il devait détenir une information qu'ils voulaient, non ? suggéra-t-il. On ne tranche pas la main d'un type juste pour le plaisir. On le plaque au sol, on le menace, et ce n'est qu'ensuite, s'il refuse toujours de nous donner ce qu'on veut, qu'on prend un hachoir et qu'on lui coupe la main.

— Oui, c'est comme ça que je m'y prendrais, en effet.

Will esquissa un sourire. Sara le lui renvoya. Le téléphone de Will vibra dans sa poche. Il ne répondit pas.

— Tout le monde savait que Vasquez cachait des téléphones sur lui. Est-ce que ça pourrait être la raison pour laquelle ils l'ont éventré ?

— Je ne crois pas tellement qu'ils l'ont éventré mais plutôt qu'ils l'ont poignardé à plusieurs reprises, répondit Sara. S'ils cherchaient un téléphone, le coup de chaussette lestée dans les côtes aurait provoqué une sorte de manœuvre de Valsalva. Si les gardiens de prison demandent aux détenus de se pencher en avant et de tousser, c'est pour une bonne raison. L'augmentation de la pression abdominale diminue la force constrictive à l'intérieur du sphincter. Le téléphone aurait été éjecté au premier coup. En plus, fouiller son ventre au couteau n'aurait pas grand sens. Si je voulais retrouver un téléphone caché dans ton cul, je chercherais dans ton cul.

— Est-ce que j'interromps un moment d'intimité ? dit une voix.

C'était Faith, dont le sens du timing était impeccable. Will sortit son téléphone de sa poche. Le coup de fil qu'il avait raté venait de sa coéquipière.

— On pense que les meurtriers de Vasquez cherchaient quelque chose. Une information. Peut-être l'emplacement d'une planque.

— La cellule de Vasquez était clean, dit Faith. Pas de contrebande. À en juger par sa collection d'œuvres d'art, c'était un fan de dames à moitié nues et de notre Seigneur Jésus Christ.

Elle fit au revoir à Sara d'un signe de la main tandis qu'elle traversait la cafétéria en compagnie de Will. Elle plaqua ses mains sur son nez pour bloquer l'odeur.

— Nick et Rasheed ont réduit notre liste à dix-huit suspects potentiels. Aucun n'a de meurtre sur son casier, mais on a deux homicides involontaires et un mordeur de doigt.

— Son propre doigt ou celui de quelqu'un d'autre ?

— Celui de quelqu'un d'autre, répondit Faith. Comme par hasard, il n'y a aucun témoignage fiable, mais un bon nombre de balances nous ont proposé leurs théories du complot à la noix. Tu le savais, toi, que l'État profond est à la tête d'un réseau pédophile qui passe par le système informatique des bibliothèques de prison ?

— Oui, répondit Will. Est-ce que ce meurtre te fait penser à un règlement de comptes personnel ?

— Absolument. On recherche deux hommes d'origine hispanique, dans la tranche d'âge de Vasquez, évoluant à l'intérieur de son cercle social, c'est bien ça ?

Will hocha la tête.

— Ça remonte à quand, la dernière fois que la cellule de Vasquez a été fouillée ? demanda-t-il.

— Ils ont fait une fouille générale de la prison il y a seize jours. Le directeur a missionné huit équipes d'intervention d'urgence en milieu carcéral pour ratisser les cellules. Le bureau du shérif a envoyé douze adjoints. Choc et stupeur parmi les taulards. Personne ne l'avait vu venir. Plus de quatre cents téléphones ont été confisqués, et peut-être deux cents chargeurs, en plus des stupéfiants et armes habituels – mais les téléphones, c'était le problème le plus criant.

Will voyait ce qu'elle voulait dire. Les téléphones portables à l'intérieur d'une prison pouvaient être très dangereux, même si tous les prisonniers ne les utilisaient pas dans un but délictueux. L'État prenait sa commission sur tous les appels passés à partir de la ligne fixe, à raison d'un minimum de cinquante dollars pour acheter une carte téléphonique, auxquels venaient s'ajouter cinq dollars pour un appel de quinze minutes, et encore cinq dollars supplémentaires à chaque fois qu'on voulait ajouter du crédit sur sa carte. La solution alternative consistait à louer un téléphone à clapet auprès d'un autre détenu pour, grosso modo, vingt-cinq dollars de l'heure.

Et puis, il y avait les motifs délictueux. Les smartphones pouvaient être utilisés pour trouver des informations personnelles sur les surveillants, superviser des organisations criminelles par le biais de textos cryptés, racketter les familles des autres détenus en échange de « protection » et, surtout, se faire de l'argent. Les applications comme Venmo et PayPal avaient remplacé les cigarettes et les chips Shabang comme monnaie pénitentiaire. Les gangs les plus sophistiqués utilisaient le bitcoin. La Fraternité aryenne, le Gang de la mafia irlandaise et celui de l'United Blood Nation engrangeaient des millions grâce au système carcéral américain.

Brouiller le signal des téléphones portables était illégal aux États-Unis.

Will tint la porte à l'intention de Faith, et ils sortirent. Le soleil écrasait la cour de promenade vide. Il vit des silhouettes apparaître derrière les étroites fenêtres des cellules. Des cris retentissaient. L'oppression du confinement était presque palpable, comme une vis qui s'enfoncerait lentement dans le sommet de votre crâne.

— L'administration, indiqua Faith en pointant du doigt un bâtiment d'un étage au toit plat.

Ils empruntèrent le chemin le plus long, passant par les allées latérales au lieu de couper par le tas de terre battue rouge qui faisait office de promenade.

Ils croisèrent trois surveillants appuyés à la barrière ; leurs regards se perdaient dans le lointain, à des milliers de kilomètres. Il n'y avait pourtant rien à surveiller. Ils s'ennuyaient autant que les détenus. Ou peut-être qu'ils attendaient l'heure de la revanche. Six de leurs collègues avaient été blessés pendant l'émeute, et les surveillants de prison n'appartenaient pas à une profession réputée pour sa mansuétude.

— Le directeur a pété un câble à cause des téléphones, dit Faith à voix basse. L'unité d'isolement était déjà pleine à craquer. Il a interdit toute sortie dans la cour, fermé l'économat, suspendu les visites, éteint les ordinateurs et les télés, il a même fermé la bibliothèque. Pendant deux semaines, ces gars n'ont rien eu d'autre à faire que se taper mutuellement sur les nerfs.

— Voilà une bonne façon de provoquer une émeute, observa Will.

Il ouvrit une autre porte. Ils passèrent devant des bureaux dont les vitres donnaient sur le couloir. Toutes les chaises étaient vides.

Il y avait des tables pliantes en guise de bureaux, pour s'assurer que personne ne pouvait rien cacher. Les détenus occupaient la plupart des postes administratifs ; c'est vrai qu'il était difficile de trouver plus rentable que leur salaire à trois *cents* de l'heure.

Le bureau du directeur n'avait pas de fenêtre donnant sur le couloir, mais Will reconnut le ton faussement calme d'Amanda qui leur parvenait depuis l'autre côté de la porte fermée. Il se dit que l'homme devait fulminer. Les directeurs n'aimaient pas être surveillés. Encore une raison pour laquelle ce bonhomme avait pété un câble devant tous ces téléphones confisqués : il n'y avait sans doute rien de plus humiliant pour lui que d'entendre l'un de ses détenus donner une interview en direct à une chaîne de télévision depuis l'intérieur de son propre établissement.

— Combien y a-t-il eu d'appels vers l'extérieur pendant l'émeute ? demanda Will.

— Un à CNN et un autre à 11-Alive, répondit Faith. Mais on était en plein scandale électoral, du coup personne n'y a prêté attention.

Ils avaient atteint un long et large couloir, dans lequel s'étirait une file encore plus longue de détenus. Leurs dix-huit suspects, pensa Will. Les hommes avaient été disposés comme autant de misérables triangles isocèles : la partie supérieure de leur corps était inclinée en avant, jambes tendues, chevilles fléchies, tout le poids de leur corps en appui sur leurs fronts qui étaient posés contre le mur car, apparemment, les deux gardiens chargés de les surveiller étaient des connards finis.

Le protocole de confinement imposait d'entraver tous les prisonniers, dès qu'ils sortaient de leur cellule, avec ce qu'on appelait un costume quatre pièces. Des menottes aux poignets, reliées à une chaîne autour du ventre. Des fers de cheville attachés entre eux par une chaîne longue de trente centimètres qui les empêchait de danser le *two-step*. Être harnaché de la sorte, puis obligé d'appuyer son front contre un mur de béton, cela mettait une sacrée pression sur le cou et les épaules. La chaîne ventrale ajoutait une tension supplémentaire sur les reins, tandis que les mains étaient tirées vers le bas par la gravité. Apparemment, les détenus étaient dans cette position depuis un bon moment. La sueur dégoulinait le long des murs. Will vit des jambes qui tremblaient. Les chaînes cliquetaient comme des pièces dans un sèche-linge.

— Nom de Dieu, marmonna Faith.

En longeant avec elle la file de détenus, Will aperçut tout un éventail de tatouages aux traits d'encre tremblotants caractéristiques du monde carcéral. Tous les détenus semblaient avoir plus de la trentaine, ce qui était logique. D'expérience, Will savait qu'avant trente ans les hommes faisaient tout un tas de choses stupides. Si un type était toujours en prison passée la troisième décennie de sa vie, c'était soit parce qu'il avait vraiment merdé, soit parce qu'on l'avait vraiment entubé, soit parce qu'il persistait à prendre de mauvaises décisions qui le maintenaient dans le système carcéral.

Faith ne se donna pas la peine de cogner à la porte fermée de la salle d'interrogatoire. Les agents Nick Shelton et Rasheed Littrell étaient assis devant la table, une pile de dossiers devant eux.

— ... te dis que cette nana a un cul de centaure...

Rasheed interrompit brusquement son histoire quand Faith entra dans la pièce.

— Pardon, Mitchell, dit-il.

Faith le fusilla du regard en refermant la porte.

— Je ne suis pas à moitié cheval, rétorqua-t-elle.

— Merde alors, c'est ça que ça veut dire ? demanda Rasheed avant de partir d'un grand rire bonhomme. Quoi d'neuf, Trent ?

Will lui adressa un petit coup de menton en guise de salut.

Faith feuilleta les documents étalés sur la table.

— Tous les dossiers sont là ?

Le dossier d'un détenu, c'était tout simplement le journal intime de sa vie – procès-verbaux d'interpellation, directives déterminant le prononcé des peines, informations sur les transferts, dossiers médicaux, classification de santé mentale, évaluation de la menace, niveau d'éducation, programme thérapeutique, registre des visites, antécédents disciplinaires, préférence religieuse, orientation sexuelle.

— Y en a un qui a l'air de faire l'affaire ? demanda-t-elle.

Rasheed les mit au courant au sujet des dix-huit suspects dans le couloir. Will garda la tête tournée vers l'agent spécial, comme on le fait lorsqu'on accorde toute son attention à quelqu'un, mais il réfléchissait en réalité à ce qu'il allait dire à Nick Shelton.

Des années auparavant, quand Nick avait été assigné au bureau du secteur sud-est du GBI, il avait travaillé en étroite collaboration avec le mari défunt de Sara. Jeffrey Tolliver était alors le chef de la police de Grant County. C'était un ancien joueur de football d'université et, aux dires de tous, c'était un vrai battant. Certains des récits que Nick faisait des affaires sur lesquelles ils avaient collaboré ressemblaient à de véritables scénarios de films. Jeffrey Tolliver avait été le Lone Ranger, et Nick, son Tonto – si Tonto avait parlé comme Charlie le coq et s'était habillé comme un des Bee Gees, avec chaîne en or et jean bien trop moulant. Les deux policiers avaient démantelé des réseaux de pédophiles, arrêté des trafiquants de drogue et des meurtriers. En allant dans une plus grande ville, Jeffrey aurait pu faire fructifier ses victoires pour obtenir un salaire bien plus important, mais il avait sacrifié la célébrité et la gloire pour servir Grant County.

Sara l'aurait sans doute épousé une troisième fois s'il n'était pas mort au cours de leur deuxième union.

— Il y a de quoi faire, dit Faith.

Contrairement à Will, elle avait véritablement prêté attention au compte rendu de Rasheed.

— Autre chose ? demanda-t-elle.

— Nan.

Nick se gratta la barbe, qu'il taillait façon Barry Gibb.

— Prenez la salle, vous deux, dit Nick. Y a deux ou trois témoins qu'on veut revoir, Rash et moi.

Faith s'assit sur la chaise laissée vacante par Rasheed et se mit à sélectionner des suspects prometteurs. Will la vit aller droit aux formulaires de mesure disciplinaire. Elle croyait dur comme fer que l'histoire se répétait.

— Comment va Sara, ces temps-ci ? demanda Nick à Will.

Dans sa tête, Will passa rapidement en revue toute une série de réponses plus cassantes les unes que les autres, avant d'opter pour celle-ci :

— Elle est à la cafétéria. Tu n'as qu'à aller la voir.

— Merci, mon grand, répondit Nick en attrapant Will par l'épaule en un geste qui était à la fois une petite tape et une empoignade, avant de s'en aller.

Will accorda bien plus d'attention qu'il ne l'aurait voulu à cette tape qui n'en était pas une – plutôt un truc à mi-chemin entre l'étau mortel de Vulcain et une caresse sur le cul d'un chien.

Faith attendit que la porte se referme.

— C'était désagréable ? demanda-t-elle.

— Tout dépend de quel côté du cheval tu te places.

Will posa la main sur la poignée de la porte, mais attendit un instant avant de l'ouvrir.

— Comment on la joue ? s'enquit-il. Je ne suis pas sûr que ces gars soient très à l'aise si c'est une femme qui les interroge.

— Tu as probablement raison, répondit-elle en sortant un dossier de la pile. Maduro.

Will ouvrit la porte. Le surveillant attendait dehors. Will s'adressa à lui à voix basse.

— Décollez-moi ces hommes du mur avant que je vous fasse cracher vos poumons.

L'homme jeta un regard sournois à Will mais, comme la plupart des petites brutes, c'était un lâche. Il se tourna vers ses prisonniers.

— Détenus ! À terre ! beugla-t-il.

Un déluge de grognements de soulagement retentit. Les hommes durent s'arracher aux murs de parpaing. Ils avaient tous des taches rouge vif sur le front et des regards vitreux. Certains eurent du mal à s'asseoir. D'autres s'effondrèrent tout simplement à terre, vidés.

— Maduro, c'est à vous, appela Will.

Un petit homme au gabarit de pot à tabac se figea alors qu'il était en train de s'accroupir. Il pivota sur un pied, les chevilles entravées par la courte chaîne. Trente centimètres, ce n'était pas beaucoup, à peu près la longueur de deux billets d'un dollar mis bout à bout. Maduro avançait d'un pas raide et laborieux. Il soutenait sa chaîne ventrale pour éviter qu'elle s'enfonce dans les os de son bassin. Son front était piqueté de sang aux endroits où le béton avait entamé la chair. Il franchit la porte et attendit devant la table.

Les prisons de Géorgie fonctionnaient comme des organisations paramilitaires. À moins d'être enchaînés, les détenus devaient marcher les mains jointes dans le dos. On exigeait d'eux qu'ils se tiennent droits. Qu'ils maintiennent leur cellule dans un état irréprochable et fassent leur lit au carré. Et surtout, ils étaient tenus de s'adresser aux surveillants avec respect – *oui monsieur, non monsieur, puis-je me gratter les couilles monsieur.*

Maduro regardait Will, attendant qu'on lui dise quoi faire.

Will croisa les bras sur sa poitrine et laissa Faith prendre les choses en mains, car ces types étaient soupçonnés de meurtre. Ce n'était pas à eux de choisir qui devait les interroger.

— Asseyez-vous, ordonna Faith.

Elle compara la carte d'identité et la photographie du prisonnier à son dossier.

— Hector Louis Maduro. Effectue une peine de quatre ans pour une série de vols avec effractions. Encourt dix-huit mois supplémentaires pour sa participation à l'émeute. Vous a-t-on informé de vos droits ?

— *Español*, répondit l'homme en se calant de tout son poids au fond de sa chaise. *Tengo derecho legal a un traductor. O te podrías sacar la camisa y te chupo esas tetas grandes*[1].

Le père d'Emma était un Mexicain américain de deuxième génération. Faith avait appris l'espagnol, aussi pouvait-elle l'envoyer chier dans deux langues.

— *Yo puedo traducir por ti, y puedes hacerte la paja con esa verguita de nada quando vuelves a tu celda, pendejo de mierda*[2].

Maduro leva les sourcils.

— Putain, Blanche-Neige, c'est pas à l'école des petites blondes qu'on t'a appris ces trucs dégueus.

Faith coupa court.

— Vous étiez une relation de Jesus Vasquez.

— Écoutez, dit Maduro en se penchant en avant, les mains agrippées au rebord de la table. Y a un tas de prisonniers ici qui vous diront qu'ils sont innocents, mais moi je suis pas innocent, OK ? J'ai commis ces cambriolages pour lesquels j'ai été condamné, mais je vais vous dire un truc : j'ai vu un tas d'injustices dans cette institution – des matons contre les détenus, des détenus entre eux –, et je veux que vous sachiez que je suis un bon chrétien et que pour moi le bien, c'est le bien, et le mal, c'est le mal, alors quand j'ai vu des prisonniers s'unir dans un but commun, pour qu'on comprenne et qu'on respecte les droits humains de…

— Laissez-moi interrompre votre conférence TED, le coupa Faith. Vous connaissiez Jesus Vasquez ?

1. J'ai le droit d'avoir un traducteur. Ou alors tu peux enlever ta chemise et je vais sucer ces gros nichons.

2. Je peux traduire pour toi, et tu pourras te branler avec ta bite minable quand tu retourneras dans ta cellule, espèce de connard.

Maduro jeta un regard nerveux en direction de Will.

Ce dernier garda une expression neutre sur le visage. Il avait appris au fil des interrogatoires que le silence était très efficace pour amorcer la conversation.

— Vous avez été pris en flagrant délit de possession de téléphones portables par le passé, reprit Faith. Vous avez deux blâmes pour infraction dans votre dossier, pour vous être disputé avec…

Soudain, Nick déboula dans la pièce comme un toast éjecté d'un grille-pain. De toute évidence, il avait couru jusqu'ici. De la sueur dégoulinait de ses rouflaquettes. Il serrait dans son poing une feuille chiffonnée.

— Dehors, prisonnier, lança-t-il à Maduro.

Faith jeta un regard interrogateur à Will, qui haussa les épaules. Nick était agent depuis vingt ans. Il avait tout vu, des situations les plus abominables aux choses les plus stupides. Si quelque chose le secouait, alors ils devaient tous être secoués.

— Sortez, dit encore Nick en poussant Maduro vers le surveillant dans le couloir. Remettez-les dans leurs cellules.

La porte était fermée. Nick ne disait rien. Il lissait son bout de papier sur la table. Des gouttes de sueur tombaient sur le document. Il respirait bruyamment.

Faith lança un nouveau regard intrigué à Will. Il lui répondit avec le même haussement d'épaules que cinq secondes plus tôt.

Faith ouvrit la bouche pour lui arracher les informations, mais Nick prit la parole de lui-même.

— Un détenu nommé Daryl Nesbitt m'a transmis cette note. Il veut passer un marché. Il dit qu'il sait qui a tué Vasquez et comment ils font entrer les téléphones dans la prison.

Cette fois, c'est Will qui regarda Faith d'un air interloqué. Ça, c'était une excellente nouvelle. Pourquoi Nick avait-il l'air si flippé ?

Faith eut la présence d'esprit de demander :

— Qu'est-ce qu'elle disait d'autre, cette note ?

Nick ne lui répondit pas, ce qui était encore plus étrange. Il se contenta de faire tourner la feuille de papier dans l'autre sens et de la faire glisser en direction de Faith.

Elle parcourut la note, résumant à voix haute les passages les plus importants :

— Veut un marché. Sait où les téléphones sont planqués...

— Troisième paragraphe, l'interrompit Nick.

Faith commença à lire :

— *Je suis victime d'un complot mené par la brigade de police d'une petite ville, qui vise à me faire rester en prison jusqu'à la fin de ma vie pour un crime que je n'ai pas commis.*

Will ne regarda pas la lettre par-dessus l'épaule de Faith. Il observait Nick. Le dilemme se lisait sur le visage de ce dernier. La seule chose dont Nick semblait sûr, c'était qu'il ne devait pas regarder en direction de Will.

Faith continua sa lecture :

— *Ce trou à rats était une vraie cocotte-minute. Une étudiante blanche de l'université s'était fait agresser. Le campus était en état d'alerte maximale. Aucune femme ne se sentait en sécurité. Le chef de la police du comté devait arrêter quelqu'un. N'importe qui. Sinon il perdait son boulot. Il a inventé un motif pour s'en prendre à moi.*

Faith se retourna pour regarder Will. Visiblement, elle avait lu la suite et n'aimait pas la tournure que tout cela prenait.

Will resta concentré sur Nick, soudain pris d'un désir irrépressible d'essuyer les taches sur le bout en métal ouvragé de ses bottes de cow-boy bleues. Will le regarda sortir un mouchoir, puis se pencher en avant et polir la pointe en argent comme un cireur de chaussures.

Faith continua de lire :

— *Je suis innocent. Je ne serais pas ici sans ce flic corrompu jusqu'à l'os et sa bande d'escrocs. Tout le monde dans Grant County a cru aux mensonges à la con du chef de la police.*

Faith lut encore davantage, mais Will avait entendu tout ce qu'il avait besoin de savoir.

Université. Grant County. Chef de la police.

Nesbitt parlait de Jeffrey Tolliver.

2

Faith dut utiliser les toilettes pour hommes, car les seuls sanitaires pour femmes se trouvaient à dix minutes de marche en direction du parloir. Elle se lava les mains dans le lavabo qui semblait recouvert d'une substance visqueuse. Elle s'aspergea le visage d'eau froide. Seule une éponge-grattoir métallique parviendrait à débarrasser ses pores de la crasse de la prison.

Même dans le bâtiment administratif, l'air était lourd de désespoir. Elle entendait encore les cris provenant de l'unité d'isolement. Les pleurs. Les hurlements. Les supplications. Parcourue de fourmillements, Faith hésitait entre deux réactions instinctives : la lutte ou la fuite. Dès le moment où elle avait franchi la porte, elle avait été sur le qui-vive, prête à déguerpir. La nature de son boulot faisait qu'elle se retrouvait souvent à être la seule femme de la pièce pendant la plus grande partie de ses journées. Mais être la seule femme dans une prison pour hommes, c'était une autre paire de manches. Elle ne pouvait pas se permettre de trop s'éloigner des hommes qu'elle savait être les gentils. Et par gentils, elle voulait dire des hommes qui n'allaient pas la violer en réunion.

Elle secoua les mains pour les sécher et chasser sa peur. Elle devait consacrer toute sa matière grise à faire craquer Daryl Nesbitt, car elle ne comptait pas faire exploser la vie de Sarah à cause du petit jeu d'un taulard dégueulasse qui cherchait à faire l'intéressant.

Faith ouvrit la porte. Nick et Will avaient l'un comme l'autre le visage impassible. Elle devinait qu'ils n'avaient pas échangé un mot. C'est vrai, à quoi bon parler alors qu'ils pouvaient ruminer en silence ?

— Ce connard de Nesbitt nous baratine forcément, pas vrai ? lança-t-elle. C'est un escroc. Ce n'est jamais leur faute. Ils sont toujours innocents. Les flics sont toujours corrompus. Qu'il aille se faire foutre. J'ai pas raison ?

Nick dodelina de la tête sans vraiment acquiescer. Will lui lança un regard noir.

— Qu'est-ce que tu sais sur ce Nesbitt ? demanda-t-elle à Nick.

— Je sais que c'est un pédophile condamné, mais je n'ai pas regardé son dossier en profondeur.

Éplucher en détail la biographie de Daryl Nesbitt, c'était pourtant la première chose que Faith aurait faite, avant de courir partout comme un poulet à qui on vient de couper la tête.

— Pourquoi ? demanda-t-elle.

Faith vit la mâchoire de Nick saillir comme s'il lui poussait un goitre sur le côté du visage. C'était pour cela que Will fulminait. Nick n'aurait pas été aussi bouleversé s'il avait véritablement cru que Daryl Nesbitt mentait. Il n'aurait pas tourné comme une toupie dans la salle d'interrogatoire. Sa peau n'aurait pas eu cette couleur cendreuse. S'il fallait se représenter l'attitude de Nick jusqu'ici, on pouvait se figurer une enseigne lumineuse géante avec une flèche clignotante pointée vers le mot « PEUT-ÊTRE ».

— Finissons-en, dit Faith.

Elle partit dans le couloir, sans prendre la peine de faire le point avec Will. Il n'était pas du genre à faire une pause pour avoir une discussion à cœur ouvert. D'après son expérience passée, elle pouvait hasarder une hypothèse sur ce qui traversait l'esprit de son coéquipier à ce moment précis. Il essayait de trouver un moyen de dissimuler tout cela à Sara.

Faith était plus que favorable à ce vœu de silence. Merde, Sara avait vu son mari mourir sous ses yeux cinq ans plus tôt. Elle avait traversé les flammes de l'enfer pour surmonter son deuil et son chagrin. Elle était enfin heureuse avec Will. Ils allaient sans doute se marier, si Will réussissait un jour à trouver le cran de lui demander. Aucune raison d'aller parler de Daryl Nesbitt à Sara, du moins tant qu'il n'y avait rien à en dire.

Faith tourna à gauche et entra dans le dernier bureau au bout du couloir.

Nesbitt était assis sur une chaise, derrière la table pliante. Caucasien, trente-cinq ans environ, des cheveux bruns mêlés de mèches grises, des lunettes recollées avec un morceau de sparadrap au milieu de la monture. Il n'était pas entravé. Ni menottes ni chaînes. Et il lui manquait une partie de sa jambe, sous le genou. Une prothèse était posée contre le mur. Nesbitt avait l'air d'un camé dont le rêve aurait été de devenir une star du skateboard, mais qui avait fini par se faire arrêter pour avoir cambriolé un restaurant Dunkin' Donuts. Des coupures de journaux étaient soigneusement empilées sur la table devant lui.

Nick fit les présentations.

— Daryl Nesbitt, voici les agents spéciaux Trent et Mitchell.

Nesbitt fonça bille en tête.

— Celle-là..., commença-t-il en plantant son doigt sur une pile d'articles. Elle avait vingt-deux ans. Celle-ci en avait dix-neuf, ajouta-t-il en désignant un autre tas.

Faith s'assit sur la deuxième – et dernière – chaise de la salle, de l'autre côté de la table, en face de Nesbitt. Un relent de pourriture émanait de cet homme, mais peut-être Faith sentait-elle sa propre odeur. Ses vêtements et ses cheveux avaient absorbé la puanteur de la cafétéria. Le bureau était petit, à peine plus grand qu'une cellule. Nick se plaça juste derrière le détenu. Adossé au mur. Will resta dans l'embrasure de la porte, juste derrière Faith.

Elle laissa le silence s'installer de façon que Nesbitt sache qui était le patron. Elle avait mis un point d'honneur à ne pas baisser les yeux vers les coupures de presse, mais elle en avait assez vu pour deviner de quoi il s'agissait, grosso modo. Il y avait en tout dix piles, contenant cinq ou six articles chacune. Deux de ces piles semblaient composées de publications récentes, mais les huit autres avaient jauni avec le temps. Dans l'une d'elles, l'encre d'imprimerie était même presque complètement effacée. Les grands mots gris des gros titres semblaient hanter la une, comme des fantômes. Elle aperçut le logo du *Grant Observer.* Nick ne leur avait rien dit au sujet de ces articles. Mais, d'un autre côté, Nick ne disait jamais grand-chose, en règle générale.

— Si vous lisez…, commença Nesbitt.

— Attendez, l'interrompit-elle, pour replacer cet entretien sur une base plus formelle. Vous êtes en détention, mais vous avez le droit de garder le silence…

— Je renonce à mes droits, la coupa Nesbitt en levant les mains, paumes tournées vers elle. Je suis ici pour conclure un marché. Je n'ai rien à cacher.

Faith en doutait sérieusement. Si elle avait croisé Nesbitt dans la rue, elle l'aurait immédiatement identifié comme un escroc. Les yeux perçants. Les épaules voûtées, comme sous le poids des défaites et de la colère. Si ce type-là ne cachait pas quelque chose, Faith ne connaissait rien à son métier.

Du doigt, Nesbitt montra à nouveau les articles.

— Il faut que vous les lisiez, dit-il. Vous comprendrez.

Elle parcourut quelques gros titres de la première pile. « Le corps d'une adolescente retrouvé dans les bois ». « Une étudiante portée disparue ». « Une mère supplie la police de rechercher sa fille disparue ».

Elle passa en revue les autres piles d'articles. D'autres choses du même genre, prises à rebours, de sorte que les titres commençaient par annoncer un corps qu'on avait retrouvé et finissaient en évoquant une femme qui n'était pas apparue à son travail, en classe, ou à un repas de famille. Il n'y avait pas de journaux dans la prison ; c'était donc quelqu'un d'autre qui avait récolté ces articles pour Nesbitt. On avait dû les lui envoyer par la poste. Comme il s'agissait de presse écrite, Faith se dit que ce devait être sa mère ou une vieille parente qui lui avait fait cet honneur.

Faith avisa les dates au-dessus des signatures des journalistes. Les coupures les plus anciennes étaient tirées du journal de Grant County ; elles dataient de huit ans. Les autres articles avaient tous été publiés dans l'intervalle.

— Ce n'est pas exactement de l'actu, fit remarquer Faith.

— Mes recherches sont limitées par les circonstances dans lesquelles je me trouve, protesta Nesbitt en indiquant à Faith les deux affaires les plus récentes. Celle-là, elle a disparu il y a trois mois. On a retrouvé son corps le mois dernier. Celle-là, on l'a trouvée hier matin. Hier matin !

Il avait prononcé cette dernière phrase d'une voix stridente. Faith laissa quelques secondes s'écouler avant de répondre, afin qu'il comprenne bien qu'il était formellement interdit de crier.

— Comment avez-vous fait pour apprendre qu'un corps avait été découvert hier, alors que vous êtes confiné depuis l'émeute ?

Les lèvres de Nesbitt s'ouvrirent avec un petit claquement, pour se refermer aussitôt. Il avait dû avoir accès à un smartphone.

— La femme s'appelle Alexandra McAllister. Son corps a été trouvé par deux randonneurs.

Faith voulait voir la réaction de Will. Elle le regarda par-dessus son épaule, et lui dit le nom de la ville où le corps avait été découvert :

— Sautee Nacoochee.

Will hocha la tête, mais il garda les yeux rivés sur le visage de Nesbitt. Il était doué pour repérer les menteurs. Mais là, à en juger par l'expression sur son visage, ce n'était pas un menteur qu'il était en train d'observer.

Faith parcourut l'article sur la disparition d'Alexandra McAllister, publié huit jours plus tôt. La jeune femme était partie en randonnée et n'était pas revenue. Les recherches avaient été interrompues en raison du mauvais temps. Sautee était située dans White County, ce qui signifiait que c'était le département du shérif local qui était chargé de l'enquête. Au journal télévisé, Faith avait vu un reportage sur la découverte du corps de cette femme dans les bois. D'après le journaliste, la piste criminelle n'était pas envisagée.

— Qui vous a envoyé ces articles ? demanda-t-elle à Nesbitt.

— Un ami, mais ça n'a pas d'importance. J'ai d'importantes informations à échanger.

Nesbitt joignit les mains. Ses ongles étaient cernés de noir, comme de la moisissure sur un carreau de salle de bains.

— Je sais qui a tué Jesus Vasquez, déclara-t-il enfin.

— Nous saurons sans doute qui a fait le coup avant la fin de la journée, bluffa Faith.

En fait, elle ne s'avançait pas tant que ça : au vu des dossiers des dix-huit détenus qu'elle avait feuilletés, elle était prête à parier qu'ils n'étaient pas loin d'avoir trouvé leurs coupables.

— Les cartes « sortie de prison » ne sont pas données, vous savez, ajouta-t-elle.

— Je peux vous faire gagner du temps, rétorqua-t-il. Tout ce que je demande, c'est que vous me laissiez ma chance.

Il ne leur disait pas tout. C'était évident. Quand ils appellent leur mère pour son anniversaire, les escrocs escamotent toujours le mot « joyeux » de « joyeux anniversaire ».

— Lisez tout ça, dit Nesbitt en montrant à nouveau les articles. Vous pourriez devenir la flic qui a coffré un tueur en série. Toutes ces femmes ont été enlevées *après* ma condamnation. Voilà le type que vous cherchez. Pas moi. Moi, je suis innocent.

— Voilà qui vous distingue de tous les autres détenus enfermés entre ces murs.

— Vous ne m'écoutez pas, nom de Dieu !

La voix de Nesbitt résonna dans la pièce exiguë. Il serrait les dents, retenant à grand-peine une explosion verbale. Il était resté suffisamment longtemps en prison pour savoir que la colère ne le mènerait pas à ses fins. Mais cela signifiait aussi que le self-control n'était probablement pas l'un de ses points forts.

— Écoutez, reprit-il. Je n'ai rien à faire dans cette prison. J'étais juste au mauvais endroit au mauvais moment. La police du coin m'a mis le grappin dessus, parce qu'une étudiante blanche avait été tuée et qu'il fallait trouver un coupable. C'était du profilage et rien d'autre, ça crève les yeux.

— Selon les statistiques, répondit Faith, les femmes blanches sont plus susceptibles d'être assassinées par des hommes blancs.

— C'est pas de ce genre de profilage que je veux parler ! s'exclama Nesbitt, laissant enfin sa rage éclater. Pourquoi vous refusez de m'écouter, pauvre conne ?

Derrière elle, Faith sentit Will se contracter, comme un serpent à sonnette prêt à attaquer.

Nick s'était décollé du mur.

Nesbitt était encerclé, mais il avait encore les poings serrés, et s'était à moitié levé. Faith pensa à tous les coups de poing qu'il pourrait lui porter avant que Will et Nick ne parviennent à l'arrêter. Puis elle chassa cette idée, car elle devait faire son travail. Elle avait dit à Will que les détenus étaient comme des gosses. Et s'il y avait bien une chose que Faith savait faire, c'était gérer les petits garnements.

— On fait une pause, décréta Faith, joignant le geste à la parole. Nesbitt, ajouta-t-elle, si on doit continuer à discuter, vous allez devoir faire quelque chose pour moi.

Nesbitt fulminait toujours, assis sur sa chaise, mais il écouta Faith.

— Prenez une profonde inspiration et expirez lentement, lui intima-t-elle.

Nesbitt eut un air perplexe, ce qui était l'effet escompté.

— Cinq fois, précisa Faith. Je vais le faire avec vous.

Elle inspira un grand coup pour l'inviter à en faire autant.

— On inspire… et on expire, dit-elle.

Nesbitt se laissa enfin aller, sa poitrine se souleva et retomba une première fois, puis une seconde, et, enfin, la fureur commença à se dissiper dans son regard.

Faith expira pour la cinquième fois ; son rythme cardiaque commençait à ralentir.

— Bien, exposez-moi votre affaire, reprit-elle enfin. Pourquoi en avez-vous parlé à l'agent Shelton plutôt qu'au directeur ?

— Le directeur est une couille molle doublée d'une merde. Je connais la loi. C'est le GBI qui est chargé d'enquêter sur les policiers corrompus, cracha Nesbitt, qui s'efforçait toutefois d'apaiser le ton de sa voix. Je suis victime de la corruption de la police. On m'a collé ça sur le dos parce que je suis pauvre. Parce que j'ai un casier. Parce que j'ai passé trop de temps avec des filles.

Des filles.

— Quel âge avaient ces jeunes filles ? demanda Faith.

— C'est pas la question. Bon Dieu !

Le poing de Nesbitt resta un instant en l'air, mais il se retint avant de l'abattre sur la table. Sans que Faith l'incite à le faire, il prit une nouvelle inspiration profonde, puis expira lentement entre ses dents, avec un sifflement. Il avait l'haleine fétide. Faith remarqua que sa peau était moite.

Elle jeta un œil au-dessus de l'épaule de Nesbitt. Nick avait chaussé ses lunettes pour lire ce que la presse de Grant County avait à dire de tout cela. Ces huit années faisaient l'effet d'une vie entière. La coupure de presse était si vieille que Nick la tenait à deux mains pour qu'elle ne se déchire pas. Faith voyait bien à son expression que chaque mot qu'il lisait lui faisait l'effet d'un coup de poing dans le ventre.

— Comme je vous ai dit, reprit Faith en s'adressant à Nesbitt, nous avons presque terminé de régler l'affaire Vasquez, et si nous décidons d'enquêter sur ces meurtres, vous nous avez déjà donné les articles, alors nous n'avons vraiment pas...

— Attendez !

Nesbitt tendit la main vers celle de Faith, mais se ravisa in extremis.

— Attendez, d'accord ? J'ai autre chose.

Faith laissa sa main posée sur la table, même si son instinct lui avait commandé de la retirer. Elle consulta sa montre.

— Vous avez une minute, dit-elle.

— Vasquez a été tué à cause de son réseau de distribution, déclara Nesbitt.

Il se lécha les lèvres, guettant anxieusement la réaction de son interlocutrice.

— Je peux vous dire comment ils font entrer les téléphones ici. Où ils les planquent. Comment l'argent circule. Je ne témoignerai pas, mais je peux vous dire exactement où trouver les téléphones quand ils seront livrés.

Faith se sentit obligée de rappeler une évidence.

— Nous pouvons démanteler le réseau de distribution nous-mêmes. Nous l'avons déjà fait il y a quatre ans. C'est pour cette raison qu'une cinquantaine de surveillants pénitentiaires sont derrière les barreaux, à l'heure qu'il est.

— Vous avez une autre année devant vous pour ouvrir une enquête ? demanda Nesbitt. Est-ce que le GBI veut perdre tout ce temps, tout ce fric, toutes ces ressources, impliquer le FBI, l'agence anti-drogue, et envoyer des agents infiltrés pour lancer une opération qui coûtera des millions de dollars et finira par vous foutre encore la honte quand les infos montreront tous ces flics pourris au tribunal ?

Le type s'était bien renseigné. L'argent. Les agences fédérales. L'humiliation publique. Tous les ingrédients pour faire trembler n'importe quel flic au-dessus du grade de sergent.

— Je peux vous offrir la combine des téléphones sur un plateau d'argent, poursuivit Nesbitt. Je vous donne une semaine pour vous renseigner sur ces affaires dont parlent les journaux. Une semaine au lieu d'une enquête d'un an. Et en plus, vous attraperez un tueur en série. Tout ce que vous avez à faire en échange, c'est de...

— Arrête tes conneries !

Sans crier gare, Nick tira la chaise de Nesbitt vers lui et envoya valser le détenu contre le mur.

Faith était tellement choquée qu'elle se leva d'un bond. Sa main alla à sa ceinture, mais son arme était dans un casier près du détecteur de métaux.

— Agent Shelton, cria-t-elle de sa voix de flic. Éloignez-vous du...

— Sale baiseur d'enfants dégueulasse ! lança Nick, empoignant Nesbitt par la chemise et le forçant à se relever. Tu sais que tu vas pas sortir d'ici. L'article qui parle de toi dit que tu as été condamné deux fois. Personne n'a cru à tes bobards. Ni le jury ni la cour d'appel. Et la Cour suprême non plus.

— Et alors ? hurla Nesbitt. Sandra Bland est morte ! John Hinckley est en liberté ! OJ joue au golf en Floride ! Vous voulez me faire croire que notre système judiciaire est équitable ?

Le visage de Nick était tellement près de celui de Nesbitt que leur nez se touchaient. Il recula le poing, prêt à lui en décocher un coup.

— Je te dis de fermer ta grande gueule ou je vais te démolir.

Will posa la main sur l'épaule de Nick. Faith ne l'avait même pas vu arriver, il était apparu d'un seul coup. Elle vit ses doigts serrer les trapèzes de son collègue – un peu comme s'il voulait lui rendre la petite tape dont Nick l'avait gratifié plus tôt.

Faith faisait mentalement l'inventaire de toutes les façons dont cette situation pourrait dégénérer, quand l'atmosphère changea soudain dans la pièce.

Lentement, Nick se retourna. Il regarda Will. La folie qu'il avait dans les yeux s'évanouit tout à coup. Ses muscles tendus se relâchèrent aussi subitement. Ses poings se desserrèrent. Il recula d'un pas.

— Bon Dieu ! s'exclama Nesbitt, qui sautillait sur une jambe, cherchant à mettre de la distance entre eux.

Will remit la chaise sur ses pieds et aida Nesbitt à se rasseoir.

En silence, Faith suppliait Nick de quitter la pièce, mais ce dernier resta à son poste derrière le détenu, les mains enfoncées dans les poches de son jean.

— Connard, fit Nesbitt en lissant sa chemise froissée.

Il était visiblement secoué. Faith ne l'était pas moins. Ce n'était pas comme cela qu'ils procédaient, d'habitude. Elle n'avait jamais vu Nick exploser de la sorte. Elle ne voulait plus jamais voir ça de sa vie.

— OK, dit-elle.

Son cœur battait tellement fort et vite qu'elle entendit à peine sa propre voix. Elle devait remettre cet interrogatoire sur les rails, ne serait-ce que pour ne pas être appelée à témoigner contre Nick pour agression de détenu.

— Je vous écoute, Nesbitt, reprit-elle. Parlez-moi de ces articles. Que cherche-t-on au juste ?

Nesbitt s'essuya la bouche du revers de la main.

— Vous allez le laisser s'en tirer comme ça ? demanda-t-il. Après ce qu'il vient de faire ?

— Qu'est-ce qu'il vient de faire ? rétorqua Faith en secouant la tête d'un air faussement incrédule. Je n'ai rien vu, moi.

Elle venait de basculer du côté des flics les plus merdiques qui soient. Elle n'avait même pas besoin de jeter un regard vers Will pour savoir qu'il secouait la tête, lui aussi.

— Nesbitt, reprit-elle. La balle est dans votre camp. Soit vous vous mettez à table, soit on s'en va.

— J'ai été victime d'un coup monté, déclara Nesbitt, s'essuyant la bouche à nouveau. C'est la vérité, je le jure. On m'a piégé.

— OK.

Faith sentait un ruisseau de sueur lui dégouliner dans le dos. Elle devait faire sentir à cet homme qu'elle l'écoutait.

— Qui vous a pris au piège ? Racontez-moi ça.

— C'est ces putains de flics dans ce bled de péquenauds, OK ? Ils contrôlent tout ce qui se passe dans le comté. Le procureur, le juge, le jury... Ils croient tous à ces conneries de cow-boys droits dans leurs bottes.

Il se retourna vers Nick, histoire de s'assurer que tous ses interlocuteurs voyaient de quel genre de cow-boy il voulait parler.

— Attention, mon gars, le prévint Nick d'une voix rocailleuse. C'est pas une bonne idée de sortir un truc comme ça si tu peux pas le retirer illico.

La colère de Nesbitt s'était muée en désespoir.

— Espèce de bouseux débile, pauvre fils de pute, qu'est-ce que tu crois que j'ai à perdre ?

Faith s'attendait à ce que Nick fasse à nouveau quelque chose d'idiot, mais il se contenta de lever le menton et de scruter le couloir, dehors.

Elle examina le visage de Nesbitt. Il avait des cernes noirs sous les yeux. Des lignes profondes barraient son front. On aurait dit un vieil homme. La taule vieillissait n'importe qui prématurément mais, quand on était en taule avec un handicap, on franchissait un tout nouveau cercle de l'enfer.

Dans le silence de la salle d'interrogatoire, elle pianotait sur la table avec ses doigts.

— Comment êtes-vous au courant du trafic de téléphones mené par Vasquez ? demanda-t-elle.

— Ça fait six ans que je fais le ménage ici. Personne ne me remarque plus, alors je peux surveiller tout le monde. Je peux vous donner les noms, les lieux, les fournisseurs et les dealeurs, poursuivit-il en comptant sur ses doigts. Vous croyez vraiment que c'est ici que le directeur a trouvé tous les téléphones ? Personne ne peut chier un coup dans cette taule sans avoir le cul qui se met à sonner.

Faith parcourut les articles de la presse de Grant County, qui confirmaient les dires de Nick.

— Vous avez déjà perdu deux fois en appel. Vous savez que les juges n'aiment pas reconnaître que d'autres juges se sont trompés. En quoi est-ce qu'une enquête pourrait vous profiter ?

— Elle profitera à tout le monde. Ces flics sont des pourris. Ils ont enfermé le mauvais gars. Ils m'ont accusé à tort et ils ont laissé le vrai tueur s'enfuir. Cette saloperie a commencé dans Grant County, mais elle s'est répandue dans tout l'État, et c'est à cause de ça que ces autres femmes sont mortes, aujourd'hui.

Nesbitt se cala au fond de son siège avec un petit air content de lui. Il sentait le vent tourner.

— On va rester en confinement général pendant une semaine encore, poursuivit-il. Comme j'ai dit, je vous laisse ce délai pour faire votre enquête.

— Il va nous falloir un gage, dit Faith. Une preuve que vous êtes capable de nous donner ce que vous promettez.

— Je vous révélerai l'emplacement d'une planque dès que je saurai que vous enquêtez sérieusement sur ces affaires.

— Précisez ce que vous voulez dire par « enquêter sérieusement », répondit Faith.

Le petit air suffisant de Nesbitt s'amplifia.

— Je le saurai, répliqua-t-il simplement.

Les doigts de Faith pianotaient toujours alors qu'elle essayait de voir clair dans le jeu de Nesbitt.

— Disons à titre hypothétique qu'on découvre la preuve que la police a agi de façon inappropriée, dit-elle. Cela ne garantit en rien que vous réussirez à sortir d'ici.

Nesbitt confirma alors l'un des soupçons de Faith.

— Ce qui me ferait presque autant plaisir que de quitter cet enfer, ce serait que ces enfoirés de flics véreux y finissent à leur tour.

— Je suis désolée de vous l'apprendre, répliqua Faith, mais Jeffrey Tolliver est mort il y a cinq ans.

— Vous croyez que je suis pas au courant ? Tout le foutu comté a porté le deuil. Il y a une putain de plaque au beau milieu de la grand-rue, comme si c'était une espèce de héros. Mais, moi, je vous le dis, ce type, c'était un poison.

Nesbitt recommençait à s'agiter, animé cette fois d'une indignation qui semblait non feinte.

— C'était Tolliver le meneur, poursuivit-il. C'est lui qui a appris à toute son équipe comment enfreindre la loi sans être inquiétée, et c'est toujours ce qu'ils font à l'heure qu'il est. Je veux que cette satanée plaque soit arrachée. Je veux chier dessus, chier sur son nom, et puis y foutre le feu.

Faith devait clore cet interrogatoire avant que Nick n'explose à nouveau.

— Peu importe la fiabilité de vos informations, l'État ne dépensera pas un seul *cent* pour satisfaire une vengeance personnelle. Nous, on enquête sur des crimes. On résout des affaires. On ne peut pas inculper les morts a posteriori.

— Cette sale traînée balancera tout sur Tolliver dès la minute où vous lui montrerez les menottes, cracha Nesbitt en pointant du doigt l'un des articles provenant de Grant County.

« L'INSPECTRICE À LA BARRE ».

— Elle est toujours flic, dit Nesbitt. Elle est toujours là-bas, à appliquer les sales petites combines que Tolliver lui a apprises, à détruire tout ce qu'elle touche. C'est votre boulot de faire tomber les flics pourris. Faites-la tomber, et je vous garantis qu'elle emportera Tolliver et tous les autres avec elle dans sa chute.

Même sans avoir lu l'article, Faith savait précisément de qui il s'agissait. Grant County n'avait jamais connu qu'une seule inspectrice. Lena Adams avait été recrutée au sortir de l'académie. Ensuite, cette jeune recrue si prometteuse s'était égarée dans un cloaque de raccourcis complaisants et de coups tordus.

Faith savait tout cela, car Lena avait déjà fait l'objet d'une enquête de la part du GBI. Will en avait été l'agent responsable. Quand Sara l'avait appris, elle avait failli le quitter, et ce pour une bonne raison. Nesbitt ne se trompait pas quand il affirmait que Lena Adams détruisait tout ce qu'elle touchait.

C'était à cause d'elle que Jeffrey Tolliver avait été assassiné.

La tête appuyée sur sa main, Faith lisait le dossier de Daryl Eric Nesbitt. Il était aussi épais que la Bible, constitué essentiellement de notes de soin relatives à son amputation. La vue de Faith se brouilla devant le jargon médical incompréhensible. Elle avait mal au dos, davantage posée en équilibre qu'assise sur ce qui tenait lieu de banc dans la chapelle de la prison. Elle leva les yeux vers Will. Appuyé contre le mur, il faisait comme toujours : il écoutait sans écouter. Nick était en train de faire le compte rendu à Amanda de ce que Nesbitt leur avait dit dans le bureau exigu et lui expliquait pourquoi il avait attendu pour lui en parler.

Faith se demanda s'il allait lui raconter le moment où il s'en était pris physiquement à un détenu, mais Nick semblait surtout se concentrer sur l'attitude suffisante de Nesbitt. Plus tard cette nuit-là, en essayant de s'endormir, Faith allait se repasser mentalement chaque seconde de l'interrogatoire et s'autoflageller pour avoir protégé Nick. Ç'avait été une réaction instinctive, viscérale, comme se faire vomir après un empoisonnement alimentaire.

Et le pire, c'était qu'elle savait qu'elle ferait exactement la même chose la prochaine fois que cela se produirait.

Faith cligna des yeux pour se clarifier la vue. Elle tâcha d'ignorer le ronron de la voix d'Amanda qui posait l'une de ses questions incisives. Elle parcourut du regard la pièce, qui était prévue pour satisfaire toutes les obédiences, avec Jésus dans tous les coins et même une passoire métallique – sans doute à l'intention des pastafaristes, une religion qui, après plusieurs procès, avait fini par être légalement reconnue par l'État. Des graffitis avaient été gravés sur la chaire. Des autocollants colorés donnaient des allures de vitrail à l'unique et minuscule fenêtre. Cette petite pièce humide était tellement déprimante qu'elle aurait pu convertir le pape lui-même à l'athéisme.

— Madame, disait Nick, qui s'efforçait visiblement de garder son sang-froid, Tolliver était solide comme un roc. Vous le savez bien. C'était l'un des meilleurs flics qui soient, l'un des meilleurs gars dans tout ce foutu État. J'ai mis ma vie entre ses mains plus d'une fois. Je le referais avec plaisir, s'il était encore parmi nous. Nom d'un chien, je serais même prêt à échanger ma place contre la sienne, si je le pouvais.

Faith observa Will à nouveau. Il était difficile de rivaliser avec un fantôme. Ce devait être une véritable torture de devoir écouter Nick mettre Jeffrey au panthéon des saints.

— Il n'y a aucune façon de séparer les deux noms ? demanda Amanda. De jeter Adams sous le bus sans salir la mémoire de Tolliver ?

Nick secoua la tête.

Faith fit de même. Daryl Nesbitt semblait déterminer à traîner le nom de Jeffrey dans la boue, au même titre que celui de Lena.

C'était une des grandes qualités de cette abominable garce : elle se débrouillait toujours pour contaminer tout son entourage.

— D'accord, fit Amanda avec un petit hochement de tête. Nesbitt nous propose deux choses : d'abord, les noms des meurtriers de Vasquez. Ensuite, des informations sur l'introduction clandestine de téléphones portables dans cette prison. En échange, il nous laisse un délai d'une semaine pour rouvrir ces affaires de femmes assassinées dont parlent les articles, et lancer une enquête dans Grant County. C'est bien ça ?

— C'est ça, confirma Nick.

Faith opina du chef.

Will continua à soutenir le mur.

— Commençons par le meurtre de Vasquez, reprit Amanda. Nous avons deux suspects. Maduro et qui d'autre ?

— Je parie sur Michael Padilla, répondit Nick. C'est un violent, avec un petit côté psychotique. Il a été transféré ici du centre pénitentiaire de Gwinnett après avoir arraché le doigt d'un codétenu avec les dents.

Faith avait déjà croisé ce nom dans la pile de dossiers qu'elle avait parcourus.

— Ce n'est pas complètement saugrenu d'imaginer qu'un gars capable d'arracher un doigt pourrait aussi trancher une main, fit-elle remarquer.

— Nick, dit Amanda, essayez d'obtenir de Maduro qu'il dénonce Padilla. Si nous arrivons à résoudre le meurtre de Vasquez nous-mêmes, nous coupons l'herbe sous le pied de Nesbitt et il arrêtera de nous faire marcher.

Faith tressaillit. Sa supérieure n'était pas au courant que Nesbitt portait une prothèse, et Faith n'arrivait pas à trouver une façon naturelle d'aborder le sujet.

— Sara ne doit rien apprendre de tout ceci, lança Amanda en direction de Nick. Compris ?

— Oui, madame, répondit Nick, la bouche crispée en une expression sinistre.

En sortant de la chapelle, Nick mit une petite tape sur l'épaule de Will. Faith se demanda s'il le faisait pour lui offrir son soutien, le remercier d'être intervenu lors de son altercation avec Nesbitt, ou s'il pensait se l'être mis dans la poche. Le minimum qu'elle puisse faire, c'était de prononcer le nom de Jeffrey Tolliver le moins possible devant Sara.

— Faith, donnez-moi les grandes lignes, ordonna Amanda.

— OK. C'est là que ça devient épineux. Grant County n'a jamais accusé Nesbitt de meurtre.

— Ah non ? s'étonna Amanda en levant un sourcil.

— D'un point de vue technique, l'enquête est toujours en cours et considérée comme non résolue. Il y a eu une tonne de preuves indirectes qui les ont conduits à présumer que Nesbitt était le tueur. Ce qui semble l'accabler le plus, c'est que les meurtres ont cessé à partir du moment où il s'est retrouvé sous les verrous.

— Le paradigme Wayne Williams.

— Tout juste, confirma Faith. Nesbitt a été arrêté et condamné pour d'autres crimes sans lien avec l'affaire, des crimes découverts à l'occasion de l'enquête, mais le tribunal n'a pu que présumer qu'il avait commis les meurtres initiaux. Si je devais recourir à un mauvais cliché, ajouta-t-elle, je dirais que Nesbitt joue aux échecs plutôt qu'aux dames. Il pense que, si on arrive à l'innocenter du meurtre, ça lui permettra de passer à son coup suivant, qui serait de se débarrasser des autres chefs d'accusation.

— Et en quoi consistent ces autres chefs d'accusation ?

— Au départ, Grant County l'a chopé avec une tonne d'images porno impliquant des gamins sur son ordinateur portable. Des pré-ados, de huit à onze ans.

Faith chassa de son esprit l'image de ses propres enfants.

— Nesbitt a été condamné à cinq ans, avec la perspective d'une mise en liberté conditionnelle au bout de trois ans, mais il ne l'a pas obtenue. Pour ce qui est de se tirer des balles dans le pied, cet imbécile est le roi. Dès l'instant où il est entré en taule, il a commencé à faire des histoires. Il n'arrêtait pas de se bagarrer, il a été pris en flagrant délit de possession d'objets de contrebande, et il a volé des trucs aux mauvaises personnes. Finalement, il a passé à tabac un gardien qui s'est retrouvé dans le coma pendant quinze jours. Nesbitt a écopé de vingt ans de plus, pour tentative de meurtre sur la personne d'un surveillant pénitentiaire.

— Ce type va finir avec une sentence que même Buck Rogers lui envierait, dit Amanda, en clin d'œil au personnage de la série de science-fiction qui se retrouvait égaré dans l'espace à jamais. Nesbitt n'a pas grand-chose à perdre. Il a la réputation de s'attirer les ennuis. Et vous, qu'en pensez-vous ? Il s'imagine vraiment qu'il va sortir d'ici facilement, en marchant d'un bon pas ?

— Il a été amputé d'une jambe, crut bon de préciser Faith à ce moment-là.

— Est-ce que ça change quelque chose à votre réponse ?

— Non, répondit Faith, qui essayait de se mettre à la place de Nesbitt. Quoi qu'il advienne de sa première condamnation, il restera derrière les barreaux pour l'agression du surveillant. Il n'y a aucun lien de causalité entre la prétendue violation constitutionnelle dont il aurait été victime et ce qu'il a fait à ce gardien. Mais c'est là que le coup d'échec intervient. Imaginons que l'épée de Damoclès que Nesbitt a au-dessus de la tête – celle de l'enquête de Grant County –, imaginons qu'elle disparaisse. S'il arrive à se débarrasser des accusations de pédopornographie, il sort de détention protectrice. Dans ce cas, il peut demander un transfert. D'accord, il garde la tentative de meurtre contre le gardien, mais j'imagine bien un scénario où il invoquera les capacités réduites, à cause de son handicap. Et ça, ça pourrait lui ouvrir les portes d'une prison de basse sécurité, un véritable country-club comparé à ici.

— Vous croyez qu'il nous manipule pour obtenir de meilleures conditions de détention ?

— Je crois qu'il nous manipule, un point c'est tout. Un escroc, ça reste un escroc. Nesbitt ne ferait pas ça s'il n'avait pas en ligne de mire au moins une vingtaine d'angles d'attaque différents. Mon instinct me dit que sa première motivation reste de se venger des flics de Grant County, mais qu'il a beaucoup à y gagner si on rouvre son dossier. De l'attention. Un traitement spécial. Des petites balades au poste de police et au tribunal.

— Rien à ajouter, Will ? demanda Amanda.

— Non, répondit ce dernier.

— Parlez-moi des demandes de réexamen de son cas, après sa condamnation.

— Il a fait appel de sa condamnation pour possession d'images pédopornographiques pour deux raisons différentes, commença Faith en se référant scrupuleusement à ses notes. D'abord, il a soutenu que la première fouille menée chez lui, celle qui a révélé le contenu de son disque dur, était ce qu'on appelle chez les juristes un « fruit de l'arbre empoisonné ». Autrement dit, les policiers ont agi sans mandat ni motif valable les autorisant à entrer chez lui. Rien ne le désignait comme suspect.

— Et la seconde raison ?

— Même si les policiers avaient eu un motif valable les autorisant à fouiller son domicile, ils auraient dû se limiter à rechercher un suspect, une arme, ou un otage éventuel, pas un dossier d'ordinateur. Il leur fallait un mandat spécial pour fouiller son disque dur.

Amanda leva le sourcil à nouveau, car elle se rendait compte que les avocats de Nesbitt avaient un dossier solide.

— Et ?

Faith se sentit piquer un fard. Will accordait soudain toute son attention à la discussion. Il avait un étrange sixième sens qui le prévenait quand les choses allaient tourner au vinaigre.

— Au tribunal, une inspectrice a déclaré à la barre des témoins qu'elle était en train de fouiller les tiroirs du bureau quand elle a accidentellement cogné l'ordinateur portable. L'écran s'est allumé, et elle a vu les images pédopornographiques. Alors, ils ont accusé Nesbitt de possession d'images illégales.

— Lena Adams.

Le ton dégoûté que prit Amanda en prononçant ce nom en disait long. Aucun d'entre eux ne croyait à cette histoire. C'était pour cette raison que Nick s'était énervé pendant l'interrogatoire de Nesbitt. Quant à Faith, jamais elle ne croirait un mot venant de Lena Adams, quand bien même cette fliquette véreuse jurerait sur une pile de bibles que le soleil se levait à l'est.

Faith se sentit obligée d'énoncer une évidence.

— Si on fait une enquête et qu'on découvre que Lena a menti sur la façon dont elle a trouvé le contenu illégal dans l'ordinateur de Nesbitt, alors toutes les affaires sur lesquelles elle a travaillé vont être mises sous le microscope. Et Nesbitt aura de bonnes chances de réussir à se débarrasser des accusations de possession d'images porno. En gros, on aura aidé un pédophile.

— Vous venez pourtant de dire qu'il resterait en prison.

— Oui, mais ce sera une prison plus agréable.

— Nous nous occuperons de ce problème quand nous y serons, déclara Amanda en arpentant l'espace entre la chaire et le mur, les mains jointes sous son menton. Parlez-moi de ces articles de journaux.

Faith aurait voulu continuer à discuter de Nesbitt, mais la directrice adjointe du GBI avait raison.

— Tous les articles semblent provenir de l'*Atlanta Journal-Constitution*, sauf ceux de Grant County, qui viennent du *Grant*

Observer. Quand j'ai demandé à Nesbitt comment il se les était procurés, il m'a dit qu'un « ami » les lui avait envoyés.

— Son père ? Sa mère ?

— D'après son dossier, la mère de Nesbitt est morte d'overdose quand il était petit. C'est son beau-père qui l'a élevé, mais ça fait presque dix ans que ce gars est enfermé au pénitencier d'Atlanta. Ils ne s'écrivent pas, ne s'appellent pas. Nesbitt n'a pas d'autre famille. Il n'a reçu aucune visite depuis qu'il est entré ici. Il ne passe aucun coup de fil, n'envoie aucun mail. À moins qu'il utilise un téléphone de contrebande, on n'a pas la moindre idée de la façon dont il s'y est pris.

— Je vais faire une demande pour avoir accès aux mails de Nesbitt, dit Amanda. Il y a une centrale où les correspondances des détenus sont examinées à la loupe pour y repérer toute trace d'activité criminelle.

Elle tapa la requête sur son téléphone, puis demanda à Faith :

— Et pourquoi Nesbitt insiste-t-il sur ce délai d'une semaine ? Qu'est-ce qui se passe dans une semaine ?

— Le confinement général sera levé, répondit Faith. Peut-être que le tuyau qu'il veut nous refiler au sujet du trafic de téléphones ne vaudra plus rien une fois les détenus sortis de leurs cellules. Ou peut-être qu'ils voudront lui faire la peau, quand ils apprendront qu'il a parlé aux flics.

Elle haussa les épaules.

— Peut-être qu'il est resté suffisamment longtemps en prison pour savoir que l'inertie est l'ennemie du progrès, suggéra-t-elle encore.

— Peut-être, répéta Amanda en remisant le téléphone dans sa poche. Ai-je des raisons de m'inquiéter au sujet de Nick ?

L'estomac de Faith se serra.

— On s'inquiète toujours pour quelqu'un, à un moment ou un autre, dit-elle.

— Merci, madame Irma, répondit Amanda, avec un moulinet du poignet destiné à faire avancer la conversation. Mais revenons-en plutôt aux articles.

— Il y a huit victimes potentielles au total, reprit Faith, jetant encore un coup d'œil à ses notes. Bien sûr, c'est sans inclure Grant County. Tous les corps retrouvés étaient ceux de femmes caucasiennes entre dix-neuf et quarante et un ans. Des étudiantes, des employées de bureau, une secouriste, une enseignante de maternelle et une technicienne des services vétérinaires. Des femmes mariées. Divorcées. Célibataires. Les premiers articles sont ceux de Grant County. Les autres affaires se sont déroulées sur huit ans et ont eu lieu à Pickens, Effingham, Appling, Taliaferro, Dougall et, si Nesbitt dit vrai au sujet de la femme retrouvée hier, dans White County.

— Donc, quelqu'un aurait pris notre État pour cible, conclut Amanda, qui fit volte-face et retourna vers la chaire. Et le mode opératoire ?

— Les disparitions de toutes ces femmes ont été signalées par des membres de leur entourage, famille ou amis. Leurs corps ont été retrouvés huit jours à trois mois plus tard, généralement dans une zone boisée. Ils n'avaient pas été dissimulés, ils gisaient simplement au sol. Certaines étaient allongées sur le dos, d'autres face contre terre, d'autres encore, sur le côté. Plusieurs d'entre elles avaient été à moitié dévorées par les animaux sauvages, surtout celles découvertes dans les régions du Nord. Toutes les victimes portaient leurs propres vêtements.

— Des traces de viol ?

— Les articles ne le précisent pas mais, si on a bien affaire à des meurtres, il y a de fortes chances qu'il s'agisse aussi de viols.

— Et les causes des décès ?

Faith n'eut même pas à consulter ses notes, car les morts avaient toutes été qualifiées de la même manière.

— Aucun des coroners n'a remarqué quoi que ce soit de particulier, ce qui nous donne : cause du décès inconnue, pas de piste criminelle envisagée, cause inconnue, non déterminée, et ainsi de suite.

Amanda fronça les sourcils mais, de toute évidence, ce compte rendu ne l'étonnait pas. Au niveau du comté, seuls les coroners avaient officiellement le droit de déclarer un décès comme suspect et de demander qu'une autopsie soit pratiquée par un médecin légiste professionnel. Or, en Géorgie, détenir une licence de médecin n'était pas obligatoire pour pratiquer le métier de coroner. Ces derniers étaient des fonctionnaires élus, certes, mais, dans le comté, seul l'un d'eux était médecin ; parmi tous les autres, on trouvait des entrepreneurs de pompes funèbres, des enseignants, une coiffeuse, le propriétaire d'un lavage auto, un technicien en chauffage et ventilation, un mécanicien spécialisé dans les bateaux à moteur et le propriétaire d'un stand de tir.

— Certains des articles envisagent la possibilité d'un meurtre, sans préciser quoi que ce soit de concret, poursuivit Faith. Peut-être que la police locale n'était pas d'accord avec les conclusions auxquelles les coroners étaient arrivés ; du coup, faire fuiter des infos dans la presse était une façon de lancer une enquête malgré tout. Pour consulter les dossiers de chaque affaire, il faudrait qu'on se rende dans chaque comté, et ensuite on devrait s'entretenir avec les enquêteurs et les témoins pour savoir s'ils ont identifié des suspects. Ça fait huit différents services de police à contacter.

Faith choisit de ne pas évoquer le foutoir que ces démarches provoqueraient. Le GBI était une agence d'État, sur le même modèle que le FBI, qui fonctionnait au niveau fédéral. En dehors de quelques rares exceptions, ils n'avaient donc aucune juridiction sur les affaires locales, même s'il s'agissait de meurtres. Ils ne pouvaient donc pas se pointer comme des fleurs et reprendre une enquête en main. Il fallait que la requête leur en soit adressée par le shérif local, le procureur local, ou que le gouverneur leur en donne l'ordre.

— Je peux déjà me renseigner à titre officieux, dit Amanda. Parlez-moi des victimes. Étaient-elles blondes ? Ordinaires ? Jolies ? Petites ? Grosses ? Est-ce qu'elles chantaient dans une chorale ? Jouaient de la flûte ?

Elle cherchait un détail qui les relierait.

— On ne peut se fier qu'aux photos qui accompagnaient les articles, répondit Faith. Il y a des blondes, en effet. Mais aussi des brunes. Certaines portaient des lunettes, d'autres non. L'une d'entre elles avait un appareil dentaire. Certaines avaient les cheveux courts, d'autres longs.

— Donc, résuma Amanda, si l'on met de côté Grant County, ça nous donne huit femmes différentes, d'âges différents, qui travaillaient dans des domaines d'activité différents, qui ne se ressemblaient en rien, et qui ont toutes été retrouvées mortes sans qu'on puisse jamais déterminer la cause de leur décès, et toutes à différents endroits d'un État où des milliers d'affaires de femmes disparues n'ont jamais été élucidées, dans un pays où environ trois cent mille femmes et filles sont portées disparues tous les ans.

— Les bois, intervint Will.

Amanda et Faith se retournèrent vers lui.

— Voilà le point commun, poursuivit-il. Leurs corps ont tous été abandonnés dans des régions boisées.

— Les deux tiers de l'État sont recouverts de forêts, fit remarquer Amanda. Ce qui serait difficile, ce serait de ne *pas* abandonner un corps dans les bois. Pendant la saison de la chasse, le téléphone n'arrête pas de sonner.

— Il faut qu'on comprenne comment elles sont mortes, dit Will. Elles n'ont pas été tuées de façon violente ou visible, et leurs corps n'ont pas été mis en scène, comme le font généralement les tueurs en série. Ce n'est sans doute pas tant l'assassinat qui a compté que le viol.

Faith essaya de traduire sa théorie en termes plus clairs.

— Tu veux dire qu'il ne s'agit pas d'un tueur en série. Ce serait un violeur en série, qui tuerait ses victimes pour qu'elles ne puissent pas l'identifier ?

— N'utilisons pas l'expression « en série » aussi légèrement, recommanda Amanda. Daryl Nesbitt est un pédophile reconnu et condamné qui joue avec nous comme avec un yoyo. La seule série qui tienne debout pour l'instant, c'est celle que je suis en ce moment à la télé.

Faith baissa les yeux sur ses notes. Elle savait qu'Amanda avait raison. Mais elle était flic depuis suffisamment longtemps pour savoir qu'elle pouvait se fier à son instinct. Elle était prête à parier que, si elle pouvait disséquer sa cheffe, elle constaterait sur ses os le même fourmillement que celui qui s'était emparé des siens.

— Vous voyez tous ces kits post-viol dont on n'analyse les résultats que maintenant ? demanda Will.

— Bien sûr, répondit Amanda. On a fait des dizaines d'arrestations à partir de ces résultats.

— Sara m'a parlé d'un article qu'elle avait lu dans une de ses revues, commença à expliquer Will. Des étudiants de troisième cycle ont étudié la méthodologie des délinquants sexuels à partir des affaires élucidées à l'aide de ces kits. Ces crimes avaient été commis aux quatre coins du pays. Ce qu'ils en ont déduit, c'est que, à quelques exceptions près, la majorité des violeurs en série ne s'en tiennent pas à une seule façon de procéder. Un même type va parfois être violent, et d'autres fois, non. Parfois il emmène la femme dans un autre endroit, et parfois, non. Selon les occurrences, le même gars utilisera un couteau, ou un pistolet, parfois il se servira d'une corde pour attacher sa victime, un autre jour il utilisera des liens de serrage en plastique. En gros, on peut dire que le mode opératoire d'un violeur en série, c'est le viol.

Faith se sentit écrasée par le caractère illusoire de ce qu'ils étaient sur le point d'entreprendre. À l'académie, le b.a.-ba de chaque cours, c'était qu'une enquête reposait toujours sur le mode opératoire du criminel.

— Et ? demanda simplement Amanda.

— Si toutes les affaires mentionnées dans les articles de Nesbitt sont liées, chercher à établir un lien entre les victimes à travers leurs emplois ou leurs hobbies ne nous mènera pas jusqu'au tueur.

— On devrait consulter les signalements de viol dans les zones concernées, suggéra Faith, qui se disait que Will tenait une piste. Il existe peut-être d'autres victimes, que notre coupable aurait violées sans les assassiner. Peut-être qu'elles n'ont pas vu son visage. Ou peut-être qu'il a juste décidé de leur laisser la vie sauve.

— Vous voulez vous avaler les milliers de signalements des huit dernières années ? demanda Amanda. Et les femmes qui ont été violées sans porter plainte ? Est-ce qu'il faut qu'on commence à faire du porte-à-porte ?

Faith soupira devant tant de sarcasme.

— Il faut qu'on découvre de quelle façon les victimes sont mortes, dit Will. Il les a tuées sans laisser de trace visible. Ce n'est pas facile à faire. Les os portent les traces des balles et des coups de couteau. La strangulation provoque presque toujours une fracture de l'os hyoïde. Un empoisonnement se verrait à l'analyse toxico. Comment ce gars s'y prend-il pour les tuer ?

Sa théorie plaisait toujours bien à Faith.

— Si c'est un violeur qui assassine plutôt qu'un assassin qui..., commença-t-elle.

— L'article universitaire sur lequel vous vous fondez n'est rien d'autre qu'un article universitaire. Revenons-en à Nesbitt, déclara

Amanda en changeant de sujet d'un geste de la main. Qu'est-ce qui l'a poussé à se pencher sur ces articles en particulier ?

— Est-ce que c'est vraiment Nesbitt qui s'est penché dessus ? corrigea Faith. Il travaille avec quelqu'un à l'extérieur. Il faut qu'on sache qui est cet « ami » et sur quels critères celui-ci s'est fondé pour sélectionner ces articles.

— L'ami en question pourrait être le meurtrier lui-même, fit remarquer Will. Ou un imitateur.

— Ou un taré, ou un complice, ajouta Faith. Nesbitt nous a dit que si on faisait une « enquête sérieuse », il le saurait. Pour savoir ça, il lui faut une personne à l'extérieur. Un détective privé, donc. Un gardien. Ou, Dieu nous garde, un policier.

— N'allons pas plus vite que la musique, les prévint Amanda. Nesbitt fait comme s'il était omniscient, mais il apprendra l'évolution de notre enquête exactement de la même manière que le reste du monde : grâce aux journalistes, qui se précipiteront sur une hypothétique affaire de meurtres en série. Et à l'échelle non seulement locale, mais aussi nationale. Ce genre de publicité est exactement ce que je veux éviter. À partir de maintenant, tout ça reste strictement entre nous. Il faut qu'on se fasse si discrets que même une souris ne nous remarquerait pas.

Faith ne pouvait pas la contredire, mais c'était surtout parce qu'elle tenait vraiment à priver Daryl Nesbitt de tout ce qu'il pouvait réclamer.

— C'est une question très subjective, de toute façon, argua-t-elle. Qu'est-ce qu'une enquête sérieuse ? Qui peut en juger ? Un prédateur d'enfants condamné ? Je ne crois pas.

— Pour l'instant, occupons-nous de ce qui se présente à nous, dit Amanda. Nick va travailler sur le meurtre de Vasquez. Moi, je me lance à la recherche de cet « ami » que Nesbitt a dehors. Vous deux, il faut que vous mettiez la main sur la version de Lena de l'enquête de Grant County. À cette époque, elle était encore en uniforme. J'imagine qu'elle devait noter le moindre détail. Mais attention, allez-y en marchant sur des œufs. Même une pendule cassée donne l'heure exacte deux fois par jour. Il se peut qu'on ait besoin d'elle, au bout du compte. On se réunit cet après-midi et on voit où ça nous mène.

— Attendez un peu, fit Will. Sara a le droit de savoir ce qui se passe.

Cette déclaration sembla surprendre Amanda autant que Faith.

— Mais qu'est-ce qui se passe, au juste ? rétorqua Amanda. Un pédophile qui lance des accusations délirantes ? Une poignée d'articles de journaux qui ne révèlent absolument aucun mode opératoire récurrent ? Toute cette histoire n'est peut-être qu'une espèce de chasse au dahu à laquelle nous invite un détenu. Et vous, qu'en pensez-vous ?

— Sara était la médecin légiste de Grant County, répondit Will. Elle pourrait se souvenir…

— Comment croyez-vous que Sara va réagir à l'accusation de corruption lancée contre Jeffrey Tolliver ? Regardez l'effet que ça a produit sur Nick. En vingt ans de métier, je ne l'ai jamais vu aussi secoué. Croyez-vous que Sara va mieux le prendre que lui ? D'autant plus que Lena Adams est impliquée. Vous devez garder un excellent souvenir de votre dernière collaboration, n'est-ce pas ? ajouta Amanda, lui portant le coup de grâce.

Will ne répondit rien, mais tous savaient que la dernière fois que Will s'était laissé entraîner dans les magouilles et mensonges de Lena, Sara avait été furieuse – non sans raison, d'ailleurs. Lena avait la fâcheuse habitude de provoquer la mort des gens qui l'entouraient.

— Il nous faut des infos, Wilbur, ajouta Amanda. Nous sommes des enquêteurs. Alors enquêtons.

Le ton d'Amanda indiquait qu'elle avait dit son dernier mot au sujet de Sara.

— Lena Adams est encore à Macon, reprit-elle. Je veux que vous alliez là-bas sur-le-champ tous les deux, et que vous lui extorquiez la vérité. Je veux voir les copies qu'elle a gardées des dossiers des affaires, des rapports d'autopsie, rapportez-moi ses carnets, ses serviettes de restaurant... Tout ce que vous trouverez en sa possession. Comme je vous l'ai dit, allez-y mollo, mais rappelez-vous que c'est à cause d'Adams qu'on se retrouve avec ce tas de fumier sur les bras. Si toute cette histoire part en vrille, on va faire un looping et la lui lancer à la figure.

Faith était prête à la suivre hors de la chapelle, mais Will s'était soudain transformé en bloc de béton.

— Si vous êtes d'accord pour ne pas en parler à Sara pour l'instant, je demanderai au coroner de White County de la faire intervenir en tant que médecin légiste sur la dernière affaire en date, ajouta Amanda à l'intention de Will.

Ce dernier se frotta la mâchoire.

— Il n'y a pas cinq minutes, vous avez dit que, pour trouver l'auteur de ces crimes, il fallait identifier son mode opératoire, poursuivit-elle. Si Sara a autopsié la première victime, elle pourra sans doute reconnaître la signature du tueur sur la dernière en date.

— C'est une femme, pas une baguette de sourcier.

— Et vous travaillez tous les deux pour moi. C'est mon affaire. Je dicte les règles.

Amanda sortit son téléphone de sa poche. Elle mit fin à la discussion en baissant la tête, de sorte que Will n'avait plus que le sommet de son crâne pour interlocuteur. Elle était encore en train de taper un texto lorsqu'elle quitta la chapelle.

Will s'assit sur le banc. Le bois craqua sous son poids.

— Quatre-vingt-dix pour cent de mes disputes avec Sara sont dues à des non-dits de ma part.

Ce pourcentage lui paraissait sous-estimé, mais Faith ne voulut pas pinailler.

— Écoute, répondit-elle, je ne saurais pas reconnaître une relation équilibrée même si Carlo Tentacule m'en faisait un tableau, mais là, pour une fois, je suis d'accord avec Amanda. Qu'est-ce que tu t'apprêtes à cacher à Sara, exactement ? Tout ce qu'on a, pour l'instant, c'est du grand n'importe quoi.

Will recommença à se frotter la mâchoire.

— Tu veux dire que j'attends quelques heures pour voir ce qu'on trouve mais que, quoi qu'il arrive, je lui révèle la vérité ce soir ? l'interrogea-t-il.

Il n'avait jamais été question de « ce soir » jusqu'à présent, mais Faith lui demanda quand même :

— Est-ce que tu veux vraiment que Sara passe les six prochaines heures à s'inquiéter à cause d'un truc qui pourrait n'être rien du tout ?

Lentement, Will finit par opiner du chef. Faith regarda sa montre.

— Il est presque midi, déclara-t-elle. On déjeunera en chemin pour Macon.

Il hocha de nouveau la tête, mais lança :

— Et si jamais ce n'est pas rien du tout ?

Faith ne pouvait rien répondre à cela. Bien sûr, le pire serait de se rendre compte qu'un tueur en série sévissait depuis des années sans qu'ils en aient eu connaissance. Mais ce pire s'accompagnerait aussi de conséquences personnelles. Si vraiment il s'avérait qu'un homme avait été injustement condamné, le scandale qui éclaterait serait un véritable oignon dont les médias éplucheraient chaque couche. La corruption. Le procès. Les enquêtes. Les auditions. Les actions en justice. Les condamnations. Les inévitables podcasts et reportages.

— Sara va voir son mari se faire assassiner une deuxième fois, résuma Will.

3

Grant County – Mardi

Jeffrey Tolliver tourna à gauche en sortant de l'université et remonta la grand-rue. Il baissa la vitre pour faire entrer de l'air frais. Un vent froid s'engouffra en sifflant dans la voiture. Le scanner de fréquence de la police crépitait doucement dans l'habitacle. Le soleil du petit matin lui fit plisser les yeux. Pete Wayne, le vieux propriétaire du *diner*, salua Jeffrey en touchant sa casquette quand ce dernier passa devant son café-restaurant.

Le printemps était précoce, cette année. Les cornouillers agitaient déjà leur rideau blanc au-dessus des trottoirs. Les femmes du club de jardinage avaient planté des fleurs dans les bacs le long de la route. Il y avait un étalage de tonnelles devant le magasin de bricolage. Un portant chargé de vêtements, surmonté d'une pancarte SOLDES, était sorti devant la boutique de prêt-à-porter. Même les nuages sombres au loin n'auraient pu empêcher la rue de ressembler à une véritable carte postale.

Grant County ne tenait pas son nom d'Ulysses S., le général nordiste qui avait accepté la reddition de Lee à Appomattox, mais de Lemuel Pratt Grant, l'homme qui, à la fin du XIXe siècle, avait prolongé le chemin de fer d'Atlanta jusqu'à la mer en passant par la Géorgie du Sud. Les nouvelles voies ferrées avaient fait apparaître sur la carte des villes comme Heartsdale, Avondale et

Madison. Ces terres plates au sol fertile avaient produit certaines des meilleures cultures de maïs, de coton et d'arachide de l'État. Les commerces avaient fleuri, apportant leurs services à une classe moyenne en plein essor.

Mais toute croissance s'accompagne d'une crise, et celle-ci éclata avec la Grande Dépression. Le seul moyen que ces trois villes trouvèrent pour survivre fut de s'unir. Elles mirent en commun la collecte des ordures, les services de pompiers et ceux de police afin d'économiser de l'argent. Ces précautions leur permirent de garder la tête hors de l'eau jusqu'à l'arrivée d'une nouvelle phase de prospérité, lorsqu'une base militaire fut érigée à Madison. Puis un nouveau rebond se produisit lorsque Avondale fut choisie pour accueillir un pôle de maintenance de la ligne Atlanta-Savannah. Quelques années plus tard, Heartsdale parvint à convaincre l'État de construire un *community college* – sorte d'université de taille modeste offrant des diplômes en deux ans – au bout de sa grand-rue.

Toute cette période de croissance avait eu lieu bien avant que Jeffrey soit né, mais il était tout à fait au courant des forces politiques qui avaient mené à la crise actuelle. Il l'avait vue se produire depuis sa petite ville natale, en Alabama. La commission du BRAC[1] avait fermé la base militaire. La politique économique de Reagan avait eu des conséquences désastreuses sur l'industrie ferroviaire, et le pôle de maintenance avait fini par disparaître. Puis, à cause des accords commerciaux et des guerres à n'en plus finir, l'économie mondiale n'avait pas fait que s'effondrer, elle avait sauté la case toilettes pour aller directement au fond de l'égout. S'il n'y avait eu l'établissement universitaire, qui s'était avec le temps transformé en institut technologique spécialisé dans l'industrie agro-alimentaire,

1. *Base Realignment and Closure*, commission mise en place par le gouvernement américain à la fin des années 1980 pour fermer les bases militaires non indispensables et diminuer les actifs de l'armée. (NdT)

Heartsdale aurait suivi la même pente descendante que toutes les autres bourgades rurales américaines.

On pouvait y voir une stratégie prudente ou juste un coup de bol, mais Grant Tech était de fait la force vitale du comté. Les étudiants maintenaient les entreprises locales en vie. Les commerçants du coin toléraient les étudiants du moment que ceux-ci payaient leurs factures. La première directive que Jeffrey avait reçue de la part du maire, en tant que chef de la police, était de faire en sorte qu'il règne toujours une bonne ambiance à l'école s'il tenait à conserver son boulot.

Il doutait fort que l'ambiance soit très bonne à l'école, aujourd'hui. Un corps avait été retrouvé dans les bois. Il s'agissait d'une jeune femme : une étudiante, probablement – morte, sans aucun doute. Le policier présent sur les lieux avait dit à Jeffrey que cela ressemblait à un accident. La jeune femme était en tenue de jogging. Elle gisait sur le dos. Elle avait certainement trébuché sur la racine d'un arbre et avait dû se fracasser l'arrière du crâne contre un rocher.

Ce n'était pas la première fois qu'un étudiant mourait depuis que Jeffrey était en fonction. Plus de trois mille gamins étaient inscrits à la fac. D'après les statistiques, un petit nombre d'entre eux décédait chaque année. Certains à cause d'une méningite ou d'une pneumonie, d'autres à la suite d'un suicide ou d'une overdose, et les derniers – de jeunes hommes, le plus souvent – dans des accidents stupides.

Un accident mortel dans les bois était sans nul doute un événement tragique, mais celui-ci en particulier tracassait Jeffrey. Il avait couru un millier de fois dans cette même forêt. Il avait même trébuché sur des racines d'arbres bien plus souvent qu'il voulait l'admettre. Ce genre de chute pouvait provoquer différentes blessures. Une fracture du poignet si l'on parvenait à se rattraper. Un nez cassé si l'on n'y arrivait pas. On pouvait se cogner à la tempe ou se démettre l'épaule si on tombait sur le côté. Il y avait donc de nombreuses façons de se blesser, mais faire volte-face en pleine chute et s'étaler sur le dos était tout de même très improbable.

Il prit un virage serré pour emprunter Frying Pan Road – la « route de la poêle à frire » –, cette grosse artère qui menait au quartier communément surnommé IHOP, car toutes les rues y portaient des noms dignes de figurer au menu d'un *International House of Pancakes*, la chaîne de restaurants qui vous envoyait au paradis du brunch. Pancake Place, la « place des pancakes ». Belgian Waffle Way, la « voie des gaufres belges ». Hashbrown Way, la « voie des galettes de pommes de terre ».

Jeffrey vit le gyrophare d'un véhicule de patrouille éclabousser de son faisceau lumineux l'angle sud-ouest d'Omelet Road. Il gara sa citadine en biais dans la rue. Des badauds étaient sortis sur les pelouses devant les maisons. Le soleil était toujours bas dans le ciel. Certains étaient en tenue de travail. D'autres portaient encore les uniformes sales de leur job de nuit.

Jeffrey s'adressa à Brad Stephens, l'un de ses subordonnés :

— Déroule le ruban pour tenir tous ces gens à distance.

— Oui, chef.

Les clés à la main, Brad entreprit d'ouvrir le coffre d'un geste fébrile. Ce gamin était tellement nouveau dans le métier que sa mère repassait encore ses uniformes. Il avait passé les trois derniers mois à distribuer des contraventions et à nettoyer la chaussée après des accidents de la route. C'était sa première affaire impliquant un décès.

Jeffrey regardait autour de lui en remontant la rue. De vieilles voitures et des camions en bout de course étaient alignés le long du trottoir. IHOP était un quartier populaire, certes, mais il était franchement plus agréable que celui où Jeffrey avait grandi. On ne croisait ici que quelques fenêtres barricadées de planches. La majorité des pelouses étaient entretenues. Les lampadaires fonctionnaient toujours. La peinture s'écaillait, mais les rideaux étaient propres, et tous les riverains avaient consciencieusement aligné leurs poubelles sur le trottoir pour le ramassage des ordures.

Jeffrey ouvrit le couvercle de la poubelle plus proche. Elle était vide.

Il aperçut son équipe sur un grand terrain qui s'étendait derrière les maisons. La forêt commençait juste au-delà de la montée, à au moins une centaine de mètres plus loin. Jeffrey quitta la rue. Il n'y avait pas de trottoir à cet endroit-là. Il traversa un petit terrain vague où il suivit le sentier d'herbe aplatie, en scrutant attentivement le sol. Des mégots de cigarettes. Des bouteilles de bière. Des boules de papier d'alu. Jeffrey se pencha pour regarder tout cela de plus près. Une odeur d'urine de chat vint chatouiller ses narines.

— Chef.

C'était Lena Adams, qui le rejoignait au pas de course. La veste bleue de l'uniforme de la jeune policière était si grande qu'elle remontait jusque sous son menton. Jeffrey nota dans un coin de sa tête de chercher des tailles pour femme la prochaine fois qu'il commanderait des uniformes. Lena n'était pas du genre à se plaindre, mais Jeffrey était gêné de ne pas y avoir pensé.

— C'est toi qui étais de service ? lui demanda-t-il.

— Oui, chef, répondit-elle avant de commencer à lire les notes de son calepin. Les secours ont été appelés à 5 h 58 du matin, et l'appel provenait d'un téléphone portable. J'ai été envoyée à ce moment-là et je suis arrivée ici à 6 h 02. La personne qui avait appelé m'a rejointe au milieu du terrain à 6 h 03. L'agent Brad Stephens est arrivé en renfort à 6 h 04. Ensuite, Truong nous a conduits à l'emplacement du corps. J'ai vérifié que la victime était décédée à 6 h 08. J'ai relevé la position du corps et j'ai remarqué un grand rocher couvert de sang à côté de la tête de la victime. J'ai appelé l'inspecteur Wallace à 6 h 09. Puis nous avons sécurisé le périmètre autour du corps à l'aide du ruban et attendu Frank, qui est arrivé à 6 h 22.

Frank avait téléphoné à Jeffrey en chemin. Celui-ci connaissait donc déjà toutes ces informations, mais il fit un signe de tête à Lena pour qu'elle poursuive son rapport. La seule façon d'apprendre, c'était par la pratique. Lena continua sa lecture.

— La victime est une femme blanche, âgée de dix-huit à vingt-cinq ans environ, vêtue d'un short de jogging rouge et d'un T-shirt bleu marine estampillé Grant Tech. Elle a été découverte par une autre étudiante, Leslie Truong, âgée de vingt-deux ans. Truong emprunte ce sentier quatre à cinq fois par semaine. Elle va au lac pour y faire du tai-chi. Truong ne connaissait pas la victime, mais elle était quand même bouleversée. J'ai proposé d'appeler une voiture par radio pour l'emmener chez l'infirmière du campus. Elle a dit qu'elle voulait y aller à pied, pour prendre le temps de réfléchir. Elle m'a paru du genre un peu farfelu.

Les mâchoires de Jeffrey s'étaient contractées.

— Tu l'as laissée retourner au campus toute seule ?

— Oui, chef. Elle allait voir l'infirmière. Je lui ai fait promettre de...

— C'est à vingt bonnes minutes de marche, Lena. Toute seule.

— Elle a dit qu'elle voulait...

— Stop.

Jeffrey s'efforça de conserver un ton neutre. Le plus important, dans le métier de policier, c'était d'apprendre de ses erreurs.

— Ne refais plus jamais ça. On raccompagne les témoins auprès de leur famille ou de leurs amis. On ne les envoie pas faire une rando de trois kilomètres.

— Mais elle...

Jeffrey secoua la tête, mais le moment était mal choisi pour donner à Lena une leçon d'empathie.

— Je veux parler à Truong avant la fin de la journée, dit-il. Même si elle ne connaissait pas la victime, ce qu'elle a vu est traumatisant. Il faut qu'elle sache qu'il y a des responsables ici qui assurent la sécurité de tous.

Lena acquiesça d'un hochement de tête sans conviction.

Jeffrey renonça.

— Quand tu es arrivée, la victime était étendue sur le dos ?

— Oui, chef.

Lena feuilleta les dernières pages de son carnet. Elle avait fait un schéma représentant le cadavre devant un bosquet d'arbres.

— Le rocher était à droite de sa tête. Elle avait le menton légèrement tourné vers la gauche. Le sol était intact. Elle ne s'est pas retournée. Elle a atterri sur le dos et s'est cogné la tête.

— Nous laisserons le coroner établir ce qu'il en est, répliqua Jeffrey, avant de pointer du doigt les boulettes d'aluminium. Quelqu'un a fumé de la meth ici, récemment. Les drogués ont leurs petites habitudes. Je veux que tu ressortes tous les rapports d'incidents des trois derniers mois et que tu voies si on peut associer un nom à ces résidus.

Lena avait sorti son stylo, mais elle n'écrivait pas.

— C'est jour de ramassage des ordures, aujourd'hui, continua Jeffrey. Essaie de parler avec l'équipe des éboueurs. Je veux savoir s'ils ont remarqué quelque chose de suspect.

Lena regarda derrière elle, en direction de la rue, puis vers la forêt.

— La victime a trébuché, chef. Sa tête a heurté un énorme rocher. Il est couvert de sang. Pourquoi a-t-on besoin de témoins ?

— Tu étais là quand c'est arrivé ? Est-ce que c'est exactement ce que tu as vu ?

Lena ne trouva rien à répondre. Jeffrey commença à traverser le terrain. Lena dut trotter pour se maintenir à sa hauteur. Elle était dans la police depuis seulement trois ans et demi, mais elle était intelligente et l'écoutait la plupart du temps, aussi donnait-il de sa personne pour lui apprendre le métier.

— Je veux que tu te souviennes de ça, parce que c'est important, dit-il. Cette jeune femme a une famille. Elle a des parents, des frères et sœurs, des amis. Nous allons devoir leur annoncer qu'elle est morte. Ils ont besoin de savoir que nous avons mené une enquête minutieuse pour déterminer les causes de son décès. Tu dois considérer chaque affaire comme un homicide potentiel, jusqu'à ce que tu sois certaine que ce n'est pas le cas.

Le stylo de Lena s'activait enfin. Elle recopiait chaque mot qu'il prononçait. Il la vit souligner deux fois le mot homicide.

— Je vais vérifier les rapports d'incident et me renseigner sur le camion d'éboueurs, dit-elle.

— Comment s'appelle la victime ?

— Elle n'avait pas de papiers sur elle, mais Matt est sur le campus en train de se renseigner.

— Bien.

De tous les inspecteurs de son équipe, Matt Hogan était celui qui savait le plus faire preuve d'empathie. Il y avait des gars solides dans l'équipe de patrouille également. Jeffrey avait eu de la chance avec la plupart des anciens qui étaient en poste à son arrivée. Seuls quelques-uns étaient des boulets, mais ils allaient partir avant la fin de l'année. Après avoir passé quatre ans à prouver qu'il était capable de faire ce boulot, Jeffrey avait le sentiment d'avoir gagné le droit de se débarrasser des pommes pourries.

— Chef.

Frank était au milieu du terrain. Il avait vingt ans de plus que Jeffrey et le charisme d'un morse asthmatique. Frank avait décliné le poste de chef quand celui-ci s'était libéré. Il n'était pas du genre à s'intéresser à la politique, et il connaissait bien ses limites. Jeffrey était sûr de pouvoir compter sur cet inspecteur tant qu'il était question de travail. Pour le reste, il ne savait pas bien à quoi s'en tenir.

— Brock…, commença Frank.

Il s'interrompit pour tousser, la cigarette à la bouche.

— Brock vient d'arriver. Il est en train d'aller voir le corps. La fille est par là-bas, à environ soixante mètres sur la colline.

Dan Brock était le coroner du comté. Il travaillait aussi à plein temps comme entrepreneur de pompes funèbres. Jeffrey le trouvait généralement compétent, mais le père de Brock était brutalement mort d'une crise cardiaque deux jours plus tôt. M. Brock père avait été retrouvé au bas de l'escalier, ce qui n'avait pas étonné Jeffrey. L'homme buvait en cachette. Il empestait toujours l'alcool.

— Tu crois que Brock est en état de s'occuper de ça ? demanda-t-il à Frank.

— Il est toujours bouleversé, le pauvre. Il était très proche de son père.

Pour une raison mystérieuse, Frank se mit à sourire.

— Je pense que ça va aller, ajouta-t-il.

Jeffrey se retourna pour voir la cause de la soudaine allégresse de Frank.

Sara Linton arrivait, elle était en train de traverser le terrain vague. Elle portait des lunettes de soleil noires. Ses cheveux auburn étaient coiffés en queue-de-cheval. Elle était vêtue d'un T-shirt à manches longues blanc et d'une jupe courte assortie.

— Oh ! génial, grommela Lena. Barbie Tennis à la rescousse.

Jeffrey lança un regard d'avertissement à Lena. Lors de son divorce, il avait commis l'erreur de se plaindre de Sara devant Lena. Depuis, cette dernière se sentait autorisée à se montrer insultante.

— Va vérifier que Brock ne s'est pas perdu dans les bois, lui ordonna-t-il. Et dis-lui que Sara est là.

À contrecœur, Lena s'éloigna en trottinant.

Frank écrasa sa cigarette d'un coup de talon, tandis que Sara les rejoignait.

Jeffrey s'accorda le plaisir de la regarder marcher. Elle était belle, en toute objectivité. Elle avait de longues jambes minces. Ses mouvements étaient empreints d'une certaine grâce. C'était la femme la plus intelligente qu'il ait rencontrée – parmi une longue liste de femmes exceptionnellement intelligentes. Après leur divorce, il s'était persuadé qu'il la détestait. Mais il avait compris récemment que ce que Sara ressentait pour lui était pire que de la haine. Elle était profondément déçue.

Les bons jours, Jeffrey pouvait reconnaître qu'il était déçu, lui aussi.

— Je pourrais vous briser les burnes pendant le restant de mes jours, que ça ne suffirait pas à vous punir pour ce que vous avez fait, lui dit Frank.

— Merci, mon vieux, répondit Jeffrey en mettant sur l'épaule de Frank une tape qui était tout sauf reconnaissante.

La famille de Sara était aussi fortement enracinée dans cette petite ville que l'université. Frank jouait souvent aux cartes avec le père de la jeune femme. Son épouse faisait du bénévolat avec sa mère. Jeffrey se serait attiré moins d'ennuis s'il avait décapité la mascotte du lycée.

— C'est bon de te voir, mon chou, dit Frank tandis que Sara lui embrassait la joue. Tu reviens tout juste d'Atlanta ?

— J'ai décidé de rester pour la nuit. Salut.

Sara avait lancé ce dernier mot comme une balle de volley dans la figure de Jeffrey.

— Maman m'a parlé du corps, reprit Sara. Elle s'est dit que Brock aurait peut-être besoin d'aide.

Jeffrey se rendait bien compte que Frank faisait exprès de ne pas les laisser seuls tous les deux. Il était également conscient qu'on était mardi matin. Normalement, Sara se préparait pour aller au travail, à l'heure qu'il était.

— Il est un peu tôt pour le tennis, non ? fit-il remarquer.

— J'ai joué hier. C'est par-là ?

Sans attendre sa réponse, elle emprunta le sentier qui menait à la forêt.

Frank lui emboîta le pas, marchant à côté de Jeffrey.

— Sara arrive tout juste d'Atlanta, mais elle porte les mêmes vêtements qu'hier, dit Frank. Je me demande bien ce que ça signifie ?

Jeffrey serra les dents et sentit le goût métallique de ses plombages lui envahir la bouche.

— Comment va Parker ? demanda Frank à Sara. Tu es remontée dans son avion ?

Le goût de métal se transforma en sang.

Sara n'avait pas répondu, aussi Frank expliqua-t-il à Jeffrey :

— Parker était pilote de chasse, avant. Un vrai héros de Top Gun. Il est avocat, maintenant. Il conduit une Maserati. Eddie m'a raconté toute sa vie.

Jeffrey imaginait parfaitement le père de Sara, cartes en main, s'empressant de rapporter ces informations à Frank, certain que ce dernier se ferait un plaisir de torturer Jeffrey avec tous ces détails.

Frank rit à nouveau. Puis il toussa, car ses poumons étaient encrassés de goudron.

Jeffrey s'efforça de remettre la conversation sur des rails plus professionnels. Après tout, c'était vers le corps d'une jeune femme morte qu'ils se dirigeaient. Il regarda sa montre, puis s'adressa au dos de Sara.

— La victime a été retrouvée il y a une demi-heure. C'est Lena qui a reçu l'appel.

Sara ne se retourna pas, mais sa queue-de-cheval rebondit ; elle avait hoché la tête. Jeffrey se dit que c'était une bonne chose de l'avoir à leurs côtés. C'était elle qui assurait le poste de coroner du comté avant Brock et, à la différence de l'entrepreneur de pompes funèbres, elle était docteur en médecine. Un avis d'expert sur la victime, c'était exactement ce qu'il fallait à cette affaire. Il n'y avait personne à qui Jeffrey faisait plus confiance que Sara. Que ce sentiment ne soit pas réciproque lui pesait de plus en plus, ces temps-ci.

Un an au moins s'était écoulé depuis qu'elle avait demandé le divorce. Jeffrey avait cru que la colère de Sara finirait par s'éteindre d'elle-même, mais elle avait pris la forme d'une flamme éternelle. D'un point de vue intellectuel, il comprenait pourquoi elle n'arrivait pas à tourner la page. Non seulement il n'était qu'un connard infidèle, mais en plus il l'avait humiliée au passage. Sara l'avait littéralement surpris la main dans le sac : dans leur lit, dans leur maison, avec une autre femme. N'importe quelle épouse normale aurait eu de bonnes raisons d'être furax. Mais c'est ce que Sara avait fait ensuite qui était terrifiant.

Jeffrey lui avait crié d'attendre, mais Sara n'avait pas attendu. La couverture enroulée autour des reins, il l'avait poursuivie dans la maison. En sortant, elle avait attrapé la batte de base-ball que Jeffrey gardait toujours à côté de la porte d'entrée. Il descendait en trébuchant les marches du perron lorsqu'il l'avait vue balancer en arrière la batte Louisville Slugger. Elle était debout sur la Ford Mustang 1968 de Jeffrey. Il avait poussé un véritable hurlement de loup.

Mais Sara n'avait pas démoli sa voiture. Elle avait jeté la batte par terre, s'était dirigée vers sa propre voiture, une Honda Accord, et là, au lieu de prendre le volant et s'en aller, elle avait glissé le bras par la vitre baissée, desserré le frein à main et laissé le véhicule dévaler la pente jusqu'au lac où il avait été englouti.

Jeffrey était si abasourdi qu'il en avait lâché la couverture.

Dès le lendemain, Sara avait pris un avocat spécialisé dans les affaires de divorce, acheté une BMW Z4 décapotable et démissionné de son poste de coroner du comté. Clem Waters, le maire, avait téléphoné à Jeffrey pour lui lire la lettre de démission. Elle n'était constituée que d'une seule phrase, sans aucune explication supplémentaire, mais la ville entière était déjà au courant de l'adultère, et Clem avait passé un savon à Jeffrey.

Ensuite, Jeffrey avait reçu un nouveau savon de la part de Marla Simms, la secrétaire du poste de police.

Puis, ce fut au tour de Pete Wayne de lui passer un troisième savon, quand Jeffrey était venu déjeuner dans son *diner*.

Ne voulant pas être en reste, Jeb McGuire, le pharmacien de la ville, lui avait à peine adressé la parole en lui remettant son traitement contre l'hypertension.

Et dans le parking, Cathy Linton, la mère dévote et moralisatrice de Sara, cette sainte qui allait à l'église tous les dimanches et craignait Dieu, lui avait adressé un double doigt d'honneur.

Aussi, quand Jeffrey s'était installé dans sa chambre froide et humide du motel Kudzu Arms, juste à l'extérieur d'Avondale, il avait été soulagé de retrouver le silence. Ensuite, il avait bu beaucoup de whisky, regardé un tas de programmes décérébrants à la télé, et il était lentement arrivé à la conclusion que tout ceci était sa faute. De son point de vue, son fiasco n'était pas tant dû au fait d'avoir couché à droite et à gauche que d'avoir été pris sur le fait. Jeffrey avait pourtant grandi dans une petite ville. Il aurait dû savoir qu'en trompant Sara il faisait aussi voler en éclat ses rapports avec le comté tout entier.

Frank fut pris d'une nouvelle quinte de toux qui fit un bruit de crécelle, tandis qu'ils s'enfonçaient dans la forêt. Les couleurs étaient sombres, à présent, ce qui convenait à la situation. L'air était devenu froid. Les ombres se balançaient sur le sol. Au loin, Jeffrey aperçut le ruban jaune de police enroulé autour des arbres. Lena avait bouclé un large périmètre circulaire autour du cadavre.

Le pied de Sara glissa sur une pierre. Jeffrey tendit la main et la soutint au niveau des reins. Il songea à la façon dont cette scène se serait déroulée, un an plus tôt. Sara aurait saisi sa main par-derrière et l'aurait serrée. Ou elle lui aurait souri. Ou fait n'importe quoi d'autre que ce qu'elle faisait à présent, c'est-à-dire repousser ostensiblement sa main.

Frank toussa plus fort encore lorsqu'ils grimpèrent la colline. Ils s'arrêtèrent devant le ruban jaune. La victime gisait à cinq mètres d'eux. C'était une fille mince, qui devait mesurer un mètre soixante-dix et peser environ cinquante-cinq kilos. Elle avait les yeux fermés. Les lèvres légèrement entrouvertes. Des cheveux bruns. Une tenue de sport. Le rocher près de sa tête était à demi enfoncé dans le sol et faisait à peu près la taille d'une balle de foot. Sa surface était maculée de sang sombre. Un filet de sang avait coulé de sa narine droite. Aucune marque visible aux poignets ou aux chevilles. Aucun signe visible d'hématome, mais elle était probablement morte depuis moins d'une heure. Il fallait du temps pour que les hématomes apparaissent.

Jeffrey était sur le point de demander à Lena de confirmer à nouveau qu'elle n'avait pas retourné le corps, lorsqu'il entendit quelqu'un sangloter.

Il fit volte-face. Dan Brock était effondré contre un arbre, le visage plongé entre ses mains. Son corps était secoué de spasmes de chagrin.

— Brock, fit Sara en se précipitant vers lui.

Elle avait enlevé ses lunettes de soleil. Ses yeux étaient cernés de noir. M. Top Gun allait bientôt devoir revoir ses prouesses à la baisse, en matière de nuits blanches.

— Je suis désolée pour ton père, lui dit-elle.

Brock essuya ses larmes. Il avait l'air embarrassé, mais uniquement parce que Jeffrey et Frank le regardaient.

— Je ne sais pas ce qui m'a pris. Je suis désolé.

— Dan, s'il te plaît, tu n'as pas besoin de t'excuser. Je n'ose même pas imaginer ce que tu endures.

Sara tira un mouchoir de sa manche. Elle avait toujours eu une tendresse particulière pour Brock. L'homme n'avait pas eu une vie facile. Il était très étrange. Il avait grandi dans une entreprise de pompes funèbres. Pendant toute leur scolarité, Sara avait été la seule enfant qui acceptait de s'asseoir avec lui à la cantine.

Brock se moucha. Il lança un regard contrit à Jeffrey.

— Sara a raison, Brock, dit ce dernier. C'est normal d'être bouleversé dans un moment pareil.

Jeffrey venait d'une famille d'alcooliques. Il devait se montrer plus compatissant.

— On s'occupe de tout, ajouta-t-il. Retourne auprès de ta maman.

La pomme d'Adam de Brock rebondit tandis qu'il essayait de faire sortir des mots de sa gorge nouée. Il finit par se contenter d'un hochement de tête, avant de partir.

— Bon Dieu, souffla Lena.

D'un regard, Jeffrey la fit taire. Elle était trop jeune pour comprendre ce que cela signifiait de perdre quelqu'un. Malheureusement, la compassion s'apprenait à la dure.

— Bien, finissons-en avant qu'il pleuve.

Sara fouilla dans la trousse de matériel que Brock avait laissée. Des tubes de recueil d'échantillons. Des sachets de collecte de preuves. Un appareil-photo Nikon. Un caméscope Sony. Des lampes. Elle en sortit une paire de gants jetables.

— La victime a été retrouvée il y a une demi-heure ? demanda-t-elle.

Jeffrey souleva le ruban jaune pour laisser Sara passer dessous. Il lui rapporta les informations que Frank lui avait données au téléphone.

— C'est une étudiante qui a appelé les secours. Leslie Truong. Elle allait vers le lac. Elle a entendu la musique qui provenait des écouteurs de la victime.

Sara nota la présence des écouteurs, qui étaient par terre, près de la tête de la victime. Ils étaient reliés à un iPod rose, clipsé au bas du T-shirt de la jeune femme.

— C'est toi qui as éteint la musique ? demanda-t-elle à Lena.

Lena leva le menton en guise d'acquiescement. Jeffrey eut une brusque envie de la secouer par le col. Lena dut percevoir sa désapprobation, car elle se justifia :

— Je ne voulais pas que les piles s'usent complètement, au cas où il y aurait quelque chose d'important dessus.

Sara croisa le regard de Jeffrey et lui adressa, en silence, un grand « sans blague ? ».

Elle n'avait jamais aimé Lena. Ce que Jeffrey mettait sur le compte d'une ignorance liée au manque d'expérience dont une bonne formation viendrait à bout, Sara l'interprétait comme le signe d'une arrogance délibérée que Lena traînerait toute sa vie.

Le problème avec Sara Linton, c'était qu'elle n'avait jamais fait d'erreurs stupides. Ses années de lycée n'avaient pas été ponctuées de fêtes trop arrosées. À la fac, elle ne s'était jamais réveillée à côté d'un type d'une fraternité quelconque affublé d'un collier de coquillages dont elle ne se rappelait pas le prénom. Elle avait toujours su ce qu'elle voulait faire dans la vie. Elle avait obtenu son baccalauréat avec un an d'avance. Elle avait terminé sa licence en trois ans, alors même qu'elle suivait un double cursus. Puis elle avait obtenu son diplôme de l'école de médecine de l'université d'Emory en étant classée troisième de sa promotion. Au lieu d'accepter une très intéressante bourse de chirurgie à Atlanta, elle était revenue dans Grant County pour occuper la fonction de pédiatre auprès de cette communauté rurale qui souffrait d'un cruel manque de moyens.

Il n'était donc pas étonnant que tout le comté méprise Jeffrey, à présent.

— Elle a été retrouvée exactement comme ça ? demanda Sara à Lena. Allongée sur le dos ?

Lena hocha la tête.

— J'ai pris des photos avec mon BlackBerry, précisa-t-elle.

— Télécharge-les et imprime-les dès que tu seras retournée au poste, lui intima Sara.

Jeffrey opina du chef en signe d'acquiescement. Lena n'accepterait jamais d'obéir directement aux ordres de Sara. Mais on réglerait ce problème-là en temps voulu.

— La façon dont elle est tombée est invraisemblable, dit-il à Sara.

Il intercepta un éclair dans ses yeux. Elle avait un trop grand sens des convenances pour le contredire devant son équipe.

Jeffrey précisa sa pensée :

— Peux-tu expliquer comment elle a fait pour tomber le visage vers le haut ?

Sara observa à nouveau la racine qui sortait du sol. Il y avait une profonde encoche dans la terre qui correspondait au bout sali de la basket gauche de la victime.

— Les étiologies des chutes sont bien documentées, répondit Sara. Les chutes sont la deuxième cause la plus répandue de blessures accidentelles, après les accidents de voiture. Celle-ci appartient à la catégorie des chutes de plain-pied. Des TC, ou traumatismes crâniens, se produisent dans 25 % des chutes de ce genre. Environ 30 % des victimes font l'expérience de ce qu'on appelle un déplacement incontrôlable – ce qui, selon les degrés de gravité, peut produire une fracture spiroïde du poignet, une fracture de la hanche, ou un TC. 10 % des victimes de ce genre de chutes pivotent de 180°. Le centre de gravité de la personne tombe hors de sa zone d'appui constituée par le tronc et les pieds. Les dégâts sont provoqués par l'énergie absorbée au moment de l'impact, et l'énergie cinétique est déterminée par la masse corporelle et la vitesse, elle-même liée à la hauteur de la chute.

Jeffrey opina d'un air pensif, davantage pour donner le change que parce qu'il comprenait vraiment ce qu'elle venait d'expliquer.

— Son pied gauche a calé, tenta-t-il. Son corps a continué d'avancer, elle s'est retournée dans les airs, et l'arrière de son crâne a heurté cette pierre.

— C'est possible, répondit Sara en s'agenouillant près du corps.

D'une pression des doigts, elle ouvrit les paupières de la défunte. Puis elle posa le revers de sa main sur le front de cette dernière.

Jeffrey ne trouvait pas cette façon de faire très convaincante : on aurait dit cette légende selon laquelle les mères étaient capables de pressentir que leurs enfants avaient de la fièvre. Sara était on ne peut plus scientifique, presque trop parfois. Si elle voulait prendre la température de quelqu'un, elle utilisait un thermomètre.

— C'est toi qui es arrivée la première ici ? demanda-t-elle à Lena.

Lena hocha la tête.

Du bout des doigts, Sara palpa le cou de la jeune femme. Son expression passa de l'inquiétude à la stupeur, puis à la colère. Jeffrey était sur le point de demander ce qui n'allait pas, quand Sara colla son oreille contre la poitrine de la jeune femme.

Jeffrey entendit un petit cliquetis très faible.

Il crut tout d'abord que c'était un insecte ou un autre petit animal qui produisait ce bruit. Mais il s'aperçut ensuite qu'il provenait de la bouche de la victime.

Clic. Clic. Clic.

Lentement, le bruit s'estompa jusqu'à cesser tout à fait.

— Elle ne respire plus ! s'exclama Sara qui passa à l'action illico.

Elle se mit à genoux. Les paumes appuyées contre la poitrine de la victime, les doigts joints, les coudes bloqués, elle commença immédiatement à pratiquer un massage cardiaque.

Jeffrey sentit un éclair de panique lui foudroyer le cerveau.

— Elle est vivante ?

— Appelez une ambulance ! hurla Sara.

Tous réagirent aussitôt.

— Merde ! s'exclama Frank, le téléphone à la main. Merde, merde, merde !

— Va chercher le défibrillateur, ordonna Sara à Lena.

Lena passa sous le ruban jaune.

Jeffrey tomba à genoux. Il bascula la tête de la jeune femme en arrière, puis regarda dans sa bouche pour s'assurer que les voies respiratoires étaient bien dégagées. Puis il attendit que Sara lui donne le feu vert, prit une inspiration, et souffla dans la bouche de la victime.

Presque tout l'air qu'il venait d'expirer revint dans sa propre bouche. Il scruta à nouveau la gorge de la jeune femme pour s'assurer que rien ne l'encombrait.

— L'air passe ? demanda Sara.

— Pas des masses.

— Continue.

Sara reprit les compressions thoraciques en comptant à voix haute. Jeffrey l'entendait panteler sous l'effort qu'elle faisait pour pomper manuellement le sang à travers le cœur de la jeune femme.

— L'ambulance sera là dans huit minutes, dit Frank. Je descends lui faire signe.

Sara termina de compter.

— Trente.

Jeffrey souffla encore deux fois dans la bouche de la victime, deux brèves expirations. C'était comme souffler dans une paille. L'air passait, mais pas assez.

— Une demi-heure ! dit Sara en démarrant un nouveau cycle de réanimation cardio-pulmonaire. Lena n'a pas pensé à prendre son pouls, bordel de merde ?

Elle ne s'attendait pas à ce que Jeffrey lui réponde. Il ne savait pas quoi dire de toute façon. Il attendit que Sara ait compté jusqu'à trente, puis il se pencha au-dessus du visage de la victime et souffla entre ses lèvres le plus fort possible.

D'un seul coup, du vomi jaillit dans sa bouche. La tête de la jeune femme se souleva brutalement, percutant le visage de Jeffrey dans un grand craquement.

Jeffrey tomba en arrière. Il vit trente-six chandelles. Son nez palpitait. Ses yeux étaient injectés de sang, il avait du mal à les garder ouverts. Il y avait aussi du sang sur son visage et dans sa bouche. Il essaya de le recracher.

Sara commença à tapoter le pantalon de Jeffrey. Il se demandait bien ce qu'elle était en train de fabriquer, jusqu'à ce qu'elle sorte le couteau suisse qu'il avait dans sa poche.

— Je n'arrive pas à dégager ses voies respiratoires, dit-elle en sortant la lame. Tiens-lui la tête, ordonna-t-elle à Jeffrey.

Encore étourdi, Jeffrey plaça ses mains de part et d'autre du visage de la jeune femme. Sa peau n'était plus livide, mais d'un bleu virant au violet. Ses lèvres avaient pris la couleur de l'océan.

Sara fit une marque, puis pratiqua une petite incision horizontale à la base du cou de la jeune femme. Le sang perla. Elle était en train de procéder à une trachéotomie pour contourner l'obstruction dans la gorge.

Jeffrey sortit un stylo bille de sa poche. Il en dévissa le corps et ôta la cartouche d'encre. Le cylindre en plastique allait servir de tube à travers lequel la femme pourrait respirer.

— Merde, lâcha Sara. Il y a… Je ne sais pas ce que c'est.

À l'aide de ses pouces, elle essaya d'écarter la peau autour de l'incision. Le sang qui s'écoulait fut remplacé par une substance granuleuse qui semblait s'être amoncelée dans l'œsophage de la victime. Jeffrey distingua des traînées bleues dans le rouge du sang. On aurait dit que la jeune femme avait avalé de la teinture.

— Je vais devoir contourner ce bouchon, dit Sara.

Elle déchira le T-shirt de la jeune femme, qui était assez fin. En revanche, sa brassière de sport était trop épaisse, et Sara dut la scier avec la lame crantée du couteau suisse pour réussir à ouvrir entièrement le soutien-gorge.

Jeffrey observa les doigts de Sara appuyer en haut du sternum, juste sous l'incision de la trachéotomie. Sara compta les premières côtes de la même façon qu'elle avait compté les compressions pendant le massage cardiaque. La jeune femme était tellement mince que Jeffrey arrivait à distinguer le contour de ses os sous la peau.

De son pouce gauche, Sara appuya juste en dessous de la clavicule. Puis elle plaça le talon de sa main droite par-dessus et pesa de tout son poids sur le buste de la jeune femme.

Ses bras se mirent à trembler. Ses genoux se décollèrent du sol.

Jeffrey entendit un craquement retentissant.

Puis Sara renouvela le processus, mais un peu plus bas.

Un autre craquement se fit entendre, aussi sonore que le premier.

— C'étaient les deux premières côtes, expliqua Sara. Il faut faire vite. Je vais devoir disloquer l'articulation manubrio-sternale avec ton couteau, puis soulever le manubrium et appuyer sur le sternum. Ensuite, tu devras déplacer la veine et l'artère avec l'autre partie du stylo, en faisant bien attention. Là, je pourrai accéder à la trachée entre les anneaux du cartilage.

Jeffrey n'arrivait pas à suivre ses consignes.

— Dis-moi juste quand je dois le faire, répondit-il.

Sara retroussa ses manches. Elle essuya la sueur qui lui piquait les yeux. Ses mains restaient fermes. Elle utilisa la petite lame aiguisée du couteau pour pratiquer une incision verticale de dix centimètres en dessous de la première.

Du sang de couleur sombre s'échappa de l'ouverture. L'estomac de Jeffrey se retourna à la vue de la blancheur éclatante de l'os qui apparut sous la peau. Le sternum était plat et lisse, d'une épaisseur d'un centimètre environ ; il avait à peu près la taille et la forme d'un grattoir à glace. Les notions d'anatomie de Jeffrey se limitaient à ses compétences de joueur de football. Il connaissait tous les points où il valait mieux ne pas se faire frapper. Le sternum était composé de trois sections : celle du dessus, qui était épaisse, celle du milieu, qui était longue, et une plus petite qui dépassait vers le bas, un peu comme une queue. Les os étaient joints les uns aux autres, mais un coup suffisamment fort pouvait les séparer.

Si Jeffrey ne se trompait pas, Sara allait soulever la partie épaisse du sternum comme le couvercle d'une boîte de conserve.

— Immobilise-la, lui demanda-t-elle en sortant la lame crantée. Je vais scier l'articulation pour la rendre plus facile à disjoindre.

Jeffrey appuya ses paumes sur les épaules de la jeune femme.

Sara était à nouveau à genoux. Elle se mit à scier l'os en faisant faire des allers-retours à la lame crantée, exactement comme elle s'y serait prise pour découper une cuisse de dinde.

Jeffrey se mordit la joue. Le goût de son sang lui fit à nouveau tourner la tête.

— Jeff ? appela Sara, sur un ton qui l'invitait à se ressaisir.

Il raffermit sa prise sur les épaules de la jeune femme, pendant que Sara sciait de plus belle. La victime était si petite. Elle semblait si fragile. Il sentait son corps tressauter à chaque coup de lame.

— Tiens-la plus fort.

Ce fut là le seul avertissement que Sara lui donna, avant de glisser la lame sous l'attache de l'articulation.

Les dents de Jeffrey s'entrechoquèrent sous l'effet du grincement qui retentit tout à coup.

À nouveau, Sara utilisa le poids de son corps. Sa main droite était pressée contre la partie centrale du sternum, tandis que sa main gauche, serrée de toutes ses forces sur le manche du couteau, essayait de soulever l'os à l'aide de la lame crantée.

Les épaules de Sara se remirent à trembler.

Ce n'était pas du tout comme soulever le couvercle d'une boîte de conserve. On aurait plutôt dit que Sara avait planté le couteau dans le couvercle et cherchait à fendre la boîte en deux.

— Viens appuyer sur mes mains et aide-moi à faire levier, demanda Sara à Jeffrey.

Jeffrey posa les mains sur celles de Sara. Il hésitait à se pencher en avant, craignant d'écraser la jeune femme.

— Plus fort.

Il appuya et tira plus fort, même si chacun de ses muscles lui ordonnait de ne pas le faire. Cette fille était si frêle. Elle était à peine plus âgée qu'une adolescente. L'idée de l'ouvrir en deux allait contre tout ce qui faisait de lui un homme.

— Plus fort, ordonna encore Sara.

La sueur gouttait du bout du nez de Sara. Il sentait ses épaules trembler entre ses mains.

— Plus fort, Jeffrey ! Si on n'arrive pas à faire entrer de l'air dans ses poumons, elle va mourir.

Il pesa sur la jeune femme de tout son poids et tira sur le couteau de toutes ses forces. La lame commença à se tordre, mais Jeffrey se rendit compte que ce n'était pas la lame qui cédait. C'était l'os.

L'articulation craqua comme une coquille d'huître.

Il essaya de se retenir de vomir. Le choc s'était réverbéré le long de ses bras et jusque dans ses dents. Ce qui suivit était pire encore : le bruit de succion que fit le cartilage en se brisant, les ligaments en se déchirant, les tendons en se séparant, tandis que l'os était arraché à l'articulation.

— La voilà, fit Sara en désignant un point précis du thorax ouvert. Voilà la veine. Et là, c'est l'artère. Il faut que tu les écartes. Sers-toi de l'autre bout du stylo, sinon ta main me gênera.

Jeffrey distinguait bien la veine et l'artère, tendues devant la trachée annelée comme deux pailles roses. L'une d'elles était parsemée de petits trucs rouges. L'autre semblait très lisse. Jeffrey n'arrivait pas à empêcher ses doigts de trembler tandis qu'il écartait doucement la veine et l'artère avec le bout du stylo.

— Ne bouge pas.

Sara tenait le corps du stylo entre ses doigts, le coude serré contre son flanc. Elle se pencha vers la jeune femme et enfonça l'extrémité du tube en plastique dans sa trachée jusqu'à le faire rentrer d'un tiers de sa longueur.

— Écarte-toi.

Jeffrey retira prudemment sa main. La veine et l'artère retournèrent à leur place.

Sara prit une profonde inspiration. Elle glissa le conduit entre ses lèvres et souffla de l'air directement dans la trachée.

Rien ne se produisit.

Sara inspira à nouveau, puis expira dans le stylo.

Tous deux se penchèrent en avant, aux aguets. Ils entendirent des oiseaux gazouiller, des feuilles bruisser, puis enfin, après ce qui leur avait semblé une éternité, le son de l'air qui sortait du tube.

La poitrine de la jeune femme fut prise d'un frisson lorsqu'elle se souleva pour inspirer. Elle retomba très lentement, de façon quasi imperceptible. Jeffrey retint son souffle et compta les secondes, jusqu'à ce que la cage thoracique de la jeune femme se soulève à nouveau et que ses poumons s'emplissent d'air.

Il respirait en même temps qu'elle, il inspirait et expirait lentement ; bientôt le visage de la jeune femme perdit cette teinte bleutée, et la vie revint dans son corps.

Sara ôta ses gants chirurgicaux couverts de sang. Elle repoussa doucement les cheveux de la jeune femme en arrière et murmura :

— Ça va aller, maintenant, ma chérie. Continue à respirer. Ça va aller.

.t su dire si c'était à la victime ou à elle-même que
.es mains s'étaient mises à trembler. Les larmes lui
.ux yeux.

tendit la main pour la réconforter.

eut un mouvement de recul. Jamais il ne s'était senti aussi
.trueux, aussi nul, de toute sa vie.

.l laissa retomber ses mains, désormais inutiles.

Tout ce qu'il pouvait faire c'était attendre avec elle, en silence, que l'ambulance arrive.

4

Atlanta

— Tessa, hurla presque Sara dans le combiné. Tessie, est-ce que tu peux juste…

Sa petite sœur ne l'écoutait pas. Elle poursuivait son incessante logorrhée, et sa voix commençait à ressembler à celle des adultes dans les dessins animés de Snoopy.

Wah-wah-wah-wah, wah-wah-wah-wah.

Sara mit le téléphone sur haut-parleur et le posa sur l'étagère au-dessus du lavabo. Elle se lava le visage avec le savon liquide rose du distributeur. L'essuie-mains en papier de mauvaise qualité se désagrégea entre ses doigts. Si Sara ne sortait pas de cette prison bientôt, ils allaient devoir la coller dans une cellule.

Le bruit d'eau fit réagir Tessa.

— Qu'est-ce que tu fabriques ?

— Je suis en train de me faire une toilette de pute dans les chiottes visiteurs de la prison de Phillips, répondit Sara en retirant de sa joue un bout de serviette en papier qui y était resté collé. Je viens de prendre un vrai bain de sang, de pisse et de merde pendant cinq heures.

— On dirait que t'es retournée à l'université.

Sara rit, mais de façon que Tessa ne l'entende pas.

…s ce que tu veux. Si tu veux faire des études de … as-y. Tu n'as pas besoin de mon autorisation. … porte quoi.

… pouvait la contredire car, en vérité, chacune des deux … vait toujours besoin de l'autorisation de l'autre avant … prendre quoi que ce soit. Sara ne réussissait pas à trouver … nmeil si Tessa était fâchée contre elle. Tessa ne pouvait pas … ser une journée normale si Sara et elles s'étaient disputées. … ieureusement, cela se produisait moins souvent maintenant qu'elles étaient plus âgées. Mais cette fois-ci, c'était différent.

Tessa était en train de perdre les pédales. Elle était censée prendre l'avion et rentrer chez elle un mois plus tôt, mais elle n'arrêtait pas de repousser le voyage. Elle avait envoyé un texto à son mari pour lui demander le divorce. Elle avait passé un appel FaceTime à sa fille de cinq ans pour lui dire qu'elle serait de retour pour Thanksgiving. Apparemment, elle était retournée vivre chez ses parents, dans l'appartement au-dessus du garage. Un jour, elle voulait reprendre ses études. Le lendemain, elle voulait devenir sage-femme. Ce qu'il lui fallait vraiment, c'était un bon psychothérapeute qui l'aiderait à comprendre que tous ces *changements* ne *changeraient* rien du tout à ses problèmes.

Comme le disait le vieux proverbe, l'homme a beau vouloir se fuir lui-même, où qu'il aille, il s'emporte avec lui.

— Sissy, tu devrais le savoir, ça, reprit Tessa. La Géorgie a l'un des taux de mortalité maternelle les plus élevés du pays. Et pour les femmes noires, c'est encore pire. Elles ont six fois plus de chance que les blanches de mourir en accouchant.

Sara ne jugea pas utile de préciser que, ça, elle le savait, car en tant que médecin légiste elle était chargée de regrouper toutes les statistiques déprimantes de l'État que sa sœur venait de lui jeter au visage.

— Désolée, s'excusa Sara.

Les responsabilités professionnelles de Charlie ne comprenaient pas l'attente devant les toilettes des dames. Mais, aujourd'hui, il se montrait plus vigilant que d'habitude, car ils étaient dans une prison pour hommes.

— Gary a fini de relever les pièces à conviction ?

— Si ce n'est pas le cas, ça ne saurait tarder, répondit Charlie en lui tenant la porte.

Le soleil sécha instantanément l'eau sur la peau de Sara. Ils étaient dehors et traversaient le parking ; la masse sinistre de la prison s'élevait derrière eux. Sara entendait encore des hurlements, car il y a toujours des hurlements quand on enferme les gens en cage.

— Alors, fit Charlie en enfilant ses lunettes de soleil. Tu as vu le nouveau, celui qui relève les empreintes latentes ?

— Celui qui ressemble à Rob Lowe, version bûcheron ?

— Il m'a invité à prendre un verre. J'ai failli y aller avec ma valise. Quelle Charlotte je fais ! ajouta-t-il en secouant la tête.

— Charlotte sait ce qu'elle veut, répondit Sara.

Puis elle ajouta, d'un ton faussement détaché :

— Tu as parlé à Will récemment ?

Charlie retira ses lunettes noires.

— À propos de quoi ?

Rien qu'avec sa question, Sara en avait déjà trop dit. Et ça ne servait à rien de la poser, de toute façon. Will n'était pas du genre à s'épancher au sujet de ses sentiments. D'habitude, Sara trouvait toujours une façon de le tirer de sa coquille mais, ces derniers temps, elle avait atteint une limite dans ce domaine. Elle aimait Will de tout son être. Elle ne désirait rien de plus au monde que passer le restant de ses jours avec lui. Elle ne réclamait pas de feu d'artifice ou de parade, mais elle aurait au moins voulu qu'il lui pose cette foutue question. « Ça fera plaisir à ta mère », c'était un but dans la vie, pas une demande en mariage. Et que Will ait laissé passer quarante-trois jours sans plus jamais aborder le sujet, c'était tout simplement exaspérant. Sara ne voulait pas d'un mari silencieux. En tout cas, une chose était sûre : elle n'accepterait certainement pas d'être une épouse silencieuse.

— Sara ? demanda Charlie. Qu'est-ce qu'il y a ?

Fort heureusement, son portable se mit à vibrer. C'était un texto de Will : un émoji représentant un téléphone suivi d'un point d'interrogation. La plupart de leurs communications par SMS se faisaient par le biais d'images. Will était dyslexique. Il pouvait lire, mais pas très rapidement. Sara savait que tout le monde s'envoyait des émojis par texto, mais elle se plaisait à penser que Will et elle avaient créé un langage rien qu'à eux.

— Il faut que je passe un coup de fil, dit-elle à Charlie.

— Je vais aider Gary à terminer, répondit-il en s'éloignant. On devrait être prêts à partir dans cinq minutes.

— Je vous rejoins dans deux minutes.

Sara était sûre que Will appelait pour discuter de ce qu'ils allaient commander pour le dîner. Il était toujours terrifié à l'idée de mourir de faim s'il passait plus d'une heure sans manger.

De toute façon, ce n'était pas comme si Will avait évité d'aborder un autre sujet très important ces quarante-trois derniers jours.

Il décrocha dès la première sonnerie. Mais, au lieu de dire allô, il lui demanda :

— Tu peux parler, là ?

Quelque chose clochait.

— Est-ce que ça va ? lui demanda-t-elle.

— Oui, ça va, répondit-il d'une voix hésitante. Il faut qu'on parle. Je ne veux pas que tu sois fâchée. J'ai eu tort de laisser cette situation durer si longtemps. Je suis désolé.

Sara posa une main sur ses yeux. Quarante-trois jours, bordel. Et c'était *maintenant* qu'il choisissait d'avoir cette conversation avec elle.

— Chéri, je suis sur le parking de la prison, là.

Il eut l'air décontenancé, ce qui était le but du ton qu'elle venait d'employer.

— Sara, je…

— Will, le coupa Sara.

Tessa lui avait déjà mis les nerfs à rude épreuve mais, là, c'était le pompon.

— Bon Dieu, tu as eu six semaines pour…, commença Sara.

— Daryl Nesbitt.

Le nom lui fit d'abord l'effet d'un charabia sans queue ni tête.

Jusqu'à ce que, soudain, tout lui revienne.

Une série d'images défilèrent dans l'esprit de Sara, comme les diapos d'un vieux View-Master. Elle était à nouveau dans Grant County. Elle traversait le grand terrain. Elle sentait le regard de Jeffrey posé sur elle. Elle s'agenouillait dans les bois. Elle attendait l'ambulance. Il y avait du sang sur ses mains. L'air sifflait à travers le stylo en plastique de Jeffrey. Lena courait en vain à travers la clairière avec le défibrillateur dont ils n'auraient en définitive pas besoin.

Sara pressa le bout de ses doigts contre ses paupières closes. Des larmes jaillirent de ses yeux.

— Sara ?

— OK. Nesbitt. Qu'est-ce qu'il y a ?

— Il est ici. Il a lancé des accusations contre Lena Adams.

Will s'interrompit comme s'il s'attendait à ce qu'elle dise quelque chose.

— Et, euh…, poursuivit-il. Il a aussi dit des choses, des choses graves, à propos de…

Sara sentit ses poumons se comprimer lorsqu'elle prononça le nom à sa place :

— Jeffrey.

— Ouais.

Will marqua à nouveau un temps.

— Des choses vraiment très graves, ajouta-t-il.

Sara posa instinctivement une main sur sa gorge. Sans le vouloir, elle venait de penser à la façon dont Jeffrey lui caressait le cou quand ils étaient au lit. Elle chassa ce souvenir immédiatement.

— Nesbitt dit qu'il a été piégé ? Que la brigade a agi illégalement ?

— Oui.

Sara hocha la tête, car cette accusation ne datait pas d'hier.

— Il a déjà essayé d'entamer une procédure civile contre la succession de Jeffrey, dit-elle.

En effet, Nesbitt avait tenté d'attaquer Sara en justice. À l'époque, elle se débattait encore pour se remettre de la mort de Jeffrey. Elle dormait trop, pleurait trop, prenait trop de somnifères sans se soucier de savoir si elle se réveillerait le lendemain ou non.

— L'affaire a été rejetée, ajouta-t-elle. Qu'est-ce qu'il veut maintenant ?

— Il propose de nous donner des informations si on relance l'enquête.

Sara ne pouvait s'arrêter de hocher la tête. Son corps cherchait à comprendre le sens de ce qu'elle entendait, comme si elle était capable d'anticiper tout ce qui allait se produire et l'acceptait sans problème.

— Quelles informations ? demanda-t-elle.

Will lui exposa les détails, mais tout ce qu'il disait lui paraissait absurde. Sara avait failli mourir de chagrin après avoir perdu Jeffrey. Elle avait déménagé à Atlanta pour ne plus croiser son fantôme à chaque coin de rue. Puis elle avait rencontré Will. Elle était tombée amoureuse de lui. Elle était sur le point de commencer une nouvelle vie, et maintenant…

— Sara ? fit Will.

Elle essaya de faire abstraction de ses émotions et de rester logique. Ce n'était pas chose facile. Son cœur martelait sa cage thoracique, comme s'il voulait s'en échapper.

— Il va falloir que tu en discutes avec Lena, dit-elle.

— Oui, répondit Will après un instant d'hésitation.

— Et Lena te dira que Nesbitt raconte des bobards, comme il l'a toujours fait. Ou peut-être qu'il ne raconte pas tant de bobards que ça, vu que Lena aussi est une menteuse, et que c'est une mauvaise flic. Mais, d'un autre côté, Nesbitt est un pédophile et il est en prison, alors qui les gens vont-ils croire ?

— Certes.

Will avait répondu sur un ton morne et éteint, à l'image de la situation.

— Il y a autre chose, ajouta-t-il.

— Le contraire m'eût étonnée.

— Nesbitt parle d'autres victimes. La première…

— Rebecca Caterino.

Le nom de la jeune femme était gravé dans la mémoire de Sara.

— Tout le monde l'appelait Beckey, précisa-t-elle.

— Nesbitt soutient qu'il y a eu d'autres victimes après son arrestation, dit Will, avant de marquer une nouvelle pause. Il affirme qu'un tueur en série sème des cadavres dans tout l'État.

Sara n'arrivait toujours pas à intégrer cette nouvelle information. Sa main se posa sur sa bouche. De tout son être, elle voulait mettre un terme à cette conversation.

— Et tu le crois ?

— Je ne sais pas. Faith et Amanda m'ont demandé de ne rien te dire avant qu'on en sache davantage, mais j'ai pensé que tu voudrais savoir. Savoir tout de suite. Et c'est la première occasion que j'ai eue de t'appeler. Je suis dans les toilettes. Faith m'attend dans la voiture.

Il se tut, attendant de toute évidence une réponse, mais Sara restait sans rien dire.

— J'ai bien fait de t'en parler, n'est-ce pas ?

Sara n'aurait pu l'affirmer sans mentir.

— Et qu'est-ce qu'il y a d'autre ? demanda-t-elle seulement.

— J'ai réussi à obtenir d'Amanda qu'elle te laisse examiner la dernière victime. Victime supposée, plutôt, car on ne sait toujours pas de quoi il retourne.

Il s'interrompit pour déglutir.

— Elle voulait que tu y ailles sans idées préconçues, j'imagine, reprit-il. Au cas où tu remarques quelque chose, un détail, une signature, qui te rappellerait l'affaire de Grant County, mais je...

— Faith était d'accord pour me mentir aussi ?

Will ne répondit pas.

Sara parcourut le parking du regard. Elle aperçut la Mini rouge de Faith près de l'entrée des employés. Son amie était assise sur le siège passager, la tête baissée en direction de ses genoux. Elle était sans doute en train de lire le dossier de Daryl Nesbitt – sa mission suivante, après avoir demandé à Will de mentir à Sara.

— Will ?

Sara l'entendait respirer, mais il ne répondait toujours pas.

Elle se mordit la lèvre pour l'empêcher de trembler, puis baissa les yeux vers ses mains.

Carpe. Métacarpe. Phalanges proximale, médiale et distale.

Il y avait vingt-sept os dans la main. Si elle avait le temps de tous les citer avant que Will parle, elle allait raccrocher et s'en aller.

Il se racla la gorge.

Scaphoïde. Lunatum. Triquetrum. Pisiforme. Trapèze. Trapézoïde.

— Sara ? dit enfin Will. Est-ce que j'ai eu tort de t'en parler ?

— Non.

Elle mit fin à l'appel et rangea le téléphone dans sa poche. Puis elle continua à traverser le parking. Sara se sentait floue :

elle avait l'impression d'être sortie de son corps et d'avancer à quelques centimètres de celui-ci. Une part d'elle-même était dans le présent et vivait sa vie avec Will, mais l'autre partie se sentait renvoyée de force vers Grant County. Vers Jeffrey. Frank. Lena. Les bois. La victime. Cette affaire sordide.

Sara était aux prises avec ces forces antagonistes. Elle cherchait des choses solides, concrètes, vérifiables auxquelles se raccrocher.

Gary et Charlie se tenaient à l'arrière du fourgon.

Faith était encore dans sa Mini.

Amanda était dans son Audi A8 blanche, le téléphone vissé à l'oreille. Son casque de cheveux poivre et sel avait basculé comme une cloche quand elle s'était appuyée au repose-tête. Elle vit Sara et lui fit signe de la rejoindre.

La vitre côté passager se baissa.

— Vous venez avec moi, lui lança Amanda. Il y a une affaire intéressante à Sautee.

Elle voulait que tu y ailles sans idées préconçues.

Sara tira sur la poignée de la portière. Elle s'était mise sur pilote automatique. Son cerveau était trop saturé pour réussir à faire autre chose que commander ses muscles. Elle ouvrit la portière et commença à monter.

— Sara ?

Will se dirigeait vers la voiture en courant à petites foulées, l'air aussi hagard qu'elle. Il était hors d'haleine lorsqu'il la rejoignit. Il regarda tour à tour Amanda, Charlie, Gary et Faith. Tous étaient probablement au courant, pour Nesbitt, et tous s'étaient sans doute mis d'accord pour ne rien en dire à Sara.

— Commande-moi une salade, dit-elle à Will.

Il hésita un bref instant, puis hocha la tête.

Elle posa sa main sur la poitrine de Will et sentit son cœur battre à tout rompre sous sa paume.

— Je t'appelle en rentrant, lui dit-elle encore.

Elle l'embrassa sur la bouche, comme elle l'aurait fait en temps normal, puis prit place dans la voiture d'Amanda. Will ferma la portière. Sara boucla sa ceinture. Will lui fit au revoir de la main. Sara lui rendit son salut.

Amanda sortit de la place de parking et tourna à gauche sur la grand-route. Elle ne prononça pas un seul mot avant d'avoir atteint l'autoroute inter-États.

— Sautee Nacoochee est dans White County, dit-elle enfin. C'est à environ quatre-vingts kilomètres d'ici. Le corps d'une femme de vingt-neuf ans nommée Alexandra McAllister a été trouvé dans le parc national Unicoi à environ 6 heures hier matin. Sa mère avait signalé sa disparition huit jours plus tôt. Des recherches de grande envergure ont immédiatement été lancées mais sans résultat. C'est le chien de deux randonneurs qui a retrouvé le corps dans une zone densément boisée entre deux sentiers. Officiellement, le coroner du comté a conclu à une mort accidentelle. Mais mon instinct me dit le contraire.

Il y a autre chose.

— J'ai tiré quelques ficelles pour qu'ils nous laissent jeter un coup d'œil au corps, poursuivit Amanda. On a un pied dans la place, mais ils peuvent nous virer quand ils veulent, alors avançons sur des œufs.

D'autres victimes. D'autres femmes. Un serial killer.

Sara n'avait vu Daryl Nesbitt en personne qu'une seule fois. Il était assis à côté de son avocat, au tribunal. Sara, elle, se tenait debout près de Buddy Conford, l'homme qu'elle avait engagé pour la représenter lors du procès civil intenté contre les héritiers de Jeffrey. Elle chancelait tellement que Buddy devait la soutenir. À la mort de Jeffrey, la Terre s'était arrêtée de tourner pour elle. Sara s'était toujours considérée comme une personne forte. Elle était intelligente, déterminée, et toujours capable de se surpasser. Mais elle avait l'impression que le meurtre de Jeffrey avait transformé jusqu'à sa structure moléculaire. Cette femme qui n'avait jamais laissé personne – en dehors de sa famille – la voir pleurer ne pouvait plus traverser un rayon de supermarché sans s'effondrer. Elle était devenue vulnérable à un point qu'elle n'aurait pas cru possible.

Un point qui rendait possible son histoire avec Will.

Est-ce que j'ai eu tort de t'en parler ?

Sara laissa sa tête retomber dans sa main. Que venait-elle de faire, à l'instant, avec Will ? Ce qu'il lui avait révélé l'avait tellement sidérée qu'elle en était restée muette, puis son absence de réponse l'avait mise en colère, et ensuite elle lui avait demandé de lui commander une salade pour le dîner. Il devait être en train de paniquer, à présent. Sara prit son téléphone dans sa poche. Elle leva l'écran devant ses yeux pour lui écrire, mais que pouvait-elle dire ? Aucun émoji ne pouvait exprimer ce qu'elle avait envie de faire : rentrer chez elle, se mettre au lit et dormir jusqu'à ce que toute cette histoire soit terminée.

— Tout va bien ? lui demanda Amanda.

Sara composa le numéro de Will. Elle écouta les sonneries s'égrener.

— Allô, répondit-il cette fois.

Elle entendait le bruit de la route au bout du fil. Elle avait vu Faith sur le siège passager de la Mini, ce qui signifiait que Will était au volant ; le téléphone était donc sur haut-parleur.

— Salut chéri, fit Sara, s'efforçant d'avoir l'air détendu. J'ai changé d'avis, à propos de la salade.

Will se racla la gorge. Elle l'imaginait en train de se frotter la mâchoire du bout des doigts, l'un de ses tics favoris.

— OK, répondit-il.

Sara se rendait bien compte qu'Amanda ne perdait pas une miette de leur conversation. Assise à côté de Will, Faith en faisait probablement autant. C'était le genre de choses qui arrivaient quand on faisait des cachotteries.

— Je vais nous rapporter du McDo, dit-elle à Will.

Ce dernier se racla de nouveau la gorge. D'habitude, Sara ne proposait jamais de manger chez McDo, car selon elle, ce n'était pas vraiment de la nourriture.

— OK.

— Je suis..., commença-t-elle.

Flippée. Inquiète. En colère. Blessée. Déchirée à cause de Jeffrey, mais toujours amoureuse de toi, profondément, irrévocablement, et je suis désolée de ne pas savoir quoi dire d'autre.

— Je te ferai signe quand je serai sur la route du retour, tenta-t-elle.

Il marqua un temps.

— OK.

Sara raccrocha. Elle avait récolté trois « OK » et sans doute envenimé les choses. C'était exactement la raison pour laquelle elle détestait le mensonge, la dissimulation, et l'excuse à la noix qu'Amanda avait dû invoquer pour cacher cette information à Sara, comme si elle était une gamine incapable de supporter l'idée que le lapin de Pâques n'existait pas.

Nesbitt. Jeffrey. Et cette saloperie de Lena Adams.

Mais c'était le silence de Faith qui la blessait le plus. Pour ce qui était d'Amanda, Sara lui en voulait autant de mentir qu'elle en voudrait à un serpent de siffler. Will lui avait tout avoué, car même les amibes apprennent à éviter les stimuli négatifs. Mais Faith était son amie. Elles n'évoquaient jamais Will ensemble, mais discutaient de plein d'autres choses. De choses sérieuses, comme les difficultés que Faith avait traversées en tombant enceinte à l'âge de quinze ans. Ou la douleur de Sara quand Jeffrey était mort. Elles échangeaient des recettes qu'aucune d'elles n'essaierait jamais, ou des ragots au sujet du boulot. Faith se plaignait de sa vie sexuelle. Sara gardait les enfants de Faith.

— Est-ce que ça vous embêterait de baisser votre vitre ? lui demanda Amanda. Il y a une odeur bizarre, qui fait penser à...

— Des toilettes pleines de sang ?

Sara entrouvrit la fenêtre, juste assez pour s'accorder un peu d'air frais. Elle regarda les arbres défiler, flous, le long de l'autoroute. La forêt lui rappela cette fameuse journée dans les bois. Sa visionneuse View-Master mentale lui repassa cette image : elle, à genoux, et Jeffrey en face d'elle.

Ce jour-là, Sara aurait voulu qu'il la prenne dans ses bras, ce qui l'avait une fois de plus bouleversée. Le seul être dont elle voulait le réconfort était justement celui qui ne pouvait lui en apporter. Elle avait fini par appeler sa sœur pour lui demander de venir à son travail, juste pour qu'elle reste assise auprès d'elle quelques minutes, pendant qu'elle pleurait.

— Vous êtes drôlement silencieuse, lui fit remarquer Amanda.

— Vous trouvez ?

Sara eut du mal à articuler ces deux mots.

— J'aimerais lire dans vos pensées.

Le livre des pensées de Sara était beaucoup trop long.

— Ces bandes sur la route, dit Sara. Celles qui font un bruit quand on roule dessus. Comment ça s'appelle ?

— Des ralentisseurs sonores.

Sara retint sa respiration un instant.

— Elles me font toujours penser au ventre de Will quand j'y laisse courir mes doigts, dit Sara. Ses muscles abdominaux sont si...

— Que diriez-vous d'un peu de musique ? l'interrompit Amanda.

Sa radio était en permanence branchée sur la chaîne Frank Sinatra. Les baffles se mirent à ronronner au son d'une samba aux accents familiers.

The girl from Ipanema goes walking...

Sara ferma les yeux. Elle avait le souffle trop court, trop saccadé. Un étourdissement la gagna. Elle força sa respiration à se calmer. Elle posa les mains sur ses genoux et tâcha de desserrer les poings. Elle laissa ses pensées retourner à Grant County.

Rebecca Caterino avait été retrouvée exactement un an et un jour après que Sara avait déposé sa demande de divorce au tribunal. Pour célébrer cet anniversaire, Sara était allée retrouver un homme à Atlanta. Ce n'était pas un homme particulièrement mémorable, mais elle s'était juré de s'amuser, même si ça devait la tuer. Et puis elle avait bu trop de vin. Et trop de whisky. Et elle avait fini la soirée la tête dans la cuvette des toilettes.

La seule chose dont elle se souvenait ensuite, c'était s'être réveillée dans sa chambre d'enfant, avec une épouvantable gueule de bois. Sa voiture était garée dans l'allée. Tessa et son père étaient allés la chercher à Atlanta. D'ordinaire, Sara n'était pas du genre à boire un verre de trop. Autour de la table du petit déjeuner, Tessa s'était moquée d'elle. Eddie lui avait demandé si elle avait apprécié son petit voyage au Gerbistan. Cathy lui avait demandé d'aller aider Brock. Les seuls vêtements propres que Sara avait retrouvés dans sa vieille commode, c'était sa tenue de tennis du lycée, tout droit sortie des *Jumelles de Sweet Valley*.

— Et celle-là, vous la connaissez ? demanda Amanda en montant le volume.

Sinatra était passé à *My Kind of Town*.

— Mon père me la chantait, ajouta-t-elle.

Sara n'allait certainement démarrer une séquence nostalgie avec Amanda. Ses propres souvenirs lui donnaient suffisamment de fil à retordre.

Jeffrey avait été une sorte de Frank Sinatra, à sa manière. Un homme respecté. Doué. Admiré. Les gens voulaient toujours être autour de lui, suivre son exemple. Jeffrey prenait la vie comme elle venait. Il avait fait ses études à l'université d'Auburn grâce à une bourse sportive de football. Il en était sorti avec un diplôme d'histoire américaine. Il avait choisi de devenir policier car son mentor l'était. Il s'était installé dans Grant County parce qu'il comprenait bien les petites villes.

Sara se souvenait parfaitement de la première fois qu'elle l'avait vu. Elle était médecin bénévole lors d'un match de football lycéen. Jeffrey, le nouveau chef de la police, saluait la foule avec effusion. Il était beau à en couper le souffle. De toute sa vie, Sara ne s'était jamais sentie attirée par quelqu'un de façon aussi viscérale. Elle avait regardé Jeffrey assez longtemps pour deviner ce qui allait se passer : Tessa coucherait avec lui avant la fin du week-end.

Mais Jeffrey avait choisi Sara.

Dès le départ, Sara avait fait avec Jeffrey tout ce qu'il n'aurait pas fallu. Elle s'était laissé flatter, ce qui ne lui ressemblait absolument pas. Elle avait joué les femmes faciles et avait couché avec lui dès leur premier rendez-vous. Elle s'était mise en danger, car Jeffrey était le premier homme avec qui Sara avait une relation après avoir été brutalement violée à Atlanta.

Elle avait dit à Jeffrey qu'elle était revenue vivre dans Grant County pour se mettre au service d'une communauté rurale. Mais c'était un mensonge. Dès l'âge de treize ans, Sara avait résolu de devenir la meilleure chirurgienne pédiatrique d'Atlanta. À compter de ce jour, elle avait passé tout son temps libre la tête plongée dans ses manuels et le derrière vissé à un siège de bureau.

Dix minutes dans les toilettes du personnel de l'hôpital Grady avaient suffi à faire dérailler complètement sa vie.

Elle avait été menottée. Réduite au silence. Violée. Poignardée. Elle avait fait une grossesse extra-utérine à cause de laquelle elle ne pourrait plus jamais avoir d'enfant. Puis il y avait eu le procès. Et, ensuite, l'attente interminable du verdict, à laquelle avait succédé celle, plus interminable encore, de la condamnation dont allait écoper le coupable. Puis elle était retournée vivre dans Grant

County pour y démarrer une nouvelle carrière, une nouvelle vie, et renouer avec une sorte de normalité.

C'est alors que cet homme beau et intelligent avait débarqué dans son existence et lui avait fait tourner la tête.

Sara n'avait pas tout de suite parlé du viol à Jeffrey, car elle attendait le moment propice pour le faire. Mais elle s'était rapidement rendu compte que ce moment ne viendrait pas. La chose que Jeffrey appréciait le plus chez Sara, la qualité qui la distinguait du reste du monde, ou presque, c'était sa force. Elle ne pouvait pas lui dire qu'elle avait été brisée. Qu'elle avait abandonné ses rêves. Qu'elle était devenue une victime.

Sara avait gardé ce secret pendant tout leur premier mariage. Lorsqu'ils avaient décidé de divorcer, elle s'était félicitée d'avoir su tenir sa langue. Quand ils s'étaient remis ensemble et étaient à nouveau tombés amoureux l'un de l'autre, elle ne lui avait toujours pas raconté ce qui lui était arrivé. Elle avait gardé ce secret si longtemps que lorsque, enfin, elle s'en était ouverte à Jeffrey, elle s'était sentie honteuse, comme si tout cela était un peu sa faute.

La chanson à la radio la ramena au présent. La bague d'Amanda faisait un petit bruit sec contre le volant, tandis qu'elle battait la mesure sur l'ode à Chicago qu'entonnait Sinatra…

One town that won't let you down.

Sara chercha un mouchoir. Sa manche – la manche de Will – était vide. Charlie avait pris son sac en toile. Et elle avait laissé son sac à main dans le fourgon. Elle aurait dû appeler Charlie pour lui demander de le déposer dans son bureau et de fermer la porte à clé, mais la perspective de sortir le téléphone de sa poche et de composer le numéro était trop épuisante.

Elle voulait Will. Elle voulait se lover contre lui sur le canapé. S'asseoir sur ses genoux et sentir ses bras autour d'elle. Il avait sans doute fait la moitié de la route pour Macon, maintenant. Ils prenaient littéralement des directions opposées.

Sara se rappelait exactement le moment où elle avait parlé du viol à Will. Elle ne le connaissait que depuis quelques mois. Il était encore marié. Elle ne savait pas encore sur quel pied danser. Ils étaient debout, dans le jardin, devant la maison des parents de Sara. Il faisait un froid glacial. Les lévriers de Sara tremblaient. Elle voulait que Will l'embrasse mais, bien sûr, il s'attendait à ce que ce soit elle qui fasse le premier pas. Et là, l'aveu de Sara était venu naturellement. Ou le plus naturellement possible, en tout cas. Elle avait dit à Will qu'elle avait toujours remis à plus tard le moment de parler de ce viol à son mari, car elle ne voulait pas que Jeffrey la croie faible.

Will avait dit à Sara qu'il ne pourrait jamais la considérer comme autre chose qu'une femme forte.

Il était généreux. Et très impressionnant, physiquement. Il avait l'esprit vif et acéré. Mais Will n'était pas le genre d'homme à retenir l'attention. Plutôt du genre à rester dans son coin pendant une fête, à caresser le chien du voisin. Son sens de l'humour reposait surtout sur l'autodérision. Il était toujours soucieux des sentiments des autres. Il était silencieux, mais toujours vigilant. Sara se disait que c'était sans doute une conséquence de l'enfance effroyable qu'il avait vécue. Will avait grandi dans des foyers et des familles d'accueil. Il ne parlait que rarement de cette époque, mais elle savait qu'il avait subi toutes sortes de violences épouvantables. Son histoire était inscrite sur sa peau : brûlures de cigarettes, brûlures électriques, boursouflures dentelées aux endroits où l'os fracturé avait percé la peau. Il ne parlait qu'à contrecœur de ces cicatrices, bloqué par la gêne irrationnelle qu'il ressentait à l'idée qu'on ait pu le détester quand il était enfant.

Ce Will-là n'était pas celui que le reste du monde connaissait. Ses silences prolongés mettaient la plupart des gens mal à l'aise. Il y avait quelque chose de sauvage et de farouche en lui. Une violence latente. Une espèce de ressort qui menaçait de jaillir aussi soudainement que la lame d'un couteau à cran d'arrêt. Dans une autre vie, il aurait pu se retrouver dans la peau d'un des truands aujourd'hui enfermés dans la prison Phillips. À la fin du lycée, Will avait eu son baccalauréat de justesse. Il s'était retrouvé sans domicile fixe à l'âge de dix-huit ans. Il avait fait l'objet de quelques poursuites pénales, qu'Amanda s'était arrangée pour faire sauter. Cette page blanche avait permis à Will de prendre un nouveau départ dans la vie. La plupart des hommes n'auraient pas saisi cette opportunité, mais Will n'était pas la plupart des hommes. Il alla à l'université et devint agent spécial. C'était un sacrément bon policier. Le bien-être des gens lui importait, il voulait bien faire son boulot.

Sara détestait comparer les deux grands amours de sa vie, mais il y avait une différence frappante entre eux : avec Jeffrey, Sara avait compris que des dizaines, voire des centaines, d'autres femmes auraient pu l'aimer aussi intensément qu'elle.

Mais, avec Will, Sara avait l'intime conviction d'être la seule femme au monde capable de l'aimer comme il méritait d'être aimé.

— On a encore une demi-heure de route devant nous, dit Amanda. Vous avez des préférences en matière de musique ?

Sara fit défiler le tuner, s'arrêta sur la chaîne Pop2K et monta le volume. Puis elle baissa la vitre, qu'elle laissa ouverte tout le reste du trajet. Une brise cinglante lui mordait les joues. Elle ferma les yeux car ils commençaient à lui faire mal.

Amanda supporta dix secondes des Red Hot Chili Peppers avant de craquer.

La radio s'éteignit, Sara remonta un petit peu sa vitre.

— Will vous a parlé de Nesbitt, déclara tout à coup Amanda.

Sara sourit, car la conductrice avait mis du temps à comprendre.

— Je croyais que vous étiez dans la police, la taquina-t-elle.

— Je le croyais aussi, répondit Amanda, d'un ton qui révélait malgré elle le respect que Sara lui inspirait. Que savez-vous, exactement ?

— Tout ce que Will sait.

Cette phrase fit l'effet d'une piqûre douloureuse à Amanda, qui n'avait pas l'habitude de voir Will choisir un camp différent du sien. Néanmoins, elle dit à Sara :

— Le dossier de Nesbitt est dans ma mallette, derrière le fauteuil.

Sara tendit le bras pour récupérer le dossier. Elle le posa sur ses genoux et l'ouvrit. La liasse faisait au moins cinq centimètres d'épaisseur. Survolant rapidement toute la première partie qui ne la surprit guère – ce connard enragé avait réussi à écoper de vingt années de plus –, elle passa directement à la section médicale. Ils n'avaient pas besoin d'un mandat pour lire les renseignements qu'elle contenait. En tant que détenu, Nesbitt n'avait pas de droit à la confidentialité. Sara parcourut rapidement les volumineuses notes consacrées à ses hospitalisations passées et à ses nombreuses visites à l'infirmerie de la prison.

Nesbitt avait subi une amputation sous le genou. Durant ses huit années d'incarcération, il avait vu des dizaines, peut-être même des centaines, de docteurs différents. Il n'y avait pas de continuité des soins en prison, où on avait plus de chance de croiser une licorne qu'un spécialiste du traitement des plaies. Les détenus prenaient ce qu'on leur donnait ; et quand ils avaient de la chance, le médecin qu'on leur envoyait n'essayait pas d'échapper à des poursuites pour faute professionnelle, ou n'était pas employé par un prestataire privé dont le revenu net reposait sur la réduction au strict minimum des soins proposés.

Sara feuilleta des pages et des pages de factures. Les prisonniers devaient payer cinq dollars de paiement forfaitaire à chaque visite, qu'ils consultent le médecin pour insuffisance cardiaque congestive ou pour se faire couper les ongles des orteils. Nesbitt devait 2 655 dollars à l'État de Géorgie. Son compte auprès de l'économat et son salaire d'agent d'entretien à trois *cents* de l'heure étaient saisis jusqu'à ce que sa dette soit réglée. S'il sortait un jour de prison, cet argent continuerait d'être saisi sur sa paie, quelle que soit la façon dont il parviendrait à gagner sa vie. Rien qu'au cours des huit dernières années, Nesbitt avait eu besoin de cinq cent trente et une consultations médicales et de vingt-huit hospitalisations. Cela faisait plus d'une visite par semaine.

— Le pied de Nesbitt a été amputé après un accident de voiture, dit Sara à Amanda. Il a perdu dix centimètres de jambe depuis qu'il est incarcéré. Il était mal équipé, question prothèse. Une mauvaise prothèse est comme une chaussure qui ne vous irait pas. Le frottement et la friction bloquent la pression capillaire. Le tissu devient ischémique. Si cela dure assez longtemps – ce qui est voué à se produire en prison –, le tissu se nécrose.

— Et alors ?

— Alors…

Sara parcourut le dossier médical, qui était un véritable cas d'étude de médecine du tiers-monde.

— En matière de diagnostic, on évalue l'état d'avancement des dégâts en fonction de ce qu'on voit, poursuivit-elle. Le stade I est superficiel, on voit juste une plaque rouge. Le stade II touche les deux couches supérieures de la peau. En gros, ça ressemble à une ampoule. Le stade III, c'est un ulcère de toute l'épaisseur du derme. C'est une plaie ouverte. On peut voir la graisse, mais l'os et le muscle ne sont pas visibles. Il y a une sorte de mue blanche ou jaune qu'il faut essuyer et ôter.

— Du pus ?

— Plutôt une sorte de film visqueux. Ça sent horriblement mauvais. Il faut maintenir la plaie propre, sinon des bactéries anaérobiques risquent de s'y développer.

Sara remarqua dans le dossier que des bactéries s'étaient installées de façon répétée sur la jambe de Nesbitt. Les détenus n'avaient pas le droit de conserver des médicaments dans leurs cellules, et les bandages stériles étaient une denrée rare, surtout à cinq dollars la consultation.

— Le stade IV se caractérise par un ulcère profond. Cette fois, on peut vraiment voir l'intérieur de la jambe, jusqu'à l'os, aux muscles et aux tendons. Au-delà de cette phase, il est techniquement impossible de distinguer d'autres stades, car on ne voit plus rien. La peau développe un tissu cicatriciel noir et dur, aussi épais que la semelle d'une chaussure. Il faut l'inciser pour examiner. L'odeur est putride. Imaginez de la viande qui aurait pourri – d'ailleurs c'est en gros ce qui se passe. Le muscle est détruit. Les os s'infectent. Nesbitt a atteint ce point à quatre reprises au cours des huit dernières années, et à chaque fois ils ont coupé un bout supplémentaire de sa jambe.

— Est-ce la meilleure façon de soigner cet état ?

Sara aurait eu envie de rire si la situation n'avait pas été si épouvantable.

— Si vous êtes sur un champ de bataille, en pleine guerre de Sécession, absolument. Mais nous sommes au XXIe siècle. La référence absolue en ce domaine est d'utiliser un traitement par pression négative, associé, dans l'idéal, à une oxygénothérapie hyperbare pour permettre au sang de circuler à nouveau dans la zone gangrénée. Dans le meilleur des cas, il faudrait des mois de soins intensifs pour que la plaie guérisse.

— Jamais l'État ne paierait pour cela.

Sara s'autorisa à rire, cette fois. C'était à peine si l'État ouvrait sa bourse pour des draps propres.

— À l'heure actuelle, Nesbitt est à nouveau au stade III – un ulcère couvrant toute l'épaisseur du derme. Vous pourriez en sentir l'odeur si vous étiez suffisamment proche de lui. Encore une infection – peut-être deux –, et il perdra définitivement l'articulation de son genou. Ce qui ouvre une nouvelle série de problèmes. Même les bons candidats ont du mal à s'adapter à une prothèse fémorale.

— Il continuera de perdre des bouts de jambe jusqu'à ce qu'il ne reste plus rien ?

— On n'en arrivera pas jusque-là. Ils le mettront en fauteuil roulant. Il n'aura pas accès à des séances de kinésithérapie. Son activité physique sera limitée. Il est quasi impossible de rester bien hydraté en buvant l'eau des toilettes. Il a déjà près de dix kilos en trop. Sa tension artérielle, son taux de cholestérol et de glucose sont élevés. Le diabète n'est pas loin.

— Un nouvel étage dans sa descente aux enfers ?

— Le dernier sous-sol, répondit Sara. Il peut toujours surveiller sa glycémie dans sa cellule, mais il devra se rendre à l'infirmerie à chaque fois qu'il aura besoin d'une injection. Je vous laisse imaginer l'efficacité de ce système. Des centaines de détenus meurent chaque année d'acidocétose diabétique. Nesbitt est au bord d'un gouffre qui amputera sa vie de plusieurs décennies. Sans même parler du traumatisme de ce qu'il a déjà enduré.

— Vous semblez avoir beaucoup de compassion pour un pédophile qui a tenté de poursuivre en justice la succession de votre mari.

Sara se rendit compte qu'Amanda avait mené sa petite enquête. Le procès civil n'était pas mentionné dans le dossier de Nesbitt.

— Je vous donne un avis médical, pas mon avis personnel.

Malgré tout, Sara entendait presque la voix tenace de sa mère qui répétait : « Ce que vous infligez au dernier de mes frères, c'est à moi aussi que vous l'infligez. »

— C'est étrange, dit Amanda. Nesbitt n'a jamais fait allusion à ses besoins médicaux comme monnaie d'échange. On pourrait le transférer sur-le-champ dans un hôpital pour traiter sa blessure.

— Ce serait comme cracher dans un océan. Pour vraiment prendre soin de lui, il faudrait dépenser plus d'un million de dollars.

Et Sara lui détailla la note.

— Un spécialiste du traitement des plaies. Un orthopédiste spécialisé dans la préservation des membres et les amputations. Un cardiologue. Un chirurgien vasculaire. Une prothèse sur mesure et convenablement ajustée. De la kinésithérapie. Des ajustements trimestriels. Le remplacement complet tous les trois ou quatre ans. Un soutien nutritionnel. Un programme de gestion de la douleur.

— Je vois le tableau, commenta Amanda. Et Nesbitt doit le voir, lui aussi. C'est pour cela qu'il se concentre autant sur sa revanche. Il est déterminé à ternir les forces de l'ordre de Grant County.

— Vous voulez dire Jeffrey.

— Je veux dire Lena Adams. Il veut la voir derrière des barreaux.

— Eh bien, qui l'eût cru ? s'étonna Sara. Je me trouve des points communs avec un pédophile.

Elle feuilleta à nouveau le dossier pour revenir sur la dernière visite de Nesbitt à l'infirmerie.

— À moins d'un miracle, reprit-elle, il sera en sepsis au cours des deux prochaines semaines. Quand les symptômes seront suffisamment graves, ils l'hospitaliseront. Puis ils le transféreront à nouveau en prison. Puis il sera encore plus malade. Alors ils l'hospitaliseront encore. Il a déjà vécu ça quatre fois. Il sait ce qui l'attend.

— Cela explique son délai d'une semaine. Est-ce que vous vous rappelez quelque chose de l'enquête de Grant County ?

— Je ne peux vous donner qu'un point de vue de médecin légiste.

Sara tâchait d'être diplomate. Pendant cette période, la plupart de ses conversations avec Jeffrey dégénéraient en coups bas et en insultes.

— Je travaillais comme conseillère auprès du coroner local, ajouta Sara. Jeffrey et moi n'étions pas en très bons termes.

Amanda prit un virage serré pour s'engager dans une petite rue. Sara avait perdu la notion du temps. Elles avaient déjà atteint le funérarium Ingle de Sautee. Amanda fit le tour du bâtiment, puis se gara devant l'entrée principale. Elle sortit son téléphone pour prévenir leur contact qu'elles étaient arrivées.

Il n'y avait qu'une seule autre voiture près de l'entrée, une Chevrolet Tahoe rouge. Sara leva la tête pour regarder le bâtiment en briques d'un étage. Des ornements de façade blancs. Des gouttières en cuivre. Alexandra McAllister était à l'intérieur. Elle avait vingt-neuf ans. Elle avait été portée disparue pendant huit jours. Son corps avait été découvert par deux randonneurs et leur chien.

Au lieu de se complaire dans l'évocation silencieuse du passé, Sara aurait dû harceler Amanda pour obtenir des informations sur le présent.

— Deux minutes, lui dit Amanda qui venait de raccrocher. La famille est sur le point de partir.

Sara posa la question qu'elle aurait dû poser une demi-heure plus tôt.

— Est-ce que vous croyez que Nesbitt a raison ? Vous pensez qu'il y a un tueur en série ?

— Tout le monde a envie de travailler sur une affaire de tueur en série, répondit Amanda. Mon boulot, c'est de forcer les membres de mon équipe à se concentrer pour qu'ils cessent de chasser les mouches et localisent la viande pourrie.

La porte d'entrée s'ouvrit. Le silence retomba dans la voiture, quand elles virent un homme et une femme quitter le bâtiment. Ils avaient la cinquantaine finissante. Tous deux ployaient sous le poids du chagrin. Les parents d'Alexandra McAllister, supposa Sara. Ils étaient vêtus de noir. On avait dû leur demander de choisir le cercueil. Les inciter gentiment à choisir un coussin et un revêtement intérieur en satin coloré. Leur demander d'apporter la toute dernière tenue que leur fille porterait. On avait dû leur enjoindre avec tact de penser à prendre aussi des sous-vêtements, des chaussures, des bijoux. Leur faire signer les documents administratifs et les chèques. Leur demander de remettre des photos de la défunte. De prévoir une date et un horaire pour la veillée funèbre, le service funéraire et l'enterrement – toutes ces choses qu'un parent voudrait ne jamais devoir faire pour son enfant.

Ou qu'une épouse voudrait ne jamais devoir faire pour son mari.

Amanda attendit que les McAllister se soient éloignés au volant de leur voiture pour demander :

— Qu'est-il arrivé aux archives de Jeffrey ?

Spontanément, Sara se souvint de la belle écriture penchée de l'homme qui avait été son mari. Une partie d'elle était tombée amoureuse de lui à cause de cette écriture, précisément.

— Tout est stocké, répondit-elle.

— Il me faut ces dossiers. Surtout ses carnets de notes.

Amanda sortit de la voiture.

Au lieu de passer par la porte d'entrée, Amanda fit faire le tour du bâtiment à Sara. Celle-ci réfléchissait aux manœuvres logistiques nécessaires pour faire venir les dossiers de Jeffrey à Atlanta. Il était particulièrement méticuleux et organisé dans l'archivage de ses affaires, ce ne serait donc pas un problème de localiser les bons cartons. Elle pouvait demander à Tessa de les lui apporter en voiture. Mais, ensuite, Tessa voudrait se disputer avec elle. Sara savait qu'il allait y avoir des tensions entre elle et Will. Elle ne pouvait pas laisser la journée s'achever sans avoir discuté avec Faith. Soudain, sa to-do-list ressemblait à une liste noire.

La porte latérale n'était pas verrouillée. Il n'y avait pas de dispositif de sécurité à l'extérieur du bâtiment, pas même une caméra. Amanda n'eut qu'à ouvrir la porte, et elles pénétrèrent dans la bâtisse. De toute évidence, Amanda avait reçu des indications précises. Elle tourna à droite pour prendre un long couloir, puis commença à descendre l'escalier qui menait au sous-sol.

La température baissa d'un coup. Il régnait une odeur d'antiseptique. Sara vit un bureau sous l'escalier et des meubles de rangement alignés le long du mur du fond. Un portail en accordéon barrait la cage d'ascenseur ouverte du monte-charge. La chambre froide émettait un ronronnement continu. Le sol était carrelé de plaques de laminé gris, et il y avait une grande grille de drainage au milieu de la pièce. Le robinet du lavabo industriel en inox fuyait au goutte-à-goutte.

Sara avait eu plus que son lot d'heures passées dans les funérariums. Même si elle n'était pas fan du processus électoral qui, en Géorgie, attribuait les postes de coroner comme les prix d'un jeu télévisé, elle était toujours soulagée lorsque le type choisi – car c'était généralement un homme – était entrepreneur de pompes funèbres. Les croque-morts agréés avaient une connaissance parfaite de l'anatomie. Ils étaient également plus à même de saisir et retenir les nuances du cours d'initiation de quarante heures que l'État imposait à tous les nouveaux coroners.

Amanda regarda sa montre.

— Allez, ne lambinons pas.

Sara n'avait pas prévu de lambiner, mais elle n'avait pas non plus l'intention de se laisser bousculer.

— Je ne peux faire qu'un examen préliminaire, visuel, ici. S'il faut pratiquer une autopsie complète, je devrai la ramener au QG.

— Compris, répondit Amanda. Souvenez-vous que, à l'heure actuelle, la cause officielle du décès a été déclarée accidentelle. On ne peut l'emmener nulle part, à moins que le coroner révise son jugement.

Sara ne s'inquiétait pas pour cela. Amanda savait se montrer très persuasive.

— Oui, cheffe.

Un ronronnement puissant retentit lorsque le monte-charge descendit au sous-sol. Sara vit d'abord une paire de chaussures noires à embout. Puis un pantalon noir. Une veste assortie. Un gilet de costume à boutons qui s'arrêtait à quelques centimètres du cou. Une cravate noire et une chemise blanche complétaient l'ensemble.

L'ascenseur s'arrêta. Le portillon se replia. L'homme qui sortit avait exactement l'allure à laquelle Sara s'attendait. Ses cheveux gris étaient coiffés en arrière, sa moustache était soigneusement taillée. Il avait sans doute soixante-dix ans bien tassés. Son style démodé et son air sombre convenaient parfaitement à son activité professionnelle.

— Bonjour mesdames, lança-t-il.

Il sortit un brancard à roulettes du monte-charge et le poussa jusqu'au centre du sous-sol. Un drap blanc recouvrait le corps. C'était un tissu de coton épais, estampillé du monogramme du Dunedin Life Services Group, un conglomérat multinational qui possédait la moitié des pompes funèbres de cet État.

— Bienvenue à vous, madame la directrice adjointe. Docteur Linton, je suis Ezra Ingle. Veuillez m'excuser de vous avoir fait attendre. Je le leur avais déconseillé, mais les parents ont insisté pour voir leur enfant.

Son léger accent des Appalaches indiqua à Sara que c'était un gars du coin. Quand il lui serra la main, elle reconnut l'expérience professionnelle dans sa poigne réconfortante.

— Merci, monsieur Ingle. J'apprécie beaucoup que vous m'autorisiez à jeter un œil par-dessus votre épaule.

Il lança un regard circonspect en direction d'Amanda, mais dit à Sara :

— Un second avis est toujours le bienvenu. Néanmoins, je dois reconnaître que j'ai été surpris par cette requête.

Amanda ne disait rien mais, de toute évidence, ces deux-là se connaissaient. Génial. Une atmosphère encore un peu plus tendue, c'était exactement ce dont Sara avait besoin.

— Les parents m'ont confirmé que la jeune fille était une randonneuse expérimentée. Ils m'ont dit que ce n'était pas rare qu'elle passe toute la journée seule dans le parc.

Il alla vers le bureau et récupéra les documents.

— Je pense que vous me trouverez très minutieux, ajouta-t-il.

— Merci. Je suis certaine que vous l'êtes.

Sara ne pouvait en vouloir au vieil homme d'avoir l'impression qu'elle lui marchait sur les pieds. Tout ce qu'elle pouvait faire, c'était rendre l'exercice le moins douloureux possible.

Les notes d'Ingle avaient été tapées à l'aide d'une authentique machine à écrire. Sara sentait encore l'odeur du blanco à l'unique endroit où il avait dû corriger une faute de frappe.

Le corps avait été retrouvé à cinquante mètres du Smith Creek, un cours d'eau qui serpentait dans le parc d'Unicoi, situé dans la partie nord-est de l'État. Ce parc s'étendait sur plus de cinq cents hectares. Smith Creek était un affluent de la rivière Chattahoochee, long de plus de dix kilomètres. Le corps était orienté est-ouest, à une cinquantaine de mètres environ du sentier VTT, un chemin de terre battue qui s'étirait sur une douzaine de kilomètres et était qualifié de modéré à difficile. Ce circuit en forme de huit formait une boucle entre le côté Unicoi et le côté Helen du cours d'eau et il était signalé par une balise blanche.

Sara tourna la page.

Le cadavre avait été retrouvé à quarante-cinq mètres du cours d'eau, sur une pente inclinée de vingt-cinq degrés. La victime était en tenue complète de randonneuse professionnelle. L'état modéré de décomposition du corps était en adéquation avec les températures ambiantes de la semaine précédente, qui s'étaient élevées entre quatorze et vingt et un degrés. Auparavant, la Subaru Outback de la jeune femme avait été retrouvée à l'entrée du parc, au niveau de la route 75, à environ sept kilomètres de l'endroit où le corps avait été découvert par la suite. Son téléphone et son sac à main étaient à l'intérieur de la voiture verrouillée. Le porte-clés de la Subaru était zippé dans la poche intérieure de son imperméable. Une gourde d'eau en inox, à moitié remplie, avait été retrouvée à deux mètres du corps.

— Monsieur Ingle, j'aurais aimé que mes enseignants soient aussi minutieux que vous. Votre rapport préliminaire est incroyablement détaillé.

— Préliminaire, répéta Ingle.

Sara lança un coup d'œil à Amanda, recherchant son soutien. Mais tout ce qu'elle voyait d'elle, c'étaient ses cheveux. Elle était en train de pianoter sur son téléphone, ou de se montrer « extrêmement impolie », comme on disait dans le coin. Le portable de Sara avait lui-même vibré dans sa poche, mais rien n'était plus important que ce qu'elle avait sous les yeux en ce moment.

— Puis-je ? fit Ingle tout en étalant sur le bureau en bois deux dizaines de photographies couleur en format 10 × 15 cm.

Il avait fait preuve de concision, pour les photos. Le corps *in situ*, vu depuis quatre angles différents. Le torse nu, qui révélait des traces de prédation. Les mains. Le cou. Les yeux, avec et sans les lunettes de soleil qu'elle portait. Rien n'avait été photographié en très gros plan, à l'exception de l'intérieur de la bouche. L'image était légèrement floue, mais il n'y avait pas d'obstruction visible dans sa gorge.

— Cette deuxième série de photos nous donne la version des faits la plus probable, dit Ingle. Il y avait beaucoup de monde sur le sentier de VTT, ce jour-là, donc mon hypothèse, c'est qu'elle coupait à travers la forêt pour rejoindre le sentier du Smith Creek, moins fréquenté. Il est assez difficile à atteindre. Envahi de ronces et autres. Elle a dû faire une chute. Sa tête a cogné contre un rocher, j'imagine. Il y en a pas mal, dans cette zone. Sa blessure à la tête l'a immobilisée. Puis la pluie est tombée, très fort. Vous trouverez mon bulletin météorologique au verso. Il a plu des cordes, ce soir-là. La pauvre a fait ce qu'elle pouvait pour se protéger, mais elle a fini par succomber.

Sara examinait la seconde série de photos, qui sortaient d'une imprimante de qualité moyenne. Comme dans la première série, les blancs et les marrons étaient atténués. L'éclairage n'était pas très bon. Le buste d'Alexandra McAllister faisait une torsion au niveau de la taille, ses genoux repliés pointaient en direction du cœur de la forêt, tandis que son abdomen était tourné vers le ruisseau. Le gros plan sur le torse attira l'attention de Sara. L'activité animale semblait y avoir été importante, ce qui était étrange. À moins d'une blessure ouverte, les carnivores s'attaquaient le plus souvent aux orifices corporels – la bouche, le nez, les yeux, le vagin et l'anus. Or, d'après les photos, le plus gros des dégâts se situait au niveau du ventre et de la poitrine.

Ingle sembla anticiper la question que Sara allait lui poser.

— Comme vous pouvez le voir, elle portait un imperméable de très bonne qualité, expliqua-t-il. De marque Arc'teryx, en Gore-Tex, complètement étanche, avec des sangles aux manches et à la capuche. Le problème, c'est que la fermeture Éclair de devant était cassée, ce qui fait que sa veste ne fermait pas. Le pantalon est de marque Patagonia, confectionné dans un genre de tissu imperméable spécialement adapté à l'escalade en montagne, avec des sangles aux chevilles, qu'elle rentrait dans ses chaussures de randonnée.

Sara comprenait pourquoi il égrenait tous ces détails. Dans le scénario d'Ingle, la capuche sanglée avait protégé le visage. Les lunettes de soleil avaient protégé les yeux. Les sangles sur les manches et le pantalon avaient joué le rôle de barrières contre les insectes et les animaux. Cela ne laissait qu'une seule zone exposée aux prédateurs. La fermeture Éclair cassée avait laissé les pans de la veste ouverts. Son maillot de corps était plutôt un débardeur, sans manches, avec un profond décolleté en V. Au vu de l'état du buste, plusieurs créatures s'étaient disputé le cadavre. Cela pouvait également expliquer pourquoi elle semblait avoir été tirée dans des directions différentes.

— Nous avons beaucoup de renards gris, par ici, dit Ingle. Il y a deux ans, l'un d'eux était enragé et a mordu une femme.

— Je m'en souviens, répondit Sara.

Elle sortit une paire de gants de la boîte posée sur le bureau.

— Jusque-là, tout ce que vous me dites et tout ce que j'ai lu semble pencher en faveur d'un accident malheureux.

— Je suis ravi d'entendre que vous êtes d'accord avec moi. Jusque-là, ajouta-t-il.

Sara le regarda ôter l'épais drap blanc qui recouvrait le cadavre. Un autre tissu avait été enroulé autour du corps à partir des épaules, le drapant comme une momie. À l'évidence, cette attention était destinée à éviter aux parents d'en voir plus que nécessaire. Armé d'une paire de ciseaux, Ingle commença à découper le fin tissu. Il avait des gestes doux et progressait lentement, de la poitrine jusqu'aux pieds.

L'homme avait visiblement pris grand soin d'Alexandra McAllister avant de laisser les parents voir leur enfant. Son corps nu sentait le désinfectant. Son visage était gonflé, mais pas au point d'être défiguré. Ses cheveux avaient été peignés. Ingle avait dû atténuer la lividité cadavérique de son visage au moyen de massages, et disposer ses traits de façon à lui donner l'air le plus détendu et naturel possible. Il avait judicieusement appliqué le maquillage de façon à effacer l'horreur des dernières heures de la jeune femme. Sara était touchée ; ces gestes de pudeur et de respect lui rappelaient Dan Brock, dans Grant County. En particulier après le décès de son propre père, Brock avait fait preuve envers les proches des défunts d'une gentillesse digne d'un saint.

Sara en avait fait l'expérience elle-même, lorsque Jeffrey était mort.

Ingle replia le mince drap. Il y avait encore une couche dessous. Il avait couvert le torse d'une bâche en plastique pour empêcher les fluides de couler sur le tissu. Cela faisait l'effet d'un film fraîcheur tendu sur une marmite remplie de spaghettis.

— Docteur ?

Ingle repoussait jusqu'à la dernière minute le moment où il devrait enlever le plastique. Même avec toutes les précautions qu'il avait prises, l'odeur serait puissante.

— Merci, dit Sara.

Elle commença son examen visuel par la tête. Elle put évaluer la fracture ouverte à l'arrière du crâne. Étourdissement. Nausée. Vision trouble. Stupeur. Perte de conscience. Il était impossible de savoir dans quel état la victime s'était trouvée après sa blessure. Chaque cerveau réagissait de manière différente à un traumatisme. Le seul dénominateur commun, c'était que les crânes étaient tous des contenants fermés. Une fois que le cerveau commençait à enfler, il n'avait nulle part où aller. C'était comme gonfler un ballon à l'intérieur d'une boule de verre.

Elle ouvrit les yeux de la femme. Les lentilles de contact avaient fusionné avec la cornée. Il y avait des pétéchies, ces taches rouges et éparpillées, signes de l'éclatement des vaisseaux sanguins dans les yeux. Ce pouvait être le résultat d'une strangulation, mais cela pouvait également indiquer un œdème du cerveau dans le tronc cérébral, provoquant une détresse respiratoire qui aurait conduit à la mort. Une autopsie pourrait révéler une fracture de l'os hyoïde, ce qui indiquerait une pression manuelle, mais ceci n'était pas une autopsie.

À ce stade, Sara ne voyait pas de raison d'en suggérer une.

Elle palpa le cou avec ses doigts. La structure en était raide. De nombreuses causes pouvaient l'expliquer, du traumatisme cervical subi pendant la chute à la présence de ganglions lymphatiques enflés.

— Est-ce que vous avez une lampe de poche ? demanda Sara.

Ingle lui tendit une lampe-stylo.

Sara ouvrit la bouche de la femme. Rien ne lui paraissait différent de ce qu'elle avait vu sur les clichés. Elle appuya sur la langue et utilisa la lampe pour regarder à l'intérieur de la cavité. Rien. Elle enfonça son index dans la gorge de la défunte, le plus profondément qu'elle put.

— Est-ce que vous sentez un obstacle ? demanda Ingle.

— Non, je n'en sens aucun.

La seule façon définitive de le déterminer aurait été de disséquer la trachée. Et, encore une fois, il n'y avait aucune raison de le faire. Sara n'avait aucune envie d'infliger une seule seconde de douleur supplémentaire à cette famille, sur la base des théories d'un pédophile manipulateur.

— Je suis prête, dit-elle à Ingle.

Il retira lentement le plastique qui recouvrait le torse.

Le bruit de succion alla se réverbérer contre le plafond, qui était très bas. L'abdomen de la jeune femme était dans un état tel qu'on aurait dit qu'une grenade avait explosé à l'intérieur. L'odeur était si violente que Sara en toussa. Les larmes lui montèrent aux yeux. Elle jeta un regard en direction d'Amanda. On ne voyait toujours que le sommet de son crâne, mais elle ne pianotait plus que d'une seule main. Elle avait mis l'autre main sous son nez, afin de bloquer la puanteur.

Sara n'avait pas ce luxe. Elle prit quelques inspirations profondes pour forcer son corps à accepter les choses comme elles étaient. Ingle restait impassible. Les coins de sa bouche esquissèrent un sourire satisfait.

Sara se concentra de nouveau sur le cadavre.

La ligne de démarcation entre les parties du corps qui avaient été protégées par les vêtements imperméables et celles qui n'étaient recouvertes que d'une fine épaisseur de coton aurait pu être tracée à la règle. Tout ce qui se trouvait au-dessus des clavicules et au-dessous des hanches était intact. Il en allait tout autrement pour le ventre et la poitrine.

Les intestins avaient été évidés. Les seins avaient été arrachés. La plupart des organes avaient disparu. Les côtes avaient été léchées jusqu'à en devenir propres. Sara voyait les marques de dents aux endroits où les os avaient été grignotés. Elle écarta le bras gauche du corps pour suivre la trace du carnage depuis la poitrine déchiquetée jusqu'au flanc. L'aisselle avait été creusée. Les nerfs, les artères et les veines en sortaient comme des brins de cordons électriques sectionnés. Elle souleva le bras droit et découvrit le même genre de dégâts de ce côté.

— Que pensez-vous du creux axillaire ? demanda-t-elle à Ingle.

— Vous voulez dire, les aisselles ? Les renards peuvent être très vicieux, en particulier lorsqu'ils se battent. Ils ont des griffes aussi acérées que des rasoirs. Ils devaient être frénétiques.

Sara hocha la tête, même si elle n'était pas tout à fait d'accord avec cette conclusion.

Le coroner retourna vers le bureau. Il trouva une loupe dans le tiroir du haut.

— Tenez, dit-il. Vous verrez des petits bouts de tissu bleu qui proviennent du maillot en coton. Je n'ai pas eu le temps de tout récupérer.

— Merci.

Sara prit la loupe. Elle s'agenouilla à côté du brancard à roulettes. Les marques laissées par les dents et les griffes étaient tout à fait visibles. Elle n'avait aucun doute sur le fait que plusieurs petits animaux s'étaient nourris sur le cadavre. Ce qu'elle voulait examiner de près, c'étaient les dégâts au niveau des aisselles.

Les prédateurs étaient attirés par le sang présent dans la chair des organes et dans les muscles. Les aisselles ne présentaient pas un grand intérêt, de ce point de vue. Les nerfs, les veines et les artères du plexus brachial partaient de la moelle épinière, passaient par le cou et s'étiraient sur la première côte pour rejoindre l'aisselle. Il y avait des façons plus complexes de décrire ces structures mais, en gros, le plexus brachial contrôlait les muscles des bras. Les divers éléments se distinguaient par leur couleur. Les veines et les artères étaient rouges. Les nerfs pouvaient varier du blanc perle au jaune.

Sous sa loupe, Sara voyait que les veines et artères avaient été déchiquetées par des dents attirées par le sang.

En revanche, les nerfs semblaient avoir été proprement coupés à l'aide d'une lame.

— Sara ?

C'était Amanda, qui levait enfin la tête de son portable.

Sara secoua la tête et demanda à Ingle :

— Et l'écorchure dans son dos ?

— La plaie ?

— Vous avez appelé ça une écorchure, dans vos notes.

— Une plaie. Une coupure, dit-il. Je suppose qu'elle s'est écorché la nuque sur quelque chose. Un rocher, peut-être ? Les vêtements n'étaient pas déchirés, mais j'ai déjà vu cela se produire. Une simple friction.

Il utilisait les mots « plaie », « coupure » et « écorchure » de manière interchangeable, ce qui revenait à dire qu'un chien était un poulet, qui était une pomme.

— Peut-on la basculer sur le côté ? demanda Sara.

Ingle replaça le plastique sur l'abdomen avant de faire rouler les épaules. Sara fit pivoter les hanches et les jambes. Elle utilisa le fin faisceau de la lampe-stylo pour examiner le dos de la femme. La lividité cadavérique assombrissait cette zone comme un hématome qui entaillerait la colonne vertébrale. Sous l'effet de la décomposition, la peau s'était étirée et fissurée.

Sara compta les vertèbres cervicales à partir de la base du crâne. Elle se souvenait d'un moyen mnémotechnique appris à l'école de médecine :

C3, C4, C5, sans elles le diaphragme trinque.

Le nerf phrénique, celui qui contrôle la montée et la descente du diaphragme, bifurque depuis les nerfs rachidiens au niveau des troisième, quatrième et cinquième vertèbres cervicales. En cas de blessures de la moelle épinière, si ces nerfs étaient intacts, le patient n'avait pas besoin de respirateur artificiel. Le moindre dégât situé sous la vertèbre C5 paralysait les jambes. Un dommage au-dessus de C5 paralysait non seulement les jambes et les bras, mais supprimait également la capacité du patient à respirer par lui-même.

Sara trouva la blessure citée dans les notes d'Ingle juste sous la vertèbre C5.

L'écorchure, car la peau avait bien été écorchée, faisait environ la taille d'un ongle de pouce ; elle était plus profonde à une extrémité et s'atténuait comme la queue d'une comète à l'autre bout. Sara comprit pourquoi Ingle n'avait pas accordé d'importance à cette marque. Elle ressemblait à ces petites blessures accidentelles qui arrivaient tout le temps. On se frottait la nuque contre quelque chose de pointu. On grattait un peu trop fort une démangeaison. C'était un peu douloureux, mais pas trop. Plus tard, on demandait à son mari ou sa femme d'y jeter un œil, car on n'avait aucune idée de la raison pour laquelle on avait mal à la nuque.

Mais cette blessure-là était différente. L'écorchure était visiblement destinée à dissimuler une blessure. Et pas seulement une blessure, mais une perforation, plus précisément. La circonférence du trou faisait à peu près le quart d'une paille. Sara pensa aussitôt au poinçon d'un couteau suisse. Cet outil rond et pointu était idéal pour faire des trous dans le cuir. Son père utilisait un instrument similaire, appelé contre-poinçon, pour faire rentrer la tête des clous lors de menus travaux de menuiserie.

Lorsque Sara appuya sur le petit trou, un liquide aqueux et marron foncé en suinta.

— Est-ce que c'est de la graisse ? demanda Ingle.

— La graisse serait plus blanche et caoutchouteuse, répondit Sara. Ça, c'est du liquide céphalorachidien. Si j'ai raison, le tueur a utilisé un instrument métallique pour sectionner sa moelle épinière. Il a coupé les nerfs du plexus brachial pour lui immobiliser les bras.

— Attendez une minute, s'écria Ingle qui avait perdu tout son calme professionnel. Pourquoi quelqu'un voudrait-il paralyser cette pauvre petite fille ?

Sara savait exactement pourquoi, car elle avait déjà vu ce genre de dégâts.

— Pour qu'elle ne puisse pas se débattre pendant qu'il la violait.

5

Grant County – Mardi

Jeffrey descendait l'allée principale de l'université en direction du portail. La pluie le fouettait de biais malgré son parapluie. Il s'était mis à tomber des trombes d'eau pendant qu'il était dans le bureau du doyen, qui lui avait fait la leçon sur « l'image à renvoyer au public ». Kevin Blake était une encyclopédie ambulante du double langage d'entreprise, qu'il soit question de « prendre de la distance pour avoir une vision d'ensemble », de « tenir la barre du navire », de « sortir des sentiers battus », ou encore de « promouvoir une approche globale ».

Cela signifiait que le doyen voulait que Jeffrey fasse une déclaration dans l'esprit d'un « Hip Hip Hip Hourra ! Allez, les gars ! ». En d'autres termes, il fallait surmonter l'accident tragique qui avait eu lieu dans les bois et aider le corps étudiant à s'embarquer dans un processus de guérison. Jeffrey lui avait clairement signifié qu'il n'était pas prêt à s'embarquer dans un tel processus. Il lui avait demandé un délai d'une semaine. Blake lui avait donné jusqu'à la fin de la journée. Il n'y avait plus grand-chose à dire après cela. Les choix de Jeffrey étaient limités. Il pouvait soit marcher sous la pluie pour se rafraîchir et se calmer, soit jeter Blake par la fenêtre.

La marche l'avait emporté de justesse, malgré le déluge qui avait commencé à déferler quand ils étaient dans les bois à attendre l'ambulance. À présent, Jeffrey était au milieu de l'allée qui menait au portail, et ses chaussettes étaient déjà trempées. Son lourd parapluie de policier lui défonçait l'épaule. Il serra fort le manche. Quatre heures s'étaient écoulées depuis ce moment dans les bois, et il ne parvenait toujours pas à faire disparaître le souvenir de ses mains brisant les os à l'intérieur de la poitrine de cette jeune fille. Jeffrey n'avait pas l'habitude de recevoir des ordres, mais tout ce que Sara lui avait dit de faire, tout ce qu'ils avaient fait ensemble, avait permis de sauver une vie.

Restait à savoir si la durée de cette vie se compterait en heures, en jours ou en décennies.

La jeune fille s'appelait Rebecca Caterino, dite « Beckey ». Elle avait dix-neuf ans. C'était la fille unique d'un homme veuf. Elle étudiait la chimie environnementale. Elle risquait peut-être de ne jamais se réveiller de l'intervention chirurgicale consécutive à ce qui avait toutes les apparences d'un tragique accident.

La partie *accidentelle* était l'objet de la querelle entre Jeffrey et Blake. Peu lui importaient les théories de Sara sur les chutes de plain-pied, les lésions traumatiques cérébrales ou les blessures osseuses, ligamenteuses et tendineuses, Jeffrey n'était pas d'accord avec l'idée que la jeune fille ait pu chuter sur le dos. À cela venait s'ajouter le coup de fil troublant qu'il avait reçu du père de Caterino. L'homme était arrivé à l'hôpital moins de trente minutes après sa fille. Il lui avait transmis des informations médicales, et Jeffrey voulait que Sara les interprète. La conclusion, c'était qu'il était impossible que Beckey Caterino ait réussi à se retourner toute seule dans les bois. Soit elle était tombée sur son dos, soit quelqu'un l'avait mise là.

Jeffrey ne pouvait pas expliquer clairement pourquoi il envisageait cette dernière hypothèse comme une possibilité. Aucune preuve n'indiquait une piste criminelle. Mais il faisait ce boulot depuis suffisamment longtemps pour savoir que, parfois, mieux valait se fier à ses tripes qu'à ses yeux.

Il parcourut la chronologie des faits qu'il avait établie. Les camarades de chambre de Caterino disaient qu'elle était partie vers 5 heures du matin. L'appel au 911 était intervenu une heure plus tard. L'étudiante était une joggeuse régulière. Jeffrey avait consulté les statistiques. Une femme de la tranche d'âge de Caterino pouvait généralement parcourir un kilomètre en sept minutes et trente secondes. En supposant qu'elle avait couru directement vers le quartier IHOP sans faire de détour ni de pause, la course de deux kilomètres et demi lui aurait pris environ dix-huit minutes.

Cela laissait quarante-deux minutes où quelque chose de grave avait pu se produire.

Si Caterino avait été la cible d'un agresseur, l'étape suivante était de déterminer qui aurait voulu lui faire du mal. Avait-elle un ancien petit ami furieux qu'elle ait rompu ? Ou était-ce le scénario inverse, un ancien petit ami dont la nouvelle copine aurait voulu effacer le passé ? Caterino s'était-elle disputée avec l'une de ses camarades de chambre ? Avait-elle un rival à l'université ? Un professeur obsédé qui n'aimait pas qu'on lui dise non ?

Jeffrey avait envoyé Frank tâter le terrain auprès de Chuck Gaines, le chef de la sécurité du campus – qui était aussi une blague ambulante. Matt Hogan interrogeait tout le monde dans la résidence étudiante de Caterino. Brad Stephens était allé prendre des nouvelles de Leslie Truong, la jeune femme qui avait retrouvé le corps dans la forêt. Lena parlait avec Sibyl Adams. Par coïncidence, la sœur de la policière était l'une des professeurs de Caterino. Sibyl avait proposé à son étudiante de venir plus tôt ce matin-là, afin de relire avec elle son devoir de chimie organique.

Jeffrey doutait fort que la jeune fille soit capable de rendre quoi que ce soit dans un avenir proche. Sara avait ordonné à l'ambulance d'emmener Caterino au plus proche centre de traumatologie voisin, qui se trouvait à Macon. Le centre médical de Heartsdale avait un équipement à peine suffisant pour traiter les plaies et les bosses. Quand Jeffrey avait demandé un pronostic à Sara, elle avait presque éludé sa question. Elle était furieuse après Lena qui n'avait pas réussi à trouver un pouls et concentrait toute sa rage sur la jeune policière, chose qui aurait dû soulager Jeffrey : pour une fois, ce n'était pas lui qui subissait ses foudres.

Jeffrey fit un pas de côté pour laisser passer une voiture, puis franchit à pied le portail ouvert du campus. La grand-rue s'étirait devant lui. La pluie battait si fort que les gouttes rebondissaient à plus de cinquante centimètres au-dessus de l'asphalte. Le poste de police était sur sa gauche. En haut de la colline, à sa droite, la clinique pédiatrique de Heartsdale trônait tel un monument en hommage au mauvais goût architectural des années 1950.

Un style « grand pénitencier », voilà quelle aurait été la meilleure façon de décrire l'esthétique de la bâtisse toute en murs. Vu de l'extérieur, rien n'indiquait que les enfants étaient les bienvenus ici. Les fenêtres étaient étroites. Le porte-à-faux en plastique transformait le moindre rayon de soleil en une lueur d'un marron cireux. Un octogone en brique de verre sortait du mur comme une espèce de furoncle. C'était la salle d'attente. L'été, la température dans cette pièce pouvait s'envoler bien au-delà des trente degrés. Le Dr Barney, propriétaire de la clinique, prétendait que la chaleur aidait les patients à évacuer par la transpiration ce qui les faisait souffrir. Sara était en profond désaccord là-dessus, mais le Dr Barney avait été son pédiatre, avant de devenir son patron. Elle avait du mal à le défier ouvertement.

Cet homme ne connaissait pas sa chance.

Jeffrey remonta la pente raide de l'allée. La Z4 turbo argentée de Sara était dans le parking, sur le côté du bâtiment. Elle la garait selon un angle qui lui donnait l'air d'un modèle d'exposition, juste en face des portes du poste de police – car Sara n'aurait pu castrer physiquement Jeffrey qu'une seule fois, tandis qu'en exhibant là sa décapotable à quatre-vingt mille dollars, elle pouvait le gifler à chaque fois qu'il sortait du travail.

En parlant de castration, Tessa Linton se tenait debout sous l'étroit porte-à-faux, devant la porte latérale de la clinique. Elle portait un short en jean et un T-shirt moulant à manches longues qui affichait le logo *Plomberie Linton et filles* sur son ample poitrine. Comme d'habitude, les longs cheveux blond vénitien de Tessa étaient enroulés en spirale sur le sommet de sa tête. Jeffrey tenta de lui adresser un sourire. Voyant que cela ne fonctionnait pas, il lui offrit de profiter de son parapluie.

— Ça fait longtemps, dit-il.

Tessa continua de regarder fixement la rue, l'air absent.

De tous les habitants de cette petite ville, Jeffrey aurait cru que Tessa serait la plus compréhensive au sujet de sa transgression. Elle n'avait pas exactement un passé blanc comme neige. Son présent n'était pas immaculé non plus, d'ailleurs. Les rues de Grant County étaient jonchées de cœurs brisés par Tessa Linton. La première fois que Sara avait amené Jeffrey chez elle pour le présenter à sa famille, Tessa et lui avaient chacun reconnu en l'autre une sorte d'alter ego. En plaisantant, Tessa l'avait mis en garde contre ce qui lui arriverait s'il brisait le cœur de sa grande sœur. Jeffrey avait répondu sur le ton de la boutade que ce n'était pas tromper si la femme était différente à chaque fois. Ils avaient plaisanté ainsi pendant des années. Et puis Sara avait pris Jeffrey en flagrant délit. Alors, Tessa avait tailladé les pneus de sa Mustang.

— Est-ce que Sara va bien ? demanda Jeffrey. On a eu une matinée difficile.

— Mon père est en chemin pour venir me chercher.

Jeffrey jeta un coup d'œil prudent dans la rue. Il tendit son parapluie à Tessa.

— Tiens, lui dit-il. Tu n'auras qu'à le laisser à côté de la porte en partant.

Elle croisa les bras sur sa poitrine.

Jeffrey regarda les trombes qui s'abattaient sur le parking. L'eau retombait en cascade du haut du frêle porte-à-faux. Dès que Tessa ferait un pas vers l'extérieur, elle serait trempée. Jeffrey aurait dû l'abandonner aux éléments, mais la chevalerie l'emporta. Et il doutait fort de retrouver le parapluie près de la porte lorsqu'il ressortirait.

— Alors comment ça se passe dans ta vieille baraque à Colton ? demanda Tessa.

Jeffrey allait lui demander comme elle savait qu'il y avait acheté une maison, mais il se rappela ensuite que toute la ville était au courant de sa vie.

— Elle a une bonne structure. Je vais refaire la cuisine. Et mettre un coup de peinture sur les murs.

Elle souriait à présent.

— La chasse d'eau fonctionne encore ? demanda-t-elle.

Jeffrey sentit son estomac se nouer. Il n'avait pas réussi à joindre le moindre expert. Personne ne le rappelait. Eddie Linton avait lancé une omerta de plombier sur son matricule.

— Ces vieilles canalisations en grès sont pleines de racines d'arbres, continua-t-elle. D'ici un mois, tu vas devoir chier dans un seau.

Jeffrey pouvait à peine payer l'emprunt immobilier. Ses économies avaient été siphonnées par l'apport personnel.

— Allez, Tess… Donne-moi un coup de main.

— Tu veux mon aide ?

Elle descendit du trottoir. La fourgonnette de son père était dans la rue.

— Achète un seau en métal. Le plastique, ça garde les odeurs.

Jeffrey se débattait pour refermer son parapluie quand Eddie arriva sur le parking. Il savait que l'homme avait un Ruger .380 dans la boîte à gants.

La fourgonnette fit une brusque embardée devant le bâtiment.

Jeffrey laissa tomber le parapluie et ouvrit la porte à la volée. À l'intérieur, il faillit percuter Nelly Morgan.

— Hmm...

La directrice de la clinique émit un petit bruit de la bouche pour lui intimer le silence, avant de tourner les talons et de s'éloigner. Jeffrey réprima une remarque sarcastique. Nelly était immunisée contre le sarcasme.

Le Dr Barney ne l'était pas, en revanche.

— Tu as bonne mine, fiston, dit-il en refermant ostensiblement une porte de salle d'examen derrière lui.

Jeffrey observa son reflet dans le miroir au-dessus du lavabo du couloir. La pluie avait fait son œuvre. Sa chemise était complètement détrempée. À l'arrière de son crâne, ses cheveux étaient dressés comme le derrière d'un canard.

— Que faites-vous ici ? demanda Molly Stoddard, l'infirmière de Sara, qui ne semblait pas très heureuse de le voir.

Jeffrey lissa ses cheveux.

— J'ai besoin de parler à Sara.

— Besoin ou envie ?

Molly regarda sa montre, bien qu'elle fût de ces femmes qui savent toujours l'heure qu'il est.

— Elle a des rendez-vous à la chaîne avec des patients. Vous allez devoir...

— Molly.

La porte coulissante du bureau de Sara s'ouvrit.

— Allez allumer l'inhalateur de Jimmy Powell, dit Sara. J'arrive tout de suite.

Molly lança à Jeffrey un nouveau regard hostile avant de s'éloigner dans le couloir en traînant les pieds.

— Comment va la fille ? demanda Sara à Jeffrey.

— Elle est au bloc. Elle...

Sara disparut dans son bureau.

Jeffrey ne sut s'il devait la suivre ou non. Il lissa à nouveau ses cheveux. Dans le couloir, il croisa une mère qui le regarda avec un air désapprobateur. Même son petit lui adressa une mine renfrognée. Jeffrey avait besoin d'un genre d'arbre généalogique, comme ceux qui sont imprimés au début des romans russes, pour comprendre les liens qui unissaient tous ces gens à Sara et évaluer leur degré de haine vis-à-vis de lui.

Il la trouva assise derrière son bureau, stylo à la main, en train de remplir une ordonnance. Le bureau de Sara était aussi grand que celui du Dr Barney mais, à cause de toutes les photos de patients qu'elle avait accrochées aux murs, il donnait l'impression d'être plus petit. Il devait y en avoir plus d'une centaine. Bientôt, il n'y aurait plus le moindre espace libre sur le lambris. La plupart des clichés étaient des photos de classe. Il y avait des photos prises sur le vif, avec des chats, des chiens, et de temps à autre une gerbille. Le chaos de cette décoration s'étendait à toute la pièce. Sa corbeille à papier débordait. Il y avait des livres et des manuels étalés par terre. Des dossiers médicaux étaient empilés sur les deux chaises et sur les meubles de rangement, eux-mêmes déjà pleins d'autres dossiers. Si Jeffrey ne l'avait pas connue, il aurait pu croire qu'elle venait de se faire cambrioler.

Il souleva un tas de classeurs afin de pouvoir s'asseoir.

— J'ai croisé Tess, dehors.

— Ferme la porte.

Elle attendit qu'il se relève, ferme la porte et se rasseye avant de reprendre la parole.

— Est-ce que tu vas enfin te débarrasser de Lena ? demanda-t-elle.

Jeffrey avait déjà prévu une question à lui poser en retour.

— Combien de temps as-tu mis pour trouver son pouls ?

— Au moins, j'ai pensé à vérifier.

— Lena a vérifié quand elle est arrivée sur les lieux. Je l'ai vu écrit dans ses notes.

— L'encre était de la même couleur que le reste de son rapport ?

D'un geste de la main, Sara balaya sa réponse avant qu'il ait même eu le temps d'ouvrir la bouche.

— Dis-moi ce que l'hôpital t'a appris, reprit-elle. Comment s'en sort la jeune femme ?

Jeffrey passa outre le ton mordant avec lequel elle lui parlait. Depuis un an, il avait appris à bien connaître les deux différentes Sara. Celle qui, en public, observait un silence dramatique et se montrait toujours respectueuse. Et celle qui, en privé, le descendait en flammes à la moindre occasion.

Jeffrey lâcha les dossiers sur une pile déjà chancelante.

— Elle s'appelle Rebecca Caterino. Tout le monde l'appelle Beckey. L'hôpital ne peut pas divulguer d'informations sur son état…

— Mais ?

— Mais.

Il s'interrompit pour la forcer à ralentir.

— J'ai parlé à son père. Le neurochirurgien va réaliser une…

— Une craniotomie pour faire diminuer la pression interne de son crâne ? demanda Sara. Et la matière retrouvée dans sa gorge ?

— Le pneumologue a dit que ça ressemblait à…

— De la viennoiserie non digérée ?

Jeffrey agrippa les bras du fauteuil.

— Est-ce que tu comptes finir toutes mes…

Sara ne se prêta pas au jeu.

— Pourquoi es-tu ici, Jeffrey ? le coupa-t-elle.

Il dut faire taire son agacement pour se le rappeler.

— Est-ce que tu as remarqué que ses jambes étaient paralysées ? demanda-t-il.

— Paralysées ? répéta Sara, attentive à présent. Explique-moi ça.

— Le chirurgien a dit au père de Beckey que sa colonne vertébrale était sectionnée.

— La colonne vertébrale ou la moelle épinière ?

Jeffrey prit son temps pour sortir son carnet de sa poche et le feuilleter jusqu'à retrouver la bonne page.

— Au cours de l'examen, ses pieds et ses jambes ne répondaient pas aux stimuli. L'IRM a montré une petite perforation sur le côté gauche de sa moelle épinière.

— Une perforation ? répéta Sara en se penchant au-dessus de son bureau. Sois plus précis. Est-ce que la peau aussi était perforée ?

— C'est tout ce que je sais, répondit Jeffrey en refermant son carnet. Le père était bouleversé, à juste titre. Les chirurgiens ne lui donnaient pas beaucoup d'informations. Tu sais comment ça se passe au début de ce genre de situations. Ils ne peuvent pas dire ce qu'ils ne savent pas.

— Ils en savent plus qu'ils ne veulent bien le dire, répliqua Sara. Est-ce que tu sais où se situe la perforation ?

Il relut ses notes.

— En dessous de la C5.

— Pas de respirateur artificiel, donc. C'est un petit soulagement.

Sara se rassit dans son fauteuil. Il devina qu'elle passait mentalement en revue les différentes possibilités.

— OK, les lésions de la moelle épinière. La majorité d'entre elles résulte de traumatismes physiques. Des blessures liées à la pratique d'un sport. Des accidents de voiture. Des blessures par balle ou couteau. D'autres accidents aussi mais, en général, pas des chutes consécutives à un trébuchement. Il faudrait que la chute se soit produite avec une force incroyable pour provoquer une lésion grave de la moelle épinière. C'est peut-être une vertèbre qui se serait cassée et aurait sectionné la moelle ? Ou alors, elle a peut-être atterri sur un objet pointu ? As-tu trouvé quelque chose sur les lieux qui aurait pu causer une blessure pénétrante ?

— Le temps que je parle avec le père, l'endroit où on l'a retrouvée a été complètement lessivé par la pluie.

— Tu n'as pas pensé à le protéger avec une tente ?

— Pour quelle raison ? demanda Jeffrey, car c'était bien là le cœur du problème. Pourquoi aurais-je pris des précautions supplémentaires pour ce qui avait tout l'air d'un accident ? Est-ce que, toi, tu as vu quelque chose là-bas qui t'a fait penser autrement ?

— Tu as raison, répondit-elle en secouant la tête.

D'une main, Jeffrey mima un cornet collé à son oreille, comme s'il ne l'avait pas bien entendue. Elle eut un sourire malgré elle. Il détestait ce qu'il ressentait chaque fois qu'il parvenait à lui arracher une réaction positive ; il avait l'impression d'être un étudiant tentant d'impressionner une pom-pom girl.

— Il y a quelque chose de louche dans cette affaire, pas vrai ? Je ne suis pas fou ?

Elle secoua la tête, mais il n'aurait su dire si elle partageait son inquiétude.

— Je veux voir l'IRM, dit-elle. C'est bizarre, cette perforation. Ça pourrait tout changer. Ou bien c'est peut-être tout à fait explicable. J'ai besoin de plus d'informations.

— Moi aussi.

Jeffrey sentit s'alléger un peu la pression qui écrasait sa poitrine jusqu'à présent. Une des choses qui lui manquaient le plus, dans sa relation avec Sara, c'était de pouvoir lui confier ce qui le tracassait.

— Kevin Blake me pousse à faire une déclaration aujourd'hui. Il veut apaiser les craintes. Une partie de moi pense qu'il a raison. Mais l'autre a l'impression qu'on rate quelque chose d'important. Alors je me demande : qu'est-ce que ça pourrait bien être ? Aucun indice matériel ne justifie l'ouverture d'une enquête.

— Je doute fort que la fille puisse nous aider, ajouta Sara. Même si elle survit à l'opération, même si elle est capable de communiquer, l'amnésie post-traumatique en fera sans doute un témoin peu utile.

— Je vais aller discuter avec Leslie Truong. C'est elle qui a découvert Caterino. Peut-être qu'elle se souvient de quelque chose de particulier.

— Peut-être.

Jeffrey scruta le visage de Sara. Elle avait l'air d'avoir quelque chose d'autre à ajouter.

— Qu'est-ce qu'il y a ?

— On ne fait que discuter, là, hein ? demanda-t-elle.

— Oui.

Sara tapota son stylo sur le bureau comme un métronome.

— Tu devrais demander un examen gynécologique.

— Tu crois qu'elle a été violée ? s'exclama Jeffrey, déconcerté par cette conclusion précipitée. On parle d'une gamine bien sous tous rapports, ici. Tu as vu comment elle était habillée. Elle n'était même pas maquillée. Elle avait passé toute la nuit à la bibliothèque. C'est pas le genre de fêtarde dont on se dirait qu'elle risque de se faire agresser.

Le stylo s'était arrêté de marteler le bois.

— Tu es en train de me dire qu'il y a des femmes violables et d'autres non ?

— Non, ça, c'est n'importe quoi.

Elle faisait exprès de mal interpréter ses propos.

— Ce que je dis, c'est rends-toi à l'évidence, reprit Jeffrey. Caterino n'était pas attachée. Elle n'a aucune trace d'hématomes. Elle avait toujours ses vêtements sur elle. Il n'y avait aucune trace de lutte autour d'elle. Elle était dans les bois en plein jour, à environ deux cents mètres d'une rue très fréquentée.

— Et elle avait passé sa soirée dans une bibliothèque et non dans un bar. Et elle n'était pas habillée comme si elle l'avait bien cherché.

— Ne me fais pas dire ce que je n'ai pas dit. Personne ne l'a bien cherché, ajouta-t-il. Bon d'accord, peut-être que j'ai été maladroit, mais c'est vrai qu'elle n'est pas dans une catégorie à haut risque. C'est une bonne étudiante. Elle ne se drogue pas. Elle est comme toi, toujours le nez fourré dans ses bouquins. Enfin, pour l'amour de Dieu, elle était partie courir à l'aube, elle n'était pas en train de traîner dans une allée à essayer de se dégoter de quoi fumer.

Sara serra les lèvres et inspira profondément. Il vit ses narines se dilater.

— Tu sais quoi, Jeffrey ? Ce n'est plus mon boulot.

— Quel boulot ?

— Je ne suis pas celle avec qui tu discutes de tes affaires. Je ne suis pas ta conseillère de l'ombre. Je ne vais pas te dire comment neutraliser Kevin Blake. Ce n'est plus mon boulot d'être la béquille affective qui fait tenir ta vie debout.

— Qu'est-ce que c'est censé vouloir dire ?

— Ça veut dire que je ne suis pas obligée de t'écouter, ni de m'inquiéter pour toi, ni de t'aider, ni même de te regarder, répliqua-t-elle en tapant du doigt sur le bureau. Demain, c'est l'anniversaire de ta mère. Tu y as pensé ?

— Merde, souffla-t-il.

— Le fleuriste ferme à 16 heures, et il ne fait pas de livraisons pour le jour même alors, à moins que tu veuilles l'avoir en larmes au téléphone, tu ferais mieux de les appeler tout de suite avant d'oublier.

Jeffrey regarda sa montre. Il avait cinq heures devant lui. Il n'allait pas oublier.

— C'est un autre sujet. Je ne t'ai jamais demandé de…

— Tu te rappelles que Possum et Nell vont fêter leurs dix-sept ans le mois prochain ?

Apparemment, Sara, elle, s'en souvenait.

— La dernière fois qu'on y est allés, tu leur as promis que tu viendrais pour la fête. Et même que tu écrirais un discours. Tu as aussi promis à Jared que tu lui montrerais comment faire un lancer en spirale, au football. Et tu dois te faire vacciner contre la grippe. Et Dieu sait que tu dois te faire tester pour les MST. Tu as grand besoin d'un examen médical. Tu veux davantage de médicaments

— À t'entendre, je dirais que c'est plus de médecins qu'il nous faut, pas plus de sages-femmes, rétorqua Sara.

— N'essaie pas de changer de sujet. C'est un fait avéré que les accouchements à domicile ne sont pas plus risqués que ceux à l'hôpital.

— Tess..., commença Sara (*Tais-toi, Sara, tais-toi*, pensa-t-elle). L'étude que tu es en train de citer a été réalisée au Royaume-Uni. En zone rurale, les femmes enceintes doivent faire plus d'une heure de route pour...

— Oui, mais en Afrique du Sud...

Wah-wah-wah-wah, wah-wah-wah-wah.

Sara ne supporterait pas d'entendre sa sœur lui raconter encore une fois, des étoiles dans les yeux, à quel point aller jouer les missionnaires en Afrique du Sud avait fait d'elle un meilleur être humain. Comme si Tessa s'imaginait que tout le monde avait oublié les six années qu'elle avait passées à faire la bringue alors qu'elle était censée étudier – en quatre ans – la poésie moderne anglophone ; et les cinq années suivantes où elle avait travaillé dans l'entreprise de plomberie de leur père, tout en se débrouillant pour se taper tous les beaux gosses du comté et des deux comtés voisins.

Sara n'avait rien contre le fait de se taper des beaux gosses – elle s'en était elle-même envoyé un plusieurs fois, le week-end dernier –, mais son intransigeance à l'égard de sa sœur était liée à une raison qu'elle ne pourrait jamais, au grand jamais, exprimer à voix haute.

Sara n'avait rien contre les sages-femmes en soi. Elle pensait juste que, si Tessa en devenait une, elle irait droit à la catastrophe. Elle adorait sa petite sœur, mais elle l'avait déjà vue jeter une de ses chaussures par la fenêtre parce qu'elle avait cassé un lacet. Elle n'arrivait pas à résoudre un Rubik's cube, même si on lui donnait la solution écrite noir sur blanc. L'idée qu'elle se faisait d'un régime alimentaire équilibré revenait à tremper un brin de céleri dans un gratin de macaroni. Et c'était cette femme-là qui était censée être aux premières lignes et rester calme, posée et compétente dans un moment aussi tendu et potentiellement risqué qu'un accouchement ?

— Si tu ne veux pas m'écouter, je vais raccrocher, dit Tessa.

— Je t'écou...

Mais Tessa raccrocha.

Sara empoigna rageusement le téléphone comme si c'était le cou de sa sœur.

Elle jeta un œil à l'heure qu'il était. Charlie se demandait sans doute si elle n'était pas tombée dans la cuvette des toilettes. Elle se rattacha les cheveux, lissa les plis de son T-shirt à manches longues – qui était à Will, en fait. Il bâillait autour de ses épaules, les manches étaient trop longues. Sara laissa ses doigts courir sur le tissu. Elle avait enfilé un pantalon médical propre, mais la puanteur de la cafétéria lui collait à la peau comme le pire parfum au monde.

Quand Sara ouvrit la porte, elle trouva Charlie patiemment assis à l'une des tables prévues pour les visiteurs. Il saisit le sac en toile de Sara sans qu'elle le lui demande. Le sourire sous sa moustache en guidon de vélo était authentique. Charlie était un ange, mais il aurait pu rendre la vie dure à Sara à l'époque où elle venait de se joindre à l'équipe. Il avait eu un faible pour Will pendant des années. Will ne s'en était jamais aperçu, tout comme il n'avait d'abord pas remarqué qu'il plaisait à Sara. On avait beau lui tendre les perches les plus évidentes, ce type ne s'en rendait jamais compte.

— Tout va bien ? demanda Charlie.

— Oui, merci. J'avais juste besoin d'une minute.

Le sourire qu'il adressa à Sara lui fit comprendre qu'il avait tout entendu à travers la porte en bois, fine comme du papier à cigarette.

pour l'hypertension ? Il faut que tu prennes rendez-vous avec ton généraliste avant que ton ordonnance ne soit plus valable.

Il préféra mentir.

— Je sais tout ça. J'ai déjà pris des rendez-vous. Et j'ai le discours tout prêt, dans mon ordinateur portable.

— Mytho.

— Et toi alors, hein, Sara ? Tu veux qu'on en parle, de toi ? Tu veux que ce soit moi, pour une fois, qui te dise à quel point tu foires tout ?

Il se pencha en avant, et ses genoux se cognèrent contre le bureau.

— Qu'est-ce que c'est que ce nouveau type avec qui tu fricotes à Atlanta ? Parker, hein ? C'est pas un nom, ça. C'est un stylo-plume offert par ton grand-père.

Elle éclata de rire.

— Waouh, là tu m'as eue.

Jeffrey comptait bien la pousser à bout, même s'il risquait d'y laisser des plumes.

— Tu as une mine de déterrée, aujourd'hui. Qu'est-ce que tu dis de ça ? Est-ce que tu t'es même coiffée, ce matin ? Ça se voit que tu as la gueule de bois. Tu n'as pas dû dormir de la semaine. Tu tiens à peine debout. Moi, j'essaie de te parler en adulte de…

— Jeffrey.

Sa gorge semblait s'être resserrée lorsqu'elle avait prononcé son nom. Sara ne criait jamais lorsqu'elle était en colère. Sa voix se transformait en un sifflement rageur.

— Sors de mon bureau.

— Et toi, sors le balai que t'as dans le cul ! s'écria-t-il en frappant du plat de la main sur le bureau.

Elle n'avait pas le droit d'être furieuse contre lui en ce moment.

— Bon Dieu, Sara, reprit-il. J'étais en train d'essayer de te parler d'une affaire et, toi, tu as transformé ça en…

— Je ne suis pas le coroner. Je ne suis pas ta conseillère. Et tu t'es bien débrouillé pour que je ne sois plus ta femme.

Il éclata d'un rire forcé.

— Ce n'est pas moi qui ai demandé le divorce.

— Non, toi, tu m'as juste menti en permanence quand je te demandais pourquoi tu rentrais tard le soir, pourquoi tu devais soudain sortir pour passer tes coups de fil, pourquoi tu avais changé le mot de passe de ta boîte mail, pourquoi tu avais coupé le son des notifications de messages sur ton téléphone, pourquoi tu avais mis un filtre de confidentialité sur l'écran de ton ordinateur portable.

Il vit sa gorge se tendre.

— Tu m'as fait croire que je devenais folle, continua-t-elle. Tu m'as humiliée devant la ville entière. Et tu continues de mentir à propos de…

— J'ai fait une bêtise. Une seule fois.

— Une seule fois, répéta-t-elle avec un soupir exaspéré.

Peu importe ce qu'il disait, elle refusait de croire qu'il ne s'agissait que d'une bêtise isolée.

— Ça fait un an, et tu n'es toujours pas capable de me dire la vérité.

— Tu sais quoi, ma chérie ? La voilà, la vérité : je ne suis plus ton mari.

Il se leva pour partir.

— Je n'ai pas à écouter tes conneries, moi non plus, ajouta-t-il.

— Alors va-t'en.

Il ne comptait pas la laisser avoir le dernier mot.

— Toi aussi, tu en as fait des choses, Sara.

Elle écarta les bras en grand, comme pour l'inviter à faire feu.

— Et si tu avais passé le dimanche au lit avec ton mari au lieu de filer déjeuner avec ta famille toutes les semaines ? Et si tu avais demandé à ta mère de ne pas se pointer chez nous sans prévenir, six jours sur sept ? Et si tu avais dit à ton père d'arrêter de passer

derrière moi pour finir des projets que je peux finir moi-même, en prenant le temps que je veux, bordel ? Et si tu ne racontais pas à ta sœur les moindres détails de notre vie sexuelle ? Et si, pour une fois, rien qu'une seule fois depuis le début de notre histoire, tu avais placé mes besoins et mes sentiments avant ceux de tous les membres de ta foutue famille ?

Sara se mit à fouiller dans les tiroirs de son bureau, éparpillant les papiers et les fournitures par terre.

Jeffrey contempla le désordre qu'elle était en train de mettre. Ça lui rappelait cette fois où elle avait pété les plombs en se défoulant sur sa voiture – elle détruisait ce qui lui appartenait à elle, au lieu des affaires de Jeffrey.

— Qu'est-ce que tu fabriques ? demanda-t-il.

— Je cherche ça, répondit-elle en jetant une calculatrice sur son bureau. J'en ai besoin pour faire le compte de tous tes besoins et sentiments dont j'ai rien à foutre.

Jeffrey serra les mâchoires si fort qu'il sentit son pouls battre dans son visage.

— Tu peux te la fourrer où je pense, ta calculatrice.

— Et toi, tu peux aller te faire foutre.

— Je connais plein de nanas qui s'en chargeront avec plaisir.

— Sans blague. Espèce d'enfoiré.

— Va te faire foutre.

La réponse de Sara fut couverte par le claquement de la porte coulissante que Jeffrey poussa si fort que le montant sauta. Le bois vola en éclats. Des photos se décrochèrent du mur et voletèrent dans les airs. Dans le couloir, il tomba sur une rangée de blouses blanches – des infirmières, des assistantes médicales, le Dr Barney dans sa blouse de laboratoire – rassemblées autour de la salle des infirmiers. Ils lui lancèrent tous des regards emplis de dégoût, car Sara était tellement rusée que seuls ses cris à lui s'étaient entendus depuis le couloir pendant leur dispute.

Ce n'était pas un divorce. C'était le rituel du Carrousel dans *L'Âge de cristal.*

Les chaussures de Jeffrey couinaient tandis qu'il avançait dans le couloir. Ses chaussettes mouillées tire-bouchonnaient autour de ses chevilles. Il avait l'impression que de la vapeur s'échappait de sa tête. D'un coup d'épaule, il ouvrit la porte. L'orage faisait toujours rage, dehors. Des éclairs lézardaient le ciel. Les nuages étaient aussi noirs que son humeur.

Il chercha son parapluie. Il gisait au milieu du parking, le manche plié. Jeffrey s'engagea sous la pluie battante. D'un geste rageur, il le ramassa. Son portable se mit à sonner. Il l'ignora et tenta de forcer l'ouverture de son pépin.

— Merde ! cria-t-il en jetant violemment la protection inutile en direction de la porte close.

La pluie lui mitraillait le crâne. Il marcha péniblement vers l'allée. Il jeta au passage un coup d'œil à la voiture de Sara, mais il n'était pas tombé assez bas pour lui donner la satisfaction de le voir faire quelque chose d'aussi idiot.

Il regarda à nouveau le parapluie. Puis la voiture.

Son téléphone sonna encore.

Il le sortit de sa poche.

— Quoi, nom de Dieu ?

Il y eut une hésitation à l'autre bout du fil. Une légère inspiration. Il devina que c'était Lena sans même regarder le numéro entrant affiché sur son écran.

— Quoi, Lena, qu'est-ce que tu veux ? demanda-t-il.

— Chef ?

Elle hésitait encore, au point qu'il eut envie d'éclater son téléphone par terre. Il la voyait, de l'autre côté de la rue. Elle était debout derrière la porte vitrée, à l'entrée du poste de police.

— Chef ?

— Tu sais que je suis là, Lena. Tu me vois à travers cette foutue fenêtre. Qu'est-ce qu'il y a ?

— La fille…

Elle s'interrompit, avant de se reprendre.

— L'autre fille. L'étudiante.

— Tu as oublié comment on faisait une phrase ?

— Elle a disparu, dit Lena. Leslie Truong. Le témoin, celle qui a découvert Beckey Caterino dans les bois. Elle n'est jamais arrivée jusqu'à l'infirmerie. Elle n'est pas retournée dans sa chambre, ni en classe. On ne la trouve nulle part.

6

Atlanta

Will conduisait en silence, pendant que Faith recopiait dans son carnet des renseignements tirés des coupures de presse de Daryl Nesbitt. Il entendait son stylo bille gratter le papier. Elle aimait bien entourer les mots importants. La mine du stylo crissait comme du papier de verre frotté sur des dents. Will mourait d'envie de couvrir ce bruit en mettant de la musique mais, pour éviter les tensions diplomatiques entre eux, ils n'allumaient jamais la radio. Faith n'avait aucune envie d'écouter Bruce Springsteen. Et Will, aucune intention d'écouter les *NSYNC.

À part les *bof* qu'elle laissait échapper de temps à autre, Faith semblait satisfaite de ce silence prolongé. Will se creusait désespérément les méninges pour trouver des sujets de conversation centrés sur Faith – *Alors, comment ça se passe avec le père d'Emma ? Est-ce que c'est vrai que, entre les mères au foyer et les mères qui bossent, c'est la guerre des gangs, comme entre les Bloods et les Crips ? C'est quoi déjà, les paroles de* Baby Shark *?* –, n'importe quoi pourvu que ça lui évite de tomber dans le puits sans fond qui le guettait si jamais il commençait à analyser chacun des mots que Sara lui avait adressés au cours de la dernière heure.

Non pas qu'il y ait tant de données brutes. En trois brèves conversations, sa petite amie si drôle, qui s'exprimait si bien, s'était

soudain mise à parler dans un langage codé que même Alan Turing n'aurait pu déchiffrer. Tout à l'heure, à la prison, Sara n'avait pas techniquement raccroché au nez de Will qui l'appelait depuis les sanitaires, mais l'échange avait pris fin de façon suffisamment abrupte pour que Will se mette à courir dans les couloirs comme un dératé. Il avait eu de la chance que le surveillant ne lui ait pas tiré dans le dos. Ensuite, Sara lui avait presque tiré dans la tête à bout portant.

Salade ?

McDonald's ?

Quoi ?

Quand Will était petit et que les choses dérapaient, il imaginait que son cerveau était constitué d'une pile de plateaux-repas. Il avait toujours adoré la nourriture servie dans des petits compartiments – la pizza dans le grand rectangle, le maïs, les croquettes de pomme de terre et la compote de pomme dans les carrés. Se représenter ces plateaux en pensée lui procurait des cases bien délimitées, dans lesquelles il pouvait déposer ses problèmes, afin de les affronter plus tard. Ou pas. Ce système l'avait aidé à traverser des moments pénibles. Si le parent d'une famille d'accueil était dur avec lui, ou si un enseignant lui criait après parce qu'il avait fait une bêtise, il rangeait le malaise qu'il ressentait dans un petit compartiment et, lorsque tous les compartiments étaient pleins, il balançait un nouveau plateau sur le dessus de la pile.

Will ne savait pas où entreposer les trois échanges qu'il avait eus avec Sara. Les deux derniers, surtout, qui n'avaient presque aucun sens. D'habitude, Sara refusait de parler du dîner avant l'heure du déjeuner. Jamais, au grand jamais, elle n'aurait rapporté de McDo à Will. Ce qui laissait le premier appel – qui avait duré moins d'une minute – à scruter à la loupe. Au téléphone, Sara avait eu l'air tour à tour perdue, furieuse, puis quasi robotique, puis sur le point de pleurer.

Will se frotta la mâchoire.

Mais il en oubliait l'indice le plus criant.

Sara lui avait dit qu'elle était au milieu d'un parking. C'est la raison pour laquelle elle avait mis fin à la conversation. Elle n'avait aucune envie de s'effondrer en public. Elle qui parlait sans arrêt de l'importance du dialogue et de l'écoute, avait tendance à réprimer ses émotions et à devenir aussi muette que la grenouille Michigan J. Frog. En public, elle était toujours d'humeur constante. En privé, elle pouvait fondre en larmes avec une violence dont beaucoup de gens l'auraient crue incapable. Will aurait pu compter sur une seule main le nombre de fois où il avait vu Sara péter complètement les plombs. Cela se produisait parfois quand elle était en colère, parfois lorsqu'elle était blessée, mais elle le faisait toujours, toujours, derrière une porte close.

Il jeta un œil dans le rétroviseur. La route filait en ligne droite derrière lui. Sara était bien loin maintenant, il y avait au moins la moitié de l'État entre eux. Will sortit le téléphone de sa poche. Il aurait pu localiser Sara grâce à une application, mais il savait déjà où elle était. Par ailleurs, aucune application ne lui aurait appris ce qu'elle pensait.

Will baissa les yeux vers son téléphone. Sur l'écran d'accueil apparaissait une photo de Sara avec les chiens. Betty avait la tête nichée sous son menton. Bob et Billy, ses deux immenses lévriers, essayaient de se frayer un chemin jusqu'à ses genoux. Les lunettes de Sara étaient de travers sur son nez. Ce jour-là, elle essayait de faire une grille de mots croisés, puis elle s'était mise à rire, et Will avait pris la photo. Elle l'avait supplié de l'effacer car elle trouvait qu'elle avait l'air gourde, mais Will avait quand même mis la photo en fond d'écran, et rien de tout cela n'avait d'importance, à présent, parce que…

Pourquoi ne lui avait-elle pas écrit ?

— Mon Dieu, Will, comment fais-tu pour rester assis ici ? lui demanda Faith. Je veux dire, d'un point de vue physique, comment fais-tu pour caser ton corps dans si peu d'espace ?

Will lui jeta un regard. Elle poussait son siège en arrière avec son dos, tâchant de gagner un peu de place pour ses jambes.

— Le siège auto d'Emma me gêne, répondit Will.

— Et pourquoi tu ne l'as pas déplacé ?

— C'est ta voiture.

— Et tu es un vrai géant.

Elle se mit à genoux sur son fauteuil pour s'occuper du siège auto et faire de la place à l'arrière.

Will glissa le téléphone dans sa poche. Il essaya de poursuivre la conversation.

— Je croyais qu'ils étaient difficiles à installer. Les sièges auto.

— C'est pas non plus comme être ingénieur à la NASA, railla-t-elle, reculant son siège et étirant ses jambes devant elle dans tout ce magnifique espace qu'elle venait de dégager. Tu as une idée de combien de samedis j'ai passés à arrêter des parents pour qu'ils vérifient l'installation de leur siège auto, à l'époque où j'étais à la circulation ? Tu ne peux pas savoir à quel point les gens peuvent être idiots. Tiens, il y avait ce couple par exemple…

Will fit des efforts surhumains pour suivre l'histoire, qui prit soudain un tournant inattendu quand il fut question de saisie de drogues et d'un coup de fil à la fourrière animale. Il attendit que Faith s'interrompe pour reprendre son souffle, puis lui indiqua ses notes d'un mouvement de la tête.

— Rien qui attire ton attention en particulier ? demanda-t-il.

— Cette histoire de portables me turlupine, répondit Faith, qui s'était concentrée sur la proposition faite par Nesbitt d'échanger des informations. Ce devait être une opération très sophistiquée. Plus que d'habitude, en tout cas. Avant l'émeute, le directeur a confisqué quatre cents téléphones. Ça fait un sacré paquet de portables à croupionner, tu trouves pas ? Je veux dire, je sais à quoi ressemble un trou du cul. Et je sais à quoi ressemble un portable. Je ne comprends pas comment ça peut marcher. D'un point de vue physique, je veux dire. Regarde mon téléphone.

Will regarda l'iPhone X qu'elle tenait en main.

— Un téléphone comme ça, ça doit pouvoir se revendre à trois mille dollars, en taule, remarqua-t-il.

— Oh ! dans ce cas, je pourrais peut-être les passer deux par deux.

Un *ding* retentit sur son téléphone, elle venait de recevoir un message. Puis un autre message arriva, suivi d'un troisième.

Will se dit qu'Amanda était sans doute à l'origine de tous ces *ding*. Elle avait pour habitude d'envoyer chaque phrase dans un texto séparé, car la convention de Genève ne s'appliquait pas à son équipe.

— Amanda nous dit que Nesbitt a de sérieux problèmes médicaux avec sa jambe, résuma Faith. C'est ça qui explique le délai d'une semaine. J'imagine que, si elle écrit des textos, c'est parce qu'elles sont arrivées à l'entreprise de pompes funèbres.

Will regarda l'heure. Amanda n'avait pas traîné. Il se dit que la maison de Lena ne devait plus être qu'à une dizaine de minutes. Ils avaient déjà fait un saut par le service de police de Macon, espérant l'y surprendre. Mais c'étaient plutôt eux qui avaient été surpris. Lena était chez elle, en congé maternité. Elle n'était plus qu'à un mois de l'accouchement.

— Il vaut mieux que ce soit moi qui interroge Lena, dit Faith.

Will n'avait pas envisagé de stratégie particulière, mais répondit :

— Oui, ça tombe sous le sens. Elle est enceinte. Tu as deux gamins.

— Je n'ai pas l'intention de faire amie-amie avec cette tarée au sujet de la maternité, rétorqua Faith en le fusillant du regard. Je déteste les femmes enceintes. Surtout quand c'est leur première fois. Elles sont tellement contentes d'elles, comme si elles avaient vécu un truc magique et que soudain la vie germait en elles. Tu sais grâce à quel genre de magie j'ai eu Jeremy ? J'ai laissé un débile de quinze ans qui avait envie de tirer un coup me faire croire que je ne tomberais pas enceinte s'il n'utilisait que son gland.

Will scruta l'écran du GPS sur le tableau de bord.

— Il vaut mieux que ce soit moi qui interroge Lena, reprit Faith, parce que j'ai rencontré ton ex-femme, cette sale menteuse manipulatrice. Et parce que j'ai lu les notes que tu as prises les deux dernières fois que tu as enquêté sur Lena.

— Seule la première fois était une enquête. Et Lena a été totalement disculpée. Dans la limite de ce que je pouvais prouver, bien sûr.

Will s'aperçut qu'il ne donnait pas une image très flatteuse de lui-même.

— La seconde fois, c'était le fruit du hasard, poursuivit-il. Lena s'est juste retrouvée impliquée dans une histoire avec des gars…

— Elle s'est *juste* retrouvée impliquée, répéta Faith en dardant sur Will un regard qui en disait long. Si on marche dans une merde de chien, c'est qu'on en a suivi un.

Will connaissait bien les parcs pour chiens.

— Il suffit de regarder où on met les pieds, rétorqua-t-il.

Faith émit un grognement.

— Tu ne vois pas le mal en elle. D'ailleurs, tu ne le vois jamais chez les gens qui sont comme elle.

En silence, Will dut reconnaître qu'elle avait sans doute raison. Il avait toujours eu un faible pour les femmes blessées et en colère. La plupart du temps, c'était à elles-mêmes qu'elles faisaient le plus de mal.

Il dut également admettre que ce n'était pas pour offrir une séance de psychothérapie à Lena qu'ils avaient fait la route jusqu'à Macon. C'était pour que Lena leur livre des informations, et Will était bien placé pour savoir à quel point ce serait difficile.

— Elle est de nature changeante, l'avertit-il.

— Comme un démon ?

— Comme une personne à qui tu fais confiance, jusqu'au moment où tu t'aperçois que ce n'est plus le cas. Tu es en train de lui parler, et tout ce qu'elle dit est parfaitement sensé, mais tout à coup, sans que tu saches pourquoi ni quand le changement s'est produit, elle se met en colère, se vexe, ou devient paranoïaque, et là tu as affaire à une personne en colère, vexée et paranoïaque.

— Charmant.

— Ce qui est dur, c'est qu'elle peut aussi être une très bonne policière.

Faith émit un petit rire incrédule.

— Si, si, insista Will, elle a un instinct très sûr. Elle sait parler aux gens. Elle ne triche pas tout le temps. Juste de temps en temps.

— Être juste un peu corrompu, c'est comme être juste un peu enceinte, rétorqua Faith. Moi, ce que j'aimerais vraiment réussir à choper, c'est les carnets de Lena. Cette affaire était l'une de ses premières affaires importantes. Amanda a raison : quand on débute, on a tendance à tout noter, jusqu'au moindre pet dans le vent. C'est là que Lena a dû commettre des erreurs. Ce sont ses propres mots qui vont la faire pendre.

Will savait que Faith avait raison. Pendant ses premières années sur le terrain, l'enquêteur débutant se servait un peu de son carnet à spirales comme d'un journal intime. Le chef ne le vérifiait jamais. Ce n'était pas un rapport officiel, fait sous serment. Ce n'était pas un compte rendu des faits. C'était un espace où l'on notait des pensées éparses et des détails insignifiants que l'on voulait examiner de plus près. Jusqu'à ce qu'un avocat de la défense le réclame comme pièce à conviction, et que le juge accepte, et avant qu'on ait le temps de dire ouf, on se retrouvait à suer à grosses gouttes à la barre des témoins, à essayer d'expliquer que les initiales DQ renvoyaient au restaurant où on avait déjeuné, et non aux initiales d'un deuxième suspect qui pourrait être en fait le véritable assassin.

— Lena est maligne, dit Will. Dès la seconde où on lui aura demandé de nous montrer ses carnets, elle saura qu'on cherche à la piéger. Et elle a eu plein de temps pour y réfléchir. Tout un tas de gens nous ont vus passer au poste. Il serait complètement inimaginable qu'elle n'ait pas reçu un appel la prévenant que le GBI cherchait à la localiser.

— Les flics ne sont que des sales petites commères, maugréa Faith. Mais on n'a dit à personne de quelle affaire il s'agissait. Et il y a certainement plus d'une affaire susceptible d'inquiéter Lena. Sa chance va finir par l'abandonner et, moi, je serai là, à l'attendre, avec les menottes.

La véhémence de Faith étonna Will quelque peu.

— Depuis quand tu lui en veux à ce point ?

— Elle a trente-deux ans. Ça lui fait quinze ans de métier à son actif. Elle n'a donc plus le bénéfice du doute. De plus (là-dessus Faith leva un doigt, comme pour signifier que c'était là le point le plus important), Sara est mon amie. Et l'ennemie de mon amie est mon ennemie jurée.

— Je ne crois pas que ce soit la formule exacte de Churchill.

— Il n'avait que les Nazis à combattre. Nous, on a affaire à Lena Adams.

Will laissa cette dernière comparaison glisser. La diatribe à laquelle venait de se livrer Faith ne renforçait pas ses arguments aux yeux de Will, bien au contraire : plus ses attaques contre Lena étaient virulentes, plus Will voulait lui trouver des excuses. Sa plus grande faiblesse, au fond, c'était qu'il comprenait pourquoi Lena faisait toutes ces choses horribles. Aucune de ses erreurs n'était commise par malveillance ou par vice. Elle croyait honnêtement bien faire en agissant ainsi.

Cela rappela à Will l'une des plus importantes leçons qu'Amanda lui avait jamais enseignées : le policier le plus dangereux, lors d'une enquête, c'était celui qui pensait toujours avoir raison.

— Je crois que tu devrais parler de Daryl Nesbitt à Sara, dit Faith.

La tête de Will pivota comme une tourelle mitrailleuse.

— Tu as raison, poursuivit sa coéquipière en haussant les épaules. On ne devrait pas lui cacher ça. Elle mérite d'être au courant.

Will se demandait s'il devait lui avouer que c'était déjà fait.

— Tu avais pourtant l'air bien sûre de toi à la prison, répliqua-t-il. Tu as même dit que tu étais d'accord avec Amanda.

— Ouais, ben je dis souvent beaucoup de conneries, pour quelqu'un qui a du mal à rester éveillé après 21 h 30.

Son téléphone fit à nouveau *ding*, puis re-*ding* et une fois de plus *ding*. Elle lut ses textos.

— Encore Amanda, dit-elle. On n'a toujours rien sur la correspondance de Nesbitt, ce qui signifie qu'on n'est pas beaucoup plus avancés au sujet de l'« ami » qui lui a envoyé les articles de presse. Sinon, Sara a démarré l'examen préliminaire d'Alexandra McAllister. Elle veut qu'on la tienne informée de nos avancées avec Lena. Bah merci pour la piqûre de rappel, Mandy ! Ça ne me serait jamais venu à l'esprit de te tenir au courant.

Will entendit les doigts de Faith pianoter ce qui devait être une réponse plus mesurée.

— Sérieusement, reprit-elle, tu devrais en parler à Sara. On doit s'arrêter pour faire le plein, de toute façon. J'attendrai à l'intérieur de la station-service pour te laisser un peu tranquille.

Will fixait la route devant eux. Il savait qu'elle n'allait pas laisser tomber le sujet.

— Je lui ai déjà dit, avoua-t-il.

Faith pressa lentement le coin de son téléphone contre son front. Elle ferma les yeux.

— Tu te fous de moi ?

— Je l'ai appelée des toilettes de la prison avant qu'on parte.

— Merci, Will, nom de Dieu ! Elle va être furax après moi. Ce qui…

Faith s'interrompit et soupira.

— OK, ouais, reprit-elle, je vois ce que tu as en tête. Elle allait être furax après toi et, *toi*, tu es son petit ami, alors tu aurais dû lui dire, ce que tu as fait d'ailleurs ; et, *moi*, je suis son amie, alors j'ai eu tort de ne pas lui en parler mais, bon Dieu, ce que c'est difficile de garder une relation saine ! Je ne sais pas comment tu y arrives.

Will n'était pas sûr d'arriver à quoi que ce soit.

— Je suis en train de lui demander pardon, l'informa Faith tout en pianotant sur son téléphone. Ça m'aiderait vraiment beaucoup si tu lui disais que je comptais lui en parler avant de savoir que tu l'avais fait.

— C'est la vérité.

— Et le passage à tabac de Nesbitt par Nick, on ne le cautionne pas, hein ?

Will fut désarçonné par ce brusque changement de sujet. Il avait presque oublié l'explosion de colère de leur collègue. Will était un grand partisan de la menace mais, pour lui, s'en prendre physiquement à un suspect revenait à dépasser les bornes.

— Non, on ne cautionne pas, répondit-il.

— Oui, ça craint, parce qu'on doit soutenir Nick pour qu'il nous soutienne en retour, en cas de besoin – même si on ferait jamais un truc pareil, bien sûr –, mais nom d'un chien, c'est encore un truc qui craint dans une journée vraiment nulle à chier.

Elle laissa son téléphone tomber dans le porte-gobelet.

— Il me faut plus que des articles de journaux sur ces mortes, reprit Faith. Est-ce qu'elles étaient inscrites sur des sites de rencontre ? Sur des réseaux sociaux ? Est-ce qu'elles travaillaient dans des bureaux, ou bien chez elles ? Il me faut les dossiers de ces affaires, les rapports du coroner, des photos, les dépositions des témoins, des schémas de scène de crime, des rapports toxicologiques. Tout ce que je sais, c'est que huit femmes ont été retrouvées mortes dans les bois, et Amanda a raison, à propos des bois. Regarde par la fenêtre. Comment quelqu'un peut-il mourir ici et *ne pas* se retrouver dans les bois ?

Will regardait par la fenêtre depuis bientôt une heure. Il n'était pas aussi convaincu que Faith. Il y avait bien quelqu'un qui avait identifié un ou plusieurs dénominateurs communs à ces huit corps. Et ce quelqu'un avait consacré les huit dernières années de sa vie à enquêter sur eux. On n'entreprenait pas une chose pareille sans que cela implique une véritable obsession. Will sentait dans ses tripes que, s'ils trouvaient la racine de cette obsession, ils obtiendraient des réponses à bon nombre de leurs questions.

— Si on contacte toutes les différentes juridictions, quelqu'un finira par parler, lui rappela-t-il. Tu l'as dit toi-même : les flics sont de sales petites commères. Mais est-ce qu'on veut vraiment aller clamer sur les toits qu'on a peut-être affaire à un tueur en série ?

Faith fut sauvée par le *ding* de son téléphone. Puis un autre retentit dans la foulée. Elle grommela en lisant le texto.

— Amanda veut que tu te serves de ta relation avec Sara pour te rapprocher de Lena, dit-elle.

Will sentit ses sourcils se froncer. Sara tenait Lena pour responsable du meurtre de Jeffrey. La seule façon dont elle se serait rapprochée de Lena aurait été avec une batte de base-ball à la main.

— C'est un pédophile, n'est-ce pas ?

Faith avait remis le cap sur Daryl Nesbitt.

— Enfin…, poursuivit-elle. Une partie de moi pense : ouais, Nick, vas-y, casse-lui la gueule. Mais une autre partie me dit : il a quand même des droits. On a prêté serment sur la Constitution, et pas sur ce qui nous semble bien ou pas selon les occasions. Et Nesbitt reste un être humain, qu'on le veuille ou non. Et il a probablement été victime d'abus dans son enfance, alors voilà.

Will laissa cette dernière phrase s'enrouler dans un petit compartiment de son cerveau.

— Je ne veux pas dire qu'il y a un lien de causalité entre le fait d'avoir été victime d'abus et devenir un pédophile, reprit-elle, se rendant sans doute compte à qui elle s'adressait. D'une, le monde serait plein de pédophiles si les violences commises sur les enfants étaient la cause principale. Et, de deux, les pédophiles qui répondent aux questions des chercheurs ont de fortes chances d'être déjà en prison, et la majorité des gens dans les prisons ont eu des enfances de merde. C'est un prérequis de l'incarcération, pour ainsi dire, à moins d'être un psychopathe.

Elle se reprit à nouveau.

— Mais on ne peut pas ignorer la bêtise humaine, ajouta-t-elle. J'ai arrêté plein d'imbéciles qui venaient de bons foyers.

Will fixait la radio avec envie.

Le téléphone de Faith se mit à émettre une série de *ding* en rafale.

— Amanda dit que l'examen préliminaire d'Alexandra McAllister effectué par le coroner conclut à une mort accidentelle. Et Sara n'a rien trouvé jusqu'ici qui puisse infirmer cette théorie. Elle cherche encore, mais sans grande conviction.

Faith leva les yeux de son téléphone.

— Quand est-il déjà arrivé à Sara de faire quelque chose sans grande conviction ? demanda-t-elle.

Will se remémora quelques occasions, mais il ne souhaitait pas les partager.

— Si McAllister n'a pas été assassinée, alors peut-être que les articles ont juste été pris au hasard, et on s'est lancés dans une chasse au dahu, suggéra-t-il.

— Mais on a toujours les allégations de Nesbitt contre Lena, dont on sait, toi et moi, qu'elles sont sans doute avérées, car c'est une flic corrompue qui fait de sales trucs pour piéger les gens.

Will fixait toujours la route qui filait en ligne droite devant eux. Il sentait venir les remous d'un autre de ces vortex dont Lena avait le secret, et qui apportaient un sens concret à la métaphore de la merde de chien que Faith avait employée un instant auparavant.

Le téléphone de cette dernière sonna de nouveau.

— Amanda et moi sommes sur la même longueur d'onde, déclara Faith. Elle m'écrit : « N'épargnez pas Lena. »

Un autre *ding*.

— Tout en majuscules : « JE VEUX SES CARNETS. » Bah voilà !

Encore un *ding*.

— Essayez de trouver quelque chose d'utile pour prendre l'avantage sur Nesbitt, lut Faith.

Et re-*ding*.

— Demandez à Will s'il a un plan d'action.

Faith grommela à nouveau.

— OK, mamie, il faut me lâcher maintenant.

Elle mit son téléphone en mode silencieux avant de le remiser à nouveau dans le porte-gobelet.

— C'est en train de te ronger de l'intérieur, ou quoi ?

Le GPS annonça la sortie. Will ralentit en changeant de file.

Faith laissa quelques secondes s'écouler avant de demander :

— Tu ne veux pas répondre à ma question ?

Will avait les mâchoires crispées. Son estomac était noué. Et tous les autres organes de son corps aussi. S'il avait existé un moyen de parler à Faith, puis de la rendre amnésique, il aurait vidé son sac avec plaisir.

— Il va falloir que tu sois plus précise, répondit-il.

Sa réponse ne lui laissa pas autant de temps qu'il l'aurait souhaité. Faith frappa directement là où ça faisait mal.

— À propos de Jeffrey, dit-elle. J'essayais juste d'imaginer ce que je ressentirais si la femme que j'aimais se retrouvait tout à coup aux prises avec le fantôme de son ex-mari. Ça me tuerait. Ça me tuerait pour de vrai, je veux dire.

Il haussa les épaules. Le GPS lui indiqua de prendre le prochain tournant. Il avança en direction de la rampe d'accès, en haut de laquelle il distingua un embranchement.

— Il doit y avoir une bonne raison pour que tu ne demandes pas à Sara de t'épouser, n'est-ce pas ?

Will attendait que le système de navigation lui explique quoi faire ensuite.

— Première règle du Flic Club : ne pose pas la question si tu ne veux pas entendre la réponse, dit Faith en coupant le son du guide.

Elle savait que Will avait du mal à distinguer la droite et la gauche.

— C'est par là, dit-elle en indiquant une direction.

Et Will alla par là.

— Si tu veux mon avis, Sara t'aime vraiment, dit Faith. Elle t'appelle « mon amour », et ça fait même pas cucul la praline. Quand elle te voit, son visage s'illumine. Même ce matin, à la prison. Elle est debout au beau milieu d'une scène de crime, il y a du sang partout, elle te voit, et elle se met à sourire comme Rose la première fois qu'elle voit Jack sur le Titanic.

Will fronça les sourcils.

— Bon, OK, Jack meurt, mais tu vois ce que je veux dire. Va par-là, ajouta-t-elle en lui montrant le tournant suivant. Et dans *N'oublie jamais* alors, Duke et... comment elle s'appelle déjà ? Non, zut, laisse tomber, dans celui-là ils meurent tous les deux à la fin.

Elle lui indiqua le tournant suivant.

— *Ghost*, tenta-t-elle. Non, mauvais exemple. Dans celui-là, Patrick Swayze se fait tuer dès le début... *Nos étoiles contraires. Bright Star. Love Story* – bon, il faut reconnaître que dans *Love Story*, elle joue tellement mal que c'est ça qui aurait pu la tuer. Oh ! je sais, *Princess Bride* ! Westley finit seulement à moitié mort. Tourne ici.

— Comme tu veux.

Faith pointa du doigt une boîte aux lettres au loin.

— De mon côté de la route, au numéro 349.

Will se gara devant la maison voisine. Lena et son mari habitaient dans un cottage de plain-pied ocre et blanc, qui ressemblait à toutes les autres maisons du voisinage. Avec un arbre grêle dans le jardin et une boîte aux lettres au pied de laquelle poussaient des fleurs. L'allée était raide. Jared Long, le mari de Lena, avait garé sa moto sur le trottoir. Il était en train d'enrouler le tuyau d'arrosage. Il venait apparemment de finir de nettoyer la machine, qui était l'une des plus belles que Will ait jamais vues.

— Waouh, laissa échapper Faith.

— C'est l'Indian Chief Vintage, précisa Will, qui ignorait complètement que Faith aimait les motos. Six rapports, moteur V-Twin PowerPlus 105 refroidi par air, injection de carburant en boucle fermée…

— Tais-toi.

Will comprit son erreur. Faith ne reluquait pas l'engin mais Jared, qui ne portait rien d'autre qu'un short de bain et arborait le corps d'un jeune homme de vingt-cinq ans passant trois heures par jour à la salle de sport.

Will était suffisamment sûr de sa virilité pour reconnaître que ce gars était incroyablement beau. Le sentiment d'insécurité qui s'empara plus insidieusement de lui tenait au fait que Jared était le portrait craché de son père biologique, incroyablement beau lui aussi, et que ce dernier avait pour nom Jeffrey Tolliver. Le mari de Sara était mort sans même savoir que Jared était son fils – ce qui tenait de la tragédie façon Jack et Rose, si on considérait la situation du point de vue d'un Westley à moitié mort.

— Maudite Lena, maugréa Faith, qui ouvrit son pare-soleil pour scruter son visage dans le miroir. Comment cette garce a-t-elle fait pour avoir la vie de J. Lo avec la personnalité de Lizzie Borden[1] ?

Will sortit de la voiture. Il consulta à nouveau son téléphone en avançant en direction de Jared. Toujours pas de texto de Sara. Pas de smiley. Pas de cœur.

Il éteignit le téléphone.

Will avait un travail à faire. Il ne pouvait pas s'interrompre toutes les cinq minutes pour vérifier ses notifications, comme un écolier en mal d'amour.

— Salut mec, ça fait longtemps, le salua Jared, un grand sourire aux lèvres. Qu'est-ce que tu fais ici ?

— Je cherche Lena, répondit Will en se redressant.

Au moins il était plus grand.

— Elle est dans le coin ? demanda-t-il.

— Elle est dans la maison. Ça fait plaisir de te voir, lui dit Jared en lui serrant vigoureusement la main.

Puis il mit une légère tape sur l'épaule de Will, parce qu'apparemment tous les hommes des petites villes du Sud faisaient ça – comme s'ils avaient affaire à des chiens.

— Comment va tante Sara ces jours-ci ?

— Elle…

La bouche de Will fit quelque chose de complètement fou.

— On va se marier, dit-il.

— Waouh, c'est super, ça, mec ! Dis-lui que je…

Il fit une grimace. Faith venait de retomber brutalement sur son siège, dans la Mini : elle avait oublié de détacher sa ceinture de sécurité.

— À quand le grand jour ? poursuivit Jared.

1. Lizzie Andrew Borden (1860-1927) est la protagoniste d'un célèbre fait divers américain. Elle fut accusée d'avoir tué son père et sa belle-mère à la hache, le 4 août 1892, à Fall River (Massachusetts). (NdT)

— Bientôt, répondit Will qui se mit à suer comme un bœuf et priait pour que Faith ne l'ait pas entendu. Mais on n'en parle pas pour l'instant, OK ?

— Bien sûr, approuva Jared, souriant à l'inconnue qui avançait lentement vers eux. Bonjour ! Je suis Jared, le mari de Lena.

— Mitchell. Faith. Vous pouvez m'appeler Faith.

Elle ne tomba pas en pâmoison, ce qui était tout à son honneur.

— Enchantée, Jared, ajouta-t-elle.

— Moi aussi, dit ce dernier en croisant les bras.

Ses muscles saillirent de façon étrange. De toute évidence, ce gamin négligeait les exercices d'extension des triceps.

— Ça fait une trotte depuis Atlanta, dit encore Jared. Vous avez une enquête ici ?

Will jeta un coup d'œil en direction de Faith. Son cerveau de policière se réactiva un peu.

— Lena n'a pas reçu d'appel du poste ? demanda-t-elle.

— J'ai éteint son téléphone, répondit le jeune homme avec un mouvement de la tête en direction de la maison.

La Toyota RAV4 bleue de Lena était garée devant le garage, en marche arrière.

— Ça fait deux heures qu'elle dort, la pauvre. Vous vous rendez compte, il y a un être humain qui grandit dans son ventre, c'est trop génial !

— Génial, répéta Faith.

Ce qui lui restait d'attirance pour l'envoûtant bellâtre venait de s'évanouir.

— On a besoin de lui parler. Ça vous dérangerait de la réveiller ?

Sans attendre de réponse, la policière commença à remonter la pente raide de l'allée.

Jared lança un regard interrogateur à Will.

Ce dernier essaya de sourire. Il eut l'impression que ses lèvres étaient étirées comme l'emballage plastique d'un pack de canettes de Coca. Il attrapa le seau vide près de la moto et fit un signe de tête à Jared en direction de l'allée pour l'inviter à les accompagner.

Celui-ci jeta le tuyau d'arrosage sur son épaule et suivit Faith.

— C'est au sujet d'une des enquêtes de Lena ? demanda-t-il à Will.

Will se rendit compte que Jared leur avait expliqué avoir éteint le téléphone de Lena, mais n'avait rien dit à propos du sien. C'était un motard de la police, affecté à un poste extérieur à la brigade de Lena. Constatant que Lena ne répondait pas à son téléphone, le poste de police avait dû appeler Jared dans la foulée.

— Nous avons besoin du point de vue de Lena, répondit Will. Je suis sûr qu'elle voudra bien nous aider.

— Ne l'énervez pas, OK ? Elle est fragile en ce moment. Avec le bébé et tout. La dernière ligne droite est vraiment difficile pour elle.

Will entendit Faith pousser un long soupir dégoûté.

— Je te promets de ne rien dire qui puisse la contrarier, répondit-il à Jared.

— Merci, mec.

Son mensonge par omission valut à Will une nouvelle tape amicale sur l'épaule.

Il vit Faith toucher le panneau de carrosserie de l'aile arrière du RAV4 de Lena en passant. Il vit ensuite Jared faire de même. Aucun des deux n'avait dû se rendre compte de son geste. Ils tenaient ce réflexe de leur expérience de la patrouille. Ils avaient été formés à laisser leur ADN et leurs empreintes digitales à l'arrière de tous les véhicules qu'ils contrôlaient, au cas où l'on ait besoin, plus tard, d'établir une chaîne de traçabilité des preuves.

Lena travaillait dans un poste de police. Il y avait des dizaines d'empreintes sur le panneau arrière de sa carrosserie.

— Ça fait beaucoup de marches, constata Faith en montant l'escalier qui menait au porche.

À son ton ravi, Will supposa qu'elle imaginait déjà Lena traînant une poussette tout en haut de l'escalier en pente raide. Faith avait beaucoup de choses à dire au sujet des poussettes.

Will laissa Jared monter l'escalier en courant devant lui. Il se souvenait de ces marches, pour les avoir déjà empruntées un an plus tôt. Will travaillait sous couverture, à l'époque. Il ne savait pas à qui appartenait la maison dans laquelle il entrait. Puis il avait entendu un coup de feu. Et ensuite, il avait retrouvé Lena, avec du sang sur les mains.

Jared leur ouvrit la porte d'entrée. Il prit le seau des mains de Will et le jeta à côté du tuyau d'arrosage, dans l'embrasure de la porte.

— Je vais dire à Lee que vous êtes là. Si je ne vous revois pas avant de m'en aller, passez une bonne journée. Je dois prendre une douche avant de partir au travail.

— Merci, dit Faith.

Will regarda le tuyau posé par terre, qui avait rapporté des brins d'herbe dans la maison. Il commençait déjà à se dérouler, car Jared n'en avait pas enroulé trois fois chaque extrémité et vissé les colliers de serrage, comme tout homme consciencieux est censé le faire.

— Tss..., fit Faith en haussant les sourcils très haut.

Will en déduisit qu'elle était en train de juger chaque centimètre de la maison de Lena. Ils se trouvaient dans un grand espace ouvert : le salon était à l'avant, la salle à manger et la cuisine à l'arrière, et entre les deux, un accès menait au couloir. Tout semblait propre et bien rangé, exception faite de la cuisine, qui n'avait pas bougé du tout depuis la dernière fois que Will était venu ici. Les rénovations déjà en cours à l'époque n'avaient absolument pas progressé : les placards n'étaient toujours pas peints, et le plancher stratifié, rangé dans ses boîtes, attendait encore d'être installé. Au moins, un véritable évier avait remplacé le seau sous le robinet.

Will s'autorisa une petite satisfaction mesquine. D'après ce qu'il avait compris de Jeffrey Tolliver, ce n'était pas le genre d'homme à achever rapidement les travaux qu'il entreprenait. Will, au contraire, ne pouvait pas s'endormir avant que le dernier trou dans le mur ait été bouché et la troisième couche de peinture, appliquée.

— Tsss...

Faith remettait ça. D'un hochement de tête, elle désigna une photographie qui semblait mettre en scène Lena en train d'embrasser une autre femme sur la bouche.

— Sibyl, sa jumelle, dit Will. Elle est morte il y a quelques années.

Faith eut l'air passablement déçue.

— Will ?

Lena avançait dans le couloir, s'aidant des murs pour garder l'équilibre. C'était normalement une femme très menue, mais la grossesse avait arrondi son visage et terni ses cheveux châtain foncé. Jared avait dit vrai au sujet de la dernière ligne droite. La peau de Lena, légèrement hâlée en temps normal, était de la couleur d'une chaussette de sport sale. Ses yeux étaient injectés de sang. Elle avait l'air épuisé. Rien ne rayonnait chez elle, hormis son mal-être. En voyant son ventre gonflé, Will eut l'image d'une balle en mousse coincée à l'intérieur d'une paille.

— Waouh, s'exclama Faith. Vous êtes vraiment énorme ! Vous allez accoucher d'un jour à l'autre, maintenant.

— C'est pour le mois prochain, répondit Lena d'un air accablé.

— Oh ! fit Faith, avant de marquer un temps. Mais votre ventre est tellement bas ! Vous attendez des jumeaux ?

— Non, euh, juste un seul.

Lena lança à Will un regard paniqué qu'il ne comprit pas tout à fait. Elle passait ses mains sur son ventre comme on essaierait d'apaiser un chien effrayé.

— Qui êtes-vous ? demanda-t-elle à Faith.

— Je suis Faith Mitchell, la coéquipière de Will.

Elle prit la main de Lena et la serra vigoureusement.

— Désolée de vous avoir foncé dessus comme ça, ajouta-t-elle. J'en ai deux à la maison, et j'ai vraiment adoré ça, être enceinte.

OK, donc Faith lui jouait la comédie.

— Vous avez dit encore un mois ? s'exclama encore Faith, d'une voix faussement exubérante. Autant dire une éternité. Et après, votre vie ne sera plus jamais la même. Mon premier a dépassé de quinze jours le terme prévu. J'ai cru que j'allais exploser. Ils disent qu'on finit par oublier la douleur mais, mon Dieu, c'était comme se faire scier en deux. J'espère que Jared aime regarder la télé au lit.

Faith rit. Lena aussi. Seule l'une d'elles riait pour de vrai.

— Et si on s'asseyait ? suggéra Will.

La future maman sembla soulagée en se dirigeant vers le canapé à pas lourds.

— Puis-je avoir un verre d'eau ? demanda Faith, qui avait attendu que Lena soit arrivée au canapé pour poser sa question.

Leur hôtesse sembla hésiter entre s'asseoir et rester debout.

— J'y vais, dit Will, espérant que le coup d'œil qu'il avait dardé à Faith lui avait fait comprendre qu'elle devait cesser son petit jeu.

Mais ce n'était pas le cas.

Faith continua à babiller pendant que Will entrait dans la cuisine.

Il trouva un verre dans le placard sans difficulté, car les portes étaient empilées sur le frigo. Il ouvrit le robinet. Le sol avait visiblement été balayé, mais la poussière s'accrochait aux semelles de ses chaussures. Elle les enrobait, même. Il y avait des trous dans le faux plancher, là où des carreaux avaient été arrachés. Il était logique qu'ils aient voulu rendre le sol uniforme, en particulier avec l'arrivée imminente du bébé. Will n'avait compris l'importance d'avoir au sol une surface plane et dégagée qu'à partir du moment où il avait joué avec Emma à s'envoyer une balle de tennis en la faisant rouler par terre, un jeu auquel la bambine de deux ans pouvait s'adonner pendant cinq heures d'affilée.

— Et Beyoncé, disait Faith. Elle a mis six longs mois à perdre ses kilos de grossesse. On aurait pourtant pu croire qu'avec tous les moyens dont elle dispose, elle les perdrait plus vite.

Will fusilla sa partenaire du regard tout en se dirigeant vers le canapé. Il tendit le verre d'eau à Lena. Elle avait l'air d'en avoir encore plus besoin que Faith.

— On avait des questions au sujet d'une de tes enquêtes à Grant County, lui dit-il.

— À Grant County ? répéta Lena que ce détail semblait surprendre. Je pensais que c'était à propos de la saisie de drogue du mois dernier.

Will vit Faith accuser réception de l'information, se promettant sans doute de jeter un œil plus tard à cette affaire.

Il lissa sa cravate et vint s'asseoir en face de Lena.

— Non, ça s'est passé il y a huit ans. Un type nommé...

— Daryl Nesbitt.

Will n'était pas étonné que Lena ait compris de quoi il parlait. Ce n'était pas le genre d'affaires qu'on pouvait facilement oublier.

— Qu'est-ce qu'il raconte, maintenant, ce pédophile mythomane ?

Faith plongea dans son sac à main et feignit de chercher son carnet de notes.

— Est-ce que Nesbitt essaie de vous mettre la pression pour vous faire rouvrir son dossier ? demanda Lena à Will.

— Pourquoi ferait-il cela ? demanda Will.

— Parce que c'est ce qu'il fait toujours. Il cherche l'angle d'attaque. Il manipule les gens. Ce type aime remuer la merde.

Lena eut du mal à poser le verre sur la table basse. Son ventre était sur le chemin. Will le fit pour elle.

— Merci, dit-elle en se renfonçant dans son fauteuil avec un long soupir, les mains posées sur son ventre. Nesbitt a fait appel deux fois. Les deux tentatives ont échoué. Ensuite, il a intenté un procès à la succession de Jeffrey. Et ça, c'était à peine trois mois après sa mort. J'ai travaillé en coulisses avec le procureur général, pour le calmer. Sara était anéantie, à l'époque. On l'était tous.

— Le calmer, répéta Faith.

Elle avait son carnet de notes et son stylo à la main. Elle était enfin entrée dans la partie.

— Que s'est-il passé ? demanda-t-elle.

— Les jours de Nesbitt étaient comptés. Son infirmité faussait l'évaluation de son état de santé générale, son PULHESDWIT[1]. Mais, ensuite, il a fait une tentative de meurtre sur un surveillant et, là, il a décroché des quatre partout.

Lena se référait au système de classement en vigueur dans le centre pénitentiaire de diagnostic et de classement de Géorgie, qui servait à affecter les prisonniers aux structures correspondant à leur profil. Un résultat avec une majorité de un vous plaçait en sécurité minimale. Une majorité de quatre vous valait les quartiers de sécurité renforcée ou maximale. La première partie du PULHESDWIT évaluait l'état de santé physique : le haut et le bas du corps, l'audition et la vision. La dernière partie passait aux choses sérieuses : les condamnations, les antécédents psychiatriques, les handicaps, l'aptitude au travail, les déficiences, la transportabilité. Nesbitt avait commencé avec un score assez bas à cause de son amputation, mais le classement peut être appelé à changer, dans ce système. Et la tentative de meurtre allait lui faire tirer le gros lot.

— Ça ne m'étonne pas qu'il ait compris comment impliquer le GBI dans l'histoire, reprit Lena. Nesbitt sait comment le système fonctionne. La plainte au civil était sa façon de s'offrir des vacances dans la prison du comté. L'État nous a payés pour qu'on loge son cul merdeux pendant le procès. Ils ne voulaient

1. P : *Physical*, UL : *Upper and Lower body*, H : *Hearing*, E : *Eyes*, S : *Psychiatric*, D : *Dental*, W : *Work ability*, I : *Impairment*, T : *Transportability*. (NdT)

pas régler la note du transport à chaque fois qu'il y avait une audience ou une motion.

— Du coup, comment avez-vous calmé Nesbitt ? demanda Faith.

— Frank Wallace, qui était commissaire par intérim après Jeffrey, est allé tout droit chez le procureur général. On ne voulait pas de Nesbitt dans notre prison. En plus d'être un fouteur de merde, sa présence touchait un point sensible. Ce connard n'arrêtait pas de l'ouvrir et de raconter des trucs sur moi, sur Jeffrey. C'était comme s'il avait envie que quelqu'un lui fasse la peau.

Will attendait qu'elle en arrive au moment où elle était passée à l'acte pour satisfaire cette envie.

— Le procureur général a réussi à faire intervenir le bureau du gouverneur, poursuivit Lena. Quand la veuve d'un flic est harcelée, les gens répondent à vos coups de fil. Le jour où le début du procès était prévu, on a convaincu Nesbitt de laisser tomber les poursuites en échange d'une reclassification en unité de sécurité moyenne. Le gouverneur a donné son autorisation. Le département de l'administration pénitentiaire de Géorgie a donné son autorisation. Et le juge a rejeté l'action au civil.

Will se frotta la mâchoire. Il avait de bonnes raisons de croire que Lena était une menteuse mais, là, elle apportait des détails concrets et vérifiables. Sara n'avait rien mentionné de tout cela pendant leur premier coup de fil. Mais, d'un autre côté, cela faisait beaucoup d'informations à communiquer en moins d'une minute.

Lena sembla lire les pensées de Will.

— Sara ne savait pas ce qui se passait en coulisse, dit-elle. Comme je l'ai dit, elle était anéantie, à l'époque. Nesbitt aurait perdu le procès, sans aucun doute. Il n'avait pas de preuve, pas de témoin. Je suis surprise qu'il ait même pu trouver un avocat, mais il recevait de l'argent de quelque part. Si ça n'avait tenu qu'à moi, je me serais battue contre Nesbitt jusqu'à la mort, mais Sara arrivait à peine à se lever tous les jours. Frank et moi en avions discuté. Jeffrey aurait voulu qu'on prenne soin de Sara. Alors on a pris soin de Sara.

Will ressentit un fourmillement dans la nuque. Il savait comment Lena fonctionnait. Elle se montrait raisonnable, presque compatissante, mais il savait d'expérience que ces sentiments ne dureraient pas.

— Parfois, les détenus engagent une poursuite civile pour obtenir des informations sur leur affaire pénale, dit Faith. Ça leur donne une occasion d'écarter officiellement des témoins. Ils peuvent réclamer des injonctions administratives pour faire porter des dossiers et des rapports internes devant le juge. Et ils peuvent avoir accès à vos carnets de notes.

— Ouais, répondit Lena. Ils peuvent.

Son ton avait changé, mais de façon très subtile. Will voyait presque les antennes de Lena se dresser sur sa tête.

Faith avait bien sûr repéré cela, également. Elle ajusta sa stratégie.

— Pourquoi Nesbitt a-t-il demandé un quartier de sécurité moyenne plutôt qu'un de sécurité minimale ?

— Jamais il n'aurait obtenu la sécurité minimale. Pas avec une tentative de meurtre sur un surveillant dans son dossier. Comme je l'ai dit, ajouta Lena avec un haussement d'épaules, ce type connaît bien le système. Et il est patient. Il est trop intelligent pour être où il est. On a eu de la chance de le choper pour pédopornographie.

— À propos de ça…, commença Faith.

— Si vous comptez me poser des questions sur l'ordinateur, je maintiens ce que j'ai dit dans mon rapport initial, dans mes dépositions et dans mon témoignage sous serment au cours du procès. Je cherchais des armes dans les tiroirs du bureau. J'ai accidentellement heurté l'ordinateur portable. J'ai vu plusieurs photos d'enfants nus à l'écran. Vous pouvez lire les procès-verbaux de la cour d'appel. Les juges étaient unanimes. Ils ont dit qu'il n'y avait aucun doute sur le fait que je disais la vérité.

Assis en face d'elle, Will ne pouvait dire si elle mentait ou non, mais il avait l'impression que Lena était certaine d'être honnête à cent pour cent. Ce qui était l'un des nombreux dilemmes quand on était Lena Adams. Elle était toujours sa propre victime.

— Nous ne sommes pas ici pour vous interroger sur la façon dont vous avez découvert les éléments pornographiques, mentit Faith. Nous voulons regarder l'enquête originale. Est-ce que vous avez vos dossiers, ou peut-être vos carnets de notes datant de cette affaire ?

— Non.

— Non ? répéta Faith en écho.

Les flics ne se débarrassaient pas de leurs calepins. Ceux de Will étaient entreposés dans son grenier. Faith conservait les siens chez sa mère, à côté de ceux que cette dernière avait elle-même archivés depuis les années 1970, période à laquelle elle était entrée dans les forces de l'ordre d'Atlanta. Il était impossible de prédire quand une affaire resurgirait de l'ombre et vous reviendrait tel un boomerang dans la figure.

— J'ai détruit tous mes carnets à la déchiqueteuse avant de déménager à Macon.

— Détruit ?

Faith et Will prononcèrent le même mot avec exactement la même stupéfaction.

— Ouais, je voulais laisser tout ça derrière moi. Prendre un nouveau départ, ajouta-t-elle en lançant un clin d'œil à Will.

Il savait pourquoi Lena avait voulu prendre un nouveau départ. Les services de police de Grant County étaient toxiques lorsque Will y avait mené son enquête. Lena avait eu de la chance que Macon n'ait pas flairé l'odeur de la souillure.

Mais déchiqueter ses carnets de notes n'était pas un nouveau départ. C'était éliminer des preuves potentiellement incriminantes.

— Quand les avez-vous détruits, exactement ? demanda Faith.

— Exactement ? répéta Lena avant de secouer la tête. Je m'en souviens pas.

— Est-ce que c'était avant ou après la poursuite civile ? Ça aurait pu être avant ? Ou non ?

Lena continuait de secouer la tête, mais son sourire sournois indiquait que ce petit jeu l'amusait.

— Vous savez ce que c'est, Faith, les cerveaux de femmes enceintes. Je nage en plein brouillard, en ce moment.

Faith hocha la tête, mais ce n'était pas une approbation. Lena avait vu clair dans son jeu. Il était inutile de continuer à faire semblant.

— Nesbitt aurait demandé une injonction administrative pour avoir accès à vos carnets de notes dans le cadre de la poursuite civile.

— Je suis sûre qu'il l'a fait, dit Lena. Tous mes rapports officiels étaient dans l'ordinateur central, au poste.

— Mais vos carnets de notes contenaient la documentation qui servait d'appui à vos rapports.

— C'est exact.

— Vos carnets sont aussi l'endroit où vous auriez consigné tout ce qui aurait pu sembler étrange, mais qui n'avait pas suffisamment de fondement pour figurer dans votre rapport officiel.

— Correct.

— Mais vos carnets ont disparu.

— Détruits à la déchiqueteuse, insista-t-elle.

Elle ne cherchait même plus à dissimuler son sourire. La véritable Lena semblait heureuse d'apparaître enfin au grand jour.

— Y a-t-il autre chose que je puisse faire pour le GBI aujourd'hui ? demanda-t-elle.

Faith plissa les yeux. Elle ne comptait pas renoncer aussi facilement.

— Rebecca Caterino. Est-ce que vous vous souvenez d'elle ?

— Vaguement, répondit Lena en réprimant un bâillement. Désolée, je suis vraiment fatiguée.

— Ce ne sera plus très long, l'assura Faith en parcourant son calepin à la recherche d'un détail. Vous vous intéressiez à Nesbitt pour les agressions de Beckey Caterino et de...

— Leslie Truong, dit Lena, citant le nom de la seconde victime de Grant County. C'était une gentille gamine. Toutes les deux, d'ailleurs, je m'en souviens. Elles comptaient parmi les meilleures étudiantes. Appréciées, mais pas réellement populaires. Ma sœur était leur enseignante à toutes deux, ce qui n'était pas extraordinaire. Sibyl était le pilier qui faisait tenir le département debout, à l'époque. La chimie organique était un cours obligatoire. Je crois que Leslie avait un petit ami stable. Beckey avait rompu avec sa copine un an plus tôt, environ, mais d'après ses amies elle ne sortait ni ne couchait avec personne.

Will suivit le regard de Lena. Elle contemplait la photo de sa sœur. Les yeux clos, Sibyl embrassait sa petite amie. Elle avait l'air très heureuse. Les jumelles avaient les mêmes traits hispano-américains. Elles étaient identiques, jusqu'au grain de beauté qui ornait l'aile du nez de chacune. Lena avait dû avoir l'impression de perdre une partie d'elle-même, quand sa sœur était morte.

— C'est absurde, parce que la chose dont je me souviens le plus de cette époque, c'est la colère que je ressentais envers Sibyl. J'avais vraiment peur que les gens découvrent qu'elle était lesbienne. Et maintenant, je me dis : « Qu'est-ce que ça peut foutre ? » Enfin, franchement. Tout ce que je souhaite pour ce bébé qui grandit dans mon ventre, c'est qu'elle soit heureuse et en bonne santé.

Faith lui accorda un moment de répit avant de reprendre son interrogatoire.

— Vous avez dit que vous vous inquiétiez pour Sybil. Avait-elle une liaison avec Beckey ?

— Oh ! non, sûrement pas. Sibyl était engagée à cent pour cent avec Nan. L'homosexualité, c'était mon complexe, reconnut Lena. Vous savez ce que c'est, quand vous êtes flic. Et femme.

J'étais toute nouvelle, j'avais un an de moins que Jared aujourd'hui. Frank et Matt étaient les deux inspecteurs principaux. Ils étaient de l'ancienne école. Très conservateurs, à part quand il s'agissait de tromper leurs femmes, d'abandonner leurs gamins ou de picoler au boulot. J'avais peur que, s'ils découvraient la vérité sur Sibyl, ils ne m'acceptent pas, moi. J'étais tellement jeune. J'avais vraiment besoin que les gens m'acceptent. Aujourd'hui, je suis plutôt du genre à dire : « Tu ferais mieux de t'inquiéter que moi, je ne t'accepte pas. »

Will ne souligna pas le fait qu'elle bouclait la boucle. Maintenant que le sujet ne portait plus sur ses carnets, la versatile Lena avait à nouveau changé de visage.

— Ce dont je me souviens, dit-elle, c'est que Jeffrey a beaucoup parlé avec la mère de Truong. Il savait y faire avec les gens. Il était plein d'empathie. Patient. Il a obtenu d'elle beaucoup de renseignements secondaires, qui ne figurent pas dans les rapports officiels.

Will s'attendait à une remarque mordante de la part de Faith suggérant que ces renseignements figuraient peut-être dans les calepins déchiquetés de Lena, mais Faith eut le bon sens de la laisser continuer à parler.

— Jeffrey était formidable pour pousser les gens à se confier à lui, poursuivit Lena en secouant la tête, comme pour chasser sa tristesse. En tout cas, une semaine environ avant l'agression de Caterino, Leslie avait téléphoné à sa mère, dans tous ses états. Elle pensait que ses colocs lui volaient ses affaires. Ce qui est possible, mais le vol est une chose qui arrive quand on partage une chambre, donc impossible de savoir si ça signifiait quoi que ce soit.

— Y avait-il un objet en particulier que Leslie pensait s'être fait voler ? Lui manquait-il beaucoup de choses ?

— Je n'en suis pas certaine.

— Et Rebecca Caterino ? Est-ce qu'il lui manquait quelque chose ?

— Peut-être ? Peut-être pas ? répondit évasivement Lena en haussant les épaules. Désolée. Huit ans, ça fait long.

— En effet.

Faith transperça littéralement Will du regard, comme pour dire : « Ce qui est la raison pour laquelle vous avez conservé vos carnets de notes, bien entendu. »

Lena avait intercepté l'échange de regards.

— Étant donné le problème que nous avions à gérer, arrêter une petite camarade chapardeuse n'était pas notre priorité.

— Vous souvenez-vous du moment où l'affaire Caterino s'est transformée en enquête ? demanda Faith.

— Pas précisément, reconnut Lena (encore un événement qui devait se trouver dans ses calepins). Jeffrey disait depuis le début que quelque chose clochait. C'était le meilleur policier avec lequel j'ai jamais travaillé. Quand il disait que quelque chose ne tournait pas rond, on l'écoutait.

— Aviez-vous la même impression que lui au sujet de Caterino ?

— Non. Pour être honnête, j'avais des idées vraiment bêtes sur un tas de choses, à l'époque. Je ne veux pas rejeter la faute sur Frank, mais il disait toujours des conneries comme : « Si on fait du profilage racial, c'est pour une bonne raison. » Et il me disait ça, en face, à moi. À *moi*, insista Lena en pointant un doigt vers son visage à la peau mate. Il avait aussi un autre grand classique, qu'il aimait bien lancer à la cantonade, c'était : « Jamais je n'ai enquêté sur une affaire de viol où la femme avait vraiment été violée. »

Faith eut l'air atterrée.

— N'est-ce pas ? appuya Lena. Genre, hé mec, statistiquement, comment est-ce que c'est possible ? Tu travailles dans une ville universitaire, où près de deux mille étudiantes sont inscrites chaque année, et tu soutiens qu'en trente ans de boulot aucune de ces femmes n'a jamais été violée ?

Faith remit subtilement Lena sur les rails.

— Donc, qu'est-ce qui vous a poussée à croire que Jeffrey avait raison au sujet de Caterino ?

— Leslie Truong, répondit Lena. C'était l'un des cas les plus horribles que j'aie jamais vus. Et je suis responsable de la brigade de répression des délits sexuels dans une ville qui fait six fois la taille de Heartsdale et qui est remplie d'hommes abominables.

— Je croyais que vous étiez à la brigade des stupéfiants ?

— J'ai demandé un transfert, répondit Lena en frottant son ventre. J'ai eu le sentiment que je pourrais apporter davantage aux victimes d'agressions.

— Ouais, la grossesse, ça vous reconnecte à votre part féminine, renchérit Faith.

— Peut-être, fit Lena qui avait clairement flairé le sarcasme, mais en fit peu de cas. J'ai été violée, il y a sept ans. Et maintenant, je suis sur le point d'avoir une fille. Je ne peux pas rendre le monde plus facile pour ma petite, mais je peux essayer de le rendre plus sûr.

Will vit Faith déglutir avec difficulté. C'était l'un des dons de Lena : elle venait de balancer un uppercut sans même lever le poing.

— Quoi qu'il en soit, vous n'avez pas fait toute cette route jusqu'ici pour connaître mes réflexions philosophiques sur la vie. Vous voulez savoir si je pense que Nesbitt est responsable de ce qui est arrivé à Rebecca Caterino et à Leslie Truong ? Absolument. Est-ce que je peux le prouver ? Absolument pas. Et pourquoi je crois que c'est lui qui a fait le coup ? Parce que tout s'est arrêté quand Nesbitt est allé en prison. C'est vraiment tout ce que je peux vous dire à ce sujet.

Faith s'était tue, aussi Will prit-il le relais.

— Et s'il y avait d'autres cas ? d'autres victimes ?

Lena le regarda d'un air méfiant.

— Pas dans Grant County. Nesbitt avait une véritable signature. On ne l'a jamais revue. Et avant que vous me posiez la question, sachez que Jeffrey m'a personnellement obligée à passer en revue toutes les affaires des cinq années précédentes – et pas seulement à Grant, mais aussi dans les comtés voisins –, pour nous assurer qu'il n'y avait pas d'autre victime qu'on aurait ratée.

Will dut reconnaître, à contrecœur, que c'était du bon travail.

— Nesbitt nous a orientés vers huit affaires supplémentaires qui se sont produites depuis qu'il est incarcéré, dit-il. Il pense qu'elles sont toutes liées.

— Vraiment ? demanda-t-elle en riant. OK. Et vous allez croire un pédophile qui a essayé d'assassiner un surveillant parce que… ?

— Nesbitt n'a été reconnu coupable que de détention d'image pédopornographiques. Techniquement, les affaires Caterino et Truong sont toujours non résolues.

— Il ne s'agit pas d'une affaire, ici. Il s'agit de Nesbitt qui tente à nouveau de salir la réputation de Jeffrey, rétorqua Lena.

Puis elle se mit à dévisager Will, les sourcils arqués. Il ne comprit la raison de sa soudaine paranoïa qu'une demi-seconde avant qu'elle pose la question qui lui brûlait les lèvres.

— C'est Sara qui t'a persuadé de faire ça ?

Will se racla la gorge. Il n'avait aucune intention de lui donner le moindre renseignement sur Sara.

— Ça n'a aucun rapport.

— Et comment, que ça en a !

— Lena…

— Ça y est, j'ai compris… J'ai été un peu longue à la détente, mais…

Elle éclata d'un rire retentissant et, en un quart de seconde, l'autre Lena était de retour.

— Bon Dieu, ça, c'est de la patience. Sara croit qu'elle a trouvé un point faible, hein ? Vous êtes tous les deux ici pour me piéger au sujet de Nesbitt. C'est pour ça que vous voulez voir mes carnets.

Vous croyez vraiment que j'ai été assez bête pour y écrire quelque chose qui pourrait me mettre dans la merde ?

Faith reprit la main.

— Nous sommes ici parce que nous enquêtons sur une série de...

— Mitchell, l'interrompit Lena en l'appelant par son nom de famille comme si elles venaient tout juste d'être présentées. Ça fait combien de temps que vous êtes coéquipiers, tous les deux ?

Faith ne répondit pas à sa question.

— Vous seriez capable de tuer pour lui, n'est-ce pas ? poursuivit Lena en hochant la tête comme si elle connaissait déjà la réponse. Sara croit qu'elle comprend ce que c'est, mais elle n'est pas flic. Tous ces truands, ces boss, ces racailles, ces criminels, ces civils – et même les victimes, tiens ! –, vous savez ce qu'ils nous font, pas vrai ? Ils nous mettent à cran sans arrêt, ils nous poussent à bout. Et, ensuite, il y en a un qui nous fait du mal, ou pire, qui fait du mal à notre coéquipier, et là c'est impossible de redescendre. On tire dans la première direction que la soif de vengeance nous indique.

— Le truc, c'est de faire en sorte que personne ne fasse de mal à qui que ce soit pour commencer, dit Faith.

— Vous savez bien que ce n'est pas facile, répondit Lena. Will, je suis en train d'essayer de te donner un conseil, parce que j'ai toujours vu Jeffrey sursauter dès que Sara claquait des doigts, et ça a fini par le faire tuer.

Will se frotta la mâchoire. Des nuages rouges commençaient à s'accumuler à la périphérie de son champ de vision.

— Je ne suis pas sûr que tes souvenirs soient justes sur ce coup-là.

Lena ignora sa remarque.

— Allez, mon vieux, fit-elle. Montre que t'es un homme. Sara se sert de Nesbitt pour te raconter des craques.

— Bien, c'est l'heure d'y aller, dit Faith en fourrant son carnet dans son sac à main.

Lena eut un petit sourire narquois.

— Je dois bien lui reconnaître ça, à Sara. Sous ses airs de sainte-nitouche coincée du cul, cette salope a une de ces chattes, mon vieux, c'est un vrai attrape-mouche.

Les poings de Will se contractèrent.

— Fais gaffe à comment tu parles.

— Et toi, fais gaffe à tes arrières, riposta Lena. T'es aussi aveuglé que Jeffrey.

Will se leva si vite que sa chaise dérapa en arrière.

— OK, intervint Faith qui s'était levée, elle aussi. Si quelqu'un doit coller un pain à la femme enceinte, ce sera moi.

— Allez-vous en tous les deux, déclara une voix.

C'était Jared, qui venait d'apparaître derrière Lena. Il avait dû écouter leur échange depuis le couloir. Il portait son uniforme et avait la main posée sur la crosse de son arme.

— Tout de suite, ajouta-t-il.

Will rejeta sa veste en arrière. Il avait un pistolet, lui aussi.

— Seigneur ! dit Faith. OK, on s'en va.

La main posée sur le bras de Will, elle le poussa en direction de la porte.

— Allons-y, insista-t-elle.

Will la laissa le déplacer, mais seulement parce qu'il savait que sinon cela finirait en bain de sang.

— Dis à tante Sara que je lui adresse mes félicitations ! lança Jared pour le provoquer.

Les mains de Will brûlaient d'envie de rouer de coups le visage de Jared pour en faire disparaître le petit rictus. Faith dut le pousser à nouveau pour lui faire franchir la porte et descendre l'escalier. Will se retourna et lança un regard noir. Il pouvait mettre ce gamin au tapis d'une seule main.

— Mitchell, appela Lena qui se tenait dans l'embrasure, derrière son mari. Je vous tiendrai au courant si je me souviens de quelque chose d'important. C'est vraiment dommage que je n'aie pas mes carnets pour me rafraîchir la mémoire.

— Oh ! bon Dieu, la ferme, grogna Faith.

Will sentit qu'elle le poussait encore dans le dos. Il la laissa le conduire au bout de l'allée, jusqu'au trottoir. Elle lui ouvrit la portière du côté passager et attendit qu'il monte en voiture. Puis elle prit place derrière le volant, démarra, et les pneus de sa Mini creusèrent de belles et profondes ornières sur la pelouse de Lena et Jared quand elle lui fit faire un grand demi-tour.

— Quelle putain de salope ! cria Faith en serrant son volant à deux mains comme si c'était le cou de Lena. Je la hais, cette garce ! Non mais sérieusement. Je la hais tellement que ça me pompe tout l'oxygène du sang.

Will baissa les yeux vers ses poings. Il était si furieux qu'il ne voyait presque plus rien. Ce connard de gamin. Et Lena. Surtout Lena. Will n'avait jamais frappé de femme. Même quand son ex-épouse l'avait harcelé, il n'avait jamais complètement perdu le contrôle. Là, il lui fallait déployer tout ce qu'il avait en lui de maîtrise de soi pour ne pas y retourner et faire recracher à coups de poing à Lena toutes les saletés qu'elle avait proférées sur Sara.

— OK, dit Faith, respire à fond, laissons couler.

Will n'avait aucune intention de laisser couler. Pas avant d'avoir cogné quelqu'un.

— Allez, encore une grande inspiration, insista sa coéquipière, d'un ton apaisant.

Will sentait ses ongles s'enfoncer dans la paume de ses mains. Il n'était pas l'un des suspects de Faith qui avaient besoin de s'accorder une petite pause.

— OK, reprit Faith d'un ton qui indiquait qu'elle était prête à passer à autre chose. Concentrons-nous sur ce qu'on a obtenu de positif, là-bas. On a réussi à lui soutirer deux nouveaux détails, avant que tout parte en cacahuète. Bravo Scooby-Doo !

Will serra les dents. Les détails, il n'en avait rien à secouer.

— Numéro un : qui a donné à Nesbitt l'argent pour engager un avocat ? Personne n'accepterait de poursuivre en justice la veuve d'un flic avec une rémunération en honoraires conditionnels.

Will avait été stupide de croire que Lena pouvait avoir le moindre bon côté. Il n'y avait rien de bon en elle. Elle l'avait fait tourner en bourrique, et il n'avait rien vu venir.

— Numéro deux, continua Faith, sans se rendre compte que Will fulminait. La mère de Truong a indiqué que sa fille pensait que ses colocataires lui volaient des trucs. Ce pourrait être notre méchant, qui emporte un trophée en souvenir.

Will serra le poing plus fort. Il avait envie de casser quelque chose. De faire mal. De tuer quelqu'un.

— On pourrait chercher à savoir si les femmes des articles de Nesbitt étaient…

— Bon Dieu, Faith ! explosa Will. À quoi ça sert, tout ça, bordel ? Amanda nous l'a dit avant qu'on se lance là-dedans. La mort de McAllister était un accident. Des colocs voleuses et un avocat charognard, ce ne sont pas des indices. Et tu as raison au sujet des bois. Il y en a partout, nom de Dieu.

Elle pinça les lèvres.

— Alors quoi, Faith ? À quoi ça sert de parler de tout ça, bon sang, hein ? À quoi ?

Elle ne répondit rien.

Will se rendit compte que la sonnerie d'avertissement de la ceinture retentissait depuis qu'ils étaient partis de chez Lena. Il tira sur la sangle, qui se bloqua. Il tira plus fort.

— C'est des conneries, voilà ce que c'est, continua-t-il. Tout ça, c'est des putain de conneries, et Sara l'avait bien dit. Amanda l'avait bien dit. Tu l'avais bien dit. Lena ment, Nesbitt ment et…

Will n'arrivait pas à boucler sa ceinture. Les bips stridents de l'alarme lui agressaient les tympans comme si quelqu'un cherchait à y enfoncer des clous de chemin de fer.

— On n'a que dalle, OK ? Lena nous a rien lâché du tout, exactement comme tu l'avais prédit. Est-ce que tu vas me répondre ? Oui ou non ?

— Ouais.

— Ouais, répéta-t-il. Ce qui veut dire qu'on a gâché une journée entière. À écouter un foutu pédophile. À écouter une sale hyène menteuse. Et à morfler, parce que oui, Faith, voilà la réponse à ta question : oui, carrément, tout ce qui concerne Jeffrey dans cette histoire, ça me fout complètement en l'air. Et c'est ma faute, parce qu'Amanda avait raison de vouloir attendre avant d'en parler à Sara. Mais je ne l'ai pas écoutée, et Sara s'est inquiétée au sujet de Jeffrey toute cette foutue journée, sans m'envoyer le moindre texto, et maintenant, je dois retourner la voir et lui dire, *en face*, que Lena pense qu'elle a monté un complot pour la coller derrière les barreaux pour parjure, et ne viens pas me baratiner et me dire qu'on pourrait mentir sur ce qui s'est vraiment passé avec Lena, parce qu'il est hors de question que je mente. Merde !

Il renonça à accrocher sa ceinture. La boucle de métal cogna contre la vitre quand la sangle se rembobina. Will mit un coup de poing sur le tableau de bord. Puis il frappa, encore, et encore.

— Merde ! Merde ! Merde !

Il retint le dernier coup, stupéfait de sa propre violence. Son poing resta en suspens, en l'air, tel un marteau. Il transpirait et soufflait comme une machine à vapeur. La voiture avait tremblé à chacun de ses coups. Qu'est-ce qui lui arrivait, bon sang ? Will n'explosait jamais comme ça. C'était toujours lui qui empêchait les autres d'exploser.

Faith ralentit.

Elle arrêta la voiture sur la bande d'arrêt d'urgence et mit le point mort. Elle laissa un moment à Will pour reprendre ses esprits.

Ce ne fut pas long. La honte s'était emparée de lui. Il n'arrivait même pas à la regarder.

— Je crois que c'est la plus longue phrase que tu aies jamais prononcée depuis tout le temps que je te connais, dit Faith.

Will s'essuya la bouche d'un revers de la main. Il sentit le goût du sang. Sous l'impact, sa peau avait éclaté au niveau des articulations.

— Je suis désolé.

— C'est pas grave. Vraiment. C'est juste l'unique voiture neuve que j'aurai l'occasion de conduire avant que ma fille sorte diplômée de l'université.

Will fit courir ses doigts le long du tableau de bord, pour s'assurer qu'il n'en avait pas fissuré la surface.

— Je n'arrive pas à croire que l'airbag ne se soit pas déclenché, remarqua Faith.

— N'est-ce pas ?

La policière sortit un Kleenex de son sac.

— Nouvelle règle : plus jamais on ne s'adresse à Lena Adams, décréta-t-elle.

Will tamponna le sang sur sa main. Comment allait-il raconter cela à Sara ? Il n'était même pas sûr de savoir à quel moment l'interrogatoire avait pris un tournant aussi catastrophique. Lena les avait-elle menés en bateau depuis le début ? Elle était comme le scorpion de la fable, juchée sur leur dos pour traverser la rivière.

Le portable de Faith se mit à sonner.

— C'est Amanda, annonça-t-elle à Will.

Il se frotta le visage avec les mains. Amanda, cela signifiait Sara. Que fallait-il qu'il lui dise ? Qu'il voulait manger Burger King plutôt que McDo ? Qu'il avait très envie d'une salade ? Que ça n'aurait pris que deux secondes à Sara de lui envoyer un texto pour lui apprendre qu'elles allaient bien, et que peut-être il ne se serait pas laissé aspirer dans cette spirale de rage et ne s'en serait pas pris à la voiture de Faith ?

Le téléphone continuait de sonner.

— Réponds, dit Will.

Faith décrocha en appuyant sur le bouton.

— On est là tous les deux, énonça-t-elle d'une voix forte. Vous êtes sur haut-parleur.

— Où est-ce que vous étiez ? demanda Amanda. Ça fait vingt-huit minutes que je vous appelle et que je vous envoie des textos.

Faith marmonna un juron en voyant les dizaines de notifications qui s'affichaient sur son téléphone.

— Désolée, on était en train d'interroger Lena et...

— Sara a trouvé quelque chose pendant l'examen. Alexandra McAllister a été violée et assassinée, c'est certain. Sara a confirmé qu'il existe des liens avec les affaires de Grant County.

Will regarda Faith. Elle avait plaqué ses deux mains sur sa bouche, sous le coup de la stupéfaction.

Soudain, tout ce que Lena avait pu dire prenait finalement de l'importance. Qu'avaient-ils raté ? Quelqu'un avait payé l'avocat pour poursuivre la succession de Jeffrey. Les affaires de Leslie Truong avaient disparu, mais d'un autre côté c'était une chose qui arrivait tout le temps. Peut-être que des affaires de Caterino aussi avaient disparu. Ou pas. Ils ne pouvaient pas retourner voir Lena pour lui demander d'être plus précise. Elle avait déchiqueté ses carnets de notes. Will avait presque braqué son arme sur son mari. Faith avait réclamé le privilège d'être la première à lui coller un pain. Aucun d'eux ne pourrait plus jamais se trouver à nouveau dans la même pièce que Lena Adams.

— Il y a autre chose, ajouta Amanda. J'ai eu des renseignements par les services de l'administration pénitentiaire sur la personne qui envoie tous ces articles à Daryl Nesbitt. Il s'agit du bienfaiteur qui a financé la poursuite civile contre la succession de Tolliver.

— OK, dit Faith qui avait enfin retrouvé sa voix. Qui est-ce ?

— Gerald Caterino. Le père de Rebecca Caterino.

7

Gina Vogel leva les yeux de son ordinateur portable et regarda par la fenêtre. Elle eut du mal à faire le point sur le paysage extérieur. Des arbres, une mangeoire à oiseaux, des carillons suspendus. Elle avait atteint l'âge où les lunettes de lecture n'étaient plus perçues comme un déshonneur et devenaient une absolue nécessité.

Elle baissa le regard vers son ordinateur. Les lettres étaient encore floues. Elle changea la taille de police et opta pour l'équivalent de la lettre E sur l'échelle Monoyer. Puis elle ouvrit son navigateur et tapa dans la barre de recherche Google : *si je change de taille de police est-ce que les gens le sauront*. Car elle ne voulait pas que le type de douze ans qui lui faisait office de patron croie recevoir un mail de sa grand-mère.

Pour répondre à cette question, Google avait besoin de plus d'informations que Gina ne pouvait en fournir.

Elle ferma l'ordinateur portable et le posa sur la table basse. Elle essaya à nouveau de regarder l'arbre, dehors. Son ophtalmo lui avait conseillé de regarder au loin au moins deux fois par heure. L'année dernière, ce conseil lui avait semblé idiot, mais aujourd'hui cela virait à l'obsession : Gina regardait les arbres toutes les dix minutes, car sa vue était devenue si mauvaise qu'elle devait se lever et aller se coller à l'écran de télévision à chaque fois qu'un texte y apparaissait.

Elle se leva et s'étira le dos – encore une partie de son corps qui la trahissait. Elle n'avait que quarante-trois ans mais, apparemment, toutes les mises en garde que les médecins lui avaient faites au fil des ans quant à sa mauvaise alimentation et son manque d'exercice physique s'étaient révélées prémonitoires.

Qui l'eût cru ?

Son genou droit ne reprit l'habitude de la marche qu'au bout de quelques pas. Elle était restée sur le canapé trop longtemps. Le travail à domicile avait ses avantages, mais elle allait devoir s'asseoir à son bureau, à compter de maintenant. Se lover sur le canapé comme un chat n'était plus de son âge.

Gina alluma la télé dans la cuisine. Elle regarda quelques secondes de la météo. Quand le présentateur commença à aborder la question du corps d'une femme qui avait été retrouvé dans les bois, elle changea de chaîne et passa sur HGTV. Les seuls corps dont elle voulait entendre parler étaient ceux des Property Brothers, les fameux « frères en affaires » de l'émission *Total Rénovation*.

Elle ouvrit le frigo et en sortit une brassée de légumes qu'elle déposa dans l'évier pour les laver. Pendant quelques secondes, elle envisagea d'appeler Uber Eats mais, d'un point de vue strictement statistique, elle allait bientôt atteindre l'âge de quarante-quatre ans, après quoi elle en aurait quarante-cinq, c'est-à-dire pratiquement cinquante – ce qui signifiait qu'il valait mieux opter pour une salade saine et diététique plutôt qu'un cheeseburger bien gras et des frites.

Mais était-ce vraiment indispensable ?

Elle alluma le robinet avant de pouvoir changer d'avis. Elle sortit la passoire du placard et tendit le bras vers le bol posé au-dessus l'évier. Mais elle ne sentit pas sous ses doigts le chouchou qu'elle s'attendait à y trouver. Gina n'était pas quelqu'un de désordonné. Il était toujours rangé dans ce bol, d'habitude. C'était un chouchou assez *girly*, rose avec des marguerites, qu'elle avait subtilisé à sa nièce pendant des vacances à la plage en famille, plus de dix ans auparavant.

Gina le chercha sur les différents comptoirs, derrière les boîtes et le mixeur Cuisinart. Elle se pencha et jeta un œil sous les placards. Elle farfouilla dans son sac, qui était accroché au dossier de la chaise de la cuisine. Elle chercha dans son sac de sport près de la porte. Puis, elle inspecta le sol du couloir. Elle passa en revue les étagères de la salle de bains. Ouvrit l'un après l'autre tous les tiroirs dans sa chambre. Puis ceux de la chambre d'amis. Ensuite elle fouilla le salon de fond en comble. Elle alla même vérifier dans le frigo, car il lui était déjà arrivé d'y laisser son téléphone à côté du lait.

— Zut.

Elle se tenait debout au milieu de la cuisine, les mains sur les hanches.

Elle ne portait jamais cet élastique en dehors de chez elle, car la couleur l'embarrassait, et aussi parce que sa nièce avait une mémoire d'éléphant et la capacité pulmonaire d'une enfant de trois ans pourrie gâtée.

Mais Gina attrapa tout de même ses clés sur la console, sortit et alla inspecter sa voiture. Elle ouvrit même le coffre.

Pas de chouchou rose.

Gina rentra chez elle. Elle verrouilla la porte et lança les clés sur la table du couloir. Un picotement étrange lui parcourut le corps. Quelqu'un était-il entré dans la maison ? Elle avait eu un drôle de pressentiment la semaine dernière, comme si certains objets avaient été déplacés. Mais rien ne manquait, alors. Même le chouchou était à sa place.

Hier, elle avait remarqué qu'une fenêtre était déverrouillée mais, comme il faisait beau, Gina avait pris l'habitude de laisser les fenêtres ouvertes pendant la journée. Elle avait sans doute oublié d'en verrouiller une, voilà tout. Cette explication était d'ailleurs plus plausible que l'hypothèse d'un voleur de chouchou sévissant dans le quartier – car, en effet, qui s'intéresserait à son iPad et à sa télé 55 pouces, alors qu'il y avait un chouchou rose à marguerites blanches vieux de dix ans qui narguait le cambrioleur dans un bol au-dessus de l'évier ?

Elle retourna à la cuisine, sans réussir à se débarrasser de ce sentiment déconcertant. C'était le genre de choses difficiles à décrire car, dès lors qu'on essayait, les gens se moquaient de vous comme si vous aviez dit une ânerie.

Et elle venait de *faire* une ânerie en effet. Elle avait laissé l'eau couler dans l'évier. La bonde avait filé dans la canalisation. Deux secondes de plus, et la cuisine était inondée.

Gina ne perdait pas seulement sa jeunesse.

Elle perdait aussi la boule.

8

Faith avait horreur de ces hommes qui invoquaient leur statut de père, d'époux ou de frère pour épouser la cause des femmes – comme si le fait d'élever une fille les avait soudain conduits à s'apercevoir qu'en fait, le viol et le harcèlement sexuel, c'était très grave. Mais, à titre personnel, elle sentait bien qu'être la mère d'un garçon sensible et la petite sœur d'un garçon vraiment pénible lui avait appris à savoir comment réagir avec les hommes quand ils ne se sentaient pas bien. Il ne fallait pas les harceler pour qu'ils parlent. Il fallait juste les laisser écouter leur musique ennuyeuse à la radio et les emmener au supermarché acheter de la malbouffe.

Elle était restée assise dans sa Mini pendant que Will dévalisait la supérette. Il n'avait toujours pas desserré les mâchoires. Son visage commençait à prendre cette expression farouche qu'il avait avant que Sara entre dans sa vie.

Faith relut l'échange de textos sur l'écran de son téléphone :

FAITH : Je viens de dire à Will de t'en parler mais il l'a déjà fait et je suis désolée d'être une mauvaise amie pardonne-moi s'il te plaît.

SARA : Merci. Ce n'est pas grave. La journée est dure pour tout le monde. On se parle plus tard.

Cela faisait cinq minutes que la réponse était arrivée. C'était une réponse tout ce qu'il avait de plus gentil et normal – sauf quand on avait passé la moitié de la journée avec Will.

Faith ne savait pas quoi dire d'autre. Sara et elle avaient une règle au sujet de Will. Dès le début, Sara avait décrété qu'elles ne parleraient jamais de lui de façon personnelle, car Faith était sa coéquipière et, en tant que telle, elle devait toujours, toujours, prendre son parti.

En théorie, Faith comprenait bien le raisonnement. Leur métier les mettait dans des situations tendues. Les pistolets qu'ils portaient sur eux n'étaient pas là juste pour faire joli. Aujourd'hui, Faith sentait plus que jamais l'importance de cette règle, car voir Will si abattu, le regarder consulter son téléphone toutes les dix minutes pour finir par l'éteindre, cela lui donnait l'envie d'aller égorger Sara.

Elle redéposa son téléphone dans le porte-gobelet, puis se mit à l'épreuve, laissant son esprit retourner vers Lena Adams pour voir si la haine féroce qu'elle ressentait pour elle avait diminué, ne serait-ce qu'un tout petit peu.

Eh ben non.

La portière s'ouvrit, et Will grimpa à bord de la voiture, les bras chargés de sacs de tortillas Doritos, de chips Cheetos, de biscuits Bugles, et d'un hot-dog à moitié mangé qu'il fourra dans sa bouche avant de refermer la porte. Puis il plongea la main dans les poches de sa veste et en sortit un Dr Pepper pour lui-même et un Coca Light pour Faith. De toute évidence, il n'avait pas jugé utile de prendre des pansements au cours de sa petite fièvre acheteuse. Will pouvait s'avérer incroyablement pingre pour des choses surprenantes : il était allé dans les W-C de la supérette et s'était enroulé du papier toilette autour de sa main ensanglantée.

— Tu as du scotch ? demanda-t-il à Faith en lui montrant son bandage réalisé d'une main d'expert. Ça n'arrête pas de se défaire.

Le papier pendillait comme le cordon d'un tampon hygiénique usagé.

Faith émit un soupir très sonore. Elle leva l'accoudoir et plongea la main dans la console centrale pour en ressortir sa trousse de premiers soins. Elle y trouva des pansements.

— Anna ou Elsa ? demanda-t-elle.

— Il n'y a pas Olaf ?

Faith soupira de nouveau. Elle prit le dernier pansement Olaf et le donna à Will, tout en sachant qu'Emma pousserait des cris d'orfraie quand elle s'apercevrait que son bonhomme de neige Disney préféré avait disparu.

— J'ai réfléchi un peu à Jared et Lena, commença Faith.

Will entreprit d'enlever le papier toilette qu'il avait sur la main. Il se mit à peler la vilaine matière rêche qui adhérait à sa plaie.

— Jared devait être au lycée quand Lena enquêtait sur l'affaire Caterino, poursuivit-elle en ouvrant le sachet du pansement avec ses dents. Si tu fais le calcul, ça ressemble un peu à du détournement de mineur, tout ça.

— Il est beau gosse, dit Will.

— Ouais, d'accord, répondit Faith, tandis qu'elle appliquait un pansement sur l'articulation qui saignait encore. Les types qu'on imaginait torturés et incompris quand on avait vingt ans se révèlent de parfaits connards quand on en a trente.

Will regarda la radio. Faith avait allumé la chaîne E-Street, consacrée exclusivement à Bruce Springsteen.

— J'adore entendre des vieux croulants se racler la gorge non-stop, ironisa Faith.

Will éteignit le poste.

— Qu'as-tu trouvé sur Gerald Caterino ? demanda-t-il.

Faith récupéra son téléphone. En quelques minutes de recherches, elle avait trouvé tout un tas d'informations qu'elle aurait dû chercher bien plus tôt.

— Aucun antécédent criminel. Pas même une contravention. Il possède une entreprise d'aménagement paysager. Son site web est assez sophistiqué. On dirait une boîte tout ce qu'il y a de plus réglo, avec un responsable administratif et deux chefs d'équipe. Tu veux y jeter un œil ?

Will prit le téléphone et se mit à faire défiler la page web. Il cliqua sur la rubrique « Qui nous sommes ». D'après sa photo, Gerald Caterino avait dans les cinquante-cinq ans, ce qui était raccord avec le fait qu'il avait une fille de vingt-sept ans. Les cheveux qui lui restaient étaient grisonnants. Il avait une moustache balai-brosse et portait des lunettes à monture métallique.

— D'après sa bio en ligne, ses hobbies sont le jardinage, la lecture avec son fils et obtenir justice pour sa fille, résuma Faith. Regarde cette partie-là.

Elle cliqua sur le lien, et une page Facebook remplit l'écran.

— Justice pour Rebecca, lut Faith.

Elle ne savait jamais vraiment comment évaluer la vitesse de lecture de Will.

— Caterino a créé cette page il y a cinq ans. Il a quatre cents *followers* environ. La page renvoie à plein d'autres pages Facebook où il est question de femmes qui ont disparu ou ont été assassinées. La plupart du temps, il s'agit de parents qui traitent les policiers de paresseux, d'imbéciles ou d'incompétents – et les accusent, en gros, de ne pas en avoir fait suffisamment.

— Trente et un *likes* pour une blague sur les donuts, remarqua Will en balayant l'écran de haut en bas. Est-ce qu'il a mis en ligne les mêmes articles de journaux que ceux que Nesbitt nous a donnés ?

— Le dernier est un article de l'*Atlanta Journal-Constitution* sur Alexandra McAllister, le lendemain du jour où on l'a retrouvée.

— Il est très réactif, nota Will. À chaque fois que quelqu'un poste quelque chose, il répond en moins de dix minutes.

— Tiens-toi bien, dit Faith. Ça devient moche, ensuite.

Elle consulta son historique et accéda au site Justice pour Rebecca. Elle pointa les différents menus du doigt tout en en lisant les titres à haute voix :

— Le crime. L'enquête. Les preuves. La dissimulation.Elle cliqua sur un sous-menu à la rubrique DISSIMULATION et lut les noms en hyperlien qui s'affichaient en bleu :

— Jeffrey Tolliver. Lena Adams. Frank Wallace. Matt Hogan.

Will sélectionna quelques noms au hasard. Les photos des principaux intéressés avaient été photoshopées de façon à ressembler à des photos d'identité judiciaire. Une cible rouge avait été superposée à chaque visage pour évoquer les cibles en papier d'un stand de tir.

Jeffrey Tolliver avait un trou entre les deux yeux.

Faith avait déjà regardé ces images pendant que Will était dans le magasin, mais elle les trouvait toujours profondément dérangeantes. D'un point de vue légal, elles relevaient de la liberté d'expression garantie par le premier amendement. Il n'y avait aucune façon de savoir si Caterino faisait une blague, exprimait un fantasme, ou incitait à la violence contre les forces de l'ordre. Mais, en tant que policière, Faith ne se sentait pas encline à lui accorder le bénéfice du doute.

— Sur Internet, beaucoup de gens disent et publient des choses juste parce que c'est un endroit où ils peuvent le faire, dit Will.

Le silence retomba dans la voiture. Will essayait d'envisager les deux côtés de la situation, mais Faith voyait bien qu'il était aussi perturbé qu'elle. Il ne lâchait pas l'écran des yeux. Il se demandait probablement ce que ressentirait Sara si elle découvrait une photo de son mari décédé avec un impact de balle photoshopé dans la tête.

— Je ne veux pas que Sara voie ça, déclara enfin Will. Sauf si c'est absolument indispensable.

— Tout à fait d'accord.

Il rendit le téléphone à Faith.

— Qu'est-ce qu'il y a d'autre là-dedans ? Autre chose d'intéressant ?

Faith prit une grande inspiration avant de s'immerger à nouveau – si elle laissait ce genre de trucs l'atteindre, elle ne sortirait plus jamais de chez elle.

— J'ai passé en revue tout ce qui pourrait servir de pièce à conviction. Il aime bien écrire, ce gars-là. Il y a tout un tas de conjectures délirantes et de conneries conspirationnistes, mais pas grand-chose de factuel ni de concret. Son obsession principale, c'est que les policiers sont nuls et qu'il faudrait tous les condamner à mort parce qu'ils ne font pas leur boulot. C'est un peu comme si Peppa Pig essayait de faire du John Grisham.

— Les condamner à mort ?

— Ouais.

L'habitacle fut à nouveau plongé dans le silence.

— Donc, est-ce que c'est un complice ? s'interrogea enfin Will. Un imitateur ? Un cinglé ? Un assassin ?

Il reformulait les questions qu'ils s'étaient déjà posées le matin même, dans la chapelle de la prison.

— Je crois que c'est un père dévasté dont la fille a été violemment agressée, et qui reproche à la police d'avoir détruit leur vie. Ce serait plutôt une espèce de Don Quichotte qui déteste les flics.

— Tu as dit que Caterino avait commencé à mettre tous ces trucs en ligne il y a cinq ans. Beckey a été agressée il y a huit ans. Il a donc attendu trois ans avant de s'y mettre. Qu'est-ce qui a bien pu servir de déclencheur ?

— Peut-être nous le dira-t-il lui-même.

Faith alluma le moteur. Elle avait déjà entré l'adresse dans le système de navigation. Lena leur avait rendu au moins un service en les forçant à se déplacer jusque dans le nombril de l'État. Gerald Caterino vivait à Milledgeville, à une demi-heure de Macon environ. Faith avait appelé son entreprise, se faisant passer pour une cliente qui voulait faire réaliser une estimation pour un projet d'aménagement paysager. On lui avait répondu que Gerald travaillait à domicile ce jour-là. Alors, Faith avait consulté les registres fiscaux du comté et localisé la maison à deux cent quarante mille dollars de Caterino, dans la partie ancienne de la ville.

Will ouvrit le sachet de Doritos.

— On doit en apprendre davantage sur l'affaire Leslie Truong, dit-il. D'après ce que nous a appris Amanda, Sara a trouvé dans la moelle épinière d'Alexandra McAllister le même genre de plaie punctiforme qu'on avait trouvée dans celle de Beckey Caterino. Et qu'en est-il de Truong ?

— Je te parie que Lena a dessiné un schéma dans son carnet, répondit Faith. Cette sale garce.

— Alors l'info sera dans les archives.

Faith écoutait Will mâcher.

Les archives en question, c'étaient les anciens dossiers de Jeffrey. Sara allait les récupérer, comme Amanda l'avait demandé dans la longue liste de tâches dont l'équipe était censée s'acquitter avant la fin de la journée. Heureusement, Emma était avec son père cette semaine-là. Il était déjà presque 3 heures de l'après-midi. Faith était réveillée depuis 3 heures du matin. Elle ne rêvait que d'une chose à présent : rentrer chez elle, retirer son soutien-gorge et lire des histoires d'accidents d'escalator jusqu'à ce qu'il fasse assez sombre pour qu'elle aille se coucher.

— Il faut au moins trois meurtres pour qu'on puisse parler de tueur en série, dit Will.

— On pourrait en avoir bien davantage si on arrivait à faire exhumer les corps mentionnés dans les articles.

Faith pria pour ne pas être celle qui serait désignée pour aller demander aux familles la permission de déterrer leurs enfants.

— Imaginons que Gerald Caterino accepte de nous parler, poursuivit-elle. Est-ce qu'on lui dit que la mort de McAllister a été requalifiée en homicide ?

— On le lui dira s'il le faut, répondit Will. Mais ce ne sera pas la peine d'entrer dans les détails, par contre.

— Ça me va.

Faith n'arrivait toujours pas à saisir toute la portée de ce qu'Amanda leur avait révélé. Agresser une femme, la violer, la terrifier, l'assassiner, c'était déjà suffisamment affreux. Mais la torturer de cette façon-là, la paralyser pour qu'elle ne puisse plus bouger du tout, cela atteignait un tout autre degré d'horreur.

— Sara a trouvé des blessures au couteau pratiquées autour de l'abdomen et des aisselles, reprit Faith. Le tueur doit avoir des connaissances en matière de comportement animal, tu ne crois pas ? Il a entaillé la peau de McAllister pour que les prédateurs attirés par le sang dévorent les preuves.

Will enfourna une poignée de chips dans sa bouche. Il évitait manifestement d'aborder les points de la discussion qui avaient à voir avec Sara. Ou peut-être qu'il assimilait encore tous ces détails sordides, comme Faith était en train de le faire. En général, les tueurs ne se faisaient pas attraper parce qu'ils avaient laissé sur la scène de crime un grain de sable provenant d'une île lointaine où personne d'autre qu'eux n'aurait pu se rendre. Ils se faisaient prendre parce qu'ils avaient fait preuve de bêtise et de négligence.

Ce tueur-là n'entrait dans aucune de ces deux catégories.

— Brad Stephens, s'écria soudain Will en ouvrant le sachet de Cheetos. C'est le seul qui n'apparaît pas dans la liste de flics présentée dans la section Dissimulation.

— Il devait tout juste sortir de l'académie quand c'est arrivé, suggéra Faith. C'est sans doute lui qui s'est coltiné toutes les basses besognes : regrouper les rapports, constituer les dossiers, faire du porte-à-porte, interroger les témoins les moins importants.

Apparemment Faith savait de quoi elle parlait.

— Il a donc certainement tout vu, fit remarquer Will.

Faith regarda son coéquipier, qui était en train d'épousseter sa cravate pour en faire tomber les miettes. Plus ils parlaient de cette affaire, plus Will semblait remonter la pente.

— Explique-moi ce que tu as en tête, dit-elle. Quel lien fais-tu entre Gerald Caterino et Brad Stephens ?

— Je suis Gerald Caterino, commença Will. Ma fille a été gravement blessée. Je dois m'occuper d'elle immédiatement, n'est-ce pas ? Faire en sorte qu'elle aille mieux, la kinésithérapie, tout ça. Et pendant tout ce temps, je me dis que le gars qui lui a fait du mal est derrière les barreaux. Il fait deux fois appel et perd les deux fois. Trois ans s'écoulent. Ma vie continue mais, ensuite, le gars que je pensais être le coupable m'écrit pour me dire que ce n'est pas lui qui a fait le coup.

Faith hocha la tête, car cette version des faits lui semblait plausible.

— Tu ne le croirais pas, dit-elle.

— En effet, je ne le croirais pas, confirma Will en engloutissant tout ce qui restait de Cheetos.

Il mâcha, avala et poursuivit :

— Mais je n'en suis pas moins un papa. Je ne peux pas laisser tomber. Il y a ce type que je pense être celui qui a fait du mal à ma fille, mais lui me dit que le coupable est toujours en liberté, et qu'il est peut-être en train de s'en prendre à d'autres femmes. Alors qu'est-ce que je fais ?

— Tu es un homme blanc de la classe moyenne, donc tu pars du principe que la police va t'aider, répondit Faith en tendant à Will son Coca Light pour qu'il lui ouvre. Il y a cinq ans, Matt Hogan n'était plus là. Tolliver non plus. Frank Wallace était le chef par intérim. Lena était inspectrice en chef. Et Brad était chef de la patrouille.

Will lui passa la canette ouverte.

— Frank ne me serait d'aucun secours, dit-il. Lena pourrait essayer de m'aider, mais pas de façon significative.

Faith imaginait très bien Lena cherchant à garder le contrôle de la situation et voyant tout exploser comme une bombe en bord de route.

— Le procès civil ne permettrait pas à Nesbitt d'avoir accès aux dossiers de Truong et Caterino, dit-elle. Nesbitt n'était que présumé coupable dans cette affaire. Sa condamnation concerne l'accusation de pédopornographie.

— D'accord, mais il n'y a pas mille et une raisons permettant à un particulier d'attaquer un policier en justice. Il y a l'usage excessif de la force. La violation du quatrième amendement pour perquisition et saisie abusives. Ou encore une accusation de discrimination et/ou de harcèlement. On ne peut pas faire reposer tout un dossier sur une seule mauvaise action. Il faut réussir à montrer que celle-ci relève d'un comportement répété. C'est comme ça qu'ils peuvent obtenir l'accès aux dossiers Caterino et Truong. Il leur suffit de dire au juge qu'ils ont besoin de consulter les rapports des enquêtes précédentes pour y déceler un éventuel schéma comportemental.

Faith prit une gorgée de Coca. Comme stratégie juridique, c'était plutôt bien trouvé.

— Gerald Caterino a dû être furax quand Daryl Nesbitt a retiré sa plainte en échange d'une prison de sécurité moyenne.

— Il est quand même resté en contact avec lui, répondit Will. Il a envoyé les articles à Nesbitt en prison.

— Juste les articles, précisa Faith, lui rappelant le détail qu'Amanda leur avait transmis. Il n'y avait pas de lettres, ni de post-it. Seulement les coupures de presse dans une enveloppe, avec une boîte postale en guise d'adresse de retour.

— L'administration pénitentiaire de Géorgie ne conserve le courrier que pendant trois ans. On ne sait pas s'ils se sont écrit avant cette période.

Pour Faith, Gerald Caterino était la seule personne qui pourrait les renseigner sur ces questions. S'il acceptait de leur parler, bien sûr.

— Tu ne m'as toujours pas expliqué le lien avec Brad Stephens, remarqua-t-elle.

— C'est facile. Frank et Lena ne vont pas nous aider. Alors, je me dis qu'il faut chercher des maillons faibles dans la police de Grant County. Quelqu'un qui était là quand ça s'est produit. Quelqu'un qui ne veut pas avoir raison coûte que coûte. Et il ne reste plus que Brad Stephens.

Faith était sceptique.

— Tu crois qu'il serait prêt à balancer Jeffrey ?

— Jamais, mais il se retournerait contre Lena aussi sûrement qu'un pancake dans une poêle à frire.

— Je croyais que Brad et Lena étaient coéquipiers autrefois ?

— Ils l'étaient, confirma Will. Mais ce type est un vrai boy-scout.

Faith voyait ce qu'il voulait dire. Le monde selon Brad était tout noir ou tout blanc, ce qui en faisait sans doute un bon flic, mais pas forcément un bon coéquipier. Personne n'avait envie de travailler avec un cafteur.

— Il faut qu'on parle à Brad, conclut Will.

— Mets-le sur la liste, juste après « interroger tous les inspecteurs, coroners et parents proches impliqués dans toutes les affaires mentionnées dans les articles de Daryl Nesbitt ».

Will renversa le sachet de Bugles dans sa bouche et avala les dernières miettes. Puis il prit dans sa poche une poignée de bonbons Jolly Rancher pour le dessert et, là, Faith ne supporta plus de le regarder s'empiffrer.

Le GPS leur dit de tourner à droite.

Faith s'engagea dans un quartier résidentiel plus ancien. Les rues étaient bordées de grands cornouillers. De gros arbustes et des arbres d'ornement décoraient les jardins à l'avant des pavillons. Cela ressemblait un peu au quartier de Faith, où des centaines de maisons de style ranch à plusieurs étages avaient été construites pour accueillir le retour des vétérans de la Seconde Guerre mondiale. La demeure de Faith était l'une des rares à ne pas avoir été transformée en gigantesque monstruosité digne d'un Frankenstein de l'immobilier – ces grosses bâtisses étaient toutes identiques et plus laides les unes que les autres. Son salaire de fonctionnaire était à peine suffisant pour couvrir les frais de son chauffe-eau défectueux. Si sa grand-mère ne lui avait pas légué sa maison, elle aurait été obligée d'habiter chez sa mère. Et aucune d'elles n'y aurait survécu.

Elle ralentit pour pouvoir lire les numéros sur les boîtes aux lettres.

— On cherche le 8472, dit-elle.

— Le voilà, déclara Will en indiquant l'autre côté de la rue.

Gerald Caterino habitait une maison coloniale en briques d'un étage, plutôt modeste. À l'avant s'étendait un gazon de zoysia entretenu avec soin, mais qui devait encore être mis au repos après le changement de saison. Des fleurs que Faith n'aurait su nommer débordaient de pots en terre cuite. Des pavés bordaient l'allée de gravier. Faith s'arrêta devant une grille de fer forgée, derrière laquelle un gamin de huit ou neuf ans jouait avec un ballon de basket. La policière se rappela la bio de Caterino sur le site de son entreprise. Il devait s'agir de ce fils avec lequel il aimait lire.

— Là-haut, fit Will en lui faisant un signe de tête en direction d'une caméra de surveillance.

Faith observa la façade de la maison. Deux caméras étaient braquées de chaque côté de celle-ci.

— Ce n'est pas le genre de matériel qu'on achète sur Amazon, fit remarquer Will.

Sa coéquipière était d'accord. On aurait dit du matériel professionnel, comme on en voit dans les banques.

La grille prit alors un tout autre sens. Faith avait vécu à Atlanta toute sa vie. Cette grille ne l'avait d'abord pas frappée, elle ne présentait rien de particulier. Puis elle se souvint qu'ils étaient à

Milledgeville, où le taux de meurtres par an était de zéro, et où une maison sur deux, dans cette rue bucolique bordée d'arbres, n'était sans doute même pas fermée à clé.

— Sa fille a été violemment agressée il y a huit ans, rappela-t-elle à Will.

— Il nous en veut pour ce qui s'est passé ensuite.

— Pas à *nous* personnellement, le corrigea Faith. Il en veut à Grant County.

Will ne répondit pas, mais ce n'était de toute façon pas la peine, car l'activité en ligne de Gerald Caterino parlait d'elle-même : il ne faisait aucune différence entre les flics de Grant County et la police en général.

Faith se laissa exactement deux secondes pour penser à nouveau à l'impact de balle qui avait été soigneusement placé entre les yeux de Jeffrey Tolliver.

— Prêt ? demanda-t-elle.

Will sortit de la voiture.

Faith récupéra son sac à main sur la banquette arrière. Elle rattrapa son partenaire qui, accoudé à la grille, regardait l'enfant lancer la balle en direction du panier. Le ballon rata le panier d'au moins un kilomètre, mais le gamin se retourna quand même vers Will pour voir s'il l'avait épaté.

— Waouh, tu y étais presque, dit ce dernier en indiquant discrètement à Faith l'arrière de la maison. Tu réessaies ?

L'enfant courut joyeusement après sa balle, qui s'éloignait en rebondissant.

Faith se mit sur la pointe des pieds pour apercevoir le reste de la propriété. Il y avait une terrasse surélevée entourée de moustiquaires. Un homme était assis devant une table, à l'ombre. Il se pencha en avant et leur apparut, dans un rayon de soleil. Le peu de cheveux qui lui restaient étaient poivre et sel. Sa moustache balai-brosse était soigneusement taillée. Ses lunettes à monture de métal étaient relevées sur son crâne.

— Qu'est-ce que vous voulez ? lança-t-il d'une voix agressive qui fit se hérisser les cheveux sur la nuque de Faith.

— Monsieur Caterino, dit-elle en levant au-dessus de la grille la carte de police qu'elle avait déjà sortie au préalable. Je suis l'agent spéciale Mitchell. Et voici l'agent spécial Trent. Nous sommes du Bureau d'investigation de Géorgie. Nous aurions voulu vous parler.

L'homme resta assis à sa table.

— Heath, va t'occuper de ta sœur, dit-il à l'enfant.

Heath laissa le ballon s'éloigner et fila à l'intérieur de la maison.

Un déclic retentit, et la grille s'ouvrit lentement.

Faith entra la première. Elle traversa l'allée, prête à parer à toute éventualité. Le jardin à l'arrière de la maison était aussi gigantesque que bien gardé. Faith remarqua la clôture grillagée de près de deux mètres de haut qui entourait le périmètre. D'autres caméras étaient fixées sous l'avant-toit. Une seconde grille de fer forgé semblable à celle de l'entrée renfermait une magnifique piscine. Un fauteuil releveur électrique était installé sur la terrasse en pierre. On accédait à cette terrasse au moyen d'une rampe, et non d'un escalier. Dans le garage, un gros minivan adapté aux fauteuils roulants était stationné près d'un pick-up chargé d'outils de jardinage.

La porte-moustiquaire donnant accès à la terrasse était également en fer forgé. Faith trouva ce détail curieux, puisque la moustiquaire elle-même pouvait être facilement fendue à l'aide d'une lame, mais elle n'était pas venue ici pour évaluer le système de sécurité du domicile. Heath n'avait pas entièrement refermé la porte mais, étant donné l'état d'esprit du maître des lieux, Faith n'allait certainement pas poser ne serait-ce qu'un orteil sur cette terrasse sans y être invitée.

Les caméras de surveillance. La grille. La clôture de deux mètres de haut. Les cibles sur les photos des policiers transformées en photos d'identité judiciaire. La balle entre les yeux de Jeffrey Tolliver.

Cela faisait presque dix ans que Rebecca Caterino avait été agressée. Cela commençait à faire long pour maintenir un niveau d'alerte aussi élevé. Faith avait déjà vu ce que le chagrin était capable de faire aux familles, et aux pères en particulier. Toutefois, malgré tout son dispositif sécuritaire, Gerald ne s'était pas levé pour inspecter leurs pièces d'identité avant d'ouvrir la grille. Ce type inondait la toile de propagande anti-flic ; Faith se demanda si ce n'était pas parce qu'il avait une arme scotchée sous la table qu'il ne se levait pas. Puis elle se dit qu'elle était sans doute en train de céder à la paranoïa, avant de se rappeler que c'était justement grâce à cette paranoïa qu'elle pouvait rentrer chez elle retrouver sa fille tous les soirs.

Elle comprit qu'ils étaient déjà dans une impasse.

— Monsieur Caterino, il me faut votre autorisation verbale pour pouvoir entrer chez vous.

Ses bras musculeux étaient croisés sur sa poitrine.

— Je vous l'accorde, dit-il avec un petit hochement de tête.

Will tendit le bras pour ouvrir la porte. Faith gardait son sac à main collé à elle. Son mauvais pressentiment avait viré au tsunami de drapeaux rouges. Gerald Caterino la faisait penser à une cocotte-minute sur le point d'exploser. Il était assis sur le bord de sa chaise, les bras toujours croisés. Son ordinateur portable était fermé. Des cartes de pointage étaient empilées sur la table, juste à côté. L'homme portait un short cargo et un polo noirs. Le V de son col déboutonné laissait apparaître une peau très blanche, qui contrastait avec son visage et ses bras hâlés – un bronzage agricole hérité de son métier de paysagiste.

Faith regarda autour d'elle. Elle avisa une autre caméra, de type sphérique celle-ci, fixée au plafond près de la porte qui donnait sur la cuisine. La terrasse était longue et étroite. Autour de la table à laquelle Caterino était assis, il y avait trois chaises et une place permettant d'accueillir un fauteuil roulant.

Faith lui présenta sa carte de police. Plusieurs secondes s'écoulèrent avant qu'il s'en saisisse. Il mit ses lunettes et étudia le document, comparant le visage de Faith et sa photo. Puis Will lui passa son portefeuille et reçut le même examen attentif.

— Pourquoi êtes-vous venus ici ? demanda Caterino.

Faith se balançait d'un pied sur l'autre. Il ne les avait pas priés de prendre place.

— Daryl Nesbitt, répondit-elle.

Le corps de Caterino se tendit de façon exponentielle. Au lieu de leur avouer de lui-même qu'il lui envoyait des articles de journaux depuis cinq ans, il tourna la tête vers le jardin. Le soleil se reflétait dans l'eau de la piscine, la changeant en miroir.

— Qu'est-ce qu'il essaie d'obtenir cette fois ? demanda-t-il.

— Nous pensons qu'à terme il aimerait être transféré dans une prison de basse sécurité.

Caterino opina du chef, comme s'il trouvait cette réponse logique. Et elle l'était certainement : la dernière fois que Nesbitt avait conclu un accord, il était passé d'une prison de haute sécurité à celle de sécurité moyenne où il se trouvait actuellement. Ce transfert avait sans doute coûté à Caterino près de cent mille dollars de frais de justice.

— Monsieur Cateri…, commença Faith.

— Ma fille a été laissée dans ce bois pendant une demi-heure avant que quelqu'un s'aperçoive qu'elle était en vie, déclara Gerald.

Il darda un regard accusateur sur son interlocutrice, puis sur Will.

— Vous savez ce que ces trente minutes auraient changé à sa guérison ? À sa vie ? demanda-t-il.

Faith ne pensait pas que cette question attendait une réponse, mais il continua sur sa lancée.

— Trente minutes, répéta-t-il. Ma petite fille était paralysée, traumatisée, incapable de parler ou même de cligner de l'œil, et pas un seul de ces gros porcs de flics n'a pensé à vérifier si elle était encore en vie. Ni même à toucher son visage ou lui tenir la main. Si cette pédiatre n'était pas passée par là par hasard…

Faith chercha à garder un ton léger pour contrebalancer l'amertume du sien.

— Et qu'est-ce que Brad Stephens vous a dit d'autre au sujet de cette journée ?

Caterino secoua la tête.

— Ce petit minable à deux balles a fait la même chose que tous les autres. Dès la seconde où on demande à un flic de se prononcer de façon officielle, il se ferme comme une huître. Cette putain de ligne bleue[1] est devenue une corde à mon cou.

— Monsieur Caterino, nous sommes là pour obtenir la vérité, dit Faith. La seule ligne qui compte pour nous est celle qui sépare le bien du mal.

— Foutaises ! Vous autres, vous n'êtes que des crapules, toujours en train de vous couvrir les uns les autres.

Faith repensa à Nick attrapant Daryl Nesbitt et l'envoyant valser contre le mur.

— Enfoirés de merde, maugréa encore Caterino, avant d'émettre un long sifflement en expirant entre ses dents. J'aurais jamais dû vous laisser entrer. Je connais mes droits. Je n'ai rien à vous dire.

Faith essaya de faire diversion en jouant la carte de la parentalité.

— J'ai un fils, moi aussi. Quel âge a Heath ?

— Six ans, répondit Caterino en replaçant son ordinateur portable devant lui. Mon ex-copine, sa mère, n'a pas réussi à supporter l'état dans lequel Beckey s'est retrouvée. On ne s'est pas séparés en bons termes. J'étais vraiment en colère à cette époque.

1. La ligne bleue (*the thin blue line*) est le symbole de la police aux US. (NdT)

Faith se dit que, de ce point de vue, la situation n'avait pas beaucoup évolué.

— Je suis désolée d'apprendre cela.

— Désolée ? répéta-t-il. De quoi êtes-vous désolée, nom de Dieu ?

Faith savait qu'elle n'avait rien à voir dans tout cela, mais elle se sentait responsable quand même. Le site web Justice pour Rebecca présentait des dizaines de photos de Beckey avant et après son agression. C'était une belle jeune femme à qui cette journée dans les bois avait laissé des séquelles à vie : paralysie des jambes, troubles de la parole et de la vue, traumatisme crânien. D'après le site, l'agression l'avait laissée dans un état de déficience intellectuelle nécessitant une assistance quotidienne permanente.

Ces trente minutes dans la forêt étaient sans doute les trente dernières minutes de sa vie que Rebecca Caterino avait passées toute seule.

Gerald Caterino releva ses lunettes sur son crâne. Il regarda à nouveau en direction de la piscine. Il dut se clarifier la voix avant de reprendre la parole.

— Il y a douze ans, je croyais sincèrement que la perte de ma femme était la pire chose qui avait pu m'arriver. Et puis, quatre ans plus tard, ma fille part faire ses études à l'université et elle revient comme…

Sa voix s'éteignit.

— Et vous, agent spécial Faith Mitchell, pouvez-vous imaginer quelque chose de pire que ça ?

Faith voyait bien que c'était un petit jeu auquel il était habitué. Il était impossible d'imaginer pire que la perte d'un être aimé. La seule chose qu'on pouvait faire, c'était prier que cela ne nous arrive jamais.

— Et vous, agent spécial Will Trent ? Qu'est-ce qui est pire ? Quelle est la pire chose que vous pourriez me faire, tous les deux, là, tout de suite ?

— On pourrait vous donner de l'espoir, répondit Will sans hésiter.

Caterino eut un air sonné, il n'avait pas vu le coup venir. Ses yeux s'emplirent de larmes. Il hocha la tête une fois et tourna le regard vers la piscine.

— Je suis désolé, monsieur Caterino, ajouta Will. Nous ne sommes pas ici pour vous donner de l'espoir.

Faith vit Gerald Caterino déglutir. Elle se rendit compte que ce qu'elle avait pris pour de la colère était sans doute le moyen que cet homme avait trouvé pour dominer sa peur. Il avait passé des années à tenter de venger sa fille, et il était terrifié à l'idée de passer encore cinq, dix, ou trente ans sans pouvoir tourner la page.

— Pouvez-vous nous dire pourquoi vous avez envoyé ces articles à Daryl Nesbitt ? demanda Will.

Caterino secoua la tête.

— Ce petit merdeux sournois est si pourri qu'il devrait entrer dans la police.

— Pourquoi ces articles en particulier ? demanda encore Will.

Caterino leva les yeux vers Will.

— Qu'est-ce que ça peut faire ?

— C'est pour cette raison que nous sommes ici, monsieur Caterino, répondit Will. Nous enquêtons sur les morts dont parlent ces articles.

— Vous enquêtez ? répéta-t-il avant de partir d'un rire incrédule. Vous savez combien d'argent j'ai claqué en détectives privés ? En billets d'avion et en billets de train et en chambres d'hôtel pour aller parler à d'autres parents ? En psychologues du crime et en policiers à la retraite – j'ai même payé les services d'un médium, nom de Dieu ! Tout ça parce que les ordures égoïstes que vous êtes n'en foutent pas une rame et que vous n'êtes même pas capables de faire votre boulot correctement.

Faith ne comptait pas lui laisser l'occasion de se lancer dans une nouvelle tirade haineuse contre la police.

— Je suis sûre que vous êtes au courant que le corps d'Alexandra McAllister a été trouvé dans les bois hier matin.

Il haussa une épaule, sur la défensive.

— Aux infos, ils ont dit que c'était un accident, dit-il.

Faith attendit que Will lui donne discrètement le feu vert avant de poursuivre.

— Nous n'avons pas encore rendu cette information publique, mais la mort de McAllister a été qualifiée d'homicide, dit-elle.

Les sourcils de Caterino se froncèrent. Il eut l'air troublé, il n'était sans doute pas habitué à entendre ce qu'il voulait entendre.

— Pourquoi ?

— Le médecin légiste lui a trouvé une perforation à la nuque.

Caterino se leva lentement. Sa bouche s'ouvrit, mais sans qu'aucun son n'en sorte. Il semblait sidéré, incrédule, déboussolé.

— Monsieur Caterino ? appela Faith.

— Est-ce que c'était… ?

Il se couvrit la bouche avec sa main. De la sueur perla sur son crâne presque chauve.

— Est-ce que la perforation était au niveau de la vertèbre C5 ? demanda-t-il enfin.

— Oui, répondit Will.

Sans prononcer un mot de plus, Gerald Caterino entra dans la maison en courant.

Faith le vit poursuivre sa course dans un long couloir et tourner à droite.

Il avait disparu.

— Hein ? fit Will.

Faith se repassa la conversation dans son esprit.

— Il nous avait pourtant prévenus de ne pas lui donner d'espoir, dit-elle.

— Et peut-être qu'on lui en a donné.

Faith sentit un désagréable frisson lui parcourir l'échine. Elle se dit que Caterino avait sans doute été pris d'un besoin urgent d'aller aux toilettes. Ou il était peut-être allé chercher une arme. Les diatribes en ligne et les photos retravaillées la turlupinaient toujours. Beaucoup de gens parlaient de tuer des policiers. Il y avait même des chansons là-dessus. Seul un nombre infime de gens étaient réellement prêts à mettre leur menace à exécution. Il était facile de faire la différence entre les deux catégories de gens. Les premiers ne faisaient rien. Les seconds vous collaient un flingue sur la tempe et appuyaient sur la gâchette.

Faith regarda Will pour s'assurer qu'elle ne délirait pas.

— Homicide ou suicide ? demanda-t-il.

Donc, elle ne délirait pas.

— Heath est dans la maison. Sans doute que Beckey aussi.

— Je t'accompagne.

Faith entra chez Caterino. La cuisine était baignée de lumière. Elle s'y sentit en terrain connu : les placards et tiroirs étaient équipés de loquets de sécurité pour enfants ; les prises étaient bouchées ; les angles des meubles étaient recouverts de protections en mousse. À six ans, Heath était déjà trop grand pour des mesures de sécurité de ce genre. Ce devait donc être pour Beckey, sa fille de vingt-sept ans, que Caterino les avait installées.

Faith se retourna vers Will. Il observait une caméra de surveillance fixée à une étagère entre deux piles de livres de cuisine. Il se mit sur la pointe des pieds pour inspecter le dessus des placards. Il fit un geste de la main, le pouce en l'air, l'index tendu, pour indiquer à Faith qu'il y avait bien un revolver.

— Bonjour la compagnie !

Une femme portant une tenue d'infirmière entra dans la cuisine, un petit gobelet vide à la main. C'était une tasse en plastique pour bébé, avec un bec verseur.

— Vous êtes venus rendre visite à Gerald ? demanda-t-elle. Ce grand dadais vient de grimper l'escalier en courant.

Faith sentit son angoisse baisser d'un cran. Il y avait quelqu'un d'autre ici. Un témoin. Elle se présenta en bonne et due forme, montra sa carte de police à la femme, qui ne sembla pas s'étonner ni s'inquiéter de trouver deux agents spéciaux dans la cuisine.

— Je m'appelle Lashanda, dit-elle en rinçant le gobelet dans l'évier. Je m'occupe de Beckey pendant la journée.

Faith se dit qu'il fallait en profiter.

— Comment va-t-elle ?

— Bien aujourd'hui, répondit Lashanda avec un grand sourire radieux. Elle lutte contre la dépression. C'est à cause de son traumatisme crânien. Parfois, elle fait des siennes. Mais, aujourd'hui, c'est un bon jour.

Heath entra dans la pièce en sautillant avant que Faith ait pu demander à quoi ressemblaient les mauvais jours. Son visage arborait un sourire digne d'une citrouille de Halloween.

— Voilà ! fit-il en montrant à Will un dessin qu'il avait fait – un tyrannosaure –, qui était très réussi pour un enfant de six ans.

Will contempla le dinosaure.

— C'est incroyable, ça, mon grand. Tu as fait ça tout seul ?

Heath devint timide et partit se cacher derrière la jambe de Lashanda.

— Il est adorable, dit Faith. Quel âge a-t-il ?

— Six ans, mais il en aura sept dans deux mois. C'est un bébé de Noël, ce petit chou.

— Tu es grand pour un garçon de six ans, dit Faith en s'accroupissant devant Heath pour se mettre à son niveau. Je parie que tu sais faire des additions. Combien ça fait, deux plus deux ?

— Quatre ! répondit victorieusement Heath, souriant de plus belle.

L'une de ses dents de devant – une dent définitive – poussait toute de travers, vers l'intérieur de sa bouche.

— De quelle main est-ce que tu écris ? demanda encore Faith.

— La droite !

Il secoua sa main droite en l'air.

— Et c'est toi qui as fait tes lacets aujourd'hui ?

— Oui ! lança-t-il en levant les bras comme Superman. Et j'ai fait mon lit, j'ai brossé mes dents, même celle qui bouge, et j'ai...

— OK, mon bonhomme, je ne crois pas qu'ils veulent connaître tous les détails de ta journée, le coupa Lashanda en lui ébouriffant les cheveux. Pourquoi vous ne viendriez pas dans le salon ? On ne peut pas savoir quand Gerald va revenir.

Faith fut heureuse de la suivre. La disparition soudaine de Caterino la mettait encore très mal à l'aise. Sans les trucs de psychopathe qu'il avait mis en ligne, elle l'aurait juste trouvé bizarre. Mais il y avait ces trucs de psychopathe en ligne, justement.

— C'est par là.

Lashanda leur ouvrit la voie dans le long couloir. Ils dépassèrent la salle à manger, où des manuels étaient éparpillés sur la table.

— Des devoirs ? demanda Faith.

— Heath est scolarisé à domicile. Son prof vient de partir.

Faith savait qu'il existait beaucoup de bonnes raisons parfaitement légitimes pour souhaiter scolariser son enfant à domicile mais, au cours de sa carrière, elle n'avait eu affaire qu'aux cinglés qui voulaient tenir leurs enfants éloignés de l'école publique de peur qu'on leur enseigne des notions sujettes à controverse, comme « l'inceste, ce n'est pas bien » ou « l'esclavage, c'était mal ».

Dans le couloir, il n'y avait pas de croix gammées géantes sur les murs. Elle aperçut des photos encadrées de Beckey à différents moments de sa vie. Faith reconnut les photos prises à l'école, avec des pommes, des piles de livres ou des globes terrestres. Beckey avait fait de la course à pied. Sur une photo, on la voyait avec un groupe de filles en survêtements assortis. Sur une autre, elle franchissait la ligne d'arrivée et emportait le ruban de la victoire.

Les photos cessaient abruptement après le lycée. Faith se rendit également compte qu'il n'y avait là aucune photo de Heath, pas même le moindre photomaton. Gerald évoquait son fils dans sa bio en ligne, mais sans en montrer de photos, là non plus.

Quand ils entrèrent dans le salon, Faith leva les yeux. Il y avait au moins six mètres de hauteur sous plafond. À l'étage, au niveau des combles, une espèce de mezzanine donnait sur la pièce où ils se trouvaient. Un ascenseur avait été installé pour desservir l'étage.

Faith consulta à nouveau sa montre. Cela faisait maintenant quatre minutes que Gerald Caterino s'était absenté. Elle se retourna pour croiser le regard de Will. Il observait la mezzanine, la tête en l'air, évaluant de toute évidence le danger que cette disposition pouvait représenter pour eux, d'un point de vue tactique. Faith était heureuse de constater encore une fois qu'elle n'était pas la seule dingue à nourrir des soupçons dans cette pièce.

— Mademoiselle Beckey, dit Lashanda. Regardez. Votre papa a de la visite.

Le fauteuil roulant de Beckey Caterino était tourné face à de larges baies vitrées qui donnaient sur le jardin derrière la maison. Au milieu des fleurs, on apercevait des animaux en béton et une fontaine qui avait clairement été installée là pour la distraire. Faith distingua un colibri à gorge rubis qui voletait devant la mangeoire.

— Beckey ? répéta Lashanda.

À l'aide de ses mains, la jeune femme fit pivoter son fauteuil. Elle avait une brosse à cheveux posée sur ses cuisses. Elle portait une robe rose. Ses chaussettes bleu pastel étaient recouvertes de petits lapins roses.

— Bonjou-our, dit-elle.

Seul un côté de la bouche de Beckey remonta lorsqu'elle sourit. Un œil se fixa sur Faith, tandis que l'autre demeurait vide. Faith reconnut le même genre de paralysie faciale que celle de sa grand-mère, qui avait fait une série d'infarctus avant de mourir. Cette jeune femme était trop jeune de plusieurs dizaines d'années pour vivre ce genre de chose.

— Attendez, je vais vous aider, dit Lashanda qui essuya la bouche de Beckey avec un mouchoir.

Faith aperçut une cicatrice estompée en forme de T qui courait le long de sa gorge jusqu'à son sternum.

— Voilà Mme Mitchell et M. Trent, annonça Lashanda.

— Ravie de vous ren…

Beckey dut s'arrêter pour déglutir avant de pouvoir terminer sa phrase.

— … contrer.

— Ravie aussi, Beckey.

Faith essaya de stabiliser sa voix, car son premier réflexe était de s'adresser à cette adulte comme à une enfant. Il y avait quelque chose d'incroyablement innocent qui émanait d'elle. Elle était très mince. Ses gestes étaient maladroits lorsqu'elle saisit sa brosse à deux mains. Elle venait apparemment de prendre une douche. Ses cheveux étaient humides. Elle portait des vêtements propres.

Heath grimpa sur les genoux de sa sœur et posa sa tête contre sa poitrine. Faith se rappela à quel point Jeremy était mignon à cet âge. Maintenant, son adorable petit garçon était en train de se transformer en une espèce de Marquis de Sade maniant le « pourquoi ? » comme un fouet.

— Tiens.

Beckey tendit la brosse à Lashanda.

— Tresse, ajouta-t-elle.

— Ma chérie, vous savez bien que je ne sais pas faire ça, répondit Lashanda.

Puis se retournant vers Faith, elle expliqua :

— Elle veut que je lui fasse une tresse comme celle d'Elsa dans *La Reine des neiges*. J'ai regardé une vidéo sur YouTube mais ça ne m'a pas aidée.

Will se racla la gorge.

— Je peux essayer si vous voulez, proposa-t-il à Beckey.

Elle sourit et lui tendit la brosse.

— Ça ne vous embête pas que je retourne votre fauteuil ?

Elle hocha la tête et son sourire s'élargit.

Will tourna le fauteuil de Beckey de façon qu'elle soit face à la pièce.

Cela lui permit aussi d'avoir un meilleur aperçu de la mezzanine, au passage. Doucement, il se mit à brosser ses longs cheveux. Comme Heath l'observait, il expliqua à haute voix :

— Il faut commencer avec trois mèches séparées.

Will avançait rapidement. Faith se rendit compte que la tresse qu'il faisait à Beckey ressemblait à celle que Sara se faisait le week-end. Il y avait une autre Faith en elle qui aurait pu finir avec Will si elle n'avait pas été en permanence attirée par des crétins bons à rien – quoique fertiles. Tout ce qu'elle pouvait espérer à présent, c'était rencontrer un homme qui pensait à boire aussi de l'eau de temps en temps.

— Attendez, dit Lashanda. Je vais vous apporter quelque chose pour les attacher.

Will tenait le bout de la tresse serrée pendant que Lashanda cherchait un élastique sur le bureau. Il fit un clin d'œil à Heath.

— Je suis là-haut, lança Gerald, qui apparut à la balustrade de la mezzanine. Je suis prêt. Ne laissez personne vous suivre.

Il disparut à nouveau.

Lashanda prit le relais auprès de Beckey. En attrapant le bout de la tresse, elle répondit au regard interrogateur de Will en haussant les épaules.

— C'est du Gerald tout craché, dit-elle simplement. Il a une façon bien à lui de faire les choses.

Will ne laissa pas Faith le devancer pour monter à l'étage. Il attendit d'être arrivé en haut de l'escalier pour ajuster sa veste, car il portait son Glock dans un holster sur le côté. Quant à Faith, comme elle s'était dit qu'elle passerait toute la journée à la prison, elle avait rangé son arme dans un sachet de whisky Crown Royal, dans son sac à main. Par acquit de conscience et pour ne pas être prise au dépourvu, elle ouvrit la fermeture Éclair de ce dernier. Elle s'assura également que la ficelle qui servait à fermer le sac Crown Royal était bien desserrée.

Cela lui rappela l'époque où elle était de patrouille. Les contraventions. Les vols de voiture. Les violences conjugales. C'était devenu une vraie routine – quoique pas tant que ça, car les gens étant ce qu'ils étaient, on ne savait jamais ce qu'ils pensaient vraiment avant qu'ils décident de passer à l'acte.

Will avait remarqué une autre caméra fixée en haut de l'escalier. La paranoïa de Faith redoubla. Si ça se trouve, Gerald était en train de surveiller leur arrivée. Il détestait les flics. Il leur en voulait à mort. Et il s'était montré imprévisible, jusqu'à présent.

Ils tournèrent à gauche au bout du couloir. Will s'arrêta et s'agenouilla pour ramasser une touffe de bourre rose. De l'isolant. Il indiqua le plafond. L'escalier du grenier avait été récemment démonté.

— Je n'aime pas ça, dit-il à Faith.

Faith n'aimait pas ça non plus.

— Monsieur Caterino ? appela-t-elle.

— Dans la chambre, répondit Gerald. Assurez-vous d'être seuls.

Sa voix provenait du fond des combles, à l'autre bout d'un couloir qui semblait bien faire deux cents mètres.

Il avait disparu de leur champ de vision par deux fois déjà. Il avait un revolver caché en bas. Il en avait donc probablement un ici aussi, dans les combles. En plus, il n'arrêtait pas de leur dire de venir seuls.

Faith suivit Will en direction de la chambre. Leurs têtes pivotaient en même temps à chaque fois qu'ils passaient devant une porte. La salle de bains. La buanderie. Heath avait décoré les murs de sa chambre avec des dinosaures et des personnages de Toy Story. La chambre de Beckey était remplie de matériel médical dont un lit médicalisé et un lève-personne. La chambre en face devait être celle de l'infirmière de nuit. Faith se demanda combien tout cela coûtait. Beckey pouvait très certainement prétendre au statut d'handicapée pour bénéficier des aides adéquates – ce qui revenait à bénéficier d'une bande Velpeau quand on avait une plaie béante à la poitrine.

Ils avaient atteint la partie des combles qui s'ouvrait en mezzanine donnant sur l'étage inférieur. Des jouets étaient éparpillés autour d'une télévision. Faith reconnut la console de jeux : c'était une version plus récente de celle qu'elle avait chez elle. Pour continuer à suivre le couloir, elle dut enjamber un cache-fil en plastique de l'épaisseur d'un dos-d'âne. Il ne contenait aucun fil électrique, il était là juste pour freiner le fauteuil roulant de Beckey.

— Merde, murmura Will.

Faith regarda au-delà de Will, en direction de la chambre. Les lumières étaient éteintes. Les fenêtres étaient aveuglées par un empilement de cubes de rangement Ikea remplis de vêtements pliés. Des rais de lumière acérés se faufilaient entre les boîtes.

Will fit six grandes enjambées et entra dans la pièce. Faith resta dans le couloir. Elle le regarda essuyer sa bouche du revers de sa main. Le pansement Olaf se décollait, imbibé de transpiration.

— Monsieur Caterino, est-ce un pistolet, posé près de votre lit ?

— Ah oui, répondit Gerald. Attendez, je vais...

— Je vais le prendre, dit Will.

Il disparut du champ de vision de Faith, qui avait sorti son revolver du sac et le tenait en main, prête à tirer. Elle était sur le point de se ruer dans la pièce, quand son coéquipier réapparut dans l'encadrement de la porte.

Il tenait un Browning HP 9 mm entre ses mains. Faith ne s'y connaissait pas autant que Will en armes à feu, mais elle savait que ce modèle-ci était équipé d'un chargeur amovible un peu compliqué. Soit Gerald Caterino était bien rodé au maniement des armes, soit on lui avait vendu un pistolet non adapté.

Will détacha le chargeur et le sortit du Browning. Puis il alluma les plafonniers.

Faith rangea son revolver mais garda la main plongée dans son sac. Elle parcourut la pièce du regard en franchissant le seuil de la pièce. Fenêtres, RAS. Portes, RAS. Mains, RAS. C'était de toute évidence la pièce où Gerald dormait. Les murs étaient nus, il n'y avait aucune déco nulle part. Un lit king size défait, des tables de chevet dépareillées, une télévision fixée au mur, les cubes de rangement Ikea, une porte menant à une salle de bains. Il y avait une autre porte, qui devait mener à un dressing, mais elle était close. Une clé sortait de la serrure.

— Fermez la porte, dit Gerald à Faith.

Faith en poussa le battant et la laissa entrebâillée.

— Je n'aime pas parler de ça devant Heath, dit Gerald. Et je ne suis pas sûr de ce que Beckey sait, ou de ce qu'elle peut retenir. Elle ne se souvient pas de l'agression, mais je suis inquiet à l'idée qu'elle puisse entendre certaines choses. Ou voir ceci.

Il tourna la clé dans la serrure et poussa la porte.

Faith en resta bouche bée.

Les murs du dressing étaient recouverts d'articles de journaux, de pages imprimées, de photos, de schémas, de notes en tous genres, accrochés avec des punaises de couleur. Des fils rouges, bleus, verts et jaunes reliaient différents éléments. Des boîtes à archives étaient empilées contre le mur du fond, du sol au plafond. Gerald avait transformé sa penderie en impressionnante salle des opérations, et la perspective que ses enfants la découvrent un jour le terrifiait.

Faith en eut le cœur brisé. Chaque feuille de papier, chaque punaise, chaque fil symbolisait la souffrance de ce père désespéré.

— Je cache la clé du dressing dans le grenier, dit Gerald. Heath aime bien jouer avec mon porte-clés. Il a même failli entrer ici, un jour. Je fais confiance à Lashanda, mais elle peut se laisser distraire. Si jamais Heath voyait ça… Je ne veux pas qu'il sache. Pas avant qu'il soit prêt. Laissez-moi vous montrer, je vous prie.

Faith verrouilla la porte de la chambre. Elle sortit son téléphone en suivant Will dans le dressing. Elle alluma le mode vidéo. Pour l'enregistrement, elle demanda :

— Monsieur Caterino, est-ce que vous m'autorisez à filmer ceci avec mon téléphone ?

— Oui, bien sûr, répondit-il.

Gerald commença à leur montrer du doigt les photographies.

— Celles-là, je les ai prises le premier jour où Beckey est allée à l'hôpital, environ douze heures après avoir été agressée. L'incision que vous voyez ici est le résultat de la trachéotomie. Là, c'est l'endroit où son sternum a été cassé, pour lui sauver la vie.

Son doigt se pointa sur un autre cliché, plus bas.

— Ça, ce sont ses radios. Vous pouvez voir très nettement la fracture crânienne sur celle-ci. Regardez la forme qu'elle a.

Faith fit un zoom sur la radio punaisée à côté d'une photo de scène de crime qui avait l'air plus ancienne.

— Est-ce que c'est Brad Stephens qui vous a fait parvenir les copies du dossier de votre fille ? demanda-t-elle.

Gerald ouvrit la bouche, puis la referma.

— Je les ai eues, c'est tout ce qui compte, finit-il par répondre.

Faith laissa tomber. Il leur avait fait gagner du temps, au moins. Elle fit un gros plan sur les dépositions des témoins, les notes de l'enquête, les comptes rendus du coroner, les notes concernant la réanimation, les schémas représentant les lieux du crime.

Will avait les mains dans les poches. Penché en avant, il regardait de près la photographie d'une jeune femme debout à côté du pont du Golden Gate.

— Est-ce que c'est Leslie Truong ? demanda-t-il.

— On m'a refusé l'accès à son dossier parce que, techniquement, c'est encore une affaire en cours, dit Gerald. C'est sa mère, Bonita, qui m'a donné cette photo. On se parlait tout le temps, à l'époque. Plus beaucoup, maintenant. Au-delà d'un certain point, ça finit par vous bouffer, vous voyez ? Votre vie devient…

Il n'eut pas besoin de finir sa phrase. Les murs racontaient la vie qui était la sienne depuis l'agression de Beckey.

Faith se retourna, effectuant un lent balayage pour filmer le mur derrière elle. Gerald avait imprimé des pages et des pages trouvées sur Internet. Elle vit des publications Facebook, des tweets, des mails. Elle fit un gros plan pour être certaine de bien enregistrer le nom des auteurs de ces messages. La plupart des mails provenaient de l'adresse dmasterson@Love2CMurder.

— Avez-vous réussi à accéder à l'un des dossiers en lien avec les articles de journaux ?

— J'ai effectué des demandes au nom de la loi sur la liberté d'accès à l'information, mais il n'y avait rien dans ces dossiers, à peine plus de quelques pages sur chaque femme.

Il pointa du doigt les pans du mur qui correspondaient à ces cas.

— Ils ont tous été qualifiés d'accidents, exactement comme pour Beckey si elle n'avait pas survécu. Non pas que sa vie soit redevenue ce qu'elle était avant. Ni qu'elle puisse jamais le redevenir.

Le désespoir dans sa voix faisait l'effet d'un étau se refermant sur la pièce.

— Monsieur Caterino, dit Will, pour une raison particulière, vous avez envoyé certains de ces articles de journaux à Nesbitt. Qu'est-ce qui vous a poussé à choisir ceux-là ?

— J'ai discuté avec les familles.

Gerald se dirigea hâtivement vers le fond du dressing. Il resta debout à côté des cartons d'archivage.

— Regardez, ça, ce sont les notes relatives à mes appels téléphoniques. Filmez-les.

Faith fit faire un mouvement de balancier à sa caméra. Elle voulait que Gerald soit sur la vidéo, lui aussi.

— J'ai passé des dizaines de coups de fil. À chaque fois qu'une femme était découverte, je retrouvais la trace de la famille, et je leur parlais. J'ai réussi à circonscrire le nombre des victimes à huit.

Il pointa son doigt dans une direction derrière Faith, mais elle ne se retourna pas. Elle reconnaissait les visages des femmes pour les avoir vus dans les articles, mais les photographies sur le mur étaient différentes, plus personnelles, le genre de clichés que l'on conservait, normalement, encadrés sur son bureau.

Gerald montra du doigt chacune des femmes en prononçant à chaque fois son nom à voix haute.

— Joan Feeney. Bernadette Baker. Jessica Spivey. Rennie Seeger. Pia Danske. Charlene Driscoll. Deaundra Baum. Shay Van Dorne.

Faith fit un zoom sur chacune, s'assurant à chaque fois de garder Gerald dans le cadre.

Il les pointa à nouveau du doigt, une par une.

— Bandeau, peigne, barrette, serre-tête, brosse, brosse, chouchou, peigne, égrena-t-il.

— Attendez, intervint Faith, de quoi parlez-vous ?

— Ce sont les objets qui avaient disparu. Vous n'avez pas enquêté là-dessus ? Vous n'avez rien lu du tout ?

— Monsieur…

— Non ! cria-t-il. Ne me dites pas de me calmer. J'ai dit à ce connard de flic que Beckey n'avait plus la pince à cheveux que sa mère lui avait donnée. Une pince écaille de tortue. Beckey avait accidentellement cassé l'une des dents. Elle la laissait toujours sur sa table de nuit. Le matin où elle est sortie…

Il s'interrompit pour retourner en courant à l'autre bout de la pièce.

— C'est écrit juste ici. Kayleigh Pierce, sa camarade de chambre. C'est dans sa déposition officielle.

Faith l'avait suivi avec la caméra de son téléphone.

— Kayleigh a dit que le matin où on a retrouvé Beckey, avant ça, quand elle était en train de s'habiller, elle avait dit…

Il était à bout de souffle.

— Elle avait dit…

— Ça va, monsieur Caterino. Regardez-moi, lui intima Faith.

Il la dévisagea avec un désespoir qui la transperça de part en part.

— Prenez votre temps. Nous vous écoutons. Nous n'allons nulle part.

— OK, OK, fit-il en tapant du poing sur sa poitrine, comme s'il essayait de stabiliser les battements de son cœur. Kayleigh a dit que Beckey n'avait pas retrouvé sa pince à cheveux sur la table de chevet. Elle n'y était pas, ce matin-là. La table de nuit, c'est là qu'elle la posait toujours. Même avant de partir pour l'université, Beckey a toujours laissé la pince à côté de son lit. Elle ne voulait pas qu'elle soit abîmée, mais elle voulait pouvoir la porter quand elle avait besoin de se sentir près de Jill, vous comprenez ?

— Jill, c'était sa mère ?

— Oui, c'est ça.

Gerald désigna une photo de Beckey avant l'agression. Elle lisait au lit. Ses cheveux étaient retenus en arrière par une pince.

— La pince à cheveux n'a jamais été retrouvée. Les filles, Kayleigh et ses camarades, elles ont retourné la résidence dans tous les sens, OK ? Avant même que les policiers fouillent les lieux. Non pas qu'ils aient beaucoup cherché, cela dit, vu qu'à ce moment-là ils n'en avaient pas grand-chose à faire. Mais les filles savaient à quel point la pince à cheveux comptait pour Beckey, alors elles l'ont cherchée pendant que Beckey était à l'hôpital. Et elles ne l'ont pas retrouvée. Et quand les flics ont enfin daigné enquêter sur ce qui s'était passé, ils ne l'ont pas retrouvée non plus.

Faith se mordit le bout de la langue. Elle ne pouvait pas croire que Lena Adams avait oublié ce détail.

— Ces flics..., reprit Gerald. Tolliver, c'était le pire. Il débarquait, plein de compassion, comme s'il en avait quelque chose à faire, mais tout ce qu'il voulait, c'était cocher une case et régler rapidement cette affaire pour pouvoir toucher sa paye.

Faith savait à quoi ressemblait le bulletin de paye d'un flic. C'était loin d'inspirer une quelconque motivation.

— Il m'a dit, ce sale connard de menteur m'a dit...

Gerald s'interrompit pour tâcher de se calmer et de rassembler ses idées.

— Tolliver a piégé Nesbitt. Je vous le dis. Si je pouvais le prouver, je traînerais cette ville en justice, je la mettrais à genoux. Vous savez que l'université a mis la main à la poche, n'est-ce pas ? Et le comté aussi. Ils savaient que les forces de police étaient corrompues. C'est pour ça qu'ils ont payé plein pot.

Soudain, Faith fut contente de filmer l'homme qui avait poursuivi en justice les services de police.

— Y a-t-il eu un procès pour déterminer des dommages et intérêts ?

— Ils ne voulaient pas de procès, parce qu'ils savaient que tous les détails compromettants seraient révélés au grand jour. Vous ne voyez pas le tableau ? La compagnie d'assurance, la ville, les avocats – et même mes propres conseillers juridiques –, ils étaient tous partie prenante de la tentative d'étouffer l'affaire.

D'après l'expérience de Faith, les conseillers juridiques faisaient tout ce qu'ils pouvaient pour obtenir les plus fortes indemnisations.

— Le comté a passé un accord avec moi, mais ils ont refusé de reconnaître qu'ils avaient fait quoi que ce soit de mal, même si on sait que c'était pourtant le cas. On le *sait*. Trente foutues minutes. Trente minutes de la vie de ma fille. Je romps l'accord de confidentialité sur-le-champ. J'aurais dû aller voir les journalistes. Je pourrais toujours le faire. Qu'ils essaient de remettre la main sur leur argent, tiens. S'ils l'osent.

Faith déplaça son pouce pour couvrir le micro, même si c'était trop tard.

— Vous avez un fils, dit Gerald à Faith. Comment vous sentirez-vous quand vous l'enverrez étudier à l'université ? Vous leur faites confiance, hein ? Vous faites confiance à la police. Vous faites confiance à tous les gens censés protéger votre enfant et, quand ils ne le font pas, vous les faites payer.

Will se racla la gorge.

— Combien vous ont-ils payé ?

— Pas assez.

Gerald balaya la pièce du regard. Sa lèvre se mit à trembler.

— Pas assez, bon Dieu.

Sa voix s'était étranglée sur le dernier mot et brisée en un sanglot. Il plaqua sa main sur sa bouche pour le refouler. Gerald avait perdu la bataille. Il se pencha en avant. Un gémissement de douleur s'échappa de ses lèvres. Ses genoux défaillirent et il s'écroula par terre, le visage plongé dans ses mains. Il se mit à pleurer comme un enfant.

Faith éteignit la caméra de son téléphone. Will l'empêcha d'aller auprès de Gerald. Il trouva une boîte de Kleenex dans le coin de la pièce. La corbeille à papier qui se trouvait juste à côté débordait déjà de mouchoirs usagés.

Gerald avait la tête appuyée contre la moquette. Ses sanglots emplissaient la pièce. Essayer de le consoler n'aurait rimé à rien. On ne pouvait consoler quelqu'un qui avait perdu tout espoir.

Will s'agenouilla. Il lui tendit les Kleenex.

— Je suis désolé, dit Gerald en prenant un mouchoir et en s'essuyant les yeux. Ça m'arrive, parfois. Je ne peux pas l'empêcher.

Will l'aida à se relever.

Gerald se moucha. Il était tout rouge. Embarrassé.

Faith lui accorda quelques secondes supplémentaires avant de le ramener au présent.

— Monsieur Caterino, au rez-de-chaussée tout à l'heure, quand mon coéquipier vous a dit que la lésion sur la moelle épinière se situait au niveau de la vertèbre C5, cela a eu l'air de vous déstabiliser.

Il se moucha une nouvelle fois et lissa sa chemise.

— Beckey avait une perforation, dit-il en montrant du doigt une photo en noir et blanc sur le mur. Je comptais vous redescendre ça au rez-de-chaussée, mais je me suis dit qu'il valait mieux que je vous emmène ici pour vous montrer. Il y a tellement de choses et je… je ne…

— Ça va, dit doucement Faith pour l'apaiser. Je suis contente que vous nous ayez autorisés à voir ceci. Il est important que nous gardions intacte toute la masse de travail que vous avez accomplie.

— Oui. Vous avez raison.

Il désigna à nouveau le mur.

— Voici la perforation, dit-il.

Elle ralluma la vidéo et fit un gros plan sur l'image en noir et blanc, qui provenait d'une IRM. Même ses yeux inexercés distinguaient la lésion sur la moelle épinière – cela ressemblait au dessin d'un pneu percé dans une BD, à part que c'était un fluide qui s'en échappait et non de l'air.

— Personne n'a pu expliquer ça, dit-il.

— Y a-t-il autre chose que nous devrions savoir au sujet de l'affaire de votre fille ?

— Tout est perdu. Aucune piste n'a rien donné. Il n'y a personne à qui parler. Personne qui veuille en parler, en tout cas, rectifia

Gerald en jetant le Kleenex à la poubelle. Tolliver a fait tout ce qui était en son pouvoir pour qu'on ne découvre jamais la vérité au sujet de Beckey et de Leslie. Il a caché des informations, il a affirmé qu'elles avaient été perdues lors du remaniement administratif. Et sa lèche-bottes de collègue, Lena Adams, vous saviez qu'elle avait détruit tous ses carnets de notes ? Vous imaginez ce qu'elle avait pu y écrire ? C'est elle, la salope qui n'a même pas vérifié si ma fille était morte ou encore en vie. Ils étaient tous là, debout autour d'elle, à rigoler et à faire des blagues, pendant qu'elle souffrait de lésions cérébrales catastrophiques.

Faith tâcha de l'éloigner des dangereux récifs vers lesquels il dirigeait sa barque.

— Dites-m'en davantage au sujet de la pince à cheveux de Beckey, suggéra-t-elle.

— Oui, elle avait disparu, répondit-il. Ce qui ne veut rien dire en soi, pas vrai ? Mais ensuite, j'ai discuté avec Bonita...

— La mère de Leslie Truong ? l'interrompit Faith pour essayer de le faire ralentir. Qu'a-t-elle dit ?

Les larmes de Gerald avaient séché. Il était à nouveau en colère.

— Leslie ne retrouvait plus un bandeau qu'elle portait toujours quand elle se débarbouillait le visage, le soir.

— Est-ce que ce bandeau était la seule chose qui lui manquait ?

— Oui, fit-il d'une voix hésitante. Enfin je ne sais pas, reconnut-il finalement. Peut-être aussi des T-shirts ou des vêtements, mais le bandeau, ça, c'est sûr. Leslie avait appelé Bonita pour lui faire part de sa colère. Elle disait que c'était débile de voler un objet qui avait si peu de valeur. C'était ce qui la rendait si furieuse. Pourquoi prendre quelque chose comme ça ?

Faith passa mentalement en revue les autres victimes possibles, et les autres objets qui avaient pu être dérobés.

— Shay Van Dorne... C'est sa brosse qui avait disparu ?

— Son peigne. Elle était dans sa voiture quand elle s'est rendu compte qu'il avait disparu. Elle était tellement fâchée qu'elle en a parlé à sa mère.

Il se concentra de nouveau sur les photos des femmes citées dans les articles.

— Joan Feeney..., poursuivit-il. Elle portait toujours un bandeau à la salle de sport. Elle a dit à sa sœur qu'elle ne retrouvait pas le violet, qui était son préféré. Seeger était en voiture, comme Van Dorne. Elle était au téléphone avec sa sœur quand elle a mentionné le fait que le bandeau élastique bleu qu'elle rangeait dans la console n'y était plus.

Faith hocha la tête pour l'inviter à continuer.

— Danske avait une brosse en argent qui appartenait à sa grand-mère. Elle avait disparu de sa commode. Driscoll avait une brosse dans sa boîte à gants. Elle n'y était plus quand son mari a vérifié. Spivey avait une barrette dans son bureau, au travail, qu'elle utilisait pour retenir sa frange. Baker avait un peigne avec le mot *Relax* écrit dessus avec des petits brillants. La sœur de Baum dit qu'elle portait toujours un chouchou assorti à sa tenue. On l'a retrouvée habillée d'un T-shirt vert, mais sans chouchou. Et ensuite, quand sa sœur a vérifié dans ses affaires, elle a trouvé toutes sortes de chouchous – des rouges, des jaunes, des orange. Mais aucun vert.

Faith imagina qu'un avocat de la défense pourrait facilement utiliser cette vidéo pour prouver que Gerald Caterino avait mis des idées dans la tête de familles désespérées. Sous un jour plus sévère, ce que le père de Beckey avait fait pouvait être qualifié de subornation de témoin. Et pour quel motif ?

Une brosse. Un peigne. Un chouchou. Un bandeau. Une pince à cheveux. Entre sa voiture, son sac à main et sa maison, Faith avait tous ces accessoires, certains même en plusieurs exemplaires. Quelqu'un pourrait très facilement dire, après coup, que l'un d'eux avait disparu.

En particulier si cette personne cherchait désespérément à établir des liens entre plusieurs affaires.

De toute évidence, Will pensait la même chose. Il attendait que Faith arrête l'enregistrement vidéo.

— Quand vous appeliez les familles, comment ça se passait ? demanda-t-il à Gerald.

— Certains ne voulaient pas me parler. D'autres acceptaient, mais ce n'était pas une bonne piste. J'avais établi une liste de questions pour éliminer les affaires qui ne correspondaient pas. C'est comme ça que je suis parvenu au nombre de huit victimes.

Il se dirigea vers le mur opposé et arracha une page de calepin qui y était punaisée.

— Voilà ce que j'utilisais.

Faith lut la liste.

1. Présente-toi (sois calme !)

2. Explique ce qui est arrivé à Beckey (seulement les faits !)

3. Demande-leur s'ils ont un doute sur la cause du décès de leur proche (aie l'air normal !)

4. Demande-leur si la personne décédée avait évoqué la disparition d'un objet

5. Demande-leur de confirmer l'absence de l'objet en question

— À chaque fois que je lis un article, je me mets au travail, reprit Gerald. On trouve beaucoup de choses sur Internet. Les gens sont faciles à retrouver. Ce que je fais, c'est que je téléphone. J'ai parlé à des dizaines de proches de victimes, ces dernières années. Je crois que je me suis amélioré avec le temps. Il faut tâter le terrain, s'assurer qu'ils sont ouverts à l'éventualité. C'est une chose épouvantable de perdre une enfant, mais c'est encore plus terrible de comprendre que quelqu'un vous l'a volée.

Faith relut la liste, qui était un véritable cas d'école de questions orientées.

— Concernant ce dernier point, là, le numéro 5. Est-ce que vous leur disiez exactement quoi chercher ? Que c'était un accessoire pour les cheveux ?

— Oui. Qu'est-ce qu'ils chercheraient d'autre, sinon ?

Il repartit à nouveau vers un autre mur, comme une balle de ping-pong, et pointa du doigt les mails imprimés provenant du domaine Love2CMurder.

— C'est une liste de ce que les tueurs en série font. En premier, ils prennent un trophée. C'est ce que fait l'agresseur de Beckey. Il les suit. Il prend quelque chose qui leur appartient. Puis il les agresse et maquille son crime en accident.

— Attendez, dit Faith. Que voulez-vous dire par « il les suit » ?

— Des semaines avant l'agression mortelle, chacune de ces femmes a confié à un membre de sa famille, un ami ou un collègue qu'elle avait une impression étrange, comme si quelqu'un l'observait.

Faith réfléchit à cette nouvelle information. Plusieurs explications plausibles lui venaient à l'esprit – et le fait qu'être une femme en ce monde faisait parfois se sentir vulnérable n'était pas la moindre.

— Ça ne figure pas sur votre liste de questions, de les interroger sur une éventuelle impression d'être épié.

— Je sais que les gens retiennent toujours des informations. Je les laisse me le dire d'eux-mêmes.

— Ils vous l'ont dit, comme ça ?

— J'ai été prudent. Ce type-là, dit-il en montrant du doigt les mails de Love2CMurder, c'est un inspecteur de police à la retraite. Un des rares bons flics qui existent. Il m'a aidé à mener l'enquête. Il dit que la plus grande erreur des femmes, c'est de ne pas écouter leur instinct.

Faith parcourut les mails. DMasterson correspondait avec Gerald depuis au moins deux ans. Elle aperçut des PDF de factures.

— Tout à l'heure, vous nous avez dit que vous payiez les services d'un détective privé. C'est lui ?

— Non, je parlais de Chip Shepherd. J'ai travaillé avec lui il y a cinq ans. C'est un autre flic à la retraite. Je l'ai payé pour trois mois. Il a travaillé six mois. Ses dossiers sont ici, ajouta-t-il en donnant un coup de pied dans la pile de boîtes. Chip n'a rien trouvé. Ils ne trouvent jamais rien. Pendant cinq ans, j'ai sué sang et eau pour maintenir l'affaire ouverte. Mon boulot marche bien, mais ça ne suffit pas. Mes économies sont réduites à peau de chagrin. Je n'ai pas de retraite. La maison est hypothéquée. L'argent des procès est placé dans un trust, pour prendre soin de Beckey. Je passe toute ma vie à prendre soin d'elle et de Heath, et avec le peu qui me reste, je fais ça.

Faith poussa un long soupir. Elle se sentait devenir claustrophobe dans cette pièce. Et c'était sur le point de s'aggraver. Elle se dit qu'elle avait trouvé la réponse à la question que Will posait depuis qu'ils avaient lancé des hypothèses dans la chapelle de la prison, ce matin.

— Monsieur Caterino, commença-t-elle en douceur, pourquoi avez-vous envoyé ces articles de presse à Daryl Nesbitt ? Il n'y avait pas de message, pas de lettre. Juste les articles.

— Parce que…

Il se ressaisit une seconde trop tard.

— Il continue de clamer qu'il est innocent. Je voulais qu'il se sente aussi pris au piège et impuissant que moi.

Faith était convaincue qu'il essayait de torturer Daryl Nesbitt, mais il y avait là plus qu'il n'y paraissait.

— Je suis désolée de vous demander cela, mais pourquoi êtes-vous si sûr que Daryl Nesbitt n'est pas l'homme qui a fait du mal à votre fille ?

— Je n'ai jamais dit…

— Monsieur Caterino, il y a cinq ans, vous avez dépensé une somme d'argent importante pour payer des avocats à Daryl Nesbitt dans le cadre de son action civile contre la succession de Jeffrey Tolliver.

La surprise se lut sur le visage de Gerald.

— Très souvent, les affaires au civil servent à obliger les policiers à faire des déclarations publiques et sous serment pouvant être utilisées par la suite comme preuves contre eux au cours de procédures pénales, poursuivit Faith.

Les lèvres de Gerald se serrèrent en une fine ligne.

— Il y a cinq ans, vous avez créé une page Facebook consacrée à Beckey ainsi qu'un site web, poursuivit Faith. Pendant les cinq dernières années, vous avez rassemblé des articles au sujet de femmes disparues dont vous pensez qu'elles sont liées à l'agression de votre fille.

— Ces autres femmes…

— Non, l'interrompit à nouveau Faith. Vous avez commencé votre enquête il y a cinq ans. Certaines de ces affaires datent d'il y a huit ans. Qu'est-ce qui vous a poussé à croire, il y a cinq ans, que Daryl Nesbitt n'était pas l'homme qui avait attaqué Beckey ? Il a forcément dû y avoir une raison très convaincante.

Gerald se mordit la lèvre pour l'empêcher de trembler. Il ne put retenir ses larmes lorsqu'elles revinrent.

Faith le guida lentement, pas à pas.

— Vous postez beaucoup de choses sur Internet, monsieur Caterino, mais vous n'avez jamais rien publié sur votre fils.

Il s'essuya les yeux.

— Heath comprend que Beckey doit être au cœur de toute notre attention, dit-il.

Faith ne s'arrêta pas.

— J'ai remarqué toutes les caméras que vous avez dans la maison. À l'intérieur et à l'extérieur. Est-ce un quartier dangereux, ici, monsieur Caterino ?

— Le monde est un endroit dangereux.

— Ce quartier me paraît très sûr.

Faith s'interrompit un instant.

— Cela me pousse à me demander ce que vous essayez de protéger, reprit-elle.

Il haussa les épaules, sur la défensive.

— Ce n'est pas interdit par la loi d'avoir des caméras de sécurité et un portail.

— C'est vrai, reconnut Faith. Mais je voulais vous dire à quel point je suis impressionnée par votre petit garçon. Il est vraiment intelligent. Il est très en avance pour son âge. Votre pédiatre vous l'a dit, non ? On dirait presque un garçon de huit ans.

— Il aura sept ans à Noël.

— Exact, dit-elle. Sa naissance date d'environ trente-neuf semaines après l'agression de Beckey.

Gerald ne parvint à soutenir son regard que quelques secondes avant de baisser les yeux.

— Voilà ce que je pense, reprit Faith. Je pense qu'il y a cinq ans, Daryl Nesbitt vous a écrit, depuis la prison.

Les muscles de la gorge de Gerald se contractèrent.

— Je pense que vous avez vu cette lettre, et vous vous êtes dit que Daryl Nesbitt avait léché le rabat pour sceller l'enveloppe. Et que sa salive était au dos du timbre.

Faith essayait d'être le plus douce possible.

— Avez-vous fait tester l'ADN de Daryl Nesbitt qui se trouvait sur l'enveloppe, monsieur Caterino ?

Gerald gardait la tête basse ; son menton touchait sa poitrine. Des larmes s'écrasèrent sur la moquette.

— Vous savez ce qui m'effraierait, moi, monsieur Caterino ? Ce qui me pousserait à installer des caméras de sécurité, un portail et des palissades, et à dormir avec un pistolet près de mon lit ?

Il prit une profonde inspiration, mais garda les yeux rivés au sol.

— Ce qui me réveillerait la nuit, dit Faith, ce serait la peur que l'homme qui a violé et essayé de tuer ma fille découvre que, neuf mois plus tard, elle a donné naissance à son fils.

9

Sara regarda l'heure affichée sur la cuisinière.

19 h 42.

Le temps lui avait glissé entre les doigts pendant qu'elle s'occupait d'Alexandra McAllister. D'abord, il y avait eu toute la logistique déployée pour qu'Ezra Ingle modifie la cause officielle du décès. Après ça, Amanda avait commencé à travailler avec le bureau du shérif pour transmettre les requêtes officielles visant à autoriser le GBI à prendre le relais. Ensuite, Sara avait dû transporter le corps aux quartiers généraux du GBI, afin de pouvoir y effectuer l'autopsie. Puis elle avait dicté son rapport et apposé sa signature sur toutes les preuves, les ordonnances d'analyses au laboratoire et les prélèvements. Après quoi, un médecin légiste assistant lui avait demandé de vérifier le rapport d'autopsie de Jesus Vasquez, le détenu assassiné pendant l'émeute de la prison. Enfin, Sara s'était assise à son bureau, difficile de dire pendant combien de temps, pour essayer de mettre un peu au clair le déroulé des événements de cette journée à rallonge.

Sara n'avait remarqué à quel point il était tard que lorsqu'elle était sortie du bâtiment et avait levé les yeux vers le ciel noir et sans lune.

Elle se leva du tabouret de bar de cuisine sur lequel elle était assise. Les chiens, couchés sur le canapé, la regardèrent faire les cent pas. Sara se sentait inutile. Tessa rapatriait les dossiers de Jeffrey depuis Grant County et s'était retrouvée coincée dans la fin des bouchons de l'heure de pointe. Sara ne pouvait rien faire d'autre qu'attendre. Les lévriers avaient été nourris et promenés. Elle avait rangé l'appartement. Elle s'était préparé à dîner, mais avait à peine touché à son assiette. Elle avait allumé la télé, puis l'avait éteinte. Même chose avec la radio. Elle était tellement nerveuse, à fleur de peau, qu'elle avait l'impression de se couvrir d'urticaire.

Elle attrapa son téléphone posé sur le comptoir de la cuisine et relut ses derniers textos envoyés à Will. Un téléphone avec un point d'interrogation. Puis une assiette de dîner avec un point d'interrogation. Puis juste un point d'interrogation.

Il n'avait pas répondu.

Sara se rendit à l'évidence : Will avait perdu la notion du temps, lui aussi. Ils savaient qu'ils avaient affaire à un meurtre, maintenant. Peut-être même plusieurs. Et Lena avait sans doute tout chamboulé, comme elle le faisait toujours. Sara ne devait pas tirer de conclusions hâtives du silence de Will. Ni prendre personnellement le fait que Will avait apparemment éteint son portable. Elle avait lancé une demi-douzaine de fois sur l'appli Localiser pour essayer de le repérer sur la carte, et, à chaque fois, tout ce qu'elle avait obtenu, c'était l'adresse de Lena et le nombre de minutes, puis d'heures, qui s'étaient écoulées depuis que Will était allé là-bas.

Sara entendit cogner à la porte.

— Sœurette ? fit une voix.

Le cognement de Tessa ressemblait plutôt à un coup de pied.

— Dépêche !

Sara trouva sa cadette en train de jongler avec trois cartons à dossiers. Ses chaussures avaient laissé des éraflures au bas de la porte.

— Ne m'aide pas, je m'en sors très bien.

Tessa déposa le tout sur la table de la salle à manger. Heureusement, Jeffrey avait scotché les couvercles des boîtes.

— Tu n'imagines pas l'enfer que c'était, cette circulation. Je me suis fait une ampoule sur la paume à force de taper sur le klaxon. Et maintenant, je meurs de soif.

Sara devina à son ton que ce n'était pas de l'eau qu'elle voulait. L'aînée des sœurs hésita, avant d'ouvrir le placard du bas. Will n'aimait pas la voir boire, comme si un verre de merlot allait la transformer en Judy Garland.

— Du Scotch, dit Tessa en tendant le bras devant Sara pour attraper la bouteille. Verse-m'en un petit verre, une dose de bébé. Je dois faire la route en sens inverse, ce soir. C'est quoi, tout ce Sopalin ?

— Ne pose pas de question.

Will faisait sécher les feuilles d'essuie-tout pour les réutiliser, car son petit ami intelligent et sexy avait manifestement grandi pendant la Grande Dépression.

— Pourquoi dois-tu repartir ce soir ?

— J'ai un entretien à 9 heures demain matin avec cette sage-femme dont je t'ai parlé. Elle cherche une stagiaire. Je croise les doigts pour qu'elle me choisisse.

Tessa prit deux verres dans le placard.

— Lemuel m'a téléphoné pile quand j'arrivais dans le centre-ville. Comme si les bouchons ne m'avaient pas donné suffisamment envie de tuer quelqu'un.

Le mari de Tessa était toujours en Afrique du Sud, avec leur fille. Sara leur servit à boire. Elle se versa un double.

— Comment va Izzie ?

— En grande forme, comme toujours, répondit sa sœur en sirotant une petite gorgée de son verre. Lem a reçu les papiers du divorce. Il prend la chose mieux que je ne l'aurais cru.

Sara la dirigea vers la table pour qu'elles puissent s'asseoir.

— Tu aurais préféré qu'il le prenne mal ?

— Je suis juste fatiguée, biaisa Tessa en s'effondrant sur une chaise à côté de son aînée. C'est épuisant d'être mariée quand tu n'as pas envie de l'être. Et, parfois, il se comporte tellement en con prétentieux.

En silence, Sara contesta l'usage du « parfois ».

— Je sais que tu n'as jamais vu ce que je voyais en lui. Disons juste qu'il est comme les Taco Bell. Il faut payer pour avoir un supplément de viande.

La médecin légiste leva son verre pour trinquer.

— Où est Will ?

— Il travaille.

Elle s'autorisa à regarder les boîtes. Les cartons de Jeffrey. Cette écriture qu'elle connaissait si bien s'étirait sur les étiquettes. Elle avait envie de tendre la main et de toucher les mots.

— Will m'a demandé de l'épouser.

Tessa manqua s'étrangler.

— Il y a six semaines, avoua Sara.

— Combien de fois tu m'as parlé depuis sa demande ?

Sara avait sa sœur au téléphone au moins une fois par jour, et parfois davantage. Mais elle ne lui avait jamais parlé de ça.

— Est-ce que tu crois que, si ça n'a pas marché avec Jeffrey, la première fois, c'était parce que je ne lui accordais pas assez d'attention ?

— Je ne comprends même pas ce que tu veux dire.

— Je veux dire que j'étais tout le temps chez papa et maman, ou occupée à faire quelque chose avec toi, ou…

— Le mariage, ce n'est pas le *rumspringa*[1] des Amish. Tu n'es pas obligée d'abandonner ta famille derrière toi.

Elle posa son verre et prit la main de Sara.

1. Dans la communauté des Amish, le *rumspringa* est une période pendant laquelle les jeunes se séparent de leur communauté afin découvrir le monde extérieur. (NdT)

— Sœurette, tu te souviens que j'étais là ? C'est moi qui ai suivi ce crétin à travers la ville, qui ai piraté son ordinateur et qui ai soudoyé les employés du motel parce que tu devenais dingue à cause de toutes ces conneries qu'il te racontait, son baratin comme quoi il n'y avait eu qu'une seule femme, à peine plus d'une fois, alors qu'on savait toutes les deux que c'était plutôt cinq femmes et à cinquante différentes occasions.

Sara se rappelait ce qu'elle avait ressenti à la découverte du gouffre entre ce que Jeffrey lui avait promis à maintes reprises et la manière dont il se comportait. Mais, si Tessa n'avait pas joué les détectives, elle n'aurait probablement jamais su la vérité.

— Je sais, affirma-t-elle à sa sœur.

— Jeffrey te trompait parce que la seule chose à laquelle il pensait, c'était ce qui lui manquait, et non ce qu'il avait.

Tessa lui serra la main.

— Il a changé pour toi, ajouta-t-elle. Il s'est donné beaucoup de mal pour devenir le genre d'homme que tu méritais. Votre premier mariage était un enfer sur terre, mais il n'en a rendu votre second que plus doux à vivre.

Sara hocha la tête, car tout ce que disait sa sœur était vrai.

— Quand Will m'a demandée en mariage, il ne l'a pas exactement fait. À sa décharge, c'était une conversation étrange. J'avais commencé par lui parler de rénover sa maison pour y ajouter un étage.

— C'est une idée géniale. Tu pourrais tout faire exactement comme tu veux.

— C'est ce que je lui ai proposé, rebondit Sara. Et ensuite, Will a dit : « On devrait se marier à l'église. Ça fera plaisir à ta mère. »

— Qu'est-ce que maman a à voir là-dedans, bon sang ? s'exclama Tessa en grimaçant. Il ne veut pas que papa joue *Lohengrin* au piccolo, aussi ?

— Je ne sais pas ce qu'il veut, répondit Sara en secouant la tête.

— Donc c'est ça, le vrai problème. Tu ne discutes pas avec lui de ce truc important. Tu fais comme si ça n'était jamais arrivé.

Sara ne savait plus ce qu'elle faisait.

— Je n'ai pas envie d'être celle qui doit ramener le sujet sur la table, expliqua-t-elle. C'est toujours moi qui pousse pour faire avancer les choses. Je veux que ce soit Will qui le fasse de lui-même, pour une fois. Mais, maintenant, je me dis qu'il a peut-être changé d'avis. Peut-être qu'il a l'impression de l'avoir échappé belle.

— C'est n'importe quoi. Tu sais ce qu'il ressent pour toi.

Tessa finit son verre.

— Tu n'évoques pas le sujet parce que tu n'as pas envie d'en parler. Très bien. Mais aie au moins la courtoisie de lui faire comprendre que tu n'es pas prête.

— Je veux que ce soit *lui* qui ait la courtoisie de me le dire, *à moi*.

— Crache dans une main, fais un vœu de l'autre. Et vois quelle main se remplit le plus vite. Tu demandes l'impossible.

C'était à cause de ce genre de réaction que Sara n'avait rien dit plus tôt.

— Ça n'a rien à voir avec Will, ni avec tes sentiments pour lui, ni avec la raison pour laquelle tu ne lui parles pas du mariage, mais si tu veux, je peux t'aider à faire le tri dans les affaires de Jeff, proposa Tessa.

— Non, rentre chez toi et repose-toi, contra Sara.

Elle tendit enfin la main et toucha l'un des cartons. Une sensation de chaleur remonta le long de ses doigts.

— Je vais lire toute la nuit, ajouta-t-elle.

— Quatre yeux vont plus vite que deux.

— Il y a beaucoup de jargon, de termes techniques.

— Je sais lire les termes techniques.

Sara se rendit compte trop tard qu'elle avait blessé sa sœur.

— Tessie, je sais que tu es capable de…

— Je ne suis pas Bécassine, je comprends le *jargon*. J'ai des bases en anatomie. Et je lis plein de blogs sur le métier de sage-femme.

Sara laissa échapper un rire qu'elle tenta de camoufler en toux.

— Tu te moques de moi ? demanda Tessa.

L'aînée réprima un autre éclat de rire.

— Bon sang ! s'exclama sa petite sœur en éloignant sa chaise de la table. Je me tape déjà ce genre d'attitude de la part de Lemuel. Je refuse que tu t'y mettes aussi.

— Je suis désolée, Tess, dit Sara avant de rire à nouveau. Je ne… Je suis désolée. S'il te plaît, ne…

C'était trop tard. Tessa claqua la porte derrière elle.

Sara laissa échapper un autre éclat de rire.

Puis la culpabilité de s'être comportée en imbécile impardonnable l'envahit. Elle aurait dû se lever et suivre sa cadette dans le couloir, mais ses jambes refusaient de bouger. Elle regarda à nouveau les cartons. Trois au total. Jeffrey les avait étiquetés huit ans plus tôt. Avant de se remettre avec Sara. Avant qu'ils reconstruisent leur vie ensemble. Avant ce jour où elle avait vu la vie s'éteindre lentement dans ses beaux yeux.

REBECCA CATERINO : BOÎTE 1 / 1

LESLIE TRUONG : BOÎTE 1 / 1

THOMASINA HUMPHREY : BOÎTE 1 / 1

Sara prit une paire de ciseaux dans la cuisine. Elle reposa la bouteille de Scotch sur la table. Saisissant la télécommande, elle mit de la musique douce en fond. Elle avait un bloc-notes grand format et un stylo dans sa sacoche. Elle s'assit devant la table et ouvrit le premier carton.

Y avait-il une odeur qui émanait de ces pages ?

Jeffrey hydratait ses mains avec une crème à l'avoine quand il pensait que personne ne le voyait. Il ne portait pas d'eau de Cologne, mais sa lotion après-rasage avait de merveilleux effluves boisés.

Sara se souvenait de la sensation rugueuse de sa peau, la nuit. La douce caresse de ses doigts qui descendaient lentement sur son corps. Elle ferma les yeux, pour essayer d'entendre la voix grave de baryton qui l'avait d'abord électrisée, puis rendue furieuse, et enfin l'avait fait retomber complètement amoureuse de lui.

Était-ce une infidélité ?

Trahissait-elle Will en évoquant ses souvenirs avec Jeffrey ?

Sara posa la tête dans ses mains. Elle s'était mise à pleurer. Elle s'essuya les yeux et se versa un verre. Elle sortit la première pile de documents de la boîte et commença à lire.

10

Grant County – Mercredi

Jeffrey examina le contenu du dossier de Rebecca Caterino. Tous les documents relatifs à l'accident étaient étalés sur son bureau. Les témoignages de ses camarades de chambre. Les rapports de Lena et de Brad. Le résumé de Frank. Les propres souvenirs de Jeffrey. Les photos que Lena avait prises avec son Blackberry. Les notes de Sara sur la réanimation. Les conclusions préliminaires griffonnées à la main par Dan Brock, qui était toujours officiellement le coroner de cette affaire, même si on n'avait pas besoin de ses services.

Pas encore, du moins.

Il referma le dossier et le laissa tomber dans la boîte en carton derrière son bureau. Celle dont l'étiquette affichait AFFAIRES COURANTES. Mais Jeffrey se sentait mal à l'aise à l'idée de remiser ainsi cette fille. En fait, son impression de malaise se transformait carrément en un mauvais pressentiment.

Il n'était pas tout à fait sûr de ce qui l'avait fait basculer dans le doute. Peut-être le fait que la seule personne qui aurait pu leur apporter quelques renseignements sur l'accident avait actuellement disparu.

Leslie Truong avait quitté les lieux de l'accident de Caterino dans les alentours de 6 heures du matin, la veille. Le trajet de deux kilomètres et demi pour retourner sur le campus aurait normalement dû lui prendre une vingtaine de minutes, trente tout au plus. À peu près au même moment, une pluie torrentielle s'était abattue. Jeffrey se disait que Truong avait dû s'abriter sous un arbre ou qu'elle avait glissé dans la forêt. Une cheville foulée. Une fracture. C'était la seule raison pour laquelle elle n'était jamais arrivée jusqu'à l'infirmerie. Et elle attendait que quelqu'un la retrouve.

La moitié de ses équipes de patrouille et plusieurs volontaires de la fac avaient passé la nuit à tenter de la repérer dans les bois. Jeffrey avait eu son lot de battues exténuantes à la recherche d'adolescents disparus mais, là, c'était différent. Truong était plus âgée, c'était une étudiante de quatrième année, qui allait bientôt obtenir son master, avec spécialisation en polymères chimiques. Voyant que les fouilles dans les bois ne donnaient rien, Jeffrey était parti en voiture jusqu'à l'appartement de la jeune femme, qui se trouvait en dehors du campus. La Toyota bleue Prius de Truong était garée sur le parking, derrière son immeuble. Son sac à main était dans sa chambre, fermée à clé. Ses trois colocataires n'avaient aucune idée de l'endroit où elle se trouvait. La liste d'amis qu'ils leur donnèrent ne les mena nulle part.

Truong avait emporté son téléphone avec elle dans les bois, le même portable avec lequel elle avait appelé les secours lorsqu'elle avait découvert Caterino. La batterie s'était éteinte, ou le portable avait peut-être pris l'eau. Impossible de la joindre désormais. D'après le rapport officiel de Lena, Truong avait été bouleversée par la découverte du corps de l'autre étudiante, mais pas au point d'avoir besoin d'être raccompagnée jusqu'à l'infirmerie de l'école. Lena avait proposé de lui trouver une voiture. Truong avait dit qu'elle préférait retourner au campus à pied.

Bien sûr, c'était la version de Lena.

Des hommes de Jeffrey étaient restés dans les bois pour essayer de profiter de la lumière du jour. Le plus grand obstacle était qu'ils ne savaient pas quel chemin Truong avait emprunté. Il y en avait plusieurs qui serpentaient à travers la dense forêt. Et c'était déjà partir du principe que la disparue avait suivi un sentier. Il était également possible qu'elle ait coupé à travers l'enchevêtrement de ronces et de plantes rampantes parce qu'elle venait de voir un cadavre et cherchait à tout prix à retourner au plus vite vers un environnement familier et sûr. Il se laissa aller à l'imaginer en train d'attendre sous un arbre. Quelqu'un était potentiellement en train de la retrouver à l'instant même.

Ou bien, rien de tout cela n'était vrai, et elle avait peut-être été enlevée.

Les pensées de Jeffrey n'arrêtaient pas de suivre le même balancier que pour Rebecca Caterino. Toute la nuit, il avait hésité sur le motif de la disparition de Truong. À un moment, il pensait qu'elle se cachait quelque part, ébranlée par la vision d'un corps inerte. L'instant d'après, il se disait que quelque chose de grave lui était arrivé et que la jeune fille s'était fait kidnapper.

Il ne savait pas du tout pourquoi un malheur – n'importe lequel – leur arriverait à toutes deux. Comme Caterino, Truong était appréciée sur le campus. Jeffrey s'était entretenu avec ses colocataires, le patron du café où elle travaillait, et la concierge de son immeuble, une femme qui semblait tenir le rôle de responsable de la communauté étudiante. Bonita Truong, qui habitait à San Francisco, n'avait pas eu de nouvelles de sa fille depuis des jours. Mais ce n'était pas inhabituel, et cela ne semblait pas inquiéter sa mère outre mesure. Jeffrey ne put s'empêcher de penser qu'il y avait deux raisons expliquant qu'une jeune fille parte faire ses études à l'autre bout du pays. Soit elle essayait de s'éloigner de ses parents, soit ils avaient élevé le genre d'enfant capable de voler de ses propres ailes.

Jeffrey avait l'intuition que Leslie Truong appartenait plutôt à cette dernière catégorie. S'il avait dû faire le portrait de l'étudiante disparue sur la base du peu d'informations glanées, il l'aurait décrite comme quelqu'un de stable, la tête sur les épaules et bosseuse. Quatre à cinq jours par semaine, elle se levait à l'aube et parcourait à pied les trois kilomètres qui la séparaient du lac pour y pratiquer le tai-chi. Lena l'avait décrite comme un peu farfelue, mais elle ne semblait absolument pas du genre à s'évanouir en pleine nuit. Sauf que c'était la première fois que Truong tombait sur ce qu'elle avait cru être un cadavre dans les bois.

Ce qui tracassait Jeffrey, c'était un détail infime qui pouvait vouloir dire quelque chose ou rien du tout. La veille, au téléphone, Bonita Truong avait dit à Jeffrey que sa fille était fâchée après ses colocataires. Certains de ses vêtements avaient disparu. Quelqu'un lui avait emprunté son bandeau préféré et ne le lui avait pas rendu. Apparemment, Leslie utilisait une bande élastique rose pour retenir ses cheveux lorsqu'elle se lavait le visage chaque soir, ce qui était une chose à laquelle Jeffrey était habitué depuis qu'il avait vécu avec Sara. Ils s'étaient souvent chamaillés au sujet du bandeau bleu qu'elle laissait traîner sur le lavabo, un espace qui était déjà bien encombré. Jeffrey avait même acheté un panier pour qu'elle y range son bordel. Sara avait fini par l'utiliser pour y regrouper les jouets de ses chiens.

Jeffrey fit pivoter sa chaise pour regarder par la fenêtre. La Z4 n'était pas là, à se moquer de lui. Sa montre affichait 6 heures du matin depuis quelques instants. La clinique n'ouvrait pas avant 8 heures. Il jeta un œil à son calendrier. On était le dernier mercredi du mois, Sara ne travaillait pas, de toute façon. D'habitude, elle restait à la maison à éplucher péniblement la montagne de paperasse qu'elle avait accumulée pendant tout le mois précédent.

Il regarda à nouveau sa montre. L'avion de Bonita Truong en provenance de San Francisco atterrissait dans trois heures. Depuis Atlanta, il y avait encore deux heures de route. Il fallait qu'il effectue une rotation entre les groupes de battue afin que les hommes puissent se reposer. Le poste était désert, si l'on exceptait

Brad Stephens. Le jeune policier s'était porté volontaire pour être le baby-sitter des prisonniers enfermés en détention provisoire. Si Jeffrey retournait du côté des cellules, il y trouverait Brad endormi lui aussi. Alors, autant ne pas y aller.

Il se leva et s'étira devant son bureau. Sa tasse était vide. Il entra dans la salle de réunion. Les lumières étaient toujours éteintes. Il les alluma en se dirigeant vers la cuisine.

Ben Walker, le prédécesseur de Jeffrey, avait son bureau au fond du poste de police, juste à côté de la salle d'interrogatoire. Sa table de travail faisait la taille d'un réfrigérateur commercial et le siège qui trônait devant avait l'air aussi confortable qu'une chaise de Judas. Tous les matins, Walker appelait Frank et Matt dans son bureau, leur distribuait leurs missions du jour, puis leur demandait de refermer la porte en sortant. Cette porte ne se rouvrait qu'à midi, quand Walker allait déjeuner au café-restaurant, et à 17 heures, quand il s'arrêtait au même café sur son chemin du retour. Quand Walker avait enfin pris sa retraite, il avait fallu couper la table de bureau en deux pour lui faire passer la porte. Personne ne put expliquer comment il avait réussi à la faire entrer dans la pièce en premier lieu.

Beaucoup de mystère entourait la personne de Ben Walker. Le bureau, en lui-même, était une leçon de choses sur la meilleure manière de ne pas être un chef. Jeffrey avait passé son premier week-end de travail à déplacer son bureau à l'entrée de la salle de conférence. Il avait fait un trou dans le mur pour y installer une fenêtre afin de pouvoir voir son équipe et, plus important, d'être vu de son équipe. Il y avait des stores sur la vitre, mais il les fermait rarement. La porte restait ouverte, sauf quand quelqu'un avait besoin de parler en privé. Dans une ville aussi petite, l'intimité était une denrée rare.

Le téléphone sonna. Jeffrey décrocha le combiné mural de la cuisine.

— Police de Grant County.

— Salut mon vieux, dit Nick Shelton à l'autre bout du fil. J'ai entendu dire qu'il y avait du grabuge par chez toi.

Jeffrey versa du café chaud dans sa tasse.

— Les nouvelles vont vite, à ce que je vois.

— J'ai une taupe à l'hôpital de Macon.

Le chef de la police avait bien entendu un point à la fin de cette phrase, mais il devinait que la conversation n'allait pas s'arrêter là.

— Que se passe-t-il, Nick ? s'enquit-il.

— Gerald Caterino.

— Le père de Rebecca Caterino ?

Jeffrey avait réglé l'alarme de son téléphone pour l'appeler à 6 h 30. Au ton de Nick, il sut qu'il allait devoir réviser ses plans.

— Est-ce que je dois m'inquiéter ? demanda-t-il.

— Ouais, le bonhomme a laissé un message sur le répondeur, hier soir. Je l'ai eu ce matin, et je me suis dit que je pourrais intervenir en ta faveur.

— Intervenir ? répéta Jeffrey. Je ne savais pas que j'avais besoin de ça.

— C'est le bon timing.

Nick se montrait prudent, mais Jeffrey comprit le message. Quelqu'un à l'hôpital avait dit à Gerald Caterino que sa fille était présumée morte lorsque Lena était arrivée sur les lieux. C'était le genre de renseignement qui pouvait donner lieu à des poursuites judiciaires.

— Merci pour le tuyau.

— Pas de problème, mon grand. N'hésite pas à m'appeler, si t'as besoin de quelque chose.

Jeffrey raccrocha le téléphone. Il sentit un début de migraine pointer le bout de son nez. Il aurait dû obéir à ses propres consignes et dormir un peu. Au moins, il aurait été capable de réfléchir à ce qu'il devait faire dans l'immédiat. Faire en sorte que tout le monde soit sur la même longueur d'onde à propos de ce qui s'était passé la veille au matin dans les bois. Relire les notes de Frank, Lena et Brad. Faire en sorte que son propre carnet de notes soit en adéquation avec leurs souvenirs. Appeler le maire pour l'avertir que quelque chose de désagréable risquait de leur tomber dessus. Prévenir Kevin Blake, à l'université, que ça allait être l'enfer.

Son regard se perdit dans le noir de son café. Le liquide ondoyait contre le bord de la tasse. Le corps de Jeffrey était encore suspendu au souvenir du craquement des os entre ses mains. Rebecca Caterino avait passé trente minutes supplémentaires allongée sur le dos dans la forêt. Jeffrey avait eu l'impression que quelques secondes seulement s'étaient écoulées pendant que Sara cherchait un moyen de faire respirer à nouveau la jeune fille mais, d'après les notes de réanimation de son ex, cela avait duré près de trois minutes.

Trente-trois minutes au total, toutes sur le compteur de Jeffrey.

Il avait envie de s'excuser auprès de Gerald Caterino. Et de Beckey. Il voulait leur dire exactement ce qui s'était passé, que des gens avaient fait des erreurs, dont certaines étaient stupides, mais qu'il ne s'agissait que d'erreurs honnêtes.

Malheureusement, les avocats n'étaient pas connus pour se contenter d'excuses.

— Chef, lança Frank, qui attrapa une tasse suspendue à un crochet. Du nouveau sur Leslie Truong ?

— Aucun signe d'elle.

— Pas étonnant, répondit l'agent en toussant. Vous savez bien à quel point ces jeunes étudiantes peuvent devenir hystériques. Elle doit être en train de pleurer dans une cabane en haut d'un arbre, ou un truc dans le genre.

Jeffrey avait renoncé à essayer d'enseigner quoi que ce soit à ce vieux cabot.

— Je veux que tu fixes bien le souvenir de tout ce qui s'est passé depuis hier matin, à partir du moment où vous avez reçu l'appel au sujet de Caterino jusqu'à maintenant.

Frank comprit tout de suite.

— Procès en vue ?

— Sans doute.

— Sara peut leur dire à quel point il était difficile de trouver son pouls. Qui sait, si ça se trouve le cœur de la fille s'arrêtait et repartait. Avec ce genre de blessure, elle a pu avoir l'électrocardiogramme à plat à plusieurs reprises.

Il resservit Jeffrey en café jusqu'à ras bord, avant de remplir sa propre tasse.

— Ça me fait de la peine pour Sara. Le bon côté d'avoir divorcé, c'était qu'elle n'était plus obligée de vous sauver les miches sans arrêt.

Jeffrey n'était pas d'humeur.

— Tu vas me casser les bonbons avec ça pour le restant de mes jours ?

— Je suppose que l'ordre naturel des choses me fera flancher bien avant vous.

— Je crois que tu veux plutôt dire la « sélection naturelle », rétorqua Jeffrey. Est-ce que tu veux me faire croire que quand tu pars à Biloxi pour jouer au casino, tous les deux mois, tu ne trempes pas ton biscuit ?

— Tous les deux mois, c'est le point essentiel que vous devez retenir. Les cochons grossissent. Les porcs se font égorger.

Il leva sa tasse avant de prendre congé.

Jeffrey jeta le reste de la sienne dans l'évier. Il était trop nerveux pour ingurgiter davantage de caféine.

Dans la grande salle, il tomba sur Marla Simms, la secrétaire du poste, qui époussetait sa vieille IBM Selectric. Jeffrey lui avait bien acheté un ordinateur mais, à sa connaissance, elle ne l'avait jamais allumé. Toutes les lettres qu'il lui dictait étaient soit rédigées dans une calligraphie parfaite héritée de ses années d'apprentissage de la méthode Palmer, soit tapées à la machine à écrire. Certains policiers de la jeune génération grimaçaient dès qu'elle allumait son appareil, dont la boule, à chaque fois qu'elle allait frapper le papier, faisait un bruit de détonation.

Les portes battantes grincèrent. Lena Adams ajustait son ceinturon.

— Lena, dans mon bureau.

Elle regarda Jeffrey comme une biche prise dans les phares d'une voiture.

Ce dernier se mit à son bureau. Son regard fut attiré par l'étagère, pleine de livres et de manuels, où était posée, enfer et damnation, une vieille photo de sa mère.

— Merde !

— Chef ?

— Ma...

Jeffrey ne s'appesantit pas sur le sujet. Il avait oublié d'appeler le fleuriste, la veille. Maintenant, il allait devoir affronter les hurlements téléphoniques de sa mère lui reprochant d'avoir oublié son anniversaire.

— Ferme la porte. Assieds-toi.

Lena s'installa au bord de la chaise.

— Il y a un problème ? demanda-t-elle.

Il entendit presque la voix irritante de Sara lui rabâcher que, quand Lena supposait qu'il y avait un problème, c'était toujours parce qu'elle avait fait quelque chose de mal.

— Donne-moi ton carnet de notes.

Elle tendit la main vers sa poche de poitrine, puis interrompit son geste.

— Est-ce que j'ai fait quelque...

— Donne-le-moi, c'est tout, la coupa-t-il.

Le carnet que Lena lui remit ressemblait à tous ceux que les autres flics avaient sur eux, car Jeffrey les achetait par centaines et les mettait immédiatement à disposition des équipes. Techniquement, cela faisait de ces calepins la propriété des services de police, mais il espérait ne jamais devoir répondre de ce détail technique devant une cour de justice.

Il sauta les dernières pages, qui documentaient la battue lancée en vain la veille au soir pour retrouver Leslie Truong. Ça, il pouvait le lire dans la déclaration officielle de Lena. Il trouva ce qu'il cherchait au début du carnet.

Lena avait rayé *FEMME NON INDENTIFIÉE* et écrit *REBECCA CATERINO* à la place. Elle n'avait pas modifié l'évaluation initiale – *mort accidentelle.*

Jeffrey vérifia que ce qu'elle avait écrit là correspondait bien à ce qu'elle avait rapporté, sous serment, dans sa déclaration officielle.

5 h 58 : 911 appel reçu au QG.
6 h 02 : LA envoyée sur place.
6 h 03 : LA rejoint témoin Leslie Truong sur terrain derrière maisons.
6 h 04 : BS arrive sur place et localise corps avec L. A. et Truong.
6 h 08 : LA vérifie décès victime, cou et poignet. Corps positionné comme schéma.
6 h 09 : LA appelle Frank.
6 h 15 : BS boucle périmètre.
6 h 22 : FW arrive.
6 h 28 : Chef sur les lieux.

— Brad est arrivé quand tu parlais avec Leslie Truong. Est-ce qu'il a vérifié le pouls, lui aussi, quand vous êtes parvenus devant le corps ? demanda Jeffrey.

— Je… Je ne me rappelle pas, répondit Lena, qui n'était plus sur la défensive, mais qui la jouait stratégique, à présent.

Elle était la supérieure hiérarchique sur les lieux de l'incident. Si elle avait dit à Brad de ne pas revérifier après elle, il n'aurait jamais osé le faire.

— La prochaine fois que tu renverses un collègue en bagnole, ne te gêne pas surtout, appuie carrément sur le champignon ! ironisa Jeffrey.

Lena baissa les yeux vers le sol.

Il examina le carnet. Il avait menti à Sara en lui assurant avoir confirmé les informations la veille. Chaque phrase du texte tenait sur une ligne de la page. L'encre était de la même couleur partout. Soit Lena était incroyablement visionnaire, soit elle avait fait exactement ce qu'elle avait dit à Jeffrey.

Il tourna la page. L'agente avait dessiné un schéma de la position du corps. Elle avait noté que les vêtements étaient en place. Rien n'avait l'air anormal. Elle avait été très méticuleuse, à part qu'elle avait omis de signaler un point.

— Pourquoi as-tu éteint l'iPod ? demanda-t-il.

Lena eut l'air prise au piège.

Il posa le carnet sur son bureau.

— Tu n'as pas d'ennuis. Je veux juste la vérité.

Elle finit par hausser les épaules.

— Je n'en sais rien. Je suppose que je... J'essayais de bien faire, mais je l'ai éteint un peu par mégarde, vous voyez, je cours avec un iPod moi aussi, et je ne le charge pas assez, alors la batterie tombe à plat et...

— Tu l'as fait par réflexe, dit-il.

Lena acquiesça.

Jeffrey se cala au fond de son fauteuil. Il lui venait à l'esprit tout un tas de choses qu'on faisait par réflexe.

— Quand tu as tâté son cou et son poignet pour chercher le pouls, est-ce que tu te souviens d'avoir arrangé ses vêtements ?

— Non, chef.

Elle secouait la tête avant même qu'il ait terminé sa question.

— Je ne ferais jamais ça. Son T-shirt était bien mis, du moins comme ça…, précisa-t-elle en posant la main sur sa hanche. Un côté était là, l'autre était là, ce qui est normal quand quelqu'un tombe.

— Et son short ?

— Il était remonté à la taille, répondit Lena. Je le jure. Je n'ai pas touché à ses vêtements.

Jeffrey joignit le bout de ses doigts.

— Est-ce que tu as senti quelque chose ?

— Quoi, par exemple ?

Jeffrey se rendait compte de plein de choses différentes en même temps. Que Lena était une femme. Qu'il était son chef. Que la porte était fermée. Qu'ils étaient sur le point d'aborder des sujets gênants. Mais c'était une policière, ils étaient tous deux des professionnels, et il ne pouvait pas la traiter différemment des hommes de son équipe.

— Sur combien d'agressions sexuelles as-tu déjà travaillé ?

— Des vraies agressions sexuelles ? demanda-t-elle. Vous voulez dire, des agressions où la femme s'est réellement fait violer ?

Jeffrey sentit son mal de crâne repartir de plus belle.

— Continue.

— Aucune des agressions que j'ai vues n'est jamais allée plus loin que l'étape de la paperasse administrative, dit-elle en haussant les épaules. Vous connaissez les étudiantes. C'est la première fois qu'elles sont loin de chez elles. Elles boivent trop. Elles commencent des choses qu'elles ne savent pas arrêter. Et le lendemain matin, elles se souviennent du petit copain qu'elles ont laissé au pays, ou elles paniquent à l'idée que leurs parents apprennent leurs aventures.

Si elle voulait imiter Frank, Jeffrey allait lui parler comme à Frank.

— Est-ce qu'elle sentait comme si elle avait eu un rapport sexuel ?

Jeffrey se força à ne pas détourner le regard, tandis qu'une rougeur explosait sur le cou et le visage de Lena.

— Lubrification, préservatif, sperme, sueur, urine, eau de Cologne masculine ? égrena-t-il en guise d'exemples.

— N-non

Elle se racla la gorge. Puis encore une fois.

— Enfin... elle sentait le propre, si on peut appeler ça une odeur.

— Propre comment ?

— Comme si elle venait de prendre une douche.

Lena récupéra son calepin et le fourra dans sa poche.

— J'imagine que c'est bizarre, hein ? Parce qu'elle est partie du campus et, même s'il ne faisait pas vraiment froid, il ne faisait pas chaud en tout cas, et ça faisait au moins un kilomètre et demi qu'elle courait, alors pourquoi sentait-elle le propre, et pas la transpiration ?

— Dis-moi comment ça sent, le propre ?

L'agente réfléchit.

— Comme le savon, j'imagine ?

— Crois-tu qu'elle ait été agressée sexuellement ?

Lena secoua aussitôt la tête.

— Sûrement pas. J'ai parlé d'elle avec ma sœur. Beckey était une vraie intello. Elle passait ses soirées à la bibliothèque. Elle était toujours assise aux premiers rangs de la classe.

Jeffrey n'était pas ravi d'entendre le discours qu'il avait lui-même tenu à Sara lui revenir à la figure.

— Ce n'est pas *qui elle est* qui nous importe. Notre boulot, c'est de découvrir ce qui lui est arrivé. Je veux que tu me sortes tous les cas de viols non élucidés dans la région des trois comtés – Grant, Memminger et Bedford. Cible toutes les femmes attaquées dans une zone boisée ou à proximité, en particulier si elles ont des caractéristiques communes avec Caterino. Souviens-toi, les violeurs s'en prennent souvent à des victimes qui ont le même type physique. Et aussi, j'ai besoin que tu me fasses des copies de ton carnet de notes. Toutes les pages en lien avec l'affaire. Et que ça reste entre nous, compris ?

Lena eut l'air de vouloir opposer quelque chose, mais elle hocha finalement la tête.

— Oui, chef, dit-elle.

— Je veux parler avec ta sœur. Vois si tu peux lui demander de passer ici ce matin.

La bouche de la policière s'ouvrit. Puis se referma.

— Elle est aveugle. Ma sœur.

— Je peux aller chez elle.

— Non !

Lena avait crié. À nouveau, le rouge lui monta aux joues, comme un incendie.

— Pardon, chef. Je vais l'appeler tout de suite. Elle est sans doute en chemin pour la fac. Elle se débrouille toute seule. Elle s'en sort très bien. Par contre, ne lui posez pas de questions personnelles parce qu'elle est très pudique.

Jeffrey n'avait pas prévu de fouiller dans la vie intime de Sibyl Adams.

— Préviens-moi quand elle sera là. Laisse la porte ouverte.

— Oui, chef.

Lena regagna son bureau, tête basse.

Ensuite, comme si sa journée n'avait pas suffisamment mal commencé, Jeffrey vit Sara qui parlait à Marla Simms au-dessus du comptoir de l'accueil.

Son ex-femme leva les yeux et lui fit signe de la main. Il fronça les sourcils.

Elle ne se laissa pas démonter. Elle quitta Marla et vint se camper juste devant l'embrasure de la porte du bureau de Jeffrey. Sa mallette pendillait au bout de son bras.

— Je te présente mes excuses pour la façon dont je t'ai dit ce que je t'ai dit.

— Mais pas pour ce que tu m'as dit ?

— C'est ça, répondit-elle avec un petit sourire crispé.

D'un geste, Jeffrey l'invita à entrer. Du coin de l'œil, il aperçut la photo de sa mère ; ses maux de tête s'intensifièrent encore un peu.

Sara ferma la porte. Elle laissa tomber sa sacoche et se cala dans le fond du fauteuil.

— Trois choses, lança-t-elle. La première, ce sont les excuses.

— Est-ce que c'étaient vraiment des excuses ?

— La deuxième chose, c'est que le Dr Barney prend enfin sa retraite. Je rachète le cabinet. Nous allons commencer à l'annoncer aux patients la semaine prochaine. Je vais sans doute avoir besoin d'engager un autre médecin. J'ai pensé que tu devais être au courant en amont.

Jeffrey n'était pas surpris. Sara parlait de prendre la relève du Dr Barney depuis des années. Maintenant qu'elle n'aidait plus un mari à rembourser ses prêts étudiants, elle avait plein d'argent à disposition.

— Et la troisième ?

— J'ai discuté avec le chirurgien de Beckey Caterino, ce matin. De manière complètement officieuse, bien sûr. Il est d'accord pour me laisser jeter un œil aux clichés de Beckey. Je lui ai donné ton adresse mail privée.

— Pourquoi tu ne lui as pas donné la tienne ?

— Parce que je suis médecin, et que je suis juridiquement tenue au secret médical par la loi HIPPA.

— Est-ce que ça t'a traversé l'esprit que je suis policier et que je suis juridiquement tenu de respecter la Constitution des États-Unis ?

Elle haussa les épaules, car elle savait qu'elle l'avait manœuvré exactement de la façon dont elle le voulait.

— Qu'a dit le chirurgien ? reprit Jeffrey.

— Que la fracture du crâne était inhabituelle. Il n'a pas voulu entrer dans les détails. J'ai essayé de le questionner sur la perforation de la moelle épinière, mais il n'a pas voulu faire de spéculations. Ou il ne voulait pas être obligé de témoigner.

Le chef de la police se dit que ce chirurgien n'était pas le seul à craindre que des poursuites judiciaires nuisent à sa carrière.

— Nick m'a prévenu que le père était d'humeur litigieuse, dit-il.

— Je ne l'en blâme pas. La vie de sa fille a été dévastée de manière irrévocable. Elle va avoir besoin de soins médicaux pour le restant de ses jours. Il peut soit se ruiner pour s'occuper d'elle à domicile, soit être obligé de remettre sa fille aux bons soins de l'État. Tu imagines à quoi ça ressemblerait.

Jeffrey repensa à tout le temps qu'ils avaient perdu, debout autour de Beckey Caterino, alors qu'elle se battait pour rester en vie.

— Est-ce que tu penses que trente minutes auraient fait la différence, dans sa condition ? demanda-t-il.

Sara prit un air diplomate.

— Elle montrait déjà des signes de bradycardie et de bradypnée quand je me suis accroupie près d'elle.

Jeffrey attendit.

— Sa respiration et son rythme cardiaque étaient dangereusement faibles.

— J'ai lu tes notes de réanimation, dit-il. Trois minutes sans oxygène, c'est long.

Sara aurait pu le réduire en bouillie sur-le-champ. Trois minutes, c'était synonyme de graves lésions cérébrales. Jeffrey avait trouvé cette information sur Internet, mais elle l'avait apprise à l'école de médecine.

— Chaque seconde compte, répliqua seulement la médecin.

Puis, elle eut la générosité de changer de sujet.

— Rends-moi service, par contre. Brock ne sait pas que je passe des coups de fil. Il n'a pas eu accès au corps, finalement, mais je ne veux pas qu'il pense que je marche sur ses platebandes.

Le coroner n'aurait jamais rien reproché à Sara, même si elle lui avait marché sur la nuque.

— Est-ce que tu as senti une odeur sur Caterino ? s'enquit Jeffrey.

— Tu veux parler de rapport sexuel ?

Sara avait elle-même émis cette éventualité la veille – juste avant cette dispute où il avait été le seul à crier –, aussi ne fut-il pas surpris qu'elle y ait réfléchi.

— Si Rebecca a été agressée sexuellement, elle est restée inconsciente trente minutes. Elle était paralysée, donc elle ne pouvait pas bouger. Mais ses vêtements étaient intacts. Il n'y avait pas de traces de lutte, pas de signe d'hématomes ou de traumatisme, d'après ce que j'ai pu voir de ses cuisses. Je n'ai senti aucune odeur particulière. Mais, en toute sincérité, je n'allais pas m'arrêter pour la renifler une fois qu'on s'est rendu compte qu'elle était toujours en vie.

Il apprécia le « on » qu'elle venait d'employer.

— J'ai demandé à Lena si elle avait senti…

Son interlocutrice éclata d'un rire non feint.

— Comment elle a pris ça ?

— Bien. C'est une professionnelle, Sara. Tu dois la respecter.

Elle parcourut le bureau du regard. Elle s'accordait un peu de temps pour éviter de franchir la ligne rouge et de provoquer le moment où ils allaient se sauter à nouveau à la gorge.

— Lena m'a dit que Caterino avait une odeur de propre, reprit Jeffrey. Qu'elle sentait le savon.

Sara se mordilla la lèvre inférieure.

— OK. Revenons là-dessus pas à pas. Qu'est-ce que ça signifierait si Rebecca Caterino avait été agressée ?

Le policier ouvrit le tiroir de son bureau. Il n'avait pas peur de franchir la ligne rouge, lui. Il jeta sa calculatrice vers elle, au cas où elle en aurait besoin, si la discussion dégénérait, pour tenir le compte de toutes les choses dont elle n'avait rien à foutre.

— C'est de bonne guerre, déclara-t-elle simplement.

Cet aveu ne le fit pas se sentir mieux.

— Ça fait un an.

— C'est vrai.

— J'aimerais comprendre, pour ta voiture, dit-il.

— C'est une BMW Z4, à moteur six cylindres.

Il s'était déjà suffisamment torturé à ressasser ces détails.

— Ta Honda n'avait que quatre ans. Tu venais juste de finir de la payer.

Sara parcourut à nouveau le bureau du regard.

— Quand j'ai acheté la Honda, j'étais l'épouse d'un flic. Et quand je suis sortie de la maison ce jour-là, je savais que je ne serais plus l'épouse d'un flic.

— Ce que j'ai fait, c'était une bêtise stupide, lui affirma-t-il. Cela ne signifiait rien pour moi.

— Oh ! waouh, merci infiniment, ça change tout.

Jeffrey récupéra la calculatrice et la reposa dans son tiroir.

— Rebecca Caterino. Vas-y la première.

Sara posa la tête dans sa main. Il devinait qu'elle avait besoin de cela autant que lui.

— Disons que Beckey a été agressée, énonça-t-elle. Ça signifierait que quelqu'un l'a suivie en ville, puis dans les bois, et l'a attaquée. Peut-être qu'il l'a assommée avec une branche ou un caillou. Elle tombe. Il la viole. Après quoi… qu'est-ce qu'on disait déjà ? Ah, oui, il sort un savon et il la lave de la tête aux pieds.

— Et pourquoi pas des lingettes pour bébés ?

— Oui, et il existe d'autres lingettes, avec du désinfectant. On peut même en trouver sans parfum, mais il y a quand même une odeur.

Sara se mit à hocher la tête, pensivement. Elle voyait où il voulait en venir, à présent.

— S'il a utilisé un préservatif, ça expliquerait pourquoi il n'a pas laissé de traces de sperme. Et si elle était inconsciente, elle n'a pas essayé de résister, d'où le fait qu'on n'a pas trouvé de blessures caractéristiques de lutte sur ses bras et son visage.

— Tu as dit qu'il l'aurait suivie depuis l'université. Il était environ 5 heures du matin quand elle est partie courir...

— Ce qui signifie qu'il l'attendait, traduisit Sara, achevant son raisonnement. Qu'il l'espionnait. Mais est-ce qu'elle allait toujours faire du jogging le matin ?

Jeffrey parcourut de nouveau en pensée les rapports qu'il venait de lire.

— Pas tous les jours, mais c'était fréquent. Elle s'était disputée avec l'une de ses camarades de chambre. Elles n'ont pas dit à quel sujet. Beckey est partie courir pour se calmer.

L'arrivée d'une visiteuse attira l'attention de Jeffrey, de l'autre côté de la vitre. Lena Adams se tenait devant le comptoir de l'accueil. Elle portait des lunettes noires et un sweat rose pastel – ce dernier détail fit aussitôt comprendre à Jeffrey que la femme qu'il regardait n'était pas Lena Adams.

Sara s'était retournée, elle aussi.

— Je fais du bénévolat au club des Filles en STIM, au lycée, avec Sibyl.

— Comment elle est ?

— Tu vois ce que ça fait, un miroir, quand ton reflet est inversé, et que la droite est à gauche et la gauche est à droite ?

Jeffrey saisit ce qu'elle voulait dire. Il secoua la souris de son ordinateur pour le réveiller, puis se connecta à son compte Gmail.

— Je dois parler avec elle. Si tu veux, tu peux attendre le message du chirurgien ici.

Sa proposition lui valut un haussement de sourcils de la part de son ex-femme.

— Tu me laisses accéder à ton ordinateur ? demanda-t-elle.

— Et pourquoi pas, Sara ? Je n'ai rien à cacher.

Il vérifia le compte pour être certain que c'était bien celui que la médecin connaissait.

— Fais ce que tu veux. Attends ici. N'attends pas ici. Ça m'est égal.

La grande salle avait commencé à se remplir quand Jeffrey avança vers le comptoir de l'accueil. Il poussa les portes battantes.

— Madame Adams ?

— C'est docteur Adams, le corrigea, d'une voix bien trop forte à son goût, Marla, qui s'imaginait visiblement que la cécité de Sibyl entraînait automatiquement une forme de surdité. Elle était en chemin pour l'école lorsque Lena l'a appelée pour lui dire de passer.

— Merci, Marla, dit Jeffrey en tendant vers Sibyl une main qu'il retira aussitôt.

— Bonjour ?

La voix de Sibyl était une version plus douce, moins intense, de celle de sa sœur.

— Êtes-vous le commissaire Tolliver ?

— Oui.

Jeffrey se sentit un peu bête et embarrassé. La seule façon de faire disparaître cette impression était de faire preuve de sincérité.

— Je suis désolé, docteur Adams. Je ne sais pas bien comment procéder, là. Comment puis-je vous faire vous sentir plus à l'aise ?

Elle eut un grand sourire radieux.

— C'est terriblement bruyant, ici, affirma-t-elle. Ça vous irait si l'on marchait dehors ?

— Tout à fait.

Elle se servit de sa canne pour trouver la porte.

Il la tint ouverte sur son passage.

— Merci d'être venue, lui dit-il. Je sais que vous êtes très occupée à l'approche des vacances de printemps.

— C'est plus important d'être ici.

Elle leva le menton vers le soleil. La pluie avait cessé. Il soufflait une brise fraîche. Son accent était plus doux que celui de Lena, mais quand même de pure extraction sud-géorgienne.

— Que puis-je vous dire au sujet de Beckey et Leslie ?

— Je connais les grandes lignes. C'étaient toutes les deux de bonnes étudiantes. Vous les aviez toutes les deux en cours.

— J'ai Beckey ce semestre. Elle était censée me retrouver à 7 heures hier matin. Je l'avais avertie, comme je fais toujours, que je n'appréciais pas de perdre mon temps, mais j'ai été sincèrement étonnée qu'elle ne vienne pas. De façon générale, elle était travailleuse et respectueuse.

— Et Leslie ?

— Pareil. Travailleuse, attitude positive. Elle a candidaté au programme de master. Je lui ai écrit une lettre de recommandation. Pour être honnête, ajouta-t-elle, je ne sympathise pas avec les étudiants. Je suis proche d'eux en âge. J'essaie d'être titularisée. Je ne veux pas être leur amie. Je suis leur enseignante. Mon métier, c'est d'être un mentor pour eux, de les guider.

Jeffrey comprenait. Aussi têtue que Lena pût être, il se sentait incroyablement récompensé à chaque fois qu'il réussissait à faire entrer quelque chose d'utile dans son épaisse caboche.

— Connaissez-vous un peu la vie sociale de Beckey ou de Leslie ? Peut-être que vous les avez vues…

Sibyl sourit à ces mots, car elle ne voyait rien.

— J'entends beaucoup de choses. Que serait une école sans ses ragots ? Donc, je peux vous dire que Leslie se disputait avec ses colocataires. J'ai l'une d'elles à mon cours d'intro à la chimie, à 15 heures : Joanna Gordon. Elle s'est beaucoup plainte de ses conditions de vie, ces derniers temps. Apparemment, il y a eu des vols.

Jeffrey se souvint que Bonita Truong avait signalé que sa fille s'était plainte de la disparition de vêtements, ainsi que d'un bandeau. Il savait gré au service de sécurité du campus de gérer le très grand nombre de vols entre étudiants.

— Diriez-vous que Leslie était caractérielle ?

— J'en conclus que vous voulez savoir si je pense qu'elle s'est enfuie après un accès de rage ?

Jeffrey fronça les sourcils.

— C'était plutôt difficile, ce qui s'est passé hier, expliqua-t-il. Je ne crois pas que beaucoup de jeunes femmes de son âge seraient capables de supporter ce qu'elle a vu.

— Je ne crois pas que les garçons non plus, d'ailleurs, rétorqua Sibyl, mais aurions-nous cette conversation s'il s'agissait un garçon ?

Jeffrey grimaça, mais elle ne pouvait pas remarquer cela non plus.

— Je me sers des expressions faciales pour atténuer mon embarras, expliqua-t-il.

Elle sourit.

— Je sais.

Jeffrey regarda au bout de la rue. Il vit un groupe d'étudiants qui allaient en cours.

— Y a-t-il quelque chose qui vous semble étrange, dans cette affaire ?

— Pensez-vous que la perte de la vue a aiguisé mes autres sens ?

— Non. Je pense que vous êtes enseignante et, ayant moi-même été élève de nombreuses années, je sais que les enseignants sont particulièrement doués pour repérer les bobards. Et pas qu'avec leurs yeux.

Elle sourit à nouveau.

— Vous avez raison. Je vais vous dire pourquoi je ne crois pas que Leslie s'enfuirait. Le travail compte pour elle. Elle a passé presque toute sa vie à atteindre ce niveau. Elle est très impliquée dans cette école. Elle joue dans l'orchestre. Elle est bénévole au labo de maths. Elle a des responsabilités. Et je sais qu'une personne extérieure pourrait penser que toutes ces responsabilités sont des fardeaux, mais ce n'est pas comme ça que Leslie les envisage. C'est très difficile d'être une femme dans les domaines scientifiques. Vous devez le savoir grâce à Sara.

— En effet.
— Il faut se battre deux fois plus pour gagner la moitié du respect qu'on vous doit, et ensuite aller se coucher en sachant que le lendemain on se réveillera avec les mêmes batailles à mener, depuis le début. Leslie était prête à affronter tout ça. Elle savait dans quoi elle s'embarquait. Elle avait hâte de relever le défi.
Jeffrey gardait les yeux rivés sur le bout de la rue. Il n'avait pas envie de réfléchir en termes d'« image » mais, entre une étudiante disparue, une autre gravement blessée, et une flopée de policiers qui posaient des questions à droite et à gauche sur des jeunes filles hystériques, on était loin de la façon dont il voulait que ses forces de police soient vues.
— Vous savez qu'elle est lesbienne ? demanda Sibyl.
Jeffrey sentit son sourcil se soulever malgré lui.
— Leslie ? fit-il.
— Non, Beckey. Je l'ai entendue parler à Kayleigh d'un mail de rupture qu'elle avait reçu de son amoureuse du lycée, expliqua Sibyl. Beckey avait l'air très ébranlée. Kayleigh l'incitait à retourner là-bas. Beckey a répondu qu'elle voulait se concentrer sur ses études.
Jeffrey se demandait pourquoi Lena n'avait pas mentionné ce détail dans son rapport.
— Vous parlez de sa camarade de chambre, Kayleigh Pierce ?
— C'est ça, confirma Sibyl. Entre nous, je pense que Beckey avait un faible pour Kayleigh. J'avais remarqué un changement dans le rythme de sa voix quand elles conversaient. Je ne suis pas sûre que Kayleigh partage la même inclination. C'est difficile à cet âge. Les sentiments sont tellement intenses.
— Est-ce que Leslie Truong est lesbienne aussi ?
— Elle a un petit ami. Bien sûr, cela ne veut pas dire grand-chose, ajouta la professeure. C'est quand même une toute petite ville, ici, et l'école dans laquelle je travaille est très conservatrice.
Jeffrey ressentit le besoin de s'excuser au nom de la ville.

— Il y a des gens bien, ici, mais vous avez raison. Nous n'accueillons pas les minorités comme nous le devrions.

— Êtes-vous en train de dire que je suis une minorité ? Oh ! non ! ironisa-t-elle en se couvrant le visage d'une main.

Jeffrey mit bien trop longtemps à comprendre qu'elle plaisantait. Peut-être parce qu'il était déjà trop occupé à se demander s'il n'avait pas affaire à un crime motivé par la haine. Chose à quoi il aurait pu penser beaucoup plus tôt, si Lena Adams avait mené le même travail de détective que sa sœur et découvert que Rebecca Caterino était lesbienne.

— Merci, docteur Adams. J'apprécie beaucoup que vous soyez passée discuter avec moi.

— Oh ! c'est tout ? demanda-t-elle. Quand Léna a évoqué Leslie, j'ai pensé que vous vouliez me poser des questions sur Tommi ?

— Qui est Tommi ?

— Thomasina Humphrey. Sara ne vous a pas parlé d'elle ?

Jeffrey scruta le visage de la femme. Il n'y vit aucune malice. Elle croyait sincèrement que Jeffrey savait quelque chose qu'il ignorait.

Et que Sara aurait dû lui mentionner.

Sibyl parut sentir ce qu'il pensait.

— Je n'aurais pas dû dire ça. Je suis désolée.

— Ce n'est rien. Si vous pouviez…

— Il faut que j'y aille. Bonne chance, commissaire Tolliver. Je suis désolée de n'avoir pas été plus utile.

Jeffrey faillit la prendre par le bras pour la guider, mais il se ravisa.

Il regarda Sibyl Adams tâtonner le trottoir à l'aide de sa canne pour trouver son chemin. Un étudiant la rejoignit. Puis un autre. Bientôt, elle fut au milieu de la foule.

Jeffrey ferma les yeux et pencha la tête en arrière pour offrir son visage au soleil, comme l'avait fait Sibyl. Il entendit un camion passer. Le vent se leva, ébouriffant ses cheveux. Il se creusa les méninges, cherchant à se rappeler si un rapport avait pu passer sur son bureau et mentionner le nom de Thomasina Humphrey.

Rien.

Il rentra au poste de police. Sara était toujours dans son bureau. Elle avait ouvert son ordinateur portable pour travailler et avait tourné l'écran de Jeffrey de manière à voir si un mail arrivait.

Il referma la porte et y resta adossé, la main sur la poignée.

— Thomasina Humphrey, asséna-t-il.

Sara leva la tête, semblant reconnaître le nom.

— Est-ce qu'il y a quelque chose que tu ne me dis pas ?

— Apparemment.

Elle avait l'air de vouloir s'en tenir là.

Jeffrey regarda la brigade. Toutes les chaises étaient occupées par un postérieur. La moitié de l'unité de patrouille traînait devant la salle de réunion, attendant que Jeffrey lance la journée. Il n'avait aucune intention de démarrer une nouvelle dispute où il serait le seul imbécile hystérique que tout le monde entendrait vociférer.

— Sara.

Elle retira ses lunettes et ferma son ordinateur. Elle se tourna sur sa chaise pour le regarder.

— Sibyl me l'a amenée il y a cinq mois, à la fin du mois d'octobre, dit-elle. Tommi n'était pas sortie à la fin de son cours du matin. Elle s'était mise à saigner. Elle avait prétendu que c'étaient ses règles, mais Sibyl voyait bien que quelque chose n'allait pas. Elle lui a parlé. Ça lui a pris du temps, mais Tommi a reconnu qu'elle avait été violée la veille.

Jeffrey resta silencieux un moment pour maîtriser sa colère, car le viol était un crime, et Sara le savait, pourtant elle ne le lui avait pas signalé.

— Est-ce qu'elle connaissait son agresseur ?

— Non.

— Est-ce qu'elle l'a signalé ?

— Non.

— Est-ce que tu lui as dit de le faire ?

— Une fois. Mais elle a refusé, et je n'ai pas insisté.

— Parce que ?

— Parce que c'était une bonne étudiante. Elle était prudente. Elle avait toujours le nez dans un bouquin.

— Tu crois vraiment que le moment est bien choisi pour me renvoyer ça à la figure ?

— Non, mais tu dois écouter ce que j'ai à te dire là-dessus, Jeffrey, parce que ça explique beaucoup de choses.

Sara se leva et alla le rejoindre.

— Tu te souviens de ce livre que tu m'as lu, celui sur Hiroshima ?

Sa voix avait un ton si intime qu'il fut aussitôt ramené à ce moment précis dont elle parlait. Ils étaient tous les deux allongés au lit. Il adorait lui faire la lecture le soir. Jeffrey lui montrait des photos de son livre et lui lisait certaines des phrases les plus poignantes.

— Tu m'as parlé des ombres, tu te rappelles ?

Il s'en souvenait. La chaleur de l'explosion atomique avait été si intense que tout ce qui se trouvait sur son chemin avait laissé une ombre brûlée sur les murs ou sur les pavés. Un homme qui marchait avec une canne. Une personne assise sur des marches. Des plantes, des vis, des machines. Tous avaient laissé des ombres permanentes, que l'on pouvait encore voir aujourd'hui.

— C'est l'effet que produit le viol, lui expliqua Sara. C'est une ombre noire qui te consume. Ça modifie ton ADN. Ça te poursuit pour le restant de tes jours.

— Elle allait mal ?

— Très mal, répondit Sara. Je connaissais Tommi. C'était une de mes patientes. C'est pour ça que Sibyl me l'a amenée. Elle s'est dit que je pourrais l'aider.

— Et tu l'as fait ?

— Je l'ai suturée. Je lui ai donné des médicaments contre la douleur. Je lui ai promis que je ne le dirais à personne. C'était sa plus grande crainte : que son père l'apprenne, que ses amis, ses professeurs, et tout le monde sur le campus, le sachent. Mais est-ce que je l'ai vraiment aidée ? se demanda à voix haute Sara, visiblement hantée par cette question. On ne peut pas aider une personne qui subit ça. On peut essayer de la faire se sentir en sécurité. On peut l'écouter. La seule chose qu'on peut vraiment faire, c'est espérer et prier pour qu'elle trouve une façon de s'aider elle-même.

— Je comprends ce que tu me dis là, répondit Jeffrey. Mais pourquoi Sibyl a-t-elle évoqué le nom de Tommi alors qu'on parlait de Leslie Truong ?

— Je suppose que c'est parce que, le lendemain, Tommi a disparu de l'école. Elle a laissé toutes ses affaires. Elle n'est jamais revenue. Elle n'a contacté personne. Son téléphone était injoignable. Elle a juste disparu.

— Kevin Blake n'a pas...

— Ses parents l'ont retirée des cours. Je ne sais pas bien ce qui est arrivé à ses affaires.

— Mais Sibyl...

— Tu dois laisser tomber.

— Tommi Humphrey a été victime d'un crime. D'après ce que tu dis, c'était un crime grave. Et maintenant, Leslie Truong a disparu. Et qui sait ce qui a bien pu arriver à Rebecca Caterino. Ce sont des liens, Sara. Nous devons les explorer.

— Est-ce que tu vas enquêter sur tous les viols qui ont pu se produire dans la ville ? Comment vas-tu retrouver les femmes qui étaient trop abîmées ou trop effrayées pour se signaler ? Comment vas-tu localiser des filles qui ont quitté l'école parce que quinze, vingt, trente minutes de leur vie ont effacé chaque seconde importante des deux décennies qui les ont précédées ?

Il avait rarement entendu Sara parler avec autant de passion d'un sujet aussi cru. Il s'était toujours posé des questions sur Tessa. Elle avait eu son lot de soirées alcoolisées au lycée et à l'université. Jeffrey se souvenait comme si c'était hier d'avoir conduit cinq heures d'affilée en pleine nuit jusqu'en Floride, pour aller discuter avec le shérif du coin et le convaincre de ne pas l'inculper pour ivresse et trouble à l'ordre public.

Il choisit ses mots avec précaution.

— S'il y a un lien entre ce qui est arrivé à Tommi Humphrey et ce qui est arrivé à Beckey Caterino ou Leslie Truong…

— Laisse tomber, Jeff. Je t'en prie. Fais-le pour moi.

Il était sur le point de tomber d'accord avec elle, ne serait-ce que parce qu'il voulait à tout prix faire quelque chose, n'importe quoi, pour que Sara lui fasse à nouveau confiance.

Et puis son ordinateur émit un signal sonore, annonçant l'arrivée d'un nouveau mail.

Sara alla derrière le bureau de Jeffrey. Elle mit ses lunettes et double-cliqua sur la souris. Il voyait les images se refléter dans les verres.

— Viens voir ça, lui dit-elle.

Il se plaça debout derrière elle. Il supposa que ce qu'il regardait était un cliché d'IRM. Il reconnaissait les vertèbres cervicales empilées depuis la base du crâne, mais le cordon qui courait derrière ressemblait à un bout de corde qui se serait effiloché en son milieu. Des fibres en dépassaient. Quelque chose qui ressemblait à une bulle liquide entourait la zone.

— C'est la perforation de la moelle épinière, lui révéla la médecin. Un objet aiguisé et pointu a pénétré la peau ici.

Jeffrey sentit les doigts de Sara appuyer sur un point dans sa nuque.

— Ses jambes ont été paralysées, à partir d'ici jusqu'en bas, expliqua-t-elle en posant la main sur sa hanche. Cette lésion a été infligée de manière délibérée. Ça ne peut pas être le résultat de la chute. J'imagine que l'instrument avait la même forme qu'un poinçon ou un contre-poinçon, mais ne me cite pas.

Jeffrey réprima les questions qui lui venaient. Sara ouvrait le dossier suivant, qui était une radio.

— La fracture du crâne.

Elle cliqua dessus, pour zoomer.

Jeffrey savait à quoi un crâne intact était censé ressembler. La fracture était située à l'arrière de la tête, à l'endroit où la plupart des hommes voyaient naître leur calvitie. L'os avait éclaté en rayons de soleil. Un morceau en forme de demi-cercle était appuyé contre le cerveau.

Sara se mit à genoux pour se rapprocher encore plus de l'écran.

— Là, dit-elle.

Jeffrey se pencha à côté d'elle. Il suivit le doigt de Sara, qui dessinait une forme de croissant au bas de la fracture.

Il savait qu'elle ne dirait pas de façon catégorique ce qui s'était passé, aussi demanda-t-il :

— Ton hypothèse ?

— Ce n'est pas une hypothèse, lui répondit Sara. Elle a été frappée à l'arrière de la tête avec un marteau.

11

Atlanta

Sara ne put finir son deuxième Scotch. Elle avait des aigreurs d'estomac. Elle se sentait toute tremblante mais d'une façon qu'elle aurait eu du mal à décrire. Les notes de Jeffrey. Ses archives. Les fiches d'information qu'il faisait remplir sur le terrain. Les lignes qu'il avait tracées à la règle sur une carte topographique défraîchie de Heartsdale. En lisant les mots que Jeffrey avait écrits huit ans auparavant, Sara voyait son fantôme assis en face d'elle, de l'autre côté de la table. Les noms lui revenaient avec une clarté surprenante.

Little Bit. Chuck Gaines. Thomasina Humphrey.

Son écriture délicate présentait un tel contraste avec son physique robuste. Jeffrey était l'incarnation même du grand beau brun ténébreux. Il roulait des mécaniques comme le joueur de football qu'il était, mais n'en était pas moins doué d'un esprit remarquablement fin et intelligent. Même dans le jargon technique et précis d'un rapport de police, le résumé d'une déposition de témoin, ou la transcription d'un appel téléphonique, sa personnalité lumineuse transparaissait.

Sara avait en main l'un des carnets à spirales. Il était à peu près de la taille d'une fiche cartonnée. Jeffrey avait inscrit sur la couverture le nom des enquêtes que le calepin contenait, ainsi que les dates correspondantes. Sara l'ouvrit. Les membres de la police de Grant County étaient peu nombreux : le chef y tenait également la fonction d'enquêteur. Comme un véritable archiviste, Jeffrey avait méticuleusement consigné dans ces carnets les notes relatives à toutes les affaires sur lesquelles il avait travaillé. Sara feuilleta les dix premières pages, où figuraient les titres.

Harold Niles/cambriolage. Gene Kessler/vol de vélo. Pete Wayne/ vol de pourboires.
80 000 $

La somme en dollars occupait une page entière. Jeffrey l'avait soulignée deux fois et entourée. Le stylo bille avait laissé sur le papier une empreinte qui faisait penser à du braille.

Sara se demandait à quoi cette somme pouvait bien renvoyer. Pas à un cambriolage. Ni à un vélo. Alors, elle se dit qu'elle devait concerner la vie personnelle de Jeffrey. Sa maison avait coûté plus cher que ça. Son emprunt étudiant, un peu moins. Le solde que son compte affichait – la dernière fois qu'elle l'avait vu, en tout cas – représentait environ 5 % de cette somme.

Sara sourit.

Seule une chose aurait pu coûter 80 000 $ à cette époque : la première BMW Z4 de Sara. Elle avait acheté cette voiture pour l'humilier, c'était clair et net. L'expression affligée sur son visage à chaque fois qu'il voyait la voiture de sport procurait à Sara un plaisir plus intense et plus puissant qu'aucun orgasme. Et Dieu sait pourtant que Jeffrey était doué dans ce domaine.

Sara tourna la page.

Rebecca Caterino/décédée avant transport à l'hôpital.

Cette dernière mention avait été barrée et remplacée par *tentative de meurtre/agression sexuelle.*

La tension qui s'était installée entre Jeffrey et Sara avait évolué pendant les affaires Caterino/Truong. Sara avait trouvé un moyen de renouer avec une certaine paix intérieure malgré le refus de son ex-mari de lui avouer la vérité au sujet du nombre de femmes avec lesquelles il l'avait trompée. Comme à chaque fois qu'elle vivait un bouleversement émotionnel, cette paix lui avait été apportée par sa famille. Elle se souvint d'une conversation qu'elle avait eue avec sa mère le soir même du jour où ils avaient trouvé Beckey, avant que ce qu'ils avaient d'abord pris pour un accident ait donné lieu à une enquête d'envergure.

Elle était assise à table, dans la cuisine de ses parents, son ordinateur portable ouvert devant elle. Elle avait essayé de mettre à jour les dossiers de ses patients, mais s'était sentie si dépassée par les événements qu'elle avait fini par renoncer, posant sa tête sur la surface plane.

Sa mère était venue s'asseoir près d'elle et lui avait pris les mains. Celles de Cathy étaient calleuses. C'était une jardinière, une bénévole, une bricoleuse, qui n'hésitait jamais à retrousser ses manches pour se mettre au travail. Sara avait ravalé ses larmes. Cette pauvre fille trouvée dans les bois l'avait chamboulée. Elle était très en colère contre Lena. Elle était ébranlée car toute cette tragédie l'avait placée dans un rapport de très grande proximité avec Jeffrey. Et elle avait vraiment honte des insultes qu'elle lui avait lancées, à son cabinet, comme une ex-femme revêche et aigrie.

« Ma précieuse enfant, lui avait dit sa mère. Laisse-moi porter le fardeau de ta haine. Laisse-moi m'en charger à ta place, pour que tu puisses continuer à avancer. »

Sara avait répondu en plaisantant qu'elle avait suffisamment de haine à l'égard de Jeffrey pour pouvoir la partager. Mais imaginer sa mère charriant le fardeau de son ressentiment, de son chagrin, de son humiliation, de sa déception, et de son amour – car c'était bien là ce qui était le plus difficile, le fait que Sara fût toujours autant amoureuse de Jeffrey – avait réussi à alléger le poids de cette charge qui, l'année précédente, lui pesait si douloureusement sur les épaules.

Sara leva la tête du carnet de Jeffrey. Elle prit une gorgée de Scotch puis s'essuya les yeux, prête à se remettre au travail.

Rebecca Caterino/~~décédée avant transport à l'hôpital~~ tentative de meurtre/agression sexuelle.

Jeffrey avait pris note de son arrivée sur la scène de crime dans les bois, du fait d'avoir discuté de gestion des foules avec Brad, et du compte rendu que Lena lui avait fait. Comme la plupart des policiers, il utilisait un système d'abréviation : Lena devenait LA, Frank, FW, et ainsi de suite.

Il avait inscrit un numéro de téléphone dans la marge, sans préciser de nom. Sara en déduisit immédiatement qu'il devait appartenir à l'une de ses conquêtes. Elle se cala au fond de son siège, cherchant à éteindre cette étincelle de jalousie que cette pensée venait de faire naître.

Elle tourna la page.

PARLER À SL DES 30 MINUTES.

Jeffrey était hanté par les trente minutes durant lesquelles Beckey Caterino était restée allongée dans les bois. Sara aussi. Trente minutes, c'était long : la moitié de l'heure fatidique durant laquelle l'espérance de vie d'un patient était entièrement déterminée par les actions entreprises pour le sauver. Elle était restée évasive lorsque Jeffrey lui avait demandé si trente minutes auraient changé quoi que ce soit. D'un point de vue médical, même trente secondes auraient pu faire une sacrée différence. La tragédie venant s'ajouter à la tragédie, ils ne le sauraient jamais.

Sara baissa les yeux vers le carnet. Sous ses initiales, Jeffrey avait écrit le nom de Thomasina Humphrey.

La médecin combina ces deux détails, et se retrouva soudain de retour dans le bureau du chef de la police de Grant County. Elle attendait que le mail arrive sur son ordinateur lorsque Jeffrey était revenu de son rendez-vous avec Sibyl Adams. Sara avait alors failli lui parler du viol qu'elle avait elle-même subi. Elle avait voulu protéger Tommi de la douleur que lui aurait infligée un interrogatoire. Elle était sûre et certaine que l'agression de la jeune femme n'avait rien à voir avec Leslie Truong, tout comme cela ne faisait aucun doute à ses yeux qu'elle ne pouvait pas non plus être liée à Beckey Caterino.

Elle s'était trompée.

Elle tourna les pages du carnet, à l'affût de toute information qui pourrait les aider aujourd'hui. À cette époque, Brock était encore le coroner officiel, donc tous les rapports de labo et résultats d'examen devaient se trouver dans ses archives. Jeffrey avait bien transcrit dans son carnet certaines des observations de Sara, mais qu'avait-elle raté ? Qu'est-ce que Jeffrey avait raté ? Y avait-il un détail, un relevé effectué par l'équipe scientifique qu'ils n'avaient pas vu, qu'ils avaient ignoré, et qui avait permis à un assassin violent et sadique de s'en tirer ?

Sara était la veuve de Jeffrey. Son héritière. En tant que telle, elle avait également hérité de sa culpabilité.

Elle entendit un bruit de clé dans la serrure de la porte d'entrée.

Elle referma le carnet et rassembla les dossiers en une pile qu'elle rangea dans la boîte. Lorsque Will entra dans l'appartement, elle était debout et l'attendait.

Sara remarqua plusieurs choses en même temps. Il s'était douché. Il avait enfilé un jean et une chemise. Il avait l'air épuisé.

Elle ravala toutes les questions amères qui lui vinrent à la bouche : *Où étais-tu ? Pourquoi n'as-tu pas appelé ? Pourquoi es-tu rentré te doucher chez toi avant de venir ici ? Qu'est-ce qui se passe, nom de Dieu ?*

Sara s'aperçut que Will effectuait son propre travail d'observation. Ses yeux parcouraient la pièce, allant de l'assiette qu'elle n'avait pas terminée à la bouteille de Scotch, et aux cartons qui contenaient les affaires de Jeffrey.

Elle prit une profonde inspiration et expira lentement, cherchant à retenir ce qui allait donner lieu, elle le sentait, à une explosion désastreuse.

— Salut, lui dit-elle.

Will s'agenouilla. Les chiens s'étaient précipités vers lui. Betty lui faisait fête. Les lévriers de Sara se frottaient contre ses jambes. L'air était lourd, comme si Sara et Will étaient en train de se noyer tous les deux, mais chacun dans une mare séparée.

Elle avisa une coupure sur la jointure du majeur de l'agent spécial. La plaie saignait. Elle essaya de plaisanter.

— Je t'en prie, avoue-moi que tu t'es fait ça en cognant Lena.

Il alla vers le frigo, en ouvrit la porte, et se mit à en scruter les rayonnages.

Sara n'était pas en mesure de supporter son silence. Elle lui posa une question à laquelle il était obligé de répondre :

— Comment ça s'est passé ?

Il inspira un grand coup, comme Sara un instant auparavant.

— Lena pense que tu essaies de lui mettre des bâtons dans les roues, répondit-il.

— C'est vrai, reconnut-elle, même si cela l'irritait que Lena puisse penser qu'elle n'avait rien d'autre à faire que d'imaginer des façons de lui pourrir la vie. Mais encore ?

— J'ai failli lui mettre un coup de poing dans la figure. Puis, j'ai été à deux doigts de sortir mon flingue devant Jared. Ensuite, j'ai esquinté la voiture de Faith. Oh ! et avant tout ça, j'ai dit à Jared qu'on allait se marier.

Sara sentit sa mâchoire se crisper. La première partie était bien évidemment hyperbolique. Quant à la dernière partie, si c'était encore une nouvelle façon tordue que Will avait trouvée pour lui demander sa main, ça n'allait pas marcher.

— Pourquoi as-tu dit ça à Jared ?

Will ouvrit le congélateur et jeta un œil à l'intérieur.

Sara pivota sur elle-même.

— Tu as dîné ? s'enquit-elle.

— J'ai mangé un truc à la maison.

Elle n'aimait pas la façon dont il avait dit « à la maison ». C'était ici, sa maison, le lieu qu'ils partageaient tous les deux.

— Il y a des yaourts.

— Tu m'as demandé de ne pas te piquer tes yaourts.

Sara ne supportait plus cette situation.

— Bon Dieu, Will, je ne suis pas le Javert du Yoplait. Si tu as faim, prends-en un.

— Je peux aussi manger de la glace.

— La glace, ce n'est pas la même chose que le yaourt. Ça n'a aucune valeur nutritionnelle.

Il referma la porte du congélateur et se retourna.

— Quoi ? demanda-t-elle. Qu'est-ce qui ne va pas ?

— Je croyais que tu avais mis un moratoire sur les discussions.

Elle avait envie de lui flanquer un coup de pied.

— Je trouve ça franchement nul quand la personne avec qui on est censé être en couple ne dit même pas ce qu'elle pense !

— C'est le moment où tu vas me faire la leçon ?

Sara pensa que c'était surtout le moment où les choses allaient dégénérer sérieusement.

— Laisse tomber, dit-elle.

— Pourquoi tu ne m'as pas écrit de texto ?

— Je t'ai écrit un texto, répliqua-t-elle en saisissant son téléphone pour lui en montrer l'écran. Trois fois, même, et pas une réponse de ta part, parce que tu as éteint ton téléphone, j'imagine.

Il se frotta la mâchoire du bout des doigts.

— Je ne vais pas pouvoir supporter tes grognements et tes longs silences maintenant, Will. Tu ne peux pas juste me parler comme un être humain normal ?

Les yeux de Will étincelèrent de colère.

En matière de colère, Sara s'y connaissait. Elle s'était déjà accrochée avec sa sœur. Elle était furieuse contre Lena. Elle était blessée que Faith lui ait menti. Jeffrey lui avait brisé le cœur. Elle était terrifiée à l'idée d'avoir raté quelque chose, dans Grant County, et d'avoir permis à un fou furieux de s'échapper, et maintenant elle voulait désespérément arranger les choses avec l'homme qu'elle allait épouser, si jamais il se décidait un jour à se bouger le cul et à lui faire sa demande.

— Tu veux te bagarrer ou tu veux baiser ? lança-t-elle à Will.

— Quoi ?

— Tu as le choix. Soit on se bagarre, soit on baise. Qu'est-ce que tu préfères ?

— Sara...

Elle s'approcha de lui, car c'était toujours elle qui devait faire les premiers pas. Elle posa les mains sur ses épaules et le regarda droit dans les yeux.

— On peut parler de toutes ces choses dont on ne parle pas, ou on peut aller dans la chambre, dit-elle.

La mâchoire de l'inspecteur se serra, mais il semblait prêt à céder.

— Will...

Sara repoussa doucement ses cheveux en arrière. Sa peau était chaude. Sara sentit le parfum, léger et frais, de son aftershave, ce qui signifiait que, même s'il était fâché, il s'était malgré tout rasé pour elle, car il savait qu'elle préférait qu'il ait le visage doux et lisse.

Elle lui embrassa tendrement les lèvres. Constatant qu'il n'opposait aucune résistance, elle l'embrassa à nouveau, mais cette fois de façon qu'il comprenne qu'elle pouvait faire bien d'autres choses avec sa bouche.

Will semblait partant, mais il s'interrompit tout à coup et eut un mouvement de recul. Il continuait de la regarder fixement. Elle avait l'impression de voir toutes ces choses dont ils avaient peur de parler remonter comme des bulles à la surface.

Elle ne survivrait pas à une autre dispute. Elle l'embrassa de nouveau et glissa sa main sous sa chemise. Elle laissa ses doigts courir le long des vaguelettes que dessinaient ses muscles.

— Allez, un petit soixante-neuf, murmura-t-elle à son oreille.

La respiration de Will s'accéléra. Son cœur se mit à tambouriner dans sa poitrine. Elle sentit contre sa jambe l'effet qu'elle lui faisait.

— Sara, fit-il d'une voix étranglée. Est-ce qu'on ne devrait pas...

De ses lèvres, elle effleura son oreille. Puis elle lui fit un baiser dans le cou, tout en commençant à déboutonner les boutons de son chemisier. Elle sentait encore sa réticence, même lorsqu'il posa sa main sur l'un de ses seins. Elle approcha à nouveau la bouche de son oreille mais, au lieu de l'embrasser, elle en saisit le lobe entre ses dents.

Will respirait de plus en plus vite.

— Et si on y allait un peu plus fort ? proposa-t-elle.

Cette fois, quand elle posa ses lèvres sur les siennes, il lui rendit son baiser avec plus de fougue. Il l'attrapa par la taille et l'adossa à un placard. Il pressa son corps contre le sien et serra plus fort ses doigts sur son sein. Elle sentit ses sens s'abandonner délicieusement à une vague de désir.

Mais, soudain, Will recula.

Il la tint à bout de bras.

— Je suis désolé, dit-il. C'est ma limite.

Elle secoua la tête.

— Quoi ?

— Tu as atteint ma limite, Sara. C'est tout.

— Qu'est-ce que tu...

Mais elle prononça ces mots en direction de son dos, car il était déjà en train de s'éloigner.

— Will.

Il referma la porte derrière lui.

Sara laissa son regard errer dans la cuisine, cherchant à comprendre ce qui venait de se produire.

Quelle limite ?

Et qu'est-ce que ça voulait dire, « c'est tout » ?

Elle essaya de reboutonner sa chemise. Ses doigts n'y arrivaient pas. Will était en train de se payer sa tête, de jouer à un petit jeu. Il était probablement en train de patienter de l'autre côté de la porte, s'attendant à ce qu'elle le poursuive. Ils avaient déjà joué cette même scène par le passé, à l'époque où c'était Sara qui avait atteint sa limite. Elle n'avait pas supporté que Will lui cache des choses, lui mente ouvertement. Elle lui avait dit de s'en aller, ce qu'il avait fait, mais lorsqu'elle avait ouvert la porte, il était assis dans le couloir et l'attendait. Il avait dit…

« Je n'abandonne pas facilement. »

Sara se frotta le visage. Elle n'allait pas abandonner Will non plus. Elle ne pouvait pas se retrouver sans attache en ce moment. Elle allait devoir réparer ça coûte que coûte. Et si cela supposait d'aller demander pardon à un adulte qui avait décidé de bouder, alors elle le ferait.

Sara alla à la porte et l'ouvrit d'un coup.

Le couloir était vide.

12

Grant County – Mercredi

Jeffrey était assis face à Kayleigh Pierce, dans le logement de la résidence étudiante qu'elle partageait avec Rebecca Caterino. Il n'avait pas le temps de se reprocher de ne pas s'être fié à son instinct. En l'espace de vingt-quatre heures, l'affaire Caterino était passée de simple « décès avant transport à l'hôpital » à « accident », puis à « tentative de meurtre » et « possible agression sexuelle ». Ce qu'il lui fallait maintenant, c'étaient des faits. Pour l'instant, ils s'étaient contentés de s'en tenir à la routine. Mais, à présent, il connaissait l'âpre vérité.

Caterino avait été ciblée par son assaillant. On ne se balade pas avec un marteau à moins de vouloir s'en servir. La jeune femme avait été suivie, soit depuis le campus soit dans les bois, par une personne qui comptait s'en prendre à elle, violemment.

Maintenant, Leslie Truong, le témoin que sa propre équipe de bras cassés avait laissé partir, manquait à l'appel. Sans doute avait-elle été enlevée.

Il ne lui restait plus qu'à tout reprendre depuis le début.

— Je vois pas ce que je pourrais ajouter.

Kayleigh avait un tic qui consistait à laisser sa voix monter en fin de phrase : on aurait dit qu'elle posait une question, alors qu'elle était censée répondre.

— Je sais que vous avez déjà répondu aux questions de l'un de mes agents, expliqua Jeffrey. Mais j'aimerais que nous reprenions ensemble le déroulé des événements d'hier matin. Tout ce dont vous pourriez vous souvenir nous apporterait une aide précieuse.

Kayleigh triturait une petite peau qui se détachait de la plante de son pied. Elle portait un pyjama de soie bleu. Des idéogrammes chinois étaient tatoués à l'intérieur de son poignet. Ses cheveux blonds et courts avaient formé une spirale pendant qu'elle dormait.

— Comme je vous ai dit, je dormais.

Jeffrey consulta son carnet. Il se demanda en silence s'il fallait lui dire ou non que son amie avait été agressée. Il se fia à son instinct, cette fois, qui l'avertit que, dès l'instant où Kayleigh apprendrait la terrible nouvelle, son utilité en tant que témoin diminuerait drastiquement. Cette fille avait tendance à tout rapporter à elle-même, ce qui n'étonnait pas Jeffrey. Elle était encore à cet âge où on ne voit pas plus loin que le bout de son nez.

— Continuez, encouragea-t-il Kayleigh.

— Becks était vraiment fâchée contre nous. Nous toutes. Elle s'est juste mise à crier comme si elle devenait folle, à renverser nos affaires, à jeter des trucs.

La cuisine était en désordre, mais Jeffrey se rendait bien compte que la poubelle avait été renversée d'un coup de pied. Le plastique était cabossé. Les ordures éparpillées avaient laissé une traînée gluante par terre. Le seul objet qui semblait avoir été épargné était un sac à dos en cuir brun clair posé près du frigo.

— Pourquoi Beckey était-elle fâchée ? demanda Jeffrey.

— Qui sait ? répondit Kayleigh en haussant les épaules.

Mais Jeffrey devinait bien qu'elle savait non seulement pourquoi son amie s'était mise en colère, mais aussi contre qui.

— Elle a ouvert ma porte en mettant un coup de pied dedans. Et elle a crié « bande de connasses » comme si elle nous détestait.

Et puis je l'ai suivie dans sa chambre pour comprendre ce qui lui prenait. Mais elle a refusé de me le dire.

— La chambre de Beckey est au bout du couloir ?

— Oui, confirma Kayleigh qui réussit enfin à formuler une réponse correcte. Quand on est arrivées ici, on a toutes vu que c'était la chambre la plus petite, et on était sur le point de se friter, mais alors Becks a dit « je vais la prendre » et, comme ça, on est toutes devenues meilleures copines.

— Est-ce qu'elle voyait quelqu'un ?

— Elle a rompu avec sa petite amie cet été. Mais y a eu personne depuis. Pas même un flirt. Y a beaucoup de connasses sur le campus.

— Est-ce que quelqu'un avait développé une obsession à son égard ?

— Pas du tout. Becks allait jamais dans les bars, elle s'amusait jamais, ni rien.

Kayleigh secoua la tête assez fort pour faire voler ses cheveux.

— Si quelqu'un avait fait une… obsession, j'aurais été direct chez les flics. Les vrais flics, pas les gugusses du campus.

Jeffrey était ravi qu'elle fasse cette distinction.

— Beckey vous a-t-elle déjà dit qu'elle se sentait menacée ? Ou qu'elle avait l'impression d'être épiée ?

— Oh ! mon Dieu, est-ce que quelqu'un la surveillait ? s'écria Kayleigh en regardant tour à tour la cuisine, la porte et le couloir d'un air paniqué. Je dois m'inquiéter ? Est-ce que je suis, genre, en danger ?

— Ce sont juste des questions de routine, lui assura Jeffrey. Je les pose à toutes les personnes que j'interroge dans le cadre de cette enquête.

Jeffrey vit s'estomper l'angoisse qui était apparue sur le visage de l'étudiante. D'ici une heure, toutes les jeunes femmes du campus lui demanderaient certainement si elles avaient des raisons de s'inquiéter.

— Kayleigh, reprit-il, concentrons-nous sur hier matin. Est-ce que Beckey vous a dit quoi que ce soit quand vous l'avez suivie dans sa chambre ?

— Elle enfilait, genre, son survêt pour aller courir. Bon, c'est vrai qu'elle aime courir mais quand même, il était super tôt. Et puis Vanessa lui a fait « sors pas maintenant c'est l'heure des violeurs », ce qui était marrant sur le moment, sauf que maintenant on est toutes inquiètes parce qu'elle est à l'hôpital, et tout. Et puis son père, Gerald, a appelé ce matin et il pleurait, c'était très dur parce que moi j'ai jamais entendu mon père pleurer, alors ça m'a rendue vraiment triste de l'entendre.

Kayleigh frotta ses yeux, mais Jeffrey n'y vit aucune larme.

— J'ai dû dire à mes profs que j'allais pas pouvoir aller en cours de toute la semaine, poursuivit-elle. C'est vraiment dingue. Becks va courir, et puis elle se cogne la tête et sa vie est... sa vie est, je sais pas. Mais c'est tellement triste. J'arrive même plus à sortir de mon lit parce que... et si ça m'était arrivé à moi ? Moi aussi, j'aime bien courir.

Jeffrey feuilleta son carnet.

— Deneshia m'a dit que Beckey avait passé la soirée d'avant à la bibliothèque.

— Oui, elle faisait ça souvent. Elle était, genre, terrifiée à l'idée de perdre sa bourse.

Kayleigh saisit une poignée de mouchoirs dans la boîte sur la table.

— J'veux dire, elle parlait beaucoup d'argent, reprit-elle. Beaucoup. J'veux dire, pas comme nous on en parle, vu qu'on en parle pas.

Jeffrey connaissait bien ce paradigme. En grandissant à Sylacauga, il savait qu'il était pauvre, mais il n'avait aucune idée de ce à quoi ressemblait le contraire de pauvre avant d'avoir passé sa première journée à Auburn.

— Est-ce que c'est son sac à dos ? demanda-t-il.

La jeune fille coula un regard dans sa direction.

— Ouais.

Jeffrey rangea son carnet dans sa poche. Il se leva et alla dans la cuisine. Il dut enjamber des pots de yaourt vides et des sacs de pop-corn. C'était un sac à dos d'un beau cuir fauve, dont le rabat était orné d'un monogramme composé des initiales BC. Jeffrey se dit qu'il devait s'agir d'un cadeau de fin de lycée, car ce n'était pas le genre d'accessoire qu'une étudiante d'université sans le sou s'achèterait.

Jeffrey vida le sac et en disposa soigneusement le contenu sur le petit bout de comptoir qui n'était pas encombré. Des stylos. Des crayons. Des feuilles de papier. Des documents imprimés. Des devoirs. Un vieux modèle de téléphone à clapet. Il l'ouvrit. La batterie était presque morte. Il n'y avait aucun appel manqué. Les appels récents avaient été supprimés. Il jeta un œil aux contacts. Daddy. Daryl. Deneshia.

— Qui est Daryl ? demanda-t-il à Kayleigh.

— Il habite en dehors du campus. répondit-elle en haussant les épaules. Tout le monde le connaît. Il faisait ses études ici mais il a laissé tomber il y a deux ans parce qu'il veut devenir, genre, un skateur professionnel.

— Est-ce qu'il a un nom de famille ?

— Ben, je suis sûre que oui, mais je sais pas.

Jeffrey nota le numéro de Daryl dans son carnet à spirales. Le numéro serait enregistré comme pièce à conviction, ce que Lena avait omis de faire la veille, quand elle s'était entretenue avec les colocataires de Rebecca Caterino.

Il inspecta à nouveau le sac à dos. Il y trouva un manuel de chimie organique, un autre sur les textiles, un troisième sur l'éthique scientifique. Il y avait également un ordinateur portable qui, à en juger par son poids, devait être un modèle assez récent. Jeffrey l'ouvrit : le document qui apparut à l'écran s'intitulait RCATERINO-CHEM-FINAL.DOC.

Il parcourut le devoir, qui était aussi laborieux et pédant que tous ceux qu'il avait lui-même composés à l'université.

Il leva les yeux vers Kayleigh. Elle était à nouveau en train de se triturer la plante du pied.

— Pouvez-vous venir voir s'il manque quelque chose ? demanda-t-il.

Elle se leva péniblement du canapé et avança vers lui en roulant des hanches. Elle jeta un œil aux manuels, aux papiers et dit :

— Je crois pas. Mais sa pince banane devrait être près de son lit.

— Sa pince banane ?

— C'est, genre, pour les cheveux.

Jeffrey sentit son instinct lui envoyer une fusée éclairante. Leslie Truong ne retrouvait plus son bandeau. Et maintenant, Beckey Caterino avait perdu une pince à cheveux.

Il ne voulait pas influencer Kayleigh dans ses réponses.

— Est-ce qu'elle est encore près de son lit ? demanda-t-il.

— Non, c'est justement ça qui l'a énervée encore plus. répondit Kayleigh, l'air désorienté. Beckey la retrouvait pas. Alors on a toutes cherché, et on l'a pas trouvée. J'ai raconté ça à la policière déjà.

Il n'y avait qu'une seule policière dans l'équipe.

— L'agente Adams ?

— Ouais, je lui ai dit que la pince banane de Beckey, celle que sa mère lui avait donnée, elle était plus sur la table de nuit où elle la laissait toujours d'habitude, et d'abord Beckey s'est fâchée après moi mais ensuite elle a su que c'était pas moi qui l'avait prise parce que j'aurais jamais pris quelque chose de spécial comme ça, parce qu'elle m'avait déjà raconté l'histoire comme quoi c'était sa mère qui la lui avait donnée, et que, genre, c'était la toute dernière chose qu'elle lui avait donnée et tout, enfin elle lui avait prêtée, plutôt, mais après sa mère est morte, donc elle devait la garder pour toujours.

Jeffrey essaya d'y voir clair dans cette phrase interminable.

— Vous avez déclaré à l'agente Adams que Beckey ne retrouvait plus sa pince banane ?

— Voilà.

C'était au tour de Jeffrey de faire ce truc irritant qui consistait à poser des questions qui n'en étaient pas.

— La pince appartenait à sa mère ?

— C'est ça.

— Et Beckey la posait toujours sur sa table de nuit ?

— C'est ça.

— Mais le matin où elle l'a cherchée, la pince n'était plus à sa place habituelle ?

— Voilà.

— Vous me montrez ?

Elle le mena dans le couloir. Jeffrey fit abstraction de l'odeur âcre de cannabis, de sueur et de sexe qui imprégnait les chambres. Aucun lit n'était fait. Des vêtements jonchaient le sol. Il vit des bangs, des sous-vêtements et des préservatifs usagés qui avaient été jetés juste à côté des poubelles.

— C'est ici.

Kayleigh s'était arrêtée devant la porte au bout du couloir.

— On a déjà cherché genre. Pour lui apporter à l'hôpital. Mais on l'a pas trouvée.

Jeffrey parcourut la pièce du regard. Elle n'était pas vraiment bien rangée, mais le désordre n'y atteignait pas le même niveau cataclysmique que dans les chambres de ses camarades. Jeffrey aperçut la table de nuit. Un verre d'eau. Une lampe. Un recueil de poèmes ouvert, à la tranche cassée. Jeffrey résista à la tentation de refermer le livre. Il se mit à quatre pattes. Il n'y avait rien sous la table de chevet. Il regarda sous le lit. Une chaussette. Un soutien-gorge. De la bourre et de la poussière.

— Beckey connaît-elle Leslie Truong ? demanda-t-il à Kayleigh.

— La fille qui a disparu ?

L'étudiante fronça les sourcils.

— Je crois pas, répondit-elle. Parce qu'elle est plus vieille et tout. Genre, sur le point de passer son diplôme.

— Elles n'auraient pas pu se croiser à la bibliothèque, par exemple ?

— Peut-être. Mais elle est grande, la bibliothèque.

Le téléphone portable de Jeffrey sonna. Il étouffa un juron lorsqu'il vit le numéro s'afficher. Sa mère l'avait déjà appelé trois fois aujourd'hui. Elle était sans doute en train de siroter son quatrième verre de la journée et de se lamenter parce que son fils unique était un crétin insensible.

Il coupa la sonnerie.

— Chef ?

Lena était dans le couloir.

— J'ai de nouveau fait le tour de tous les occupants de la résidence, dit-elle. Personne ne s'est souvenu de quoi que ce soit d'autre.

Jeffrey se releva. Le bas de son pantalon était recouvert de moutons de poussière. Il chercha à s'en débarrasser.

— On a besoin de nous au poste, dit-il.

Lena s'écarta pour le laisser passer. Il avait déjà donné sa carte professionnelle à Kayleigh. La jeune femme s'en servirait certainement quand elle apprendrait qu'il était arrivé quelque chose de plus grave qu'un accident à sa camarade de chambre. Il se dit que la rumeur devait déjà être en train de se répandre sur le campus. Sibyl Adams avait raison ; une école ne serait rien sans ses ragots. Peut-être quelqu'un donnerait-il une fausse information à la bonne personne car, vu où Jeffrey en était à présent, c'était la seule façon dont il parviendrait à résoudre l'une ou l'autre de ces affaires.

Le commissaire chercha Brad dans le couloir principal. Il avait reçu pour instruction de réinterroger les habitants de la résidence. Jeffrey le vit sortir d'une chambre.

— Le sac à dos de Caterino est dans la cuisine. Va enregistrer son contenu comme pièces à conviction.

— Oui, chef.

Jeffrey sortit son carnet et composa le numéro de Daryl. La sonnerie retentit une fois, puis une voix lui annonça que le numéro n'était plus attribué.

Il regarda le téléphone comme si celui-ci pouvait lui fournir une explication. Il revérifia le numéro, puis le réessaya. Le même message lui arriva au bout du fil. Le numéro n'existait plus.

— Qu'est-ce qu'il y a, chef ? lui demanda Lena.

Jeffrey passa devant l'ascenseur et emprunta l'escalier. Il pouvait y avoir toutes sortes de raisons pour lesquelles le numéro de Daryl n'était plus en service. La plupart des étudiants avaient du mal à joindre les deux bouts. Les téléphones jetables étaient chose courante sur le campus. Et leurs utilisateurs étaient souvent à une minute de crédit près.

Tout de même, la coïncidence le tracassait.

Dehors, la policière pressa le pas pour le rattraper tandis qu'ils traversaient la cour intérieure.

— Votre voiture n'est pas garée de l'autre côté ? s'enquit-elle.

— Si, répondit Jeffrey qui continuait à avancer à grandes enjambées, pour qu'elle ait du mal à le suivre. Tu as inspecté le sac de Beckey Caterino ?

— J'ai…

L'expression de Lena était suffisamment éloquente.

— Elle a eu un accident, du moins c'est ce qu'on croyait donc…

— Il y a vingt-quatre heures, on était debout au milieu de cette pelouse et je t'ai dit qu'on traitait toujours les accidents comme des homicides potentiels. Je ne t'ai pas dit ça ?

Jeffrey n'était pas d'humeur à entendre l'une de ses sempiternelles excuses.

— Et la pince à cheveux ?

— La…

— Tu ne t'es pas dit que la disparition de la pince à cheveux méritait de m'être signalée ?

— Je...

— Elle ne figure pas dans ton rapport officiel, Lena. Est-ce que tu l'as notée dans ton carnet ?

Elle se mit en devoir de déboutonner sa poche de chemise à grand-peine.

— Ne le note pas après coup. Ça aura l'air suspect.

— Suspect pour...

— On va se prendre un procès retentissant après un coup comme ça. Est-ce que tu t'en rends compte ?

Il baissa la voix alors qu'ils dépassaient un petit groupe d'étudiants.

— Rebecca Caterino est restée allongée là une demi-heure pendant qu'on était à côté d'elle à se tourner les pouces, poursuivit-il. Est-ce que tu seras capable de poser la main sur une bible devant un juge et de jurer en toute honnêteté que tu as fait tout ton possible dès l'instant où tu l'as trouvée ?

Lena était suffisamment maline pour savoir qu'il valait mieux ne pas chercher à répondre.

— C'est bien ce que je pensais, lança Jeffrey.

Il ouvrit la porte du poste de sécurité.

Chuck Gaines avait ses deux chaussures pointure 46 sur le bureau. Il mangeait une pomme et regardait un épisode de *The Office*. Jeffrey n'avait jamais vu cet homme quitter son siège, sauf pour aller aux toilettes ou déjeuner. Il n'eut même pas la politesse de se lever quand le chef de la police du comté entra.

— Daryl, dit Jeffrey, citant le nom trouvé dans le téléphone de Rebecca Caterino. C'est un ancien étudiant. Il me faut son nom de famille.

Chuck poussa une bouchée de fruit dans sa joue.

— Va me falloir plus que ça, chef.

— C'est un skateur. Vingt-cinq ans environ. Il a quitté l'université il y a deux ans.

— Vous savez combien…

Jeffrey fit tomber de la table les pieds du bonhomme. D'une baffe, il envoya valser sa pomme. Il les plaqua contre le mur, sa chaise et lui. Puis il approcha son visage de celui de Chuck :

— Je veux son foutu nom de famille.

— La vache, fit le responsable de la sécurité du campus, levant les mains en signe de capitulation. Daryl, c'est ça ?

Jeffrey recula d'un pas.

— Un skateur, répéta-t-il. Il est parti il y a deux ans. Tout le monde sur le campus le connaît, apparemment.

— Je ne connais pas de Daryl, mais…

Chuck traîna sa chaise jusqu'à son bureau. Il ouvrit un tiroir et en sortit une pile de fiches.

— Il se peut qu'on trouve quelque chose là-dedans, poursuivit-il.

Jeffrey avait une collection semblable de fiches d'information, au poste. Chaque policier avait sa propre pile de FI, pour garder une trace informelle des noms et coordonnées d'individus suspects qui n'avaient pas encore de dossier officiel à la police.

— Bon, voyons ça, dit Chuck en retirant l'élastique qui maintenait les fiches liées ensemble.

Il n'en avait rédigé aucune lui-même, préférant déléguer cette tâche à ses subordonnés qui effectuaient des rondes sur le campus. Il fit défiler les fiches et s'arrêta enfin sur l'une d'elles.

— La voilà, s'exclama-t-il. Il y a effectivement un petit con qui est toujours en train de faire du skate près de la bibliothèque. Il esquinte la rambarde métallique de l'escalier. Un gamin plus vieux, dans les vingt-huit, vingt-neuf ans. Il est brun, avec des cheveux raides plutôt longs. Il passe sa vie à mater les nanas, surtout les plus jeunes, mais comment on pourrait lui reprocher ça ? Son nom de famille n'est pas indiqué. D'après ce qui est écrit ici, tout le monde l'appelle Little Bit. C'est un petit dealeur qui ne vend que de l'herbe, jamais de drogues dures.

Rebecca Caterino était étudiante. Cela n'avait donc pas étonné Jeffrey de sentir une odeur de cannabis dans sa chambre. Si Daryl était un dealeur, cela pouvait expliquer pourquoi son numéro n'était plus attribué. Les dealeurs changeaient souvent de numéro de téléphone.

Jeffrey prit la fiche des mains de Chuck. Little Bit. Skateur. Vingt-huit, vingt-neuf ans. Dealeur d'herbe. Cela correspondait bien à la description que venait d'en faire Chuck.

Le responsable de la sécurité fit rouler son siège jusqu'à l'autre bout du local pour aller récupérer sa pomme, qui était tombée dans un coin. Il la prit entre ses dents de façon à pouvoir utiliser ses deux mains pour manœuvrer jusqu'à son bureau.

— C'est tout ce que vous vouliez savoir, chef ?

Jeffrey essaya un autre nom :

— Thomasina Humphrey.

Chuck sembla reconnaître ce nom-là.

— Ah, oui, elle, fit-il.

— Oui, elle. Que savez-vous à son sujet ?

L'homme toujours assis tourna son regard vers Lena pour la première fois depuis que les deux policiers étaient entrés dans son local, et le détourna aussitôt.

— Des ragots, principalement, répondit-il. Elle a disparu. Les jeunes racontent à son propos les mêmes conneries délirantes que d'habitude. Elle est entrée dans une secte. Elle a essayé de se tuer. Qui sait ce qui s'est vraiment passé ?

Jeffrey était prêt à parier que Chuck avait sa petite idée sur la question, mais il avait déjà suffisamment humilié ce type pour aujourd'hui. Il serait sans doute appelé à le solliciter de nouveau plus tard, il fallait donc lui laisser un peu de dignité.

— Est-ce que vous pouvez avoir accès à ses coordonnées ?

— Peut-être.

Chuck tapota sur son clavier d'ordinateur. Puis il prit une fiche vierge et nota une adresse et un numéro de téléphone.

— Voilà où ses derniers relevés de notes ont été envoyés, dit-il. Je ne sais pas si elle vit encore là-bas.

Jeffrey vit que l'adresse était à Avondale, ce qui correspondait à ce que Sara lui avait dit. Tommi avait été l'une de ses patientes à la clinique, autrefois. C'était la raison pour laquelle Sibyl Adams avait réclamé son aide.

Le responsable de la sécurité s'était remis à mastiquer sa pomme.

— La prochaine fois, dites ch'il vous plaît, lança-t-il, la bouche pleine.

Jeffrey fourra l'adresse dans la poche de son manteau en franchissant la porte.

Il sentait Lena lui coller aux basques comme un chiot en manque d'affection.

— Chef, tenta-t-elle.

Il s'arrêta si abruptement qu'elle lui rentra dedans.

— Est-ce que tu as repris ces affaires de viol non élucidées, comme je t'ai demandé de le faire ? lâcha-t-il.

— J'en ai fait la demande aux autres comtés, répondit-elle. Les rapports devraient m'arriver par mail dans l'après-midi. Il y en a seulement douze pour Grant County.

— Seulement douze, répéta Jeffrey. Il s'agit de douze femmes, Lena. Douze vies irrémédiablement gâchées. Je ne veux plus jamais t'entendre dire « seulement » quand tu parleras d'elles.

— Oui, chef.

— Il y a une université dans le secteur qu'on couvre, merde. Des milliers de jeunes femmes passent par ce campus tous les ans. Tu crois réellement que c'est toutes des menteuses ? Qu'elles se sont juste tapé un gars et qu'elles le regrettent, et donc que toi, en tant que policière, tu n'as pas à leur apporter ton aide ?

— Chef, je…

— Commence par voir où en est l'injonction administrative que j'ai envoyée pour obtenir le dossier médical de Rebecca Caterino. On doit rendre ça officiel. Et préviens-moi immédiatement quand Bonita Truong sera arrivée au poste. Je veux m'entretenir avec elle dès que possible. Personne d'autre que moi ne doit lui parler de Rebecca Caterino.

— Oui, chef, mais…

Lena appuya bien sur ce « mais ».

— Quand va-t-on annoncer aux gens que ce n'était pas un accident ?

— Quand je serai prêt à le faire, un point c'est tout. Prends ton carnet. Fais une liste.

L'agente plongea la main dans sa poche.

Jeffrey n'attendit pas qu'elle ait trouvé le carnet.

— Retourne voir les colocataires de Caterino et demande-leur si elles n'auraient pas des photos de Rebecca portant la pince à cheveux. Fais la même chose pour Leslie Truong. Elle, c'est un bandeau qu'elle avait perdu. Peut-être que ses copains auront une photo. Ensuite, retrouve-moi ce Daryl « Little Bit », ou quel que soit son foutu prénom. Le cannabis, c'est un motif valable pour l'interpeller et le fouiller. Si tu trouves de l'herbe sur lui, tu le boucles. Si tu n'en trouves pas, tu l'embarques pour l'interroger au poste. Et tu ne rentreras pas chez toi ce soir avant d'avoir pondu un compte rendu de tous les rapports pour viol dans la région des trois comtés. Je veux trouver le tout sur mon bureau en arrivant demain matin. C'est compris ?

— Oui, chef.

Jeffrey se dirigea vers sa voiture garée sur le parking des employés de l'université. Son téléphone sonna de nouveau. Encore sa mère. Elle devait avoir fini la bouteille, à l'heure qu'il était. Jeffrey coupa une nouvelle fois la sonnerie et entra dans sa voiture. Il mit le levier de vitesse sur marche arrière et sortit de sa place de parking.

Il essaya de réfléchir aux étapes suivantes, sur la route pour Avondale. Il allait devoir annoncer de façon formelle que Rebecca Caterino avait été agressée. Il y aurait des répercussions dans toute l'université, ce qui était normal : un malade avait attaqué une femme sans défense avec un marteau.

— Bon Dieu, murmura-t-il.

S'il y pensait suffisamment fort, il entendait encore le bruit horrible qu'avait fait le sternum de Caterino en se fendant. Jeffrey ne pouvait même pas imaginer quel genre d'individu était capable d'enfoncer un marteau dans le crâne de quelqu'un.

Il secoua ses mains, comme pour se débarrasser de cette impression.

La mère de Leslie Truong serait au poste d'ici quelques heures. Elle aurait des questions à poser, auxquelles Jeffrey voulait essayer de répondre le plus honnêtement possible. Il allait aussi devoir s'occuper de ce petit skateur à la noix. Si Little Bit vendait de l'herbe sur le campus, et s'il s'agissait du Daryl que Jeffrey avait trouvé parmi les contacts de Rebecca Caterino, alors celle-ci était très probablement l'une de ses clientes. L'éliminer ou le confirmer en tant que suspect était une priorité.

Et enfin, il y avait Lena Adams. Jeffrey allait devoir reprendre une à une toutes les informations qu'elle avait relevées et vérifier tout son travail. Pour lui, Lena était arrivée au bout de sa période d'essai, elle savait officiellement faire du vélo sans petites roues, maintenant. Si elle ne faisait pas ses preuves d'ici peu, il lui demanderait de plier bagages.

Son téléphone sonna. Sa mère, encore. Là, cela ne faisait plus aucun doute : elle était ivre morte. Jeffrey ne pouvait pas tellement le lui reprocher : c'était un fils nul à chier. D'ailleurs, c'était aussi un chef nul à chier, un mentor nul à chier, et un mari nul à chier.

Jeffrey ruminait encore ses erreurs lorsqu'il dépassa le panneau qui lui souhaitait la bienvenue dans la ville d'Avondale, 4 308 habitants. Il jeta un œil à l'adresse que Chuck lui avait donnée. Il aurait dû vérifier cette info lui-même, en passant par ses propres sources, pour s'assurer que la famille Humphrey habitait encore ici, mais ç'eût été inutile : la voiture garée devant la maison lui apporta la confirmation que c'était bien le cas.

La BMW Z4 argentée de Sara était stationnée devant la boîte aux lettres. Elle l'avait décapotée pour profiter de la douceur du climat.

— Nom d'un chien, grommela Jeffrey en se garant derrière le bolide à quatre-vingt mille dollars.

Il s'octroya quelques secondes pour juguler son agacement. Si Sara voulait parader cheveux au vent, avec Dolly Parton à fond la caisse, comme la version triste d'une bouseuse en virée à la ville, grand bien lui fasse.

Jeffrey ouvrit son carnet et inscrivit la liste des démarches à effectuer auxquelles il avait pensé en chemin. Il n'était pas aussi méticuleux dans sa prise de notes qu'il aurait dû l'être. Il était sans arrêt en train de reprendre Lena et Brad pour les exhorter à toujours bien couvrir leurs arrières. Jeffrey n'aimait vraiment pas renvoyer une telle image de lui-même mais, si Gerald Caterino comptait réellement attaquer sa brigade en justice, il devait s'assurer que ses propres arrières étaient couverts.

Il referma le carnet et remit le stylo dans sa poche. Puis, il sortit de la voiture. Il leva les yeux vers la maison. À une certaine époque, Avondale était principalement peuplée d'ouvriers affectés à l'entretien des voies ferrées. Ce métier leur avait permis d'accéder à la classe moyenne, ce que reflétait l'architecture des maisons, avec leurs quatre murs en briques, leurs fenêtres aux huisseries d'aluminium et leurs allées de béton : tout le confort moderne de 1975.

Les Humphrey n'avaient rien changé à l'aspect extérieur de leur maison. La peinture blanche avait jauni, mais elle ne s'effritait pas.

La voiture dans l'allée était un mini-van ancien modèle. La porte d'entrée était peinte en noir brillant.

Jeffrey n'eut à toquer qu'une fois, et on vint immédiatement lui ouvrir.

La femme qui apparut avait l'air éprouvée. Elle était à peine plus âgée que le commissaire, mais ses cheveux étaient entièrement gris. Boucles courtes. Cernes noirs sous les yeux. Elle portait une robe d'intérieur avec une fermeture Éclair à l'avant. Elle regarda Jeffrey d'une façon qui le fit se sentir coupable d'être ici. Mais il pensa qu'il se sentirait encore plus mal lorsqu'il verrait Sara.

— Madame Humphrey ? dit-il.

La femme jeta un œil dans l'allée, puis dans la rue.

— Vous n'avez pas vu une camionnette bleue, une Ford ?

— Non, madame.

— Si mon mari rentre, vous allez devoir vous en aller. Il ne veut pas qu'on embête Tommi avec ça. Vous comprenez ?

— Oui, madame.

Elle ouvrit la porte assez grand pour le laisser passer.

— Elles sont dans le jardin. Faites vite, s'il vous plaît.

Jeffrey entra. L'intérieur de la maison était exactement comme il l'imaginait : un rectangle découpé en petites pièces avec un couloir long comme une piste de bowling au milieu. Il jeta un œil aux photos accrochées aux murs. Il en déduisit que Tommi Humphrey était fille unique. Les clichés montraient une jeune femme joyeuse, souvent au milieu d'un groupe d'amis. Elle avait joué de la flûte dans une fanfare. Elle avait pris part à plusieurs concours de sciences. Elle avait eu différents chiens, puis un chat, puis un petit ami qui l'avait emmenée au bal de fin d'année. Sur la dernière photo, on voyait Tommi, un carton de déménagement dans les bras, devant ce qui était manifestement l'une des chambres universitaires à Grant Tech.

Les photos s'arrêtaient là.

Jeffrey ouvrit une porte-fenêtre coulissante. Il aperçut Sara, assise devant une table de pique-nique avec une jeune femme beaucoup trop mince, à la peau très claire. Elle avait les cheveux noirs et courts, à présent. Tommi Humphrey devait avoir dans les vingt-deux ans, mais elle faisait plus âgée et plus jeune à la fois. Elle fumait une cigarette. Même à plusieurs mètres de distance, Jeffrey s'aperçut que sa main tremblait.

Sara n'eut pas l'air surprise de le voir.

— Voilà Jeffrey, dit-elle à la jeune femme.

Tommi se retourna légèrement, sans le regarder.

Jeffrey saisit le signe que Sara lui adressait. Elle lui indiquait d'aller prendre place de l'autre côté de la table.

Il s'assit sur le banc, les mains sur ses genoux. Il avait déjà interrogé de nombreuses victimes de viol au cours de sa carrière. La première chose qu'il avait apprise, c'était qu'elles ne se comportaient jamais d'une seule et même manière. Certaines étaient en colère. D'autres étaient en état de fugue dissociative. D'autres encore voulaient se venger. La plupart souhaitaient désespérément s'en aller. Il en avait même vu éclater de rire en racontant ce qui leur était arrivé. Jeffrey avait remarqué le même genre d'affects imprévisibles chez des vétérans de guerre. Un traumatisme était un traumatisme, mais chaque personne y réagissait différemment.

— Ma chérie, ce que tu viens de me dire est très important, affirma Sara à Tommi. Peux-tu le répéter à Jeffrey ?

Jeffrey serra ses mains sous la table. Tout ce qu'il pouvait faire pour l'instant, c'était rester assis en silence.

— Si c'est plus facile pour toi, je peux lui en parler moi-même, proposa Sara. Tu m'as déjà donné ta permission. On va faire ce qui est le moins difficile pour toi.

Tommi tapota sa cigarette sur le rebord d'un cendrier qui débordait. Elle avait la respiration sifflante des très gros fumeurs. Jeffrey repensa aux photos qu'il avait vues dans le couloir. Sara avait eu raison de comparer ce qui était arrivé à Tommi à une explosion atomique. Avant son agression, la jeune femme était une personne joyeuse, enthousiaste et appréciée. Elle était devenue l'ombre de celle qu'elle avait été.

— On peut aussi partir maintenant, si c'est ce que tu souhaites, poursuivit Sara. Mais cela nous aiderait si Jeffrey pouvait t'entendre raconter ta version des faits. Je te jure sur ma vie qu'il ne va rien se passer. Ce n'est pas une déposition officielle. D'ailleurs, personne ne saura qu'on a eu cette conversation. D'accord ?

C'était à Jeffrey qu'elle avait adressé cette question. Il hésitait à répondre, non parce qu'il n'était pas d'accord, mais parce qu'il craignait que dire la mauvaise chose à cette jeune femme en cet instant ne risque de la détruire encore davantage.

— D'accord, répondit-il seulement.

La poitrine de Tommi se souleva lorsqu'elle prit une longue bouffée de sa cigarette. Elle garda la fumée dans ses poumons, puis leva enfin les yeux. Son regard ne croisa pas celui de Jeffrey, mais alla se perdre quelque part derrière lui. Une volute de fumée sortit de sa bouche.

— J'étais en première année, commença-t-elle.

Elle détachait bien chaque syllabe, et cette façon de parler d'elle au passé comportait quelque chose d'irrévocable.

— Je rentrais du gymnase du campus, continua-t-elle. Je ne sais pas quelle heure il était. Il faisait noir.

Elle porta la cigarette à ses lèvres. Jeffrey vit qu'elle avait les doigts jaunis par la nicotine.

— J'ai entendu quelqu'un derrière moi. Il a balancé un objet en direction de ma tête. Je n'ai pas vu ce que c'était. C'était dur. Ça m'a presque assommée. Il m'a attrapée. Il m'a traînée dans une fourgonnette. Il a essayé de me faire boire quelque chose.

Jeffrey se rendit compte qu'il était penché en avant, l'oreille tendue.

— Je me suis étranglée avec. Je l'ai craché, dit-elle en portant une main à son cou. C'était dans une bouteille. Le liquide.

Jeffrey vit les larmes couler sur le visage de la jeune femme. Il porta la main à sa poche pour y chercher un mouchoir, mais Sara en sortit un de sa manche.

Tommi ne s'essuya pas les yeux. Elle serra le mouchoir dans son poing.

— C'était du Gatorade, poursuivit-elle. Ou une autre boisson sportive comme ça. C'était un liquide bleu. Ça m'a rendu le cou tout poisseux.

Jeffrey remarqua le tremblement qui parcourut les doigts de la jeune femme lorsqu'elle porta à nouveau sa main à son cou.

— Ça l'a fâché que je recrache le liquide. Il m'a mis un coup à l'arrière de la tête. Il m'a dit de ne pas lutter. Alors je n'ai pas lutté.

Elle sortit une autre cigarette de son paquet et tenta de l'allumer avec la précédente. Mais ses mains tremblaient trop, elle eut beaucoup de mal à unir les deux.

Elle plaça enfin entre ses lèvres la cigarette au bout rougeoyant.

— Et puis je me suis réveillée dans les bois. J'imagine que j'ai dû avaler du Gatorade. Ça m'a mis dans les vapes. Mais je suis revenue à moi. Il était assis là. Il attendait. Puis, il a vu que j'étais réveillée. Il a couvert ma bouche avec sa main, mais je ne criais pas.

Elle tira à nouveau sur sa cigarette. Elle laissa la fumée remplir ses poumons, puis la cracha par petites bouffées à chaque mot qu'elle prononçait.

— Il m'a dit de ne pas bouger. Que je ne devais pas bouger. Qu'il voulait que je fasse comme si j'étais paralysée.

Jeffrey entrouvrit les lèvres. Il sentit sur sa langue le goût âcre et brûlant de la nicotine qui flottait dans l'air.

— Il avait ce truc. On aurait dit une aiguille à tricoter. Il le tenait contre ma nuque. Il m'a dit qu'il me paralyserait pour toujours si je n'obéissais pas.

Jeffrey croisa le regard de Sara. Il n'arrivait pas à déchiffrer son expression. On aurait dit qu'elle essayait de disparaître.

— Je ne bougeais pas. J'ai gardé mes bras le long du corps. Je me suis forcée à tendre les jambes. Il voulait que je garde les yeux ouverts. J'ai gardé les yeux ouverts. Il ne voulait pas que je le regarde. Je ne l'ai pas regardé. Il faisait noir. Je ne voyais rien. Je sentais seulement… une déchirure.

La cigarette pendillait entre ses lèvres. La fumée lui revenait dans la figure.

— Ensuite, il a fini. Il m'a nettoyée entre les jambes. Ça me brûlait. J'étais coupée. Je saignais. Il m'a essuyé le visage. Les mains. Je n'ai rien dit. Je n'ai pas bougé. Je continuais à faire semblant. Il m'a rhabillée. Il a reboutonné ma chemise. Il m'a remis mon slip. Il a remonté la fermeture Éclair de mon jean. Il m'a dit que, si j'en parlais à qui que ce soit, il recommencerait avec une autre fille. Si je me taisais, il ne le ferait pas.

Sara baissa la tête. Elle avait les yeux fermés.

— J'ai essayé de ne pas le regarder, reprit Tommi. Je me suis dit que, si je ne pouvais pas l'identifier, il me laisserait partir. Et c'est ce qu'il a fait. Il m'a laissée dans les bois. Sur le dos. Je suis restée là. Il m'a dit de faire comme si j'étais paralysée. Je l'étais encore. Je ne pouvais pas bouger. Je ne sais même pas si je respirais. J'ai cru que j'étais morte. Je voulais être morte. Voilà. C'est ce qui s'est passé.

Jeffrey regardait toujours Sara. Il avait des questions à poser, mais il ne savait pas comment les formuler.

Son ex-épouse prit une inspiration. Elle ouvrit les yeux.

— Tommi, te souviens-tu de quelle couleur était la fourgonnette ? demanda-t-elle. Ou te rappelles-tu quoi que ce soit à son propos ?

— Non, répondit la jeune femme. Il faisait noir. La fourgonnette était sombre.

— Et quand tu t'es retrouvée dans les bois, pourrais-tu dire à peu près où c'était ?

— Non, dit Tommi en faisant tomber la cendre de sa cigarette. Je ne me souviens pas de m'être relevée. Je ne me rappelle pas non plus être retournée au campus. J'ai dû prendre une douche. J'ai dû me changer. La seule chose dont je me souvienne, c'est m'être dit que c'était le début de mes règles. Et j'étais contente parce que…

Elle n'eut pas à expliquer pourquoi.

Sara prit sa respiration et demanda :

— Te souviens-tu de ce qu'il a utilisé pour te nettoyer ?

— Un gant de toilette. Ça sentait l'eau de Javel. Mes poils étaient…

Elle baissa les yeux vers sa cigarette.

— Entre mes jambes, mes poils étaient décolorés.

— Il a emporté le gant de toilette avec lui ?

— Il a tout emporté.

Sara regarda Jeffrey. S'il voulait savoir autre chose, c'était le moment ou jamais.

— Tommi, dit la médecin. Jeffrey a quelques questions à te poser, d'accord ? Ce ne sera pas long.

Ce dernier avait bien enregistré la consigne. Il s'efforça de parler le plus doucement possible.

— Avant cet événement, aviez-vous déjà eu l'impression d'être épiée ?

Tommi fit rouler le bout de sa cigarette dans le cendrier.

— C'est difficile pour moi de penser à celle que j'étais. De penser à l'avant. Je ne… je ne connais plus cette personne. Je ne me souviens plus de la fille qu'elle était.

— Je comprends.

Jeffrey tourna le regard vers l'arrière de la maison. Il aperçut la mère de Tommi, debout devant l'évier de la cuisine. Elle les observait avec attention, chaque muscle de son visage semblait tendu.

— Vous rappelez-vous avoir égaré quelque chose ? Un objet personnel, ou…

Elle le regarda dans les yeux, l'air stupéfait.

— Pouvez-vous…

La porte de derrière s'ouvrit avec fracas. Un homme massif en bleu de travail apparut dans l'embrasure de la porte. Il en remplissait tout le cadre et avait une clé à molette serrée dans son poing.

Jeffrey s'était levé et avait posé la main sur son arme avant que l'homme ait pu prononcer la moindre parole.

— Qu'est-ce que vous foutez ici, bordel ? s'écria l'homme. Laissez ma fille tranquille, nom de Dieu !

— Monsieur Humphrey…, commença Jeffrey.

Sara attrapa sa main. Ce contact suffit à lui faire oublier tout ce qui était en train de se passer.

— Qui êtes-vous ? aboya le père de Tommi en descendant les marches. Pourquoi vous êtes venus la harceler ?

— Je suis policier.

— On a pas besoin des flics, rétorqua Humphrey, qui traversait le jardin tout brandissant sa clé à molette. C'est une affaire privée. Vous pouvez pas la forcer à vous parler.

Jeffrey regarda la jeune fille. Elle essayait d'allumer une autre cigarette et faisait comme si rien ne se passait autour d'elle.

— Barre-toi, connard ! hurla l'homme, qui continuait à avancer vers eux.

Jeffrey avait vraiment envie que ce type essaie de le frapper avec sa clé à molette. De toute évidence, c'était une brute qui terrorisait sa famille. Sa femme avait peur de lui. Sa fille était déjà détruite.

— Jeff, lui dit Sara, en serrant plus fort son poignet. Allons-nous-en.

À contrecœur, il la laissa l'emmener. Ils contournèrent la maison. Quand ils se retrouvèrent sur la pelouse à l'avant, Jeffrey était déjà en train de réfléchir à la meilleure façon de s'y prendre pour y retourner.

— Arrête, lui lança-t-elle, tirant sur sa main comme si elle avait ordonné à un chien en laisse de se mettre au pied. Tu n'arranges rien. Tu envenimes les choses.

— Cet homme...

— A le cœur brisé, l'interrompit-elle. Il cherche à protéger sa fille. Il s'y prend mal, mais il ne sait pas faire autrement.

Jeffrey vit la mère de Tommi fermer les rideaux de la fenêtre qui donnait sur la rue. Elle était en larmes.

— Arrête, répéta Sara qui retira sa main de celle du chef de la police. Tabasser le père de cette gamine te fera peut-être du bien à toi, mais cela n'aidera en rien Tommi.

Jeffrey posa les paumes sur le capot de sa voiture. Il se sentait complètement inutile. Il voulait trouver le monstre qui avait détruit cette fille et le casser en deux, comme un bâton sur sa cuisse.

Sara croisa les bras. Elle attendait.

— Tu étais au courant ? l'interrogea enfin Jeffrey. Ce qu'elle a dit à propos du violeur qui tenait une aiguille à tricoter contre sa nuque ?

— Pas jusqu'à maintenant. Elle me l'a dit tout à l'heure, juste avant que tu arrives.

— Tu ne lui as jamais demandé de détails à l'époque où tu la soignais ? Quand j'aurais pu faire quelque chose ?

— Non, répondit Sara. Elle refusait d'en parler.

— C'était il y a cinq mois, c'est bien ça ? Juste après notre divorce ? Est-ce que tu cherchais à me punir ? C'est de ça qu'il s'agit ?

— Monte dans la voiture. Je ne veux pas avoir cette conversation dans la rue.

Jeffrey grimpa à bord. Sara claqua la portière tellement fort que tout le châssis vibra.

— Est-ce que tu crois sincèrement que je te cacherais une information aussi importante juste pour me venger ? siffla-t-elle.

Jeffrey lança un regard vers la maison.

— Tu aurais dû l'inciter à porter plainte, Sara.

— Je n'allais pas forcer une femme qui venait d'être sauvagement violée à faire quoi que ce soit d'autre que ce qui lui permettait de se sentir en sécurité, rétorqua-t-elle.

Elle se pencha vers lui et, ce faisant, lui bloqua la vue qu'il avait de la maison.

— À part pour se rendre à des rendez-vous médicaux, Tommi n'a pas fait plus de dix mètres en dehors de chez elle, depuis ce qui lui est arrivé. Elle ne dort plus la nuit. Elle pleure si son père rentre de son travail en retard. Tout lui provoque des angoisses : les sons, les odeurs, le facteur, et même le voisin, qu'elle connaît depuis vingt ans. Ce qui lui est arrivé dans les bois, c'est elle qui doit le raconter. Elle a le droit de ne pas vouloir en parler.

— Ça lui fait beaucoup de bien de ne pas le faire, apparemment. Elle est presque devenue catatonique.

— C'est son choix, rétorqua Sara. Tu veux l'empêcher de prendre ses propres décisions ? Et dis-moi, quel est le flic de ta formidable équipe qui serait capable d'enregistrer sa plainte correctement, hein ?

— Fais chier, maugréa Jeffrey en mettant le contact.

Mais il ne voulait pas s'en aller.

— Pourquoi tu es venue, d'abord ? risposta-t-il. Tu m'avais pourtant demandé de ne pas aller la voir.

— Je savais que tu irais quand même, et je voulais la préparer, répondit Sara. Et de rien, au fait, ajouta-t-elle. C'est la pire chose que j'aie jamais eu à faire à une femme.

— Tu es devenue la sainte patronne des femmes violées, maintenant ?

— Je suis sa médecin. Tommi est ma patiente, s'écria Sara en se frappant la poitrine de son poing. *Ma* patiente ! Pas ton témoin.

— Ta patiente aurait pu me dire qu'il y avait un sadique qui violait les femmes sur le campus l'année dernière. Elle aurait pu empêcher Beckey Caterino de se faire agresser.

— De la même façon que tu as empêché Leslie Truong de disparaître ?

— Ça, c'est un coup bas.

— Tout est un coup bas, répliqua Sara. Tout est horrible. C'est ça la vie, Jeffrey. On ne peut pas faire ce dont on est incapable. On ne peut pas s'attendre à ce que Tommi porte la responsabilité de toutes les agressions qui ont eu lieu dans le pays. Elle réussit à peine à s'occuper d'elle-même. Et tu ne régleras certainement pas la situation en tapant sur son père, comme si c'était une espèce de doublure de celui qui lui a réellement fait du mal.

— Je n'allais pas…

Il serra le poing, prêt à l'abattre sur le volant, mais se retint juste à temps.

— Je n'allais pas lui taper dessus, dit-il.

Sara le laissa mariner dans son mensonge.

Les silences de son ex-femme pouvaient certes s'avérer pénibles, mais elle en faisait parfois un usage judicieux. Jeffrey sentit son corps se détendre peu à peu. Son esprit s'éclaircit. C'était le résultat de la magie blanche de Sara. Grâce à elle, il avait l'impression que le monde n'allait finalement pas l'écraser et le réduire en poussière. Il aurait donné n'importe quoi pour que de tels moments puissent durer.

Il regarda à nouveau la maison. Il espérait plus que tout que Tommi Humphrey pourrait un jour retrouver ce genre de paix.

La médecin s'éclaircit la voix.

— Tommi a dit que l'agresseur avait balancé un objet en direction de sa tête, lui rappela-t-elle. Elle n'a pas vu ce que c'était, mais le coup l'a presque assommée.

Jeffrey repensa à l'enfoncement en forme de croissant que la radio avait révélé sur le crâne de Rebecca Caterino.

— Un marteau, affirma-t-il.

— Tommi n'exagère pas quand elle dit que son pubis a été passé à l'eau de Javel. Ça sentait encore le lendemain matin, même après s'être douchée.

Jeffrey hocha la tête pour qu'elle poursuive, car il avait désespérément besoin de parler de tout cela.

— Je crois que l'agresseur la surveillait, continua Sara. Quand elle est sortie du gymnase, il s'est dit que c'était le bon moment. Il avait le marteau sur lui. Il avait préparé le gant imprégné de Javel pour nettoyer ses traces d'ADN. Ce qui signifie qu'il avait tout prévu à l'avance, et qu'il attendait le moment propice pour passer à l'acte.

Jeffrey en était arrivé aux mêmes conclusions dans le cas de Caterino.

— Oui, moi aussi, je crois que l'agresseur de Beckey la surveillait. Elle est sortie de la bibliothèque vers 5 heures du matin. Elle avait rendez-vous avec Sibyl à 7 heures. Si il connaissait son emploi du temps, il aurait pu l'attendre devant la résidence étudiante pour la suivre. Et puis il a vu qu'elle allait faire un jogging, et c'est là qu'il a décidé d'agir.

— On peut donc partir du principe que l'agresseur est plus âgé, et qu'il est patient. Il peut passer inaperçu en ville. Et il aime contrôler la situation. Il est du genre méthodique. Préparé.

Jeffrey aurait voulu qu'elle se trompe, car les criminels de ce genre étaient les plus difficiles à débusquer.

— Et sur Beckey, tu as senti une odeur de Javel aussi ? demanda-t-il.

— Non.

Sara marqua un temps de réflexion, puis reprit :

— Il y a cinq mois, avec Tommi, l'agresseur s'est muni d'un marteau et d'un gant de toilette imbibé d'eau de Javel ; par contre, hier, avec Beckey, il a utilisé un marteau mais pas de javel. Il l'a probablement nettoyée avec un produit sans odeur. Que dis-tu de ça ?

— Il change de mode opératoire, il s'améliore, répondit Jeffrey, que cette perspective inquiétait de plus en plus. Et le Gatorade ?

— C'est bleu, dit Sara. La nourriture non digérée qui bloquait la gorge de Beckey était bleue, elle aussi.

— Et son vomi était de la même couleur.

Jeffrey avait jeté la chemise et le pantalon qu'il portait ce jour-là, mais il devait à présent les sortir de la poubelle au cas où ils pourraient servir de pièces à conviction.

— La boisson devait contenir une drogue.

— Du Rohypnol ? Du GHB ? suggéra Sara. Il voulait l'immobiliser. L'une ou l'autre de ces substances aurait provoqué une perte du contrôle musculaire, de la somnolence, une amnésie et un sentiment d'euphorie.

— La drogue du violeur, comprit Jeffrey qui, à force de travailler au contact des étudiants de l'université, connaissait bien toutes ces substances. L'agresseur lui a ordonné de garder les yeux ouverts. Il voulait qu'elle sache ce qu'il était en train de faire, mais sans chercher à l'en empêcher.

— C'est pour ça qu'il l'a droguée. Tommi a dit qu'il avait attendu qu'elle se réveille, dans les bois. Je suis sûre que, pendant tout le temps qu'a duré le viol, elle n'a pas cessé de glisser d'un état conscient à un état inconscient, et vice versa. Elle ne t'a donné qu'une petite partie de ce qui est vraiment arrivé.

Jeffrey secoua la tête. Il n'était pas prêt à entendre le reste maintenant.

— Et l'aiguille à tricoter avec laquelle l'agresseur l'a menacée ? demanda-t-il. Est-ce qu'il pourrait s'agir de l'instrument qui a servi à paralyser Beckey ?

— Non, répondit Sara. Dans le cas de Beckey, la perforation qu'on a repérée au cours de l'IRM avait une circonférence trop petite. Il a dû utiliser autre chose.

— Il a *appris* à utiliser autre chose, précisa l'enquêteur. Tu crois que ce gars a des connaissances médicales ?

— Je crois qu'il a Internet. Mais tu as raison de dire qu'il apprend. On dirait même qu'il expérimente, d'un cas à l'autre. Il a dit à Tommi de faire comme si elle était paralysée. Mais il s'est assuré que Beckey ne puisse pas faire autrement. Il veut que ses victimes soient conscientes du viol, mais sans pouvoir lutter ni se défendre. C'est ça, son truc. Et il a eu cinq mois pour perfectionner sa technique.

Jeffrey regardait la rue vide devant lui. Leslie Truong n'avait toujours pas été retrouvée. Ils avaient passé les bois au peigne fin, la veille au soir, mais le territoire était vaste et l'obscurité ne facilitait pas les choses. Il se pouvait très bien qu'elle y soit encore, entre la vie et la mort.

— Y a-t-il d'autres victimes dont tu ne m'as pas parlé, parmi tes anciennes patientes ? sonda-t-il.

— Non.

Jeffrey n'avait même pas le temps de goûter le soulagement que lui procura cette réponse.

— Ce type doit agir selon un fantasme précis, dit-il. Il planifie son coup avant d'agir. Il chasse ses proies. Il les suit. Cet homme est un prédateur.

— Qu'est-ce que tu avais en tête quand tu as demandé à Tommi si elle avait perdu un objet à elle ?

— Caterino avait une pince à cheveux qui comptait beaucoup pour elle. Apparemment, cette pince n'était plus à la place où elle la laissait habituellement. Dans le cas de Leslie Truong, c'était un bandeau. Mais là, c'est un peu différent : elle ne retrouvait pas non plus certains vêtements, elle pensait que ses colocataires lui piquaient ses affaires.

Son téléphone sonna. Jeffrey osa à peine regarder qui l'appelait. Ce n'était pas sa mère, cette fois, mais le poste.

— Qu'y a-t-il ?

— C'est à propos de Leslie Truong, répondit Frank. Un étudiant a trouvé son corps dans les bois.

Jeffrey eut l'impression qu'un éclat de métal tranchant venait de se loger dans sa poitrine.

— Elle est dans quel état ?

— C'est pas joli. Tu dois venir avec Sara.

13

Atlanta

Will était assis à son bureau, dans les locaux du GBI, et il essayait de se concentrer sur les mots qui recouvraient le papier devant lui. Il avait beau utiliser une règle en métal de quinze centimètres pour isoler chaque phrase et la fixer dans son esprit, les lettres continuaient de s'intervertir et rebondissaient partout comme des puces. Cela faisait des années qu'il avait cessé d'emporter un carnet de notes au quotidien. Il dictait ses commentaires et observations à son téléphone, puis il imprimait les pages et utilisait ensuite une machine à relier pour les assembler. Will avait appris à ses dépens qu'il ne fallait pas faire confiance au correcteur d'orthographe. La relecture était la pierre d'achoppement de son système. Les contractions, en particulier, étaient problématiques. En temps normal, il arrivait à reconnaître les phrases familières et repérait facilement les endroits qui posaient problème. Mais là, il n'était même plus sûr de pouvoir se reconnaître dans un miroir.

Il se rassit au fond de son fauteuil et se frotta les yeux pour en dissiper la fatigue. Il avait mal au dos. Il avait l'impression d'avoir un hématome au cerveau. Les jointures de ses doigts se mettaient à saigner dès qu'il les fléchissait.

Il avait fini chez Faith, hier soir, et avait dormi dans le lit jumeau de Jeremy, sur ses draps Star Wars délavés. Les pieds de Will dépassaient au bout du matelas. Histoire de bien lui rappeler qu'il était de retour en enfance. Génial. C'est vrai, pourquoi s'arrêter en si bon chemin quand on pouvait en rajouter une couche, en matière de souffrance ?

Il n'y avait pas assez de plateaux-repas sur terre pour qu'il parvienne jamais à compartimenter ce qui s'était passé avec Sara, la veille. Will n'avait jamais rangé Sara dans une catégorie qui aurait pu s'approcher, même de loin, à celle à laquelle appartenait son ex-femme, mais soudain Sara faisait ce qu'Angie faisait autrefois, ce truc qui le faisait se sentir fou, en colère, frustré et répugnant en même temps.

Sa relation tout entière avec Angie avait été placée sous le signe de l'angoisse. Elle était avec lui. Elle était avec quelqu'un d'autre. Elle disparaissait. Elle revenait. Elle le poussait au bord du gouffre. Elle le rattrapait à la dernière seconde. Elle l'avait esquinté ainsi, petit à petit, depuis que Will avait onze ans. Il n'y avait pas eu un seul instant de leur vie commune où il s'était senti en sécurité.

Et maintenant, avec Sara, il avait à nouveau l'impression de chanceler au bord du précipice.

Dès la seconde où il était entré dans son appartement, Will avait su qu'il allait en ressortir énervé. C'était pour cette raison qu'il avait retardé le moment d'aller la voir. Depuis le début, tout lui avait paru de mauvais augure, jusqu'à la musique que Sara était en train d'écouter. Paul Simon. Will ne savait pas quoi faire de ce choix. Il s'était toujours flatté de pouvoir juger de l'humeur de Sara en fonction de ce qu'elle écoutait. Dolly Parton voulait dire qu'elle était triste. Lizzo la mettait en condition pour la salle de sport. Beyoncé l'accompagnait pour aller courir. Elle écoutait les Tiny Desk Concerts de NPR quand elle s'occupait de ses papiers, Adele quand elle était d'humeur romantique, et Pink quand elle avait envie de s'envoyer en l'air.

Il se dit que Paul Simon, c'était quand elle pensait à Jeffrey.

Quand Will était rentré, les cartons d'archives du mari décédé de Sara étaient empilés sur la table de la salle à manger. Cette même table sur laquelle Will et Sara prenaient leurs repas. Cette même table sur laquelle ils avaient fait l'amour pour la première fois.

Le bruit des clés de Will dans la serrure avait très clairement poussé Sara à se précipiter pour cacher les affaires de Jeffrey. Will devina, au niveau de Scotch restant dans la bouteille, qu'elle avait bu plus d'un verre. Elle avait les yeux injectés de sang, et l'air bouleversée. Il n'avait pas besoin de se demander pourquoi. Quelques années plus tôt, Will avait surpris une conversation entre Sara et sa sœur, dans laquelle Sara parlait de la belle écriture de Jeffrey Tolliver. Elle faisait une fixation étrange là-dessus.

Will baissa les yeux sur ses notes imprimées. L'application de dictée vocale était un véritable cadeau du ciel. Il avait une écriture d'enfant. Même sa signature n'était qu'un amas de pattes de mouches illisible. Emma maîtrisait mieux la graphie que lui, et pourtant elle n'avait le droit de se servir que de craies grasses.

— Wilbur, dit Amanda en ouvrant la porte en même temps qu'elle frappait.

Elle avait déjà la bouche en cul-de-poule pour lui aboyer un ordre mais, quand elle vit la tenue de Will, elle se ravisa.

— Vous partez acheter des cigarillos à la supérette ? demanda-t-elle.

Will n'avait pas voulu repasser par chez lui ce matin. Il avait gardé les vêtements avec lesquels il avait dormi, ceux qu'il portait la veille en se rendant à l'appartement de Sara – une chemise bleu clair chiffonnée et un jean.

Contrairement à son habitude, Amanda semblait attendre une réponse.

— Oui, lâcha-t-il simplement.

Elle fit les gros yeux, mais ne releva pas.

— On a une assemblée générale dans la salle de réunion. Dans quinze minutes. Débrouillez-vous pour prononcer des phrases complètes avec votre bouche.

Il regarda la porte se fermer derrière elle. Il calcula mentalement le temps qu'il lui faudrait pour aller en voiture du QG du GBI, sur Pantherville Road, jusqu'à la ville, puis revenir.

Bien plus que quinze fichues minutes.

On cogna de nouveau à la porte. Will s'attendit à la voir s'ouvrir aussitôt, puisque personne ici n'attendait après avoir frappé. C'était plus comme une alerte d'une seconde pour prévenir que quelqu'un allait entrer.

La porte ne s'ouvrit pas.

— Oui ? lança Will.

Sara entra. Aussitôt, l'agent spécial eut l'impression que la pièce était devenue plus petite. Sara referma la porte derrière elle. Elle y resta adossée, gardant la main posée sur la poignée, comme si elle voulait se rappeler qu'il existait une issue de secours.

La nuit dernière, Will avait imaginé trois scénarios pour essayer de préparer la réaction qu'il aurait quand il reverrait Sara pour la première fois ce matin :

1. Dans la salle de réunion : elle au premier rang, lui au fond de la pièce. Elle le regardait. Il la regardait. Tous deux faisaient leur boulot.
2. À la morgue : elle relisant à voix haute les résultats de l'autopsie d'Alexandra McAllister, lui écoutant patiemment au fond de la pièce.
3. Dans le couloir : elle se rendant dans son bureau, lui en compagnie de Faith. Ils s'ignoraient mutuellement, car c'étaient des professionnels.

Rien de tout cela ne s'était produit. Et rien de tout cela n'arriverait, d'ailleurs, car Sara se mit à pleurer.

— Mon amour, dit-elle. Je suis désolée.

Will sentit sa gorge se serrer, comme si un caillou y était coincé.

— Je t'ai cherché partout, continua-t-elle. Je suis allée t'attendre chez toi. J'ai roulé jusque chez Amanda. J'ai fini par voir ta voiture devant chez Faith. J'étais tellement inquiète, mais je n'ai pas... Je savais que tu avais besoin d'espace. Est-ce que tu as toujours besoin d'espace ?

Will l'imagina en voiture, dans le noir, désespérée, à sa recherche. Le retrouvant. Et rentrant chez elle.

— Will.

Elle fit le tour de son bureau et se mit à genoux devant lui. Elle prit sa main dans les siennes.

— Je suis complètement sûre de toi. De nous. Jamais il ne m'est venu à l'idée que tu avais besoin de me l'entendre dire. Je suis désolée.

Il essaya de s'éclaircir la gorge. Le caillou ne bougea pas d'un millimètre.

— J'aurais dû t'envoyer un texto plus tôt. J'aurais dû t'appeler. J'aurais dû venir te voir.

Elle pressa ses lèvres contre le dos de la main de Will.

— J'ai ignoré la seule personne dont j'ai le plus besoin. Je t'en prie, dis-moi comment rattraper ça.

Will pensa à tout un tas de choses, mais il ne savait comment les demander sans paraître jaloux, ou pire, pathétique...

Dis-moi que tu veux passer le reste de ta vie avec moi. Dis-moi que je suis le seul homme avec lequel tu veux être, à jamais. Dis-moi que tu m'aimes plus que Jeffrey.

— Je sais que je n'ai pas le droit de te demander ça, mais s'il te plaît, parle-moi, l'implora-t-elle.

Il parvint enfin à avaler le caillou, qui alla plonger dans l'acide de son estomac.

— Ce n'est rien, répondit-il à Sara.

— Ce n'est pas rien, répliqua-t-elle en s'accroupissant. Je t'aime. Tu es ma vie. Mais...

Il sentit la pièce se rétrécir encore.

— J'ai aimé Jeffrey, poursuivit-elle. Je serais encore avec lui s'il n'était pas mort.

Will baissa les yeux vers sa main, qu'elle n'avait pas lâchée. Son autre main saignait toujours. Il la posa sur son bureau. Il n'avait aucune idée de ce que Sara allait dire, mais il devait déployer des efforts surhumains pour ne pas l'empêcher de continuer.

— Mais ça ne fait pas de toi mon second choix, affirma-t-elle. Ni un lot de consolation, ni un bouche-trou, ni rien de tout ce que tu crois, je le sais.

Elle n'avait aucune idée de ce qu'il croyait.

— Chéri, je n'ai pas besoin d'être avec quelqu'un à tout prix. J'aurais pu choisir de rester seule pour le restant de mes jours.

Elle se redressa sur les genoux pour pouvoir le regarder en face.

— Je t'ai choisi, toi, mon amour. Je t'ai choisi pour tout le temps où tu voudras bien de moi. C'est *toi* que je veux. Je veux être avec *toi*.

Elle disait la plupart des choses qu'il avait envie d'entendre, mais Will ne savait trop quoi faire de cela. Il était toujours blessé. Il souffrait encore de la façon dont elle l'avait traité. Il savait que l'acide dans son estomac allait continuer à s'envenimer s'il ne trouvait pas une façon de l'évacuer.

— Angie faisait ça, révéla-t-il. Ce que tu as fait.

Elle eut un air stupéfait, comme s'il venait de la gifler.

— Raconte-moi, l'encouragea-t-elle tandis que des larmes commençaient déjà à rouler sur ses joues.

Il n'était pas sûr de pouvoir continuer à lui faire du mal comme ça. Mais il se lança.

— Elle me poussait.

Sara se mordit la lèvre inférieure.

— Elle voulait que je sois brutal avec elle. Mais pas…

Il détestait le goût amer et persistant que laissait le nom d'Angie dans sa bouche.

— Elle ne voulait pas que je la frappe ou quoi... enfin, pas comme... Mais c'était sa seule façon de coucher avec moi – à la dure. Et elle ne... tu vois, quoi, elle n'allait jamais au bout. J'essayais, mais... nom de Dieu.

C'était trop difficile. Will appuya son pouce sur sa jointure pour en faire cesser le saignement. Il regarda le sang couler le long de son doigt et goutter sur son bureau. Il regarda à nouveau Sara.

Elle attendait qu'il poursuive.

— C'est comme...

La culpabilité l'écrasait, car il ne s'agissait pas seulement de sa misère intime, à lui. C'était aussi celle d'Angie. Il en savait tant sur sa vie, toutes ces choses épouvantables, sombres, graves que les étrangers ne pouvaient qu'à peine imaginer. Il y avait une raison pour laquelle elle était tant attirée par la violence. Parfois, il se considérait comme la boîte de Pandore d'Angie. C'était le problème, entre eux. Chacun connaissait les secrets les plus intimes de l'autre. Il ne voulait pas commettre la même erreur avec Sara.

— Je ne sais pas.

Doucement, Sara caressa les cheveux de Will, glissant sa mèche derrière son oreille.

— La première fois qu'on a fait l'amour, j'ai su qu'elle ne t'avait jamais vraiment laissé entrer, avoua Sara.

Will se sentait embarrassé. Angie l'avait bousillé de tant de façons invisibles. Il était comme une bombe humaine en perpétuelle réincarnation, mais c'était Angie qui tenait le détonateur à chaque fois.

— Tu es en moi, lui dit Sara. Mon cœur est à toi. Tout mon être est à toi.

Will regarda les pages imprimées sur son bureau. Les lettres étaient toujours embrouillées. Si quelque chose lui arrivait, tout ce qu'il resterait de lui, ce seraient des ramettes de feuilles imprimées, pleines de fautes débiles que même un élève de CE2 serait capable de repérer.

— Je suis désolé.

— Mon amour, tu n'as rien à te faire pardonner. J'ai eu tort. Je ne t'ai fait que du mal, hier. J'ai tellement de chance, je me sens tellement reconnaissante de t'avoir.

Avec douceur, Sara lui tourna la tête vers elle.

— Tu es intelligent, drôle, beau et sexy. Et j'adore que tu « m'emmènes au bout » à chaque fois.

Les mâchoires de Will se contractèrent. Il n'avait pas demandé de compliments, et il se sentait bête à l'idée qu'elle ait cru qu'il en avait besoin.

— Je sais que ça ne peut pas tout de suite aller bien entre nous, mais est-ce que ça peut au moins aller un peu mieux ?

La caresse des doigts de Sara sur sa joue allégeait la tension de ses mâchoires. Il n'y avait rien de sexuel dans son geste. Elle essayait de se reconnecter avec lui, de faire disparaître ses doutes.

— Qu'est-ce que je peux faire pour que tu sois sûr de moi ? demanda-t-elle.

Will n'avait pas la réponse. Elle avait raison. Il n'allait pas bien. La seule chose qui le ferait se sentir un peu mieux, c'était d'arrêter de parler. Il attira Sara sur ses genoux. Elle passa les bras autour des épaules de Will et posa la tête sur sa poitrine. Il savait qu'elle écoutait les battements de son cœur. Il respira profondément, pour essayer d'en ralentir le rythme. Il se sentait confus et fourbu. Il aspirait désespérément à ce sentiment de sécurité que seule Sara lui avait jamais apporté.

Deux coups à la porte annoncèrent l'entrée de Faith.

— Oh ! merde, jura-t-elle en voyant Sara sur les genoux de Will.

Ce dernier se contracta, mais Sara se contenta de lever la tête.

— Est-ce que la réunion va commencer ? demanda-t-elle à la policière.

— Ouaip. Ouaip ouaip ouaip, fit Faith en joignant les mains. Oh que oui.

Le talon de sa chaussure se coinça dans la porte quand, sortant de la pièce, elle se hâta de la refermer derrière elle.

— Je t'ai apporté un costume de chez toi, prévint Sara. Quand tu n'es pas revenu ce matin, je me suis dit que tu aurais besoin de vêtements de rechange.

L'idée de Sara attendant son retour chez eux lui apporta un petit peu de réconfort.

Elle regarda sa main en sang.

— Je veux nettoyer ça avant que tu partes.

— Il faut que je récupère mes notes pour la réunion, grommela-t-il.

Elle se leva et arrangea sa robe, dont la légèreté et la fluidité mettaient ses courbes en valeur.

Will s'aperçut qu'elle ne portait pas son uniforme de travail habituel – pantalon clair et chemise bleu marine du GBI. Ses longs cheveux bouclés étaient détachés sur ses épaules, au lieu d'être retenus par des barrettes. Elle portait des chaussures à talons. Le trait d'eye-liner sur sa paupière était plus sombre que d'habitude. Elle avait même mis du rouge à lèvres.

Si Will avait remarqué tout cela dès que Sara était entrée dans son bureau, il n'aurait peut-être pas eu à lui raconter que la conception du bon temps selon Angie était de le contrarier et de le pousser à bout jusqu'à ce qu'il la baise comme un animal.

— On se retrouve là-bas, dit Sara en lui caressant une dernière fois le visage avant de sortir.

Will regarda fixement la porte fermée, si longtemps que le sang sur son bureau coagula. Il rassembla ses notes. Par réflexe, il chercha à prendre sa veste ordinairement posée sur le dossier de son fauteuil. Il essaya de se concentrer de nouveau sur l'affaire. Lena Adams. Gerald, Beckey et Heath Caterino. Il allait devoir parler d'eux. Devant d'autres personnes. Des gens qui le connaissaient. Et dont certains étaient au courant de ses problèmes de lecture.

Amanda ne demandait jamais à Will de mener les réunions. D'habitude, elle laissait Faith prendre la direction des choses, car cette dernière adorait ça. Il ignorait si Amanda cherchait à le punir pour ne pas être habillé de manière professionnelle, ou si c'était pour son bien qu'elle lui demandait de faire ça, comme ses enseignants qui l'interrogeaient autrefois au tableau, persuadés qu'ils aidaient Will à sortir de sa coquille, alors qu'ils ne parvenaient qu'à concrétiser son pire cauchemar.

Il chercha Faith dans le couloir. Puis dans son bureau. Il la trouva dans la cuisine, où elle se servait une tasse de café.

— Désolé pour tout à l'heure, dit-il.

— Désolé pour quoi ?

Et ils en resteraient là.

Will suivit sa coéquipière dans la salle de réunion. Elle s'assit derrière l'un des bureaux du premier rang. Il sentit qu'il lui fallait réviser son opinion sur ce dont ils pouvaient parler. Non pas qu'ils aient tellement discuté, la veille. Quand il avait frappé à la porte de Faith, elle ne lui avait pas demandé ce qu'il pouvait bien faire là. Elle lui avait donné un pot de crème glacée et lui avait mis la pâtée à Grand Theft Auto Vice City jusqu'à minuit.

— Quoi d'neuf ? demanda Charlie Reed en prenant place à côté de Faith.

Rasheed fut le suivant. Il entra en tenant à la main deux tasses de café qui n'étaient apparemment pas destinées à être partagées avec qui que ce soit. Gary Quintana, l'assistant de Sara, les rejoignit au premier rang, tous alignés comme les chouchous de la maîtresse.

Will resta debout, dos au mur. Il n'était pas le chouchou de la maîtresse.

— Salut mon vieux.

Nick Shelton mit une claque sur l'épaule à Will en passant devant lui, refaisant ce truc bizarre à mi-chemin entre la tape et l'empoignade. Son jean était si serré que Will l'imaginait obligé de s'allonger par terre pour l'enfiler. Son collègue s'assit à quelques chaises de Charlie. Il ouvrit sa sacoche en cuir ouvragé, dont on pouvait croire qu'il l'avait volée à la chanteuse de country Patsy Cline.

— Salut, lança Sara en lui faisant un clin d'œil en entrant dans la pièce.

Will la regarda se diriger vers le premier rang. Elle avait attaché ses cheveux avec une pince. Il s'attarda sur la ligne gracieuse de sa nuque, lorsqu'elle vint s'asseoir à côté de Faith. Sara lui fit cette accolade à un bras que Faith sembla heureuse de lui rendre – la version féminine du *check* pour arrondir les angles.

Will se dit qu'il valait mieux qu'il s'asseye, ne serait-ce que pour éviter d'attiser l'ire d'Amanda. Il prit la table de la rangée juste derrière Sara, un peu sur le côté pour pouvoir contempler son profil. Elle lisait ses notes. Ses doigts trituraient distraitement ses cheveux.

Il se força à regarder autre chose.

La salle de réunion était un rectangle typique de l'administration publique, avec sa moquette élimée et son faux plafond tellement faux que des plaques s'en détachaient sans arrêt. Les baies vitrées donnaient sur le parking. Des taches d'eau renversée constellaient les dalles de moquette. La plupart des tables grinçaient ou étaient cassées, voire les deux. Le projecteur au-dessus de leurs têtes était une véritable relique. La télévision était un modèle ancien, à tube cathodique, équipé d'un magnétoscope portable de la taille d'une palette en bois. Le seul indice révélant qu'ils vivaient bien au XXIe siècle, c'était la présence des quatre tableaux blancs interactifs à l'avant de la salle. On pouvait les connecter aux ordinateurs, aux tablettes, et même aux téléphones portables.

Will reconnut l'œuvre de Faith. Sur les quatre panneaux, elle avait projeté le placard dédié au crime de Gerald Caterino. Toutes les photos, toutes les impressions, tous les rapports de police et toutes les petites notes qu'elle avait enregistrées sur son téléphone s'affichaient en très grand sur les tableaux.

Il ne savait toujours pas comment Faith avait compris qu'Heath Caterino était le fils de Beckey. La salive au dos de l'enveloppe de la lettre envoyée par Nesbitt depuis sa prison avait confirmé l'hypothèse de Faith. Gerald leur avait montré les résultats du test ADN effectué par un labo de la zone commerciale dont la spécialité était d'obliger les pères à débourser des pensions alimentaires. Tous les marqueurs génétiques excluaient Daryl Nesbitt de la paternité. Il n'était pas le père de Heath, ce qui signifiait que ce n'était pas lui qui avait violé Beckey Caterino.

Pas étonnant que le père de la jeune fille ait dormi avec un flingue près de son lit pendant les cinq dernières années.

Will entendit le claquement des sabots fourchus d'Amanda dans le couloir. Elle continua de pianoter même lorsqu'elle prit place sur l'estrade. Elle finit par lever les yeux de son écran. Aucun préambule. Elle démarra de but en blanc.

— Il reste plusieurs inconnues, mais voici ce que nous savons : comme la Dr Linton l'exposera, il existe des liens circonstanciels irréfutables entre les deux victimes de Grant County et le meurtre d'Alexandra McAllister. C'est tout. Pour les besoins de notre discussion, nous considérerons Caterino, Truong et McAllister comme très probablement victimes d'un même suspect inconnu. Quant aux autres victimes évoquées dans les articles de presse, nous n'avons rien d'autre que des suppositions. Pour ceux d'entre vous qui comptent les points, il faut trois victimes pour estimer qu'on a affaire à un tueur en série. Pour ceux d'entre vous qui ne savent pas compter, nous n'avons que deux femmes décédées. On peut considérer Rebecca Caterino comme vivante. Will ? Nous vous écoutons en premier. Ensuite, ce sera la Dr Linton, puis Faith, et enfin j'aurai besoin que Nick et Rasheed me mettent au courant des avancées sur le meurtre de Vasquez, à la prison.

Will sentit une nausée le prendre aux tripes. Il aurait bien desserré sa cravate, si seulement il en avait porté une. Ce qui était de toute évidence ce que lui reprochait Amanda.

— Nous avons interrogé…, commença-t-il.

— Estrade, l'interrompit-elle.

Merde.

Will eut l'impression d'avoir à nouveau dix ans et d'aller se mettre debout devant toute la classe. Sur l'estrade, il posa ses papiers devant lui, en tas. Il fixa le méli-mélo de mots qu'il avait sous les yeux. Le stress aggravait ses difficultés. Tout ce qu'il arrivait à lire, c'étaient les chiffres. Heureusement, la journée harassante de la veille était du genre à s'imprimer d'elle-même dans les moindres replis de sa cervelle.

— Hier matin, à 11 h 45, Faith et moi avons interrogé Lena Adams à son domicile, à Macon en Géorgie. Elle s'est montrée particulièrement hostile.

Quelqu'un renifla bruyamment. Il supposa que c'était sa partenaire.

— Faith est parvenue à soutirer deux renseignements utiles à Adams. Premièrement, l'action en justice engagée par Daryl Nesbitt a été financée par un bienfaiteur. L'enquête a plus tard révélé que ce bienfaiteur était Gerald Caterino. Deuxièmement, Bonita Truong, la mère de Leslie, a indiqué à Gerald Caterino, lors d'une conversation téléphonique, qu'une semaine avant sa disparition sa fille était furieuse à cause d'un objet qui lui aurait été dérobé. Et c'est Gerald Caterino, encore lui, qui a été en mesure de nous apprendre que l'objet en question était un bandeau à cheveux. Devant l'insistance de Faith, il a louvoyé et fini par déclarer que d'autres objets avaient pu être dérobés également, comme des vêtements, mais que le bandeau pouvait être un détail important. D'après les notes de Caterino sur les échanges qu'il a eus avec les parents et autres proches des victimes, les femmes des articles avaient également perdu certains accessoires capillaires, comme un peigne, une brosse ou une pince. Vous pouvez en voir la liste sur le tableau.

— Si je peux me permettre ? intervint Sara, la main levée.

Il n'aurait su dire si elle essayait de le tirer d'affaire, mais son interruption était la bienvenue.

— D'après ce que j'ai lu hier soir dans les dossiers de Grant County, dit-elle, Caterino et Truong conservaient toutes deux leur accessoire pour cheveux – perdu ou volé – à un endroit particulier. Beckey posait toujours sa pince à cheveux sur sa table de chevet. Leslie rangeait un bandeau rose dans un panier avec la lotion qu'elle utilisait chaque soir pour se nettoyer le visage. En temps normal, je dirais de prendre cela avec des pincettes, étant donné que toutes ces informations proviennent des carnets de notes de Lena, mais…

— Attends un peu, la coupa Faith. Tu peux répéter ça ?

Sara ouvrit l'un de ses dossiers. Elle leva deux photographies et les tint en l'air. Sur chacune, il y avait une fille différente, aux cheveux attachés de manière différente.

— Ces photos nous montrent les accessoires en question, déclara-t-elle.

— Tu as les carnets de notes de Lena ? demanda la policière.

— Il n'y avait que des photocopies dans les cartons, mais oui.

— Ha ! exulta Faith en brandissant le poing en l'air. Va te faire foutre, sale serpent en cloque !

— Docteur Linton, pouvez-vous partager le contenu de ces notes avec nous, s'il vous plaît ? Vous n'avez qu'à prendre le relais. Will, ce sera tout. Merci pour votre travail rigoureux, comme toujours.

Sara lui serra discrètement la main lorsqu'elle prit sa place sur l'estrade.

— Je voudrais commencer par parler de Thomasina Humphrey, dit-elle.

Faith tourna une nouvelle page de son carnet. Will vint s'asseoir à côté d'elle. Il essuya la sueur qui lui dégoulinait dans la nuque. Ses mains saignaient de nouveau.

— Tommi avait vingt et un ans quand elle a été agressée, poursuivit Sara. C'est une enfant du coin. Elle était ma patiente à la clinique depuis l'âge de quatorze ans, donc je la connaissais plutôt bien. Elle était vierge avant son agression, ce qui n'est pas rare. Environ 6,5 % des femmes déclarent que leur première expérience sexuelle était un viol. L'âge moyen des victimes est de quinze ans.

Sara leva une photo de Thomasina Humphrey, debout devant ce qui ressemblait à un stand lors d'un forum de sciences.

— Je ne peux pas affirmer de façon catégorique que Tommi était la première victime de son agresseur, mais c'était peut-être la première fois qu'il mettait en œuvre ses fantasmes. Il avait manifestement un plan lorsqu'il l'a enlevée.

Will écouta Sara énoncer tous les renseignements qu'elle avait trouvés dans les cartons de Jeffrey. Il la devinait bouleversée. Il se demanda si c'était si difficile pour elle parce qu'elle connaissait la victime ou parce qu'elle savait ce que c'était que subir un viol.

— Le lendemain après l'agression de Tommi, continuait Sara, Sibyl Adams m'a téléphoné à la clinique. C'était en fin de matinée, presque à l'heure du déjeuner. J'ai retrouvé Sibyl et Tommi au centre hospitalier, au bout de la rue. Les urgences n'étaient pas un service très développé, à l'époque. Depuis, l'hôpital a fermé. Mais il y avait là-bas la plus grande partie du matériel dont j'avais besoin, et suffisamment d'intimité pour que je puisse aider Tommi. Je dois dire que c'est l'une des pires agressions sexuelles que j'aie jamais vues. Cette jeune fille se serait vidée de son sang si Sibyl n'avait pas insisté pour m'appeler à l'aide.

Faith se cala au fond de sa chaise. Will la vit serrer le stylo entre ses doigts.

— Je marche sur des œufs, ici, car Tommi était ma patiente, rappela Sara. Je détiens beaucoup d'informations personnelles qui doivent rester confidentielles. Quand nous l'avons interrogée, elle m'a donné son accord verbal pour parler de son agression à la police, tant qu'aucune procédure n'était officiellement engagée. Ce que je peux vous dire, c'est ce qui a été retranscrit de ces échanges dans les carnets que j'ai lus hier soir.

Will voyait bien qu'elle évitait de prononcer le nom de Jeffrey.

Sara mit ses lunettes et commença à citer les notes devant elle.

— Tommi a été violée par voie orale, vaginale et anale. Trois de ses molaires du fond ont été cassées. Son colon a subi plusieurs fissures et hématomes. La plus grande partie du sang provenait du col de l'utérus, qui sert de pont entre le vagin et l'utérus. Elle était au bord du prolapsus, qui est un état dans lequel le vagin se déplace hors de sa position normale. La cloison recto-vaginale était perforée. Le petit intestin avait formé une hernie dans la paroi postérieure du vagin. C'est ce qu'on appelle une fistule. Le contenu des boyaux s'était répandu dans son vagin. C'est l'odeur que Sibyl avait sentie. Elle savait qu'il ne s'agissait pas seulement des règles de Tommi.

Faith ouvrit la bouche. Elle en avait le souffle coupé.

— Est-ce que tu l'as opérée ? demanda-t-elle.

— Ce n'est pas mon domaine. Et même si ça l'était, les tissus étaient trop endommagés pour procéder à une réparation immédiate. Tommi devait attendre quatre mois avant d'être suffisamment guérie pour commencer les opérations chirurgicales. Quand nous sommes allés l'interroger, elle se remettait tout juste des deux premières procédures. Il y a eu en tout une série de huit opérations, qui ont nécessité l'intervention d'un urologue, d'un neurologue, d'un gynécologue et d'un chirurgien plasticien.

— Quatre mois ? demanda Faith. Elle est restée comme ça pendant quatre mois ?

— Oui.

Sara ôta ses lunettes. À voir la douleur sur son visage, Will ressentit comme un coup dans la poitrine.

— Dans les premiers soins que je lui ai administrés, mon objectif a d'abord été de maîtriser l'hémorragie, puis de la soulager le plus possible. Je voulais la faire transférer immédiatement dans un centre de traumatologie, mais elle a refusé. D'un point de vue légal, Tommi était une adulte, elle avait donc le droit de décliner un traitement. À force de discuter, j'ai fini par la convaincre de me laisser téléphoner à sa mère. Ses deux parents sont venus à l'hôpital. Tommi ne m'a pas laissée appeler une ambulance. Elle a insisté pour que ce soit son père qui la ramène en voiture à Grady.

— Nom de Dieu, fit Faith. C'est à plus de deux heures de route.

— Elle était stable. Je lui ai administré de la morphine et des stéroïdes. J'ai consacré le plus de temps possible à ôter les éclats que j'ai retrouvés logés dans les tissus mous. Ma plus grande inquiétude était l'infection, surtout avec la perforation de l'intestin. J'ai demandé à Tommi l'autorisation de conserver les éclats. Elle a refusé. J'ai pensé aux résidus de peau sous ses ongles ; elle avait pu griffer son agresseur. Mais elle a refusé de me laisser en prendre un échantillon. J'ai demandé à faire des prélèvements vaginaux, anaux et oraux, au cas où l'agresseur aurait laissé son ADN. Elle a tout refusé.

Will se frotta la mâchoire. Le flic en lui était frustré, mais l'homme savait que parfois, la seule façon de survivre au pire, c'était de s'enfuir le plus vite possible.

— Des éclats…, commenta Faith. De quoi ?

Sara leva une nouvelle photographie à bout de bras.

— De ceci.

14

Grant County – Mercredi

Le portable de Jeffrey sonna de nouveau alors qu'il était en route pour le campus. Il avait demandé à Frank d'éviter d'utiliser les téléphones et les radios pour toutes les discussions au sujet de la découverte du cadavre de Leslie Truong. Quand un flic chevronné vous disait que la scène était moche, vous saviez que c'était vraiment moche. Jeffrey n'avait pas envie que les détails du crime fuitent dans la presse. Il avait trois victimes, à présent. Deux d'entre elles étaient encore en vie.

À peine.

Il regarda l'écran allumé. Un numéro de Sylacauga y clignotait. Sa mère l'appelait depuis le téléphone de son voisin. Jeffrey coupa la sonnerie, mais Sara eut tout de même le temps de voir le numéro entrant. Si elle ressentait une quelconque satisfaction à l'idée que la mère de Jeffrey l'ait appelé trois fois en quinze minutes depuis leur départ d'Avondale, elle n'en montra rien.

Par un accord tacite, Sara et lui avaient tous deux regagné leur coin du ring. Il n'avait aucune idée de ce à quoi elle pensait en cet instant. Pour sa part, Jeffrey faisait son possible pour ne pas cogiter sur tout ce que Sara lui avait dit sur le chemin.

Elle était retombée dans un jargon médical assez hermétique quand elle lui avait expliqué les conséquences physiques de l'agression de Tommi Humphrey. À la fin, Jeffrey serrait tellement les dents qu'il en avait un goût de sang dans la bouche. Il voulait recopier chacun des mots qu'elle avait prononcés, pour fixer sur le papier ce qui était arrivé à la jeune femme de vingt et un ans, au cas où elle parviendrait un jour à se sentir suffisamment forte pour porter officiellement plainte.

Le temps ne jouait pas en sa faveur. L'enlèvement, en soi, était un crime, mais le délai de prescription applicable en Géorgie ne lui laissait qu'une marge de manœuvre de sept ans pour porter plainte. Pour le viol, le délai était de quinze ans. Malheureusement, Tommi avait refusé que Sara prélève des échantillons liés à l'agression. Les éclats, les prélèvements buccaux, les résidus sous les ongles – toutes ces pièces à conviction auraient pu accorder un moment de répit à Tommi. La loi stipulait que les poursuites judiciaires pour enlèvement, sodomie aggravée et agression sexuelle aggravée pouvaient débuter à n'importe quel moment, quand l'ADN était utilisé pour identifier le suspect.

Si, dans quatorze ans, un avocat de la défense demandait pourquoi Tommi Humphrey avait attendu si longtemps pour se signaler, et comment elle pouvait être si certaine des détails, Jeffrey voulait être là, avec son carnet de notes daté et horodaté, pour enfoncer les détails tout au fond de la gorge de cette enflure.

Son téléphone retentit de nouveau. Il tapota l'écran pour activer le haut-parleur.

— Qu'est-ce qu'il y a, Lena ?

— J'ai retrouvé le type qui se fait appeler Little Bit, dit-elle. Son véritable nom est Felix Floyd Abbott, il a vingt-trois ans. Il a essayé de se faire la malle sur sa saleté de skateboard. J'ai dû lui courir après sur huit cents mètres. Il avait deux sachets d'herbe sur lui. On est juste en dessous de la limite qui qualifie le trafic de stup'.

— Arrête-le. Laisse-le mariner. Je m'occuperai de lui plus tard.

Jeffrey raccrocha. Felix Floyd Abbott, et non Daryl. Il devait donc toujours localiser l'homme qui figurait dans le répertoire téléphonique de Beckey Caterino.

— Little Bit est le dealeur de cannabis du campus.

Sara hocha la tête. Elle avait la main posée sur la poignée de la portière. Jeffrey était en train d'entrer dans le parking du personnel. Elle avait hâte d'en finir.

— Merci, lui dit-il.

— De quoi ?

— De m'avoir aidée avec Tommi. D'être là.

Elle aurait pu dire un tas de choses qui lui auraient fait regretter de se montrer reconnaissant, mais Sara se contenta de hocher de nouveau la tête.

Il gara la voiture et regarda l'heure qu'il était. L'avion de Bonita Truong avait atterri une heure plus tôt. Elle avait envoyé un texto à Jeffrey pour lui dire qu'elle se rendrait tout droit à Grant County dès qu'elle aurait réussi à louer une voiture. Elle avait au moins deux heures de route devant elle. Il se convainquit que ce n'était pas la lâcheté qui le retenait de l'appeler sur-le-champ. La mère de Leslie allait vouloir des détails. Jeffrey voulait lui en procurer autant qu'il le pouvait.

Sara descendit de voiture avant lui. Elle se dirigea vers le fourgon mortuaire de Brock. Ce dernier était en train de sortir de l'arrière du véhicule la tente en toile blanche pliée de l'entreprise de pompes funèbres. Frank essayait, sans grand succès, de lui donner un coup de main. Jeffrey se sentit soudain nauséeux. Au téléphone, son agent n'avait pas parlé de tente. L'orage de la veille avait atteint les Carolines, maintenant. La scène devait être tellement horrible qu'ils étaient déjà tombés d'accord pour cacher le corps.

— Salut Brock, dit Sara en frottant le bras de l'homme. Je suis là en cas de besoin. Ne te sens pas envahi.

— Oh ! Sara, envahis-moi autant que tu veux. C'est épouvantable. Je ne suis pas sûr de pouvoir continuer à supporter ce boulot.

— Ça va aller.

Elle sortit du fourgon la trousse de prélèvements et passa la sangle en bandoulière, par-dessus son épaule.

— Je t'aiderai autant – ou aussi peu – que tu me le demanderas.

Jeffrey attrapa le tas de mâts que Frank tenait entre les bras.

— Le corps est à environ trois cents mètres par-là, dit ce dernier en pointant le doigt en direction des bois.

Le chef de la police suivit la direction générale indiquée par le doigt de Frank. La zone était dans l'alignement de la fenêtre du bureau de Kevin Blake. Le doyen devait déjà être au téléphone avec le conseil, les avocats de l'école et le maire. Jeffrey se contrefichait de ce dont ils pouvaient bien discuter. Ce n'était plus son boulot qui le préoccupait. C'était d'attraper l'animal qui avait fait du mal à ces femmes. La ville était sous sa responsabilité. Pour l'instant, il avait failli à son devoir, et il y avait trois victimes : une qui ne faisait pas confiance à la police pour prendre soin d'elle, une qui était presque morte pendant qu'ils tapaient la discute à côté d'elle, et une dernière qu'on avait laissée faire toute seule un trajet d'une demi-heure pour retourner au campus, où elle n'était jamais arrivée.

La mort de Leslie Truong reposait entièrement sur ses épaules.

— Brad dit qu'elle porte les mêmes vêtements que ceux qu'elle avait hier, sur la scène de crime de Caterino, le prévint Frank. Un truc pour faire du yoga, on dirait. Le corps est vraiment froid et raide. Elle a dû rester là toute la nuit.

Jeffrey se sentit mal. Il regarda Sara. Elle ne dit rien mais, pour une fois, il savait exactement ce qu'elle pensait.

— J'ai déployé quinze personnes pour passer ces bois au peigne fin. Comment est-ce qu'on a pu la rater ?

Frank secoua la tête, non parce qu'il ne connaissait pas la réponse, mais parce que la réponse était évidente. La forêt était étendue.

La lune n'était pas sortie la nuit dernière. On ne voyait que ce que les yeux pouvaient voir.

— Felix Abbott, tenta de nouveau Jeffrey. Il se fait appeler Little Bit. Est-ce que tu le connais ?

— Non, mais Abbott, c'est un nom de Memminger, ça, dit Frank en secouant son paquet pour en faire sortir une cigarette. C'est tous des sales merdes sorties de Dew-Lolly, ces gens-là.

Dew-Lolly, c'était le croisement miteux de deux rues minables, dans Memminger County. Cette zone se trouvait à deux comtés de là, aussi ses habitants n'étaient-ils pas le problème de Jeffrey. Il avait souvent entendu le shérif de Memminger traiter certains des délinquants les plus débiles de son comté de « véritables Dew-Lolly ».

— Dans son téléphone, Caterino avait un numéro enregistré au nom de Daryl. Ce nom n'a jamais été évoqué en lien avec Felix Abbott ?

— Daryl ?

— Pas de nom de famille. Juste Daryl.

— Ça ne me dit rien, mais vous savez bien que personne ne me dit jamais rien, répondit Frank. Pourquoi vous me demandez ça ? Vous soupçonnez l'un des deux ?

— Je soupçonne toute la ville.

Jeffrey regarda Sara rassembler les piquets et les cordes. Elle avait les mâchoires contractées quand ils partirent en direction de la scène de crime. Elle avait constaté par elle-même les dégâts sur Tommi Humphrey. D'eux quatre, Sara était la seule à vraiment comprendre ce qu'ils risquaient de découvrir au fond des bois.

Brock fit basculer la lourde tente de toile sur son épaule.

— Sara, dit-il, remercie ta mère d'être venue hier soir, s'il te plaît. C'était gentil de sa part de venir discuter un peu avec maman. Son asthme refait des siennes, et pas qu'un peu. J'ai bien peur qu'elle se retrouve encore une fois à l'hôpital.

Sara lui frotta à nouveau le bras.

— Tu peux m'appeler jour et nuit si elle a besoin d'aide. Tu sais que ça ne me dérange pas.

— Merci, Sara. Ça compte énormément pour moi.

Brock détourna le regard et s'essuya les yeux du revers de la manche.

— Truong a été découverte par une étudiante, Jessa Copeland, dit Frank. Matt est en train de prendre sa déposition au poste.

— Dis-lui de rester avec elle jusqu'à ce que sa famille ou un ami puisse prendre le relais.

— Il sait.

Frank alluma sa cigarette. Il était le seul à ne rien porter. Étant donné son état de santé et la marche de trois cents mètres qui les attendait, ce n'était sans doute pas une mauvaise idée.

— Copeland, la fille qui l'a trouvée, faisait du jogging dans les bois. Elle s'est perdue, elle s'est éloignée du chemin. C'est comme ça qu'elle a vu Truong. Elle l'a aussitôt reconnue, elle l'avait vue sur les forums de discussion. J'y suis allé avec Matt et Brad. Brad est toujours avec elle.

— Comment elle est ?

— Comme Caterino. Sur le dos. Les vêtements bien en place. Elle a une marque ici, dit Frank en tapotant sa tempe. Rouge vif, circulaire, de la taille d'une pièce de vingt-cinq *cents*.

Sara se retourna pour regarder Jeffrey.

De la taille d'une tête de marteau.

— De toute évidence, elle était morte, continua Frank, mais j'ai quand même cherché son pouls. Matt en a fait autant. Et Brad aussi, puis il a collé l'oreille à sa poitrine pour s'en assurer.

Jeffrey passa à la partie moche.

— Quoi d'autre ? demanda-t-il.

— Du sang. Partout, répondit Frank en désignant le bas de son corps.

— Est-ce qu'elle était allongée sur une pente, avec le pelvis plus bas que la poitrine ? demanda Sara.

— Non.

— Il n'y a que deux choses qui font couler le sang : la gravité et un cœur qui bat. Elle a dû rester en vie longtemps.

— Seigneur, murmura Brock. Pauvre petite, une vie brisée…

Sara glissa son bras libre sous le sien. Le coroner avait son âge, mais il était de ces hommes qui avaient toujours fait plus vieux. Il sembla soulagé d'avoir du réconfort.

— Je risque d'avoir envie de raccrocher mon képi, moi aussi, après cette affaire, confia Frank à Jeffrey.

— Il y a un autre cas, avec une victime en vie, qui est peut-être lié à cette affaire, lui dit Jeffrey sans donner trop de précisions. Il faut qu'on jette un œil à la liste des délinquants sexuels.

— Fastoche, les mains dans les poches.

Le commissaire s'efforça de ne pas se laisser atteindre par le sarcasme de Frank. La loi exigeait du GBI qu'il tienne à jour une base de données consultable de délinquants sexuels, mais les législateurs, dans leur grande sagesse, n'avaient alloué ni budget ni ressources supplémentaires pour la mise en œuvre de ce projet. Le retard accumulé était gigantesque. Certains comtés ruraux utilisaient encore un modem téléphonique pour se connecter à Internet. Depuis le début ou presque, le département de la Justice avait constaté que les archives de l'État de Géorgie étaient défaillantes.

Cela ne signifiait pas pour autant qu'ils ne devaient rien tenter.

— Détache un gars de la patrouille et colle-le devant un ordinateur, indiqua Jeffrey à Frank.

— Et pourquoi pas rajouter un panneau de sortie de secours sur le *Titanic*, tant qu'on y est ?

— Tu as une meilleure solution ? demanda Jeffrey.

Ils n'avaient pas d'indice, pas de suspect, et la seule personne susceptible de témoigner gisait, morte, sur leur seconde scène de crime.

— Qu'a dit Chuck Gaines ?

Frank esquissa une grimace.

— Il est venu ici en faisant tournoyer sa queue dans tous les sens. Je lui ai dit de retourner dans sa grotte. Matt est en train de vérifier les enregistrements des caméras de sécurité, mais en aucun cas ce type n'a pu se garer sur le campus. Il a dû arriver par l'autre côté de la forêt. Peut-être par la route pare-feu.

— Ça fait plus de de vingt-quatre heures qu'elle avait disparu, déclara Jeffrey en observant les alentours.

La forêt était dense. Il n'arrêtait pas de se prendre les pieds dans les plantes rampantes qui s'accrochaient à ses chaussures.

— Pourquoi penses-tu qu'elle est restée ici toute la nuit ? demanda-t-il.

— Je n'ai vu aucune trace de ligature à ses chevilles ou à ses poignets. Elle est jeune, en forme. Elle se serait débattue. Il l'aurait attachée.

Frank graillonna, puis cracha les glaires qui étaient remontées dans sa bouche.

— Mais je suis pas coroner, ajouta-t-il. Et, pour sûr, je suis pas médecin légiste non plus. Quant à ce qui est arrivé hier, jamais j'aurais dit que l'affaire Caterino était autre chose qu'un accident.

— Nous avons de la chance que tu aies été là, Sara, intervint Brock. Je ne sais pas si j'aurais posé les bonnes questions, moi non plus.

Jeffrey détestait avoir l'esprit accaparé par le procès que Gerald Caterino allait peut-être intenter – et qui signifiait qu'il valait mieux pour eux éviter de hasarder des hypothèses commençant par « et si » qu'ils seraient peut-être amenés à devoir éclaircir plus tard dans une déposition.

Il redirigea ses pensées vers l'affaire, se souvenant d'une chose que Tommi Humphrey lui avait dite, un détail qui reliait son agresseur à celui de Rebecca Caterino.

— Est-ce que tu as vu quelque chose de bleu sur Truong ? demanda-t-il à Frank. Autour de sa bouche ou sur sa gorge, peut-être ?

Le policier s'arrêta de marcher.

— Comment vous savez ?

Sara était tout ouïe, à présent.

— Savez quoi ? les interrogea-t-elle.

— Il y avait une tache bleue sur ses lèvres, ici, dit Frank en montrant sa bouche. Ça m'a rappelé quand Darla était petite et qu'elle buvait trop de Kool-Aid.

Sara croisa à nouveau le regard de Jeffrey. Ce n'était pas un soda Kool-Aid qui avait laissé cette tache. C'était probablement du Gatorade bleu. Cela expliquerait pourquoi les poignets et chevilles de Truong étaient dépourvus de traces de ligature. Comme Tommi Humphrey, elle avait été droguée durant son agression.

— Qu'est-ce que j'ai raté ? demanda Frank.

D'un signe de tête, Jeffrey lui ordonna de montrer la voie.

Ils formèrent une file indienne, et Frank les fit s'enfoncer encore davantage dans la forêt. Jeffrey rajusta sa prise sur les mâts de tente. Il passa mentalement en revue tout ce qu'il savait sur les agressions de Tommi Humphrey et Rebecca Caterino. Il voulait avoir les détails bien présents à l'esprit quand ils arriveraient devant le corps.

Le Gatorade bleu. Les bois. L'université. Le marteau. L'agresseur avait utilisé de l'eau de Javel sur Humphrey. Ils supposaient qu'il avait utilisé des lingettes sans parfum pour nettoyer Caterino.

C'était beaucoup, mais ce n'était pas assez.

Jeffrey énuméra les différences. Caterino était lesbienne. Humphrey hétéro. L'une était en première année. L'autre, en troisième année. L'une était solitaire. L'autre était toujours entourée d'amis. Les photos accrochées dans le couloir à Avondale lui avaient donné une idée de l'apparence qu'avait Tommi avant son agression. Elle était légèrement enrobée. Elle avait les cheveux blonds, coupés au carré. Sur les photos de groupe, elle semblait plus petite que ses amies.

Caterino était très mince, presque trop. Ses cheveux bruns lui arrivaient à hauteur d'épaule. Elle mesurait approximativement un mètre soixante-huit. Elle multipliait les activités physiques, tandis que Tommi semblait plus sédentaire. Pour autant qu'ils en savaient, Rebecca n'avait pas subi les mêmes blessures internes durant son agression.

Mais, encore une fois, peut-être Leslie Truong avait-elle interrompu l'assaillant de Caterino avant qu'il ait eu le temps de la mutiler. Jeffrey devait à nouveau jeter un œil au carnet de notes de Lena. Elle avait dû consigner les renseignements fournis par la jeune fille avant de la laisser repartir pour le campus. Jeffrey avait lu le rapport officiel de la policière, mais son carnet contenait peut-être une information qui leur fournirait une piste.

Il en avait assez de lui accorder le bénéfice du doute.

Jeffrey entendit le murmure du scanner radio de Brad Stephens avant même d'apercevoir le jeune agent. Brad avait délimité la zone à l'aide du ruban jaune, le même que la veille. Quelques étudiants s'étaient attroupés au loin. Ils semblaient avancer petit à petit. Certains avaient des appareils photos. Brad les gardait à l'œil. Il était plus pâle qu'à l'accoutumée. En deux jours, il avait été exposé à davantage de violence qu'il n'en verrait sans doute de toute sa carrière.

S'il avait de la chance.

— Chef, dit-il en redressant les épaules. Les lieux sont sécurisés. Nous sommes trois à avoir vérifié son état, elle est décédée.

— Hier, est-ce que tu as vérifié le pouls de Caterino ?

— Non, chef, répondit Brad qui avait apparemment du mal à le regarder dans les yeux. J'ai présumé qu'elle était morte.

Jeffrey supposa que Lena lui avait dit que Caterino était morte et qu'il était inutile qu'il s'en assure. Officier subalterne, il devait lui obéir sur les lieux d'un crime.

— Tu as vu Leslie Truong, hier. Est-ce que tu as parlé avec elle, ou est-ce que Lena a pris seule la décision de la laisser repartir à pied au campus non accompagnée ?

— J'étais…

Il s'interrompit, incapable ou réticent à l'idée de dénigrer Lena.

— J'étais là aussi, chef, reprit-il. Je n'ai rien dit. Je suis désolé. Ça n'arrivera plus.

— Tiens, dit Jeffrey en lui tendant les mâts. Prends davantage de ruban jaune. Agrandis le périmètre de sécurité de quinze mètres. Fais venir deux agents en renfort pour repousser les badauds. Ensuite, commence à monter cette tente.

— Oui, chef.

Sara s'accroupit pour disposer les piquets et la corde par terre. Jeffrey ôta la sangle de la trousse de prélèvements qui pesait sur l'épaule de la médecin. Il tint celle-ci par le coude, afin qu'elle ne trébuche pas sur le sol irrégulier. Les broussailles étaient épaisses. Des fougères, des plantes ligneuses et des buissons d'épines s'accrochaient à leurs vêtements. La boue faisait un effet ventouse sous leurs chaussures. Jeffrey entendait les écureuils bavarder entre eux.

Il regarda le sol. La pluie torrentielle de la veille avait formé des flaques dans les creux et dépressions de la terre meuble. Pendant les recherches, la nuit précédente, Jeffrey avait remarqué que le terrain était saturé d'eau. Ses chaussures étaient couvertes de boue.

Les seules empreintes de pas qu'il voyait à présent étaient les siennes.

Sara regardait le sol. Elle avait remarqué, elle aussi.

La veille, au matin, les nuages avaient littéralement crevé sur la forêt pendant qu'ils attendaient l'arrivée de l'ambulance. Soit le tueur était un fantôme qui ne laissait pas d'empreintes de pas, soit Leslie Truong avait été agressée pendant qu'elle retournait au campus pour aller voir l'infirmière. Ce qui laissait au tueur une fenêtre de trente minutes pour agir. Le même laps de temps pendant lequel Rebecca Caterino était restée étendue et impuissante dans les bois.

Maudite Lena.

Le vent tourna. Une odeur âcre de sang et d'excréments les assaillit. Jeffrey appuya le dos de sa main sous son nez.

— Ses intestins ont dû se relâcher, dit Brock.

Jeffrey accepta le masque chirurgical que le coroner lui tendait. Il savait qu'un entrepreneur de pompes funèbres était au contact de la mort au quotidien. Brock essayait de rationaliser la scène, mais tout cela n'avait rien à voir avec les soins à apporter au corps d'une patiente âgée en maison de retraite, qui s'était souillée au moment de s'éteindre.

Le chef de la police mit le masque, mais l'odeur rongeait toujours l'air.

Leslie Truong gisait sur le dos. Elle avait l'air très jeune. Ce fut la première impression de Jeffrey. Elle avait cette douceur juvénile des traits que seul l'âge érodait. Ses yeux étaient ouverts et regardaient fixement le petit éclat de ciel bleu qui apparaissait à travers la canopée. Ses lèvres étaient écartées. Le sang sur son visage avait commencé à couler vers l'arrière de sa tête. Sa peau avait la couleur du parchemin. La tache bleue dont Frank leur avait parlé contrastait avec le blanc rosé de ses lèvres.

Sara vérifia le pouls, puis posa la main sur la joue de la jeune femme. Elle éprouva la flexibilité des articulations des doigts et des coudes.

— La rigidité cadavérique atteint généralement son maximum au bout de douze heures, puis se dissipe à partir de quarante-huit heures. La température ambiante est basse, ce qui a dû avoir un effet sur le processus. Il faut que je prenne la température du foie, mais j'estime qu'elle doit être morte depuis plusieurs heures, au moins depuis hier matin.

Depuis hier matin. Depuis que Lena l'avait laissée rentrer seule à pied au campus. Dans les bois. Suivie par un psychopathe armé d'un marteau.

Jeffrey inspira profondément pour se calmer, mais fut pris d'une quinte de toux avant que ses poumons aient eu le temps de s'emplir. L'odeur putride avait imprégné son masque en coton. Il concentra à nouveau son attention sur la victime étendue devant lui. Il avait du mal à séparer ce que Sara lui avait raconté sur Tommi Humphrey et ce qu'il supposait être arrivé à Leslie Truong.

Les ressemblances avec le cas de Beckey Caterino le taraudaient aussi.

La position du corps de Truong pouvait laisser croire qu'elle avait trébuché dans les bois, était tombée sur le dos, inconsciente, puis avait fini par mourir. Ses vêtements étaient bien en place. Elle portait un sweat estampillé Grant Tech, à col découpé, sous lequel on voyait apparaître les bretelles blanches de sa brassière. Son pantalon de yoga était bien remonté sur ses hanches. Il était de marque Lululemon – Sara en portait, elle aussi. Aux pieds, Truong avait des baskets Nike bleues. Des socquettes.

C'était là que les ressemblances s'arrêtaient.

Une rivière de sang avait coulé entre les jambes de Leslie Truong.

Son pantalon blanc en était détrempé. Le débit avait été tel que même la pluie n'avait pas tout lessivé. Les feuilles et les branches avaient été noircies par le flot. Elle n'était pas allongée sur une pente. Le sang avait déferlé, propulsé par les dernières pulsations frénétiques de son cœur.

Jeffrey avait quand même besoin de vérifier.

— Est-ce que le crime s'est déroulé ici ?

— On part bien du principe que l'agression s'est produite pendant un laps de temps de trente à quarante-cinq minutes, environ ? demanda la médecin.

— Excuse-moi, Sara, intervint Brock, mais comment as-tu pu déterminer cette durée sans mes notes ?

C'est Jeffrey qui lui répondit.

— Leslie Truong a quitté l'endroit où se trouvait le corps de Caterino dans les environs de 6 heures du matin, hier. Une demi-heure plus tard, la pluie torrentielle s'est abattue.

— Ah, fit Brock. La pluie a effacé les empreintes de pas.

Jeffrey se tourna vers Sara.

— Que penses-tu qu'il s'est passé ? lui demanda-t-il.

— Il faut que je voie un bulletin météo pour repérer le moment exact où la pluie a commencé, répondit-elle, mais à vue de nez, je dirais qu'il y a deux scénarios possibles. Dans le premier, Leslie est en train de marcher en direction du campus. Elle est enlevée et emmenée dans un endroit proche d'ici, mais à l'abri des regards, comme l'arrière d'un véhicule. Là, elle est violée et assassinée. Ensuite, son agresseur la ramène ici, sans doute en la portant sur l'épaule, avant que la pluie commence à tomber.

Jeffrey se dit que c'était possible, mais peu vraisemblable.

— Second scénario ?

— L'agression et le meurtre se sont produits ici, et, à cause de l'orage, on ne voit plus les traces de lutte. Est-ce que tu as une autre idée ? interrogea-t-elle Brock, pour l'inclure dans leurs réflexions.

— Non, avoua ce dernier, mais je dirais que la seconde hypothèse me paraît plus proche de ce qui a dû se passer. Si c'était un enlèvement, le suspect risquerait de se salir. En portant la victime, je veux dire.

— Il serait couvert de sang, confirma Sara.

— Et il faudrait qu'il soit très costaud pour trimballer cette fille aussi loin, reprit Brock. J'ai à peine réussi à transporter cette tente jusqu'ici, et la toile ne pèse que quinze kilos, peut-être dix-huit, maximum.

Sara se rassit un moment. Jeffrey remarqua que l'odeur lui faisait monter les larmes aux yeux. Elle respirait par la bouche.

— En plus, c'est risqué de l'enlever pour la ramener ensuite, continuait le coroner. En même temps, je dois dire que c'est risqué de l'agresser tout court. On est en dehors des sentiers battus, certes, mais il y a quand même un chemin.

Jeffrey n'avait pas besoin qu'on lui rappelle que ce tueur avait le goût du risque. Le peu qu'ils savaient de lui dressait le portrait d'un homme qui aimait agir au nez et à la barbe de tous.

Il se tourna vers Frank, resté en retrait à cause de la puanteur.

— Il me faut une carte topographique de toute la zone. Je veux que tu regardes où se situe la route pare-feu par rapport à notre scène. Qu'il ait emmené Truong à l'arrière de son véhicule ou qu'il l'ait tuée ici, il a bien dû se garer quelque part.

Le policier commençait à s'éloigner, quand Jeffrey ajouta :

— Envoie-nous plus d'agents en uniforme. Je veux qu'on quadrille le terrain entre ici et la route pare-feu à la recherche d'indices. Peu importe où cette fille a été agressée, il est bien arrivé ici par un chemin. Élargissons notre périmètre et assurons-nous que ces badauds qu'on a vus tout à l'heure ne sont pas en train de piétiner des preuves. Et rappelle à ceux qui ratisseront le terrain de lever la tête de temps en temps. Tout ne se trouve pas forcément sur le sol.

— Compris, dit Frank avant de s'éloigner, le talkie-walkie collé à la bouche.

Sara regardait Brock.

— Je peux m'occuper de filmer, si tu veux faire l'examen visuel, proposa-t-elle.

— Non, répondit-il. C'est toi la médecin. C'est à toi de faire les étapes importantes.

Brock ouvrit le kit de scène de crime. Il saisit le vieux caméscope Sony, mais l'imposant appareil lui échappa des mains.

— Pardon. C'est vraiment trop horrible.

— C'est vrai, approuva Sara. Mais on peut s'occuper d'elle ensemble. D'accord ?

— Oui, tu as raison.

Brock vérifia qu'il y avait bien une cassette VHS dans le caméscope. Il ôta le cache de l'objectif, qu'il glissa dans sa poche.

Jeffrey sortit son carnet et son stylo. Ils étaient tous ébranlés. Le volume de sang qui s'était écoulé entre les jambes de Leslie laissait entrevoir une histoire qu'aucun d'eux n'avait envie d'entendre. Il repensa aux échanges téléphoniques qu'il avait eus précédemment avec Bonita Truong. Elle avait dû arriver à Macon, à l'heure qu'il était. Toutes ces années, Jeffrey avait annoncé à de nombreux parents que leur enfant était décédé, mais, là, il ne savait pas bien ce qu'il dirait à la mère de Leslie lorsqu'elle arriverait enfin. La vérité allait la détruire. La vérité le détruirait peut-être, lui aussi.

Votre fille a été violemment agressée. Elle a été droguée, puis violée. Elle a été terrorisée par un forcené qui l'a abandonnée dans les bois, où elle a lentement succombé à ses blessures. Et je devrais sans doute préciser qu'on pouvait éviter tout ceci, mais, je vous en prie, ne laissez pas ce détail se mettre en travers de votre deuil.

Sara enfila une paire de gants chirurgicaux.

— Prêt ? demanda-t-elle à Brock.

Il fit un signe de tête et appuya sur le bouton rouge. Le caméscope se mit à ronronner.

Sara indiqua la date et l'heure à voix haute. Elle rappela les noms de toutes les personnes présentes pour l'enregistrement. Puis elle commença l'examen préliminaire.

Elle vérifia l'état des yeux au moyen d'une lampe-stylo.

— Pas de pétéchie, constata-t-elle.

La jeune fille n'avait pas été étouffée, ni étranglée.

La médecin lui tourna doucement la tête pour mieux voir la trace rouge présente sur la tempe.

— L'hématome a eu le temps d'apparaître, dit-elle à Jeffrey. Ce pourrait être le premier coup qu'elle a reçu. Vu sa localisation, un seul coup a dû suffire pour la mettre K-O. Je dirais que l'arme utilisée concorde avec l'hypothèse d'un marteau.

Brock inspira brusquement. S'efforçant de concentrer son attention sur la caméra, il inclina l'écran LED et ajusta certains réglages. Jeffrey vit que ses mains tremblaient.

Celles du commissaire étaient calmes, mais incroyablement moites. La violence des faits qui s'étaient produits imprégnait l'air autour d'eux. L'odeur lui soulevait le cœur, même avec le masque. Témoigner d'une mort non naturelle faisait partie de son boulot, mais il y avait quelque chose de particulier avec cette victime, avec cette affaire, qui le terrifiait au plus profond de son être.

Jeffrey avait eu son lot de chasse aux meurtriers et aux violeurs.

Il n'avait encore jamais chassé de prédateur.

Sara regarda dans les narines et à l'intérieur de la bouche. Elle palpa la gorge de la jeune fille.

— Je ne détecte aucune obstruction.

— Une obstruction ? répéta Brock, intrigué.

— Caterino avait quelque chose dans la gorge, sans doute un morceau de viennoiserie qu'elle avait régurgité.

Le coroner hocha la tête et fit précautionneusement le tour du cadavre.

Sara tourna davantage la tête de la jeune fille pour examiner sa nuque. Jeffrey aperçut du sang séché autour d'un minuscule trou.

— Il y a une perforation au niveau de la vertèbre C5, constata la médecin. Ça a dû être efficace.

— Efficace ? s'enquit Brock.

— Nous pensons que le tueur a voulu paralyser ses victimes, lui répondit Jeffrey.

Brock secoua la tête de dégoût. Jeffrey vit une goutte de sueur rouler le long de son visage.

Sara s'attaqua au reste du corps. Elle souleva le sweat-shirt. Il y avait des ecchymoses sur le torse.

— Elle a été rouée de coups. On dirait qu'une de ses côtes est disloquée.

Jeffrey baissa les yeux sur son carnet de notes. La page était encore vierge. Il commença à y dessiner un schéma de l'emplacement du corps. Il indiqua la position des arbres et des rochers.

Sara laissa courir un doigt sous la ceinture du pantalon de yoga.

— Fais un gros plan là-dessus, dit-elle à Brock.

Son gant présentait une traînée rouge, mais ce n'était pas du sang. Jeffrey reconnut la couleur rouille caractéristique de l'argile de Géorgie.

— Est-ce qu'elle a pu rouler ? demanda le coroner.

— Peut-être, répondit Sara. Est-ce qu'on peut regarder son dos ?

Jeffrey prit la caméra des mains de Brock pour que ce dernier puisse enfiler ses gants. Ce ne fut pas facile. La moiteur de sa peau accrochait le vinyle des protections.

— Pardon, s'excusa-t-il.

D'un coup sec, il parvint enfin à étirer les gants jusqu'à ses poignets. Le bord roulé se déchira. Jeffrey aperçut une vieille cicatrice à l'intérieur du poignet du coroner.

— Prêt, déclara Brock en s'agenouillant au niveau de la tête de la jeune fille.

Il cala ses mains sur les épaules. Sara plaça les siennes sur la taille. De concert, ils basculèrent le cadavre sur le côté.

La ceinture du pantalon de Truong bâillait à l'arrière. On voyait de la terre et des brindilles collées sur la peau nue de ses fesses.

— Son pantalon a été remonté alors qu'elle était étendue au sol, déclara Sara.

— Qu'est-ce que ça veut dire, d'après toi ? demanda Brock.

Ils firent précautionneusement rouler la jeune fille à nouveau sur son dos.

— Ça pourrait signifier qu'il est revenu sur les lieux.

— Après l'avoir laissée pour morte ? Pourquoi serait-il revenu ?

La médecin regarda les mains de la fille. Elle avait le bout des doigts taché de rouge.

— J'imagine qu'il est aussi possible qu'elle ait remonté son pantalon toute seule, admit-elle.

Jeffrey réfléchit à ce que cela signifiait. Leslie Truong, se vidant de son sang dans les bois et essayant, dans une tentative futile de pudeur, de couvrir sa nudité.

Sara écarta délicatement les jambes.

L'odeur qui se dégagea fit serrer les dents à l'enquêteur.

— La fourche du pantalon est déchirée.

Sara se servit à nouveau de la lampe-stylo. Elle écarta davantage les jambes de la morte.

— Fais un zoom, demanda-t-elle à Jeffrey.

Il regarda l'écran, tandis que la lentille du caméscope passait en mode macro.

Le lycra entre les cuisses de la jeune fille était complètement déchiré. Il vit d'épais caillots de sang séché et ce qui ressemblait à des éclats de verre déchiquetant le tissu, comme si le temps s'était figé au milieu d'une explosion.

— Qu'est-ce que c'est que ça ? s'enquit Brock.

— Un manche en bois, répondit Sara. Il a cassé le marteau en elle.

15

Atlanta

Faith regardait fixement la photo du manche brisé. Le photographe avait posé l'objet sur un morceau de papier blanc, avec une règle en guise d'étalon. L'arme avait été nettoyée, mais la surface était encore imprégnée de sang et de matières fécales. La partie où aurait dû se trouver la tête du marteau avait été arrachée : des éclats de bois en dépassaient comme autant de dents cassées.

— Le manche brisé n'a pu être retiré qu'en disséquant le dôme vaginal, expliqua Sara. Il était inséré tellement profondément que les os de la symphyse pubienne ont été fracturés. L'hypothèse la plus probable, c'est que le tueur ait mis un coup de pied dans la tête du marteau, qui s'est cassé à l'endroit où il était le moins solide.

Faith s'était arrêtée de respirer. Elle dut détourner les yeux de la photo.

— Il y a la marque du fabricant à la base du manche, ajouta Sara. Il s'agit d'un outil de type marteau de mécanicien. Le manche est large à la base et va en s'amincissant, en direction de la tête.

— C'est le genre de marteau que les carrossiers utilisent pour débosseler de la tôle, fit remarquer Will.

— Exactement, acquiesça Sara. Il a une tête plate d'un côté, et de l'autre, une panne en long à extrémité conique. Dans mon souvenir, il n'a vraiment rien de particulier. C'est le genre d'outil qu'on peut trouver à la quincaillerie ou sur Internet.

— Dans votre souvenir ? s'étonna Amanda. Vous n'avez pas pris connaissance de ces informations dans les rapports ?

— Une copie du rapport d'autopsie a bien été mise dans le dossier hier soir, mais je n'ai pas accès à mes notes personnelles. Elles sont comprises dans les dossiers de Brock, avec les examens toxicologiques, les rapports du labo, les mesures et les photos prises sur la scène de crime. D'un point de vue légal, c'est le coroner qui est chargé de conserver les données ; moi, je n'étais là que pour le conseiller. Nous ne voulions pas rompre la chaîne de traçabilité des preuves.

— Je veux ces informations, déclara la directrice adjointe du GBI.

— Je vais l'appeler, dit Sara.

Puis elle reprit sa description de l'autopsie :

— Leslie Truong avait une blessure punctiforme au niveau de la vertèbre C5. D'après ce qui a été filmé, la perforation présente une circonférence et une longueur semblables à celles de l'instrument qui a servi à paralyser Beckey Caterino.

— Et Alexandra McAllister, la victime de White County qu'on a autopsiée hier, rappela Amanda, présentait le même type de blessure, au niveau de la vertèbre C5 également.

— Et les autres trucs ? demanda Faith. Est-ce que McAllister aussi a une fistule ?

— Non, mais elle a été violée très brutalement. Il y avait des fissures à l'intérieur de son vagin et tout autour. Les parois ont été éraflées avec un instrument tranchant. Le clitoris a été arraché.

Sara s'interrompit, ce dont Faith lui sut gré.

— Du point de vue de l'enquête, on a eu de la chance, reprit la médecin. McAllister portait un pantalon de randonnée en tissu épais et imperméable. Comme les prédateurs s'en prennent toujours d'abord aux orifices, le tueur a dû se dire qu'on leur attribuerait immédiatement les dégâts commis pendant le viol.

— Mais le coroner n'a pas remarqué qu'on lui avait arraché le clito ? ne put s'empêcher de demander Faith.

— Il n'a pas jugé utile de pratiquer un examen pelvien. Mais il se peut qu'il l'ait remarqué pendant l'embaumement. On bourre les orifices de coton pour empêcher les fuites.

L'agente spéciale ne put réprimer un frisson.

— Mon examen visuel de McAllister hier matin confirmait la conclusion à laquelle le coroner était arrivé, c'est-à-dire une mort accidentelle, poursuivit Sara. Sans la radiographie, la blessure à la tête pouvait passer pour une fracture du crâne provoquée par une chute sur un rocher. Ce n'est qu'en recherchant une perforation à la moelle épinière que j'ai fait le lien avec Grant County. Si je n'avais pas déjà su ce que je recherchais, je ne l'aurais peut-être même pas remarqué. Et, dans ce cas, je n'aurais jamais ramené McAllister ici pour faire une autopsie complète.

Cette leçon de transparence était clairement adressée à Amanda, qui répondit :

— Merci pour cette chronologie détaillée, docteur Linton.

— Notre hypothèse pour Grant County était que le tueur n'en était qu'à ses débuts. Il considérait chaque nouvelle victime comme une opportunité pour se perfectionner. L'agression de Tommi était ratée, pour utiliser un euphémisme. Beckey a survécu. Truong, non. Ensuite on fait une avance rapide de huit ans. Le meurtre d'Alexandra McAllister a été habilement maquillé de façon à passer pour un accident. Si l'on me demandait de considérer ces quatre affaires comme relevant du même ensemble, je ne pourrais exclure l'hypothèse de l'existence d'une ligne de progression allant de Tommi à Alexandra McAllister.

Faith tapota son stylo sur son carnet. Il lui fallait plus d'informations.

— Est-ce que tu affirmes que les mutilations sont sa signature ? demanda-t-elle.

— C'est la paralysie, sa signature, rectifia Sara. Nous le tenons de la bouche même de l'agresseur. N'oublions pas qu'il a dit à Tommi de faire comme si elle était paralysée. Et il a menacé de la paralyser vraiment avec l'aiguille à tricoter si elle n'obéissait pas. Avec McAllister, j'imagine qu'il n'y a eu aucune négociation. Il a perforé sa moelle épinière au niveau de la vertèbre C5. Elle ne pouvait plus se servir de ses membres. Elle a dû être complètement paralysée, tout en restant éveillée, en respirant encore. C'était l'état qu'il voulait que Tommi affecte.

— Mon Dieu, gémit Faith avec un soupir.

Elle écrivit le mot « paralysie » dans son carnet, juste pour se laisser le temps de se remettre.

— Docteur Linton, dit Amanda. Présentez-nous les autres liens qui existent entre ces affaires.

— Le plus tangible peut être démontré grâce aux radios : il s'agit de la blessure à la tête constatée d'une victime à l'autre. Chez Caterino, la fracture du crâne était en forme de croissant, ce qui correspond à la forme du marteau. Chez Truong, l'empreinte rouge qu'elle avait sur le côté de la tête correspondait au type de marteau qu'on a retrouvé en elle. Lorsque j'ai autopsié Alexandra McAllister, j'ai constaté que sa fracture du crâne avait également pu être provoquée par un marteau.

Faith prenait des notes.

— Et Tommi ? s'enquit-elle.

— Elle m'a dit que son assaillant l'avait d'abord frappée avec quelque chose de très dur. Elle n'avait pas vu de quoi il s'agissait.

— Et le lien suivant ? la pressa Amanda.

— Il y a huit ans, Tommi nous a dit que son ravisseur l'avait forcée à boire un liquide bleu et sucré qui aurait pu être du Gatorade. Or, la nourriture non digérée qu'on a trouvée dans la gorge de Rebecca

Caterino et son vomi étaient étrangement bleus. De même, pendant l'autopsie de Leslie Truong, j'ai remarqué la présence d'un liquide bleu dans son estomac. Et hier après-midi, en faisant l'autopsie complète d'Alexandra McAllister, j'ai trouvé dans son estomac un liquide bleu similaire, qui avait aussi coloré sa gorge et sa bouche. J'en ai envoyé un échantillon au service de toxicologie.

— Est-ce que le coroner de Grant County…, commença Faith.

— Dan Brock, précisa Sara.

— Est-ce qu'il a eu les résultats des analyses toxicologiques de Truong ?

— Brock a envoyé tous les échantillons au GBI. Même en cas d'urgence, à l'époque, les résultats n'arrivaient jamais avant un délai de quelques mois. Je n'ai pas demandé à les voir car, à ce moment-là, on pensait que c'était Daryl Nesbitt le coupable.

— Il nous faut des copies des rapports du labo, asséna Amanda qui se remit à pianoter sur son téléphone.

— OK, fit Faith, qui avait besoin d'un ou deux éclaircissements. Je comprends qu'il y a bien une progression d'une agression à l'autre : le gars apprend, il y a le marteau, le Gatorade, tout ça a du sens. Mais Caterino est un cas particulier. Bon d'accord, elle a été salement amochée, mais elle n'a pas été mutilée comme les deux autres victimes.

— Si je peux me permettre, madame, intervint Nick, qui attendit que la directrice adjointe l'autorise à prendre la parole d'un signe de la tête, l'une des théories que le chef et son équipe avaient développées, c'était que le type ne les enlève peut-être pas. Peut-être qu'il les suit juste dans les bois. Il les assomme et les emmène dans un coin plus reculé, loin des sentiers battus. Il leur fait ingérer un produit qui les rend inconscientes. Il les viole. Et puis il les laisse là et il revient plus tard, plusieurs fois, en leur infligeant plus de blessures à chaque visite. Et puis un jour le corps est retrouvé, et il doit se chercher une nouvelle victime.

Faith était écœurée.

— Tu veux dire qu'elles restent en vie pendant tout ce temps ? À attendre qu'il revienne leur faire plus de mal encore ?

— En vie et paralysées, rectifia Sara. Elles pourraient survivre trois jours sans eau, trois semaines sans nourriture, mais s'il revenait les voir régulièrement... qui sait ?

— Ted Bundy retournait voir ses victimes, fit remarquer la policière. Si ce tueur est comme Bundy, une partie de ce qui l'excite est peut-être la peur de se faire prendre.

— Nick, parlez-leur du profil, commanda Amanda.

Ce dernier ouvrit sa sacoche piquée à Liberace et en sortit une liasse agrafée de documents.

— Le chef m'avait à l'époque demandé d'obtenir du FBI qu'ils établissent un profil du tueur. Vous savez tous que les homicides commis par des inconnus sont toujours un casse-tête. On s'est dit qu'il s'agissait forcément d'une personne de la ville, qui connaissait bien la forêt et savait où les étudiants traînaient. Les fédéraux nous ont envoyé ça un an plus tard.

Faith ne croyait pas tellement aux profils, en règle générale, en grande partie parce qu'ils étaient le plus souvent établis par de vieux mâles blancs qui y mettaient leurs propres problèmes personnels.

— Laisse-moi deviner, dit-elle. Il détestait sa mère, non ?

— Selon eux, il s'agirait surtout de problèmes liés à son papa. Son père a toujours tout réussi sans se fouler, et notre tueur rate tout ce qu'il entreprend. Il est isolé socialement. Un étudiant moyen qui ne s'est jamais trop appliqué. Il a fini comme travailleur manuel. Il a entre vingt-cinq et trente ans. Il manque d'estime de soi. Il n'arrive pas à trouver une femme, encore moins à la garder. Il s'est toujours senti inférieur aux autres, c'est là que le rapport à papa intervient. Le tueur cherche à être puni – c'est comme ça que les fédéraux expliquent la prise de risque qui consiste à laisser les corps dans la nature et à retourner les voir jusqu'à ce qu'ils soient découverts. Moi, je mettrais ma main à couper que ce type n'est pas un de ces « tueurs qui veulent se faire choper » – aucun tueur ne veut jamais se faire choper, à mon avis –, mais c'est vrai que ce fils de pute prend des sacrés risques.

— Sara ? fit Amanda, pour lui donner la parole.

— Je vois ce qu'ils veulent dire, déclara cette dernière. Grant est une petite ville fermée sur elle-même. Le tueur ciblait des jeunes femmes blanches, des étudiantes bien intégrées à la communauté, avec de la famille. Voilà qui suppose un gros travail de préparation avant le passage à l'acte.

— Oui, appuya Nick, il aurait pu faire ses petites affaires nuit et jour à Atlanta, avec des prostituées dont il aurait balancé les corps dans le Chattahoochee, et personne ne s'en serait jamais rendu compte.

— J'ai une question, intervint Faith en levant la main. S'il a des problèmes de rapport à son père, pourquoi ne tue-t-il pas des hommes ? Et pourquoi les mutilations ?

— Parce qu'il déteste sa mère.

Bingo.

— Quoi qu'il en soit, poursuivit Nick, le profil correspond pile à celui de Daryl Nesbitt. Son beau-père était un entrepreneur prospère, du moins jusqu'à ce que la loi lui tombe dessus. Il n'a jamais officiellement adopté Daryl, qui se sentait donc mal-aimé. Maman était accro au speed et se prostituait à droite à gauche. Elle a fait une overdose quand Daryl avait huit ans. Il a lâché le lycée à seize et a enchaîné les petits boulots ingrats. Il pensait devenir comme Tony Hawk, le roi du skate, mais il a fini dans la peau d'un travailleur journalier qui se faisait payer au black pour ne pas payer d'impôts.

— Je ne veux pas faire de déclarations à l'emporte-pièce, dit Sara, mais toute la famille peut être considérée comme problématique. Le beau-père a été coffré il y a quelques années parce qu'il démontait des voitures volées dans son garage pour en revendre les pièces détachées.

— Il devait utiliser un marteau de mécanicien, fit remarquer Will.

— Absolument, confirma Nick. Les preuves contre Daryl Nesbitt sont accablantes. Il vivait dans le coin. Il avait accès à un marteau de ce genre – un genre très particulier, même si on peut se le procurer facilement, c'est vrai. Il avait des liens avec les victimes. Le mobile, les moyens, les occasions. Tout concorde.

Faith se mordait la langue. Il fallait se rendre à l'évidence : leur suspect était en liberté et continuait à tuer. Donc les preuves contre Nesbitt n'étaient pas vraiment des preuves, mais plutôt des éléments en faveur d'une théorie alternative qui ne tenait plus la route.

— Peut-être qu'au début le tueur voulait se faire prendre, avança-t-elle. Et puis il s'est rendu compte que c'était encore plus excitant de s'en tirer.

Will se racla la gorge.

— Si il se perfectionne vraiment à chaque meurtre, dit-il, éparpiller ses victimes un peu partout dans l'État est plutôt malin de sa part.

— Bundy faisait ça aussi, signala sa partenaire.

Amanda lui lança un regard sévère, comme pour la mettre en garde. La policière haussa les épaules. Elle ne pouvait que dire la vérité, et la vérité, c'était qu'ils avaient affaire à un tueur en série.

— Concernant le point soulevé par Faith, intervint Sara, si vous voulez aborder l'aspect thanatologique du crime, je peux vous exposer quelques statistiques.

Amanda n'écrasait jamais Sara comme elle le faisait avec tous les autres.

— Et que disent-elles, ces statistiques ? demanda-t-elle.

— Dans 16 % des meurtres en série, on constate une forme de mutilation post-mortem. La profanation compte pour moins de 10 %. La nécrophilie et le cannibalisme, pour moins de 5 %.

Et dans 3 % des cas, le corps est mis en scène pour impressionner les spectateurs.

— Diriez-vous que les corps de Caterino et Truong étaient mis en scène ? s'enquit Amanda.

— Elles étaient toutes deux paralysées et allongées sur le dos. On peut partir du principe que le tueur les a disposées ainsi intentionnellement. Quant à Alexandra McAllister, il est possible qu'elle ait été allongée sur le dos aussi, mais les prédateurs se sont disputé sa dépouille et l'ont donc déplacée post-mortem.

— OK, fit Faith, qui avait fait un schéma dans son carnet pour mémoriser toutes les données. On a donc quatre liens solides entre Humphrey, Truong et McAllister. Le coup de marteau sur la tête, le Gatorade bleu, la paralysie et les mutilations. Dans le cas de Caterino, on a le marteau, le Gatorade, la paralysie, mais pas les mutilations. Et Truong et Caterino ont toutes deux perdu un objet personnel, respectivement un bandeau et une pince banane.

— Gerald Caterino a lui-même nuancé un peu la question du bandeau, remarqua Will. Il se peut en effet que ces objets aient été juste égarés.

Sa coéquipière regarda la grille qu'elle venait de dessiner dans son carnet. Elle passa silencieusement en revue les autres victimes mentionnées dans les articles de presse de Daryl Nesbitt. Elle voulait à nouveau tenter sa chance auprès d'Amanda.

— Est-ce qu'on peut en parler juste une minute ?

Sa supérieure savait où elle voulait en venir.

— Trente secondes, lui concéda-t-elle.

— Vous nous dites qu'on ne peut pas affirmer que ce gars est un tueur en série, qu'on a un pressentiment mais pas de liens concrets, parce que rien ne prouve qu'il ait tué trois femmes ou plus, c'est bien ça ?

Amanda regarda sa montre.

— Donc, on a les huit victimes potentielles dont parlent les articles, continua Faith. Pour obtenir des preuves qu'elles ont bien été assassinées et que ce n'étaient pas seulement toutes des randonneuses maladroites, il faudrait qu'on parle aux enquêteurs, aux coroners et aux témoins liés à toutes ces affaires, n'est-ce pas ?

Amanda surveillait toujours sa montre.

— Donc, martela encore Faith, pourquoi ne sommes-nous pas en train de parler à ces coroners, ces témoins et ces autres policiers pour en avoir le cœur net ?

Amanda releva les yeux.

— À l'heure qu'il est, le nombre de victimes n'est pas tellement important, répondit-elle. Nous avons un assassin. Nous savons qu'il s'agit d'un assassin. Nous avons aussi de notre côté un atout qu'on a rarement dans ce genre de situations, c'est le facteur surprise.

— Il ne sait pas que nous savons qu'il est toujours en liberté, traduisit Nick.

— C'est exact, approuva Amanda. Si on se met à aller toquer aux portes de huit juridictions différentes dotées chacune d'équipes de dix à cinquante policiers qui n'attendent qu'une seule chose, c'est de colporter des rumeurs, combien de temps pensez-vous que ce facteur surprise durera ?

— Mais qu'est-ce qu'on a à perdre ? s'enquit Faith.

— Qu'est-ce qu'on a à gagner ? rétorqua la directrice adjointe. Il n'y a pas de rapports d'autopsie parce que ces morts n'ont pas été jugées suspectes. Dans la moitié des cas, les corps ont été incinérés, de toute façon. Aucune enquête n'a été lancée. De plus, nous connaissons déjà les détails de ces affaires de disparition. Nous savons où ces femmes ont été retrouvées et combien de temps elles avaient disparu, nous connaissons leurs noms, leurs adresses, leurs métiers, les noms de leurs proches. Que voulez-vous qu'on trouve de plus ?

— Peut-être qu'un des inspecteurs qui a enquêté sur les disparitions n'est pas tombé d'accord avec les conclusions du coroner ?

— Mettez donc ça en balance avec une équipe de CNN qui guetterait nos moindres faits et gestes. Ou la Fox qui diffuserait un reportage en prime time. Ou les journalistes et les policiers qui, pour un oui ou pour un non, iraient ébruiter la moindre découverte, la moindre piste menant à un suspect. Et, maintenant, imaginez notre tueur en train de regarder ces émissions, d'entendre ces ragots, et de changer de mode opératoire en conséquence. Il risquerait même de se cacher ou de changer d'État, d'aller où nous n'aurons aucun contact, aucune autorité.

Faith ne trouvait rien à opposer à tous ces arguments, mais elle savait de façon viscérale que le fait de parler aux gens représentait toujours le meilleur – et parfois le seul – outil dont un enquêteur pouvait disposer.

— Nous pouvons évoquer ces articles ici, entre ces murs, jusqu'à en avoir la nausée, poursuivit Amanda, mais personne ne passe le moindre coup de fil, ni n'exploite la moindre source, sans mon autorisation. Est-ce que c'est clair ?

— Est-ce que ma réponse changerait quelque chose ? demanda l'agente spéciale.

— Non. Docteur Linton ? Un ajout ?

Sara secoua la tête.

— Très bien, conclut Amanda. Maintenant, passons à Gerald Caterino, si vous le voulez bien. Faith, c'est à vous. Si vous voulez commencer par les articles, ne vous gênez pas.

C'était exactement ce qu'elle avait prévu de faire, mais elle poussa quand même un gigantesque soupir qu'Emma lui aurait envié. Elle feuilleta les pages de son carnet en allant remplacer Sara sur l'estrade. Elle avait l'impression d'être Frank Drebin succédant à Charlize Theron. Sara avait fait un truc digne d'un film de John Hughes, où il suffit qu'une intello coincée binoclarde enlève ses lunettes et se mette un peu de maquillage pour se transformer en Julia Roberts. Faith, quant à elle, ressemblait à ce qu'elle était :

une mère célibataire qui passait 90 % de ses matinées à poser à une gamine de deux ans la question : « Pourquoi c'est mouillé, ça ? »

Faith avait collecté des informations pendant la moitié de la nuit et téléphoné durant la plus grande partie de la matinée, mais elle n'allait pas rater cette occasion de lancer une pique à la directrice adjointe.

— Tous ces articles ont été scannés et sont accessibles sur le serveur, au cas où vous voudriez plus de détails, mais je vais obéir strictement aux ordres d'Amanda et commencer par là.

Cette dernière demeura stoïque.

— Joan Feeney. Rennie Seeger. Pia Danske. Charlene Driscoll. Deaundra Baum. Shay Van Dorne. Bernadette Baker. Jessica Spivey.

Faith égrena ces noms, puis cliqua sur la télécommande pour démarrer le tableau interactif, où apparurent les images qu'elle avait préchargées.

— Gerald Caterino possédait des copies de tous les rapports de coroners, déclara-t-elle. Comme il a été mentionné précédemment, aucune autopsie n'a été pratiquée sur aucune des victimes, car la piste criminelle n'a jamais été envisagée. Gerald n'a fait que s'adresser à des amis ou des proches des victimes, par téléphone ou en personne. Il a aussi parlé à certains enquêteurs locaux. À en croire ses notes, je crois qu'on peut rayer Seeger, Driscoll, Spivey, Baker et Baum.

— Parce que… ? s'enquit Amanda.

— Seeger avait déjà fait plusieurs tentatives de suicide. Driscoll souffrait de dépression post-partum. Spivey a de toute évidence fait une chute accidentelle. Baker avait un mari jaloux et deux amants plus jaloux encore. Et Baum s'est noyée dans une flaque d'eau – ce qui est suspect certes, mais pas intéressant pour nous.

Faith indiqua sur l'écran les femmes qui restaient.

— Joan Feeney, reprit-elle. Le rapport du coroner fait mention d'une activité animale concentrée sur ses seins, son anus et son vagin.

Pia Danske. Activité animale, sans précision. Shay Van Dorne. Activité animale dans les « organes sexuels », selon le dentiste qui fait office de coroner dans Dougall County.

— Gerald Caterino n'était pas au courant des mutilations, ajouta Will, il n'a donc pas posé de questions à ce sujet.

— Pour autant que je sache, dit Sara, Tommi n'a jamais parlé publiquement de ce qui lui était arrivé, et l'enquête sur Leslie Truong est encore ouverte, d'un point de vue technique, ce qui ne nous autorise pas à divulguer des informations à ce sujet.

— C'est vrai, confirma Amanda. Faith ?

La policière n'appréciait pas beaucoup qu'on l'asticote comme ça, mais elle reprit son exposé, faisant apparaître à l'écran des images prélevées sur le mur de Gerald.

— La meilleure amie de Pia Danske a rapporté que Pia était très inquiète, car elle ne retrouvait plus la brosse à cheveux argentée de sa grand-mère. Joan Feeney, quant à elle, a dû emprunter un bandeau à une copine pendant leur cours de fitness, car celui qu'elle avait toujours dans son sac de sport avait disparu. Shay Van Dorne était en voiture avec la fille de sa voisine, et quand la gamine a voulu lui emprunter un peigne, Van Dorne a eu l'air très embêtée de ne pas le retrouver. Par ailleurs, toujours selon Gerald, chacune des trois femmes a raconté à des amis ou à des proches qu'elle ne se sentait pas en sécurité, les jours précédant sa disparition. Toutes avaient l'impression d'être espionnées. Cela nous permet donc d'établir deux points communs, même sans avoir accès aux corps : les accessoires pour les cheveux qui disparaissent et l'impression d'être suivie ou surveillée précédant la mort.

— Sais-tu de quelle façon on a disposé des corps ? demanda Sara.

— Ils ont tous été incinérés, exception faite de celui de Van Dorne, répondit Faith en se dirigeant vers le tableau. Mais voilà le plus important : il y a un mode opératoire récurrent dans les trois meurtres les plus récents.

— Nous n'avons pas la preuve qu'il s'agit de meurtres, objecta Amanda.

Faith fit une grimace de désapprobation.

— Feeney, Danske et Van Dorne, dit-elle. J'ai consulté leurs profils sur les réseaux sociaux et les sites de rencontre, j'ai vérifié leurs historiques bancaires, leurs adresses, tous les trucs habituels, sans trouver aucun lien entre elles. Mais c'est à ce moment que j'ai regardé le calendrier. Feeney et Danske ont toutes les deux disparu pendant la dernière semaine du mois de mars. Van Dorne, elle, a disparu pendant la dernière semaine d'octobre.

— C'est aussi pendant la dernière semaine d'octobre que Tommi Humphrey a été agressée, intervint Sara. Et Caterino et Truong ont été agressées fin mars.

— Et Alexandra McAllister a été tuée en octobre, ajouta Faith. On a donc un tueur qui fait deux victimes par an, à environ cinq à sept mois d'intervalle.

La directrice adjointe lui lança un nouveau regard appuyé ; cette fois, on aurait bien dit qu'ils avaient affaire à un tueur en série.

— Le profiler du FBI a dit que le tueur traversait sans doute une période de latence, juste à réfléchir, expliqua Nick. Un temps pendant lequel ses obsessions restent au stade de fantasmes. Et puis quelque chose le déclenche. Peut-être qu'il se fait virer de son boulot une nouvelle fois, ou que sa mère lui casse les pieds parce qu'il a encore laissé traîner ses chaussettes par terre. Et là, il passe à l'acte.

— Un instant, j'ai des nouvelles du labo, lança Amanda, les yeux rivés à son téléphone.

Elle passa son doigt sur l'écran plusieurs fois et lut en silence.

— Le GBI n'a pas les résultats de l'analyse toxicologique de Leslie Truong effectuée dans Grant County il y a huit ans, dit-elle enfin.

— On envoyait encore des fax, à l'époque, précisa Nick. Il se peut que j'en aie gardé une copie dans mes anciens dossiers. J'avais dû envoyer le rapport d'analyse à Brock en mettant le chef en copie.

— Je ne l'ai pas trouvé dans ses archives, déclara Sara.

— Trouvez-moi ce rapport, ordonna Amanda à Nick.

Il referma sa sacoche avant de quitter les lieux.

— Brock doit en avoir une copie aussi, suggéra la médecin.

— Bien, fit la directrice adjointe. Rasheed, retournez à la prison pour plancher sur le meurtre de Vasquez. Gary, vous en êtes encore à faire vos armes, je n'aurai plus besoin de vous ici à compter de maintenant.

— D'accord, madame, répondit ce dernier en refermant son carnet.

Il quitta la pièce en même temps que Rasheed.

Amanda attendit que la porte se soit complètement refermée.

— Heath Caterino, lança-t-elle à Faith.

La policière doutait fort que Sara et Will aient parlé de la révélation de la veille, donc, à l'attention de son amie, elle déclara :

— Beckey Caterino a un fils de sept ans. Il en aura huit à Noël.

Sara se mordit la lèvre inférieure. Elle commençait à s'en douter.

Faith lui parla ensuite de la lettre que Daryl Nesbitt avait envoyée à Gerald depuis la prison.

— Gerald nous a communiqué les résultats de l'analyse ADN effectuée à partir de la salive prélevée sur le timbre et l'enveloppe. D'après un labo accrédité par l'AABB[1] et reconnu juridiquement, il est absolument impossible que Daryl Nesbitt soit le père.

— Donc, fit Sara qui s'efforçait visiblement d'intégrer cette nouvelle donnée, si Daryl n'est pas le père de Heath, cela signifie

1. *American Association of Blood Banks*, Association américaine des banques du sang. (NdT)

que ce n'est pas lui qui a agressé Beckey, et donc que ce n'est pas lui non plus qui a agressé Leslie Truong.

— Et dès qu'on aura trouvé un suspect, ajouta Faith qui cherchait à faire preuve d'optimisme, on pourra prouver qu'il a violé Beckey grâce à un test de paternité qui le reliera à Heath.

— On pourra juste prouver qu'il a eu un rapport sexuel avec Beckey à peu près à l'époque où elle a été agressée, la corrigea Amanda. Oui, je sais qu'elle est lesbienne, mais n'importe quel avocat digne de ce nom parviendra à mettre son orientation sexuelle en question. La vérité importera peu. De toute façon, la principale intéressée n'est pas en état de contredire qui que ce soit.

Faith posa ses coudes sur le pupitre. Elle commençait à en avoir assez qu'Amanda leur coupe systématiquement l'herbe sous le pied. Tous les feux semblaient pourtant bien au vert, dans cette affaire, qu'attendaient-ils pour démarrer ?

Sa supérieure perçut son agacement.

— Faith, vous êtes bien placée pour savoir que, dans certains cas, il faut faire comme les bébés qui apprennent à marcher. On avance à petits pas, un pied après l'autre. On ne saute pas tout de suite à travers la pièce. C'est comme cela qu'une enquête avance, lentement mais sûrement. Et où en est-on avec ce site, Love2Cmurder ?

L'agente marqua un temps pour bien signifier à Amanda qu'elle ne lui répondait qu'à contrecœur.

— D'après le site, dit-elle enfin, Dirk Masterson est un policier de Detroit à la retraite, de la brigade des homicides. Il s'est installé en Géorgie avec son épouse, une institutrice à la retraite, parce qu'ils voulaient se rapprocher de leurs dix petits-enfants. Ses factures sont envoyées à une boîte postale à Marietta. Par ailleurs, la ville de Detroit n'a gardé aucune trace d'un policier nommé Dirk Masterson. Et, en attendant, il a soutiré à Gerald Caterino des dizaines de milliers de dollars.

— Dirk Masterson, répéta Amanda, ça n'est pas le nom d'un acteur porno ?

Personne dans l'assistance ne se sentit très à l'aise à l'idée que ce soit elle qui ait remarqué ce détail la première.

Faith reprit :

— J'ai envoyé une injonction administrative au fournisseur d'accès à Internet de Dirk pour qu'on sache qui il est vraiment. Il a l'air d'être flic comme moi j'ai l'air d'un dindon.

— Je veux que vous lui tombiez dessus avant la fin de la journée, déclara Amanda. Et que vous me fassiez une recherche portant sur les femmes disparues pendant les mois d'octobre et de mars ces huit dernières années. Envoyez-moi la liste par mail. De mon côté, je passerai quelques coups de fil discrets.

La policière sentit poindre une lueur d'espoir, mais elle l'étouffa par une remarque sarcastique :

— Puisqu'on ne recherche pas un tueur en série adoptant un mode opératoire récurrent, est-ce que je ne devrais pas lancer une alerte pour obtenir les rapports en cours concernant les femmes disparues et les femmes qui ont fait des dépositions à la police parce qu'elles se sentaient suivies ou épiées ?

— Bien sûr, répondit Amanda, en étrécissant les yeux.

— Merci.

Elle se retourna vers Sara.

— Pensez-vous que Tommi Humphrey acceptera de nous parler ? Elle est la seule victime encore en vie susceptible de nous apporter des informations utiles. Cela fait neuf ans. Peut-être qu'elle s'est rappelé certaines choses, dans l'intervalle ?

La réticence de la médecin était palpable.

— Je lui ai montré la photo d'identité judiciaire de Nesbitt le jour de son arrestation, répondit Sara. Ça vaut ce que ça vaut, mais Tommi a dit que ce n'était pas lui. Et plus tard le même jour, elle a essayé de se pendre dans le jardin de ses parents. Elle a été transportée dans une clinique privée pour y recevoir des soins. Un an après, sa famille a quitté Grant.

— L'agresseur de Tommi lui a parlé, affirma Amanda. Il lui a promis de ne plus s'en prendre à aucune femme si elle gardait le silence. On peut imaginer qu'il a eu d'autres échanges avec elle. Peut-être que quelque chose lui reviendra. Ou, ce qui est fort probable, peut-être qu'elle ne vous a pas tout dit.

— C'est possible, reconnut Sara, dont la réserve était encore visible.

— Est-ce que vous seriez plus disposée à reprendre contact avec Tommi Humphrey si je vous disais que ce serait vous, son interlocutrice ? insista la directrice adjointe.

— Elle n'a jamais vu son visage, protesta encore la médecin. Elle était droguée quand c'est arrivé. Elle perdait sans cesse connaissance. Et le médicament lui-même provoque des amnésies.

— Mais elle se souviendrait peut-être des jours ou des semaines qui ont précédé l'agression ? Se sentait-elle surveillée ? Avait-elle perdu un objet important pour elle ?

— Je vais essayer, répondit Sara à contrecœur.

16

Gina Vogel n'arrivait pas à dissiper cette impression désagréable d'être épiée. Elle l'avait ressentie à la salle de sport. Elle l'avait ressentie à l'épicerie. Elle l'avait ressentie à la poste. Le seul endroit où elle y échappait, c'était dans sa maison, et c'était parce qu'elle baissait tous ses stores et fermait tous ses rideaux, même la journée.

Qu'est-ce qui lui prenait ?

Un chouchou disparu, et elle se transformait en Howard Hughes reclus dans son palace – sans la fortune, la célébrité et le génie. Même ses ongles de pieds avaient pris des proportions hughesiennes. Elle avait annulé sa pédicure habituelle au salon de beauté. Ses rendez-vous mensuels avaient débuté deux ans plus tôt. Il arrivait un moment, dans la vie d'une femme, où elle ne pouvait plus se fier à elle seule pour se couper sans danger les ongles de pieds. Ce moment où elle avait besoin de lunettes de lecture pour voir ses foutus pieds dans le détail.

Avait-elle vraiment peur de quitter la maison ?

Gina posa une main sur sa nuque. Les petits cheveux y étaient dressés, au garde-à-vous. Elle avait les poils des bras tout hérissés. Elle se retrouvait à faire une crise de nerfs à cause d'un chouchou disparu et de la vague impression qu'un cinglé l'épiait et la suivait, sans pouvoir se baser sur la moindre preuve, juste à cause d'un mauvais pressentiment et d'un trop grand nombre d'heures passées à regarder des documentaires sur des affaires de meurtres.

Elle devait sortir de cette maison.

Gina alla jusqu'à la porte d'entrée. Elle était en tenue d'intérieur, mais peu importait, aucun de ses voisins n'était là. Du moins, aucun de ceux qu'elle aimait bien. Elle allait marcher jusqu'à la boîte aux lettres et récupérer son courrier, comme une personne normale.

Elle descendit les marches en béton qui menaient au perron. Elle vit une voiture passer. Une Acura. Vert foncé. Une mère au volant. Le gamin à l'arrière. Normal. Rien d'inquiétant. Juste une famille en route pour l'école ou un rendez-vous médical, qui n'avait que faire de la femme en pyjama chic qui sortait de chez elle comme une imbécile un peu cucul qui tremperait un orteil dans la piscine en ayant peur de s'y jeter.

Gina descendit encore une marche. Elle était sur le chemin. Ensuite, elle tourna à droite sur le trottoir. Ça y était, elle se tenait devant sa boîte aux lettres.

Sa main tremblait lorsqu'elle en sortit son courrier. La pile était pleine des cochonneries habituelles – coupons, catalogues, prospectus. Elle trouva son relevé de compte, ce qui la déprima, et une carte postale de campagne politique, ce qui la mit en colère. Plus surprenant, le magazine de l'école où elle avait fait ses études, tiré sur papier glacé. Gina avait été bannie de la page Facebook officielle après avoir posté une suggestion de thème pour leur vingtième réunion : « Baisé ? Marié ? Assassiné ? »

Le magazine se mit à trembler, mais seulement parce que Gina s'était mise à trembler, elle aussi.

Elle sentit la crise de panique fuser à travers ses nerfs comme un jet de vapeur jaillissant d'une cocotte. Elle posa à nouveau la main sur sa nuque, le souffle court. Une douleur lui saisit la poitrine. Elle avait l'impression de manquer d'air. Elle savait que quelqu'un était en train de l'observer. Était-il derrière elle ? Avait-elle entendu un bruit de pas ? Est-ce qu'elle entendait un homme marcher vers elle, en ce moment, les bras tendus en avant, pour lui tordre le cou ?

— Merde, murmura-t-elle.

Tout son corps tremblait, et pourtant ses jambes ne bougeaient pas d'un pouce. Elle sentit sa vessie commencer à lui faire mal. Elle ferma les yeux et se força à faire volte-face.

Personne.

— Merde, dit-elle, plus fort cette fois.

Elle repartit en direction de sa maison. Elle ne cessait de regarder par-dessus son épaule, comme une démente. Elle se demanda si la femme qui habitait en face, de l'autre côté de la rue, la regardait. Cette fouineuse était toujours en train de se mêler des affaires des autres. Elle écrivait de longues tirades sur l'application Nextdoor pour se plaindre des gens qui laissaient leurs poubelles dans la rue ou qui ne recyclaient pas leurs déchets correctement. Elle avait intérêt à se méfier, sinon quelqu'un finirait par balancer de la charcuterie sur sa Nissan Leaf, et ça partirait en guerre de quartier comme entre les Sharks et les Jets dans *West Side Story*.

Gina faillit se vriller le genou en remontant les marches du perron quatre à quatre. Elle claqua la porte derrière elle. Le courrier lui échappa des mains et alla s'éparpiller par terre. Elle tritura nerveusement le verrou. Mais elle ne le ferma pas.

La porte était restée ouverte pendant qu'elle était dehors. Est-ce que quelqu'un s'était faufilé chez elle ? Elle avait giré comme une toupie devant la boîte aux lettres et avait tourné le dos à la porte d'entrée pendant plusieurs secondes. Quelqu'un avait pu se glisser à l'intérieur. Quelqu'un pouvait se trouver dans sa maison, à cet instant même.

— Merde !

Elle se précipita vers les fenêtres et les serrures pour vérifier qu'elles étaient bien fermées, ouvrit les placards et regarda sous les lits. C'est dire à quel point elle était devenue cinglée, ces derniers temps.

Était-ce ce qu'on ressentait quand on sombrait dans la folie ?

Elle retourna vers le canapé et prit son iPad. Elle lança une recherche Google : *symptômes de folie furieuse.*

Un test s'afficha à l'écran.

1. Êtes-vous d'humeur changeante ?

2. Avez-vous perdu tout intérêt pour le sexe ?

3. Vous sentez-vous angoissé ou agité ?

4. Ressentez-vous une grande fatigue ou l'envie de dormir pendant la journée ?

Elle répondit oui à chaque question, car son vibromasseur ne savait pas lire.

Le résultat tomba sans appel :

Vous risquez de souffrir de dépression. Avez-vous déjà envisagé de consulter un thérapeute ? J'ai localisé quatre spécialistes de FOLIE FURIEUSE dans votre région.

Gina laissa tomber l'iPad sur le canapé. Maintenant, Internet savait qu'elle était déprimée. Elle allait probablement se faire inonder de spams et de pubs pour des traitements naturels ou des compléments alimentaires pour améliorer son humeur.

Elle n'avait pas besoin de prendre des pilules. Elle avait besoin de se ressaisir. Elle n'était pas de nature paranoïaque. Elle était déterminée. Pleine d'initiative. Extrêmement organisée. Méthodique. Elle sortait souvent, mais elle appréciait également la solitude. Elle était toutes ces choses qu'un autre test lui avait décrites comme des qualités quand, deux ans plus tôt, elle avait demandé à Google : *suis-je le genre de personne qui peut travailler à domicile ?*

Gina avait quitté le bureau sans problème, mais avait rapidement décidé qu'il lui faudrait désormais une bonne raison pour se raser de temps à autre les jambes et se laver les cheveux. Ses deux occasions de sortie étaient la salle de sport, qu'elle fréquentait à raison de trois fois par semaine, *a minima*, et les déjeuners au restau entre amis, qu'elle essayait d'organiser au moins deux fois par mois.

Elle afficha le calendrier de son iPad. À sa grande surprise, elle constata qu'elle n'était pas sortie de la maison depuis six jours. Déjeuners annulés. Séances de musculation séchées. Réunions de travail manquées. Au lieu de redresser la situation à grand renfort de coups de fil en rafale, elle se mit à réfléchir stratégiquement. Entre les applis Postmates et InstaCart, elle pouvait tenir encore une semaine avant d'être obligée de sortir de chez elle. C'est-à-dire le jour où son chef âgé de douze ans à tout casser lui avait demandé de venir au bureau pour une vidéoconférence avec leurs clients de Pékin. Gina allait être obligée d'enfiler des vêtements avec des boutons et des fermetures Éclair et de se pointer impérativement en chair et en os, car « j'ai accidentellement nourri un mogwai après minuit » était une excuse qui ne fonctionnait auprès des gamins de douze ans qu'en l'an 1985.

Elle regarda les cases du calendrier. Une semaine supplémentaire étirerait son confinement à un total de treize jours. Treize jours, ce n'était rien. En France, les gens s'attablaient pour des déjeuners qui duraient treize jours. Elle avait tenu presque treize jours de régime Atkins. À la fac, elle avait mangé des nouilles *ramen* pendant bien plus longtemps que treize jours. Nom d'un chien, elle avait même fait semblant d'avoir des orgasmes vaginaux avec plusieurs petits amis pendant treize ans.

Elle quitta le canapé et alla dans la cuisine. Elle ouvrit le frigo. Quatre tranches de tomates dans un sac congélation à zip. Vingt-six canettes de Coca light. Un concombre aux proportions obscènes. Une barre de céréales Kind à moitié grignotée.

Si les flics jetaient un œil dans son frigo, ils allaient la prendre pour une tueuse en série.

Elle trouva un bloc-notes et un stylo dans le tiroir. Elle commença à dresser une liste de courses pour InstaCart. Elle pouvait faire des soupes, des potages, et même des ragoûts. Elle avait téléchargé des tonnes d'applications de méditation qu'elle n'avait jamais ouvertes car elle était toujours trop stressée. Il y avait un livre dont elle avait remis la lecture à plus tard, celui dont tout le monde parlait. Elle pouvait le télécharger. Elle pouvait le lire, comme une personne qui lit des livres. Elle pouvait travailler jusque tard dans la nuit et finir en avance sa présentation pour Pékin. Elle allait surmonter cette déconcertante crise de panique en faisant des repas sains, en se maintenant en forme, en lisant, en dormant et en faisant le nécessaire pour prendre soin d'elle, chose qu'elle avait à l'évidence négligée depuis longtemps.

La lumière du soleil !

Voilà ce qu'il lui fallait. Sa mère n'arrêtait pas de la réprimander, quand elle était petite.

« Sors le nez de ce livre et va dehors ! »

Gina pouvait faire venir le dehors à l'intérieur. Elle ouvrit les rideaux du salon. Elle regarda dans la rue, qui était normale, sans individu inquiétant en train d'observer sa maison. Elle ouvrit les rideaux de sa chambre. Elle retourna dans la cuisine et ouvrit la porte pour faire entrer de l'air frais. Elle se pencha au-dessus de l'évier pour déverrouiller la fenêtre.

Ce dont elle avait vraiment besoin, c'était d'appeler Nancy. Sa sœur allait la secouer et lui faire oublier tout ça. Elle se souviendrait bien sûr du chouchou rose, mais avec un peu de chance elle ne dirait pas à sa fille que Gina le lui avait volé car, pour l'instant, Gina était incapable d'affronter les hurlements stridents d'un singe hurleur qui la traiterait de pire tante de la planète.

La bulle de Gina éclata, et elle revint brusquement sur terre.

Nancy était sa grande sœur, et c'était une véritable commère autoritaire. Pire, elle voulait être la meilleure amie de sa fille, ce qui donnait les résultats qu'on pouvait en attendre.

Gina tenta de regonfler sa bulle.

Nancy ne dirait rien à sa fille au sujet du chouchou. Elle viendrait avec une bouteille de vin et toutes deux riraient des bêtises de Gina, et elles regarderaient des émissions de rénovation de maisons à la télé, où on voyait des Canadiens de vingt-cinq ans réussir à mettre de côté cent mille dollars d'apport personnel pour l'achat de leur maison, alors que l'historique de recherches de Gina affichait encore récemment la question suivante : *peut-on manger sans danger la partie du pain qui n'a pas de moisissure ?*

Elle posa les yeux sur le bol vide placé sur le rebord de la fenêtre.

C'était là qu'était rangé le chouchou.

Et maintenant, il n'y était plus.

Gina savait qu'elle ne l'avait pas égaré, car elle n'égarait jamais rien. Elle rangeait toujours les objets dans des endroits précis, de même qu'elle était extrêmement organisée, méthodique et ordonnée. Ce qui, d'après un certain test, était la raison pour laquelle elle correspondait au profil idéal du travailleur à domicile.

— Merde alors.

Les doigts de Gina remirent en place le verrouillage de la fenêtre. Elle n'allait pas téléphoner à Nancy. Elle n'allait rien raconter de tout ça à sa sœur, parce que, d'après la loi, il suffisait de deux personnes pour en faire interner une troisième en observation psychiatrique pour une durée de vingt-quatre heures, et à l'heure actuelle Gina ne voyait aucune raison qui convaincrait sa sœur et sa mère de *ne pas* la faire enfermer dans une chambre capitonnée.

Elle fit machine arrière et parcourut à nouveau la maison, verrouillant les portes, tirant les rideaux et refermant les stores. La maison fut à nouveau plongée dans le noir. Elle s'assit sur le canapé. Elle ouvrit une nouvelle fenêtre Google. Ses doigts restèrent en suspens au-dessus du clavier. Elle frissonna. Soit un fantôme était en train de secouer ses chaînes, soit son corps essayait de la prévenir qu'elle était sur le point de franchir le point de non-retour.

Gina regarda le curseur sur l'écran de sa tablette. Elle balaya la pièce du regard. La télécommande était posée au bord de la table basse, là où elle la laissait toujours. La couverture était soigneusement pliée dans son coin habituel, sur le dossier du fauteuil. Son sac de sport attendait près de la porte. Les clés étaient sur la console dans le couloir. Son sac à main était accroché au dossier de la chaise de la cuisine.

Le bol où elle rangeait habituellement son chouchou rose à marguerites blanches était toujours désespérément vide.

Gina pianota sur l'iPad…

Puis-je acheter un pistolet et me le faire livrer à mon domicile à Atlanta, Géorgie ?

17

Sara griffonna quelques notes sur la réunion quand elle s'assit à son bureau. Elle regarda fixement le nom de Rebecca Caterino. Elle se retrouva à lister silencieusement les mêmes interrogations que celles qui l'avaient taraudée huit ans plus tôt. Et si Lena avait trouvé un pouls ? Et si elle-même était arrivée plus vite dans les bois ? Et si ces trente minutes perdues étaient celles qui auraient pu faire la différence entre une victime pouvant identifier son agresseur et une jeune femme condamnée à une vie de souffrances incommensurables ?

Leslie Truong serait peut-être encore en vie. Joan Feeney. Pia Danske. Shay Van Dorne. Alexandra McAllister. Toutes ces vies volées auraient pu être restituées si seulement ils avaient trouvé le véritable agresseur de Beckey Caterino.

Ou de Tommi Humphrey.

Sara sentit une boule se former dans son ventre en repensant à Tommi. Elle avait eu tort d'accéder à la demande d'Amanda de recontacter la jeune femme. À chaque fois que Sara avait eu envie de la retrouver, son esprit lui avait renvoyé l'image de la jeune femme brisée qui fumait cigarette sur cigarette dans le jardin de ses parents. Sara se tordait les mains sous la table d'extérieur. Jeffrey avait écouté, en silence, sans remarquer le traumatisme que partageaient ces deux femmes assises en face de lui.

Sara retourna à ses notes.

Heath Caterino. Presque huit ans. Il allait commencer à connaître des douleurs de croissance. Ses dents définitives allaient pousser. Son esprit critique, s'affûter. Il commencerait à se servir du langage pour exprimer l'humour.

Il allait poser des questions… Qui suis-je ? D'où viens-je ? Comment suis-je arrivé ici ?

Peut-être pas tout de suite, mais un jour le garçon risquait de découvrir les circonstances dévastatrices de sa naissance. Internet lui offrirait les réponses que sa mère ne pouvait pas lui donner et que son grand-père refusait de lui fournir. Heath pouvait tomber sur des articles au sujet de l'agression de sa mère. Il pouvait en tirer les mêmes conclusions que celles auxquelles Sara était parvenue, faire les mêmes observations que Faith et se retrouver forcé d'endosser un fardeau qu'aucun enfant ne devrait jamais avoir à porter.

Tant de vies incroyablement transformées par une multitude de « et si ? »…

Sara ne pouvait pas se laisser de nouveau happer par le passé. Elle alla chercher les notes scannées de Faith dans son ordinateur portable. Elle concentra toutes ses pensées sur les femmes dont les noms s'affichaient devant elle.

Joan Feeney. Pia Danske. Shay Van Dorne. Alexandra McAllister.

À l'évidence, la policière avait pris une longueur d'avance dans les enquêtes avant que la réunion commence. D'après ses notes, les corps de Feeney et de Danske avaient été incinérés. Il n'y avait aucun rapport d'autopsie. Dans chacun des cas, les coroners avaient fait une esquisse de la position du corps et relevé la plupart des blessures mais, au-delà de ça, ces pistes étaient désormais dépourvues d'indices à exploiter, effectivement.

C'était différent pour Shay Van Dorne. Son corps avait été inhumé. Faith avait indiqué les coordonnées des parents, ainsi que le numéro de l'entrepreneur de pompes funèbres qui s'était chargé de l'enterrement. Avec sa rigueur habituelle, elle leur avait téléphoné pour déterminer la localisation du corps. Shay Van Dorne était enterrée à Villa Rica, à quatre-vingt-seize kilomètres des bureaux du GBI. Un mot attira l'attention de Sara. Faith avait écrit *CAVEAU* en lettres capitales, puis l'avait entouré.

Sara composa le numéro d'Amanda sur son téléphone.

— Faites vite, répondit cette dernière, j'ai une conf call dans quatre minutes.

— Je comprends pourquoi vous êtes réticente à ce qu'on élargisse l'enquête aux femmes des articles.

— Mais ?

— Mais accepteriez-vous si l'on n'ouvrait l'enquête qu'à une seule juridiction, un seul coroner, un seul département de police ?

— Continuez.

— Shay Van Dorne.

— Vous voulez exhumer le corps ?

— Elle est enterrée dans un caveau, expliqua Sara. Cela forme un contenant extérieur autour du cercueil. Il doit être constitué de béton, métal, plastique ou composite. Il est étanche, ce qui le protège des éléments et empêche la terre d'écraser et d'ouvrir le cercueil. Les plus coûteux sont scellés, mais pas complètement hermétiquement. D'un point de vue juridique, les pompes funèbres ne peuvent pas donner la garantie que le défunt sera conservé, mais j'ai fait des exhumations où le corps était resté en grande partie intact.

— Vous êtes en train de me dire qu'un cadavre vieux de trois ans pourrait être parfaitement conservé ?

— Elle sera en état de décomposition, mais les dégâts seront peut-être moindres. Si Shay a été mutilée de la même façon qu'Alexandra McAllister et les autres, nous saurons qu'elle était une victime de notre tueur, elle aussi. Et peut-être que, avec un peu de chance, nous trouverons un indice qui nous mettra sur la piste du meurtrier.

— Est-ce que vous pensez que c'est ce qui va se passer ?

Sara n'avait pas beaucoup d'espoir, mais tout était possible.

— Le tueur est resté sous les radars pendant les huit dernières années. Parfois, l'expérience rend négligent. Le corps de Shay Van Dorne est une nouvelle scène de crime potentiel. Si on doit se raccrocher aux branches, c'est la première vers laquelle je tendrai la main.

— C'est une chose très difficile à demander aux parents, objecta Amanda. Avez-vous lu les notes que Gerald Caterino a prises au sujet de ses échanges téléphoniques avec les Van Dorne ?

— Pas encore.

— Faites-le. Envoyez-moi un texto pour me faire savoir si vous voulez vraiment demander une exhumation.

Sara était sur le point de raccrocher, quand Amanda lui rappela :

— Nous avons un témoin en vie.

La boule au ventre de Sara resurgit. Elle était dans le jardin de Tommi Humphrey, assise en face de Jeffrey. Ils essayaient de faire revenir la jeune fille sur les circonstances de son agression, et Tommi avait dit :

« Je ne connais plus cette personne. Je ne me souviens plus de la fille qu'elle était. »

Sara connaissait bien cette sensation. Elle ne se rappelait que vaguement la Sara qui était allée au bal de fin d'année avec Steve Mann, la Sara qui était sur un petit nuage à l'idée d'avoir été acceptée à l'école de médecine, la Sara pleine d'assurance qui avait candidaté à l'hôpital de Grady. C'était comme si ces souvenirs appartenaient à quelqu'un d'autre, à une vieille amie qu'elle aurait perdue de vue car elles avaient trop peu de choses en commun.

— Tout ce que je peux faire, c'est essayer, répondit-elle à Amanda. Tommi n'a aucune obligation de nous parler.

— Merci, docteur Linton. Moi aussi, je connais les lois américaines.

Sara s'offrit le luxe de lever les yeux au ciel.

— Tenez-moi au courant de ce que vous voulez faire au sujet de Van Dorne, conclut Amanda. De mon côté, je vous contacte dès que j'ai l'information.

Sara raccrocha, mais elle n'arriva pas à retrouver l'envie de se jeter de nouveau dans le travail.

Des images de Tommi se bousculaient sans cesse dans sa tête. Elle ferma fort les paupières pour les obliger à disparaître. Ce qu'elle avait vraiment envie de faire, c'était appeler Will et lui raconter à quel point tout cela faisait resurgir ses propres souvenirs épouvantables du viol. Cette conversation aurait pu avoir lieu tranquillement vingt-quatre heures plus tôt. Maintenant, c'était comme frotter du sel sur une plaie très à vif.

Tout ce qu'elle pouvait faire, c'était se concentrer sur le travail qui l'attendait.

Sara retourna sur son ordinateur portable et ouvrit le rapport du coroner de Dougall County sur Shay Carola Van Dorne. L'homme était dentiste dans la vie, mais ses phrases d'introduction témoignaient de son intérêt pour la cartographie.

Van Dorne, femme caucasienne de trente-cinq ans, a été retrouvée étendue sur le ventre, au coin nord-nord-ouest du cours supérieur de la rivière Tallapoosa, sous-bassin du bassin hydrographique de l'ACT, à 51 kilomètres de la voie rapide de Mill Road, à 33,731944, -84,92 et coordonnées TUM 16S 692701 3734378.

Sara fit défiler des pages et des pages de cartes jusqu'à trouver les passages intéressants pour son enquête.

L'institutrice de maternelle n'avait pas la réputation d'être une randonneuse, et elle était vêtue des habits qu'elle portait normalement à l'école. La victime avait, apparemment, glissé, heurté un rocher avec sa tête et succombé à un hématome sous-dural, une hémorragie cérébrale généralement associée à une lésion traumatique.

C'est à ce moment que le dentiste perdit Sara. Comment cet homme avait-il fait pour diagnostiquer cette lésion sans radio ni la moindre représentation de la caboche, c'était un véritable miracle de la médecine.

Il la perdit à nouveau quand elle arriva à la description sommaire des lésions. Le dentiste avait noté : *activité animale dans les organes sexuels, cf. détails sur le schéma.*

Elle cliqua pour trouver le croquis représentant le corps. Les yeux et la bouche étaient barrés d'une croix. Deux grands cercles avaient été dessinés autour des seins et du pelvis, avec une flèche en direction des mots *voir photos.*

Sara trouva les documents jpeg dans le menu principal. Le dentiste remonta un tout petit peu dans son estime quand elle vit qu'il avait pris plus de cent photos. Sara s'attendait à deux dizaines tout au plus, comme l'avait fait le coroner de White County pour Alexandra McAllister. Celui de Dougall County avait mis la barre bien plus haut. Elle reconnut là les efforts d'un homme prêt à investir des dizaines de milliers de dollars et des centaines d'heures de son temps pour une activité secondaire qui ne lui faisait gagner que 1 200 dollars par an, mais lui permettait de s'adonner à son hobby, la photographie.

Sara fit défiler les photos. Le corps était à l'intérieur, sur un brancard à roulettes en acier inoxydable dont elle supposa qu'il appartenait à l'hôpital du coin ou au funérarium. L'éclairage était excellent. L'appareil-photo était de qualité professionnelle. Le dentiste avait pris des clichés sous tous les angles sauf ceux dont Sara avait besoin. Il avait fait soit des plans trop rapprochés soit des prises de vue trop éloignées des blessures. Elle ne voyait pas les bords des lésions. Il lui était impossible de déterminer si les déchirures sur le tendon avaient été faites par un prédateur ou par un scalpel. Les photos des organes sexuels étaient chastes, ce qui n'était pas étonnant vu la taille de Dougall County. Le dentiste devait connaître Shay Van Dorne, de même que Sara connaissait Tommi Humphrey.

Sara passa en revue le reste des photographies. Une série présentait les mains et les pieds. Une autre montrait la bouche ouverte de Shay.

A priori, cette dernière séquence était destinée à confirmer l'absence d'obstruction dans la trachée, mais Sara soupçonnait le dentiste d'avoir voulu garder une trace de l'unique dent de sagesse supérieure droite dans la bouche d'une femme de trente-cinq ans. Il était inhabituel que seules les trois autres dents de sagesse aient été enlevées. Normalement, on les arrachait par paires, ou toutes en même temps.

Elle referma les documents jpeg.

Sara retourna à la documentation de Faith dans le menu principal. Elle trouva les notes de Gerald Caterino au sujet de ses entretiens téléphoniques avec les parents de Shay, Larry et Aimee Van Dorne. Le couple avait divorcé après la mort de Shay. Aucun des deux ne s'était remarié. Gerald avait discuté séparément avec eux.

Larry ne se rappelait rien d'inhabituel dans la vie de sa fille, ce qui n'était pas surprenant. Sara était très proche de son père, mais il y avait des choses qu'elle ne lui racontait pas car il avait tendance à tout de suite vouloir essayer de régler ses problèmes.

D'après Aimee, Shay était en train d'accompagner en voiture l'enfant d'une voisine à un goûter d'anniversaire lorsqu'elle s'était rendu compte que son peigne avait disparu de son sac. D'abord, elle avait mis cet incident sur le compte des fréquents chapardages en salle des professeurs, mais cette disparition l'avait visiblement perturbée. Shay avait avoué à sa mère qu'elle se sentait bizarre, ces temps-ci, comme si quelqu'un l'observait. D'abord à l'épicerie, puis pendant son temps libre, puis une autre fois alors qu'elle courait sur le tapis roulant à la salle de sport. Sa mère n'y avait pas accordé trop d'attention – quelle femme n'a pas eu quelquefois cette impression – mais, après la mort de sa fille, cette conversation lui était aussitôt revenue à l'esprit.

Sara prit quelques notes :

Découverte dans les bois. Blessure à la tête suspectée (marteau ?). Mutilation sexuelle (?). Considéré comme un accident (mise en scène ?). Peigne disparu. Sans doute épiée.

Les deux parents avaient le sentiment que la mort de leur fille avait quelque chose d'étrange. Shay était une jeune femme athlétique, mais elle ne randonnait pas. Elle allait rarement en forêt. Elle avait laissé son téléphone et son sac à main dans le coffre de sa Fiat 500 jaune. Larry reconnaissait que Shay avait peut-être été déprimée, mais Aimee n'était pas d'accord. Leur fille avait beaucoup de relations sociales, elle était soprano dans le chœur de l'église. Sur son bureau, chez elle, il y avait des cours qu'elle n'avait pas fini de préparer. Son nouveau petit ami était à une conférence à Atlanta, à une heure et demie de là.

Sara vérifia la date des appels téléphoniques de Gerald Caterino. Le père de Beckey avait attendu exactement deux semaines après les funérailles pour entrer en contact avec eux. Trois années s'étaient écoulées depuis. Sara se disait qu'il y avait peu de chance que Larry et Aimee Van Dorne aient réussi à tourner la page. Aucun parent ne semblait jamais parvenir à se remettre complètement de la mort d'un enfant.

Elle passa en revue les étapes de sa requête pour une exhumation. Ce n'était pas une conversation qu'elle pouvait déléguer à Amanda. Ce serait elle qui ouvrirait le corps de leur fille. C'était à elle de demander aux parents leur permission. L'entretien ne serait pas facile. Il pouvait y avoir des barrières religieuses, mais les blocages émotionnels étaient toujours plus puissants. Beaucoup de gens considéraient l'exhumation comme une profanation.

Sara ne pouvait que comprendre. Elle aurait pu fondre en larmes à la seule pensée que l'on sorte Jeffrey de terre.

En premier lieu, les Van Dorne voudraient savoir ce que Sara espérait découvrir. La médecin n'était pas certaine de pouvoir répondre facilement à cette question. Le contenu de l'estomac de Shay Van Dorne ayant été évacué durant l'embaumement, il était peu probable que Sara y retrouve du Gatorade bleu. Une perforation de la moelle épinière serait évidente. Il pouvait y avoir encore des traces de mutilation délibérée de ses organes sexuels. Pendant l'autopsie d'Alexandra McAllister, Sara avait remarqué que la paroi vaginale avait été éraflée par un instrument aiguisé qui avait créé des striures dans le tissu. Shay Van Dorne pouvait présenter des blessures similaires.

Sara leva les yeux de son écran.

Tommi Humphrey avait été menacée avec une aiguille à tricoter. Ils savaient que l'assaillant apprenait de chacune de ses agressions. Il avait renoncé au marteau lorsqu'il avait assassiné Leslie Truong. Peut-être avait-il trouvé un nouvel usage pour l'aiguille à tricoter.

Elle regarda de nouveau ses notes.

Découverte dans les bois. Blessure à la tête suspectée (marteau ?). Mutilation sexuelle (?). Considéré comme un accident (mise en scène ?). Peigne disparu. Sans doute épiée.

Le caveau funéraire leur offrait la possibilité de relier Shay aux autres crimes. Sara avait déjà supervisé des exhumations par le passé. L'embaumement était conçu pour ne durer que quelques semaines. Le corps se dégradait rapidement une fois en terre. Quand la structure d'inhumation était étanche, il arrivait que le corps ait l'air aussi intact qu'au jour de l'enterrement. Sara se souvenait même d'une fois où le seul indice du passage du temps avait été l'apparition de moisissure sur la lèvre supérieure.

Sara pensa à nouveau à Jeffrey. Il était décédé de mort violente, la question ne se posait pas. Elle avait assisté au drame. Que ressentirait-elle si la cause de son décès n'avait pas été déterminée ?

Elle envoya un texto à Amanda.

Je veux parler aux Van Dorne et leur donner le maximum d'informations possible, puis les laisser décider de la façon de procéder.

Amanda lui répondit rapidement.

OK.

Je programme RDV ASAP.

Me faut toujours dossiers de Brock.

Et pour Humphrey ?

Sara reposa son téléphone. Elle se rassit au fond de son fauteuil. La procrastination était d'habitude réservée aux corvées ménagères, pas au travail. On ne pouvait pas réussir des études de médecine en remettant à plus tard toutes les choses désagréables qu'on devait faire.

Alors pourquoi Sara y recourait-elle à présent ?

Elle ouvrit le moteur de recherche sur son ordinateur et tapa *Thomasina Tommi Jane Humphrey*.

La jeune fille n'était pas sur Facebook, ni sur Twitter, Snapchat ou Instagram. Elle n'était pas dans la base de données du GBI, ni dans l'annuaire téléphonique, ni sur le forum de Grant Tech. Une recherche générale fit apparaître plusieurs Humphrey en Écosse et quelques-uns au Pays de Galles, mais aucun en Géorgie, en Alabama, dans le Tennessee ou en Caroline du Sud.

Étant donné ce qui était arrivé à Tommi, il était logique qu'elle ait voulu rester discrète.

Sara effectua les mêmes recherches avec les noms de Delilah Humphrey et Adam Humphrey.

Un article du journal *The Grant Observer* lui sembla pertinent : quatre années plus tôt, Adam Humphrey avait été écrasé par la voiture sur laquelle il travaillait, quand celle-ci avait glissé du vérin qui la surélevait. D'après l'article, il laissait derrière lui son épouse et sa fille. Sa cérémonie d'adieu avait été programmée au funérarium de l'entreprise familiale Brock. Des dons à l'association de promotion du planning familial, *Planned Parenthood*, avaient été encouragés, plutôt que des fleurs.

Sara examina la photo d'un homme au visage rond et souriant. Elle avait rencontré Adam Humphrey à deux reprises. La première fois, le père faisait entrer son enfant brisée à l'arrière de son fourgon pour la ramener à Atlanta. La dernière fois, c'était ce jour épouvantable, dans le jardin des Humphrey. Adam avait violemment menacé un agent de police afin de protéger sa fille.

Sara referma le moteur de recherche. Elle évalua les options qui s'offraient à elle. Elle pouvait toujours dire à Amanda qu'elle avait vraiment essayé de faire un effort, mais elles sauraient toutes les deux que ce n'était pas techniquement vrai.

Il existait une ressource plus fiable qu'Internet pour les contacts de Grant County. La mère de Sara allait autrefois à l'église avec les Humphrey. Si Cathy ne savait pas où ils étaient, elle connaîtrait quelqu'un qui connaissait quelqu'un. Mais sa mère demanderait à Sara comment elle allait. Sara pouvait mentir, mais Cathy entendrait à sa voix que quelque chose n'allait pas. S'ensuivrait une discussion, peut-être une dispute, car Cathy ne portait pas Will dans son cœur, et Sara était d'une telle humeur, en ce moment, qu'elle se sentait prête à arracher les yeux de quiconque oserait dire quoi que ce soit contre lui.

Marla Simms, au poste de police, représentait une bonne solution de repli, mais Sara répugnait à faire quoi que ce soit qui ravive davantage ses souvenirs de Jeffrey. Difficile d'aller de l'avant quand on regardait sans cesse par-dessus son épaule.

Sara se retrouva coudes sur le bureau et tête entre les mains.

La nuit dernière lui revint comme un raz-de-marée s'écrasant sur le rivage. Elle se sentait encore groggy par le manque de sommeil. Aucune couche de maquillage ne pouvait dissimuler ses yeux gonflés. Will lui avait souri en sortant de la salle de réunion, mais Sara savait à quoi ressemblait un véritable sourire sur son beau visage, et celui qu'il lui avait lancé n'en était pas un. Elle détestait cette impression qu'une distance s'installait entre eux. Elle se sentait courbaturée comme si elle couvait une grippe.

Son portable bipa. Sara se précipita pour voir si c'était Will qui lui avait envoyé un texto. Ce n'était pas lui. Amanda lui envoyait une autre série de messages en rafale :

Labo a perdu résultats analyses Truong.

Nick ne trouve pas copies.

Trouvez originaux auprès de Brock ASAP.

Appelez ASAP après avoir parlé aux Humphrey.

Amanda était fan des ASAP.

Au lieu de lui répondre, Sara ouvrit l'appli Localiser – ce n'était pas de l'espionnage si c'était fait par amour, non ?

Le dernier emplacement connu de Will le situait toujours à l'adresse de Lena.

Sara reposa le portable sur son bureau.

La veille au soir, elle s'était énervée quand elle s'était aperçue que Will avait éteint son téléphone. Que ce soit toujours le cas ce matin l'anéantissait. Elle mourait d'envie de voir se déplacer la petite épingle qui le représentait sur la carte. Son cerveau lui rappela qu'il était sans doute encore dans l'immeuble. Il avait dû s'arrêter au distributeur automatique pour prendre un roulé cannelle-caramel avant de se rendre au bureau de Faith. Sara avait oublié de mettre un pansement sur sa main. Cette satanée coupure saignait encore.

Trop de temps s'était écoulé pour suturer. Il fallait qu'elle lui fasse une ordonnance pour des antibiotiques. Elle allait le retrouver sur-le-champ et...

Et quoi ?

Sara fut prise d'une envie de s'en aller avant de faire quelque chose d'incroyablement stupide. Et ce qu'elle avait fait la veille mettait déjà la barre très bas. Elle attrapa son sac à main et sortit de son bureau. Elle répondit à Amanda en marchant en direction du parking.

Vais voir Brock en personne. Cherche toujours coordonnées de Humphrey. Si j'ai du nouveau, vous préviens ASAP.

La première partie de ce programme était facile. L'ancien coroner de Grant County avait emménagé à Atlanta quand sa mère avait eu besoin de soins plus poussés que ceux qu'il pouvait lui donner. Il avait vendu l'entreprise familiale et utilisé les bénéfices pour la mettre dans l'une des meilleures résidences avec services pour personnes âgées de l'État. Brock travaillait à une vingtaine de minutes en voiture des locaux du GBI, vers le sud. Sara l'avait déjà retrouvé une ou deux fois pour déjeuner ou dîner. Il l'aiderait volontiers, surtout lorsqu'il apprendrait sur quelles affaires elle travaillait.

La partie de son texto concernant Tommi emplissait Sara d'appréhension. Elle était incroyablement tiraillée à l'idée de contacter la jeune fille.

Jeune fille.

Tommi Humphrey devait maintenant approcher la trentaine, presque dix ans après le viol brutal qui avait failli lui coûter la vie. Sara voulait se représenter une Tommi guérie, mariée peut-être, ayant adopté un enfant, qui sait, ou encore, si le destin avait penché en sa faveur, ayant réussi à donner elle-même naissance.

La perspective de découvrir que rien de tout cela n'était vrai la plongea dans le plus grand désarroi. En particulier la dernière partie de sa rêverie. Le viol que Sara avait elle-même subi lui avait volé la possibilité de porter un enfant. Elle ne voulait pas regarder Tommi et voir en elle le terrifiant reflet de son propre deuil.

La médecin leva les yeux vers le ciel. La météo prévoyait de la pluie, ce qui n'était pas plus mal. Elle poussa un long soupir quand elle vit la voiture de Will garée à sa place habituelle, près de la sienne. Elle toucha le capot en passant à côté, puis monta derrière le volant de sa Porsche Cayenne. Sa BMW X5 était partie à la casse quelques mois plus tôt. Elle avait acheté la Porsche parce que Will adorait ces voitures, de la même façon qu'elle avait acheté une Z4 pour faire enrager Jeffrey. Apparemment, le féminisme et l'esprit d'émancipation de Sara s'évanouissaient dans un grand crissement de pneus dès qu'elle entrait chez un concessionnaire automobile.

Elle mit le contact. Le moteur se réveilla dans un grondement sourd. Elle jeta un œil en direction de la voiture de Will, puis se réprimanda d'être si émotive. Il finirait par lui pardonner. Les choses allaient revenir à la normale. D'un point de vue rationnel, Sara le savait, mais elle luttait toujours contre l'envie irrépressible de retourner en courant dans le bâtiment, comme une amante délaissée.

Ou une vraie cinglée.

Elle composa le numéro de téléphone de ses parents tandis qu'elle sortait du parking. Sara se figura aussitôt sa mère en train de cuisiner, et son père lisant à voix haute un article du journal. Le cordon du téléphone mural était tout distendu tant Sara et Tessa l'avaient étiré jusqu'à la terrasse pour avoir un peu d'intimité.

— Je te parle pas, dit Tessa en guise de salut. Qu'est-ce que tu veux ?

Sara faillit lever les yeux au ciel malgré elle. Elle détestait vraiment l'affichage des numéros.

— C'est maman que j'appelais. J'ai besoin de contacter Tommi Humphrey.

— Delilah a quitté l'État après la mort d'Adam. Aucune idée de l'endroit où se trouve Tommi.

— Est-ce que maman a le numéro de Delilah ?

— Tu vas devoir le lui demander.

— C'est ce que j'essayais de faire…

Sara s'interrompit.

— Tess, j'ai besoin d'un coup de main. Il y a trop de gens en colère contre moi en ce moment.

— Je croyais que tu étais parfaite, ironisa sa sœur. Qui d'autre pourrait être en colère contre toi ?

Sans crier gare, Sara sentit les larmes lui monter aux yeux, prêtes à couler.

Tessa laissa échapper un soupir accablé.

— C'est bon, dit-elle. Tu l'as, ton coup de main. Qu'est-ce qui ne va pas ?

Sara s'essuya les yeux.

— Will et moi, on s'est disputés.

— À quel sujet ?

Elle prit une inspiration tremblante.

— J'ai passé toute la journée à tromper Will en pensée avec Jeffrey et, quand je me suis rendu compte que Will savait exactement ce que je faisais, j'ai aggravé les choses, et il m'a quittée.

— Attends, Will t'a quittée, *toi* ?

La stupéfaction avait évacué toute méchanceté de la voix de Tessa.

— Et après, que s'est-il passé ?

— Je lui ai laissé un message sur sa boîte vocale.

— Si tu perds les pédales, ne laisse pas de trace, commenta Tessa en citant le conseil de leur mère. Et ensuite ?

— Et ensuite…

Sara n'avait donné à Will que les grandes lignes. Seule sa sœur avait le droit d'entendre les détails humiliants.

— J'ai attendu qu'il revienne et, comme il ne revenait pas, je suis allée chez lui en voiture. Puis je suis repartie à mon appartement, mais il n'était toujours pas là. Alors j'ai roulé jusqu'à l'auberge de jeunesse YMCA, puis au café-restaurant Wendy's, au McDonald's, au Dairy Queen, et à la station-service où il achète des burritos. Ensuite j'ai roulé jusqu'à Buckhead pour voir s'il était chez Amanda. Après je suis repartie jusque chez lui, au cas où je l'aurais raté. Et ensuite, je suis retournée chez moi, à l'appartement.

— Sauf que tu n'y es pas restée…

— C'est ça, répondit Sara en s'essuyant de nouveau les yeux. Je suis allée chez Faith, et là j'ai vu que sa voiture était dans l'allée. Et ils étaient en train de jouer à Grand Theft Auto sur le canapé comme si rien ne s'était passé. Alors je suis rentrée chez moi. Et je l'ai attendu encore un peu. Puis je suis repartie chez lui et j'ai attendu qu'il revienne se préparer pour le travail. Mais il n'est pas revenu. Alors je suis retournée à la maison m'arranger comme je pouvais à coups de maquillage avant d'aller au boulot. Il était dans son bureau, et je me suis jetée à ses pieds, je l'ai supplié de me pardonner et je pense qu'il va y arriver, mais en attendant j'ai l'impression d'avoir une balle rebondissante coincée dans la poitrine.

Tessa resta silencieuse un moment.

Sara resserra les mains sur le volant. Elle dut faire un effort pour se rappeler pourquoi elle était en voiture et où elle allait.

— Grand Theft Auto sur le canapé, releva sa cadette. C'est très précis.

— J'ai regardé par la fenêtre du salon de Faith, reconnut Sara.

— Celle à l'arrière ou à l'avant de la maison ?

— À l'arrière.

— Quand est-ce que tu t'es souvenue que c'est une flic, qu'elle a un flingue, et que techniquement tu te rendais coupable de violation de propriété privée en pleine nuit ?

— Quand j'ai trébuché sur le couvercle en plastique du bac à sable d'Emma et que je suis tombée face contre terre.

Tessa éclata de rire.

Sara la laissa faire.

— Oh ! sœurette. T'es vraiment accro, hein.

— Oui.

Elle parvint à peine à expliquer le pire aspect de la situation.

— Je ne sais pas comment arranger les choses, dit-elle.

— Tu vas juste devoir attendre, répondit sa petite sœur. Le temps est le meilleur remède.

Encore un conseil de leur mère.

— Ou alors, tu pourrais acheter un truc chez Ikea et faire semblant que tu n'arrives pas à le monter.

— Je ne crois pas que ça marchera.

Sara chercha les panneaux de sortie. Il lui restait dix minutes.

— Il est vraiment blessé. Et il a raison de l'être.

— Tu ne peux pas régler ça avec une branlette ?

— Non.

— Une fellation ?

— Si seulement.

— Stimulation anale ?

— Comment s'est passé ton entretien avec la sage-femme, ce matin ?

— Bof, répondit Tessa. Elle a fait une seule remarque intéressante. J'étais en train de lui parler de ma grande sœur, madame Je-sais-tout, vénérable docteur, et elle m'a rappelé que ce sont des amateurs qui ont construit l'arche de Noé et des ingénieurs professionnels qui ont construit le *Titanic*.

— Tu es au courant que, l'histoire de l'arche, ça parle d'un génocide, pas vrai ?

Sara se rabattit sur le couloir d'à côté pour laisser passer un semi-remorque.

— Noé et une poignée de ses potes ont eu le droit de vivre, tandis que le reste de la population mondiale a été rayé de la surface du globe, ajouta-t-elle pour enfoncer le clou.

— C'est une métaphore.

— D'un génocide.

— Ton temps de parole vient d'expirer, dit Tessa. Je vais informer notre mère de ta requête.

L'appel s'interrompit.

D'une main, Sara chercha un mouchoir dans son sac. Elle se moucha. Un bref regard dans le miroir lui confirma que son mascara waterproof ne tenait pas ses promesses. Elle se sentait toujours flageolante et anxieuse. Raconter à sa sœur toutes ses folies de la nuit dernière n'avait fait qu'accentuer son impression de devenir dingue. De toute sa vie, Sara n'avait jamais laissé un homme l'atteindre de cette façon. Même quand elle avait été certaine que Jeffrey la trompait, c'était Tessa qui avait reconstitué les notes d'hôtel déchirées à grand renfort de scotch et qui l'avait suivi à travers la ville comme une Nancy Drew démente, afin que Sara puisse rester au-dessus de tout ça.

Elle était tellement au-dessous de tout, à présent, qu'elle risquait aussi bien de toucher le fond.

Sans qu'elle s'en rende compte, le compteur avait maintenant atteint les cent quarante-quatre kilomètres heure. Sara ralentit et se réinséra dans la file de droite. Elle resta à une allure tranquille derrière un camion pick-up dont l'autocollant PAS DE BOBARDS ! sur le pare-chocs était à demi effacé. En pensée, elle ressassa les motifs de récrimination vus et revus de ces dernières vingt-quatre heures. Beckey Caterino. Tommi Humphrey. Jeffrey. Will. Elle ajouta Tessa à la liste, car elle n'avait pas été juste envers sa petite sœur. Tessa était une adulte, une mère, et bientôt une femme divorcée. À l'évidence, elle traversait une période de crise. Au lieu de la taquiner, Sara devrait la soutenir.

Encore une relation qu'elle devait réparer.

La sortie pour retrouver Brock arriva plus vite que Sara ne l'avait anticipé. Une conductrice de Mercedes agressive lui adressa un doigt d'honneur en déviant pour contourner la Porsche. Sara bifurqua à droite, sur la route principale. Les fast-foods pullulaient tout au long de l'axe routier, comme autant de détritus. Elle roulait dans une zone industrielle remplie d'entrepôts, de concessionnaires auto et de magasins de pièces détachées.

Pendant toutes ces années, Sara avait retrouvé Brock à son travail une demi-douzaine de fois, mais pas assez récemment pour se souvenir de l'adresse exacte. Grâce à la commande vocale de sa voiture, elle accéda à son carnet d'adresses pour retrouver le numéro de la rue. D'après le GPS, l'entreprise AllCare AfterLife Services n'était qu'à un kilomètre et demi.

L'employeur de Brock avait un champ d'activités beaucoup moins étendu que le groupe de services Dunedin Life, le conglomérat qui possédait le funérarium Ingle de Sautee. Sara savait qu'AllCare avait recruté Brock par le biais d'un chasseur de têtes, ajoutant un gros bonus à la vente du funérarium de la famille Brock, afin de le convaincre de venir travailler pour leur compagnie. Son département s'occupait du travail de l'ombre dont la plupart des proches de défunts pensaient qu'ils étaient effectués dans le sous-sol de leur funérarium local.

La population de la Géorgie tournait autour de dix millions et demi d'habitants. Environ soixante mille personnes mouraient chaque année. Toutes les grandes entreprises reposaient aujourd'hui sur l'économie d'échelle. Dans le secteur funéraire, cela signifiait que les corps étaient transportés dans des entrepôts remplis de thanatopracteurs qui lavaient, embaumaient, habillaient et mettaient en bière les défunts, avant de les renvoyer dans les salons funéraires locaux pour les cérémonies. Il y avait beaucoup d'argent à se faire en rationalisant un processus auquel très peu de gens pensaient avant d'y être obligés.

Sara reconnut l'immeuble quelconque dans lequel elle était déjà entrée. Le panneau AllCare était enfoui sous une large canopée, sans doute pour dissuader le public de chercher à comprendre ce qui se passait à l'intérieur. Sara se gara sur une place de parking réservée aux visiteurs. Elle se rendit compte qu'elle aurait dû prévenir Brock. Il était toujours tellement arrangeant qu'elle devait parfois se rappeler de ne pas profiter de sa gentillesse.

Trop tard maintenant.

Elle glissa son téléphone dans la poche avant de son sac à main, considérant comme une petite victoire de ne pas avoir vérifié si Will avait rallumé son portable ou si, par miracle, il lui avait envoyé un texto.

L'entrepôt d'AllCare était aussi profond que large, et il avait à peu près la forme et la taille d'un terrain de football. Le parking était rempli de voitures haut de gamme. La journée avait déjà démarré. Une file de corbillards attendaient, moteur en marche, pour déposer ou récupérer des corps. Sara compta six semi-remorques rangés devant six plate-formes de chargement. Deux appartenaient à un fabricant local de cercueils, un autre à un fournisseur de matériel funéraire, et les trois restants à UPS.

Les trois chauffeurs-livreurs transportaient des chariots pleins de cercueils jusque dans l'entrepôt. La loi fédérale contraignait les funérariums à accepter les cercueils achetés sur Internet. Comme pour beaucoup d'autres produits de consommation, Costco, Walmart et Amazon s'étaient taillé une grosse part du marché. Les coûts pouvaient être très réduits, au grand dam des entreprises comme AllCare. La seule chose qui pouvait tuer une grande entreprise, c'était une autre grande entreprise.

Le téléphone de Sara bipa. Elle s'attendait à un texto d'Amanda, en espérait un de Will, mais vit que c'était Tessa.

Tu n'es qu'une conne.

Sara répondit :

Ma sœur aussi.

Puisqu'elle avait le portable dans les mains, Sara ouvrit l'appli Localiser. L'épingle repère de Will était toujours immobilisée chez Lena. Elle remit précautionneusement le téléphone dans son sac tout en grimpant les marches de béton qui menaient à l'entrée.

— Bonjour, lança la réceptionniste d'AllCare, tout sourire, tandis que Sara pénétrait dans le hall. Que puis-je faire pour vous ?

— Bonjour, répondit la médecin en posant sa carte de visite professionnelle sur le comptoir. Je cherche Dan Brock.

— M. Brock vient de sortir de réunion.

Son sourire s'était éclairé davantage à la mention du nom de Dan.

— Asseyez-vous. Je vais le prévenir que vous êtes là.

Sara était trop nerveuse pour s'asseoir. Elle fit les cent pas dans le petit hall d'accueil en attendant Brock. L'entrepôt n'était pas destiné au grand public. Les affiches sur les murs s'adressaient à des chefs d'entreprise : contrats préalables aux obsèques, fournisseurs de cercueils Treasured Tributes, une publicité pour un séminaire consacré à l'application des fards dans le maquillage facial. Quelqu'un avait collé un sticker au-dessus de la porte d'entrée : *Conduisez prudemment ! On n'a pas besoin de boulot en plus !*

— Sara ?

Elle se retourna. Brock avait un grand sourire sur le visage.

— Mais qu'est-ce que tu fais là ? lui demanda-t-il.

Avant qu'elle ait eu le temps de répondre, il la prit dans ses bras et la serra très fort. Il sentait le produit d'embaumement et l'eau de toilette Old Spice – toujours les deux mêmes fragrances qu'elle associait à sa personne depuis qu'ils avaient l'âge de dix ans.

— Mazette, tu es toute pomponnée. Tu étais en chemin pour une réception ?

Elle sourit.

— Je suis ici pour le travail. Désolée de ne pas t'avoir appelé pour te prévenir.

— Je suis toujours là pour toi, Sara, tu le sais.

Il attendit que la réceptionniste appuie sur le bouton d'ouverture automatique de la porte.

— Allons-y.

Le bureau de Brock surplombait la zone d'embaumement, ce qui le situait tout au fond du bâtiment. Il leur fit emprunter un long couloir, qui passait devant plusieurs portes fermées et une grande salle de pause destinée aux employés, tout en tenant Sara au courant des derniers potins de leur entourage. L'asthme de sa mère la faisait de nouveau souffrir, mais elle avait l'air contente de sa maison de retraite. Il avait entendu dire que le pasteur de l'église méthodiste de Heartsdale était parti alors que des rumeurs couraient à son sujet. Quant à lui, il essayait une nouvelle application de rencontres pour célibataires travaillant dans le secteur des obsèques, Les Joyeux Macchabées.

— Ça n'a pas marché avec Liz ? demanda Sara.

Il grimaça. La vie amoureuse de Brock n'avait jamais été facile.

— Comment va Cathy, et tout le monde ? s'enquit-il pour changer de sujet.

— Will va très bien, répondit Sara comme pour s'en convaincre elle-même. Papa s'est mis en semi-retraite. Maman continue de courir dans tous les sens comme une folle. Et Tessa envisage de devenir sage-femme.

Brock s'arrêta devant la porte qui donnait sur l'entrepôt.

— Eh bien, c'est une merveilleuse nouvelle. Elle est tellement attentionnée et affectueuse. Je suis sûr qu'elle fera une excellente sage-femme.

Sara se sentit coupable de ne pas avoir réagi de la même façon lorsque sa sœur lui avait fait part de son projet.

— Il y a beaucoup à apprendre, fit-elle remarquer.

— N'importe qui peut mémoriser un manuel. Regarde-moi. Mais l'empathie, ça ne s'apprend pas, n'est-ce pas ? Soit on en a, soit on n'en a pas.

— Tu as raison.

— Tu es bien la seule femme dans ma vie à me dire ça, s'exclama-t-il en riant. Allez, suis-moi.

Il ouvrit la porte qui menait à la partie principale de l'entrepôt. L'odeur âcre du formaldéhyde frappa Sara, comme un caillou jeté au visage. Ce produit chimique était l'ingrédient principal du fluide de conservation utilisé pour l'embaumement. Elle repéra au moins trente embaumeurs penchés sur le même nombre de cadavres. La plupart étaient des femmes, toutes blanches. C'était notoire, le secteur funéraire n'échappait pas à une certaine ségrégation.

Sara enjamba un long tuyau qui serpentait au sol. Un bruit de succion émanait des drains. Trente pompes envoyaient bruyamment du fluide de conservation dans trente carotides et extrayaient le sang de trente jugulaires. La dernière manipulation s'effectuait sur les plate-formes de chargement. Les cercueils étaient soit embarqués à bord des corbillards, soit placés dans des caissons d'expédition.

— Je reviens tout juste d'une réunion au sujet de Honey Creek Woodlands, lui expliqua Brock. Ils sont vraiment en train de nous piquer des parts de marché.

Sara avait lu des articles sur le mouvement des obsèques écologiques. En regardant autour d'elle dans l'entrepôt, elle comprenait pourquoi les gens choisissaient de renoncer à l'embaumement et de confier leurs proches défunts à un environnement plus naturel.

— Il faut avouer que « tu es poussière et tu redeviendras poussière », ça se défend…, dit-elle.

— C'est un blasphème dans cette maison ! répliqua Brock en riant de bon cœur. Heureusement qu'on est dans Macon-Bibb County. Ils ont adopté un décret qui oblige à utiliser des contenants étanches pour les funérailles. On espère réussir à faire étendre cette législation à tout l'État.

— En parlant de contenants et de caveaux, rebondit opportunément Sara, je vais peut-être exhumer le corps d'une victime dont la mort remonte à trois ans. D'après le service de pompes funèbres qui s'est chargé d'elle, elle a été placée dans un caveau étanche.

— En composite ou en béton ?

— Je ne sais pas encore.

Brock ouvrit la porte de son bureau de directeur. La seule source de lumière provenait des néons. Les deux fenêtres qui donnaient sur l'entrepôt étaient obscurcies par des stores vénitiens en bois sombre aux lamelles fermées. La pièce était spacieuse – du moins, Sara se dit qu'elle aurait pu l'être. Brock n'avait jamais été un homme ordonné. Il y avait des piles de papiers et de livres partout. Ses meubles de rangement d'archives débordaient.

— Désolé. J'ai perdu deux secrétaires en trois ans. Je ne peux pas en vouloir à la première, mais la deuxième aimait boire un petit coup au déjeuner, et tu sais ce que j'en pense.

Le père de Brock avait toujours été un alcoolique qu'on aurait pu qualifier de « hautement fonctionnel », un secret de polichinelle dont la petite bourgade ne lui tenait pas rigueur, car la boisson ne le rendait que plus agréable.

— Veux-tu un café, ou du thé ?

Sara voulait surtout une douche bien chaude, pour se débarrasser de l'odeur du formaldéhyde.

— Non merci, répondit-elle. Techniquement, je suis toujours en service.

— Dis-moi si tu changes d'avis.

Brock dégagea un espace sur une petite table pour que la médecin y installe ses affaires. Il s'assit dans son fauteuil, laissant l'autre chaise à son invitée.

— Bon, commença-t-il, je t'épargne tout le charabia juridique sur le fait qu'il n'y a aucune garantie que le corps soit préservé. Toi et moi, on sait que les pronostics sont plutôt favorables, surtout si le caveau est étanche. À moins qu'il soit en béton. Ça, ce serait un problème. On a constaté qu'il y avait des dégradations de ce matériau avec le temps, en particulier sur la côte, où la nappe phréatique est plus élevée qu'ailleurs.

— Le corps est à Villa Rica.

— Ton pronostic vient de s'améliorer considérablement. Le terrain est de bonne qualité, par là-bas. Il y a trois services de pompes funèbres qui desservent la zone. Ils utilisent tous du composite, et ils savent y faire, question étanchéité. Villa Rica fait partie de mon territoire.

Brock montra du doigt la carte de Géorgie scotchée au mur. Sara en déduisit que les comtés colorés en bleu étaient la chasse gardée d'AllCare. Elle vit que White County, où Alexandra McAllister avait été retrouvée, était en dehors de la zone de Brock.

— Je ne comprends pas bien, Sara, reprit-il. Ce n'est pas nous qui ouvrons les sépultures. Ce sont les services locaux. Est-ce que tu as besoin que je les contacte pour toi ?

— Oh ! non, ce n'est pas pour ça que je suis ici, commença-t-elle à expliquer. Deux anciennes affaires ont refait surface. Rebecca Caterino et Leslie Truong.

Aussitôt, le sourire de Brock s'évanouit. Il avait l'air aussi horrifié que huit ans plus tôt.

— Mon Dieu, je n'ai pas pensé à ces pauvres jeunes femmes depuis bien longtemps. C'est à cause d'elles que j'ai démissionné de mon poste de coroner.

— Je sais.

— Seigneur, murmura-t-il, toujours sous le choc. Ça doit bien faire dix ans, je crois. Est-ce que cette fille, Rebecca, est toujours en fauteuil roulant ?

— Oui.

Sara lui épargna les détails.

— L'exhumation dont je t'ai parlé est liée à leurs affaires.

— Oh ! ne me dis pas qu'ils ont laissé sortir ce type de prison ?

— Il s'appelle Daryl Nesbitt et, non, il est toujours derrière les barreaux. Mais il existe des preuves qui sont susceptibles de le blanchir. Au moins pour les chefs d'agression et de meurtre.

— Des preuves ? Eh ben, ça…

Brock se tut. Il parcourut du regard son bureau, comme si les livres et les piles de papiers pouvaient lui expliquer ce qui s'était passé.

— Tu sais que je n'aime pas être contrariant, Sara, mais il me semble que Jeffrey a pris ce type-là, Daryl, la main dans le sac. Personne en ville n'a été étonné que ce soit un Nesbitt qui ait fait le coup. Papa disait toujours que si on avait réussi à ne pas mettre la clé sous la porte, pendant la récession, c'était grâce à ces cas sociaux de Dew-Lolly qui s'entretuaient pour un oui pour un non. Je n'arrive pas à imaginer comment Jeffrey aurait pu se tromper au sujet de ce gars-là.

— Il s'est trompé, pourtant, dit Sara avec l'impression de trahir Jeffrey bien que ce fût la vérité. Le GBI a mis au jour de nouvelles informations qui indiquent que le tueur pourrait encore être actif.

— Actif ? répéta Brock, soudain livide. Il y a d'autres victimes ?

— Oui.

Dans le silence qui retomba, Sara perçut le ronflement des pompes qui s'affairaient à l'extérieur.

— Tu es sûre que ce n'est pas quelqu'un qui essaie d'imiter ce sale type ? demanda son interlocuteur en secouant la tête, comme s'il voulait rejeter cette éventualité. C'est vraiment un sale type, Sara. J'en ai la nausée. Qu'est-ce qui nous a échappé ?

— C'est pour le savoir que je suis ici.

— Bien sûr. Tu vas avoir besoin de mon rapport de coroner. J'ai tes notes d'autopsie, les résultats de labo, et…

Il alla vers son bureau et prit un jeu de clés dans le tiroir.

— Tout est au centre de stockage U-Store. Box 522. Je reviens tout juste de réunion, donc je dois rester ici. On peut y aller ensemble ce soir, après mon boulot, ou tu peux y aller maintenant, toute seule.

— J'aimerais y aller tout de suite.

Sara le regarda essayer de faire glisser la petite clé du cadenas hors de l'anneau.

— On suit les pistes aussi vite qu'on peut, ajouta-t-elle.

— Je ne vois pas ce qu'on a raté. Tout désignait Daryl Nesbitt. Ensuite, il y a eu toute cette histoire autour du marteau.

Brock secoua la tête, visiblement aussi dépourvu de réponse que Sara.

— Tu as dit qu'il y avait des preuves qui le blanchissaient ?

— Oui.

— Qu'est-ce que… bien sûr, tu ne peux pas me le dire. Pardon d'avoir même posé la question.

Il réussit à libérer la clé.

— Peux-tu me tenir au courant de ce qui s'est passé ? Enfin, autant que tu peux en dire. Je sais que tu dois rester discrète pour l'instant mais, mon Dieu, d'autres femmes ont été assassinées. Plus la pauvre Leslie Truong. C'est un tueur en série, Sara.

Cette dernière prit la clé. Le métal était tout humide d'être resté dans les mains moites de Brock.

— On le trouvera, cette fois, promit-elle.

— C'est tout ce que je vous souhaite, mais je suis heureux que Jeffrey n'ait pas eu à entendre cela. Tu sais combien il aimait notre petite ville. Ça l'aurait tué une deuxième fois d'apprendre qu'il s'était trompé sur ce coup-là.

Sara se mordit les lèvres pour refouler un déluge inattendu de larmes.

Brock eut l'air mortifié.

— Oh ! mon Dieu, je suis vraiment désolé. Je n'ai pas pensé à...

— Ce n'est rien.

Elle devait sortir de là avant que le barrage ne cède.

— Je te ferai savoir ce qu'on trouve.

— Laisse-moi te raccompagner jusqu'à...

— Non, ça va. Merci. Je t'appelle bientôt pour qu'on dîne ensemble, d'accord ?

— Bien sûr, mais...

Sara sortit de son bureau avant qu'il ait eu le temps de finir sa phrase.

Elle traversa l'entrepôt en gardant la tête baissée, la bouche ouverte parce qu'elle n'arrivait pas à respirer par le nez. Elle tomba sur des employés qui sortaient de la salle de pause. Tous les bureaux le long du couloir étaient pleins de salariés qui levèrent la tête à son passage. Dans le hall d'accueil, la réceptionniste lui souhaita une bonne matinée, mais Sara n'y croyait plus.

Trébuchant dans l'escalier, elle laissa échapper une série de jurons. Elle aurait dû demander à Brock s'il savait où Delilah et Tommi Humphrey habitaient. Le meilleur endroit à part une église pour aller à la pêche aux potins, c'était l'entreprise de pompes funèbres du coin. Le funérarium de la famille Brock offrait ses services aux trois comtés depuis deux générations. Dan Brock et sa mère étaient toujours au courant des nouvelles locales.

Sara s'arrêta net, mais juste quelques instants.

L'idée de retourner là-bas lui était impossible. Elle repartit donc droit à sa voiture. Elle abaissa toutes les vitres pour laisser entrer l'air frais dans l'habitacle. Elle était encore obligée de respirer par la bouche. Une douleur aiguë lui fit lâcher la clé du cadenas. Elle la serrait si fort que le métal avait creusé un sillon dans sa paume.

Brock avait sans doute choisi le centre U-Store pour la même raison que Sara. C'était le seul établissement de Grant County qui proposait un stockage climatisé. Sinon, les dossiers de police de Jeffrey et les rapports de médecin légiste de Sara auraient pourri à cause de l'humidité, ou se seraient effrités à cause de la chaleur. Elle ne pouvait pas demander une deuxième fois à Tessa de se rendre au centre de stockage. Non parce que celle-ci refuserait, mais parce qu'il y avait un protocole de chaîne de traçabilité à respecter. Sara devait y aller elle-même, ce qui signifiait rouler jusqu'à Grant County et faire resurgir cette culpabilité contre laquelle elle se débattait depuis la veille.

Elle songea à appeler Will pour lui dire où elle allait mais, appli de géolocalisation mise à part, leur relation reposait sur la confiance. Elle n'avait pas à lui faire le rapport de ses déplacements, et il serait perplexe si elle le faisait.

Alors pourquoi avait-elle encore l'impression de le tromper ? Parce que le U-Store était situé sur Mercer Avenue, juste en face du cimetière de Heartsdale, les Jardins du souvenir, où Jeffrey était enterré ?

L'emplacement du centre de stockage n'était pas du ressort de Sara. Ce qu'elle devait faire, dans l'immédiat, c'était examiner de près les détails de l'autopsie de Leslie Truong. Il pouvait y avoir un indice, dans ces pages, quelque chose qu'ils auraient négligé et qui pourrait les aider à retrouver l'assassin.

La médecin choisit la voie de la facilité et envoya un texto à Amanda.

Vais à Grant County récupérer dossiers de Brock. Toujours à la recherche de Humphrey. Retour au QG ASAP.

Elle mit en route le moteur et sortit du parking.

Pour la première fois de sa vie, Sara appréhendait de rentrer chez elle.

18

Grant County – Jeudi

Jeffrey alluma les plafonniers en traversant le poste. Comme d'habitude, il était le premier à arriver dans le bâtiment. Il alluma l'air conditionné et lança le café. Puis il ouvrit les stores de son bureau. Il s'assit à sa table de travail.

L'horloge de son ordinateur lui indiqua qu'il était 5 h 33 du matin. Sara avait travaillé toute la nuit. Elle devait avoir terminé l'autopsie de Leslie Truong, à présent. Brock l'avait assistée. Frank avait servi de troisième témoin. En temps normal, Jeffrey n'aurait pas accepté ce travail, mais il avait passé les douze dernières heures à s'entretenir avec des témoins potentiels, à faire à nouveau le tour de la résidence étudiante où vivait Rebecca Caterino, à interroger les colocataires de Leslie Truong, de même que les employés de l'université, à passer les bois au peigne fin pour y trouver des indices, et à offrir à Bonita Truong, la mère de Leslie, une épaule pour pleurer.

Mais rien de tout cela n'avait changé quoi que ce soit à la situation. Jeffrey était exactement dans la même position que la veille à la même heure, sauf que maintenant il avait une étudiante morte sur les bras.

Le chef de la police déroula la carte topographique de la forêt sur son bureau. La vue à vol d'oiseau lui permettait de mieux comprendre le terrain. Les déclivités et les vallées. Les collines ondoyantes. Les lacs et les rivières. Le papier était encore humide, car il avait déplié la carte sur le capot de sa voiture. Il y avait tracé des lignes avec une règle et des marqueurs de couleur. Le tracé en rouge représentait le chemin potentiel du jogging de Beckey Caterino. Celui en bleu suivait l'itinéraire le plus probable selon lequel Leslie Truong était retournée au campus après avoir découvert le corps de Beckey. Il avait plu abondamment sur les deux scènes de crime, mais Jeffrey avait tout de même donné l'ordre de ratisser les trois kilomètres qui les séparaient.

Leslie avait été retrouvée dans d'épais fourrés, à environ trente mètres du sentier principal qui reliait en serpentant le campus et la rive nord du lac. Jeffrey ignorait si elle y était allée d'elle-même ou si c'était son tueur qui l'avait portée. Tout ce dont il était sûr, c'est que ses jambes étaient paralysées. Elle avait sans doute été droguée. Il ne voulait même pas essayer de se représenter ce qu'avaient dû être les pensées de la jeune fille, étendue dans ces sous-bois qui allaient devenir sa dernière demeure. Jeffrey n'était pas du genre à prier mais, s'il l'avait été, il aurait prié Dieu pour que l'étudiante soit restée totalement inconsciente.

Une croix bleue marquait l'endroit où le cadavre de Leslie avait été découvert. Les courbes de niveau de la carte se resserraient, indiquant une vallée que Jeffrey n'avait pas remarquée lorsqu'il était sur place. D'après les caméras de surveillance du campus, ce n'était pas depuis l'université que le tueur avait rejoint Leslie. Le quartier IHOP était à environ deux kilomètres de la scène de crime. Le point d'accès le plus proche du lieu où avait été retrouvé le cadavre, c'était la route pare-feu dont Frank avait parlé.

À l'aide de pointillés verts, Jeffrey avait désigné l'hypothétique marche du tueur depuis le corps de Leslie jusqu'à la route de terre battue à une seule voie. Encore une fois, les courbes de niveau indiquaient une petite élévation où l'assassin avait sans doute garé son véhicule à l'abri des regards. La police n'avait retrouvé ni traces de pneus ni empreintes de pas. La pluie avait inondé la route et recouvert sa surface de boue.

Une fourgonnette sombre. C'était tout ce que Tommi Humphrey arrivait à se rappeler de la nuit de son agression. Jeffrey avait lancé une recherche rapide pour inventorier les fourgonnettes sombres dans la région des trois comtés. Mais Memminger County et Bedford County, tout comme de larges pans de celui de Grant, étaient remplis de peintres, électriciens, plombiers, charpentiers qui utilisaient ce type de véhicules à des fins professionnelles – sans même parler des particuliers qui aimaient juste les fourgonnettes. Le décompte atteignait déjà les mille huit cent quatre-vingt-treize résultats et augmentait encore lorsque Jeffrey avait interrompu la recherche sur son ordinateur.

Il se concentra à nouveau sur la carte. Il suivit la route pare-feu jusqu'au point où elle démarrait, près de Stehlik Way. On accédait à Stehlik par Nager Road depuis le nord, et par Richter Street depuis le sud. Les Jardins du souvenir – le cimetière de Heartsdale, avec ses collines – se trouvaient à environ trois kilomètres de Richter Street, en descendant Mercer Avenue en ligne droite.

Il y avait un entrepôt en chantier juste de l'autre côté de la rue.

Jeffrey saisit son BlackBerry et envoya un mail à Lena Adams pour lui demander de passer par ce chantier avant de venir au poste. Un ouvrier avait peut-être aperçu un véhicule suspect, une fourgonnette de couleur sombre. Il était également possible qu'un ouvrier ait lui-même été au volant d'un tel véhicule. Jeffrey envoya à l'agente un autre mail lui donnant la consigne de relever tous les noms des ouvriers et visiteurs qui étaient passés sur le chantier depuis les trois derniers mois.

Il n'était bien sûr pas exclu qu'une personne étrangère à la région soit tombée sur la route pare-feu par hasard, mais plus Jeffrey pensait aux conditions de ces agressions, plus il lui semblait probable que le coupable connaissait bien le coin : un étudiant ou un professeur qui aurait vécu sur le campus ou à proximité, un pompier, un secouriste, un employé du service des transports, un représentant de commerce, un professeur remplaçant, un agent d'entretien, un homme à tout faire – ou tout simplement quelqu'un qui aurait passé toute sa vie ici.

En incluant les étudiants, la population du comté comptait vingt-quatre mille habitants, et Jeffrey était prêt à aller toquer aux portes de chacun d'eux s'il le fallait. Mais le problème, c'était que le comté n'était pas une île. Le tueur pouvait très bien venir de l'une des villes voisines. En ajoutant Memminger et Bedford, au nord, on dépassait les cent mille habitants. Et si l'on incluait le sud de l'État, cela faisait plusieurs millions de gens.

Il chercha sur son bureau la chemise que Lena lui avait laissée. Comme il le lui avait demandé, elle avait fait un résumé de toutes les affaires de viols signalées dans la zone des trois comtés. Cela revenait à une trentaine de viols non élucidés, un chiffre malheureusement exact. Aucun des modes opératoires décrits ne correspondait à celui qu'ils recherchaient, aucune des victimes n'avait quoi que ce soit en commun avec Tommi Humphrey, Rebecca Caterino ou Leslie Truong.

Jeffrey referma la chemise.

À l'académie de police et à tous les séminaires auxquels il avait pris part durant sa carrière, il avait toujours entendu dire que les violeurs s'en tenaient à un type physique particulier. Ils étaient attirés par une tranche d'âge, ou un aspect spécifique : les jeunes blondes à queue-de-cheval, les grands-mères à bigoudis, les pom-pom girls, les prostituées, les mères célibataires… Chaque agresseur avait son type de victime attitré, lequel correspondait à ses fantasmes malsains.

Toutefois, dans les affaires de viol de Grant County, cette théorie ne semblait pas tenir la route. Tommi avait les cheveux courts et blonds, à l'époque de son agression. Ceux de Beckey étaient longs et bruns. Quant à Leslie, elle avait les cheveux noirs et une coupe à la Jeanne d'Arc. Par ailleurs, l'une était vierge, la seconde, lesbienne, et la troisième, selon sa mère, avait une vie sexuelle active. Toutes les trois fréquentaient certes la même université, mais leurs âges, leurs corpulences, leurs teints, et même la forme de leurs visages étaient différents.

Jeffrey se frotta les yeux. Il ne supportait plus de tourner en rond. Deux femmes avaient été agressées en deux jours. Une nouvelle journée commençait. Qu'allait-elle leur apporter ?

Il consulta l'heure à nouveau avant de décrocher le téléphone fixe et de composer un numéro familier.

— Bonjour, répondit Nick Shelton. En quoi puis-je vous aider ?

— C'est Jeffrey. Combien de temps le FBI mettrait-il à nous dresser un profil ?

— Il te reste combien de temps avant la retraite ?

— Merde, marmonna le commissaire. C'est aussi long que ça ?

— Je peux essayer de ramener le délai à un an, si je me débrouille pour mettre le bon gars sur le coup.

Jeffrey ne voulait même pas imaginer ce qui se passerait si cette affaire traînait pendant tout ce temps encore. Il avait vu comment Leslie Truong avait fini. Il avait entendu les détails de ce qui était arrivé à Tommi Humphrey.

— Nick, pour être honnête, si cette histoire dure jusqu'à la fin du mois, je vais mettre l'État sur le coup. Ce type n'arrête pas de progresser. Il va faire de plus en plus de mal à ses victimes.

— Tu veux vraiment jouer à qui pisse le plus loin avec ma patronne ? demanda Nick en rigolant. Sans vouloir te vexer, frérot, elle a une bite plus grosse que la tienne et la mienne réunies.

Jeffrey se frotta les yeux. Dès qu'il les fermait, il voyait encore le manche cassé du marteau en bois.

— Mon égo en sortira indemne. Il faut arrêter ce mec.

— Je te reçois cinq sur cinq, mon pote, répondit Nick. Vas-y, envoie-moi les détails. Ça mange pas de pain de lancer la machine. Qu'on finisse par être en charge de l'affaire ou non, si jamais il y a un procès, ça a toujours de la gueule d'envoyer un mec du FBI à la barre, avec son costard à la Hoover, juste pour épater le jury.

— Je t'envoie le tout avant la fin de la journée.

Jeffrey reposa le combiné sur la base, mais garda la main posée dessus. Il hésitait à appeler Brock pour qu'il lui fasse parvenir un rapport mais, d'un autre côté, il savait que Sara l'aurait immédiatement contacté si l'autopsie avait révélé quoi que ce soit de probant.

Il roula la carte topographique et la mit de côté. Puis il parcourut ses mails. Le maire voulait lui parler. Le doyen voulait un rendez-vous. Le procureur de district voulait qu'ils fassent un point. Le journal étudiant de Grant Tech voulait une interview écrite. Le journal *Grant Observer* voulait le rencontrer en personne. Jeffrey leur renvoya à tous des réponses assez formelles et résista à l'envie furieuse de leur dire que ce qu'ils *voulaient* et ce dont ils auraient *vraiment besoin* étaient deux choses bien différentes.

Au moins, sa mère lui fichait la paix. Après son énième appel manqué, il avait fini par appeler Mae pour lui souhaiter un bon anniversaire. Devant sa réaction peu amène, Jeffrey avait mené en bateau sa propre mère. Il avait fabriqué de toutes pièces le souvenir d'une conversation qu'ils n'avaient jamais eue, « rappelant » à Mae qu'il lui avait promis, plusieurs mois auparavant, de l'emmener dîner au restaurant le week-end après son anniversaire. Comme n'importe quelle ivrogne finie, elle avait fait semblant de s'en souvenir, et comme n'importe quel enfant d'alcoolique, Jeffrey s'était senti simultanément empli de satisfaction d'avoir enfin trouvé une façon de tourner le travers de sa mère à son avantage, et rongé de remords à l'idée de l'avoir dupée.

Il fut sauvé de cette introspection par le fax qui lui cracha une page en grinçant. Brock lui envoyait les détails au sujet du marteau que Sara avait extrait du vagin de Leslie Truong. Coup de chance, il y avait la marque d'un fabricant estampillée à la base.

Jeffrey entra la référence du produit dans son moteur de recherche : il reconnut les bandes jaunes et vertes qui caractérisaient cette marque d'outils.

Le marteau Brawleigh de 680 grammes avec panne en travers faisait partie d'un coffret de trois marteaux anti-rebond portant le nom bien trouvé de *Dead Blow Kit* – le kit du « coup de la mort », en quelque sorte. Ce type de marteau était spécialement conçu pour la métallurgie, pour « marteler » le métal, c'est-à-dire travailler une surface afin d'en améliorer ses propriétés physiques. Le kit Brawleigh comprenait également un marteau à panne droite et un maillet.

Jeffrey parcourait les détails. La tête du maillet était remplie de sable et revêtue de polyuréthane. Les deux marteaux étaient munis de disques en plastique qui recouvraient la partie plate de leur tête. Ces outils avaient été fabriqués de façon à limiter le rebond de la surface frappée, d'où l'aspect effilé du manche en bois de l'arme du crime.

Jeffrey fit un gros plan sur le marteau. Cette tête métallique avait quelque chose de sinistre. La panne, de l'autre côté de la tête, était de forme conique, ce qui permettait de modeler les angles. Jeffrey n'avait aucune façon de savoir si c'était ce même marteau qui avait également servi à agresser Tommi Humphrey. Le tueur l'avait-il acheté spécialement dans ce but, ou l'avait-il ramassé par hasard sur son établi ?

La marque Brawleigh était bien connue dans le pays, et aussi répandue dans le domaine de l'outillage que ses concurrentes Snap-On et Craftsman. En cherchant sur Internet, Jeffrey apprit que le marteau à panne en travers était immédiatement disponible chez Pep Boys, Home Depot, Costco, Walmart et Amazon. Réclamer les registres des ventes de tous les magasins de bricolage de la région serait une tâche digne de David affrontant Goliath. D'ailleurs, comme le procureur de Grant County ne travaillait qu'à temps partiel, remplir toutes ces injonctions lui prendrait des jours et des jours. Et Jeffrey n'avait pas tout ce temps-là devant lui.

Il ferma les onglets et retourna sur le site de Brawleigh. Le kit Dead Blow figurait dans le menu MÉTALLURGIE. Jeffrey fit passer la souris au-dessus des sous-menus. Rien n'apparut. Puis il alla sur MENUISERIE et trouva exactement ce qu'il cherchait.

CHASSE-CLOUS ET POINÇONS.

Il observa les chasse-clous, outil dont on se servait pour enfoncer un clou de finition dans le bois. L'objet était en acier trempé, de forme arrondie, d'une longueur d'environ quinze centimètres, avec une extrémité épaisse que l'on frappait à l'aide d'un marteau, et une autre particulièrement pointue, qui entrait en contact avec la tête du clou. Jeffrey ferma le poing. Il connaissait bien ce genre d'outils, qu'il avait souvent utilisés. Mais le chasse-clou était trop petit pour servir d'arme, et a fortiori pour perforer une moelle épinière.

Il cliqua sur POINÇONS.

Pointes à tracer. Alênes. Pointes carrées.

Il fit un gros plan sur le poinçon à pointe carrée, qui ressemblait un peu à un tournevis – sauf que cet outil-là ne se terminait pas par un bout plat ou cruciforme Phillips, mais par une pointe acérée. Jeffrey en avait souvent manié aussi. On s'en servait pour pratiquer des marques dans le bois qui guidaient le clou ou la vis et leur permettaient d'y entrer correctement.

C'était également une tâche longue et précise de perforer la moelle épinière d'une femme.

Jeffrey entendit quelqu'un dans la grande salle. Matt se servait une tasse de café. Frank avait retiré sa veste et la posait sur le dossier de sa chaise.

Le chef de la police se dirigea vers eux.

— Alors, l'autopsie ? demanda-t-il.

Frank secoua la tête.

— Ce type est un vrai malade, dit-il.

Jeffrey s'attendait à ce genre de réponse mais, quand même, cette absence de précision était frustrante.

— Combien d'ateliers de carrosserie et de mécanique y a-t-il en ville, d'après vous ?

— Entre Avondale et Madison ? s'enquit Matt. Il y en a déjà une dizaine qui me viennent à l'esprit.

Puisqu'il avait abordé le sujet, Jeffrey poursuivit :

— J'aimerais que vous alliez dans chacun de ces magasins et que vous demandiez discrètement si on leur a récemment acheté un marteau Brawleigh à panne en travers.

— Brawleigh, répéta Frank. C'est la marque que je préfère.

— Moi, je les prends chez Milwaukee, mes outils, lança Matt.

Ils venaient de soulever un point intéressant par inadvertance. Les hommes avaient tendance à rester fidèles à une seule marque d'outils. Sur l'établi de Jeffrey, par exemple, on notait une prédominance du jaune, la couleur caractéristique de la marque DeWalt.

— Les mécaniciens ont généralement leurs propres outils, dit-il à Matt. Fais bien attention à qui achète la marque Brawleigh.

— Entendu, chef, répondit le policier, avant de faire un salut et de se diriger vers la porte.

— Et ce Daryl trouvé dans le téléphone de Caterino ? demanda Jeffrey à Frank. On l'a retrouvé ?

— J'ai épluché tous les rapports d'incidents, les fiches d'information, les contrôles routiers. Le seul Daryl que j'ai trouvé, c'est un certain Farley Daryl Zowaski, quatre-vingt-quatre ans.

— Un autre pauvre taré.

C'était un exhibitionniste notoire. C'était également l'une des premières personnes que Jeffrey avait arrêtées dans Grant County, lorsqu'il était allé cueillir Zowaski devant l'école primaire.

— Et le registre des délinquants sexuels ? interrogea-t-il Frank.

— On a trois prédateurs officiellement signalés dans le comté.

Jeffrey savait que ce chiffre aurait dû être au moins dix fois plus important.

— On va faire un briefing à 8 heures, dit-il. D'ici là, il me faut le rapport d'autopsie de Truong dans son intégralité. On doit trouver un plan.

— Quel genre de plan ? demanda l'agent, sincèrement curieux. Ce tueur est vachement plus malin que nous.

Jeffrey ne pouvait le contredire, mais il lança quand même :

— Qu'est-ce qui te fait dire ça ?

— Il est méthodique, organisé. Il les suit, ces nanas, hein ? Il va pas juste les choper en plein jour sans faire de plan, déclara Frank en haussant les épaules. Les enlèvements commis par des inconnus sont vraiment difficiles à résoudre. Et si en plus on a affaire à un gars qui fait ça en série, alors là c'est carrément *game over*, chef.

Il semblait prendre tout ça à la légère, mais Jeffrey savait que le policier en était à ce point de sa carrière où rien ne pouvait plus le choquer, pas même les actes les plus atroces.

— OK, il les suit, dit le commissaire. Et alors ?

— Moi, j'crois qu'il les emmène nulle part, hein ? Peut-être qu'il avait garé sa fourgonnette sur la route pare-feu, mais c'était pour pouvoir s'échapper. Ce qui s'est passé, à mon avis, c'est qu'il a vu Leslie dans les bois. Il a réussi à lui faire quitter le sentier. Puis il a fait ce qu'il avait à faire et il l'a laissée là.

— Tu veux dire qu'il est resté dans les bois après avoir attaqué Caterino. Et que c'est à ce moment-là qu'il a vu Leslie Truong.

— Ou peut-être que c'est elle qui l'a vu ?

— C'est vrai que Lena n'est pas exactement dans mes petits papiers ces temps-ci, mais je crois qu'elle aurait pensé à me préciser que Leslie Truong avait vu l'agresseur de Beckey Caterino.

— Ouais, mais peut-être que Truong ne savait pas que c'était lui. Souvenez-vous qu'elle pensait encore qu'il s'agissait d'un accident quand elle est retournée au campus. Peut-être que l'agresseur l'a suivie. C'était quelqu'un qu'elle connaissait, elle l'a reconnu, alors il s'en est pris à elle aussi. Ou peut-être qu'il ne lui a même pas laissé le temps de le reconnaître. Peut-être qu'elle l'a interrompu dans ce qu'il était en train de faire et que ça l'a mis en rogne.

Jeffrey pensa aux blessures internes infligées à Tommi Humphrey et à Leslie Truong. De ce point de vue, Rebecca Caterino avait été épargnée.

— Mais qu'est-ce qu'elle a interrompu au juste ? se demanda Frank qui, n'ayant jamais entendu parler de Tommi, ne savait pas forcément qu'ils avaient affaire à un violeur. Il la baisait, peut-être ?

Il haussa les épaules.

— Bundy retournait voir les corps de ses victimes, poursuivit-il. C'est ce que m'a raconté ce trouduc du FBI un jour, à Atlanta. Il nous avait fait tout un exposé là-dessus. Il nous a dit que Bundy retournait voir les corps des jours, des semaines, parfois des mois après. Il les maquillait, les coiffait, et puis il se branlait, ou se les tapait. C'était un vrai tordu, ce gars-là. Ça lui arrivait même de leur couper la tête et de la ramener chez lui pour l'avoir pour lui tout seul.

Jeffrey ne voulait surtout pas entendre parler de Ted Bundy. Ce tueur en série avait été arrêté trois fois, dont deux fois après s'être échappé de garde à vue, et ce n'était vraiment pas grâce à un Sherlock Holmes de la police qu'ils avaient fini par le pincer : les trois fois, Bundy avait été contrôlé pour des infractions au code de la route. Ils ne risquaient pas d'avoir ce genre de coup de bol ici, dans Grant County.

— Bundy visait les étudiantes, continua Frank. Il s'intéressait à un type en particulier : des femmes issues de la classe moyenne, avec de longs cheveux noirs, minces, jeunes. Un peu mon genre de nanas aussi, d'ailleurs.

Le BlackBerry du chef se mit à sonner, dans son bureau. Il courut le chercher avant que l'appel ne soit basculé sur sa boîte vocale. Le numéro qui s'affichait était celui de Bonita Truong. Trois heures plus tôt, il l'avait laissée devant le Kudzu Arms, à l'extérieur d'Avondale. Jeffrey lui avait conseillé de se reposer, mais ils savaient l'un comme l'autre que cela serait impossible.

— Commissaire Tolliver, répondit-il en décrochant.

Il entendit une respiration haletante à l'autre bout du fil. Jeffrey alla fermer la porte de son bureau. Il s'appuya sur le rebord de sa table et écouta la femme pleurer.

— J-je suis s-si…, essaya-t-elle.

— Calmez-vous, lui dit-il doucement. Je suis là.

— Elle… elle…

Ses mots se perdirent en un gémissement inintelligible.

Jeffrey pensa à cette mère pleurant son enfant disparue, assise toute seule dans sa chambre du Kudzu Arms. Avec cette moquette marron qui paraissait toujours humide. Le plafond trop bas et les brûlures de cigarette dans le lavabo. Après que Sara l'avait jeté dehors, Jeffrey avait passé de nombreuses nuits alcoolisées dans ce motel sordide, parfois seul, mais la plupart du temps avec une femme qui lui laissait son numéro de téléphone le lendemain matin, alors qu'elle savait aussi bien que lui qu'il ne l'appellerait pas.

— Je suis d-désolée, bredouilla Bonita.

— Madame, vous n'avez aucune raison de vous excuser.

Cette réponse déclencha un nouveau flot de larmes. Jeffrey l'écoutait en silence, car il ne pouvait rien faire d'autre. Il entrebâilla la porte et jeta un œil dans la salle. Frank était à son bureau. Marla Simms se servait du café. Cela lui tapa un peu sur les nerfs que Lena ne soit pas encore arrivée, mais il se souvint alors qu'il lui avait demandé d'aller relever des noms à l'entrepôt en chantier.

— Je…, tenta de nouveau Bonita. Je n'arrive pas… à croire qu'elle n'est plus là.

Jeffrey serra les dents pour ne pas sortir un truc idiot, comme lui promettre qu'il allait trouver et punir celui qui lui avait enlevé son bébé.

— Madame Truong, je vais faire tout ce qui est en mon pouvoir pour m'assurer que justice soit faite.

— La justice, répéta-t-elle.

Un mot bien inutile pour quelqu'un qui souffrait autant.

— J'ai trouvé… trouvé la photo, ajouta-t-elle. Celle avec le bandeau. Vous me l'aviez demandée.

Cette femme avait quitté San Francisco la veille, avec des photos à joindre aux avis de recherche. Maintenant, ces clichés seraient exposés à l'enterrement de sa fille.

— J'ai parlé…

Bonita s'interrompit à nouveau.

— Ses colocataires m'ont dit qu'elles lui avaient emprunté des choses sans lui demander la permission, dit-elle. Des vêtements. Du maquillage.

— Il me faudrait des copies des photos que vous avez apportées de chez vous, lui expliqua Jeffrey.

Cette enquête, il allait la mener avec Nick, maintenant, et il devait s'organiser en conséquence. Sur un morceau de papier, il prit quelques notes résumant la théorie de Frank. Si vraiment il retournait voir ses victimes, l'agresseur vivait dangereusement, ne serait-ce qu'en risquant de semer de nouveaux indices à chaque nouveau contact avec les corps. Soit le tueur avait eu de la chance qu'il pleuve à verse, soit il avait compté dessus.

— Je dois…, reprit Bonita d'une voix étranglée. Je dois réfléchir à ce que je vais faire. Comment puis-je… quand puis-je… Je dois la ramener à la maison. Elle doit rentrer chez elle.

— Je vais demander à la coroner de vous appeler. Elle vous donnera toutes les informations dont vous avez besoin.

Jeffrey savait que c'était officiellement à Brock de se charger de cela, mais il préférait que ce soit Sara qui vienne en aide à cette femme.

— Vous allez rester à l'hôtel ?

— Je... je crois, répondit-elle avec un rire nerveux. Où est-ce que j'irais, sinon ? Il n'y a rien que je puisse faire, n'est-ce pas ? Rien du tout.

Jeffrey attendit qu'elle en dise davantage, mais elle avait raccroché.

Il composa le numéro de Sara sur son BlackBerry. Son pouce s'immobilisa un instant au-dessus du bouton vert, mais il changea d'avis et appuya sur le bouton rouge.

Évoquer Kudzu Arms avait réveillé des souvenirs désagréables. Il ne pouvait s'empêcher de penser à Sara, le jour où elle était entrée dans leur chambre et l'avait surpris avec une autre. Il la revoyait envoyer sa voiture dans le lac. Elle avait fait tout le chemin jusqu'à la maison de ses parents à pied. Il avait voulu la suivre, mais plus elle s'éloignait, plus il sentait se détendre le fil qui les reliait. Depuis ce jour, il n'aurait su dire si elle jouait au tir à la corde avec lui, ou si elle cherchait à lui passer un nœud coulant autour du cou.

Jeffrey opta pour une solution un peu lâche et décida plutôt de lui envoyer un mail. Sara savait y faire avec les parents. Elle ne pourrait jamais avoir d'enfants – des suites d'une opération de l'appendicite ratée qui datait du temps où elle était étudiante –, mais elle savait prendre en charge la douleur d'autrui d'une façon dont Brock était incapable. Il lui transféra les coordonnées de Bonita Truong et lui demanda de contacter cette dernière au sujet du transport de la dépouille de sa fille.

Le reste du rapport d'autopsie était encore dans le fax. Il alla directement au récapitulatif. Ce que Sara avait découvert corroborait les suppositions de Frank. Elle avait trouvé exactement ce à quoi il s'était attendu : la perforation à la moelle épinière, le liquide bleu dans l'estomac. En d'autres termes, rien qui puisse les orienter dans une direction particulière. Ils allaient devoir attendre trois à quatre semaines pour que le GBI leur fasse parvenir les résultats de l'analyse toxicologique. Et la découverte de GHB ou de Rohypnol n'allait pas non plus leur ouvrir de nouvelles pistes.

— Bonjour.

Brad Stephens traversait la salle avec un carton plein de sachets scellés contenant des indices. Il avait passé la nuit chez Leslie Truong, à inventorier ses effets personnels.

— Rien de neuf ? lui demanda Jeffrey.

— Non, chef, pas vraiment.

Brad entra dans le bureau du commissaire et posa le carton sur son bureau.

— J'ai épluché tous ses contacts comme vous me l'aviez demandé, mais je n'ai pas trouvé de noms, rien que des numéros de téléphone.

Jeffrey sortit son carnet de sa poche. Il retrouva la page où il avait noté le numéro de Daryl trouvé dans le téléphone de Rebecca Caterino.

Brad ouvrit le téléphone à clapet de Leslie Truong et fit défiler ses numéros.

— Là, indiqua-t-il. Le troisième en partant du haut.

Jeffrey put le vérifier lui-même. Le même numéro à dix chiffres apparaissait dans les téléphones des deux victimes. D'un autre côté, il s'agissait d'étudiantes : si Daryl était un dealeur d'herbe, son numéro devait figurer dans la moitié des téléphones du campus.

Mais Daryl était-il vraiment un dealeur d'herbe ?

Le fameux Little Bit que Chuck Gaines avait identifié grâce à ses fiches avait été arrêté hier après-midi.

Jeffrey était sur le point d'appeler Lena pour en apprendre davantage au sujet de cette arrestation, quand il la vit assise devant un bureau, dans la grande salle. Il jeta un œil à la pendule. Il était impossible qu'elle ait eu le temps de passer au chantier.

— Lena ! appela-t-il, d'une voix plus tonitruante qu'il ne l'aurait souhaité.

Il vit Brad faire une grimace alors qu'il récupérait sa boîte de pièces à conviction pour quitter le bureau d'un pas pressé.

— Chef ?

La policière portait encore sa doudoune. La fermeture Éclair lui avait fait une marque rouge sur le cou.

— Il y a un problème ? demanda-t-elle.

— Ferme la porte.

Il lui fit signe de s'asseoir, mais il resta debout.

— Pourquoi je paye pour ton BlackBerry si tu ne le consultes pas ?

Elle eut l'air surpris. Il la vit fourrager dans sa poche à la recherche du téléphone.

— Je t'avais pourtant demandé de passer voir ce chantier sur Mercer Avenue avant de venir ici.

Elle lisait le mail en l'écoutant.

— Je suis désolée, chef. Je suis restée debout toute la...

— On est tous restés debout toute la nuit, Lena, la coupa-t-il. Ça fait partie du boulot. Tu veux dire que tu n'arrives pas à le faire ?

— Non, chef, je...

— Little Bit.

— Oh..., bafouilla-t-elle. Il s'appelle Felix Floyd Abbott. Je l'ai arrêté hier. Il est en train d'être transféré vers...

— Est-ce qu'il a confirmé qu'on le surnommait bien Little Bit ?

— Ouais, je veux dire oui, chef. Et il correspond à la description que Chuck nous en a faite. Un skateur avec des cheveux longs, qui n'avait qu'une toute petite quantité sur lui.

— Où sont tes notes ? Je t'ai dit d'en faire des copies.

Elle se leva d'un bond. Il la regarda retourner à son bureau au pas de course et revenir avec une liasse de photocopies à la main.

— Je les ai faites après avoir sorti tous les rapports pour viol que vous m'aviez demandés.

Il se saisit des documents et se mit à les feuilleter. L'écriture de Lena était nette, ses paragraphes étaient bien alignés, sans une seule rature. On aurait dit une présentation PowerPoint.

— Tu les as réécrites, dit Jeffrey.

— Je...

— Ce n'est pas ce que tu m'as montré hier.

Dans les notes que Jeffrey avait sous les yeux, Lena avait soigneusement énuméré les différentes étapes de sa découverte du corps de Rebecca Caterino, et décrivait par le menu la façon dont elle l'avait pris en charge. Elle avait même ajouté un passage entier où elle expliquait en détail comment elle avait par deux fois pris le pouls de la victime, à la carotide et au poignet.

— Es-tu prête à jurer sur la Bible et devant un juge que ce que tu as écrit là est la vérité ?

Il vit Lena déglutir.

— Oui, chef.

— Bon Dieu.

Jeffrey continua à parcourir les notes. L'écriture était si régulière qu'on aurait dit que le texte sortait d'une machine à écrire. Jeffrey s'arrêta sur une feuille.

ENTRETIEN PRÉLIMINAIRE AVEC LESLIE TRUONG

— *Homme au bonnet noir*

— *Aucune idée de son âge/couleur de cheveux/couleur des yeux*

— *Ne se souvient pas de ses vêtements*

— *Ne se sont pas parlé*

— *Rien de suspect*

Jeffrey reçut comme une décharge électrique à la mâchoire. Il avait déjà lu le rapport officiel de Lena. Elle n'y faisait nulle part mention d'un « homme au bonnet noir ».

— Ça veut dire quoi, ça, nom de Dieu ?

— Euh…, fit Lena en tendant le cou. C'est ce qu'elle a dit. Leslie. J'ai noté…

— Leslie Truong, la femme qui a trouvé Rebecca Caterino, a vu un type avec un bonnet, et tu n'as pas jugé cette information suffisamment importante pour m'en faire part ?

Jeffrey vit à son expression qu'elle savait exactement à quel point elle s'était plantée.

— Ça ne m'a pas semblé important, chef.

— Nom d'un chien, je t'ai dit que tout était important ! Qu'a-t-elle dit d'autre ?

— Rien, répondit Lena, penaude. Je veux dire… Rien d'autre que ce que j'ai écrit. C'est tout ce qu'elle a dit, je le jure. Je lui ai demandé si elle avait croisé quelqu'un dans les parages, et elle m'a répondu que oui, quatre personnes à peu près. Trois filles qu'elle ne connaissait pas mais qui devaient être des étudiantes, et un type, celui qu'elle a décrit – mais ce n'est pas vraiment une description, pas vrai ? Je jure que c'est tout ce qu'elle m'a dit. Ce n'était rien du tout. On pensait tous que Caterino avait eu un accident.

— Pas tous, Lena, rétorqua Jeffrey en froissant les feuilles dans son poing serré. Leslie Truong a été mutilée. Tu sais ce qu'on lui a fait ? À ce témoin que tu as laissé partir ?

Jeffrey jeta au visage de Lena le compte rendu récapitulatif de Sara. Elle l'attrapa de justesse. Alors, elle lut les mots imprimés sur la page. Jeffrey vit l'horreur s'afficher sur son visage.

— Voilà, lança Jeffrey en pointant la feuille du doigt. Voilà ce qui est arrivé à la jeune femme qui a vu le visage de l'agresseur. Et toi, tu l'as laissée partir. Tu l'as laissée dans les bois toute seule, avec une putain de cible dans le dos, et voilà ce qui lui est arrivé.

Lena semblait sur le point de vomir.

Jeffrey s'en réjouissait.

— Chef, je…

— Maintenant tu vas filer à ce chantier fissa, avant que je te confisque ta plaque et que je te vire d'ici à coups de pied dans le cul.

Elle se leva d'un bond, mais Jeffrey n'allait pas la laisser s'en tirer à si bon compte.

— Et tu reviens directement au poste quand tu as fini, c'est compris ? Tu ne traînes pas, tu ne restes pas là-bas à te tourner les pouces. Tu reviens ici. J'espère que c'est clair.

— Oui, chef.

Il la regarda filer, passer devant Frank puis sortir par les portes battantes.

Jeffrey se retourna vers la fenêtre. Lena était sur le parking. Elle essayait de déverrouiller la porte de sa Toyota Celica.

— Chef ?

Frank était à la porte, en attente d'une explication.

— Pas maintenant.

Jeffrey devait sortir de cet immeuble avant de tout casser.

— Je reviens pour le briefing, lança-t-il. Appelle-moi s'il y a du nouveau.

L'agent s'écarta pour le laisser passer.

Jeffrey traversa la grande salle en ignorant les regards braqués sur lui et la moue que lui lança Marla, derrière le comptoir de l'accueil. Il résista à la tentation d'ouvrir les portes battantes d'un coup de pied. Il réussit à se contrôler jusqu'au moment où il se retrouva dehors, sur le trottoir.

— Merde de merde de putain de merde, cracha-t-il, les poings dans les poches.

Une brise froide lui soufflait au visage alors qu'il descendait la grand-rue. Mais il était quand même en nage lorsqu'il tourna à gauche en direction du lac. Le vent se changeait en couteau tailladant la surface de l'eau. L'herbe était encore pleine de rosée. Jeffrey vit l'ourlet de son pantalon s'assombrir sous l'effet de l'humidité.

Il se força à desserrer les poings et fit appel à sa raison pour tâcher de calmer sa colère. Lena avait foiré, certes, mais elle travaillait pour lui, ce qui signifiait que toutes les erreurs qu'elle commettait lui retombaient automatiquement sur le dos. Il essaya de se mettre à sa place. Il lui avait demandé de mettre de l'ordre dans ses notes. C'était ce qu'elle avait fait, après tout. Quand elle avait interrogé Leslie Truong, elle pensait encore que Rebecca Caterino avait eu un regrettable accident. Est-ce qu'à sa place Jeffrey aurait pensé à la faire escorter sur le chemin du campus ? Est-ce qu'il pouvait honnêtement l'affirmer ? En tout cas, ce dont il était sûr, nom d'un chien, c'est qu'il aurait dit à son chef qu'un type en bonnet noir traînait autour de la scène de crime.

De quel genre de bonnet s'agissait-il ? Et pourquoi n'y avait-il aucune description de cet individu ? Sa taille, sa corpulence, la couleur de ses cheveux ? Est-ce que son visage n'avait absolument rien de particulier ? Barbe, moustache, piercing, tatouage ?

— Et merde.

Jeffrey devait à nouveau parler à Lena, sans lui crier dessus, cette fois. Son premier carnet, le vrai, était forcément quelque part. Il devait voir par lui-même les détails de son entretien avec Leslie Truong.

Il se retourna, aperçut l'arrière des maisons qui bordaient le lac. Il se trouvait à un peu moins d'un kilomètre du centre-ville. La maison de Sara était toute proche, dans l'autre direction. Jeffrey songea à aller toquer à sa porte. Il avait toujours le prétexte de l'autopsie. Il pouvait faire comme s'il n'avait pas vu le fax qu'il avait reçu au poste. Elle serait en train de se préparer pour le travail, sans doute épuisée après cette longue nuit éprouvante. Peut-être qu'ils pourraient prendre un café sous le porche derrière la maison, et il lui décrirait toute l'affaire, et elle jetterait autour d'eux une pincée de sa magie blanche qui lui clarifierait l'esprit, et alors il retournerait au poste où il trouverait comment empêcher ce tueur sadique d'agresser une autre étudiante.

Jeffrey se frotta la bouche.

L'idée était agréable, mais elle s'évanouit très vite.

Il passa entre deux maisons et se retrouva dans la rue où habitait Sara. L'ourlet mouillé de son pantalon collait à ses mollets. Le soleil était aveuglant. Il leva une main pour se protéger les yeux.

Sara était là, à cinquante mètres à peine. Elle était en survêtement, les cheveux noués en queue-de-cheval. De petits nuages de vapeur s'échappaient de sa bouche, sous l'effet du froid matinal. Elle avait les mains sur les hanches.

Elle ne semblait pas très contente de le voir.

Jeffrey leva la main pour lui faire signe, mais elle lui avait déjà tourné le dos et s'était mise à courir.

Sans vraiment savoir ce qu'il faisait, Jeffrey se retrouva en train de la poursuivre – que ce fût par bêtise, par désespoir, ou par déformation professionnelle. Dans la police, si quelqu'un cherchait à s'échapper, on lui courait automatiquement après.

La médecin piqua un sprint dans un virage en pente qui longeait le lac. Jeffrey accéléra, s'aidant de ses bras. Elle avait certes pris de l'avance mais il était meilleur coureur. Il la vit couper à travers la pelouse de Mme Beaman. Il bifurqua quant à lui dans l'allée des Porter, puis traversa le jardin à l'arrière de chez eux. Quand ils atteignirent tous deux les rives du lac, Jeffrey avait gagné vingt mètres sur l'avance de Sara.

Cette dernière n'avançait pas vite dans l'herbe. Elle n'arrêtait pas de regarder par-dessus son épaule. Il gagna encore cinq mètres. Il inspira un grand coup et lança de plus belle ses jambes déjà en feu. Encore cinq mètres de gagnés, mais Sara avait atteint l'arrière de sa propriété. Son pied dérapa alors qu'elle gravissait à toute allure la pente qui menait à sa maison – la pente raide que sa Honda avait dégringolée.

Jeffrey diminuait la distance qui les séparait. Il sauta par-dessus le muret, et traversa la pelouse. Il était suffisamment près de Sara pour sentir sa transpiration tandis qu'elle grimpait quatre à quatre les marches de son perron. Il franchit le perron en un clin d'œil, mais son pied buta contre la dernière marche. Il se rattrapa de justesse, se redressa, mais ne put s'arrêter. Il vit la porte se claquer devant lui et, tel le coyote du dessin animé de la Warner, il s'écrasa contre le battant clos, comme une crêpe.

— Merde !

Il porta ses mains à son nez. Du sang ruissela entre ses doigts.

— Merde !

Il se pencha en avant. Des gouttes maculèrent la terrasse. Il avait vu trente-six chandelles. Son nez était certainement cassé. Il le sentait battre comme un deuxième cœur.

— Sara ?

Il cogna du poing contre la porte.

Jeffrey entendit un moteur démarrer. La Z4. Il en avait reconnu le ronron sourd. Il reconnaissait ce foutu moteur à chaque fois qu'il était dans son bureau et que Sara démarrait sa voiture de sport à quatre-vingt mille dollars de l'autre côté de la rue.

Il secoua ses mains pleines de sang et prit un mouchoir dans sa poche arrière. Il dut faire preuve d'une maîtrise de lui exceptionnelle pour ne pas se ruer de l'autre côté de la maison et regarder son ex-femme s'éloigner.

19

Atlanta

Gina Vogel se força à détendre les épaules, qu'elle tenait crispées et levées presque jusqu'aux oreilles, tandis qu'elle poussait son Caddie dans les allées du supermarché Target du coin. Ses règles l'avaient obligée à sortir de chez elle. Elle avait réussi à grappiller deux tampons dans son sac à main, et en avait trouvé un autre dans son sac de sport, avant d'être à court de munitions. Sa relation trop familière avec le livreur d'InstaCart excluait une livraison à domicile. L'expédition en 48 heures proposée par Amazon arriverait deux jours trop tard, et elle n'était pas encore assez siphonnée pour accepter de dépenser quarante-neuf dollars et soixante-cinq *cents* pour l'envoi sous vingt-quatre heures d'une boîte de tampons qu'elle pouvait avoir pour huit dollars en magasin.

En plus, une femme ne pouvait pas acheter juste des tampons. Elle avait besoin de chocolat, d'Advil, de davantage de chocolat encore, et d'un sachet de minibarres chocolatées – parce que les friandises n'apportaient pas de calories si on pouvait les avaler en une seule bouchée.

Malgré ces encouragements, il lui avait été terriblement difficile de se faufiler hors de chez elle, comme de la prison de Shawshank, dans *Les Évadés*. Gina avait procrastiné autant qu'elle le pouvait, se débrouillant avec du papier toilette roulé en boule, mais elle avait dû en utiliser tellement que sa salle de bains ressemblait à la cuisine de Jeffrey Dahmer, le « cannibale de Milwaukee ». Et, même là, Gina avait trouvé des excuses. Elle avait passé l'aspirateur dans toute la maison. Nettoyé les plinthes. Dépoussiéré les ventilateurs de plafond, les luminaires, et la partie des stores qu'elle pouvait désormais atteindre vu que les lames étaient fermées. Elle avait même travaillé toute la nuit pour terminer son rapport pour Pékin.

Gina n'avait jamais été aussi frénétique, depuis cette époque où elle avait essayé – quelque trois cents fois – la coke à la fac.

Elle avait eu du mal à s'habiller. Gina avait toujours été d'avis qu'une fois accoutré – qu'il s'agisse de fringues de gym, d'un costume de travail, ou d'une petite culotte comestible –, on se retrouvait plus ou moins enfermé dans le rôle qui correspondait à la tenue. Mais enfiler un pantalon de survêtement n'avait pas été le plus dur. Après tout, le jogging faisait partie intégrante de sa garde-robe de pyjamas de jour. Franchir la porte, s'exposer – et pas seulement à la voisine curieuse d'en face, mais à un public plus large – lui avait semblé présenter des risques insupportables.

Gina était épiée. Elle le savait. Sans en être suffisamment certaine pour en parler à sa sœur. Ou à la police.

La seule idée d'appeler le 911 lui faisait monter le feu aux joues.

Oui, est-ce que vous pouvez m'aider à sortir de chez moi, s'il vous plaît, je vous promets que je ne suis pas folle, mais vous voyez, j'ai piqué ce chouchou à mon enquiquineuse de nièce pleurnicharde – oui, celle-là – et maintenant, quelqu'un me l'a volé, et je sens des yeux posés sur moi partout où je vais et… oui… je reste en ligne… allô ? Allô ? Il y a quelqu'un ?

Gina s'était mise à comparer sa paranoïa à ces masques bizarres que les braqueurs de banque s'improvisaient avec des bas, dans les films. Ou peut-être aussi dans la vraie vie. Peu importe. Ce qui comptait, c'était qu'elle avait l'impression de sentir le poids de son inquiétude sur son visage, comme un collant qui lui écrasait les traits.

Elle était si angoissée à l'idée de quitter la maison qu'elle avait fait deux faux départs ; à deux reprises, elle avait réussi à aller jusqu'à la voiture, arrivant même à mettre le contact une fois, avant de repartir en courant à l'intérieur comme une de ces filles débiles dans les films d'horreur, dont on savait qu'elles allaient trébucher, tomber et se faire découper à la tronçonneuse.

Mais comme Gina avait appartenu à une sororité, c'était tout à fait cohérent.

Finalement, c'était un coup de fil de sa sœur qui l'avait propulsée dans le monde du dehors.

Nancy était furieuse après sa fille. Gina se délectait de ces rares occasions de méchanceté, car c'étaient les seuls moments où sa sœur admettait que sa fille était une peste diabolique. Cette fois, on avait craint une grossesse. Qui eût cru que parfois les préservatifs ne fonctionnaient pas ? Pourquoi n'y avait-il pas d'article sur ce sujet ? Ou une enquête sur Discovery Investigations ?

Gina avait ponctué son récit de toutes les bonnes exclamations, les *oh ! mon Dieu*, les *comment a-t-elle pu*, et les *oh ! non, elle n'a pas osé*, pour lui soutirer tous les scoops juteux et dramatiques possibles, puis, au bout d'une heure, Nancy avait fini par demander à Gina comment elle allait.

— En fait, j'étais sur le point d'aller au Target, avait répondu cette dernière.

Et verbaliser ses intentions lui avait donné l'ultime coup de pouce qui l'avait aidée non plus seulement à franchir la porte, non plus seulement à s'asseoir derrière le volant de sa voiture, mais à rouler dans la rue, comme une adulte qui savait conduire dans les rues.

Heureusement, la supérette était peu fréquentée aux heures matinales. Il semblait y avoir davantage de vendeurs que de clients. Gina grommela lorsque le Caddie dévia de sa trajectoire et lui échappa des mains. Elle avait commis l'erreur idiote d'en prendre un défectueux ; au bout de dix pas, elle s'était rendu compte qu'une des roues était de travers mais, au lieu de refaire tout simplement les dix pas dans l'autre sens, elle avait continué d'avancer péniblement, comme ce pionnier américain de l'expédition Donner qui soutenait coûte que coûte à son convoi que le bout du chemin se trouvait juste derrière la prochaine colline.

Gina contrôla les articles qu'elle avait mis dans son chariot à l'aide de sa liste mentale : papier toilette, essuie-tout, glace, coulis de chocolat, un sachet de minibarres chocolatées, de grandes barres chocolatées, deux Twix (comme ça, ils ne se sentiraient pas seuls) et un flacon d'Advil avec un bouchon à ouverture facile pour personnes atteintes d'arthrite (elle était peut-être trop jeune pour en avoir besoin, mais aussi bien trop vieille, bordel, pour réussir à aligner sans utiliser de loupe la flèche du capuchon avec celle du flacon, et d'ailleurs, pourquoi faire des ouvertures de flacon si alambiquées, franchement ?).

— Non mais sans blague, marmonna-t-elle.

Des tampons.

Évidemment, les articles d'hygiène féminine étaient à l'autre bout du magasin, planqués dans le coin du fond, avec les couches pour bébés, les couches pour mémés, et tous ces autres produits dégoûtants pour vagins qui ne devaient jamais perturber le regard des hommes.

Articles ménagers. Linge de lit. Serviettes. Équipement sportif.

Les magasins Target ne vendaient pas d'armes à feu. Walmart et Dick non plus.

Aussi choquant que cela puisse paraître, il était illégal d'acheter un pistolet sur Internet et de se faire expédier ledit pistolet à domicile. La boutique de flingues la plus proche – ou quel que soit le nom que ces endroits portaient – se trouvait, d'après les recherches en ligne de Gina, en dehors de la ville. Elle était peut-être paranoïaque, et probablement en pleine crise psychotique, mais il était hors de question qu'elle sorte de la ville. En plus, on était en

Amérique, ici. Mais que foutait la NRA ? Elle aurait dû pouvoir acheter un AK-47 au distributeur automatique de n'importe quelle sandwicherie Subway.

Articles d'hygiène féminine.

Gina contourna les boîtes géantes de coton. Elle fit ralentir son Caddie pour examiner avec attention les offres de protections féminines, plus discrètes. Tampax avait une gamme nommée Radiant qui la faisait instantanément penser à un spot projetant un faisceau lumineux depuis l'intérieur de son minou. La gamme Pearl lui évoquait des huîtres, ce qui lui rappelait ce dessin humoristique qu'un ex-petit ami lui avait montré, un jour. Un aveugle qui marchait devant l'étal extérieur d'une poissonnerie, et qui disait « Bonjour mesdames ».

Ha.

Ha.

Ex-petit ami.

Elle balaya du regard les différents produits, tous de couleur rose ou bleue, exactement comme les trucs pour bébés. Applicateur en carton. Applicateur en plastique. Sans applicateur. Flux abondant. Flux moyen. Flux léger – c'était qui, ces connasses ? La gamme Compak lui rappelait un speculum de gynécologue. Fraîche même pendant le sport : bien sûr, on adorait toutes transpirer pendant nos règles. Doux : comme le derrière de ce bébé que vous n'aurez pas dans neuf mois. Sécurité : un cadenas pour votre chatte. Insertion aisée et confortable : pire phrase de drague de tous les temps. Bio : pourquoi sortir dans le jardin pour alimenter votre compost ? Grip antidérapant : le nouveau tube de Salt-n-Peppa.

Gina finit par se rabattre sur ses bons vieux Playtex Sport, à technologie FlexFit. La boîte était rose et bleue, forcément, mais elle affichait également la silhouette verte d'une femme mince et joyeuse, qui faisait du jogging le long de la route, cheveux au vent balayés sur le côté, façon *Gone Girl*, iPhone sanglé au bras et cordon d'écouteurs se balançant sur son buste car, comme Gina, elle avait la flemme de chercher à comprendre comment fonctionnaient les oreillettes Bluetooth sans fil – ces dégoulinures de morve blanche qu'on voyait sortir de toutes les oreilles, aujourd'hui.

Gina imaginait d'ici la réunion marketing chez Playtex. Les hommes avaient proposé la nana athlétique et joyeusement verte ; les femmes, quant à elles, avaient présenté la silhouette rouge foncé, presque noire, d'une femme en périménopause, recroquevillée en position fœtale sur le sol de sa salle de bains, en train de hurler.

Difficile de trancher.

La roue tordue faillit envoyer son chariot dans un rayon de couches. Gina contempla la perspective de ce vandalisme avec une certaine satisfaction, mais elle n'était pas ce genre de rebelle. Pas en ce moment, en tout cas. Elle appuya de toutes ses forces pour détourner le Caddie de sa cible. En chemin vers la caisse, elle chopa un paquet de vingt-quatre piles AAA car son vibromasseur adorait la période des règles.

Elle cherchait à passer sa carte de crédit devant le lecteur quand elle s'aperçut que dix minutes au moins s'étaient écoulées sans qu'elle ressente de paranoïa paralysante.

Gina jeta un œil autour d'elle, dans la zone des caisses. Une mère à l'air épuisé était aux prises avec son bébé. Une employée, probablement la manager, réprima un bâillement en regardant son porte-bloc. Le jeune homme de la caisse, qui avait scanné ce qu'un profileur du FBI appellerait un kit de règles, l'avait à peine regardée.

Une semaine entière était passée depuis la dernière fois que Gina avait véritablement souri. Ah, la vie et ses complexités… Un jour, on se terrait dans un bunker, à googliser « livraison à domicile de mitrailleuse » et, l'instant d'après, on était dehors, dans la vraie vie, à battre la mesure avec le pied sur la version musique de supérette de *Funky Cold Medina*, ce tube de hip-hop de 1989.

This brother told me a secret... on how to get more chicks...

Tone Loc était un véritable visionnaire. Il avait prédit à la fois la chute de Bill Cosby et la glorieuse ascension de la drag queen Ru Paul.

— Madame ?

Le type de la caisse attendait.

Gina ne laisserait pas ce « madame » troubler sa bonne humeur. Elle glissa son American Express devant le lecteur. Elle fit tournoyer sa signature dans la case dévolue sur le ticket. Elle se montra extrêmement polie envers le caissier, ce qu'il interpréta manifestement comme l'appel du pied d'une cougar désespérée. Une cougar peu appétissante, en l'occurrence. Elle fourra le ticket horriblement long dans son sac. Elle poussa devant elle le Caddie récalcitrant et franchit les portes coulissantes.

La lumière du soleil !

Qui l'eût cru ?

Elle avait garé sa voiture au fond du parking, un geste qu'elle avait envisagé comme son propre défi de *Fear Factor*, quand elle était arrivée au centre commercial. Maintenant, Gina était contente de l'occasion que cela lui donnait de faire un peu d'exercice. Ses tendons ischio-jambiers s'étaient recroquevillés en forme de points d'interrogation à force de télétravailler depuis son canapé, vingt-quatre heures sur vingt-quatre. Bien sûr, ses règles lui faisaient mal au ventre, et elle se sentait dégoûtante et suante, mais, pour la première fois dans sa vie d'adulte, ce n'était pas la pire chose qui lui arrivait. Ils auraient dû mettre sa silhouette à elle sur leurs foutues boîtes.

Avec Gina, les caillots ne passeront pas !

Elle ouvrit le coffre. Même la roue tordue, qui fit buter le Caddie dans son pare-chocs, ne parvint pas à ternir sa bonne humeur. Elle jeta les sacs dans sa voiture. Elle prit l'un des Twix et en déchira l'emballage avec les dents. Elle enfourna les deux d'un coup, comme si sa bouche était une machine à écrire et les barres chocolatées une feuille de papier, une comparaison que les moins de trente ans ne pouvaient pas comprendre.

Elle était vraiment trop flemmarde pour retourner à pied jusqu'au magasin rendre son Caddie. Elle eut la décence de le laisser sur la pelouse à côté de sa voiture. Elle prit place derrière le volant. Elle caressa l'idée d'aller chercher l'autre Twix dans le coffre. Mais la glace risquait de fondre. Du coup, elle n'avait qu'à manger la glace aussi. Devait-elle retourner au Target pour acheter une cuillère ? Elle ne pouvait quand même pas manger ça avec les mains. Elle ne pouvait quand même pas renverser la boîte et boire ses merveilles à même le carton, comme les dieux de l'Antiquité étanchaient leur soif de vierges éperdues.

Gina entendit un bruit sur la banquette arrière.

Elle jeta un regard nerveux dans le rétroviseur.

Elle vit la main d'un homme, puis son bras, puis son épaule. Étrangement, son regard ne poursuivit pas son chemin naturel jusqu'au visage de l'homme. Ses yeux revinrent d'un coup au centre, happés par l'éclat du soleil réfléchi par un objet en métal. Sa bouche, encore pleine de Twix, s'ouvrit en grand. Elle sentit ses yeux s'écarquiller. Ses narines se dilatèrent. Au ralenti, elle suivit la trajectoire du marteau qui s'élançait en arrière, puis en avant, droit vers le côté de sa tête.

Elle n'eut qu'une pensée, incroyablement stupide : *j'avais raison.*

20

Will fourra les mains dans les poches de son pantalon en avançant dans le couloir. Ses jointures douloureuses le poussèrent à reconsidérer sa décision. Une nouvelle traînée de sang dégoulinait sur le dos de sa main. Sara avait dit qu'elle lui mettrait un pansement. Ce n'était pas dans ses habitudes d'oublier, mais il leur fallait se faire à l'idée que les choses changeaient.

Elle le laissait respirer, elle tenait compte de ses sentiments. Sur le papier, cela semblait une bonne chose, mais dans la vraie vie, Will n'avait jamais connu personne qui l'ait laissé respirer ou ait tenu compte de ses sentiments. Il n'était plus tellement sûr de savoir mener sa barque tout seul.

Lorsque Will se fâchait après Amanda, elle le tyrannisait et l'humiliait jusqu'à ce qu'il capitule. Faith se confondait en excuses, se mettait à plat ventre et s'autoflagellait jusqu'à ce qu'il finisse par céder pour la faire taire et les gracier tous deux. Quant à Angie, elle n'arrêtait pas de le blesser, mais ensuite elle s'en allait, et, lorsque enfin elle revenait, Will était passé à autre chose – en plus d'être cruellement en manque de sexe, raison supplémentaire pour être forcé de pardonner à Angie.

Aucune de ces stratégies ne fonctionnerait avec Sara. Le fait qu'elle soit radicalement différente de toutes les autres personnes qu'il connaissait était l'un de ses principaux attraits aux yeux de Will. Mais, cette histoire d'espace, c'était un terrain où il ne s'était jamais aventuré. Sara s'attendait à ce qu'il règle cette situation lui-même, et il trouvait que c'était une mauvaise idée. Ce qu'il voulait vraiment faire, c'était lui envoyer une aubergine par texto, à laquelle elle aurait répondu par une cowgirl, et les choses seraient redevenues normales.

Will entra dans la cuisine pour se rincer la main, mais se retrouva face au distributeur automatique. Il n'avait rien mangé depuis plus d'une heure. Il glissa un billet de un dollar dans la fente. La spire métallique tourna sur elle-même, le roulé à la cannelle tomba. Will récupéra vingt-cinq *cents*, ce qui était la moitié de ce qu'il lui fallait pour s'acheter un Sprite. Il dut se contorsionner pour aller chercher de la monnaie au fond de son autre poche avec sa main libre.

Il se dirigea vers les sodas. Son amour des distributeurs automatiques frisait la pathologie. Il inséra les pièces et regarda, à travers la vitre, le bras robotique s'actionner pour qu'une main, robotique elle aussi, attrape la canette de Sprite et la fasse tomber dans le bac.

— Quoi de neuf, vieux frère ?

Nick s'approcha de Will et le gratifia encore de sa fameuse tape-empoignade sur l'épaule.

— Il m'est venu quelques idées en plus à propos de ce profil que les fédéraux avaient élaboré pour le chef.

Will posa son roulé et sa canette sur le comptoir et commença à rincer sa main ensanglantée sous le robinet. Le truc à l'épaule commençait à l'agacer, au même titre que la façon dont Nick appelait Tolliver « le chef », comme s'il s'agissait de Crazy Horse mettant la pâtée au Lieutenant-colonel Custer, et non d'un flic lambda qui bossait dans un trou paumé et qui, parce qu'il s'était débrouillé pour mettre en rogne le mauvais malfrat, avait fini par se faire tuer.

Will se sécha les mains en se retournant vers son collègue.

— C'est-à-dire ?

Nick fouillait ses poches à la recherche de monnaie. Son jean était tellement serré que la forme de ses doigts apparaissait distinctement à travers le tissu.

— Tu as des pièces de vingt-cinq ? demanda-t-il.

— Non.

Will en avait plein la poche, des pièces de vingt-cinq *cents*, mais le salut de Nick lui avait fait trop mal à l'épaule pour qu'il puisse aller les chercher.

— Le profil ? le relança-t-il.

— Oui. J'étais en train de feuilleter mes vieux carnets et ça m'a rappelé cette conversation que j'avais eue avec le chef.

Nick parvint à extraire la main de sa poche. Il sélectionna quelques pièces qu'il inséra dans la fente de la machine, tout en poursuivant :

— On discutait de ce profil, justement. C'était environ un an après l'arrestation, tu suis ? Et le chef, ça lui posait un souci que le descriptif cadre autant avec notre suspect.

— Tu as effectivement dit que ce profil correspondait pile à Nesbitt, confirma Will, qui se souvenait de la présentation de Nick pendant le briefing.

— Ouais, mais en reprenant mes notes, il y a un instant, j'ai compris pourquoi ça lui avait mis la puce à l'oreille. Ce qu'il a fini par trouver louche, c'était justement que le profil colle autant à notre coupable, comme si un gratte-papier du FBI était au courant que Nesbitt avait été arrêté et lui avait taillé un profil sur mesure.

Le vieil agent haussa les épaules.

— Ces types tiennent à attraper les criminels tout autant que nous, ajouta-t-il. Peut-être qu'ils se sont un peu emballés et qu'ils ont retapé leur analyse pour qu'elle corresponde à ce qu'on savait déjà de Nesbitt.

Will s'appuya contre le comptoir et observa Nick faire sa sélection sur le distributeur.

— Fais chier, mec, tu as pris le dernier Sprite ? s'exclama celui-ci en appuyant sur les boutons une deuxième fois.

Il pressa son visage contre la vitre pour inspecter les rangées de boissons.

Will fit volte-face, agita vigoureusement la canette de Sprite plusieurs fois et, se retournant aussitôt, la tendit à Nick.

— Prends la mienne, dit-il. J'en ai une autre dans mon bureau.

Son collègue prit la canette.

— Merci, mon vieux.

— Alors, pourquoi « le chef » a-t-il cru qu'on avait trafiqué le profil ?

Nick marqua un temps ; il avait clairement remarqué le ton sarcastique de Will. Mais il répondit comme si de rien n'était :

— Tout ce qu'on avait, en vérité, c'étaient des photos de la scène de crime de l'affaire Truong et une ou deux photos de Caterino prises avec un BlackBerry. Deux scènes de crime qui ne présentaient presque aucune similitude. Comment on appelle ce genre de choses ?

Will voyait bien que son interlocuteur attendait une réponse. Il secoua la tête.

Nick tapota deux fois du bout de son doigt le dessus de la canette de Sprite.

— La validité de l'inférence statistique, déclara-t-il.

Will pensait que cela relevait davantage de résultats non généralisables du fait d'un investissement insuffisant, mais il répondit :

— C'est possible.

— Possible ? Je suis prêt à parier ma couille gauche que c'est le cas. Je fais plus confiance au chef qu'à ma propre mémoire, si tu vois ce que je veux dire. Ce gars, c'était un malin, tu peux me croire. Un super bon flic. Le meilleur homme que j'aie jamais connu.

Will voyait ce qu'il voulait dire.

— Bref, fit son collègue, qui glissa son doigt dans l'anneau métallique et ouvrit la canette.

Le Sprite jaillit comme le geyser Old Faithful de Yellowstone.

— Merde ! hurla Nick en reculant d'un pas.

Mais il n'avait pas réussi à éviter le jet. Son jean était trempé au niveau de l'entrejambe, il en avait même dans la barbe.

— Merde, répéta-t-il.

Will tendit le bras vers des serviettes en papier.

Nick le fusilla du regard, il réfléchissait à une réaction adéquate.

Will aussi réfléchissait.

Les nombres parlaient d'eux-mêmes : son collègue avait quinze ans de plus que lui, il pesait dix kilos de moins, sans parler du fait que Will faisait une tête de plus que lui.

Et puis il y avait les variables : ils travaillaient ensemble. Sans oublier le facteur Sara. Ils avaient maintenu ce simulacre depuis si longtemps que, s'ils cessaient maintenant, ils devraient reconnaître qu'ils avaient toujours joué la comédie.

— Les garçons ?

Sans un bruit, Amanda était apparue dans la cuisine.

Nick balança la canette de Sprite à la poubelle et quitta la pièce.

— Pourquoi je ne géolocalise plus votre téléphone ? demanda Amanda à Will, un sourcil arqué.

Will avait oublié qu'il l'avait éteint. Il le leva pour le montrer à la directrice adjointe du GBI.

— Combien de limites allez-vous dépasser ce matin ?

— Deux, répondit-il. Mais pour la première, c'est réglé, ajouta-t-il en montrant le costume qu'il avait enfilé.

Amanda fronça les sourcils mais passa outre.

— Faites-moi un point sur ce bourbier dans lequel nous sommes tous enlisés.

Will entendit la Faith qu'il avait en lui rétorquer qu'il suffirait d'une ou deux démarches pour les tirer du bourbier en question, comme aller s'adresser aux policiers des autres juridictions, par exemple, et les interroger au sujet d'un tueur en série – mais il n'était pas Faith, et il était allé suffisamment loin pour aujourd'hui.

— On attend toujours que le fournisseur d'accès Internet de Dirk Masterson nous donne de ses nouvelles, répondit-il. Faith travaille sur le placard de Gerald Caterino. Quant à moi, j'ai lancé un avis de recherche à l'échelle de l'État concernant les femmes portées disparues, ou celles ayant fait part à la police de leur sentiment d'être épiées ou traquées. Puis j'ai effectué un suivi de nos autres affaires en cours.

— Ah, du vrai travail de policier, constata sa supérieure. Vous me faites un topo ?

Will lui fit un rapide compte rendu. Une enquête pour incendie criminel à Chattooga était sur le point de mener à une arrestation. Un passage au détecteur de mensonge avait été programmé pour un suspect dans une affaire de cambriolages à la chaîne de magasins de vins et spiritueux à Muscogee. Par ailleurs, Will avait envoyé un dessinateur de portrait-robot à Forsyth pour qu'il recueille les descriptions de la victime potentielle d'un violeur en série. Enfin, le bureau du shérif de Treutlen County leur envoyait un adjoint avec des échantillons de salive à faire analyser.

— Bien, fit Amanda. Je veux que vous envoyiez vos comptes rendus à Caroline par mail. J'ai une journée chargée devant moi. C'est elle qui gère mon emploi du temps.

Caroline était l'assistante d'Amanda, une femme patiente que les humiliations laissaient de marbre.

— Oui, madame.

— Sara est en route pour Grant County. Le coroner lui a remis sa clé de l'entrepôt. Je lui ai dit de m'appeler quand elle aurait les résultats de l'analyse toxico.

Will essaya de réagir comme s'il ne venait pas de recevoir un coup de poing en pleine figure.

Il ne voulait pas que Sara aille à Grant maintenant – ce qui était une pensée digne d'un petit ami possessif et autoritaire.

Amanda consulta sa montre.

— J'ai chargé Caroline d'essayer de faire venir les parents de Shay Van Dorne ici. Avec un peu de chance, Sara sera rentrée à temps. Je veux que cette histoire de Dirk Masterson soit réglée dès que possible. Appelez le fournisseur d'accès. Dites-leur de passer la vitesse supérieure.

— Vous pensez que Masterson est au courant de quelque chose ?

— Je crois que le patron ici, c'est moi, et que votre travail, c'est de faire ce que je vous dis.

Cet argument était d'une logique irréfutable, Will ne trouva rien à répondre. Il quitta la cuisine, emportant son roulé à la cannelle avec lui. Il alluma son téléphone. Il avait vraiment joué au con en cachant ses déplacements à Sara. D'un autre côté, c'était lui qui avait installé l'application Localiser sur son téléphone. Il doutait fort qu'elle l'ait jamais ouverte, de toute façon.

Il entra le numéro de Sara pour la localiser. Elle était déjà arrivée dans Grant County. Sur Mercer Avenue. L'épingle bleue indiquait qu'elle se trouvait à l'intérieur d'un lieu nommé le U-Store. Il dé-zooma et passa en mode Satellite. On aurait dit que Sara se trouvait en face d'une grande prairie.

Une prairie semée de pierres tombales.

— C'est une blague.

Toutes les aubergines et les cowgirls du monde ne suffiraient jamais à arranger ça.

Will rangea le téléphone dans sa poche. Il toqua à la porte de Faith tout en l'ouvrant.

Elle était assise à son bureau et se faisait une injection d'insuline.

Will fut sur le point de ressortir mais elle lui fit signe de venir s'asseoir, puis indiqua son téléphone, qui était sur haut-parleur.

— Mon chéri, dit-elle, tandis qu'elle redescendait sa manche le long de son bras et jetait le stylo à insuline. Je ne peux pas régler ça à ta place. Tu vas devoir lui parler en personne, pas au téléphone, et voir ce que ça donne.

Will reconnut le ton que Faith réservait à ses enfants – un mélange d'amour inconditionnel et de léger agacement.

— Allez, maman, la suppliait Jeremy. Tu m'as dit que je pourrais toujours compter sur toi pour m'aider. Eh ben là, j'ai besoin d'aide.

— Bien tenté, mon petit gars, répondit la policière en riant, mais si tu crois que je vais prendre le risque de sacrifier une relation qui m'économise vingt-quatre mille dollars par an de garde d'enfants, alors tu connais bien mal ta mère, mon fils.

Le garçon émit un grognement identique à ceux de Faith.

— J'apporte mon linge ce week-end.

— Apporte de la lessive aussi, alors, parce que tu vas le laver toi-même.

Et elle raccrocha.

— Jeremy est fâché après ma mère, expliqua-t-elle. J'essaie de faire en sorte que ça lui serve de leçon.

Will s'engouffra dans la brèche :

— Peut-être que ta mère devrait lui laisser… euh… plus d'espace ? Tu sais, pour qu'il puisse analyser ses sentiments.

Faith le regarda fixement.

— Cligne des yeux une fois si les ravisseurs peuvent nous entendre, dit-elle.

Will se racla la gorge, et continua sur sa lancée :

— C'est juste que… Bon, il est blessé, c'est ça ? Mais il a sans doute besoin de temps pour passer à autre chose, alors elle devrait lui ficher la paix. Après, il pourrait lui dire que ça va mieux, d'ici quelques heures ? Ou quelques jours, peut-être ? Il lui faudrait plusieurs jours, tu crois ?

— Plusieurs jours, c'est sans doute un peu long.

— Des heures, alors ? Combien d'heures, à ton avis ?

— Douze ? suggéra Faith avant de se raviser, devant la mine catastrophée de son coéquipier. Non, trois plutôt.

Will sortit le roulé à la cannelle de son sachet en plastique et en prit une bouchée.

— Je suis désolée, ajouta l'agente spéciale, qui semblait réellement déçue d'elle-même. Mon fils se frite avec ma mère. J'ai promis à ma fille que je lui présenterais le détective Pikachu si elle me laissait faire pipi tranquillement. J'ai utilisé le code de triche Motherlode parce que c'est la seule façon d'offrir à mes Sims la vie qu'ils méritent. Crois-tu vraiment que c'est à moi qu'il faut s'adresser pour savoir comment devenir un adulte équilibré ?

Will observa le gâteau un instant. Le glaçage blanc était en train de fondre. Il mordit une nouvelle fois dedans à pleines dents.

— Je suis inutile, poursuivit Faith. Je suis nulle. Je suis une personne épouvantable.

— Ça va, fit Will, qui aurait voulu que les cinq dernières minutes de cette conversation n'aient jamais eu lieu. On aurait mille raisons de vivre comme il nous plaît.

— Espèce d'enfoiré, ne t'avise pas de me mettre *La Reine des neiges* dans la tête, lança-t-elle en faisant pivoter son siège en direction de son ordinateur. Tu as vu Nick ? ajouta-t-elle. Il te cherchait.

Nick était sans doute en train de se rincer l'entrejambe dans les toilettes.

— Il m'a dit que reprendre ses anciennes notes lui avait rappelé quelque chose, répondit Will. Un truc à propos de ce fameux profil qui ne plaisait pas à Tolliver, apparemment.

— Ah, tu veux parler du « chef » ?

Le policier se sentit pris d'un soudain élan d'affection pour elle.

— Tolliver pensait que c'était la queue qui remuait le chien.

Faith pianotait des doigts sur la table.

— On sait tous que le FBI n'est pas infaillible, approuva-t-elle. Regarde le scandale concernant les essais balistiques. Ou celui à propos de l'analyse microscopique des cheveux. Ou le scandale au sujet des scandales.

Will termina son roulé.

— Et les photocopies des notes de Lena ? demanda-t-il.

Faith éclata de rire.

— On dirait du Dickens, dit-elle. Je veux dire, *vraiment* du Dickens. Comme si ses notes avaient été écrites, imprimées et publiées. Même son écriture ressemble à du traitement de texte.

Son partenaire n'en attendait pas moins.

— Pourquoi Tolliver ne l'a pas virée ? maugréa Faith.

Elle ne s'attendait pas à recevoir de réponse, mais Will lui en offrit une quand même :

— Il a peut-être voulu lui accorder une seconde chance ? Ou alors il refusait juste de reconnaître qu'il avait tort.

— Tu crois qu'il s'est laissé aveugler par son propre entêtement ?

— C'est la théorie de Sara : d'après elle, il refusait d'admettre qu'il s'était trompé à son sujet. Ma théorie à moi, c'est que Lena était son lapin gris.

Will avait observé ce type de rapport complémentaire dans nombre de postes de police au fil des ans.

— Quand Tolliver avait à faire un travail pas très propre, poursuivit-il, il envoyait son lapin gris sautiller dans les zones grises, pour que ses mains à lui restent blanches comme neige. Du coup, plus question pour lui de la renvoyer, car elle était au jus de tous ses secrets. En plus, il savait qu'il aurait certainement encore besoin d'elle. Dans les rapports de ce type, généralement, aucune des parties concernées ne considère cet échange comme une transaction susceptible de déboucher sur un conflit, chacun y trouve son compte. Des camarades de tranchée, en quelque sorte.

Faith garda le silence aussi longtemps qu'il seyait face à une personne souillant la mémoire d'un mort, lequel se trouvait aussi être l'époux défunt de l'une de ses meilleures amies.

— Ta théorie tombe sous le sens, répondit-elle enfin. Lena jouait ce rôle-là dans la brigade de Macon aussi.

Will lécha le sucre sur ses doigts.

— OK, je vais te dire une chose qui n'a rien à voir avec Lena, ajouta soudain la policière, changeant abruptement de sujet.

Elle se mit bien face à Will, en joignant les mains sur le bureau devant elle.

— En fait, j'ai bien un conseil à te donner, en matière de relation aux autres, poursuivit-elle. C'est le même conseil que j'ai donné à Jeremy, et sans doute la dernière chose que tu veux entendre : parle à Sara. Parle-lui en personne. Fais-lui part de tes sentiments. Dis-lui ce qu'elle doit faire pour tout arranger. Elle t'aime. Tu l'aimes. Trouvez une solution.

Will se frotta la mâchoire. Il avait les doigts collants. Il fit un mouvement de tête en direction de l'ordinateur de Faith. Des photos prises dans le placard de Gerald Caterino apparaissaient à l'écran.

— Du nouveau ?

— Juste de la tristesse, dit-elle en tournant le regard vers son écran. Je sais quel effet dévastateur les crimes produisent sur les familles. Je vois ça tous les jours, c'est atroce et terriblement démoralisant, mais quand je vois tout ce que Gerald a accompli – les demandes d'accès à l'information, les avocats, les procès, les détectives privés, les notes, les coups de fil et tout l'argent qu'il a dépensé –, j'ai juste…

Elle s'interrompit en secouant la tête, car il n'y avait plus rien à ajouter.

— Amanda veut accélérer la manœuvre, côté Masterson, lui apprit Will. Je ne sais pas pourquoi, mais elle sent qu'il y a quelque chose de pourri de ce côté-là, et elle se trompe rarement.

— À moins d'aller à Austin m'asseoir directement sur leurs genoux, je ne vois pas ce que je peux faire pour inciter les fournisseurs d'accès à se magner.

Elle fit glisser une feuille vers son partenaire.

— Jette plutôt un œil à ça. C'est une facture de l'inspecteur Dirk. En retard. Et celle-ci, c'est la plus récente. Caterino doit presque trente mille dollars à ce connard.

Will avisa les chiffres en haut de la page.

— Il y a une adresse, remarqua-t-il. Tu ne m'as pas dit que tous les chèques étaient envoyés à une boîte postale ?

Faith fit glisser vers Will une autre feuille sur laquelle figuraient un plan, une adresse mail et un numéro de téléphone.

— Station centrale de boîtes à lettres. C'est l'un de ces centres où on peut louer une boîte postale et se procurer une adresse.

Il connaissait bien ce service. Son ex-femme était une grande spécialiste des adresses fantômes. À plusieurs occasions, il s'était retrouvé dans l'obligation de contourner la légalité pour la retrouver.

— Qu'est-ce qui paraît le plus menaçant pour un citoyen lambda, à ton avis : un mandat ou une injonction administrative ? demanda-t-il.

Faith réfléchit un instant.

— Je ne sais pas. La moitié du gouvernement fédéral a des injonctions non honorées. Alors un mandat, j'imagine ?

L'agent spécial enclencha le haut-parleur sur le téléphone fixe de sa coéquipière, sachant que le numéro qui s'afficherait du côté de son interlocuteur serait celui du GBI.

— T'es pas en train de mettre du sucre sur mon téléphone, là ?

— Si.

Will composa le numéro.

— Station centrale de boîtes à lettres, répondit presque immédiatement un jeune homme à la voix enjouée. Bryan à l'appareil. Que puis-je faire pour vous ?

— Bonjour Bryan, dit Will, d'une voix plus aiguë et en contrefaisant un accent du Sud à couper au couteau. Ici l'agent spécial Nick Shelton, du Bureau d'investigation de Géorgie. Je suis en train de remplir un mandat officiel concernant un criminel qui a loué la boîte postale n° 3421 chez vous. Le juge souhaiterait connaître le nom du locataire de la boîte avant de signer le mandat qui permettra l'envoi de l'équipe chargée d'appréhender le fugitif.

Faith secoua la tête devant ce subterfuge : si son interlocuteur avait eu la moindre idée de comment la loi fonctionnait, il lui aurait ri au nez.

Mais Bryan ne riait pas.

Elle n'en revint pas lorsqu'elle entendit le jeune homme tapoter sur un clavier.

— Oui, monsieur... Je veux dire, monsieur l'agent spécial. Laissez-moi vérifier... Je l'ai... OK, donc la boîte n° 3421 est louée à Miranda Newberry. Voulez-vous connaître son adresse ?

Faith renversa son pot à stylos en cherchant précipitamment de quoi écrire.

— Je vous écoute, mon petit, l'encouragea Will.

— C'est au 4825 Dutch Drive, Marietta, 30062.

— Merci, mon p'tit gars.

Et il raccrocha.

— Nom d'un chien ! s'exclama Faith en levant les bras comme un arbitre validant un but. C'était stupéfiant !

— Miranda Newberry.

La policière se retourna d'un coup vers l'écran de son ordinateur. Elle se mit à taper sur le clavier à toute vitesse, puis elle fronça les sourcils, et ensuite elle grogna.

— Oh ! pour l'amour du...

Will attendait tandis qu'elle cliquait furieusement sur la souris.

— Miranda Newberry est une experte-comptable célibataire de vingt-neuf ans, diplômée de l'université de Géorgie, débita

Faith. Elle passe le plus clair de son temps sur des blogs dédiés aux affaires criminelles et... non, c'est une blague ! Elle est sur six forums différents, tous consacrés à la littérature *Young Adult.* C'est exactement ce qu'il me faut, tiens, qu'une bourgeoise blanche de la génération Y ait son mot à dire sur les livres que ma fille métisse devra lire.

— Se faire passer pour un agent de police ? dit Will. C'est de la fraude, ni plus ni moins.

Ce n'était pas forcément un crime de se faire passer pour quelqu'un d'autre sur Internet, mais c'était très clairement illégal de le faire pour de l'argent.

— Oh ! merde, regarde, s'écria Faith en montrant l'écran. Elle vient de mettre une photo du Grand Poulet sur Instagram. Elle dit qu'elle va y retrouver son petit ami pour le déjeuner dans une heure.

Will se leva.

— C'est moi qui conduis.

Le Grand Poulet se trouvait à l'intersection de Cobb Parkway et Roswell Road. Ce restaurant devait son surnom à l'enseigne de près de vingt mètres en forme de poulet géant, qui s'élevait d'un Kentucky Fried Chicken autrement très ordinaire. Pour les gens du coin, cette tête de volatile qui dépassait au-dessus des toits servait de repère. Pour s'orienter dans la ville, on précisait toujours si l'on se trouvait en avant ou après, à droite ou à gauche du Grand Poulet.

Will jeta un œil par-dessus son épaule lorsque la porte s'ouvrit. Le KFC était plein à craquer de gens qui travaillaient dans les environs et venaient y faire leur pause-déjeuner. Il aperçut Faith qui leur réservait un box au fond. Elle était sur son téléphone. Ils étaient arrivés avant Miranda Newberry, qui avait quinze minutes de retard.

La porte s'ouvrit. Will regarda de nouveau par-dessus son épaule.

Toujours pas de Miranda Newberry.

Il finit de remplir son gobelet de Dr Pepper à la machine à boissons, puis alla rejoindre Faith, surveillant les autres box au passage. Sur la bannière Facebook de la fausse policière apparaissait une femme très mince qui tenait dans ses bras deux loulous de Poméranie qu'elle avait habillés comme Bonnie and Clyde. Will avait dû endurer en silence toutes les blagues de Faith au sujet des petits chiens. Sa chienne, Betty, était un chihuahua. Se retrouver avec un animal petit format sur les bras faisait partie des aléas de l'existence et, à partir de là, il fallait bien s'en occuper.

— Toujours rien, dit Faith, penchée sur son téléphone, alors que Will s'asseyait en face d'elle. C'est de toute évidence une menteuse. Elle devait mentir aussi quand elle a raconté qu'elle retrouvait son petit ami ici. Je parierais même qu'il vit au Canada.

L'agent spécial ne répondit pas. Il avait gardé de bons souvenirs de sa petite amie canadienne, du temps où il allait au lycée. Elle était top model.

— Tu veux autre chose ? demanda-t-il.

Faith fit la grimace. La salade dans son assiette semblait avoir été prémâchée par un autre client du restaurant.

— Pourquoi ça me dérange à ce point qu'elle écrive des critiques de livres *Young Adult* ? s'interrogea-t-elle.

Will buvait son Dr Pepper.

— OK, j'ai bien conscience de ressembler à une caricature de blanche hystérique qui crie sur le serveur parce qu'elle refuse de payer un supplément fromage de cinquante *cents* pour son omelette, dit-elle, avant de reprendre son souffle. Mais l'unique raison, et je dis bien *l'unique*, pour laquelle je n'ai jamais essayé la coke, c'est à cause de ce qui arrive à Regina Morrow dans *Les Jumelles de Sun Valley*. Et ne me lance même pas sur *L'Herbe bleue*. Ce bouquin m'a carrément fait flipper. Je n'avais aucune idée de ce qu'était la PCP à l'époque où je l'ai lu, et ça m'a quand même terrifiée. Même s'il a été écrit par un prête-plume d'au moins deux cents ans qui pensait que les jeunes de cette époque disaient vraiment des trucs comme « tu piges, l'ami ? ».

La porte s'ouvrit.

Faith se tendit d'un coup, mais Will secoua la tête.

Sa partenaire attrapa une poignée de serviettes dans le distributeur et essuya son téléphone.

— Est-ce que je t'ai raconté que, l'autre jour, j'étais en train d'essuyer du guacamole sur mon iPad, et j'ai accidentellement *liké* ce post envoyé par un abruti avec qui j'étais au lycée et…

— Attention.

La porte s'était de nouveau ouverte.

Miranda Newberry ressemblait à ses photos à quelques détails près. Sa frange était un peu plus courte. Elle portait une robe orange vif à motifs floraux bleus et verts. Son sac à main était une grosse chose informe, ornée de perles et de pampilles. Will fit mentalement l'inventaire de toutes les armes qu'un sac pareil pouvait abriter, du cran d'arrêt au Magnum .357. Mais au regard du profil de l'experte-comptable sur les réseaux sociaux, il était plus probable qu'il contienne des accessoires pour ses chiens et quelques cartes de crédit volées.

Faith actionna le mode selfie de son téléphone pour surveiller ce qui se passait derrière elle.

Miranda ne parcourait pas la pièce bondée du regard, à la recherche du petit ami avec qui elle était censée déjeuner. Au lieu de cela, elle se mit un peu à l'écart de la foule amassée devant le comptoir d'accueil, leva son téléphone, sourit, prit un selfie, puis ressortit du restaurant.

Faith se leva d'un bond, Will lui emboîta le pas. Ils quittèrent la salle en vitesse. Dehors, Miranda ne monta pas dans la Honda CRX blanche qui était enregistrée à son nom. Elle traversa à pied l'étroite rue qui faisait l'angle derrière le Grand Poulet, puis elle s'engagea entre deux rangées de buissons.

Will rattrapa sa coéquipière sur le parking d'un concessionnaire poids lourds.

— J'espère qu'on ne va pas la perdre de vue, dit cette dernière.

Elle plaisantait, bien sûr. La robe orange était aussi voyante qu'un cône de signalisation.

— Mais où elle va ? demanda-t-elle en se faufilant entre deux camionnettes blanches.

Will sentit une odeur de frites.

— Au Wendy's.

Il avait raison. Miranda se dirigea droit vers le petit bâtiment et en tira la porte pour y rentrer.

Les deux policiers ralentirent. À travers la vitre, Will aperçut Miranda qui s'était mise dans la file d'attente pour commander. Le Wendy's n'était pas aussi bondé que le KFC. Il y avait encore de nombreuses places libres dans le parking. L'enquêteur venait d'avaler tout une grosse barquette de *wings*, mais l'odeur des frites lui ouvrit à nouveau l'appétit.

Une fois à l'intérieur du restaurant, Will et Faith se séparèrent, faisant mine de ne pas se connaître. Will s'installa dans un box, pendant que Faith se positionnait derrière Miranda, dans la queue. De son poste d'observation, Will voyait sa partenaire regarder par-dessus l'épaule de la femme et scruter le téléphone que celle-ci tenait entre les mains. Comme la plupart des gens, Miranda était totalement obnubilée par son écran et ne se doutait absolument pas qu'une policière se tenait derrière elle – si elle avait fait davantage attention, elle aurait pu remarquer le pistolet que Faith avait à la ceinture, sous sa veste.

Will vit deux autres clients entrer dans le restaurant. Il essaya de se mettre à la place de Miranda. Quel genre de personne envoyait sur les réseaux la photo d'un restaurant où elle n'allait pas déjeuner, et évoquait un petit ami imaginaire ? Le genre de personne à profiter du désespoir d'un père pour le faire mordre à l'hameçon et lui soutirer trente mille dollars, pensa-t-il.

Une mimique de Faith attira son attention tandis que Miranda attendait sa commande. Sa coéquipière avait l'air furax, mais il faut dire que c'était souvent le cas. Le caissier appela Faith. Cette dernière restait de côté, de façon à ne pas perdre Miranda de vue pendant qu'elle faisait son choix.

La femme ne se rendait toujours compte de rien, fascinée par son téléphone. Will remarqua une petite bosse sur sa nuque, à l'endroit où la vertèbre s'était mise à saillir tant elle gardait la tête baissée vers un écran.

Miranda leva enfin les yeux. Sa commande était prête. Elle prit le plateau qui l'attendait sur le comptoir. Un hamburger avec des frites et une boisson. Elle remplit son gobelet de thé non sucré. Faith était juste à côté d'elle, remplissant son propre gobelet de soda, pendant que Miranda passait aux condiments.

Une paille. Des serviettes. Du sel. Des couverts en plastique. Pressant vigoureusement la pompe à ketchup, la femme remplit six petits ramequins en papier.

Elle se dirigea vers le côté de la salle où un étroit comptoir et de hauts tabourets permettaient de prendre son repas en savourant la vue imprenable sur le magasin de pots d'échappement de l'autre côté de la rue.

— Madame ?

Faith sortit sa carte de police.

Miranda faillit lâcher son plateau.

— Par-là, lui dit l'agente spéciale, en indiquant le box où se trouvait Will.

Elle était passée en mode flic, ce qui attira quelques regards de la clientèle présente.

— Allez, on se dépêche, lui lança-t-elle sèchement.

Will vit les yeux paniqués de Miranda balayer la pièce. Elle avait l'air aussi innocente qu'un loup dans la bergerie. Et ce n'était pas par hasard que le policier avait choisi ce box en particulier : de leurs points de vue respectifs, Faith et lui pouvaient surveiller toutes les issues.

Du thé s'échappa de la tasse de Miranda. Ses mains tremblaient. Elle avançait vers le box à tout petits pas, mais elle accéléra soudain quand Faith se mit à prendre sa grosse voix. L'enquêtrice était menue, mais elle pouvait devenir très menaçante quand la situation l'exigeait.

Miranda se glissa dans le box et s'installa en face de Will. Faith s'assit à ses côtés et la força à se décaler sur le banc jusqu'à se retrouver coincée contre le mur.

Will se chargea de faire les présentations, car sa partenaire avait endossé le rôle de flic taciturne et imprévisible qu'il tenait habituellement.

— Je m'appelle Trent. Et voici l'agente spéciale Mitchell.

Miranda observait sa carte, les mains encore tremblantes.

— C'est une vraie ? demanda-t-elle.

Faith fit claquer sa carte professionnelle sur la table.

— Appelez le numéro pour vérifier, lâcha-t-elle d'un ton sec.

Miranda ramassa la carte et la regarda un instant. Ses yeux s'emplirent de larmes. Will voyait sa mâchoire se crisper tandis qu'elle serrait les dents.

Elle reposa la carte sur la table, puis elle prit une frite, la trempa dans chacun des six ramequins de ketchup tour à tour, puis l'enfourna dans sa bouche.

Will lança un regard à Faith pendant que Miranda mâchait en silence. Il se dit que cette femme avait peut-être décidé de faire comme s'ils n'étaient pas là, jusqu'à ce qu'ils abandonnent la partie et la laissent tranquille.

— Nous sommes là pour vous parler de Gerald Caterino, commença Will.

Miranda cessa de mastiquer un instant, mais elle prit une autre frite, la trempa dans les six ramequins, et la mit dans sa bouche.

L'agente spéciale tendit le bras et, comme dans une partie de Jenga, retira l'une des frites de la pile.

L'experte-comptable poussa un soupir forcé.

— Je connais mes droits, dit-elle enfin. Je n'ai pas à parler à la police si je n'en ai pas envie.

Will fit appel à la Faith qu'il avait en lui.

— Avez-vous appris cela à l'académie de police, inspecteur Masterson ?

Miranda s'arrêta de mâcher.

— Ce n'est pas illégal d'adopter un pseudo sur Internet, que je sache, répliqua-t-elle.

— C'est discutable, dit Will, reproduisant à sa manière le ton agacé de sa coéquipière. Mais ce qui est sûr, c'est qu'il est illégal de se faire passer pour un agent de police. Même s'il a pris sa retraite et qu'il n'a jamais existé.

Ces propos la firent sursauter.

Faith posa le bras sur le dossier de la banquette. Sa veste était ouverte, ce qui rendait son pistolet bien visible.

Miranda baissa les yeux vers l'arme. Elle déglutit si fort qu'on l'entendit.

— Ma chienne est tombée malade. Elle avait besoin d'être opérée. Et après ma voiture est tombée en panne.

— Et ça vous a coûté trente mille dollars ? la questionna Will.

— J'ai travaillé gratis pendant toute une année avant de demander des sous. Et après j'ai dû continuer à me faire payer parce que…

Elle se rendit compte qu'elle parlait très fort et baissa la voix.

— J'ai dû continuer à me faire payer parce que sinon ça aurait paru suspect.

— Malin, dit Faith.

Miranda glissa un regard bref dans sa direction et reprit, s'adressant à Will :

— Le personnage de Masterson m'apporte une légitimité. Personne ne m'écouterait si on savait que j'étais une femme. Vous n'avez pas idée à quel point c'est dur…

Faith fit semblant de ronfler.

— Je paierai une amende, continua Miranda. Je rendrai l'argent. Ce n'est pas si grave.

— Vous êtes experte-comptable, n'est-ce pas ? lui demanda Will, attendant qu'elle acquiesce. Vous avez déclaré cette rentrée d'argent aux impôts ?

Ses yeux se remirent à bouger dans tous les sens.

— Oui, murmura-t-elle.

— Il va me falloir une copie de votre licence de détective privé, de votre licence professionnelle pour Love2CMurder, et votre numéro d'impôt fédéral sur le revenu, ou votre numéro de Sécurité sociale, pour que je puisse vérifier…

— J'ai touché cet argent il y a plus de deux ans, le coupa-t-elle. Cela équivaut à une donation exonérée d'impôts.

Faith émit un petit sifflement.

— Et si on arrêtait les conneries cinq minutes ? dit Will, empruntant à sa partenaire l'une de ses répliques favorites.

Miranda serra davantage la mâchoire.

— Je n'ai rien à vous dire, rétorqua-t-elle.

— Votre escroquerie est une raison suffisante pour vous arrêter.

Miranda repoussa le plateau qui se trouvait devant elle.

— Bon, écoutez, d'accord, j'ai accepté l'argent que m'offrait Gerald, mais je lui rendais service, en vérité. Vous croyez que ce dinosaure sait fouiller le Net ?

Faith ne put s'empêcher de réagir :

— Trente mille dollars, c'est le tarif en vigueur pour créer une alerte Google et découper deux ou trois articles ?

— J'ai fait bien plus que ça, bon sang ! s'insurgea son interlocutrice. Tout ce travail m'a pris des heures et des heures. J'ai traité les données. Je lui ai montré des détails récurrents.

Elle mit la main dans son sac. Rapide comme l'éclair, Faith lui saisit le poignet.

— Aïe ! fit Miranda en grimaçant. Je cherchais juste mon téléphone. Il est dans mon sac.

La policière prit la fourchette en plastique sur le plateau de Miranda et l'utilisa pour inspecter brièvement le contenu du gros sac informe. Enfin, elle opina du chef. RAS.

— La vache, jura l'experte-comptable en sortant son téléphone de son sac.

Elle se mit à faire glisser ses doigts sur l'écran.

— Vous avez raison, reconnut-elle. J'ai bien envoyé à Gerald les résultats des alertes Google qui m'avaient signalé des articles traitant d'agressions similaires à celle de Beckey. Est-ce que vous avez vu des photos d'elle ? Elle a failli mourir. De nombreuses femmes sont mortes. Et il ne s'agit pas seulement de quelques meurtres isolés. Là, c'est un véritable tueur en série que j'essaie de coincer.

Will ne comptait pas la laisser s'en tirer aussi facilement.

— Quels détails récurrents avez-vous montrés à Gerald ?

— Dans les affaires que je lui ai envoyées, répondit-elle sans cesser de chercher des éléments sur son téléphone, toutes les femmes avaient été enlevées pendant la dernière semaine du mois de mars, ou la dernière semaine d'octobre. Et toutes ont disparu le matin, entre 5 heures et midi.

Will vit Faith se raidir, car ce dernier détail lui avait échappé.

— Nous savons déjà tout ça, répondit-il. Qu'avez-vous trouvé d'autre ?

— Gerald vous a parlé de la question des cheveux ? Et du fait que ces femmes avaient été suivies ?

— Oui.

— Quelles affaires vous a-t-il montrées ?

— Quelles affaires pensez-vous qu'il nous a montrées ? esquiva l'enquêteur.

— Je dois tout reprendre depuis le début, dit Miranda en orientant son téléphone de façon que les deux autres puissent voir l'écran. OK, donc ça, c'est le tableur Excel original comportant toutes les données que j'ai transmises à Gerald. Mon critère de recherche, c'étaient les femmes portées disparues en Géorgie pendant les huit dernières années. Cela m'a pris des jours, parfois des semaines et des mois, et même une année entière, pour savoir ce qui s'était passé après que ces femmes avaient été portées disparues. Des milliers d'heures de mon temps sont passées dans ce travail de titan, qui consistait à réunir toutes ces informations dans une base de données consultable.

— Continuez.

— Voilà ce qui leur est arrivé, poursuivit-elle en faisant apparaître une nouvelle colonne. La majorité d'entre elles ont réapparu, ce qui est fréquent. Parfois, les femmes ont juste besoin de faire une pause pour souffler un peu. Certaines se sont fait arrêter pour usage de stupéfiant, par exemple, d'autres ont fini dans des foyers pour femmes pour échapper à leurs maris violents. D'autres ne sont jamais revenues, parce qu'elles avaient quitté l'État ou s'étaient enfuies avec un petit ami. Mais un petit nombre d'entre elles ont été retrouvées mortes. Regardez cette colonne.

Faith lut : *Joan Feeney. Pia Danske. Shay Van Dorne. Alexandra McAllister.*

Il s'agissait des noms qu'elle avait tirés de la liste du père de Beckey.

— D'après Gerald Caterino, dit Will, il y avait plus de victimes que vous n'en mentionnez dans cette colonne.

— Il se trompait, je vous le jure, protesta Miranda. Il voyait ce qu'il voulait voir. Je parie qu'il ne vous a jamais montré ma liste en entier.

Elle effleura l'écran à nouveau.

— Voilà, cette cellule contient tous les enlèvements d'octobre des huit dernières années. Et cette cellule-là, ceux de mars. Gerald a mis de côté plein de noms que je lui avais donnés, soit parce qu'il n'arrivait pas à contacter les familles, soit parce qu'aucun accessoire à cheveux n'avait disparu, ou encore parce que les victimes n'avaient jamais eu le sentiment d'être épiées avant leur agression. Mais, moi, j'ai pensé que certaines de ces femmes méritaient de figurer sur la liste, parce qu'elles répondaient aux autres critères.

Will remarqua un imperceptible changement d'expression sur le visage de Faith. À mesure qu'elle lisait les informations qui apparaissaient à l'écran, elle se rendait compte que Miranda avait flairé une piste.

— Quels autres critères ? demanda le policier.

— Comme je vous ai dit, toutes ces femmes ont disparu le matin, pendant la dernière semaine de mars ou d'octobre. Exception faite de Caterino et Truong, elles se consacraient toutes à une activité routinière, prévisible, quand elles ont été enlevées – elles faisaient leur jogging, partaient pour le travail, ou allaient faire leurs courses... Et, longtemps après, elles ont toutes été retrouvées dans les bois, à l'écart des sentiers, le corps mutilé – ce que les coroners ont mis sur le compte des bêtes sauvages.

— Ont mis sur le compte ? répéta Will.

— On n'en sera jamais sûr et certain, car aucune autopsie n'a été réalisée, répondit l'enquêtrice amateure. Mais ce tueur en série est intelligent, il connaît bien le système. Il éparpille ses victimes d'une juridiction à l'autre, comme Bundy le faisait. Il les torture, comme Dennis Rader. Il est extrêmement méthodique, comme Kemper. Il est futé au point de laisser les corps à la merci des bêtes sauvages. Je ne sais pas, peut-être que c'est un tordu qui croit à la Wicca ou au druidisme ? Tout ça sent le sacrifice animal à plein nez, mais à l'envers : là, ce sont les animaux qui mangent les humains.

Will se dit qu'elle allait un peu loin, mais il ne la reprit pas.

— Donnez-moi ça, dit Faith en attrapant le téléphone. Je vais m'envoyer ce tableur par mail.

— Bonne idée, dit Miranda. Parce que j'ai besoin d'aide. Je n'arrive pas à trouver l'information qui me permettra d'établir la dernière correspondance.

— Quelle information ?

Miranda tendit la main pour récupérer son portable.

L'agente spéciale s'assura que son mail était bien parti avant de le lui rendre.

Miranda passa sur une autre cellule de son tableau.

— Beckey était la première victime, au mois de mars il y a huit ans. Mais elle a survécu, alors il a fait une autre victime, Leslie Truong, et l'a tuée. Et ensuite, au mois de novembre de la même année, un autre corps a été retrouvé dans les bois autour du lac Lanier, dans Forsyth County.

Will reconnaissait les détails.

— Pia Danske, dit-il.

— Absolument. Danske a été portée disparue le 24 octobre au matin. Elle a été retrouvée morte deux semaines plus tard, le corps mutilé par des animaux sauvages.

Il savait que tous ces éléments avaient déjà été rendus publics.

— Quoi d'autre ? la pressa-t-il.

— OK, donc, Beckey était sa première victime. On est tous d'accord pour dire que le tueur a commencé il y a huit ans, n'est-ce pas ?

Will opina, car elle n'était pas au courant de l'agression de Tommi Humphrey et, si cela ne tenait qu'à lui, elle ne le serait jamais.

— Depuis ce moment-là, poursuivit Miranda, on a deux victimes par an. Multipliez ça par huit et demi. Ajoutez-y Beckey et Leslie, et vous obtiendrez dix-neuf victimes en tout. Par contre, si on additionne juste les noms de la liste, ça n'en fait que seize.

Faith avait affiché le tableur sur son propre téléphone. Elle s'efforçait visiblement de dissimuler sa stupeur lorsqu'elle demanda :

— Et c'est quoi cette colonne avec trois noms ? Alice Scott, portée disparue en octobre l'année dernière. Theresa Singer, au mois de mars il y a quatre ans. Callie Zanger, en mars il y a deux ans. Qui sont ces femmes ?

— Singer souffre d'un syndrome de stress post-traumatique et de quelque chose qu'on appelle une amnésie dissociative. La plupart du temps, elle ne se rappelle même pas son nom. Scott a eu un traumatisme crânien, ses parents s'occupent d'elle dans leur ranch. Zanger vit et travaille à Atlanta, dans le centre, mais elle refuse de me répondre au téléphone. Je l'ai contactée via Facebook, lui ai envoyé des mails. Je lui ai même expédié une vraie lettre, imprimée sur du papier, par la poste. Elle m'a fait parvenir une ordonnance de cessation et d'abstention. Je suppose qu'elle doit avoir beaucoup d'argent.

— Revenez un peu en arrière, lui dit Faith. Qu'est-ce que vous avez dit ?

— Ce sont les trois victimes manquantes des huit dernières années, répondit Miranda. Singer, Scott et Zanger. Ce sont les femmes qui ont réussi à s'échapper.

21

Grant County – Jeudi

Jeffrey avait l'impression que les petits os cassés dans son nez faisaient un bruit de cymbales à chaque mot qu'il prononçait. Mais le silence était un luxe qu'il ne pouvait se permettre. Le briefing matinal de la patrouille touchait à sa fin, et il sentait déjà les hématomes remonter sous ses yeux. En temps normal, il lui aurait suffi de traverser la rue pour aller au centre médical se faire rafistoler le nez, mais là il aurait eu du mal à expliquer que c'était précisément l'un des médecins du centre qui le lui avait cassé en lui claquant la porte à la figure.

Les huit agents de la patrouille trouvaient étrange que leur chef ait du papier toilette enfoncé dans les narines, mais aucun n'eut le cran de faire un commentaire. Jeffrey leur avait raconté dans les grandes lignes l'agression de Caterino et le meurtre de Truong, sans toutefois révéler les détails les plus troublants. Il demeurait néanmoins convaincu qu'il lui fallait être le plus transparent possible au sujet de son travail. Ces hommes vivaient tous dans la ville. Ils avaient grandi ici. Ils se sentaient investis de la même responsabilité à l'égard de la communauté que lui. Et surtout, vu qu'il était sur le point de leur confier une mission merdique, il avait besoin de leur soutien, autant qu'il était humainement possible.

Il désigna les chiffres sur le tableau blanc.

— Il y a onze mille six cent quatre-vingts fourgons enregistrés dans la région des trois comtés. Grant County en détient trois mille quatre cent quatre-vingt-dix-huit. Parmi ceux-ci, mille six cent quatre-vingt-dix-neuf sont de couleur sombre. Je veux que chacun d'entre vous prenne une liste sur la pile en sortant. Faites votre patrouille normalement, mais à chaque fois que vous descendez de véhicule, je veux que vous alliez frapper aux portes, que vous regardiez les propriétaires dans les yeux et que vous contrôliez leur identité. Si le nom de Daryl surgit d'une façon ou d'une autre, sous n'importe quelle forme, appelez-moi aussitôt, ou Frank, ou Matt. Si quelqu'un a l'air suspect, même de loin, appelez-moi aussitôt, ou Frank, ou Matt. Ne provoquez personne, n'intervenez pas. Restez en retrait. Passez ce coup de fil. Protégez-vous. Compris ?

— Oui, chef, répondirent huit voix à l'unisson.

Jeffrey rassembla ses notes. Quand il voulut regarder vers le bas, il reçut une petite détonation dans le nez. Il renifla et ravala du sang noir. Des étoiles passaient devant ses yeux.

Frank entra dans la pièce une fois les policiers de la patrouille sortis.

— J'ai parlé avec Chuck Gaines. Il va déposer un avis de recherche sur le forum étudiant pour voir si on peut localiser les trois femmes et l'homme au bonnet noir que Leslie Truong a vus dans les bois.

— Bien.

Jeffrey n'avait pas tellement d'espoir de ce côté-là. Ils avaient déjà lancé un appel à témoin le jour où Caterino avait été agressée. Vingt-deux étudiants s'étaient signalés, mais aucun d'eux n'avait vu quoi que ce soit. Au moins la moitié d'entre eux n'étaient même pas dans la forêt au bon moment.

— Satanée Lena, pesta-t-il.

Frank posa le pied sur l'une des chaises et cala son coude sur son genou.

Jeffrey se douta que l'agent n'essayait pas d'aérer son train d'atterrissage.

— Dis ce que tu as à dire.

— Lena est un bon flic. Elle pourrait être la meilleure de la brigade, un jour.

— Pas de mon point de vue.

— Alors changez de place pour mieux voir. Cette môme a fait une erreur que même moi j'aurais faite. J'étais là, moi aussi, chef, continua Frank en haussant les épaules. J'ai vu Beckey Caterino. J'ai cru qu'elle était morte.

— Sur la base de ce que Lena avait...

— Sur la base qu'elle avait l'air morte. Et je suis sincère, là. Je me mets à sa place : j'ai une étudiante morte sur les bras, j'ai devant moi la nana qui a découvert le corps, et cette nana me dit qu'elle veut rentrer à pied. Je laisse cette nana retourner à pied au campus si elle le veut, pourquoi je l'en empêcherais ?

Jeffrey secoua la tête, car plus il se posait la question, plus il était certain qu'il n'aurait jamais laissé Truong repartir seule. Même en partant du principe que Caterino avait été victime d'un accident, Truong n'était qu'une gamine. Elle venait de découvrir un cadavre. Il fallait prendre soin des gens qui vivaient ça.

Frank se tut et resta silencieux, à l'exception du sifflement qui s'échappait de ses poumons encombrés.

— Écoutez, si je n'ai pas voulu de votre boulot, il y avait une bonne raison. C'est un boulot de merde.

— Tu crois ?

— Vous êtes un bon chef. Je ne peux pas me porter garant pour les autres aspects de votre vie. Si vous baisiez ma fille, vous auriez de la chance de vous en tirer avec juste le nez cassé, ajouta Frank avec un sourire qui n'en était pas un. Quand vous étiez à Birmingham, combien de meurtres vous avez eus à gérer ?

Jeffrey secoua la tête. Birmingham était dix fois plus grand que Grant County. Il y avait plus d'une centaine d'homicides par an.

— Des dizaines, probablement, hein ? Et même sans les morts avant l'arrivée à l'hôpital, vous avez vu du sang toutes les semaines, tous les jours peut-être. Des gens poignardés, blessés par balle. Toutes sortes de saloperies. Alors qu'ici, à Grant County, on a des overdoses, des accidents de la route, quelques accidents de tracteurs, et peut-être deux femmes qui se font passer à tabac, expliqua Frank avant de hausser de nouveau les épaules. Vous voyez les situations de Grant County à travers le filtre de Birmingham.

Jeffrey n'avait jamais vu quoi que ce soit à Birmingham qui ressemble aux affaires Tommi Humphrey et Leslie Truong.

— C'est pour ça qu'on m'a embauché, rétorqua-t-il.

— Alors allez-y. Lena a du potentiel. Elle a l'instinct qu'il faut pour faire ce boulot comme il doit être fait. Vous pouvez soit être le chef qui révèle la bonne flic en elle, soit être le connard qui la réduit à moins que rien, parce que ça vous fait vous sentir mieux.

— Je ne savais pas que tu étais psy.

Le vieil agent pressa l'épaule de son supérieur de cette façon particulière qui sert à faire comprendre à un homme qu'on vient de le mater comme un chien.

— Je ne savais pas que vous étiez un coureur de jupons, mais c'est comme ça.

— Merci pour le discours d'encouragement, Frank.

— À votre service, chef.

Il le gratifia d'une nouvelle tape humiliante sur l'épaule, avant de prendre congé.

Par habitude, Jeffrey retourna le tableau blanc vers le mur avant de le suivre dehors. Il rassembla ses notes sur l'estrade. Il fut récompensé par une nouvelle palpitation douloureuse dans le visage. Il passa doucement le doigt le long de son nez. Il y avait bien quelque chose qui ressortait – et qui n'aurait pas dû. Il retint son souffle et fit montrer la pression pour essayer de remettre les os en place.

Ses yeux s'emplirent de larmes. La douleur était trop intense. S'il ne voulait pas ressembler à un gangster des années 1930 pour le restant de ses jours, il allait devoir se résoudre à aller chez un médecin – à trois villes de là, il y en aurait bien un qui accepterait de le recevoir.

— Chef ?

C'était Marla, qui entrait dans la salle avec un sachet de frites surgelées d'une main et un flacon d'Advil de l'autre.

— C'est Pete qui me les a donnés, au *diner*. Il veut tout récupérer après.

Jeffrey appuya le sachet glacé contre son nez. D'un signe de la tête, il indiqua à Marla d'ouvrir le flacon.

— Est-ce que Lena est rentrée ? demanda-t-il.

— J'ai vu sa voiture se garer quand je revenais du café.

— Merci.

Jeffrey avala quatre doses d'Advil sans eau tout en retournant dans la grande salle de travail.

La policière était en train d'enlever son volumineux manteau. Elle eut son expression habituelle de biche prise dans des phares quand elle le vit. Il n'aima pas la peur qu'il lut dans ses yeux. Quatre-vingt-dix pour cent du boulot de flic consistait à affronter des hommes en colère. Si elle n'arrivait pas à le supporter de la part de son chef, elle ne survivrait pas dans la rue.

— Dans mon bureau, lui ordonna-t-il.

Lena le suivit à l'intérieur. Elle referma la porte sans qu'il le lui indique. Elle fit mine de s'asseoir, mais il l'interrompit.

— Debout.

Jeffrey jeta le sachet de frites surgelées sur son bureau en s'asseyant. Le changement d'altitude fit repartir plus fort la palpitation dans son nez.

— Chef...

Il enfonça son doigt dans les photocopies des notes de Lena.

— Qu'est-ce que c'est que ces conneries ?

Lena en eut le souffle coupé. De toute évidence, elle avait espéré que le bottage de fesses de tout à l'heure était passé.

— Regarde ça, dit-il en lui tendant les photocopies. Tu es une policière. Tu veux devenir inspectrice un jour. Dis-moi ce qui ne va pas avec tes notes, future inspectrice.

Elle regarda fixement les mots à la graphie parfaite, les étapes soigneusement décrites des différentes actions qu'elle avait accomplies.

— Il n'y a..., commença-t-elle avant de s'éclaircir la gorge. Il n'y a pas d'erreur.

— Exactement, renchérit Jeffrey. Pas de phrases mal construites, pas de digression, pas d'interruption, pas même une faute d'orthographe. Soit tu es la flic la plus intelligente de ce foutu poste, soit tu es la plus bête. Alors, que dois-je en conclure ?

La jeune agente reposa les copies sur le bureau de Jeffrey. Elle se balança d'un pied sur l'autre.

— Quelles notes veux-tu que je conserve, Lena ? Quels documents veux-tu que les avocats de Gerald Caterino réclament comme pièce à porter à leur dossier, devant le tribunal ? Ou Bonita Truong, parce que sa fille a été assassinée quand tu lui as dit de retourner toute seule à l'école.

Elle gardait les yeux baissés.

— Tu vas prêter serment. Quelles notes disent la vérité ?

Lena ne releva pas la tête, mais posa la main sur les copies.

— Celles-ci.

Il se rassit dans son fauteuil. Le sachet de frites surgelées laissait une trace mouillée sur son bureau.

— Où est ton carnet de notes original ?

— Chez moi.

— Débarrasse-t'en, lui intima-t-il. Si c'est ton choix, tu dois t'y tenir.

— Oui, chef.

— Raconte-moi l'échange que tu as eu avec Leslie Truong.

Lena se balança de nouveau d'un pied sur l'autre, l'air nerveux.

— Je lui ai demandé si elle avait vu quelqu'un d'autre dans les parages. Elle a dit qu'elle avait dépassé trois femmes pendant sa marche dans les bois. Elles se dirigeaient vers l'université. Deux d'entre elles portaient les couleurs de Grant Tech. Pas la dernière, mais elle avait l'air d'une étudiante. Leslie ne les connaissait pas. J'ai beaucoup insisté pour en être sûre et...

— Et l'homme ? Elle pensait aussi que c'était un étudiant ?

Lena croisa brièvement le regard de Jeffrey avant de détourner les yeux presque aussitôt.

— Tout ce dont elle se souvenait, c'était le bonnet de laine. Un bonnet noir classique. Elle ne se souvenait pas de son visage, ni de la couleur de ses cheveux ou de ses yeux, ni de sa taille ou de son poids. Elle a dit qu'il avait juste l'air d'un type lambda, sans doute un étudiant. Il faisait son jogging sur le chemin.

— Du jogging ? Il n'était pas en train de s'enfuir en courant, plutôt ?

— C'est ce que je lui ai demandé, et elle a répondu qu'elle était sûre que c'était du jogging. Son comportement n'était ni suspect ni rien. Elle s'est dit que c'était un étudiant qui était sorti faire sa course du matin.

— Elle a utilisé le mot « étudiant », ça veut dire que, selon elle, il appartenait à cette classe d'âge ?

— Je lui ai posé la question, et elle a répondu qu'elle n'aurait pas su dire, mais qu'il courait comme s'il était jeune. J'imagine que les personnes plus âgées, quand elles courent, ont peut-être mal aux genoux, ou elles ne vont pas aussi vite ?

Elle haussa les épaules.

— Je suis désolée, chef, reprit-elle. Est-ce qu'elle est… Est-ce qu'elle est morte parce que je…

Elle croisa le regard de Jeffrey. Cette fois, elle ne détourna pas les yeux.

Les paroles de Frank lui revinrent à l'esprit. Il ne pouvait pas la broyer maintenant. S'il lui disait le fond de sa pensée, il la réduirait en miettes, et elle ne pourrait plus jamais faire ce boulot.

— Elle est morte parce que quelqu'un l'a assassinée, répondit-il.

La lumière du plafonnier fit briller les yeux humides de Lena.

— La plus grande part du boulot de policier, c'est du travail social.

Il le lui avait déjà dit auparavant, mais il espérait sacrément que, cette fois, la leçon était comprise.

— Je sais ce que c'est que de patrouiller. On donne des contraventions, on guette ceux qui traversent en dehors des clous, on s'ennuie à mourir, et soudain un cadavre apparaît et tout devient excitant.

L'air coupable de Lena lui confirma qu'il avait touché juste.

— L'excitation, c'est super, mais ça met des œillères. On passe à côté des choses. On fait des erreurs bêtes. En tant que policiers, on n'a pas une grande marge de manœuvre. On doit tout voir. Même les plus petits détails peuvent faire la différence entre la vie et la mort.

— Je suis désolée, chef. Ça n'arrivera plus, promit-elle.

Jeffrey n'avait pas fini.

— La raison pour laquelle j'ai quitté Birmingham pour venir ici, c'est que j'en avais marre d'arrêter des dealeurs de drogue qui en avaient abattu d'autres. Je voulais me sentir lié aux personnes que je protégeais. Tu peux être un bon flic, Lena. Un sacré bon flic. Mais tu dois travailler ce lien.

— Oui, chef, je vais le faire.

Jeffrey n'était pas sûr qu'elle écoute ses conseils, mais lui faire la leçon pendant encore dix minutes ou dix heures n'y changerait rien.

— Assieds-toi.

Lena s'installa au bord de la chaise.

Le nez de Jeffrey commençait à le démanger, comme s'il avait besoin d'éternuer. Il appliqua le sachet de frites surgelées sur son visage.

— Parle-moi du chantier.

Lena inspira brièvement et sortit son carnet de notes de sa poche arrière.

— J'ai parlé avec tous les gens présents sur le site. Ils construisent un centre de stockage climatisé.

D'un hochement de tête, Jeffrey l'engagea à poursuivre.

— Il y a des ouvriers en renfort de la main-d'œuvre ordinaire. Des installateurs de portes de garage, des soudeurs et des agents de sécurité, en plus des entrepreneurs habituels. J'allais taper ça à l'ordinateur, mais…

Elle lui tendit le carnet.

Jeffrey ne le saisit pas.

— C'est toi qui étais là-bas, dit-il. Est-ce qu'il y a un nom qui sortait du lot ?

— Non, pas vraiment.

Elle leva les yeux, puis baissa à nouveau le regard. La culpabilité était de retour.

— J'allais rentrer tous ces noms dans la base de données, pour voir s'ils n'étaient pas associés à un casier ou un mandat d'arrestation en cours, mais…

Il pressentait qu'il n'aimerait pas la suite, mais il la poussa :

— Accouche !

— Je sais que vous m'avez demandé d'aller sur le chantier et de revenir ici aussi vite que possible, mais…

Elle leva les yeux vers lui.

— Je suis allée au Home Depot de Memminger.

Jeffrey médita l'information. Elle avait désobéi à ses ordres – encore une fois –, mais son instinct était le bon. Tous les entrepreneurs de la région des trois comtés recrutaient les ouvriers sans papiers qui traînaient autour du magasin Home Depot. En général, les entrepreneurs venaient les chercher à l'aube, les faisaient travailler comme des esclaves, puis les redéposaient près du Home Depot le soir même. Et ensuite, ils allaient à l'église le dimanche et se plaignaient des migrants qui ruinaient le pays.

— Et ? demanda-t-il.

— Je ne maîtrise pas l'espagnol, mais je me suis dit qu'ils me parleraient.

Lena attendit qu'il lui fasse signe de continuer.

— D'abord, ils ont eu peur, à cause de mon uniforme, mais j'ai tout de suite expliqué clairement que je n'allais pas leur faire d'ennuis, que je cherchais juste des renseignements.

Sa voix était partie dans les aigus sur le dernier mot. Elle craignait de s'être à nouveau attiré des problèmes.

— Est-ce qu'ils t'ont parlé ?

— Certains, oui, répondit Lena, à nouveau hésitante.

— Regarde-moi, Lena. Je ne suis pas en train de te crier dessus.

— C'est juste que la moitié d'entre eux m'ont dit qu'ils avaient travaillé sur le chantier du centre de stockage. Ils tournent en fonction des besoins des entrepreneurs, mais ils ont dit que c'était bizarre, parce qu'il y avait un *gringo* qui travaillait aussi au black.

Elle s'interrompit, attendant un hochement de tête de Jeffrey.

— Ils ne connaissaient pas son nom, mais tout le monde l'appelait BB. Alors j'ai insisté, et un type m'a dit qu'il pensait que c'étaient les initiales de Big Bit.

— Big Bit, répéta Jeffrey.

Il y avait quelque chose dans ce nom, qui le mettait en alerte.

— Comme un gros morceau ?

— Je ne sais pas trop, avoua Lena. Mais ça m'a fait penser à Felix Abbott, parce que…

— Bon sang !

Jeffrey s'était redressé si vite que son nez était en feu.

— Felix a reconnu qu'on le surnommait Little Bit. Il doit sans doute y avoir un Big Bit. Et peut-être que ce Big Bit, c'est Daryl, et peut-être que Daryl a accès à un fourgon. Où est Felix, maintenant ? Il est toujours en cellule de détention ?

Lena leva les yeux, car il s'était mis debout.

— J'ai vérifié en rentrant, répondit-elle. Ils sont sur le point de le mettre dans le bus pour le tribunal. Sa mise en examen a lieu ce matin.

— Va le chercher. Arrache-le du fond du bus, s'il le faut. Récupère son dossier d'arrestation auprès du gardien et colle-le en interrogatoire. Vas-y.

Lena ouvrit la porte à la volée, avec tant de force que le verre trembla.

— Frank ?

Jeffrey ne le vit pas dans le poste. Il courut à la cuisine.

— Frank ?

Ce dernier leva les yeux. Il était en train de manger un biscuit au bacon au-dessus de l'évier.

— Felix Abbott, débita Jeffrey. Vingt-trois ans. Skateur. Dealeur de shit.

— Pourquoi son nom ressort ? demanda l'agent, dont la bouche laissa s'échapper des miettes. Vous le soupçonnez pour les agressions ?

— Je devrais ?

— Son arbre généalogique, c'est rien qu'un chiotte crasseux rempli d'étrons, mais nan... La génération des jeunes a dilapidé la petite entreprise criminelle familiale. Les problèmes d'héritage, c'est un classique... Quand on arrive à la troisième génération, ils n'ont plus l'amour du travail bien fait.

Frank toussa, projetant davantage de miettes au passage.

— Moi, je chercherais du côté du père du gamin. Un de ses...

Il s'interrompit à nouveau, et Jeffrey s'écarta pour ne pas recevoir les rafales de biscuit qui accompagnaient sa toux.

— Un de ses oncles, donc, reprit Frank avant de cracher dans l'évier puis de faire couler l'eau pour rincer. À Memminger, il y a cinq ou six familles qu'il faut avoir dans le collimateur quand un truc louche se passe. Les Abbott sont tout en haut de la liste. Par contre, bon courage pour savoir qui est qui. Ils se reproduisent tous entre eux comme des lapins.

— Parle-moi des Abbott.

— Merde, voyons voir de quoi je me souviens...

Frank toussa de nouveau.

— Si je me goure pas de connard, le grand-père est à Statesville pour double homicide. Mamie a essayé de le couvrir et a écopé de cinq piges à Wentworth. Ils ont eu six fils, tous des types qui passent leur vie à se bagarrer dans les bars, à cogner leur femme, et qui ont tellement de gosses, de beaux-enfants et de bâtards que personne n'arrive à en tenir le compte.

— Il y en a un qui s'appelle Daryl ?

— Qu'est-ce que j'en sais, moi ? C'est le problème de Memminger. Quand j'entends leur nom, je rigole, c'est tout.

— Tu as l'air d'en connaître un rayon sur cette famille.

— Je vais à la chorale une fois par mois, à Memminger, avec un adjoint. Bon sang, ce type sait chanter.

Quand les flics parlaient de chorale, ils avaient en tête celles qui ont lieu dans les bars, et non dans les églises.

— Est-ce qu'un des Abbott a déjà travaillé sur le campus ?

— Jamais ils n'arriveraient à passer la vérification des antécédents.

— Et ce surnom de Big Bit ? Tu l'as déjà entendu ?

— Nan, mais on s'imbibe pas mal pendant la chorale, reconnut Frank. Je peux passer des coups de fil à Memminger et creuser le sujet.

— Fais-le. Si j'arrive à prouver que Daryl est le *gringo* qui se fait appeler Big Bit sur le chantier de Mercer, ça le place à proximité de la route pare-feu qui mène à la scène de crime de Truong.

— Merde.

— Comme tu dis. Décroche ton téléphone.

Sur le qui-vive, Jeffrey rejoignit la salle d'interrogatoire à foulées rapides.

Lena conduisait Felix Abbott dans le couloir. Il avait les mains menottées dans le dos. Il marchait en traînant les pieds, bien que ses chevilles ne fussent pas enchaînées. Jeffrey reconnut l'attitude d'un habitué. Ce n'était pas la première fois que Felix se faisait arrêter. Il bombait le torse comme un voyou mettant le flic au défi de lui en coller une.

Jeffrey fut tenté, mais il ouvrit la porte et attendit que le gamin entre. Felix retroussa sa lèvre supérieure quand il pénétra dans la pièce. Épaules en arrière. Poitrine en avant.

Malgré toutes ces provocations, il ressemblait à un jeune homme ordinaire, la vingtaine. Pas trop grand, pas trop maigre. Des cheveux bruns et mous, exactement comme Chuck l'avait décrit. Felix était habillé comme un skateur : bermuda large, sweat à capuche zippé, T-shirt des Ramones délavé. L'hématome sur le côté de son visage indiqua à Jeffrey que Lena n'y était pas allée de main morte lorsqu'elle l'avait plaqué pour le faire tomber de sa planche.

Felix avisa le nez abîmé de Jeffrey.

— Cette salope vous cogne, vous aussi ? demanda-t-il.

Jeffrey retira les boulettes de papier toilette enfoncées dans ses narines et les jeta à la poubelle. La pièce était petite, mais ressemblait à n'importe quelle salle d'interrogatoire. Une table boulonnée au sol. Des chaises de chaque côté. Un miroir sans tain derrière lequel s'ouvrait une minuscule pièce d'observation qui faisait aussi office d'espace de rangement.

Lena jeta le dossier de Felix Abbott sur la table.

Le chef de la police ne s'assit pas. Il resta debout pour parcourir rapidement les informations contenues dans le dossier. Felix avait été arrêté à deux reprises par le passé : à chaque fois pour détention de stupéfiants, et à chaque fois sanctionné d'une tape sur la main, guère plus. Il avait de nombreux tatouages. Son blaze était Little Bit. D'après son permis de conduire, Felix habitait à Memminger. Jeffrey reconnut l'adresse à Dew-Lolly : c'était un motel merdique qui louait des chambres à la semaine. Tout ce qu'il voulait de ce garçon, c'était un nom. Pas même un prénom. Jeffrey savait au fond de ses tripes que retrouver Daryl le conduirait à un indice, ou *serait* l'indice qui résoudrait l'affaire.

Le commissaire releva les yeux. Felix se tenait debout devant lui, de l'autre côté de la table. Sa mâchoire était à nouveau redressée, comme une invitation aux coups de poing. Il avait un bouton sur le menton. Le bubon, plein de pus, fixait Jeffrey comme un œil chassieux.

— Assis, ordonna Jeffrey.

Felix prit son temps pour prendre place autour de la table. Lena l'attrapa par les épaules et l'assit de force sur la chaise en plastique.

— Putain ! se plaignit le jeune.

D'un geste, Jeffrey invita Lena à s'asseoir en face du dealeur. Il croisa les bras et fusilla le gamin du regard.

Felix leva les yeux vers Jeffrey, puis à nouveau vers Lena. Elle avait les bras croisés, elle aussi.

L'enquêteur commença en douceur.

— Tu as été arrêté avec des sachets d'herbe.

— Et alors ? demanda Felix.

— C'est ta troisième arrestation pour détention de drogue. J'ai déjà passé un coup de fil au procureur. On va régler ce nouveau délit ici, en ville, où nous prenons des mesures drastiques contre la récidive.

— Et alors ? fit-il encore en haussant les épaules.

— Et alors, pour récidive, tu risques la prison pour grands, et pas un nouveau petit séjour dans une maison d'arrêt du comté.

Ses épaules se soulevèrent à nouveau. Il avait sûrement des oncles en prison. Son calvaire serait bien plus doux que d'autres.

Jeffrey attendait toutefois une réponse.

— Et alors ? répéta le sale gosse, pour la troisième fois.

La main de Lena se leva brusquement. Elle lui colla une gifle retentissante.

— Nom de Dieu, ça va pas la tête ?

Felix porta les mains à son visage. Il regarda Jeffrey.

— C'est quoi ce bordel, mec ?

Ce dernier hocha la tête. La policière gifla Felix de nouveau.

— Quoi ? cria-t-il. Qu'est-ce que vous voulez ?

— Tu te fais appeler Little Bit, c'est ça ?

— Mer..., commença-t-il avant de se raviser. C'est un crime ?

— D'où tiens-tu ce surnom ? demanda Jeffrey.

— De mon... Je ne sais pas. D'un de mes oncles ? J'étais petit. Ils étaient tous grands.

Big.

— Bon Dieu, maugréa le skateur en se frottant la joue. C'est quoi ton problème, connasse ?

Le chef de la police claqua des doigts pour attirer l'attention de Felix.

— Ne t'inquiète pas pour elle. Regarde-moi.

— Pour quoi d'autre je devrais m'inquiéter, mec ? demanda-t-il avant de se tourner vers Lena tout en se tenant le visage d'une main. Faut arrêter ça, OK ? Ça fait vraiment mal.

Jeffrey prit une profonde inspiration. Il avait envie de secouer cette petite merde jusqu'à lui faire tomber toutes ses dents, mais faire comprendre à un suspect qu'on avait besoin d'un renseignement, c'était la meilleure façon de ne pas en obtenir du tout. Il appuya les jointures de ses poings contre la table et se pencha en avant.

— Tu préfères que ce soit moi qui te cogne ?

Felix secoua la tête si fort que ses cheveux retombèrent de l'autre côté de son visage.

Jeffrey lui lança un regard noir. Avait-il tort de croire que Daryl était leur suspect le plus crédible ? Avait-il devant lui l'homme qui avait attaqué Beckey Caterino ? Qui avait frappé si fort dans le marteau entre les jambes de Leslie Truong que la tête de l'outil avait volé en éclats ?

— J'ai besoin d'un médecin, dit Felix.

Il continuait de se frotter la joue, avançant la lèvre du bas en une moue boudeuse.

Si c'était un psychopathe, il était super bon.

— Où étais-tu il y a deux jours, entre 5 heures et 7 heures du matin ?

— Deux jours ? répéta Felix en se recoiffant. Merde, mec, j'en sais rien. Dans mon lit en train de dormir ?

Lena sortit son carnet de notes et son stylo.

Le jeune eut l'air nerveux à l'idée que ses propos soient officiellement consignés.

— Donc il y a deux jours, entre 5 heures et 7 heures du matin, tu dormais ? insista Jeffrey.

— Euh, peut-être ? fit Felix avant de regarder Lena, puis Jeffrey. J'en sais rien, mec. Un jour, je me suis réveillé en cellule de dégrisement, à Memminger. Je sais pas si c'était à ce moment-là.

Le commissaire vit la policière tracer un tiret à côté de sa note pour faire suite à cet alibi potentiel.

— Le directeur des services de sécurité du campus t'a identifié comme dealeur de cannabis notoire.

Felix n'opposa pas de réfutation.

— Est-ce que tu étais à l'université, hier ?

— Ouais, mon pote, répondit l'autre en rabattant de nouveau ses cheveux en arrière. J'étais en train de refourguer des Beni-Hana devant la bibliothèque. Les gardiens de la sécu, tu leur files un bifton de cinq, et ils regardent ailleurs.

Jeffrey n'était pas étonné que les hommes de Chuck acceptent de se faire graisser la patte. Il jeta un coup d'œil aux notes de Lena. Elle avait fait un autre tiret pour penser à vérifier les bandes des caméras de sécurité devant la bibliothèque.

— Est-ce que ça t'arrive d'aller dans les bois ? demanda-t-il au dealeur.

— Quoi ? fit ce dernier avec un air dégoûté. Non, mec. Tu peux pas faire de skate dans les bois. C'est plein de terre et de merde partout.

— Est-ce que quelqu'un d'autre, dans ta famille, a un surnom ?

— Ouais, et alors ?

Il fit un brusque mouvement en arrière, s'attendant à une nouvelle gifle.

— Qu'est-ce que vous me voulez, bordel ? Je croyais que vous alliez me proposer un marché.

— Un marché en échange de quoi ?

— Je sais pas, moi. Mon fournisseur ?

— Pas de marché, dit Jeffrey. Parle-moi de ces surnoms.

Felix fut suffisamment désorienté pour répondre.

— Mon grand-père est surnommé Butor, parce qu'il a buté quelques types. J'ai un oncle qu'on appelle Foireux, à cause de ses pets. Il y a Bouba, Bouba Saucisse…

L'enquêteur le laissa égrener sa liste. Il n'était pas surpris de sa longueur. Les hommes se donnaient tout le temps des surnoms. Lui-même, on l'appelait Gomina au lycée. Son meilleur ami était surnommé Possum.

— Mon oncle Axle fait un séjour à Wheeler, ce qui est plutôt marrant. *Axle-Wheel*[1]. Vous captez ?

1. Jeu de mots, « *wheel and axle* » signifiant « roue et essieu ». (NdT)

D'après ce que Frank lui avait raconté, Jeffrey avait compris que le planning familial n'était pas le truc des Abbott. Felix pouvait avoir un oncle d'à peu près son âge.

— Depuis combien de temps Axle est-il derrière les barreaux ?

— Trois mois ? J'en sais rien. Vous pouvez vérifier, vous.

Jeffrey vit Lena ajouter un nouveau tiret sur sa page.

— Est-ce que Axle travaille sur les voitures ?

— Bien sûr. C'est pour ça qu'on l'appelle comme ça. Le gars, il est pas né à Wheeler, hein.

Jeffrey repensa au kit de marteaux à débosseler Dead Blow. Au marteau à panne en travers.

— Est-ce qu'il fait de la carrosserie, est-ce qu'il répare les bosses et les rayures ?

— Il fait tout, mon gars. Le mec, c'est un génie du moteur. Il sait même réparer les skateboards.

Jeffrey prit du recul en pensée. Il n'avait qu'une seule chance avec ce môme.

— Vous devez être proches, s'il travaille sur ton skateboard.

— Nan, mec, Axle a jamais rien fait pour moi. Il peut pas me blairer.

Jeffrey commençait à transpirer. Il sentait qu'il était tout près.

— Il répare des skateboards pour qui, alors ?

— Pour son fils, sauf que le gars c'est pas vraiment son fils, genre il l'a jamais adopté, même quand sa mère est morte.

Felix secoua la tête pour dégager les cheveux devant ses yeux. À l'évidence, il était plus à l'aise avec ce genre de questions, et c'était exactement ce que Jeffrey voulait.

— Mon couz', c'est lui qui m'a fait kiffer le skate. Depuis tout petit, je le suis comme son ombre. Il était là quand j'ai réussi mon premier *alley-oop*.

Mon couz'.

Lena avait levé les yeux de son carnet de notes.

Ceux de Felix s'étaient braqués dans sa direction.

Jeffrey soupesa ses options. Ils pouvaient effectuer une recherche sur les oncles de Felix, trouver le dénommé Axle qui était à la prison d'État de Wheeler, puis s'y rendre en voiture et essayer de soutirer des renseignements au détenu.

Ou bien il pouvait joindre Frank au téléphone et lui demander de passer ses coups de fil à droite et à gauche pour voir si quelqu'un connaissait le gamin qu'Axle avait élevé et qui n'était pas légalement son fils.

Ou il pouvait obtenir la réponse de ce petit crétin tout de suite.

— C'est quoi, un *alley-oop* ? demanda-t-il pour noyer le poisson.

— Mec, c'est trop bon. Tu tournes d'un côté et tu sautes en l'air de l'autre, comme un poisson qui bondit hors de l'eau.

— Ça a l'air difficile.

— Oh ! c'est sûr. Tu peux te déglinguer la hanche grave.

— Comment s'appelle ton cousin ?

Aussitôt, l'attitude de Felix changea du tout au tout, comme si on avait appuyé sur un interrupteur. Il n'était plus en mode skateur décontracté. Il était redevenu le gamin d'une famille de malfrats qui habitait dans les mauvais quartiers d'une ville où jamais on ne balançait son propre sang.

— Pourquoi ?

Jeffrey s'accroupit, pour se mettre au niveau de Felix.

— On l'appelle Big Bit, pas vrai ? Et toi, Little Bit parce que tu le suis comme son ombre ?

Les yeux du jeune se braquèrent de nouveau sur Lena, puis sur Jeffrey, puis recommencèrent. Il essayait de savoir s'il avait trop parlé.

Le chef de la police ne pouvait que faire des hypothèses sur la base des liens qu'il essayait de mettre en lumière. Il avait besoin que le détenu parle. D'un petit coup de menton, il fit signe à Lena de sortir.

Elle referma son calepin, fit cliquer son stylo et quitta la pièce.

Jeffrey prit son temps pour se relever. Il marcha lentement jusqu'à la chaise de l'agente pour donner le temps à cette dernière de s'installer derrière le miroir sans tain.

Il s'assit et posa ses mains jointes sur la table.

Il essaya de se laisser la plus grande marge de manœuvre possible.

— Daryl n'a pas d'ennuis, déclara-t-il.

— Merde, lâcha Felix qui se mit à marteler le sol avec son talon. Merde, merde, merde, merde.

Jeffrey prit cela comme la confirmation du fait qu'il était sur la bonne voie.

Il essaya de se mettre à la place de son interlocuteur. Il n'allait pas se retourner contre son cousin. Du moins, pas intentionnellement.

— Felix, je vais être honnête avec toi. Ça concerne le chantier de Mercer.

Le pied cessa de pilonner le sol.

— Le centre de stockage ?

— Les fédéraux s'y intéressent à cause de violations des règles de la sécurité et de l'hygiène du travail.

Jeffrey sentit le mensonge se répandre comme une drogue dans son cerveau.

— Est-ce que tu sais ce que signifie une enquête de l'inspection du travail ?

— Euh, ils viennent quand des gens se blessent au boulot parce que les patrons ont cherché à faire des économies sur leur dos.

— Exact. L'inspection du travail cherche des témoins contre les patrons. Ils savent que Big Bit travaillait sur le chantier. Ils veulent lui parler de manière officieuse.

Les mains de Felix se levèrent ensemble à cause des menottes. Il tripota le bouton sur son menton.

— Ils ont été blessés à quel point, les gars ?

— Très gravement.

Jeffrey se demandait de quelle manière le faire basculer. Est-ce que ce serait trop gros de lui offrir une fausse récompense ? Devait-il réorienter la discussion sur le skateboard ?

Finalement, il choisit de rester mutique, ce qui était tout aussi difficile à faire pour lui qu'à supporter pour Felix.

C'est le gamin qui rompit le silence le premier.

— Yo, je veux pas foutre mon couz' dans la merde, dit-il.

Jeffrey se pencha en avant.

— C'est à cause de son casier judiciaire que tu t'inquiètes ? demanda-t-il.

L'expression qui s'afficha sur le visage de Felix lui confirma qu'il avait raison. Son cousin avait un casier, et sans doute un mandat d'arrêt en cours, voire deux. C'était pour cela que Big Bit travaillait sur le chantier, pour avoir de l'argent liquide, comme les autres travailleurs journaliers sans papiers. Il ne pouvait pas prendre le risque de voir son numéro de Sécurité sociale enregistré dans le système.

— Je me fiche qu'il ait eu des ennuis par le passé, tempéra Jeffrey. C'est pour ça qu'on est là.

— Vous comprenez pas, mec. Je vous ai dit – je le suis comme son ombre depuis tout mioche.

Jeffrey abandonna son mensonge. Il fit appel à une motivation plus fiable, l'égoïsme.

— Très bien, Felix. Est-ce que tu tiens vraiment à passer un marché ? Tu n'as pas encore été mis en examen. Je pourrais liquider l'accusation de détention des sachets d'herbe. Je sais pas, moi, je pourrais perdre les papiers administratifs. Donne-moi juste un nom, et tu peux partir d'ici tout de suite.

Felix recommença à gratter son bouton.

Jeffrey inspira par le nez, malgré la fracture. Il entendit un léger sifflement. Tout cela ne menait nulle part. Il allait devoir prendre une décision.

Il donna une dernière chance au gamin.

— Alors ?

— Alors quoi ? répliqua le dealeur, énervé. C'est même pas mon vrai cousin, OK ? Mon oncle Ax s'est maqué avec sa mère pendant, quoi, une minute avant qu'elle fasse une overdose, et vlan ! il s'est retrouvé coincé avec lui. Enfin, je veux dire, on est proche et tout, mais techniquement on n'est pas de la même famille. On n'a même pas le même nom de famille.

Jeffrey attendit la suite, mâchoires serrées.

— OK, c'est bon, lâcha enfin le gamin. Il habite dans la maison d'Axle, OK ? Genre, moi, je suis coincé à Dew-Lolly avec des putains de toxicos, et lui, il a la belle vie à Avondale, avec loyer gratos.

— Il me faut son nom, Felix.

— Nesbitt, répondit-il. Daryl Nesbitt.

Jeffrey sentit ses poumons s'ouvrir en grand pour la première fois en deux jours. Il eut presque une pleine seconde de répit avant que la porte s'ouvre d'un coup.

— Chef ? fit Frank. J'ai besoin de vous.

Jeffrey se leva. Il eut l'impression de perdre l'équilibre.

Daryl Nesbitt.

Il devait continuer à travailler Felix pour comprendre pourquoi Caterino et Truong avaient le numéro de Daryl dans leurs portables. Faisait-il partie de la petite entreprise de trafic de cannabis ? Est-ce que la présence de son numéro dans les téléphones des victimes suffisait à justifier une convocation au poste ?

Nesbitt avait travaillé sur le point de recrutement près de la route pare-feu. Son père réparait des voitures cassées. Axle Abbott avait sans doute un kit de marteaux Dead Blow dans sa boîte à outils, une boîte à outils dont son beau-fils pouvait se servir pendant que son père était en prison.

Daryl avait-il accès à une fourgonnette de couleur sombre ? Était-il dans les environs de l'université ces deux derniers jours ?

Jeffrey allait avoir besoin du relevé de ses appels téléphoniques. Et de ses relevés de carte de crédit. Son casier judiciaire. Les réseaux sociaux qu'il fréquentait.

— Par ici, lui indiqua Frank en l'entraînant plus loin dans le couloir.

Quelque chose n'allait pas.

Jeffrey essaya de faire taire la liste qui continuait de s'égrener dans sa tête et dit à Frank :

— J'ai déjà les renseignements sur Dar…

— Le doyen vient d'appeler, l'interrompit le policier. Une autre étudiante a disparu.

22

Atlanta

— Beurk…

Faith leva les yeux pour ne plus regarder son portable, s'accordant une pause dans sa lecture afin d'éviter d'être malade en voiture.

Will conduisait tandis qu'elle épluchait les rapports de police, les articles de journaux et les réseaux sociaux pour établir un portrait de Callie Zanger. Faith s'était lancée dans cette mission, convaincue qu'elle allait prouver que Miranda Newberry et son tableur Excel à code couleur et quatre-vingts onglets se trompaient, mais jusque-là tout semblait indiquer qu'une victime avait effectivement réussi à s'échapper.

— Alors ? demanda Will.

— Primo, Callie Zanger est super canon.

Il détacha ses yeux de la route pour jeter un coup d'œil sur la photo affichée sur l'écran de Faith. Il ne dit rien, ce n'était pas la peine. Zanger était magnifique. De longs cheveux épais, un petit nez parfait, un menton en pointe de diamant. Elle se levait sans doute tous les matins à quatre heures pour faire du Pilates et mettre à jour son tableau d'inspiration positive.

Celui de Faith était une photo d'elle en train de dormir, qui tombait en lambeaux.

Elle fit un résumé à Will.

— Zanger est partenaire associée dans un cabinet d'avocats très bourgeois, qui s'appelle Guthrie, Hodges & Zanger. Divorcée. Pas d'enfant. Elle est spécialisée dans les contentieux fiscaux. Quarante et un ans. Elle habite dans un penthouse à six millions de dollars, à One Museum Place, en face du musée d'Atlanta, le *High Museum of Art*. Elle a été portée disparue il y a deux ans, le 28 mars.

— Tôt le matin ? demanda Will.

— Probablement. Elle a raté la réunion obligatoire du mercredi matin. Apparemment, elle est plutôt du genre bourreau de travail hyperactive, elle ne rate jamais une réunion, du coup tout le monde a paniqué. Ils ont appelé les hôpitaux, la police, sont allés chez elle, ont vérifié à la salle de sport. Sa BMW était dans le garage. À midi tapantes, la mère de Zanger, Veronica Houston-Bailey, était au commissariat du centre-ville d'Atlanta avec son avocat, ce qui explique, je pense, pourquoi les services de police ne lui ont pas dit de ne revenir qu'au bout de vingt-quatre heures de disparition.

— Houston-Bailey... Comme Houston-Bailey Immobilier ?

— Tout juste.

Cette société immobilière était de loin la plus importante d'Atlanta.

— Si tu veux mon avis, je crois que les services de police ont eu raison de faire vite, sur ce coup-là. Une avocate de haut vol avec des relations en politique, ça ne disparaît pas comme ça. En particulier si elle est au beau milieu d'un divorce très conflictuel, avec des millions de dollars à la clé, qui fait les choux gras de la presse et des journaux télévisés.

— Est-ce que la police a interrogé le mari ? demanda Will.

— Rod Zanger, et, oui, ils se sont abattus sur lui comme une meute de vélociraptors. Rod a affirmé qu'il n'avait aucune idée de l'endroit où elle était, ou de la raison pour laquelle elle avait disparu, et tout le toutim. Mais il était incapable de fournir le détail de son propre emploi du temps du mercredi matin, moment de la disparition de Zanger. Pas de facture, pas de relevé téléphonique, pas d'alibi. Il disait qu'il était chez lui, dans leur demeure de Buckhead, avec un rhume. Et que c'était le jour de congé de la bonne. Et du jardinier. La police le soupçonnait à fond.

— Est-ce que la voiture de Callie Zanger était garée à son travail ?

— Non, dans le parking de One Museum, à son emplacement habituel, idéalement situé, dans un angle mort que les caméras de sécurité ne couvrent pas. Elle allait parfois au travail à pied, quand il faisait beau. Mais son sac à main et son téléphone ont été retrouvés dans le coffre fermé à clé.

— Tiens, voilà qui semble familier.

— Oui, presque un motif récurrent, renchérit Faith. Tu te souviens du divorce ? Une grosse histoire, Cendrillon à l'envers. Ils se sont rencontrés à la faculté de droit de Duke. Rod était le cow-boy pauvre qui débarquait de son Wyoming. Callie, la riche fille de bonne famille du Sud qui lui a fait tourner la tête. Les journaux disaient que c'était un homme entretenu.

Will secoua la tête, car il ne lisait que des magazines automobile, ou des magazines sur les voitures.

Faith avait reçu un texto. Cette fois, elle leva le téléphone au niveau de son visage au lieu de baisser la tête. Jeremy l'appelait encore à l'aide.

D'un balayage du doigt, elle fit disparaître sa requête de l'écran.

— Là, ça devient intéressant, écoute, reprit-elle à l'intention de Will. Trente-six heures après sa disparition, on a retrouvé Zanger qui errait le long de Cascade Road, au milieu de la nuit. Hébétée et désorientée. Elle était ensanglantée à cause d'une blessure à la tête. Ses vêtements étaient déchirés. Elle était couverte de boue. Elle avait perdu ses chaussures. À l'hôpital, ils ont diagnostiqué une grave commotion cérébrale ainsi qu'une hypothermie.

— Sa blessure à la tête, c'était quel genre ? Comme un coup de marteau ?

— Le rapport de police ne le précise pas, et les articles de presse sont horriblement vagues. Mais Zanger a été emmenée à Grady, et Sara a travaillé là-bas, donc… ?

— Tu veux qu'elle enfreigne les règles de confidentialité ?

Faith se détourna de ces chimères.

— Le lendemain, Zanger a signé une décharge pour quitter l'hôpital. D'après les journaux, elle n'a pas été admise dans un autre établissement de l'agglomération. Selon les services de police d'Atlanta, elle a refusé de porter plainte, ou même de se soumettre à un entretien informel. Elle a refusé de parler à qui que ce soit. Le mari a refusé de parler également. Et tu peux être sûr que la mère a refusé aussi. Du coup, l'enquête a été abandonnée, et la convention du divorce a été mise sous scellés, ce qui fait que les journaux n'avaient plus rien à se mettre sous la dent, et nous voilà, deux ans plus tard.

— Comment Zanger est-elle allée de Cascade Road à l'hôpital ? demanda Will.

— Des personnes âgées faisaient faire des tours de voiture à leur petit-enfant, un bébé, pour qu'il s'endorme. Ce qui ne marche qu'avec les grands-parents, soit dit en passant. Pas quand c'est ton enfant.

— Il y a beaucoup de bois à côté de Cascade Road, fit-il remarquer.

— J'aimerais qu'on ait une gigantesque carte satellite de l'État pour pouvoir mettre des croix à tous les endroits où ces femmes habitaient, où on les a retrouvées, et où on les a vues vivantes pour la toute dernière fois.

— Je te parie que Miranda a une carte.

Faith se hérissa, ce qui était sans doute le but de Will en évoquant ce prénom.

— Résous-moi cette énigme, Batman : si « Dirk Masterson » était tellement certaine qu'elle essayait de coincer un tueur en série, pourquoi elle n'est pas allée voir la police ?

— Parce qu'elle savait exactement ce qui allait arriver si elle le faisait, suggéra Will.

Faith regarda son téléphone et répondit au texto de Jeremy avec davantage d'attention qu'il n'en méritait. Son coéquipier s'était montré favorable à l'idée de laisser Miranda et Gerald Caterino s'arranger à l'amiable, en mettant en place un plan de remboursement juridiquement contraignant, avec paiement des intérêts cumulés. Mais il aurait laissé Bonnie Parker filer si elle avait promis, juré, craché que plus jamais elle ne braquerait de banque avec Clyde Barrow.

— Je ne prétends pas que Miranda est une citoyenne modèle, dit Will, mais on ne saurait rien de tout ça sans elle. C'est elle qui a donné ces informations à Gerald. Gerald les a envoyées à Nesbitt. Et Nesbitt nous a conduits ici.

— Merci pour ce parfait résumé des deux derniers jours, répliqua Faith. Miranda Newberry n'est même pas capable de dire la vérité si on lui demande où elle va déjeuner. Elle a monté une fausse société, avec un faux nom et un faux site Internet – en ouvrant un véritable compte en banque, par contre, pour pouvoir encaisser de vrais chèques. Est-ce que tu crois vraiment que Gerald Caterino est sa seule victime ?

Le policier n'eut pas besoin de répondre, cette fois.

— Un tricheur, ça triche, lui rappela sa partenaire. Mais, sérieusement, on peut parler du fond ? Moi, si on m'avait donné trente mille dollars comme ça, tombés du ciel, exonérés d'impôt, j'aurais préféré mourir plutôt que de manger au Wendy's et de porter une robe couleur pet de clown.

Le téléphone de Will se mit à sonner. Il appuya sur le bouton.

— C'est nous, dit Faith. Vous êtes sur haut-parleur.

— À quelle distance êtes-vous du bureau de Zanger ? demanda Amanda.

— Cinq minutes ? hasarda Faith.

— Sara est à cinq minutes aussi du QG. Les Van Dorne sont arrivés tôt ici. Caroline les a installés en salle de réunion. Je veux que vous reveniez ici tous les deux dès que possible.

Faith en déduisit qu'elles avaient décidé de demander aux parents l'autorisation d'exhumer le corps de leur fille. Elle choisit de ne pas braquer de nouveau Amanda à propos de la piste du tueur en série.

— Ça va être l'heure de pointe, dit-elle. Je ne suis pas sûre du temps qu'on va mettre pour rentrer.

— Et les dossiers de Brock, qu'est-ce qu'ils ont donné ? s'enquit Will.

— Sara y a jeté un premier coup d'œil. Tout y est. Le rapport du coroner. Les notes d'autopsie originales de Sara. Les résultats du labo, les photographies, et même une vidéo de la scène de crime. Les analyses de sang et d'urine étaient négatives, à part pour les cannabinoïdes. Truong était étudiante ; ça tombe sous le sens. Et Sara vous fait passer ce message : le Rohypnol et le GHB perdent rapidement leurs effets et sont vite métabolisés, ce qui veut dire que des résultats de toxicologie négatifs ne peuvent pas, en soi, exclure la possibilité que la victime ait été droguée. Les symptômes peuvent comprendre l'une des manifestations suivantes : amnésie, perte de conscience, sentiment d'euphorie, paranoïa, perte de contrôle musculaire, c'est-à-dire paralysie des bras et des jambes. Les effets peuvent durer de huit à douze heures.

— Et qu'en est-il du Gatorade bleu ? lança Will.

— Le labo a confirmé la présence dans l'estomac d'une substance sucrée, cohérente avec la consommation d'une boisson sportive, de couleur bleue. Faites-moi immédiatement un rapport quand vous aurez fini de parler avec Zanger, ordonna la directrice adjointe.

— Attendez, intervint Faith, finalement incapable de laisser tomber. Est-ce que vous comptez dire quelque chose au sujet du tableur Excel sur le tueur en série ?

— Je n'ai qu'une chose à dire : comment se fait-il qu'aucun de mes enquêteurs hautement qualifiés n'ait été capable de repérer ces liens potentiels avant qu'une civile déguisée en détective de film porno ne tombe dessus par hasard ?

Faith réagit vivement, car la pique lui était de toute évidence destinée.

— Vous vous rendez compte du nombre d'affaires que je pourrais résoudre si j'avais six milliards d'heures à perdre devant mon ordinateur ? s'exclama-t-elle.

Will lui lança un regard en coin.

— Ce qui est formidable quand on n'apprend pas de ses erreurs, Faith, c'est qu'on continue d'en faire jusqu'à ce qu'on ait enfin compris, répliqua Amanda.

L'agente spéciale en resta bouche bée.

Will raccrocha avant qu'elle ait pu prononcer un mot.

Il attendit un peu avant de reprendre la parole.

— Tu sais qu'Amanda est probablement en train de trouver une solution toute seule dans son coin, pas vrai ?

Elle n'avait aucune envie de commencer une discussion sur l'agaçante manie qu'avait leur supérieure de jouer à cache-cache avec les informations. Elle aimait bien jouer au Grand Magicien d'Oz planqué derrière son rideau. Et Faith en avait assez de rester assise dans le panier de Dorothée.

— Amanda a eu une bonne intuition à propos de Masterson. C'est pour ça qu'elle n'arrêtait pas d'insister auprès du fournisseur d'accès Internet. Elle sait qu'on a affaire à un tueur en série. Tu dois lui faire confiance, elle a forcément un plan. Elle nous serre la bride pour qu'on ne se mette pas en travers de son chemin.

— Je crois que c'est la deuxième fois en deux jours que je dois rappeler à un homme que je ne suis pas un cheval.

Will regarda la route droit devant lui.

— Zanger a disparu pendant trente-six heures, dit-il. Pour quelle raison n'a-t-elle pas voulu porter plainte ?

— Par peur ? suggéra Faith car c'était la raison pour laquelle la plupart des femmes ne signalaient pas une agression. Ou peut-être qu'elle s'est dit que personne ne la croirait ?

— Elle a dû aller à l'hôpital. Il y avait des preuves matérielles de ses blessures.

— Peut-être qu'elle ne voulait pas devoir faire face à ça ? Son divorce tournait mal. Son mari se tapait des strip-teaseuses. Les strip-teaseuses avaient la langue bien pendue. Ensuite, l'ex-petit ami de Callie est sorti de l'ombre et s'est mis à raconter partout qu'à la fac elle était complètement accro à l'Adderall. Et tout ça, ce n'étaient pas que des commérages de voisinage. Ça passait aux infos dans tout le pays. Là-dessus, en plus de tout le reste, elle se fait violer ?

Faith n'avait pas eu à subir ce traumatisme précis, mais elle était tombée enceinte à quinze ans, à une époque où on brûlait encore les sorcières au bûcher. Elle savait ce qu'on ressentait quand tout le monde parlait de vous, vous jugeait et disséquait votre vie comme un échantillon sous la lentille d'un microscope.

— Honnêtement, on ne sait pas ce qui est arrivé à Callie Zanger dans les bois, affirma-t-elle à Will. Regarde l'envers du décor. Elle a un boulot stressant avec énormément de responsabilités et elle se débat dans une odieuse affaire de divorce, sachant que le moindre détail de sa vie privée est livré en pâture à des inconnus. Peut-être que c'en était trop, et qu'elle est allée dans les bois pour en finir. Ce qu'elle y a fait n'a pas dû marcher, alors elle a pu changer d'avis et repartir. Maintenant, elle se sent embarrassée par toute cette histoire.

Will ne répondit pas tout de suite.

— Tu crois vraiment que c'est ce qui s'est passé ? demanda-t-il enfin.

Faith se disait qu'une femme comme elle disparaîtrait dans un spa Four Seasons plutôt qu'en forêt.

— Non, répondit-elle.

— Moi non plus.

Sur son téléphone, l'agente spéciale passa sur Google Maps pour vérifier qu'ils allaient bien dans la bonne direction. Will n'avait pas de GPS dans sa vieille Porsche 911. L'intérieur était joli ; il avait lui-même restauré sa voiture et lui avait rendu sa gloire d'antan, celle de l'âge d'or où les porte-gobelet et le réchauffement climatique n'existaient pas. La clim ne proposait que de l'air chaud.

— Tourne là, dit-elle en indiquant la droite. Prends Crescent Avenue. Le parking est accessible par l'arrière du bâtiment.

Will mit le clignotant.

— Est-ce qu'on l'appelle avant pour la prévenir de notre arrivée ou est-ce qu'on se pointe directement à son bureau ? demanda-t-il.

Faith réfléchit à la question tandis qu'ils patientaient au feu rouge.

— Zanger a refusé de parler aux policiers, rappela-t-elle. Elle a envoyé une ordonnance de cessation et d'abstention à notre « Dirk-Miranda ». Elle a clairement indiqué qu'elle ne voulait pas d'enquête.

— Elle s'occupe de contentieux fiscaux, elle n'est pas avocate pénaliste. Un coup de fil du GBI risque de la mettre dans tous ses états. Alors que si on se présente en personne…

— On parle bien de faire paniquer une femme qui a sans doute été violemment agressée, n'est-ce pas ? intervint Faith. En gros, elle a vécu la pire journée de sa vie et a passé les deux dernières années à essayer d'oublier, et nous, maintenant, on va débarquer avec nos badges pour titiller la croûte de sa cicatrice jusqu'à ce qu'elle saigne ?

— Je vois trois possibilités, dit Will avant de les énumérer en comptant sur ses doigts. Soit elle est traumatisée par ce qu'elle a vécu, et c'est pour ça qu'elle ne peut pas en parler. Soit elle a peur que son agresseur revienne lui faire du mal, ce qui est aussi traumatisant. Soit elle craint la publicité, qui l'a traumatisée durant son affreux divorce. Ça pourrait même être tout ça en même temps. Peu importe parce que, dans tous les cas, elle est traumatisée, et nous, on essaye de la pousser à faire quelque chose qu'elle ne veut pas faire, c'est-à-dire parler de ce qui s'est passé.

Sa coéquipière posa la question qu'ils évitaient tous les deux.

— Et si jamais elle avait été blessée comme Tommi Humphrey ?

Le silence retomba dans la voiture.

Sans le moindre effort, Faith parvint à se transporter à nouveau dans la salle de réunion, ce matin-là. Sara tenait à bout de bras la photographie du manche de marteau explosé.

Quatre mois.

Cent vingt jours.

C'était le délai pendant lequel Tommi Humphrey avait dû continuer d'endurer ses souffrances, avant que les médecins puissent commencer à réparer les dommages physiques que l'agresseur avait infligés à son corps. Les dommages psychologiques, quant à eux, prendraient sans doute une éternité à guérir. La jeune femme avait essayé de se pendre le jour où Daryl Nesbitt avait été inculpé pour détention d'images pédopornographiques. Amanda avait demandé à Sara de la retrouver et de reprendre contact avec elle. Peut-être que ce n'était pas possible. Peut-être que Tommi Humphrey s'était donné la mort et avait trouvé la paix dans sa tombe.

— Je n'arrive pas à imaginer comment elle aurait pu surmonter ce qui lui est arrivé, murmura Faith.

Son partenaire se racla la gorge.

— Sans doute en n'en parlant pas, répondit-il.

— Ouais.

Le silence retomba à nouveau. La policière se sentait lourde, comme si son sang s'était transformé en sable.

— Je peux…, commença Will.

— Je m'en occupe, le coupa-t-elle en composant le numéro du cabinet Guthrie, Hodges & Zanger.

Elle eut bientôt en ligne une standardiste au ton bien trop snob, à laquelle elle déclina tous ses titres en qualité d'agent du GBI avant de demander à parler à Callie Zanger.

Will avait tourné dans Crescent Avenue et cherchait l'entrée du parking quand Zanger prit l'appel.

— C'est à quel sujet ?

Sa voix était aussi pointue que son menton.

— Je suis l'agent spécial..., commença Faith.

— Je sais qui vous êtes, l'interrompit l'avocate. Qu'est-ce que vous voulez ?

Elle chuchotait d'une voix rauque, maintenant. Elle avait l'air paniqué, ce qui était déchirant mais leur offrait aussi une occasion à saisir.

Faith commença par l'approche la plus facile.

— Je suis désolée de vous déranger, madame Zanger, mais ma supérieure, la directrice adjointe du GBI, a reçu l'appel d'un journaliste, ce matin. Elle en a référé à notre service chargé des relations publiques, mais nous devions effectuer des vérifications auprès de vous au sujet de quelques éléments.

— Quels éléments ? demanda-t-elle. Il vous suffit de dire « pas de commentaire », et vous laissez courir.

Faith lança un regard à Will. Il s'était garé sur une place de stationnement dans la rue.

— Malheureusement, nous sommes une agence gouvernementale, répondit-elle. Nous n'avons pas vraiment la possibilité de ne pas faire de commentaire. Nous sommes redevables devant les citoyens.

— N'importe quoi, siffla Zanger. Je n'ai pas à...

— Je comprends bien, vous n'avez aucune obligation de me parler, la coupa Faith. Mais je crois que vous en avez envie, ajouta-t-elle en tentant une autre approche. Je pense que vous avez peur que ce qui vous est arrivé se reproduise.

— Vous vous trompez.

Elle avait l'air incroyablement sûre d'elle-même.

— Ce sera complètement confidentiel, insista la policière.

— Une conversation confidentielle, ça n'existe pas.

— Écoutez, dit Faith, à court de solutions. Je suis devant le parking de votre immeuble. Il y a un restaurant de l'autre côté de la rue. Je serai au comptoir pendant les dix prochaines minutes. Ensuite, je monte dans votre bureau pour vous parler en personne.

— Allez au diable.

Le combiné cogna deux fois sur sa base avant que Zanger parvienne à raccrocher complètement.

Faith se sentait méprisable. La dernière chose qu'elle avait entendue, c'était le cri de douleur de Callie Zanger.

— Je déteste mon boulot, grogna-t-elle en prenant sa tête dans ses mains.

— Elle s'attend à ce que tu sois seule, fit remarquer Will.

— Je sais.

Sa partenaire sortit de la voiture. Le sable dans ses veines n'en finissait pas d'alourdir son pas, tandis qu'elle se dirigeait vers le restaurant branché. De la musique forte s'échappait de la terrasse. Elle surprit son reflet dans la porte vitrée, qu'elle ouvrit. Will gardait ses distances, restant à six mètres derrière elle, car il ne voulait pas effrayer Callie Zanger si jamais elle finissait par se présenter.

Faith priait pour que la femme accepte de la retrouver au comptoir. Le coup de fil avait dû lui faire l'effet d'une petite bombe. Débarquer en personne avec Will et sortir leurs cartes professionnelles, c'était l'explosion nucléaire assurée dans son bureau.

Elle regarda sa montre en s'installant. Plus que neuf minutes. Elle commanda un thé glacé au barman coiffé d'un chapeau *pork-pie* qui lui donnait l'air idiot. Plus que sept minutes. Faith parcourut la salle du regard. C'était la fin de l'après-midi. Elle était la seule personne au bar. Will était l'un des trois hommes en costume assis à trois tables distinctes.

À la place de Callie Zanger, Faith aurait été furieuse de cette intrusion dans sa vie. Mais l'agente spéciale devait aussi se mettre à la place de Pia Danske. Et de Joan Feeney. Et de Shay Van Dorne. Et d'Alexandra McAllister. Et de Rebecca Caterino. Et de Leslie Truong. Il y avait tellement de victimes qu'elle n'arrivait pas à se remémorer tous les noms. Elle sortit son téléphone de son sac et ouvrit le tableur Excel de Miranda. Huit ans. Dix-neuf femmes. Vingt, si on ajoutait Tommi Humphrey à la liste.

— Inspecteur Mitchell ?

Faith ne la corrigea pas quant à son titre. Elle reconnut Callie Zanger d'après les photos qu'elle avait vues. Elle n'était pas aussi maquillée et avait les cheveux attachés, mais c'était toujours une belle femme, même lorsqu'elle s'avachit sur le tabouret de bar à côté de Faith.

— Une double Kettle One avec une rondelle de citron, lança la nouvelle venue en direction du barman.

Faith crut déceler une certaine expérience dans cette commande. Elle aurait cru qu'une avocate fiscaliste aux honoraires vertigineux serait plutôt du genre à boire du vin, ou même un whisky. De la vodka au goulot, ou tout comme, c'était une boisson d'alcoolique.

— Est-ce que vous travaillez avec l'autre inspecteur ? Masterson ? demanda Callie.

— Non, et ce n'est pas un inspecteur.

L'avocate secoua la tête de dégoût.

— Laissez-moi deviner, c'est un journaliste ?

Faith observa la femme. Elle avait l'air accablée. Est-ce qu'elle se remettait de cette histoire à la façon de Tommi Humphrey ?

La policière se réprimanda en silence ; elle ne devait pas se laisser freiner par ses émotions. Elle s'efforça de convoquer sa réserve professionnelle.

— Madame, fit le barman en tapotant le bord de son chapeau en même temps qu'il déposait la double vodka sur le comptoir.

Elle regarda le verre ; le barman avait très généreusement servi Callie.

Cette dernière ne sembla pas le remarquer et touilla distraitement son verre avec sa paille. Elle attendit que le serveur s'éloigne avant de reprendre la parole.

— Je déteste les hommes qui portent des chapeaux pour compenser leur absence de personnalité, confia-t-elle à Faith.

Aussitôt, celle-ci se prit d'affection pour cette femme.

— C'est à propos de Rod ? demanda Callie.

— Pourquoi croyez-vous que je viens vous parler de votre ex-mari ?

— Parce que c'est mon ex-mari qui m'a enlevée.

Faith la regarda descendre d'un trait la moitié de son verre. Elle ne savait que faire. Rod Zanger n'avait jamais fait partie des suspects. Elle tendit la main vers son sac pour prendre son carnet.

— Confidentiel, dit Callie. C'est ce que vous avez promis au téléphone.

Faith referma son sac.

Son interlocutrice termina son verre d'une seule gorgée. Elle fit signe au barman de le remplir de nouveau.

— Mais rien n'est jamais confidentiel, n'est-ce pas ?

Faith ne pouvait pas mentir à cette femme.

— Non, répondit-elle.

Callie ôta la paille de son verre vide et la fit rouler sur le comptoir.

— J'avais treize ans, la première fois qu'un homme m'a touchée sans mon autorisation.

Faith observait la paille rouler sous les doigts de la femme.

— J'étais en train de me faire détartrer les dents, et le dentiste m'a saisi les seins. Je ne l'ai jamais dit à personne. Pourquoi ? demanda-t-elle en regardant la policière.

Cette dernière secoua la tête. Des histoires du même genre, elle en avait des tonnes à raconter.

— Parce qu'il vous aurait traitée de sale menteuse.

Callie éclata de rire.

— C'est ce qu'ils me disent tous, de toute façon.

Faith rit, elle aussi, mais elle assemblait les pièces du puzzle.

— Est-ce que votre mari vous faisait du mal ?

L'avocate hocha lentement la tête, de manière presque imperceptible.

Faith dut se mordre la langue pour retenir le flot de questions qui menaçait de déferler. Will était bien meilleur qu'elle pour garder le silence. Il fallait qu'elle se contente de siroter son thé glacé, et d'attendre.

Le barman revint. Il refit le coup du chapeau et déposa la double vodka sur le bar. À ce stade, ce n'était même plus de la générosité. Il avait presque servi une triple dose. Il vit que Faith l'avait remarqué et lui adressa un clin d'œil avant de s'éloigner.

Callie regarda fixement le liquide transparent. Elle avait commencé à se mordiller l'intérieur de la lèvre.

— J'ai trouvé un de ces mouchards GPS, sur ma voiture.

— Il y a deux ans ?

— Oui. Pendant mon divorce, précisa Callie en faisant tourner le verre dans sa main. L'émetteur était dans une petite boîte métallique noire, collée sur le pare-boue grâce à un aimant. Je ne sais pas pourquoi j'avais passé la voiture au peigne fin. Enfin si, en fait, je sais. J'avais l'impression d'être épiée. Je savais que Rod ne me laisserait pas partir.

— En avez-vous parlé à quelqu'un, à l'époque ?

— À mon avocate. Écoutez toujours votre avocat, dit-elle en levant les yeux vers Faith. Il sait mieux que vous.

À son ton, l'agente spéciale en conclut que c'était une remarque sarcastique.

— Elle m'a dit de le laisser sur la voiture à l'endroit exact où je l'avais trouvé. Elle ne voulait pas que Rod s'en rende compte. On ne voulait pas rompre l'accord de confidentialité, donc son cabinet a directement passé un contrat avec un informaticien pour essayer d'identifier l'origine de l'appareil. Il a fini par nous dire qu'il ne pouvait pas obtenir l'information sans injonction administrative, et demander une injonction mettrait Rod au courant, donc...

Faith mourait d'envie de prendre son carnet. Si Callie donnait à son avocate l'autorisation de rompre le secret professionnel, Faith pouvait obtenir l'injonction en quelques heures.

— Comment ça s'est passé ? demanda-t-elle à Callie.

— J'étais assise dans ma voiture. Sur le point de partir au travail. J'avais une réunion, mais...

Elle fit un geste de la main, comme pour chasser cette idée.

— Je doute que Rod m'ait fait ça en personne. Il a dû payer quelqu'un. Il aimait toujours regarder mon visage quand il me frappait. Ce type, lui, ne voulait pas être vu.

Callie but une grande gorgée de vodka. Elle cogna le verre en le reposant contre le comptoir. Ses mains ne tremblaient pas, mais elles n'étaient pas assurées.

— Je le vois encore, vous savez, dit-elle. Le marteau. J'ai regardé dans le rétroviseur par hasard. Je ne sais pas du tout pourquoi. Et j'ai vu ce marteau qui s'abattait. C'était un marteau avec une tête bizarre. J'ai fait un nombre incalculable de recherches Internet pour savoir comment ça s'appelle, mais il existe des centaines de modèles différents ; il y a les manches en fibre de verre, les manches en bois, et celui-ci sert à faire les encadrements, et celui-là c'est pour le Placoplatre ; et vous saviez qu'il y a même des vidéos YouTube qui expliquent la meilleure façon d'assommer quelqu'un avec un marteau ?

Faith secoua la tête, faisant comme si son cœur ne venait pas de s'arrêter de battre.

La dernière semaine du mois de mars. L'aube. Le marteau.

Callie fit à nouveau signe au barman de la resservir et ajouta :

— Et apportez-en un pour mon amie aussi.

La policière essaya de l'en empêcher.

— C'est une discussion confidentielle, oui ou non ? demanda l'avocate.

Faith adressa un hochement de tête au serveur pour lui confirmer qu'il pouvait apporter deux verres. Callie le regarda partir à l'autre bout du bar.

— Il a un joli cul, remarqua-t-elle.

Faith se fichait pas mal du cul du barman. L'air vint à lui manquer tout à coup. Elle regarda dans le miroir. Will était toujours assis à sa table, de l'autre côté de la pièce. Il avait son téléphone à la main, mais ses yeux étaient rivés au comptoir.

— De quoi vous souvenez-vous, ensuite ?

— Je me suis réveillée dans les bois, le dernier endroit au monde où j'aurais voulu me trouver.

Callie s'interrompit pour reprendre sa respiration.

— Notre premier rendez-vous, c'était un pique-nique dans le domaine du Biltmore. Rod a toujours été malin, comme ça. Il savait qu'il ne pouvait pas m'impressionner avec un restaurant chic ou un club privé. Alors il m'a offert ce que l'argent ne pouvait pas acheter : des sandwichs faits maison, des chips, des serviettes en papier et des gobelets en plastique. Il m'a même écrit un poème. Mon cow-boy romantique.

Elle s'écartait du moment tragique dans les bois. Faith la laissa faire.

— La première fois que Rod m'a frappée, c'était à une semaine de notre mariage. Il m'a sacrément cognée. Il m'a sonnée, littéralement.

Elle resta un long moment à fixer le verre vide.

— Et puis il s'est mis à pleurer comme un bébé. Et ça m'a brisé le cœur. De voir ce grand cow-boy costaud qui sanglotait, la tête posée sur mes genoux, qui me suppliait de lui pardonner, qui me promettait que jamais, plus jamais, ça ne se produirait. Alors, j'ai juste…

Sa voix s'éteignit, laissant sa phrase en suspens. Il y avait une pointe de tristesse dans son ton. Callie Zanger était une femme intelligente. Elle savait exactement à quel moment de sa vie tout avait basculé. Elle regarda celle qui l'avait contactée.

— Vous avez déjà dû entendre cette histoire, pas vrai, dans votre métier ?

Faith hocha la tête.

— C'est terriblement gênant de se rendre compte qu'au fond ils ont tous la même stratégie, si ennuyeuse, si prévisible. Ils pleurent, et on leur pardonne. Et puis, un jour, ils comprennent que pleurer ne fonctionne plus, alors ils vous font culpabiliser. Et ensuite, la culpabilité ne marche plus, alors ils ont recours aux menaces ; avant d'avoir compris ce qui vous arrivait, vous êtes terrifiée à l'idée de partir, terrifiée à l'idée de rester, et quinze ans se sont écoulés, et…

Faith ne pouvait pas la laisser s'interrompre encore.

— Qu'est-ce qui vous a finalement poussée à le quitter ?

— Je suis tombée enceinte, répondit-elle avec un sourire à peine perceptible. Rod ne voulait pas d'enfant.

L'agente spéciale n'eut pas besoin de demander ce qui s'était produit. Callie avait raison. Elle avait entendu cette histoire un nombre incalculable de fois.

— Ça a été un bienfait, sincèrement. Je n'arrivais pas à me protéger moi-même. Comment aurais-je pu protéger un enfant ?

Le barman fit sa troisième apparition. Cette fois, il zappa le coup de doigt sur le chapeau. Il posa les deux verres avec une torsion experte des poignets. Faith comprit qu'il avait déjà vu Callie en ces lieux. Il savait qu'une double vodka signifiait une triple. Et, très probablement, il savait qu'il serait bien récompensé pour cette petite comédie.

— Buvez, dit Callie à Faith.

Cette dernière prit le verre dans sa main. Le liquide était froid. Elle fit semblant d'avaler une gorgée.

L'avocate but une grande gorgée. Elle avait ingurgité l'équivalent de deux triples et commençait à être éméchée. Faith se demanda si elle avait bu quelque chose avant de descendre au restaurant. Elle avait les paupières lourdes. Elle n'arrêtait pas de se mordiller l'intérieur de la lèvre.

— Rod a joué avec mes nerfs pendant le divorce, reprit Callie. J'ai cru que je perdais la tête.

Faith feignit de prendre une nouvelle gorgée.

— Quand on vivait ensemble, il vérifiait toujours derrière moi pour être certain que je remettais bien les choses à leur place. Et si quelque chose n'y était pas…

Elle n'eut pas besoin de finir sa phrase.

— Quand je suis partie, quand j'ai eu mon propre espace, je me suis dit : je vais être bordélique. Je vais laisser traîner mes vêtements par terre, laisser le lait sorti du frigo et me lâcher enfin.

Elle partit d'un rire semblable à du cristal qui se brisait.

— Vous savez ce qui se passe quand on laisse le lait hors du frigo ? demanda-t-elle à Faith en levant les yeux au ciel. J'ai eu quinze ans d'entraînement. Je ne pouvais pas rompre avec ces habitudes de maniaque. Ça me rendait trop nerveuse. Et j'aime savoir où se trouvent les choses, mais soudain les choses n'étaient plus où elles étaient censées être.

Faith sentit sa poitrine se serrer.

— C'est-à-dire ?

— Oh ! je ne sais pas. Peut-être qu'en fait tout était réellement au bon endroit. Il y a un comique qui racontait cette blague, où quelqu'un s'introduisait dans l'appartement d'une personne et déplaçait tous ses objets d'un centimètre. C'est pas de la folie, ça ?

Elle ne répondit pas.

— C'est juste que je me sentais… scrutée ?

Callie sembla satisfaite de ce mot.

— Comme si quelqu'un avait fouillé dans mes affaires, continua-t-elle. Touché mes objets. Il ne manquait rien, jusqu'à ce jour où je n'ai plus retrouvé mon élastique préféré.

Les mains de Faith se crispèrent sur son verre.

— Mon élastique à cheveux, répéta Callie, comme pour souligner l'insignifiance de l'objet. J'ai voulu le prendre dans mon sac à main, et il n'y était pas, et là, je suis devenue dingue. J'ai démonté tout l'appartement, j'ai cherché partout, mais il avait disparu.

— À quoi ressemblait-il ?

— C'était un simple élastique rouge, répondit-elle en haussant les épaules. Je l'avais payé quelques centaines de dollars.

Faith regarda l'attache qui retenait les cheveux de Callie. Une breloque en or pendillait sur l'élastique. Elle reconnut le double C du logo Chanel.

— Je sais que ça a l'air ridicule, mais cet élastique était important pour moi. D'habitude, je devais obtenir la permission de Rod pour m'acheter un paquet de chewing-gum. C'était la première chose que je m'étais achetée toute seule. Et pourquoi ? Parce qu'il m'obligeait toujours à me lâcher les cheveux. Toujours. Il passait même à l'improviste au cabinet pour vérifier, ajouta-t-elle avec un rire amer. Donc, il est entré par effraction dans mon appartement, et il me l'a volé.

— Est-ce que les caméras de sécurité l'ont filmé ?

— Je n'ai jamais regardé, répondit-elle en secouant la tête. Je ne voulais pas que mon concierge aille raconter à tout le monde dans l'immeuble que j'étais une hystérique qui pleurait la perte d'un élastique.

Faith aurait cru que, en achetant un penthouse à six millions, on s'assurait aussi un certain degré d'indulgence.

— C'est comme ça que Rod a toujours gagné, poursuivit Callie. Il me faisait passer pour folle et, moi, je ne pouvais dire à personne ce qui se passait, parce qu'on ne m'aurait jamais crue.

La policière la redirigea en douceur vers l'agression.

— Vous avez été frappée à la tête avec un marteau. Vous avez disparu pendant trente-six heures. Vous avez eu…

— J'ai eu un *cadeau*, répliqua l'avocate sur un ton qui révélait que c'était là un point dont elle était certaine. Rod était sur le point de me traîner en justice, et de laver notre linge sale en public dans ses moindres détails. Et, croyez-moi, il y avait beaucoup à faire. Pas seulement des choses sur moi, mais sur ma famille, aussi. Sur ma mère. Son entreprise. Rod voulait tous nous brûler en effigie. Mais c'est alors qu'il m'a fait ce cadeau, cet abject et violent cadeau, et j'ai troqué mon silence contre ma liberté. Rod est retourné en rampant dans le Wyoming, avec rien d'autre que ses vêtements sur le dos. Moi, je suis repartie avec ma vie devant moi.

Faith baissa les yeux vers le verre dans sa main. Callie Zanger avait un air triomphant, comme si elle était vengée. Mais plus elle parlait, et plus l'agente du GBI était convaincue qu'elle avait tort.

— Est-ce que vous vous souvenez comment vous êtes allée de votre voiture jusqu'aux bois ?

— Non. Les médecins m'ont dit que l'amnésie était normale après un choc important à la tête.

Elle avait terminé sa vodka. Elle fit un geste en direction du verre de Faith.

— Je sais reconnaître quelqu'un qui fait semblant de boire, dit-elle.

La policière fit glisser son verre vers Callie. Elle savait reconnaître une alcoolique.

— Je me souviens de m'être réveillée dans les bois.

L'avocate renversa la tête en arrière, et engloutit la moitié du liquide.

— Je me suis réveillée plusieurs fois, en fait. Je ne sais pas si c'était ma blessure à la tête ou cette saleté qu'il me forçait à boire, mais je n'arrêtais pas de m'endormir, de me réveiller, de me rendormir.

— Que vous faisait-il boire ?

— Je ne sais pas ce que c'était, mais ça m'a complètement shootée. Je délirais. Je n'arrivais pas à maîtriser mes pensées. J'étais terrifiée et, la minute d'après, je flottais littéralement dans les airs. Je n'arrivais pas à bouger mes bras ni mes jambes. Je n'arrêtais pas d'oublier où j'étais, et même *qui* j'étais.

Pour Faith, cela ressemblait fort aux effets du Rohypnol.

— Avez-vous reconnu le goût ?

— Bien sûr, ça avait un goût de pisse et de sucre. Je préfère ça, ajouta Callie en levant le verre comme pour porter un toast, avant de finir la vodka d'une traite.

L'alcool sembla la rattraper tout à coup. Ses yeux devinrent vitreux. Elle eut du mal à reposer le verre vide sur le comptoir. Faith tendit le bras vers elle, pour l'aider.

— Vous savez, ça me laisse un goût doux-amer de comprendre que ce qui a causé la chute de Rod, c'est justement ce qui m'avait fait tomber amoureuse de lui, au début. Il a toujours eu ce besoin de me contrôler, expliqua-t-elle. Il ne pouvait pas simplement m'abandonner là et me laisser mourir. Il était obligé de venir me voir, puis de revenir encore. Trois ou quatre fois, je me suis réveillée, et il était là.

— Est-ce que vous êtes sûre que c'était lui ? Vous avez vu son visage ?

— Non, il était trop prudent. Mais je sentais que c'était lui.

Callie secoua lentement la tête de gauche à droite.

— Il a toujours adoré me regarder. Quand on s'est rencontrés, je trouvais ça follement sexy. J'allais au café ou à la bibliothèque, et soudain je voyais ce grand cow-boy bien bâti qui m'observait, caché au coin de la rue, avec ce regard intense.

Faith la vit porter le verre à ses lèvres, puis faire la moue en constatant qu'il était vide.

Le barman avait disparu dans la cuisine. Will était assis au bar ; il buvait un Coca et regardait fixement le miroir.

— Quand on est jeune, on trouve ce genre de comportement terriblement romantique. Aujourd'hui, j'ai compris qu'en fait il me harcelait. J'imagine qu'il faut environ trois mois de baise avant qu'un homme révèle à quel point il est dégueulasse, ajouta-t-elle en lançant à Faith un regard complice.

Cette dernière la ramena vers les bois.

— Que vous rappelez-vous d'autre ?

L'avocate se frotta mollement les yeux. La vodka lui faisait perdre pied.

— Des ombres. Les feuilles qui tombent. Le bruit des bottes de cow-boy de Rod qui s'enfoncent dans la boue. Il a pas mal plu pendant que j'étais là-bas. Je suis sûre qu'il l'avait fait exprès, non ?

Elle avait posé une question à laquelle Faith ne savait pas quoi répondre.

L'élastique à cheveux. Les bois. Le Gatorade. La paralysie.

— Je me rappelle avoir fait ce rêve qu'il me coiffait les cheveux. Il s'était mis à pleurer, alors moi aussi j'ai pleuré. C'était tellement étrange, parce que je me sentais en paix, vous voyez ? J'étais prête à abandonner. Mais je ne l'ai pas fait. J'ai refusé. Et le meilleur, c'est que tout est sa faute. Il a vraiment, vraiment merdé.

— Comment ?

— Parce qu'il m'a violée, déclara-t-elle en haussant les épaules comme si ce n'était rien. Il l'avait déjà fait, auparavant. Enfin, mon Dieu, combien de fois ? Quel ennui, Rod. Change de disque.

Faith savait que ce ton détaché était un mécanisme de défense.

— Il a attendu qu'il fasse noir. Je ne voyais pas son visage. Je ne pouvais pas bouger. Je ne sentais même pas ma peau. Mais mon corps s'est mis à...

Elle se souleva en s'aidant des barreaux du tabouret, et se laissa retomber, puis se leva à nouveau, mimant les mouvements d'un rapport sexuel.

— Et je me rappelle avoir pensé « c'est la dernière fois que tu me fais ça, Rodney Phillip Zanger ».

Elle fit de nouveau mine de ne pas être affectée, tout en cherchant le barman des yeux.

— Callie, quoi..., commença Faith.

— Quoid'autrequoid'autrequoid'autre ? marmonna-t-elle en mangeant ses mots. J'ai passé quinze ans de mariage à m'entraîner à ce *quoi d'autre*. Recevoir un coup de poing, faire comme si mes côtes n'étaient pas fracturées, ma clavicule n'était pas cassée, faire comme si mon cul ne saignait pas.

Elle plaqua la main sur sa bouche, comme si elle venait de dire quelque chose d'inconvenant et de comique à la fois.

— Quoi d'autre ? demanda Faith.

— Il a terminé de me violer. Il m'a fait boire son truc. Je l'ai avalé. Il est parti. Et j'ai vomi, ajouta-t-elle en souriant. Merci à mes connasses de camarades de pensionnat, des ados dégueues, qui m'ont appris à vomir sur commande.

Faith eut dans la gorge une impression douloureuse, comme si elle avait avalé du feu.

— J'ai vomi tellement fort que j'ai dû m'arracher les parois de l'estomac.

La fierté qui s'entendait dans sa voix était bouleversante.

— Ça avait vraiment une drôle de couleur, ajouta-t-elle en brossant maladroitement d'une main l'avant de son chemisier. Il fallait que je me débarrasse de mes vêtements. Enfin, ce n'est pas comme si j'avais eu envie de les garder, mais on aurait dit qu'un des gars de cette troupe, là, celle où ils dansent et où il y a des percussions – c'est quoi ce groupe, déjà ? Ils sont tout bleus et ils ont joué à Vegas.

— Le Blue Man Group ?

— C'est ça, fit Callie en cherchant à nouveau le barman. On aurait dit que le Blue Man Group m'avait violée en réunion.

Elle rigolait, mais Faith voyait les larmes dans ses yeux.

— Bref, j'ai tout dégueulé. Je me suis levée. J'ai commencé à marcher. Enfin, à trébucher, plutôt. Mes jambes étaient comme des spaghettis. J'ai retrouvé la route. Il y a ce gentil couple qui m'a ramassée. Mon Dieu, ce que je me sentais mal pour eux. J'avais l'air d'une épave et, eux, ils s'inquiétaient tellement pour moi. J'ai essayé de leur donner de l'argent, une sorte de récompense pour m'avoir sauvée, mais ils ont refusé, alors j'ai continué d'insister, et finalement, ils m'ont incitée à faire un don à leur fonds pour la construction des églises. C'est un article 501, c, 3, mais je n'ai pas réclamé la déduction fiscale. Ne le racontez à personne, s'il vous plaît. Ma carrière serait finie.

Faith déglutit, pour tenter de faire disparaître la brûlure dans sa gorge.

— Rod a-t-il reconnu devant vous que c'était lui ?

À nouveau, Callie rit.

— Oh ! sûrement pas ! Il est bien trop lâche. C'est son grand et sombre secret. C'est pour ça qu'il bat les femmes : parce qu'elles le terrifient. Maintenant, c'est moi qui le terrifie.

La policière joignit les mains et les serra fort. Callie était ivre. Comment Faith pouvait-elle annoncer à cette femme que son moment de triomphe, sa revanche finale, était un mensonge ?

— Rod et moi, nous avons passé ce moment mémorable, dans mon cabinet d'avocats, poursuivit l'autre en se tournant vers Faith. Seulement nous deux. J'ai demandé aux collègues de sortir. J'ai détaché mes cheveux, et je les ai secoués comme Cindy Crawford. J'ai dit à Rod : « Je tiens ta vie entre mes mains, enfoiré. Je peux te détruire d'un claquement de doigts. »

— Qu'est-ce qu'il a répondu ?

— Oh ! comme d'habitude. Il m'a traitée de salope et de cinglée, n'a pas arrêté de dire que j'inventais toute cette histoire, mais c'est le regard dans ses yeux qui l'a trahi, dit Callie en montrant du doigt ses propres pupilles. Il avait peur de moi. Ses mains tremblaient. Il a commencé à ramper, à me supplier de ne pas aller voir la police, il pleurnichait en disant qu'il ne ferait jamais une chose pareille. Qu'il m'aimait. Qu'il ne me ferait jamais de mal.

Son rire amer résonna dans toute la salle.

— Vous savez ce que je lui ai dit ?

Elle attendait de toute évidence une réponse.

Faith dut déglutir avant de pouvoir parler.

— Quoi ? demanda-t-elle.

— Je me suis plantée devant lui, je l'ai regardé droit dans ses yeux perçants de petit cochon, et je lui ai dit « j'ai gagné ».

Callie Zanger tapa du poing sur le comptoir.

— Va. Te. Faire. Foutre. Rod. J'ai gagné.

23

Gina n'arrivait pas à ouvrir les yeux.

Ou peut-être qu'elle aurait pu les ouvrir, mais qu'elle ne le voulait pas. Elle avait oublié ce que cela faisait de dormir. Dormir vraiment. Dormir comme quand elle était gamine, à cette époque bénie entre la puberté et l'université, où elle était encore capable de fermer les yeux et de les rouvrir le lendemain midi, dans un état de béatitude absolue.

Où était-elle ?

Ce n'était pas au sens figuré qu'elle se posait cette question. C'était au sens propre. Mais où pouvait bien être son corps en cet instant, à quel endroit de la planète Terre ?

Elle entrouvrit les paupières.

Le crépuscule, des feuilles, de la terre, des oiseaux qui gazouillaient, des arbres qui se balançaient, des insectes faisant des bruits d'insectes.

Eh bien, la déco du rayon camping était vraiment très réaliste chez Target ! Elle sentait presque l'odeur des chamallows grillés au feu de bois. Ou celle des haricots au lard, comme dans ce passage du *Shérif est en prison* de Mel Brooks, quand ils se mettent tous à péter.

Gina se mit à rire.

Puis elle toussa.

Puis elle se mit à pleurer.

Elle était dans les bois, allongée sur le dos. Elle saignait à l'endroit du crâne où le marteau l'avait frappée. Elle allait être violée. Il fallait absolument qu'elle fiche le camp d'ici.

Pourquoi n'arrivait-elle pas à bouger ?

Gina n'avait aucune notion d'anatomie, mais il existait sans doute une sorte de ligne électrique qui, branchée à son cerveau, conduisait jusqu'à ses jambes et les faisait bouger, vers le haut, vers le bas ou sur le côté, et qui, à cet instant précis, lui permettrait de se lever.

Gina garda les yeux fermés. Elle essaya de se vider la tête. Elle imagina la ligne électrique. Elle tenta d'y envoyer du courant. Réveille-toi, la ligne. Allez, la ligne, bouge-toi. Coucou, la ligne !

I am a lineman for the county...

Ah, ce que sa mère s'était moquée de Gina quand elle avait dit qu'elle adorait la chanson *Wichita Lineman* de R.E.M, alors que c'était avant tout Glen Close qui l'avait rendue célèbre.

Glen Close ?

Non, Glen Campbell.

Et Michael Stipe, quelle tête il avait maintenant ! On aurait dit le rejeton de Julian Assange et de Unabomber.

Les yeux de Gina s'emplirent de larmes. On allait la violer. On allait la violer. On allait la violer.

Pourquoi n'arrivait-elle pas à bouger les jambes ?

Ses orteils. Ses pieds. Ses chevilles. Ses genoux. Ses doigts. Ses coudes. Même ses paupières.

Rien ne bougeait.

Était-elle paralysée ?

Elle entendait une respiration. Ce souffle ne venait pas de ses poumons. Non, il y avait quelqu'un derrière elle. Assis derrière elle.

L'homme de la voiture.

Celui qui lui avait mis un coup de marteau.

Il était en train de sangloter.

Gina n'avait vu un homme pleurer qu'une seule fois dans sa vie : c'était son père, le jour du 11 Septembre. Gina était à la bibliothèque quand la nouvelle était tombée, au sujet du premier avion. Elle avait sauté dans sa voiture et s'était réfugiée dans le lieu le plus sûr qu'elle connaissait, la maison de ses parents. Ils s'étaient tous trois blottis autour de la télévision, Gina, sa mère et son père. Sa sœur, Nancy, était confinée à son travail. Diane Sawyer portait son pull rouge. Ils avaient regardé, horrifiés, des milliers de gens se faire tuer sous leurs yeux. Son père avait attrapé Gina et l'avait serrée longtemps contre lui, comme s'il avait eu peur de la lâcher. Ses larmes s'étaient mêlées à celles de sa fille. Tout le monde sanglotait. Tout le pays était en pleurs.

Son père était mort d'un cancer des poumons moins d'un an plus tard.

Et maintenant, Gina était dans les bois.

Et l'homme qui pleurait n'était pas son père.

Il allait la violer.

Il l'avait frappée avec un marteau.

Il l'avait emmenée dans les bois.

Il l'avait droguée.

Il allait la violer.

Gina avait vu son visage, dans la voiture. Il avait éveillé un souvenir qui restait enfoui dans sa mémoire. Elle n'arrivait pas à se rappeler exactement ses traits, mais ils ne lui étaient pas inconnus. Elle l'avait déjà vu auparavant. À la salle de sport ? Au supermarché ? Au bureau, où elle assistait aux réunions mensuelles ?

Ce visage, c'était celui de l'homme qui la suivait et l'épiait depuis des semaines. C'était à cause de lui qu'elle était devenue paranoïaque. C'était lui qui avait volé son chouchou rose dans le bol au-dessus de l'évier. C'était à cause de lui que Gina s'était mise à tirer ses stores, vérifier ses verrous sans cesse, et qu'elle avait pris l'habitude de se claquemurer chez elle.

Nancy ne savait absolument pas que Gina avait disparu. Elles avaient discuté au téléphone juste avant que Gina se mette en route pour le Target. Sa sœur l'appelait une fois par mois, environ. Sa mère l'appelait une fois par semaine, mais son dernier appel datait de la veille, donc le prochain n'adviendrait que dans six jours.

Six jours.

Son patron de douze ans avait déjà reçu le rapport pour Pékin. Il allait lui écrire un mail, mais Gina l'avait habitué à ne pas s'attendre à ce qu'elle réponde rapidement à ses longs mails ennuyeux – c'est vrai, les gens âgés ne comprennent rien aux ordinateurs. Sa voisine fouineuse, par ailleurs, n'était pas si fouineuse que ça. La seule personne qui remarquerait son absence serait le livreur InstaCart, et Gina savait qu'il voyait aussi d'autres gens.

Le cerveau de Gina se reconnecta au présent.

Les sanglots de l'homme cessèrent peu à peu, comme de l'eau s'évacuant dans une gouttière.

Il renifla une fois, d'un air décidé.

Gina l'entendit se lever, avancer vers elle, puis elle le sentit s'agenouiller au-dessus d'elle, les jambes de part et d'autre de ses hanches, et il s'installa sur elle.

Il allait la violer. Il allait la violer.

Gina sentit les doigts de l'homme s'enfoncer dans ses joues. Il lui ouvrait les lèvres de force. Elle voulait résister, mais ses muscles ne répondaient pas. Elle attendit qu'il introduise son pénis de force dans sa bouche. Elle se prépara. Elle pria pour qu'un accès de puissance s'empare momentanément d'elle et lui donne la force de serrer les mâchoires au moment où il allait la violer.

Elle sentit un objet en plastique lui cogner les dents.

C'était une bouteille que l'homme avait portée à ses lèvres.

Elle toussa, s'étrangla, puis avala le liquide qui lui emplissait la bouche. Cela avait un goût de… de quoi, au juste ?

De sucre. De barbe à papa. D'urine.

Elle referma la bouche.

L'homme se remit debout. Puis elle sentit qu'il lui soulevait la tête. Il s'accroupit parmi les feuilles et reposa la tête de Gina contre son entrejambe. La nuque, pas le front. Elle sentait sa semi-érection contre son cou. Il avait étendu les jambes de part et d'autre du corps de Gina. Il l'avait prise dans son giron, comme s'ils étaient des amoureux de longue date en train de regarder le feu d'artifice du 4 Juillet.

Gina sentit qu'on lui tirait les cheveux. Elle sentit une pression s'exercer sur son crâne. Comme un grattement doux et familier.

L'homme était en train de la coiffer.

24

Sara se sentait fébrile et agitée lorsqu'elle entra dans les bureaux du GBI. Le manque de sommeil commençait à la rattraper. Elle avait mis trois heures au lieu de l'heure et demie habituelle pour rentrer de Grant County, à cause d'un accident de la route et du trafic embouteillé à l'heure de pointe. Bercée par la monotonie du trajet, elle s'était plongée dans un état semi-conscient. Ses habits puaient le formaldéhyde de l'entrepôt de Brock ainsi que l'odeur d'humidité et de renfermé du U-Store. La médecin mourait d'envie de boire un café, mais elle était déjà en retard. Elle ouvrit la porte qui menait à l'escalier. Elle eut l'impression que son cerveau cognait contre les parois du crâne tandis qu'elle montait les marches.

— Docteur Linton.

Amanda l'attendait sur le palier du premier étage. Elle leva les yeux de l'écran de son téléphone.

— Caroline a mis les Van Dorne dans la salle de conférence. Will et Faith sont en bas, en train d'interroger une victime potentielle.

Sara pensa immédiatement à Tommi Humphrey.

— Quelle victime ?

— Callie Zanger. Une avocate fiscaliste. On aura les détails au fur et à mesure.

Amanda commença à grimper l'escalier.

— J'ai appelé l'entreprise de pompes funèbres qui s'est occupée de la dépouille de Shay Van Dorne, poursuivit-elle. Ils ont confirmé qu'elle était enterrée dans un caveau en composite. Hermétique, comme vous l'avez dit. Les parents s'appellent Aimee et Larry. Ils ont divorcé peu après la mort de Shay. Caroline leur a expliqué que nous envisagions de rouvrir l'affaire, mais elle n'a pas précisé pourquoi.

— Vous ne leur avez pas parlé vous-même ? lui demanda Sara, s'arrêtant net dans l'escalier. Vous avez laissé Caroline s'en charger ?

— Oui, docteur Linton. Il est plus facile de dire qu'on ne connaît pas les détails d'une affaire quand c'est vraiment le cas, répondit Amanda sans interrompre son ascension. Caroline dit qu'il y a très clairement de la tension entre eux. Nous pourrons les travailler ensemble, vous et moi.

Sara n'appréciait pas l'emploi du terme « travailler », mais ne le lui dit pas. Les Van Dorne étaient des parents endeuillés. Leur enfant était brutalement morte trois ans auparavant. Leur mariage s'était effondré peu après. Sara n'était pas venue pour les manipuler. Elle entendait bien leur laisser le choix.

— J'aimerais leur parler seule, exposa-t-elle à Amanda.

— Parce que ?

La médecin n'en pouvait plus des confrontations.

— Parce que c'est ce que je veux faire.

— C'est à vous de voir, docteur Linton, répondit la directrice adjointe du GBI, les yeux déjà rivés à son portable tandis qu'elle grimpait la dernière volée de marches.

Sara se frotta les yeux. Elle sentit que son mascara avait fait des paquets collants dans ses cils. En chemin pour la salle de conférence, elle se précipita aux toilettes pour s'assurer qu'elle était présentable. Le miroir lui apprit que c'était à peine le cas, mais au moins son mascara ne l'avait pas transformée en panda. Elle se passa de l'eau sur le visage. Pas moyen de se débarrasser de l'odeur qui imprégnait ses vêtements. Pas moyen de faire quoi que ce soit, d'ailleurs, à part ne pas abandonner. Elle tâcha de se préparer psychologiquement au moment d'entrer dans la salle de conférence.

Lorsqu'elle ouvrit la porte, les Van Dorne étaient debout tous les deux.

Ils étaient postés face à face, chacun d'un côté de la longue et large table de conférence. Les parents de Shay étaient différents de l'idée que Sara s'en était faite. Pour une raison qu'elle ne s'expliquait pas, elle s'était imaginé une femme plus âgée en robe-chemise typique des femmes au foyer dans l'Amérique des années 1950 et un homme en costume avec les cheveux tondus ras.

Aimee Van Dorne portait un chemisier de soie noire, une jupe crayon, noire elle aussi, et des chaussures à talons. Elle avait les pointes des cheveux colorés en blond et une frange asymétrique très à la mode. Larry portait un jean baggy et une chemise de travail en flanelle. Ses cheveux étaient plus longs que ceux de son épouse et de la couleur grisâtre des peluches que l'on ramasse dans le sèche-linge ; il les coiffait en une tresse qu'il portait dans le dos. Le couple divorcé était l'incarnation même de l'opposition ville-campagne. Sara se présenta.

— Je suis la docteur Linton. Je suis désolée de vous avoir fait attendre.

Après les poignées de main et les présentations, tous ignorèrent consciencieusement la tension nerveuse qui régnait dans la pièce. Sara dut prendre place en tête de table pour pouvoir s'adresser à ses deux interlocuteurs à la fois. Elle était consciente que la seule chose qu'elle pouvait faire pour rendre ce moment un peu moins douloureux, c'était d'aller droit au but.

— Je suis médecin légiste pour l'État, commença-t-elle. Je sais que Caroline vous a dit que nous envisagions de rouvrir l'affaire de votre fille. Nous considérons cette éventualité car j'ai reparcouru le rapport du coroner concernant l'accident de Shay, et j'y ai constaté des incohérences qui…

— Je le savais, Larry ! l'interrompit Aimee, en pointant son ex-mari du doigt. Je t'avais dit qu'il y avait quelque chose de louche à propos de cet « accident ». Je te l'avais dit !

L'interpellé avait sursauté au son de la voix de son ex-épouse.

Sara lui donna un instant pour se remettre, puis demanda à la femme :

— Y a-t-il une raison particulière pour laquelle vous n'étiez pas d'accord avec les conclusions du coroner ?

— Il y en a plusieurs, répondit Aimee sans préambule. Shay n'allait jamais dans les bois. Jamais. Et elle était habillée pour le travail. Pourquoi serait-elle partie marcher dans la forêt alors qu'elle devait retrouver ses élèves en classe ? Et pourquoi son sac à main et son téléphone étaient-ils enfermés dans le coffre de sa voiture ? Et puis, aussi, elle avait ce sentiment d'angoisse. Je sais qu'elle ne voulait pas qu'on s'y attarde, mais une mère sent bien quand quelque chose ne va pas dans la vie de sa fille.

Sara lança un regard vers Larry pour obtenir confirmation.

Il se racla la gorge.

— Shay était déprimée, dit-il.

Aimee croisa les bras.

— Elle n'était pas déprimée, rétorqua-t-elle. Elle était dans une phase de transition. Toutes les femmes traversent une période de remise en question lorsqu'elles atteignent le milieu de la trentaine. J'ai connu ça, ma mère aussi.

Sara se rendait bien compte que ce n'était pas la première fois qu'ils se disputaient à ce sujet.

— Qu'est-ce qui la déprimait ? demanda-t-elle à Larry.

— La vie ? suggéra-t-il. Shay vieillissait. Son métier devenait trop politique. Sa relation avec Tyler n'avait pas marché.

— Son ex, expliqua Aimee. Ils étaient ensemble depuis l'université, mais Shay ne voulait pas d'enfants, et Tyler, si, alors ils ont décidé qu'il valait mieux se séparer. Ça n'a pas été facile, mais ils ont pris cette décision d'un commun accord.

— D'après le rapport de police, j'ai compris que Shay voyait quelqu'un d'autre ?

— Une passade, répondit Aimee. C'était juste pour s'amuser.

— Ils passaient beaucoup de nuits ensemble, protesta Larry.

— C'est ce qui se passe quand on s'amuse, dit Aimee à Sara. Shay était encore amoureuse de Tyler. J'ai cru qu'elle finirait par changer d'avis, pour ce qui était de faire un bébé, mais elle était têtue.

— Je me demande bien de qui elle tenait ça, maugréa Larry.

Cette remarque aurait pu déclencher une nouvelle dispute, mais elle produisit l'effet inverse. Aimée sourit. Larry sourit. Sara sentait qu'il y avait encore quelque chose entre eux. Sans doute leur enfant, songea-t-elle.

— Ce n'est pas une demande évidente, commença Sara, mais j'aimerais pouvoir réexaminer le corps de Shay.

Aucun des deux parents ne réagit immédiatement. Ils se regardèrent l'un l'autre. Puis ils se tournèrent lentement vers la médecin.

Larry fut le premier à parler.

— Comment ? demanda-t-il. Est-ce qu'il y a une machine qui peut faire ça ?

— Larry, le reprit Aimee. Madame ne parle pas d'un sonar. Elle veut sortir Shay de terre.

Les lèvres sèches de Larry s'ouvrirent sous le coup de la surprise.

— Officiellement, cela s'appelle une exhumation, confirma Sara. Mais oui, en effet, je vous demande l'autorisation de sortir le corps de votre fille de sa tombe.

Larry baissa les yeux vers ses mains. Elles étaient rongées par l'arthrite. Sara aperçut une callosité entre le pouce et l'index de sa main droite. Il était habitué à tenir des outils, pour réparer ou fabriquer des choses. Aimee était de toute évidence une femme d'affaires, c'était elle qui s'occupait de tous les détails. Le même genre de dynamique existait entre les parents de la médecin.

— Laissez-moi vous exposer les différentes étapes d'une exhumation, reprit-elle. Vous pouvez me poser autant de questions que vous le voudrez. Je vous répondrai le plus honnêtement possible. Après ça, je peux vous laisser seuls, ou vous pouvez sortir vous concerter dehors, de façon à prendre une décision avisée.

— Il vous faut notre permission ? demanda Larry.

Amanda aurait trouvé une façon de court-circuiter le problème, mais c'eût été sans l'aval de Sara.

— Oui, répondit cette dernière, il me faut votre autorisation écrite pour pouvoir exhumer le corps.

— Est-ce que Shay a pu…, commença-t-il, cherchant ses mots. Si elle s'était fait ça toute seule, vous le verriez ? Vous nous le diriez ?

— Je ne peux rien vous garantir mais, s'il y a des traces d'automutilation, je serai sans doute à même de les discerner.

— Donc vous ne savez pas vraiment ce que vous cherchez, et vous ne savez pas vraiment si vous le trouverez, en conclut-il.

Sara ne voulait pas leur donner de détails trop sordides tout de suite.

— Je peux juste vous promettre que je serai aussi respectueuse et précise que possible avec le corps de votre fille.

— Mais, reprit Aimee, vous soupçonnez quelque chose. Vous pensez qu'il y a quelque chose de suspect, sinon vous ne feriez pas tout ça, n'est-ce pas ?

— C'est exact.

— Nous n'avons…, commença Larry, avant de se reprendre. Je n'ai pas beaucoup d'argent.

— Vous n'aurez rien à payer, ni pour l'exhumation ni pour le ré-enterrement.

— OK. Bon.

Il n'avait plus aucune raison de refuser, si ce n'est que son cœur allait à nouveau voler en éclats.

— Pour quand vous faudrait-il une réponse ?

— Je ne veux surtout pas vous presser, affirma Sara en regardant Aimee de façon à l'inclure aussi. C'est une décision importante mais, si vous me demandez de vous donner un délai, je vous répondrai que le plus tôt sera le mieux.

Will hocha lentement la tête, à mesure qu'il intégrait l'information.

— Et ensuite ? Nous écrivons une lettre ?

— Il y a des formulaires qui...

— Je n'ai pas besoin de formulaires, ou d'étapes, ou de temps, la coupa Aimee. Vous allez la déterrer, l'observer et nous dire ce qui s'est passé. Je dis oui, faites-le maintenant. Larry ?

Ce dernier avait ses paumes pressées contre sa poitrine. Il n'était pas prêt.

— Ça fait trois ans, bredouilla-t-il. Est-ce qu'elle ne va pas être...

— Quand vous avez organisé les funérailles, expliqua Sara, vous avez demandé que votre fille soit mise dans un caveau. S'il est toujours hermétique, et je ne vois pas pourquoi ce ne serait pas le cas, alors le corps doit être resté en bon état.

Les yeux du père de Shay se fermèrent. Des larmes coulèrent entre ses cils. Tous les muscles de son corps étaient tendus, comme s'il cherchait à combattre physiquement la requête de Sara.

Aimee n'était pas aveugle à la douleur de son ex-mari.

— Peut-être qu'on a besoin de connaître ces étapes, après tout, déclara-t-elle d'une voix plus douce. Comment cela se passerait-il ?

— On procéderait à l'exhumation au petit matin, répondit Sara. Ce qui est une bonne façon d'éviter qu'il y ait des spectateurs.

Elle vit Larry faire la grimace.

— Vous pouvez être présents si vous le souhaitez. Mais vous n'y êtes en aucun cas obligés. C'est votre choix. Là aussi, c'est vous qui décidez.

— Est-ce qu'on..., commença Larry. Est-ce qu'on la verra ?

— Je vous le déconseille fortement.

Aimee avait sorti un mouchoir de son sac. Elle estompa ses larmes, s'efforçant de ne pas faire baver son eye-liner.

— C'est ici que vous pratiqueriez l'autopsie ? demanda-t-elle.

— Oui, madame. Elle serait transportée ici. Je ferais des radiographies pour chercher d'éventuelles fractures, ou repérer la présence de corps étrangers qui seraient passés inaperçus. Puis je pratiquerais une autopsie et examinerais les organes et les tissus. L'embaumement brouille les analyses toxicologiques, mais les cheveux et les ongles peuvent nous renseigner.

— Est-ce si évident ? s'enquit Aimee. Vous pourrez voir s'il y a quelque chose ?

De nouveau, Sara lui épargna les détails.

— Mon but est d'être à même de vous dire de façon catégorique si la mort de Shay était accidentelle ou si elle a été provoquée d'une autre façon.

— Vous voulez dire, si elle a été assassinée ? formula Aimee.

— Assassinée ? répéta Larry, qui faillit s'étrangler sur ce mot. Qu'est-ce que vous voulez dire, assassinée ? Qui voudrait faire du mal à notre...

— Larry, appela Aimee d'une voix plus douce. Soit Shay est morte seule dans les bois à la suite d'un accident, soit elle s'est suicidée, soit quelqu'un l'a assassinée. Il n'a rien pu se passer d'autre.

Larry regarda Sara pour obtenir confirmation.

Sara hocha la tête.

— Et si..., demanda de nouveau Larry, la gorge nouée. Pourrez-vous nous dire d'autres choses ?

— Quelles autres choses ? renchérit Aimee.

Sara savait ce que ce père endeuillé redoutait le plus.

— Monsieur Van Dorne, si votre fille a été assassinée, il est possible en effet qu'elle ait été violée.

— Et vous serez en mesure de le savoir ? murmura-t-il, sans regarder Sara dans les yeux.

— Comment ? rebondit Aimee. À partir du sperme ? Vous pourrez avoir son ADN ?

— Non, madame. Toute trace de matériel génétique aurait été absorbée.

Sara choisissait ses mots avec soin.

— Mais s'il y avait eu des bleus, ou des déchirures internes, je pourrais le constater, ajouta-t-elle.

— Des déchirures ? releva l'homme.

— Oui.

Il regardait la médecin sans rien dire. Il avait les yeux vert clair, comme ceux de Sara.

Comme ceux du père de Sara.

Eddie n'avait jamais voulu connaître les détails de son viol, et elle ne les lui avait jamais révélés, mais ce poids avait transformé leur rapport de plusieurs façons infimes. Cathy comparait cela à Adam mangeant le fruit de l'arbre de la connaissance. Tous deux avaient été chassés du paradis.

— Larry, dit Aimee, qui avait à nouveau croisé les bras et luttait visiblement pour contenir ses émotions. Tu sais ce que j'en pense. Mais cette décision n'appartient pas qu'à moi. Shay est autant ta fille que la mienne.

Larry baissa les yeux vers ses mains toutes tordues.

— Deux votes pour, un vote contre, résuma-t-il.

Sara avait déjà entendu cette phrase à la clinique pédiatrique où elle travaillait. De nombreux parents tombaient d'accord sur le principe que, lorsqu'il fallait prendre une décision importante, il fallait deux votes favorables. Si l'un des parents votait contre, pour une raison ou pour une autre, cela remettait tout en question.

Larry se pencha en avant pour sortir un mouchoir de sa poche arrière. Il se moucha.

Sara était sur le point de leur proposer de se retirer, mais le père l'en empêcha.

— Oui, dit-il. Déterrez-la. Je veux savoir.

Sara étala les pièces du dossier Leslie Truong sur plusieurs bureaux, cherchant à déterminer ce qui la tracassait.

Il n'y eut pas d'eurêka. Sa concentration était en miettes. Son cerveau avait perdu toute logique. Elle était debout dans la salle de réunion, cette même salle où ils étaient tous assis ce matin, mais douze heures stressantes de plus s'étaient écoulées, rajoutant encore à la fatigue de sa nuit blanche.

La chronologie des événements. Il y avait quelque chose qui la turlupinait dans cette chronologie.

Un grand bâillement vint interrompre le cours de ses pensées. Aucun des deux cafés qu'elle avait avalés à toute vitesse ne produisait l'effet recherché. Ce que Sara voulait le plus au monde, c'était poser sa tête sur l'un de ces bureaux et grappiller cinq minutes de sommeil. Elle regarda la pendule sur le mur. 19 h 02. À travers la grande baie vitrée, on ne voyait rien d'autre qu'un ciel noir de mauvais augure. Elle se frotta les yeux. Quelques petits amas de mascara étaient restés accrochés à ses cils. Elle s'était lavée dans la douche, au fond de la morgue. Sa blouse stérile sentait les produits chimiques que Gary utilisait pour récurer les tables, mais elle préférait cela, et de loin, aux relents de formaldéhyde et d'humidité.

Elle regarda encore la pendule, car elle ne cessait de perdre la notion du temps. Voilà ce qui arrivait quand on passait la nuit à sillonner la ville en voiture, le cerveau aveuglé par un déferlement de conneries. Au moins, Tessa avait bien rigolé.

Elle dut consulter l'heure pour la troisième fois.

19 h 03.

Le seul espoir de Sara, c'était de retrouver un second souffle quand la réunion commencerait. Ensuite, elle rentrerait chez elle et s'écroulerait sur son lit.

Quant à savoir si Will serait ou non à côté d'elle, c'était totalement hors de sa portée.

— Doc ?

Nick posa sa sacoche de cow-boy rutilante sur l'une des chaises.

— Amanda m'a dit que tu étais à Grant County, aujourd'hui.

— Pendant deux secondes, oui. Brock m'a donné accès à son box d'archivage.

— T'es pas tombée sur un cadavre empaillé et habillé comme sa mère ?

Sara avait horreur de ce genre de plaisanteries.

— J'ai trouvé les dossiers dont on avait besoin pour avancer dans cette enquête, et je sais gré à Brock de bien avoir voulu nous aider.

Nick haussa les sourcils, mais ne s'excusa pas. Il décrocha les lunettes de lecture pendues à sa chemise.

— Tout est là ? demanda-t-il en se penchant sur les papiers posés sur le bureau.

— Oui.

Il fit courir ses doigts sur quelques paragraphes.

— J'ai du mal à accepter l'idée que Jeffrey se soit trompé sur cette affaire.

— Tu veux dire « le chef » ?

Le vieil agent ne détacha pas les yeux de la page, mais elle vit le sourire sournois qui s'étirait sur ses lèvres. Il n'avait jamais utilisé ce terme pour appeler Jeffrey devant elle.

— Nick..., commença Sara. Ce que tu fais avec Will, je sais que Jeffrey aurait apprécié, mais moi pas.

Il la regarda par-dessus ses lunettes. Puis il lui adressa un petit hochement de la tête, sèchement.

— Message reçu.

— Docteur Linton.

La tête d'Amanda avait franchi la porte en premier. Comme d'habitude, elle était sur son téléphone.

— J'ai envoyé les papiers administratifs au sujet de Van Dorne à Villa Rica. L'exhumation est prévue pour demain, 5 heures du matin. L'adresse exacte est sur le serveur.

— Génial, répondit Sara.

Rester debout des heures dans un cimetière froid et obscur, au petit matin, c'était bien mieux que dormir au chaud dans son lit douillet, effectivement.

— Comment ça s'est passé avec Zanger ? demanda Nick à Amanda. C'est aussi une victime, ou bien cette Miranda machin-chose nous a juste enfumés ?

— Je n'ai pas encore eu de nouvelles, répondit-elle. Et Tommi Humphrey ? lança-t-elle à Sara.

Le cerveau de cette dernière mit un moment à suivre. Cela ne ressemblait pas à Faith et à Will de ne pas présenter leur rapport.

— Je n'ai pas réussi à trouver Tommi sur Internet. Elle n'est ni dans notre base de données ni sur les réseaux sociaux. J'ai demandé à ma mère de se renseigner dans son entourage.

— Parler à Humphrey, c'est une priorité, lui rappela la directrice adjointe.

Sara dut se mordre la lèvre pour ne pas répliquer que *tout* ne pouvait pas être une priorité.

— Je vais la recontacter.

— Faites-le.

Sara s'autorisa à lever les yeux au ciel une fois sortie dans le couloir. Elle s'adossa au mur et ferma les paupières. Elle frissonnait d'épuisement. Elle était incapable de convoquer l'étudiante de médecine en elle, celle qui enchaînait les gardes avec enthousiasme.

Son téléphone vibra. Sara dut ciller plusieurs fois pour aider ses pupilles à faire le point. Elle parcourut ses SMS. Des agents lui demandaient des rapports. Gary réclamait un peu de temps libre pour emmener son chat chez le véto. Le procureur voulait fixer un rendez-vous pour préparer une affaire qui allait passer devant le juge. Brock lui avait envoyé un texto pour s'assurer qu'elle avait trouvé tout ce dont elle avait besoin au U-Store. La simple idée de devoir répondre à n'importe lequel de ces messages était écrasante. Seul un sentiment de culpabilité la poussa à écrire à Brock :

Ai tout trouvé. Merci bcp pour ton aide. Te rends les clés bientôt. A+

Sara se dit qu'elle pouvait aussi répondre à sa mère, ce serait une bonne chose de faite. Lui passer un coup de fil semblait insurmontable, donc elle opta pour un texto dans le style formel que sa mère affectionnait :

Salut Maman. Est-ce que Tessie t'a demandé de me trouver le numéro ou l'adresse de Tommi Humphrey ? Les coordonnées de sa mère m'aideraient aussi. C'est pour une affaire très importante. On doit vraiment la contacter dès que possible. Je t'embrasse. S.

Sara glissa le téléphone dans sa poche. Elle ne s'attendait pas à ce que sa mère lui réponde dans les plus brefs délais. Le portable de Cathy était sans doute en charge et posé sur le comptoir de la cuisine, car c'était généralement là qu'elle le laissait quand elle était à son domicile.

La main de la médecin plongea d'elle-même dans sa poche et récupéra le téléphone. Son pouce glissa sur l'écran, comme si elle était en manque. Des heures s'étaient écoulées depuis son dernier shoot, la tentation était trop forte.

Elle ouvrit l'application Localiser.

Au lieu de l'adresse de Lena, une épingle désignait un nouvel endroit sur la carte.

Will était à nouveau visible. Il était dans l'immeuble. Sara faillit verser des larmes de soulagement. Elle tenait son téléphone contre son cœur, tout en se reprochant d'être aussi faible et dépendante.

Pile à ce moment, la porte qui donnait sur l'escalier s'ouvrit avec fracas. Will s'écarta, cédant le passage à Faith qui s'engouffra dans le couloir en martelant le sol d'un pas lourd. La première pensée de Sara fut que son amie semblait dans un état pire encore que le sien. Les épaules voûtées, elle agrippait son sac à main et le serrait contre sa poitrine comme un ballon de football américain. Son air habituel de joyeux mécontentement avait cédé le pas à une expression d'angoisse profonde.

— Boulot de merde, lança-t-elle à Sara en bifurquant à gauche dans la salle de réunion.

Will lui emboîtait le pas, l'air hagard. Il ne dit rien à Sara, mais secoua seulement la tête.

Elle les suivit dans la salle.

— Eh bien ? demanda Amanda.

— Eh bien, voilà ! s'exclama Faith en lançant son sac sur un bureau.

Le sac se retourna et tout son contenu se renversa. Faith fit quelques pas en direction de la fenêtre. Elle se passa la main dans les cheveux. Tout le monde était sidéré, Will excepté. Faith n'explosait jamais, théoriquement. Sara l'avait toujours crue solide comme un roc.

Elle lança un regard en direction de Will, qui s'était agenouillé pour ramasser les affaires de Faith et les remettre dans son sac.

— Dites-nous tout, lui intima Amanda.

L'agent spécial reposa le sac sur le bureau.

— Nous avons appelé Callie Zanger depuis la voiture, exposa-t-il. Nous étions juste au pied de l'immeuble où elle travaille.

Il rapporta avec précision la conversation téléphonique entre Faith et l'avocate. Will n'avait jamais été à l'aise quand il s'agissait de prendre la parole en public. Il s'exprimait d'une voix monotone, presque comme s'il récitait sans conviction un texte appris par cœur. Sara prit place au premier rang. Will s'adressait exclusivement à Faith, qui pourtant connaissait déjà tous les détails de l'histoire. Sara se rendit compte que s'il regardait ainsi sa coéquipière, c'était parce qu'il voulait la protéger, et qu'il se tenait prêt à intervenir en cas de besoin.

— Zanger était assise au comptoir avec Faith, poursuivit-il. J'étais à une table, environ cinq mètres plus loin.

Sara sentait une forme de dureté dans son ton. Il était tout aussi meurtri que Faith par l'histoire de Callie Zanger, qu'il exposa dans tous ses détails les plus douloureux. L'enlèvement. La certitude qu'avait cette femme que son ravisseur, l'homme qui l'avait blessée, violée et laissée pour morte, n'était autre que son ex-mari.

Will appuyait le pouce sur la blessure de sa main, tandis qu'il parlait. La plaie se rouvrit, et le sang ruissela le long de ses doigts. Quand il eut fini de leur raconter la version des événements selon Callie Zanger, la moquette sous ses pieds était maculée de sang.

— Zanger est sûre et certaine qu'il s'agissait de son mari, ajouta Will. Et nous ne l'avons pas contredite.

En dépit du « nous », Sara comprit qu'il n'avait pas parlé à cette femme.

— Le barman m'a dit qu'il s'assurerait qu'elle ne prenne pas le volant pour rentrer chez elle, conclut Will. Et puis nous sommes partis. C'est tout.

— Je n'ai pas réussi à lui dire, déplora Faith en s'affaissant sur sa chaise, comme si le poids de la journée pesait sur ses épaules. Callie pense qu'elle a gagné. C'est ce qu'elle a dit : « J'ai gagné. »

Personne ne réagit immédiatement.

Nick tiraillait une ficelle qui dépassait d'un coin de sa sacoche.

Will appuya son dos contre le mur.

Amanda laissa échapper une longue expiration. Elle avait beau être la plus coriace du groupe, elle avait également des liens très forts avec la famille Mitchell. Au début de sa carrière, elle avait été la coéquipière d'Evelyn, la mère de Faith. Elle avait été en couple avec l'oncle de Faith. Jeremy et Emma l'appelaient tante Mandy.

— Nick, appela-t-elle. Il y a une bouteille de bourbon dans le dernier tiroir de mon bureau.

L'agent partit au pas de course.

— Je ne veux rien boire, protesta la policière.

— Moi, si, rétorqua Amanda.

Cette dernière, qui d'habitude restait pourtant toujours debout, alla s'asseoir à côté de Faith.

— Rod Zanger ? demanda-t-elle à Will.

— Nous l'avons localisé. Il est à Cheyenne. Il est à la maison d'arrêt de Laramie depuis trois mois. Il tapait sur sa nouvelle femme aussi.

Faith se prit la tête entre les mains.

— Je n'ai pas réussi à lui dire, répéta-t-elle. Elle arrive à peine à tenir le coup. Et moi aussi d'ailleurs.

— Et l'émetteur GPS qu'elle a trouvé sur sa voiture ? s'enquit Amanda.

— On ne pouvait pas le lui demander sans lui expliquer pourquoi, répondit Will.

— Je ne pouvais pas lui faire ça, poursuivit Faith. Je ne pouvais pas lui enlever ça.

Amanda fit signe à l'enquêteur de continuer.

— Rod est très présent sur les médias sociaux depuis une dizaine d'années. Pendant la semaine des agressions dans Grant County, il était à Anvers avec Callie Zanger pour assister à une espèce de conférence sur la fiscalité. Il y a des photos d'eux sur un escalator de bois orange, qui est très connu dans cette ville.

— Si je me souviens bien, il n'avait pas d'alibi pour le jour où sa femme a été enlevée ? remarqua la directrice adjointe.

— C'est vrai, reconnut Will. Mais il a toujours affirmé qu'il n'était pas le coupable.

— De toute façon, ce n'est pas lui, s'écria Faith.

Elle se retourna vers sa supérieure et lui darda un regard incrédule :

— Bon Dieu, Amanda, vous pouvez arrêter vos conneries cinq minutes ? Tout concorde. L'élastique. Le marteau. Le mois, l'heure. Les bois. Ce putain de Gatorade bleu. Tout ce que Callie nous a raconté concorde, comme tout concordait aussi ce matin, quand on était tous assis dans cette même foutue pièce et que vous nous souteniez à cor et à cris qu'en aucun cas on ne pouvait avoir affaire à un tueur en série, alors que tous les foutus indices qu'on avait nous prouvaient le contraire !

Amanda ignora cette accusation et se tourna vers Will :

— Je veux parler à l'inspecteur qui a enquêté sur la disparition de Zanger. Passez un coup de fil au gardien de son immeuble. Il aura peut-être les disques durs d'il y a deux ans dans un coin de son bureau. Si nous arrivons à…

Faith se leva. Elle regardait les photos de l'autopsie de Leslie Truong.

— Il y a dix-neuf femmes, Amanda. Dix-neuf femmes ont été agressées. Quinze sont mortes, et je ne parle même pas de Tommi Humphrey. Vous savez ce qu'il lui a fait. Vous le savez !

Amanda ne chercha pas à se défausser.

— Oui, je sais, répondit-elle.

— Alors, bon Dieu, pourquoi on fait semblant que tout ça n'est pas lié, alors que…

Elle tint en l'air l'une des photos.

— Regardez ça ! s'exclama-t-elle d'une voix tremblante. Voilà ce qu'il fait, ce type. Voilà ce qui serait arrivé à Callie Zanger si elle n'avait pas réussi à penser, agir et sortir de ces bois toute seule !

L'ancienne agente ne chercha pas à l'interrompre.

— Combien de femmes sont encore à sa merci ? continua Faith. Il en agresse peut-être une autre en ce moment même, Amanda, alors qu'on est en train d'avoir cette conversation, parce que c'est ce qu'il fait : il tue les femmes *en série*. C'est un putain de tueur en série.

Amanda opina du chef.

— Oui, nous avons bien affaire à un serial killer, reconnut-elle.

Faith en eut le souffle coupé.

— Est-ce que vous vous sentez mieux, maintenant qu'on a mis un nom là-dessus ?

— Non, répondit la policière. Parce que ce n'est pas moi qui vous ai fait changer d'avis mais le tableur de cette cruche de Miranda Newberry.

— Peu importe la source de ces données, rétorqua Amanda. Comme on dit, la chance ne sourit qu'aux esprits bien préparés.

— J'en reviens pas.

Faith se laissa retomber sur sa chaise.

Amanda se tourna de nouveau vers Will.

— En laissant de côté Grant County et Alexandra McAllister, on a retrouvé les corps dans treize juridictions différentes. Pour l'instant, on ne va pas s'occuper des trois affaires où les victimes ont réussi à s'échapper. Dès demain matin, je veux que vous vous répartissiez les comtés, Faith, Nick et vous. Il va falloir passer des coups de fil, commencer à prendre des rendez-vous et préparer des interrogatoires. Mais faites ça comme une routine. N'en dites pas trop.

Will était manifestement toujours très inquiet pour Faith, mais il proposa tout de même :

— Nous pourrions dire que nous faisons un état des lieux sur les affaires de disparition de personnes à l'échelle de l'État.

— Oui, bonne idée, répondit Amanda. Dites-leur que nous réalisons une étude visant à rationaliser le système d'alerte en cas de disparition. Et gardez toujours en tête les noms qui figurent sur notre liste. Il me faudra les déclarations de témoins, les rapports de coroner, les photos, les enregistrements, les analyses des équipes scientifiques, les cartes, les schémas des scènes de crime, les carnets des enquêteurs et les noms de toutes les personnes impliquées de près ou de loin. Et, je le répète, ne faites pas de vagues, Wilbur. Si jamais notre tueur a vent de nos manœuvres et se doute que nous montons une unité opérationnelle, il risque de nous filer entre les doigts.

— Vous passiez des coups de fil ce matin pour monter une unité opérationnelle, intervint Faith. Donc ce n'est pas juste le tableur qui vous a convaincue ? Vous mijotez ça depuis la réunion, cependant, pour une raison mystérieuse, vous avez non seulement omis de nous préciser ce détail, mais vous n'avez pas cessé d'insister pour qu'on ignore ce qui nous crevait les yeux ?

— Je travaille depuis ce matin, en effet, mais je le fais *discrètement* – voilà le mot d'ordre que vous refusez d'entendre, apparemment, rétorqua Amanda. La dernière chose que nous voulons, c'est qu'un crétin d'adjoint au shérif dans un trou paumé de Butts County aille raconter à la presse qu'on a le nouveau Jack l'Éventreur dans nos quartiers. Voilà comment on se prémunit contre ce genre de mésaventure. En avançant à petits pas… comme un bébé qui apprend à marcher.

Faith émit un soupir exaspéré.

Amanda semblait prête à passer à autre chose, mais elle se ravisa et dit à l'agente spéciale :

— Oui, j'aurais pu vous le dire plus tôt.

— Mais ?.

— Mais j'aurais pu vous le dire plus tôt, répondit Amanda.

Jamais elle n'avait été si près de reconnaître qu'elle avait commis une erreur.

Mais Faith ne semblait pas apaisée pour autant. Il y avait autre chose.

— Je ne peux pas lui dire, Mandy. Quand le moment viendra d'avouer à Callie Zanger que ce n'était pas son mari, je ne serai pas capable de le faire.

Amanda passa sa main dans le dos de la policière.

— On sautera de cette falaise quand on y sera, se contenta-t-elle d'énoncer.

Nick revint avec le bourbon et le mug en céramique qu'il était allé chercher dans la cuisine. Il en versa une bonne rasade et tendit la tasse à Faith.

Elle secoua la tête.

— Je dois conduire.

— C'est moi qui conduirai, dit Amanda. Emma est encore chez son père. On ira chez Evelyn.

Faith prit le mug et le porta à sa bouche. Sara l'entendit avaler à l'autre bout de la pièce.

— Docteur Linton, appela Amanda. Parlons un peu de l'hypothèse selon laquelle le tueur retournerait auprès de ses victimes. L'histoire de Zanger confirmerait plutôt ce mode opératoire.

La médecin se sentit prise de court. Elle avait le cerveau beaucoup trop éprouvé pour réagir aussi rapidement. Amanda l'appela de nouveau.

— Docteur Linton ?

Sara luttait pour formuler une hypothèse.

Will vola à sa rescousse.

—Voilà le mode opératoire : le tueur assomme ses victimes d'une façon ou d'une autre, sans doute avec un marteau. Puis il les emmène dans les bois. Il les drogue. Lorsque la drogue cesse de faire effet, il perfore leur moelle épinière. Son but est de les paralyser, pour les avoir entièrement à sa merci. Ensuite il ne cesse de retourner les voir jusqu'à ce que leurs corps soient découverts.

— Les nerfs sectionnés dans le plexus brachial d'Alexandra McAllister montrent une progression, intervint Sara.

— Depuis Tommi Humphrey, vous voulez dire ? demanda Amanda.

— Je veux dire, depuis les trois victimes de Grant County, répondit la médecin qui retrouvait enfin son deuxième souffle. J'ai toujours pensé qu'entre chacune de ces trois victimes – Humphrey, Caterino, Truong –, il y avait un principe d'escalade à l'œuvre. Le tueur essayait de trouver la bonne technique, le bon dosage de Gatorade, l'outil le plus efficace permettant de les paralyser, le meilleur moment pour le faire.

— Mais pourquoi le Gatorade ? s'enquit Amanda. Pourquoi ne pas les paralyser tout de suite ?

— Les effets du Rohypnol s'atténuent avec le temps et il faut augmenter les doses. À moins que le tueur soit pharmacologue, c'est une drogue très délicate à utiliser. Elle peut même entraîner la mort par hypoxie. La mort cérébrale se produit en quelques minutes.

— À moins qu'il soit resté avec ses victimes tout du long, suggéra Will, il a dû y avoir un bref instant où les victimes auraient pu s'enfuir, entre le moment où elles ont été droguées et celui où elles se sont retrouvées physiquement paralysées.

— Il a eu beaucoup de femmes pour faire ses expérimentations. Il apprend de chaque nouvelle victime.

— À en croire le profil du FBI, commença Nick, ce gars aime prendre des risques. Peut-être qu'au début il les a laissées se débattre un peu.

— C'est vrai que Humphrey et Caterino en ont réchappé, remarqua Will. Et Zanger a réussi à s'enfuir.

Faith s'éclaircit la voix. Elle semblait toujours très éprouvée.

— Callie m'a confié qu'elle avait vomi le liquide bleu, expliqua-t-elle. Elle n'a pas seulement vomi, elle s'est pratiquement fait un lavage d'estomac. C'est ce qui lui a permis de recouvrer ses esprits et de se forcer à se relever pour aller chercher de l'aide.

— Miranda Newberry a retrouvé deux autres femmes qu'elle pense être des survivantes, ajouta Will. Elles aussi ont réussi à sortir des bois, mais dans un état catastrophique.

Sara parvint enfin à mettre le doigt sur ce qui la tracassait au sujet du rapport d'autopsie de Truong.

— Leslie Truong semble être un cas particulier, observa-t-elle. Son corps portait la signature du tueur, pour ainsi dire – la mutilation, la moelle épinière perforée, le liquide bleu –, mais elle a été tuée et mutilée en l'espace de trente minutes. Aucune progression. On dirait que l'agresseur a tout fait en même temps.

— Une sorte de tout-en-un, commenta Amanda.

— Il a été pris de panique, avança Nick. Truong était un témoin potentiel.

— Oui, mais tout de même, cela m'intrigue qu'on n'ait trouvé aucune trace de Rohypnol dans son sang ou son urine, insista Sara que cette explication ne convainquait pas. Certes, la drogue se métabolise rapidement dans l'organisme, mais ce processus a forcément été interrompu par le décès. On aurait donc dû retrouver des traces de substance chimique dans son estomac. Elle avait une tache bleue sur les lèvres, bien sûr, mais je pense que le tueur l'y a mise là délibérément. En repensant à ce moment, je me rappelle très clairement m'être dit que nous étions face à une mise en scène, élaborée par la même personne qui avait agressé Beckey. Je sais que ce que je dis n'a pas beaucoup de sens, mais il y avait quelque chose dans cette seconde scène de crime qui me frappait comme étant… différente, peut-être ?

— Jeffrey pensait que le tueur avait bâclé le boulot avec Truong parce qu'il savait qu'on était sur ses talons, répliqua Nick. Le campus grouillait de flics. Toute la ville était en état d'alerte.

Mais la médecin n'arrivait toujours pas à identifier exactement ce qui la travaillait.

— Je ne dis pas que c'est quelqu'un d'autre qui a attaqué Leslie, mais il est possible que les motivations du tueur aient été différentes. Par exemple, il a mis dans le marteau un coup de pied suffisamment fort pour le casser. On dirait de la colère, non ? D'après tout ce qu'on a appris sur ce tueur, il ne semble jamais agir sous le coup d'une fureur incontrôlée. Au contraire, on dirait plutôt qu'il maîtrise absolument la situation à chaque fois.

— Ce n'est pas facile à casser, un manche de marteau, remarqua Will. Il a dû s'y prendre à plusieurs reprises et taper très fort.

— Le bandeau à cheveux de Leslie Truong avait disparu, rappela Amanda. C'est le seul détail qui me pousse à croire qu'elle n'a pas été tuée juste parce qu'elle avait vu le tueur et qu'elle aurait pu l'identifier.

— Gerald a nuancé ce détail, vous vous souvenez ? intervint Faith. Il a dit que c'était une étudiante qui vivait avec des camarades qu'elle ne connaissait que depuis le début du semestre. C'est vrai que les gamins n'arrêtent pas de se piquer des trucs, ça me rend dingue.

— Retirons le bandeau de l'équation pour l'instant, conseilla Amanda. Sara ?

— Le tueur a toujours pris soin d'effacer ses traces. Déjà dans le cas de Tommi Humphrey, il avait apporté un gant de toilette pour faire disparaître son ADN. Et ses victimes suivantes avaient été disposées de façon à faire passer leurs morts pour des accidents.

Son cerveau avait enfin retrouvé sa vitalité.

— Mais pensez à cela, poursuivit-elle. Dans le cas de Leslie, il a laissé une preuve accablante sur la scène de crime.

— Il y avait le numéro de fabrication sur le manche du marteau, devina Faith.

— Est-ce que c'est courant ? demanda Amanda à Will.

— Non, répondit-il. Généralement, le numéro est inscrit dans le métal.

Sa partenaire avait sorti son carnet. Elle était de retour dans la partie.

— Donc A plus B égale C, hein ? Celui qui a attaqué Tommi a attaqué Beckey et a donc forcément attaqué Leslie.

— Sans doute, intervint Nick, mais le seul problème, c'est que Daryl Nesbitt était un suspect sacrément solide. Il y avait de sérieuses preuves contre lui.

— D'accord, fit Amanda. Examinons cela de plus près. Daryl était donc un suspect crédible, parce que ?

— Parce qu'il y a le cas Leslie Truong, surtout, répondit Sara.

Elle reprit les éléments à charge que Jeffrey avait listés dans ses notes.

— Le marteau retrouvé à l'intérieur de Leslie était un modèle bien spécifique, continua-t-elle. Et Daryl utilisait les outils d'Axle Abbott pendant que celui-ci était en prison. De plus, Daryl connaissait bien les bois. Il faisait du skate avec Felix sur le campus. Des images de vidéosurveillance les montrent en train de s'entraîner devant la bibliothèque. Et Daryl travaillait près de la route par laquelle on accédait à l'endroit où Leslie Truong a été retrouvée. Un téléphone jetable a également été localisé à son domicile, et son numéro correspondait à celui qu'on a retrouvé dans les téléphones de Caterino et Truong.

— Je vais me faire l'avocat du diable, annonça Faith. C'est pour possession d'images pédopornographiques que Daryl reste en prison, et non pour meurtre et agression. Les autres accusations étaient purement circonstancielles ou pouvaient facilement s'expliquer.

La médecin ne pouvait pas la contredire. Huit ans plus tôt, elle avait été aussi certaine que Jeffrey de la culpabilité de Nesbitt.

— Et la vidéo tirée des archives de l'affaire Truong ? questionna Amanda.

— Je ne l'ai pas encore regardée, répondit Sara.

Elle aurait aimé pouvoir la visionner seule afin de se préparer, mais c'était trop tard maintenant.

Sara se dirigea vers l'immense télévision. Will considérait souvent les magnétoscopes avec dédain, mais l'antique appareil retrouvait aujourd'hui ses lettres de noblesse. Elle inséra la cassette dans le lecteur, saisit la télécommande, se rassit et appuya sur Play.

L'image apparut à l'écran, zébrée de stries colorées.

Will prit la main. Il fit quelques réglages, et Sara se vit soudain huit ans auparavant.

La première pensée qui lui traversa l'esprit fut qu'elle avait l'air incroyablement jeune. Elle avait les cheveux plus brillants, la peau plus lisse, les lèvres plus pulpeuses.

Elle portait un T-shirt blanc, un sweat à capuche gris et un jean. Elle avait des gants chirurgicaux et ses cheveux étaient tirés en arrière. La version d'elle plus jeune regarda la caméra et donna la date, l'heure et le lieu de l'enregistrement.

— Je suis la docteur Sara Linton. Je suis en compagnie de Dan Brock, le coroner de Grant County, et Jeffrey Tolliver, le chef de la police.

Elle se mordit les lèvres tandis que la caméra se tournait vers les visages de ceux que son double venait de nommer.

Jeffrey portait un costume gris anthracite. Un masque en coton lui couvrait le nez et la bouche. Il avait l'air inquiet. Ils avaient tous l'air inquiet.

Sara regarda cette version plus jeune d'elle-même démarrer l'examen préliminaire. Une lampe stylo à la main, elle cherchait les pétéchies dans les yeux de Leslie Truong, lui tournait la tête pour mieux observer la marque rouge et ronde qu'elle avait sur la tempe.

— Ce pourrait être le premier coup qu'elle a reçu, disait la jeune Sara.

La Sara du temps présent, celle en chair et en os, voulut regarder Will pour étudier son visage et savoir ce qu'il pensait.

Mais elle n'y arriva pas.

À l'écran, la caméra s'était inclinée. L'image devint floue.

On apercevait à présent l'ombre blanche confuse que formait le masque de Jeffrey. Sara se souvenait comme si c'était hier de l'odeur d'excréments et de pourriture qui se dégageait du cadavre. La puanteur lui avait fait monter les larmes aux yeux. Elle se voyait à présent étudier la tache bleue sur la lèvre supérieure de Leslie Truong. Rétrospectivement, elle se dit que cette tache donnait plutôt l'impression que le liquide bleu avait été déposé sur les lèvres, puis qu'on l'y avait laissé sécher.

— Une obstruction ?

La voix de Brock était très forte. C'était lui qui tenait la caméra.

Sara s'écouta expliquer la nature de ses découvertes. Elle semblait tellement sûre d'elle-même ! Huit ans plus tard, elle s'exprimait rarement avec une telle assurance. Le prix à payer de ces dernières années, c'était qu'elle en était venue à comprendre qu'il y avait très peu de situations qu'on pouvait jauger avec une absolue certitude.

— Nous pensons que le tueur a voulu paralyser ses victimes, disait Jeffrey.

Sara sentit une grosse boule dans sa gorge. Elle n'avait pas réfléchi au fait qu'elle allait à nouveau entendre la voix de son défunt mari. Elle était aussi grave et sonore que dans son souvenir. Sara avait senti son rythme cardiaque s'emballer en l'entendant.

Son double relevait la chemise de Leslie Truong, et remarquait une côte disloquée.

Sara laissa son regard quitter l'écran et descendre, jusqu'à ce qu'il s'arrête sur l'affichage digital du magnétoscope.

— Fais un gros plan là-dessus, s'entendit-elle dire à Brock.

Sara entrouvrit les lèvres. Elle prit une profonde inspiration. Elle sentait le regard de Will posé sur elle. Elle entendait presque le doute lui ronger l'esprit. Il était un petit peu plus grand que Jeffrey, mais d'une beauté moins classique. Will était plus sportif.

Jeffrey, plus sûr de lui. Will avait Sara. Est-ce que Jeffrey l'avait encore, lui aussi ?

— Prêt, disait Brock sur la vidéo.

Sara releva les yeux vers la télé. Brock l'aidait à mettre Leslie Truong sur le côté. C'était Jeffrey qui filmait, maintenant. Il avait élargi le plan pour avoir le corps en entier. De la terre et des brindilles étaient collées aux fesses nues de la jeune femme. La jeune Sara se demandait si la victime avait ôté son pantalon ou si le tueur l'avait fait pour elle.

— Attends, intervint Faith. Mets sur Pause. Reviens en arrière.

Sara chercha les boutons, mais l'agente spéciale s'empara de la télécommande.

— Là, regardez.

Elle mit l'image au ralenti.

— Près des arbres, ajouta-t-elle.

Sara plissa les yeux. Il y avait en effet des gens au loin, à environ quinze mètres. Ils étaient agglutinés derrière le ruban jaune de la police. Elle ne pouvait distinguer le visage de Brad Stephens, mais elle reconnut son uniforme bien amidonné et son allure gauche, tandis qu'il tâchait de tenir les spectateurs à distance.

— Ce type, indiqua Faith en mettant l'image sur pause et en désignant du doigt l'un des étudiants. Il porte un bonnet noir.

Sara distinguait bien le bonnet, en effet, mais le visage de l'homme était flou.

— Les notes de Lena donnaient les grandes lignes du témoignage de Leslie Truong, après la découverte de Caterino, expliqua la policière. Truong disait avoir vu trois femmes et un homme dans les bois. Elle ne se souvenait de rien au sujet de celui-ci, hormis qu'il s'agissait d'un étudiant et qu'il portait un bonnet noir.

Sara s'approcha de la télé et se pencha vers l'écran. La cassette était vieille, cette technologie l'était encore plus. Le visage de cet homme était pixélisé au point de n'être qu'une tache informe.

— J'ai reconnu Brad parce que je connais Brad, c'est tout, précisa Faith.

Elle regardait Amanda avec une expression implorante.

Les lèvres de cette dernière dessinèrent une moue. Les chances de réussir à agrandir cette image étaient très minces. Pour contenter l'agente, elle dit :

— On va le montrer à l'équipe de technologies de l'information.

Faith interrompit la vidéo et éjecta la cassette du magnétoscope.

— Je peux la leur descendre tout de suite.

— Allez-y, l'autorisa Amanda en consultant sa montre. Je vous retrouve dans l'entrée.

La policière attrapa son sac à main. Sara l'entendit partir en courant dans le couloir. Comme le reste de l'équipe, elle souhaitait désespérément trouver une piste.

— Will, appela la directrice adjointe. Je veux que Faith reste à son bureau demain. Il y a plein de coups de fil à passer. On a treize juridictions différentes à affronter. Retrouvons-nous dans mon bureau à 7 heures demain matin afin de régler les paramètres. D'accord ?

— D'accord, madame.

— Nick, poursuivit Amanda. Will va vous faire le récapitulatif de ce que vous avez manqué. Ma dernière consigne s'adresse à tous, ajouta-t-elle enfin. Rentrez chez vous. Reposez-vous. La journée a été rude. Celle de demain sera pire.

— Oui, madame, répondirent Nick et Will à l'unisson.

Sara se mit à rassembler les papiers relatifs à l'autopsie de Leslie Truong. Elle écoutait d'une oreille Will parler à Nick de la constitution d'une unité opérationnelle. Son téléphone vibra dans sa poche. Sara pria pour que ce ne soit pas sa mère, car elle savait que, si elle lui répondait déjà, ce serait pour lui annoncer qu'elle n'arrivait pas à obtenir les coordonnées de Tommi Humphrey.

C'était un texto de Brock – un point d'interrogation suivi de :

Je crois que c'était pour Cathy ? Je peux me renseigner si tu veux ?

Sara lui avait accidentellement envoyé le message destiné à sa mère. Elle tapa des excuses rapides, puis copia et colla le mot pour Cathy.

Curieusement, sa mère lui répondit quelques secondes plus tard :

Ma chérie, j'ai déjà laissé un message au pasteur Nelson. Comme tu le sais, il est un peu tard pour s'attendre à ce qu'on te réponde aujourd'hui ; toutefois, Marla pense que Delilah s'est remariée et a quitté l'État après la mort d'Adam. Papa t'embrasse et moi aussi. Maman. PS : Pourquoi te disputes-tu avec ta sœur ?

Sara resta bloquée sur le post-scriptum. Tessa avait dit à leur mère qu'elles se disputaient, ce qui signifiait que la situation était plus grave que Sara avait bien voulu l'admettre.

— Quelque chose ne va pas ? demanda Will.

Elle leva les yeux. Nick était parti. Ils étaient seuls dans la pièce.

— Ma mère essaie de trouver comment joindre Tommi.

Will hocha la tête.

Puis il resta là, debout, à attendre.

— Je suis désolée pour… pour Callie Zanger, dit Sara. Ça a dû être…

— Quand tu es rentrée aujourd'hui, la coupa Will en ramassant la boîte à archives vide pour la poser sur la table, est-ce que tu as eu le temps de voir quelqu'un ?

— Non, j'ai dû me rendre directement chez les Van Dorne, et puis je suis restée coincée une éternité dans les bouchons.

Sara sentit une pointe de culpabilité, comme si elle était en train de lui cacher quelque chose. Elle décida de s'ouvrir à lui.

— Le centre de stockage est juste en face du cimetière, lui avoua-t-elle.

Il empila les classeurs et les rangea dans la boîte.

— Je n'y suis pas allée, ajouta-t-elle.

Cela faisait plusieurs années que Sara avait cessé de s'y rendre régulièrement, car sa santé mentale en dépendait.

— Je fleuris sa tombe une fois par an, dit-elle encore. Tu es au courant.

— Ça faisait bizarre de te voir sur cette vidéo. Tu étais différente.

— J'avais huit ans de moins.

— Ce n'est pas ce que j'entendais par là.

Will ferma la boîte. Il semblait vouloir en dire plus, mais déclara simplement :

— Je suis fatigué.

Sara ne savait pas s'il fallait comprendre qu'il était fatigué d'un point de vue physique ou qu'il était fatigué au point, comme la veille au soir, de la planter là.

— Will…, commença-t-elle.

— Je ne veux plus parler, l'interrompit-il.

Elle se mordit la lèvre inférieure pour l'empêcher de trembler.

— J'ai envie de rentrer à la maison, de commander une pizza, et de m'endormir devant la télé, poursuivit-il.

Elle essaya d'avaler la boule qu'elle avait dans la gorge.

Il se tourna vers elle :

— Tu veux bien faire ça avec moi ?

— Oui, s'il te plaît, répondit-elle.

25

Grant County – Jeudi

Jeffrey fixait Frank, peu sûr de comprendre.

— Qu'est-ce que tu as dit ?

— Le doyen a appelé, répéta l'agent. Une autre étudiante a disparu. Rosario Lopez, vingt et un ans, introuvable depuis cinq heures maintenant.

Jeffrey entendit une porte s'ouvrir. Lena sortit de la salle d'observation, son BlackBerry à la main.

— Chuck Gaines a fait retourner tout le campus à ses employés. Maintenant, ils fouillent dans les bois. Le doyen a lancé un appel aux volontaires.

— Assure-toi que tout le monde se mette en binôme pour chercher.

Jeffrey en avait des sueurs froides. Trois étudiantes en trois jours. Son cauchemar était en train de devenir réalité.

— Fais revenir Jefferson et White de leur patrouille. Mets-les à la tête de cette battue. Pendant ce temps, j'ai besoin que tu trouves le plus de renseignements possible sur Daryl Nesbitt.

— Nesbitt ?

— Il doit avoir un casier judiciaire. Son beau-père…

— Attendez un instant, l'interrompit Frank pour sortir son carnet. Allez-y.

— Daryl a un beau-père à la prison d'État de Wheeler ; nom de famille, Abbott, surnom, Axle. Il a une maison à Avondale, Daryl y habite. Vérifie les registres fiscaux. Regarde s'il y a des plans du bâtiment, ou au moins de la parcelle, qui indiqueraient son orientation sur la propriété. Envoie Matt y faire un tour en voiture, qu'il contrôle s'il y a quelqu'un dans la baraque. Appelle le reste de la patrouille et dis-leur de suspendre les recherches de la fourgonnette sombre. N'utilise pas ta radio. On ignore si Daryl a un scanner.

Frank écrivait encore quand Jeffrey se tourna vers Lena.

— J'ai passé un coup de fil au poste de Memminger, lui apprit-elle. Felix cuvait bien sa cuite en cellule de dégrisement le matin où Caterino et Truong ont été attaquées. Il n'est sorti qu'après le déjeuner. Ça ne peut absolument pas être lui.

— Suis-moi, lui ordonna-t-il.

Jeffrey retourna dans la salle d'interrogatoire. Felix Abbott était en train de triturer le bouton sur son menton.

— Merde, mon vieux, quand est-ce que je v…

Le chef de la police le saisit par l'avant de son T-shirt et le balança contre le mur.

— Qu'est-ce…

Jeffrey plaqua son avant-bras contre la gorge du skateur suffisamment fort pour le faire décoller du sol.

— Écoute-moi bien attentivement, fiston, parce que pour le moment soit t'es utile, soit tu l'es pas. Tu comprends ?

La bouche de Felix s'ouvrit en grand, il cherchait à reprendre son souffle. Il parvint à hocher la tête avec peine.

— Beckey Caterino. Leslie Truong.

Les yeux du jeune s'écarquillèrent. Il essaya de parler, mais il avait la gorge écrasée.

Jeffrey lui accorda quelques centimètres de répit.

— Est-ce que tu les connais ? demanda-t-il.

— C'est…, commença-t-il en haletant. Des étudiantes.

— Le numéro de Daryl était dans leur portable. Pourquoi ?

Le garçon avait du mal à respirer. Ses pieds battaient frénétiquement l'air. Ses lèvres devenaient bleues.

— De l'herbe, parvint-il à dire dans une quinte de toux.

— Daryl vendait de l'herbe à Beckey Caterino et Leslie Truong ? C'est un dealeur de shit ?

Les paupières de Felix se mirent à papillonner.

— Ou-Oui.

— Depuis combien de temps ?

Il toussa.

— Depuis combien de temps est-ce que Daryl vend de l'herbe sur le campus ?

— D-des années.

— Et Rosario Lopez ?

— Je ne…, commença-t-il avant de s'interrompre pour chercher l'air. Je peux pas…

Jeffrey le regarda dans les yeux.

— Est-ce que tu la connais ? vociféra-t-il.

— Je l'ai jamais…

Il haleta à nouveau lorsque le bras du commissaire s'enfonça une fois de plus dans sa gorge.

— Non.

Jeffrey le laissa tomber au sol.

Felix s'effondra à genoux. Son visage était devenu tout rouge. Il se mit à tousser.

— Menotte-le à la table, ordonna Jeffrey à Lena. Laisse-le isolé. Pas d'appel téléphonique. Donne-lui de l'eau. Tu verrouilles la porte. Et tu me rejoins.

— Oui, chef.

Il s'essuya les mains sur sa chemise en traversant la salle du poste. Il aperçut Brad devant l'un des ordinateurs. Marla au téléphone.

Il y avait comme un courant électrique qui traversait tout et tout le monde. Une autre étudiante avait disparu. Le tueur était leur unique préoccupation.

— Matt est en route pour la maison d'Abbott, l'informa Frank qui sortait du bureau de Jeffrey. Daryl Eric Nesbitt, lut-il dans son carnet. Vingt-huit ans. Il se tient à carreau, mais mon pote de Memminger dit que son casier de mineur est long comme le bras.

— Pour ?

— Des conneries de Dew-Lolly – bagarres de rue, vol à l'étalage, absentéisme scolaire. Mais écoutez ça, à l'âge de quinze ans, Daryl gardait sa cousine de six ans. La môme est rentrée chez elle avec du sang sur son pantalon. La mère a porté plainte, mais la famille l'a forcée à la retirer.

Délinquant sexuel. Antécédents criminels. Connaissait les victimes.

Jeffrey pensa à Tommi Humphrey. Avait-elle déjà rencontré Daryl Nesbitt ? L'avait-il vue traverser le campus et s'était-il dit qu'il allait lui faire du mal ?

— Chef ? appela Brad en montrant son ordinateur.

Jeffrey vit la photo de Daryl Eric Nesbitt, qui provenait de son permis de conduire. Il avait l'air d'un escroc. Il avait les cheveux gras. Des yeux perçants. Il lançait un regard noir en direction de l'objectif comme s'il posait pour une photo d'identité judiciaire.

— Nesbitt a une amende impayée pour conduite avec un permis périmé.

— Est-ce qu'il était à bord d'une fourgonnette ?

— Un pick-up, répondit Brad. Un Chevy Silverado de 1999. Il a été emmené à la fourrière du comté. J'ai trouvé la maison d'Avondale. Elle est dans le quartier de Woodland Hills, sur Bennett Way.

Jeffrey s'approcha de la grande carte du comté qui s'étalait sur tout le mur du fond. Il connaissait cette partie de la ville ; c'était exactement l'endroit où on pouvait s'attendre à rencontrer un mécanicien automobile qui ne la jouait pas réglo.

— Numéro ? demanda-t-il.

— 3 462.

Jeffrey suivit la route du bout des doigts. Il utilisa un post-it jaune pour indiquer l'emplacement. Il y avait une autre rangée de maisons derrière la résidence actuelle de Nesbitt. Et au-delà, les bois s'étiraient sur des kilomètres, serpentant le long de la rive en amont du lac avant de rejoindre le campus.

Proximité géographique avec les lieux des crimes.

— C'est une maison à un étage, déclara Frank en lisant sur l'écran par-dessus l'épaule de son collègue. Les registres fiscaux ont le plan de la parcelle et les plans de construction d'origine.

— J'envoie ça à l'imprimante, déclara Brad en tapant sur quelques touches du clavier.

La première page était encore chaude lorsque Jeffrey l'arracha à la machine. Plan de façade avant. Architecture de style Cape Cod, datant des années 1950, avec une terrasse carrée et deux lucarnes en chapeau de gendarme sur le toit.

La seconde page sortit. Plan du rez-de-chaussée. Jeffrey tourna la feuille afin d'orienter la porte d'entrée en face de sa poitrine. La porte de derrière était dans l'alignement direct, en face de lui.

L'entrée menait directement au salon, qui occupait toute la partie avant gauche de la maison. La salle à manger était à droite. Un placard et un escalier de chaque côté d'un court couloir. Le bureau à gauche. La cuisine à droite. Une porte de sortie arrière, qui donnait sur le perron du jardin.

Lena les avait rejoints quand la troisième feuille était sortie de l'imprimante.

Plan de l'étage. Quatre chambres, dont une était plus grande que les trois autres. Deux fenêtres dans chacune. De petits placards. Jeffrey savait que le plafond serait mansardé et suivrait la ligne du toit. Une salle de bains au bout du couloir. Une baignoire, des toilettes, un lavabo, une petite fenêtre.

La quatrième page présentait le plan du sous-sol. L'escalier qui y descendait était glissé sous celui qui menait au premier étage. Le schéma représentait un grand espace carré non cloisonné, sur lequel un petit cadre indiquait l'emplacement du local technique. Les piliers porteurs et les fondations étaient signalés par des carrés. Les éventuelles rénovations illicites ne figurant pas sur le registre, il pouvait donc y avoir des chambres dans ce sous-sol, un bureau, une buanderie, et même une cage dans laquelle Rosario Lopez était peut-être enfermée. Sara avait déclaré que le tueur apprenait à chaque nouvelle victime. Peut-être que la leçon qu'il avait tirée de ses expériences avec Caterino et Truong, c'était qu'il avait besoin de plus d'intimité.

— Chef ? lança Marla depuis l'avant du poste. Matt sur la trois.

Jeffrey mit le haut-parleur.

— Qu'est-ce que tu as trouvé ?

— Je viens de voir Nesbitt entrer dans la maison, répondit Matt. Il portait deux sacs – un qui venait du Burger King, l'autre du magasin de bricolage.

Jeffrey sentit une boule se former dans son ventre, comme un poing serré. Le marteau était resté coincé dans le vagin de Leslie Truong. Le tueur avait besoin de le remplacer.

— Daryl conduisait un vieux modèle d'utilitaire, un GMC Savana anthracite. Numéro d'immatriculation 499 XVM.

Brad tapa ces données sur son clavier.

— Elle est enregistrée au nom de Vincent John Abbott, lui apprit-il.

— Axle, le beau-père, déclara Frank. J'ai eu confirmation qu'il était bien en prison à Wheeler pendant les trois derniers mois.

— Le sous-sol est complètement souterrain, leur expliqua Matt. Pas d'entrée depuis l'extérieur, mais on dirait qu'il y a deux vasistas de chaque côté.

Les vasistas en question étaient d'étroites fenêtres articulées sur des gonds qui s'entrouvraient vers le haut pour laisser circuler l'air frais. Elles étaient trop petites pour qu'un adulte puisse s'y glisser, même une femme de petite taille.

— Je suis en train de m'éloigner, mais j'ai réussi à jeter un œil à l'intérieur du garage, dit Matt. La porte est ouverte. On dirait qu'il y a un chariot à outils, à l'intérieur, d'un mètre cinquante sur un mètre cinquante environ, avec des tiroirs. Il est vert avec des rayures jaunes.

— C'est les couleurs de chez Brawleigh, ça, fit remarquer Frank.

Brawleigh, la marque du marteau retrouvé dans le corps de Leslie Truong.

Accès à l'arme du crime.

Jeffrey regarda la dernière feuille qui sortait de l'imprimante. Le plan de parcelle, qui indiquait la taille du terrain et l'emplacement de la maison. Il y avait deux dépendances. L'une était un garage extérieur, situé du côté salon de la maison. L'autre était un cabanon de neuf mètres carrés, à environ cinq mètres de la porte de derrière.

— Il y a un cabanon à l'arrière, signala Jeffrey.

— Je ne le vois pas depuis la rue, répondit Matt.

— Il est derrière la maison.

Le chef de la police consulta le plan des rues affiché sur le mur. Il regarda au-dessus du post-it jaune.

— Tu as tes jumelles ? demanda-t-il.

Sur le haut-parleur, il entendit l'agent se déplacer sur son siège. Un déclic. Une boîte à gants qui se refermait en claquant.

— Ouaip, répondit Matt.

— Il y a une route qui passe derrière Bennett Way, Valley Ridge. Les lotissements sont petits. De là-bas, tu pourras peut-être apercevoir le jardin de Nesbitt.

— Je fais le tour tout de suite, dit le policier.

— On reste en ligne.

Ils écoutèrent les bruits qui accompagnaient Matt pendant sa manœuvre pour contourner le pâté de maisons. Son scanner de fréquence était baissé au maximum. Ils entendirent Matt se racler la gorge. Les freins grincèrent au stop. Ses mains frottèrent le long du volant lorsqu'il tourna dans la rue.

La tension était presque insoutenable. Ils fixaient tous le téléphone, et ils attendaient. Brad s'était retourné sur sa chaise. Lena était penchée en avant, comme un coureur dans les starting-blocks. Frank était assis et serrait ses mains l'une dans l'autre. Huit agents de la patrouille étaient présents. Deux autres étaient partis fouiller les bois derrière le campus. Jeffrey disposait donc de dix pions qu'il pouvait déplacer sur l'échiquier.

Il passa en revue la liste qu'il avait établie dans sa tête.

Délinquant sexuel. Antécédents criminels. Proximité géographique avec les scènes des crimes. Connu de Caterino et de Truong. Accès à une fourgonnette sombre. Accès à l'arme du crime. A travaillé sur le chantier du centre de stockage U-Store, près de la route pare-feu.

Les informations concernant la fourgonnette venaient de Tommi Humphrey. Elle n'avait pas fait de déposition officielle. Le lien avec le centre U-Store était un peu vague et se fondait essentiellement sur un surnom. La présence du numéro de Daryl dans les portables des deux victimes pouvait s'expliquer par le trafic de cannabis.

Jeffrey avait suffisamment de motifs valables pour aller toquer chez Daryl Nesbitt, mais pas assez pour enfoncer la porte. Il ne pouvait pas risquer de voir cet animal s'en tirer grâce à un vice de procédure.

Il ajouta une nouvelle information à sa liste mentale.

Rosario Lopez. Étudiante. Disparue depuis cinq heures.

Il sentit une goutte de sueur dégouliner le long de son dos. Jeffrey n'avait rien qui reliait Daryl et Rosario Lopez. Il laissait parler son intuition, mais il n'y avait pas un seul juge en ville qui approuverait.

Ses yeux se reposèrent sur le téléphone du bureau. Matt venait à nouveau de tousser. Tout cela prenait trop de temps. Woodland Hills était à cinq kilomètres de l'endroit où ils se trouvaient. Jeffrey avait-il envoyé l'un de ses inspecteurs faire des tours du quartier pendant que Rosario Lopez se faisait torturer, paralyser et violer ?

Il avait le ventre si contracté que ses muscles étaient pris de soubresauts.

Tommi Humphrey avait raconté à Jeffrey ce dont le tueur était capable. Le corps de Leslie Truong illustrait avec des détails atroces à quel point l'homme pouvait être sadique. Comment tous ces policiers pouvaient-ils rester ici alors qu'une autre jeune femme était peut-être en train de sentir un poinçon en métal lui transpercer la nuque ?

— J'y suis, dit enfin Matt. J'ai mes jumelles. Je vois le haut du cabanon. Le toit est pentu comme un tremplin de ski et, merde…

Ils entendirent les freins crisser.

— Il y a une fenêtre à l'arrière du cabanon, reprit Matt. Elle est peinte, mais il y a des barreaux de sécurité devant la vitre et – je le crois pas. J'aperçois la porte sur le côté. Là aussi, il y a une grille métallique. Et il y a un cadenas.

Jeffrey sentit la tension monter de plusieurs crans dans la pièce. *Rosario Lopez est peut-être enfermée dans ce cabanon.*

— Vous voulez que j'y aille ? demanda l'agent sur place.

— Pas encore.

Jeffrey ne voulait pas l'envoyer là-dedans tout seul. Il retourna devant la carte murale et suivit la route du doigt.

— Gare-toi sur Hollister, lui ordonna-t-il. Si Nesbitt quitte la maison, c'est la seule voie qui permette de sortir du quartier. Reste en ligne. Il faut que tu entendes ça.

— Oui, chef.

— Marla, appela Jeffrey. Les portables uniquement. Il me faut Landry, Cheshire, Dawson, Lam, Hendricks et Schoeder. Dis-leur d'aller se poster à l'endroit où est Matt. Avec les gyrophares, mais pas les sirènes.

Marla pivota sur sa chaise pour attraper son téléphone.

D'un revers du bras, Jeffrey balaya tout ce qui se trouvait sur la table la plus proche de lui. Les papiers comme les stylos allèrent s'éparpiller au sol. Jeffrey étala les plans de la maison – la façade avant, le rez-de-chaussée, l'étage, la parcelle. Il prit un stylo.

— Écoutez-moi tous attentivement, parce que vous allez être responsables de votre équipe. Matt ?

— Toujours là.

— Tu seras avec Hendricks. Je vous veux tous les deux en soutien pendant que je serai à la porte d'entrée, vous gardez un œil sur les fenêtres et les vasistas sur le côté de la maison. Mais il faut rester à distance. Je ne veux pas que Nesbitt panique.

— Il y a une voiture garée à hauteur de sa porte, sur le trottoir d'en face, leur décrit Matt. Je peux me planquer derrière.

— Bien, répondit Jeffrey. Lena, c'est toi qui vas te présenter à son domicile.

Elle eut l'air stupéfaite.

— Je serai juste derrière toi, lui expliqua-t-il. Tu frapperas à la porte. Tu diras à Nesbitt que tu es là à cause de son PV pour permis périmé.

Le choc se dissipa légèrement. Il était de notoriété publique dans le comté que Jeffrey Tolliver était complètement psychorigide sur les infractions au code de la route. Les amendes contribuaient à la moitié du budget des services de police.

— Fais en sorte qu'il reste calme. Dis-lui que c'est la routine, qu'il n'y a pas de quoi s'inquiéter. Tu es là pour l'emmener au poste, où il pourra soit payer l'amende soit trouver en une heure quelqu'un pour payer sa caution. S'il te suit, super. S'il refuse, laisse tomber.

Lena resta bouche bée de surprise.

— Pardon ? finit-elle par dire.

— Il nous faut un motif valable pour pénétrer dans cette maison, déclara Jeffrey en choisissant soigneusement ses mots. Felix vient de confirmer que Daryl vendait du cannabis à Caterino et à Truong. Donc, ça pourrait être que tu as senti une odeur d'herbe sur Daryl quand il a ouvert la porte. Ou peut-être que tu as entendu du bruit à l'intérieur. On doit être capable de justifier en termes clairs la raison pour laquelle on est entrés dans cette baraque.

La policière acquiesça lentement. De toutes les personnes présentes dans la pièce, elle était bien celle qui comprenait le mieux ce qu'il lui demandait.

— Lena, si tu crois qu'il y a un motif valable pour perquisitionner son domicile, tu me fais signe et tu t'effaces. Je serai le premier à franchir la porte.

Jeffrey trouva le schéma qui représentait le rez-de-chaussée. Il traça une croix au milieu du couloir.

— Ça, c'est le goulet d'étranglement. Si Nesbitt prend l'escalier pour descendre au sous-sol ou pour monter à l'étage, tu pourras le voir depuis ce point.

Lena serra les lèvres et opina de la tête.

— La penderie, dit-il en dessinant un cercle sur le plan. Ne tourne pas le dos à ce placard, à moins d'avoir vérifié ce qu'il y a à l'intérieur. Surveille les fenêtres, les portes, et surtout ses mains, d'accord ?

— Oui, chef.

— Brad, tu te charges de l'arrière de la maison, continua Jeffrey en frappant avec son stylo sur l'emplacement de la porte de la cuisine. Tu feras équipe avec Landry. Vous arrivez par Valley Ridge. Vous me surveillez les fenêtres latérales. Personne ne doit sortir de la maison.

Brad eut l'air terrifié, mais il acquiesça.

— Oui, chef.

— On postera Dawson et Cheshire à chaque extrémité de Bennett Street. Schoeder et Lam bloqueront Valley Ridge, au cas où Nesbitt réussirait à aller jusque-là. Frank, je veux que tu sécurises le cabanon.

Les mâchoires de ce dernier étaient comme verrouillées.

Jeffrey l'agrippa par l'épaule pour lui rappeler qui était le patron. Il n'avait pas de temps à consacrer aux égos meurtris, et il ne comptait pas perdre Daryl Nesbitt parce que l'agent n'était pas capable de courir plus de vingt pas sans s'essoufler.

— Si Rosario Lopez est dans ce cabanon, je veux que ce soit toi, et personne d'autre, qui la retrouves.

Mais Frank ne mordait pas à l'hameçon.

— Et qu'est-ce qui se passe si Nesbitt ouvre la porte à Lena, comprend ce qui se trame, la chope et la prend en otage ?

— Dans ce cas, je lui tire une balle dans la tête avant qu'il ait eu le temps de refermer la porte.

Jeffrey prit ses clés dans sa poche et se dirigea vers l'armurerie. Il en sortit deux fusils, des chevrotines, des cartouches, des chargeurs, des gilets pare-balles et les leur distribua.

Lena ôta sa doudoune. Elle enfila le gilet. La plaque avant était plus large que son buste. Celle du dos descendait bien au-dessous de son postérieur.

Jeffrey lui rajusta la disposition des plaques. Il réaligna les scratchs. Lena restait immobile, les bras écartés. Il n'avait jamais habillé un enfant, mais c'était sans doute l'impression que cela faisait. Il croisa le regard de Lena. Elle avait l'air terrifiée, mais aussi terriblement impatiente d'y aller. C'était exactement pour ça qu'elle avait signé. Le danger. L'action. Sur son visage, il lisait le même désir acharné de faire ses preuves qui l'animait lorsqu'il avait endossé l'uniforme de flic pour la première fois. Jeffrey n'avait recroisé cet homme dans le miroir qu'à une seule occasion : quand il avait enfilé son costume de mariage.

— Allons-y, dit-il.

Le chef de la police s'assura que la chambre de son Glock était bien chargée, tout en suivant Lena et le reste de son équipe dehors.

Il regarda le ciel, clignant des yeux dans la lumière du soleil. Son regard alla mécaniquement se poser sur la clinique pédiatrique. La BMW de Sara était garée sur son emplacement d'exposition habituel. Jeffrey toucha sa bouche du bout des doigts. Un filet de sang avait coulé de son nez et séché.

Lena se retrouva presque engloutie par son gilet pare-balles lorsqu'elle prit place sur le siège passager. Jeffrey dut se retenir de serrer le volant de toutes ses forces. Ils restèrent silencieux dans la voiture, jusqu'à ce qu'ils aient quitté la grand-rue.

— C'est moi qui toque à la porte de Nesbitt parce que vous pensez qu'il ne sera pas intimidé par une femme ?

— C'est toi qui es chargée de ça parce qu'on a besoin d'un motif valable en béton armé.

Lena opina du chef. Elle avait compris qu'il comptait sur elle pour mentir.

Elle répéta à voix haute ce qu'il avait dit tout à l'heure :

— C'est un dealeur de cannabis, j'ai senti une odeur d'herbe sur lui.

— Bien.

Jeffrey prit à toute vitesse le virage abrupt qui marquait la limite entre Heartsdale et Avondale. Une douleur vive lui traversa la mâchoire, contractée à l'extrême. Chaque seconde qui s'écoulait donnait à Nesbitt l'occasion de s'enfuir. D'aller dans le cabanon. De partir dans la rue. De s'enfoncer dans les bois armé d'un marteau.

Trois femmes. Trois jours.

Nesbitt ne pouvait pas rester en liberté un quatrième jour.

Jeffrey compta six véhicules de la brigade de Grant County à l'entrée de Hollister Road. Matt était en train de donner leurs instructions à Landry, Cheshire, Dawson, Lam, Hendricks et

Schoeder. Il leur montrait la photo du permis de conduire de Nesbitt sur son BlackBerry. Tous portaient des gilets pare-balles. On vérifiait l'état de marche des pistolets. On chargeait les fusils. L'anxiété des hommes prenait des formes inhabituelles – ils se poussaient les uns les autres, sautillaient sur place, alors qu'au fond d'eux ils avaient les tripes comprimées comme des ressorts.

Frank et Brad contournèrent la voiture de leur supérieur. Ils s'arrêtèrent pour récupérer Landry, puis partirent en direction de Valley Ridge. Trois hommes à l'arrière de la maison. Quatre à l'avant. Quatre voitures de patrouille qui sécurisaient le périmètre.

Était-ce suffisant ?

Jeffrey ralentit et fit s'arrêter la voiture. Il voulait regarder chacun de ses hommes dans les yeux.

— À partir de maintenant, silence radio. Vous avez trois minutes pour vous mettre en position.

— Oui, chef.

Ils avaient répondu comme un peloton militaire, mais c'étaient des époux, des fils, des petits amis, des pères, des frères. Et ils étaient sous la responsabilité de Jeffrey, car c'était lui qui les envoyait au front, sous le feu ennemi.

Il les regarda se séparer en petits groupes. Les quatre voitures démarrèrent. Matt et Hendricks se dirigèrent à petites foulées vers la maison de Daryl, les mains plaquées sur leur ceinturon pour empêcher leurs Glock de cogner contre leurs hanches.

Jeffrey regarda sa montre. Il voulait leur laisser tirer profit de chaque seconde de ces trois minutes pour bien se positionner. Il attendait d'eux qu'ils fassent ce à quoi ils avaient été formés. Se mettre à leur poste, inspirer et s'accorder un moment pour s'habituer à cette décharge d'adrénaline qui leur électrisait le sang comme une dose d'amphétamines.

Il vit Lena ouvrir la bouche pour mieux respirer.

— Tu es bien dans ce gilet ? lui demanda-t-il.

Elle hocha la tête. Son menton cogna dans le col du gilet pare-balles.

— Dès demain matin, on se penche sur les catalogues d'équipement, lui promit-il. Je te parie qu'ils les font aussi en rose, ces gilets.

Elle sentit la colère monter en elle, avant de comprendre qu'il plaisantait. Elle inspira de nouveau et lui sourit. Ses joues tressaillirent sous l'effort qu'il lui fallut déployer.

— Tu ne serais pas ici si je n'étais pas certain que tu peux le faire, l'encouragea-t-il.

La gorge de Lena se contracta à nouveau. Elle opina encore une fois du chef. Puis elle regarda au-dehors, à travers la vitre, et attendit.

Jeffrey suivit des yeux la deuxième aiguille qui faisait le tour du cadran de sa montre.

— C'est parti.

Il démarra et descendit Bennett Street en maintenant sa vitesse en dessous de cinquante kilomètres heure. Il repéra Matt et Hendricks, accroupis derrière la vieille Chevrolet Malibu garée en face de la porte de Nesbitt. Jeffrey cala sa voiture à trente centimètres de l'utilitaire anthracite, faisant en sorte de le bloquer complètement.

Il leva les yeux vers la maison. Les stores des fenêtres de la façade étaient ouverts. La lumière de la terrasse était allumée. Aucun visage n'apparut derrière les vitres.

Il se dit que ça allait être facile. Nesbitt allait ouvrir la porte. Lena lui demanderait de sortir. Les menottes seraient dégainées. Ils retrouveraient Rosario Lopez et colleraient Daryl Nesbitt au fond d'un trou dont il ne réussirait jamais à s'échapper.

— C'est toi qui donnes le départ, dit-il à la jeune policière.

Elle posa la main sur la poignée. Elle inspira un grand coup, puis tira dessus.

Jeffrey suivit Lena hors de la voiture. Elle ajusta son gilet et se composa un air impassible. À l'évidence, elle avait décidé de traiter tout ceci comme une arrestation classique. Rien ne relevait jamais de la routine dans ce boulot, mais certaines choses étaient moins difficiles que d'autres. Un type qui n'avait pas payé sa contravention, et dont le pick-up était saisi par la fourrière. Six cents dollars de plus pour le budget de la police. Un pigeon de plus pour atteindre ces quotas dont Jeffrey niait jusqu'à l'existence.

Lena pianota du bout des doigts sur l'aile arrière de la fourgonnette anthracite quand elle passa à côté.

Jeffrey fit la même chose. Il jeta un coup d'œil dans le garage. Le chariot vert et jaune était cadenassé. Il aperçut un outil posé dessus. Encore des rayures vertes et jaunes. Le maillet de 680 grammes, rempli de sable et revêtu de polyuréthane. L'un des trois marteaux du kit Dead Blow de chez Brawleigh.

Jeffrey fit sauter l'attache de son étui à pistolet. Lena était sur la terrasse. Il s'arrêta devant les marches pour avoir une vue d'ensemble de la situation. Trois mètres cinquante le séparaient de la porte. Suffisamment d'espace pour que Daryl Nesbitt tente de s'enfuir. Suffisamment d'espace pour que Jeffrey l'intercepte.

Lena ne regarda pas en direction de son supérieur pour avoir son feu vert. Elle leva le bras et tapa du poing contre la porte. Puis elle recula, et attendit.

Rien.

Jeffrey compta lentement dans sa tête.

Quand il arriva à dix-neuf, Lena cogna à nouveau sur la porte.

Jeffrey était sur le point de la corriger. C'était le b.a.-ba de la patrouille. Elle était censée appeler Nesbitt par son nom, à voix intelligible, et lui annoncer qu'elle était agente de police.

— Merde ! cria quelqu'un à l'intérieur de la maison.

Une voix masculine. Énervée.

— C'est quoi, ce bordel ?

Des bruits de pas. Le glissement d'une chaîne. Des verrous tournés.

La porte s'ouvrit à la volée.

Jeffrey reconnut Daryl Nesbitt. Comme sur la photo de son permis de conduire, il avait les cheveux gras, couleur pomme de pin. Il portait un short de sport jaune. Ses seuls autres vêtements étaient des chaussettes de sport blanches, avec des rayures bleues en haut. Son torse nu était tout rouge jusqu'à son visage. Même à distance, Jeffrey voyait que l'homme avait une érection. Il ne sentait pas le cannabis. Il sentait le sexe.

Lena redressa le menton. Elle avait senti l'odeur, elle aussi.

— Quoi ? fit Daryl en la foudroyant du regard. Qu'est-ce que vous voulez, putain ?

— Daryl Nesbitt ? demanda Lena.

— Il n'habite plus ici, répliqua Daryl. Il a déménagé en Alabama la semaine dernière.

Il commença à fermer la porte.

Lena tendit le bras.

C'était arrivé si vite que Jeffrey avait seulement eu le temps de penser le mot.

Non.

La main de Lena se referma sur le poignet de Daryl. Il essaya de s'en dégager. Il recula. Lena trébucha en avant. Son pied gauche franchit le seuil. Puis le droit. Elle était à l'intérieur de la maison. Et elle continuait d'avancer. Le bras de Daryl lui échappa et disparut derrière le montant de la porte. Il était peut-être en train d'attraper un couteau, un pistolet, un marteau.

La porte commença à se refermer.

Jeffrey sentit son doigt posé sur la détente de son Glock avant même de se rendre compte qu'il l'avait tiré de son ceinturon, levé et pointé en direction de la tête de Daryl Nesbitt.

Une détonation retentit.

Des éclats de bois volèrent en tous sens, et le battant se referma avec fracas.

D'un bond, Jeffrey traversa la terrasse. La porte était fermée à clé. Il recula d'un pas et la fit sauter d'un coup de pied. L'arme pointée devant lui, il balaya du regard la pièce, mais rien ne ressemblait à ce qu'il avait imaginé. La salle à manger. Le salon. La cuisine. Il ne voyait rien de tout cela. Il y avait des portes partout, et elles étaient toutes fermées.

— À gauche ! cria Matt en passant devant lui précipitamment.

Hendricks prit l'arrière. Le coup de feu avait fait l'effet d'un pistolet de départ. Matt défonça la porte branlante qui menait au couloir. Hendricks pénétra dans la salle à manger. Jeffrey fit un pas. Son pied heurta un objet dur. Il regarda le pistolet de Lena glisser sur le sol.

— Lena ! hurla-t-il.

Un coup de feu retentit.

Brad Stephens se rua dans la cuisine en trébuchant.

— Lena !

Jeffrey grimpa l'escalier quatre à quatre. Il était à mi-chemin lorsqu'il se souvint qu'il pouvait y avoir quelqu'un qui l'attendait en haut pour lui faire sauter la cervelle.

En haut des marches, il baissa la tête, se jeta en avant et roula en sol. Il atterrit dans une salle de bains. Il regarda derrière lui, en direction du couloir. Quatre chambres. Les portes étaient toutes closes.

Lena poussa un cri.

Jeffrey se précipita vers la plus grande chambre. Il fit voler la porte en éclats.

Le corps de la policière était recroquevillé près du lit. Sa tête saignait. Elle avait heurté un bureau en bois en tombant. Pris d'une sensation nauséeuse, Jeffrey courut vers elle. Sa responsabilité. Son fiasco. La vie de Lena. Il chercha son pouls. Le battement de la carotide sous le bout de ses doigts fit ralentir son propre cœur d'un millième de seconde.

Il leva les yeux.

Il vit l'ordinateur portable sur le bureau.

Des enfants.

Jeffrey ravala la bile qui lui remontait dans la gorge en tourbillonnant. Des yeux, il parcourut la pièce autour de lui. Un store en plastique bon marché sur la fenêtre. La porte de la penderie avait disparu. Il y avait des vêtements en tas par terre. Le lit était un matelas posé sur la moquette. Une chaussette de sport blanche sale traînait, roulée en boule, sur le sol.

— Chef !

Matt était au bout du couloir. Brad s'élança à sa suite. Ils se mirent à faire sauter les portes à coups de pieds.

— Jeffrey ? murmura Lena.

Il eut l'impression que tout allait au ralenti lorsqu'il se retourna vers elle.

Elle ne l'avait jamais appelé par son prénom jusqu'ici. Il y avait quelque chose d'incroyablement intime dans sa façon de le prononcer. Le bras de Lena était dressé vers le plafond. Sa main tanguait sous l'effort.

Elle désignait la fenêtre. Les lamelles de plastique cliquetaient dans la brise.

— Merde ! s'écria Jeffrey.

Il arracha les stores. C'était une fenêtre à guillotine, et le panneau du haut avait coulissé derrière celui du bas. Daryl Nesbitt n'était qu'à quelques centimètres, perché debout sur le porte-à-faux, l'avancée du toit au-dessus de la porte qui donnait dans la cuisine.

Jeffrey vit l'homme prendre son élan et sauter. Bras écartés. Jambes pédalant dans le vide. Il atterrit, dans un grand bruit sourd, sur le toit du cabanon.

Jeffrey ne prit pas le temps de réfléchir.

Il fit sauter la fenêtre d'un coup de pied et se retrouva sur le porte-à-faux, qui ne faisait pas plus d'un mètre cinquante de large.

Et que trois mètres au moins séparaient du cabanon. Le toit de ce dernier était pentu, exactement comme Matt l'avait dit : un vrai tremplin de ski.

Jeffrey partit comme un boulet de canon et projeta son corps dans les airs.

Ses bras s'agitèrent dans tous les sens. Il essaya d'aligner ses pieds en vue de l'atterrissage. Il se surprit à faire le décompte de toutes les choses qui pouvaient mal tourner. Il pouvait manquer le toit. Passer à travers le contreplaqué. Atterrir sur le flanc. Se casser la jambe, le bras, le cou même, nom de Dieu.

Il se réceptionna sur les orteils de son pied droit. Son corps vrilla au moment de l'impact, et sa colonne vertébrale se tordit douloureusement. Il se rattrapa sur le pied gauche, chancela de nouveau sur le droit, puis dégringola vers le bas du toit en pente. Il atterrit par terre, sur le cul.

Le souffle coupé, il dut secouer la tête pour faire disparaître les étoiles devant ses yeux. Il regarda autour de lui.

Daryl était en train de traverser le jardin en courant. Il jeta un regard par-dessus son épaule en direction de Jeffrey et sauta la barrière qui donnait sur le terrain du voisin.

Jeffrey, qui s'était déjà relevé, le poursuivit et bondit à son tour au-dessus de la clôture, en haletant. Sa chaussure glissa sur l'herbe lorsqu'il atterrit. Il sentait le sang battre violemment à ses tempes. Il avait l'impression d'avoir un muscle déchiré dans le dos. Retrouvant ses appuis, il contourna la maison en courant.

Il vit Daryl qui sprintait vers la rue. Battant l'air de ses bras comme un moulin, ce dernier prit un virage serré pour tourner dans Valley Ridge. Ses pieds nus rebondissaient sur l'asphalte. Le temps que Jeffrey arrive au même tournant, l'homme avait déjà pris une trentaine de mètres d'avance.

— Non, non, non, supplia Jeffrey.

Il ne pouvait pas combler l'écart. Ce gamin courait trop vite. Le chef de la police chercha des yeux Dawson, au bout de la rue. La voiture de patrouille était à une distance d'au moins un stade de football. L'agent en position avait vu Daryl. Sorti de sa voiture, il se précipitait vers l'action.

Le soulagement de Jeffrey fut interrompu par le cri perçant d'une femme.

De nouveau, le monde autour de lui sembla tourner au ralenti, le tressautement des maisons et des arbres flous qui défilaient dans la périphérie de son champ de vision diminua, jusqu'à faire un arrêt sur image.

La femme était en train de marcher en direction de sa voiture. Jeffrey vit sa bouche s'ouvrir. Il regarda le poing de Daryl s'abattre.

— Non ! tenta-t-il de hurler.

C'était trop tard. La femme s'effondra par terre. Daryl ramassa les clés de sa voiture.

Jeffrey continuait de courir.

Il gagna cinq mètres pendant que le fuyard bataillait avec la portière du break rouge de la femme.

Encore un mètre cinquante pendant qu'il essayait de démarrer le moteur. Et un mètre cinquante de plus pendant qu'il enclenchait la marche arrière sur le levier de vitesse.

Jeffrey puisa jusqu'à la dernière goutte d'adrénaline contenue dans son corps et plongea vers la vitre baissée de la voiture.

Sa main agrippa la première chose qu'il put atteindre – une poignée des cheveux graisseux de Daryl.

— Enfoir…, fit ce dernier en lui mettant un coup de poing, le pied toujours posé sur l'accélérateur.

La tête de Jeffrey fut projetée en arrière. Ses chaussures rebondirent sur la route. Daryl le cogna encore, et encore. D'un seul coup, tous les muscles de Jeffrey cédèrent à l'épuisement. Les cheveux du suspect glissèrent entre ses doigts.

Jeffrey heurta la chaussée, et sa tête alla s'écraser sur le bitume. Son instinct lui dit de se remettre debout le plus vite possible. Il appuya les mains sur le sol et leva les yeux.

Derrière le pare-brise de la voiture, la bouche de Daryl était tordue en un sourire narquois. Il était sur le point de lui rouler dessus. Il appuya de toutes ses forces sur l'accélérateur.

Jeffrey détala.

Mais, au lieu de s'élancer en avant, la voiture recula comme une flèche, rebondit au-dessus du trottoir et alla percuter la maison de l'autre côté de la rue.

Et pas seulement la maison.

Le compteur à gaz.

Comme tout homme ayant déjà allumé un barbecue, Jeffrey avait déjà vu du combustible s'enflammer. L'éclat blanc bleuté qui accompagnait le moment où les vapeurs s'élevaient en une belle flambée avait quelque chose de presque hypnotisant. Le compteur à gaz à l'avant de la maison, lui, n'était empli que de vapeurs. Jeffrey regarda, impuissant, la conduite d'alimentation métallique se tordre, puis se déchirer sous le poids des mille trois cents kilos d'acier du break. Il n'y trouva rien de fascinant, cette fois, juste une étincelle argentée qui jaillit comme lorsque l'on gratte une allumette, puis l'air se consuma en une gerbe de lumière.

Jeffrey leva les bras pour se protéger le visage.

L'explosion envoya une boule de feu s'écraser près de lui. Le verre vola en éclats. L'alarme d'une voiture se mit à pousser sa longue plainte. Ses oreilles commencèrent à sonner. Il avait l'impression d'avoir la tête à l'intérieur d'un gong. Il faisait chaud comme dans un sauna. Jeffrey essaya de se mettre debout. Il perdit l'équilibre, et son genou alla taper contre l'asphalte.

— Au secours !

Daryl était toujours dans la voiture. Il était coincé. Il mettait des coups d'épaule furieux contre la portière pour essayer de sortir. Ses cris ressemblaient au hurlement d'une sirène.

— Chef !

C'était Dawson, il était à une quarantaine de mètres. Il courait, bras repliés et serrés contre le buste.

— Au secours ! hurla Daryl, qui avait presque réussi à sortir de la voiture. Aidez-moi !

Jeffrey avança en titubant sur la route. Il avait l'impression que la chaleur lui rongeait le visage.

— Au secours ! criait le dealeur.

Le feu lui léchait le dos. Il était plié en deux par-dessus la portière, ses doigts griffaient désespérément le sol. Sa jambe était coincée à l'intérieur, il n'arrivait pas à se dégager.

— S'il vous plaît ! Aidez-moi !

Jeffrey esquiva les flammes. Il attrapa Daryl par les poignets et tira.

— Plus fort ! cria ce dernier, qui se mit à mettre des coups de pied dans le volant avec sa jambe libre.

Les flammes montèrent encore plus haut. La chaleur faisait fondre la peinture de la voiture. Jeffrey voyait le fond plat du réservoir d'essence en métal commencer à rougeoyer.

— Tirez ! supplia Daryl.

Le chef de la police s'arc-bouta, pesant en arrière de tout son poids.

— Non ! hurla Daryl. Oh ! mon Dieu ! Non !

Jeffrey sentit quelque chose éclater. La libération fit l'effet d'un bouchon de champagne propulsé dans les airs. Son corps retomba en arrière. Daryl Nesbitt s'effondra sur lui. Jeffrey tenta de le repousser. Le réservoir de la voiture allait exploser.

— Chef !

Dawson attrapa son supérieur sous les bras et le traîna, l'éloignant des flammes. Quelqu'un lui jeta de l'eau sur le visage. Quelqu'un d'autre enroula une veste autour de ses épaules.

Prix d'une quinte de toux, Jeffrey cracha une mare de liquide noir sur le sol. Ses yeux piquaient. Au toucher, sa peau avait l'air brûlée. Les poils de ses bras étaient carbonisés.

— Chef ? l'appela Matt.

Brad était avec lui. Cheshire. Hendricks. Dawson.

Il roula sur le dos. Du sang dégoulina le long de sa gorge. Son nez était cassé, de nouveau. Il tourna la tête.

Daryl Nesbitt gisait sur le dos, les bras écartés, les yeux clos, immobile.

Exactement comme Tommi Humphrey.

Exactement comme Beckey Caterino.

Exactement comme Leslie Truong.

Péniblement, Jeffrey se redressa sur un coude. Dans l'herbe, il aperçut une large traînée de sang, qui remontait jusqu'à la voiture en flammes. Il suivit cette ligne, qui menait à Daryl.

Le bouchon de champagne.

Le bruit qu'il avait entendu provenait de la cheville de Daryl Nesbitt, au moment où son pied avait été arraché à sa jambe.

26

Atlanta

Will tapait sur son clavier, terminant avec application de remplir le formulaire d'injonction administrative pour demander la production de pièces. En route pour le travail, il était passé en voiture devant le complexe de copropriétés du One Museum. Le concierge de l'immeuble de Callie Zanger avait peu apprécié d'être tiré du lit à cinq heures du matin, mais l'homme avait réussi à être suffisamment cohérent pour fournir à Will les informations dont il avait besoin.

Aucun disque dur vieux de deux ans ne traînait dans les parages. Le système de sécurité dernier cri de l'immeuble possédait une sauvegarde sur le *cloud*. La compagnie d'assurance exigeait qu'ils conservent ces données cryptées pendant cinq ans. Dans sa requête, Will demandait au juge d'accorder au GBI l'accès à tous les enregistrements datant de trois mois avant et après l'enlèvement de Callie.

Il posa le doigt sous chaque mot pour en vérifier l'orthographe, avant d'envoyer la demande sur le serveur informatique. Il se cala au fond de son fauteuil. L'approbation d'une injonction administrative par un juge pouvait prendre jusqu'à quatre heures. Ensuite, les avocats s'en mêleraient. Une autre journée pouvait s'écouler avant que les données soient transférées. Parcourir plus de deux mille heures de vidéo demanderait davantage d'yeux que Will n'en possédait.

Il regarda l'heure. Amanda avait prévu leur réunion pour 7 heures tapantes. Il lui demanderait de faire accélérer la procédure. En attendant, il avait huit minutes de paix devant lui avant que sa journée monte en puissance.

Il consacra quatre de ces minutes à s'inquiéter.

D'abord, pour Faith. L'entretien avec Callie Zanger l'avait bouleversée. Will ne s'était pas senti tellement mieux. Le chemin du retour vers le QG avait été pénible pour tous les deux – pour elle, car elle faisait des efforts démesurés pour ne pas fondre en larmes, et pour lui, parce que voir sa partenaire tenter si désespérément de ne pas pleurer lui donnait envie de tout casser.

Il tendit l'oreille en direction de la porte ouverte de son bureau. Celle de Faith était fermée. Elle était arrivée quinze minutes plus tôt. Il l'entendait farfouiller, mais elle n'était pas passée le voir et n'avait peut-être pas envie d'être dérangée.

Will regarda l'heure sur son ordinateur. Une minute en moins.

Il laissa ses pensées dériver vers l'autre femme pour laquelle il se faisait du souci : Sara. L'exhumation du corps de Shay Van Dorne n'allait pas être facile. Mais ce n'était pas tout ce qui le perturbait. Ils s'étaient tous deux endormis sur le canapé, la nuit précédente, la tête de Sara posée comme un poids mort sur sa poitrine, mais à chaque fois que Will réfléchissait au lien qui les unissait, son cerveau lui renvoyait l'image d'une rallonge électrique gisant à cinquante centimètres de la prise.

Will n'arrivait pas à trouver le moyen de rebrancher la machine.

Sara lui avait dit que l'entrepôt U-Store était en face du cimetière, et il l'avait crue quand elle lui avait dit qu'elle n'était pas allée sur la tombe de Jeffrey, mais chaque fois qu'il lui arrivait de penser au « chef », il avait envie d'attraper Sara, de la jeter par-dessus son épaule, et de l'enfermer dans une pièce, comme un homme des cavernes.

Ou un tueur en série.

Will tritura le pansement que la médecin avait posé sur la jointure de ses doigts. Il ne s'était jamais cru du genre jaloux. Mais, encore une fois, Angie ne lui avait jamais complètement appartenu. Elle couchait à droite et à gauche depuis qu'elle était en âge de se faufiler dehors par une fenêtre. La réputation de son ex-femme avait passablement irrité Will, et il avait été furieux à cause de la syphilis, mais il avait trouvé toutes sortes de justifications à sa non-monogamie. Angie avait été abîmée par tant d'hommes dans sa vie. Le sexe était sa façon de leur reprendre un peu de puissance. Will était le seul qu'elle ait jamais réellement aimé. Du moins, c'était ce qu'elle prétendait.

Être avec Sara et comprendre à quoi ressemblait réellement l'amour lui avait révélé l'étendue du mensonge d'Angie.

— 'Jour mon grand, lança Nick en entrant d'un pas nonchalant dans son bureau. La réunion va bientôt commencer.

Will eut envie de lui coller un coup de poing.

— Écoute, mon pote, dit son collègue en s'asseyant sur le canapé sans y avoir été invité. Est-ce que je peux être honnête avec toi ?

Will fit tourner sa chaise pour lui faire face. En général, quand une personne vous demandait si elle pouvait être honnête, ça voulait dire soit qu'elle avait menti jusque-là, soit qu'elle était sur le point de le faire.

— La première fois que j'ai entendu dire que t'avais serré Sara, je dois t'avouer que j'ai eu envie de te trucider et de te laisser dans un tel état que même ta mère t'aurait pas reconnu.

Will n'avait jamais « serré » Sara.

— Tu peux encore essayer, le provoqua-t-il.

— Nan, mec, je vois bien vers où penche son cœur.

Will ne sut que répondre, alors il ne dit rien.

— T'as tout foutu en l'air, par contre..., fit remarquer Nick avec un grand sourire de clown en colère. Si tu veux un conseil éclairé, écoute ça : aucune autre femme sur terre ne vaut celle qui t'a dans la peau.

Ils se regardèrent droit dans les yeux. Will avait bien quelques répliques qui lui trottaient dans la tête, mais un « sans blague, mon grand » n'égaliserait sans doute pas le score au jeu du qui pisse le plus loin.

Il opta pour un de ses grands classiques : il émit une sorte de grognement, hocha la tête, puis attendit que Nick s'en aille.

Will jeta un coup d'œil à l'heure sur l'écran de son ordinateur.

Son collègue lui avait fait perdre une minute.

Il partit en direction de l'escalier. Le bureau de Faith était sur son chemin. Will donna un petit coup sur la porte en passant, pour lui dire que c'était l'heure de la réunion. Sa phrase lui resta coincée dans la gorge.

Sa coéquipière était avachie sur son bureau, le visage enfoui dans son bras.

Will, la gorge serrée, tenta de trouver les bons mots.

— Faith ?

Elle tourna la tête et le regarda en plissant les yeux.

— J'ai une de ces gueules de bois, fit-elle.

Le soulagement de Will fut de courte durée et céda le pas à l'exaspération. Il n'avait jamais aimé l'alcool. Quand il était petit, un adulte bourré signifiait en général qu'il allait recevoir une raclée.

— Il est presque 7 heures.

— Super.

Faith attrapa son carnet de notes et son café Starbucks. Ses vêtements étaient tout froissés. Ses yeux, cernés de noir.

— Amanda et maman m'ont obligée à venir à leur chorale, hier soir. Je me suis évanouie quand elles ont commencé à parler de leurs fantasmes sur *CHiPS*.

Will fit la grimace.

— N'est-ce pas ?

Sa partenaire referma la porte derrière elle.

— Je comprends complètement qu'on puisse être en transe devant Eric Estrada, mais Larry Wilcox ? T'es sérieuse, Amanda ?

— Donc, ça va mieux entre vous ?

— Bah. Je ne vais pas changer. Elle ne va pas changer. On ne transforme pas une mule en cheval de course. Et c'est ma troisième et dernière blague sur les chevaux en trois jours, ajouta-t-elle en riant.

Will n'était pas sûr que ce soit une blague, mais il était content d'entendre Faith retrouver son sarcasme habituel.

Il ouvrit la porte de l'escalier et la laissa passer. Le béton faisait résonner la voix de l'agente spéciale, qui racontait que son ex avait emmené Emma et des copines à elle au parc Fun Zone.

— Bienvenue dans le monde des parents, mon vieux, gloussa Faith. T'as payé soixante dollars pour que ta gamine aille choper une maladie contagieuse.

Will ouvrit la porte suivante. La policière embraya sur une autre histoire. Il laissa ses pensées dériver vers Sara. Il sentait toujours le poids de sa tête sur sa poitrine. Elle l'avait regardé d'une façon différente, hier soir. Comme si elle était hésitante. Elle s'inquiétait encore au sujet des sentiments de Will. Ce dernier se sentait mesquin, car une part de lui – bien enfouie, sombre, et peut-être même assez sadique – aimait bien l'idée qu'elle puisse rester dans l'incertitude.

Amanda n'était pas encore dans son bureau, mais Nick avait déjà piqué une place sur le canapé. Ses bottes de cow-boy étaient posées sur le bord de la table basse. Faith s'assit à côté de lui, continuant à parler de tout et de rien, comme d'habitude. Will s'adossa au mur, posture si fréquente qu'il s'étonnait même que ses omoplates n'aient pas encore imprimé leur marque dans le béton.

Il entendit le claquement des petits pieds d'Amanda qui approchait. Elle avait exactement la même allure que d'habitude. Casque de cheveux poivre et sel. Jupe et veste assortie. Maquillage discret. Si elle avait la gueule de bois, elle l'intériorisait avec brio.

— On boucle cette réunion en vitesse, déclara-t-elle en tendant à Faith une pile de documents.

Elle lança à Nick un regard qui suffit à lui faire ôter ses pieds de la table. Elle s'appuya sur le bureau, ce qui était, chez elle, la position qui se rapprochait le plus de la station assise.

— Je dois aller au capitole ce matin pour mettre le chef de la commission de supervision au courant. L'une de nos victimes est dans son district. Je n'ai pas envie qu'il nous pique une crise.

Will regarda les pages que Faith feuilletait. Il reconnut certains des noms des treize juridictions des forces de l'ordre où les corps avaient été retrouvés.

— C'est quoi, cette demande d'injonction que vous avez déposée ce matin ? demanda Amanda à Will.

Il lui raconta son petit passage à One Museum.

— D'après la police d'Atlanta, on sait qu'il n'y avait rien au niveau du parking, mais il y a une caméra dans le couloir devant l'appartement de Zanger. Si vous pouviez faire accélérer la…

— J'appellerai le juge en chemin, le coupa-t-elle. Et le temps que la réponse arrive, j'ai besoin que vous soyez mes yeux sur l'autopsie Van Dorne. Dès la seconde – et je dis bien la seconde – où Sara confirme ou réfute que Shay Van Dorne a été assassinée, vous m'envoyez un texto. Compris ?

Elle n'attendit pas sa réponse. Elle se tourna vers Faith et Nick.

— Ce matin, vous restez collés à vos bureaux. Parcourez les listes. Prenez des rendez-vous. Et rappelez-vous, nous sommes simplement censés actualiser l'ensemble de nos données concernant les signalements de personnes disparues. Faites preuve de prudence quand vous tâtez le terrain par téléphone. Je ne veux éveiller aucun soupçon. Soyez...

— ... discrets, termina Faith à sa place.

La directrice adjointe leva un sourcil, et toutes deux se regardèrent droit dans les yeux, comme pour un bras de fer silencieux.

— Cheffe, je peux dire quelque chose ? intervint Nick.

Amanda prit son temps pour détourner les yeux vers lui.

— J'ai réfléchi au sujet de Daryl Nesbitt, reprit-il. Je sais que personne dans ce poste n'ignore l'amitié que je portais à Jeffrey Tolliver, mais j'ai beaucoup de mal à me dire qu'il s'est autant planté sur cette affaire.

D'un geste de la main, Amanda lui fit signe de poursuivre.

— C'est quoi qui vous pousse tous à innocenter Nesbitt si rapidement ? demanda-t-il.

Will se rendit soudain compte que Nick n'était pas au courant pour Heath Caterino, le fils de Beckey. Ce n'était pas encore un coup d'Amanda qui faisait sa tête de mule. Si elle tenait à garder cette information le plus confidentielle possible, c'était parce que la vie du petit garçon pouvait être en danger.

— Bonne question.

Amanda avait toujours été une bonne menteuse. Elle réagissait vite, sans jamais se laisser démonter.

— Notre labo a retrouvé la présence d'un ancien ADN dans l'autopsie de Truong, débita-t-elle. Nous l'avons comparé à une enveloppe que Daryl Nesbitt avait envoyée à Gerald Caterino. Ça ne correspondait pas.

Nick l'écoutait en tirant sur sa barbe. De toute évidence, il cherchait la faille de cette histoire.

Will, qui connaissait la vérité, vit le gouffre béant qu'aucun des autres n'avait repéré.

— Qu'est-ce qui nous dit que c'est bien Daryl qui a léché le dos de l'enveloppe ? demanda-t-il.

Le silence retomba d'un coup sur la réunion ; on n'entendait plus que le ventilateur de l'ordinateur d'Amanda.

— Me-e-erde ! fit Faith en se retournant pour regarder son coéquipier. Un escroc, ça reste un escroc.

— Nick ! lança Amanda en décrochant le téléphone de son bureau et en composant un numéro. Vous allez tout de suite à la prison. Je veux un prélèvement de salive de Daryl Nesbitt au labo pour midi.

Elle attendit que l'agent soit parti pour reposer le téléphone.

— Parle, ordonna-t-elle à la policière.

— L'analyse du labo que Gerald Caterino m'a donnée était l'original, pas une copie. Il a envoyé le prélèvement buccal de Heath et l'enveloppe de Daryl Nesbitt à un laboratoire commercial accrédité par l'AABB et reconnu par le tribunal. Ils sont spécialisés dans les affaires de reconnaissance de paternité. Le compte rendu était catégorique. C'est absolument impossible que Nesbitt soit le père de Heath.

— Will a raison, conclut Amanda. Cette certitude repose uniquement sur l'hypothèse que c'est bien Nesbitt qui a léché l'enveloppe. Qu'en dites-vous ? demanda-t-elle en se tournant vers l'agent spécial.

— Nesbitt est en prison depuis huit ans. Les taulards en savent plus long sur les procédures de la police scientifique et l'ADN que la plupart des flics.

— C'est un vrai joueur d'échecs, ajouta Faith. Même Lena Adams a compris ça. Nesbitt élabore des stratégies. Il monte les gens les uns contre les autres. On sait qu'il a accès à Internet grâce à des téléphones de contrebande. Il se peut qu'il ait découvert l'existence de Heath et tiré les mêmes conclusions que nous tous.

Amanda opina du chef. Elle avait pris sa décision.

— L'ADN de Nesbitt est déjà dans notre base de données, vu que c'est un délinquant sexuel condamné. Il nous faut une chaîne de traçabilité irréprochable sur l'ADN de Heath Caterino. Pour des raisons évidentes, je préfère ne pas déposer de demande d'injonction officielle.

— Vous voulez que je demande à Gerald Caterino s'il est d'accord pour me laisser faire un prélèvement dans la bouche de son môme ? s'enquit Faith. Le môme dont il prétend que c'est son fils parce qu'il est terrifié à l'idée que l'agresseur de Beckey découvre la vérité ?

— Je peux..., commença Will.

— Je vais le faire, répliqua sa partenaire. Will supervise l'exhumation. Et il attend l'injonction sur les caméras de surveillance. On a tous les deux du boulot.

— Bien, dit Amanda. Je vais mettre une autre équipe sur les listes d'appels. Vous pourrez prendre leur suite à votre retour.

Faith laissa tomber les papiers sur la table basse.

Will sentit son corps se crisper lorsqu'elle sortit. Il ne savait pas s'il avait envie de l'empêcher de partir ou d'y aller avec elle.

— Wilbur, appela Amanda. En ce moment, savoir si l'ADN de Daryl Nesbitt correspond à celui de Heath Caterino n'a aucune importance. Notre priorité, c'est un corps exhumé qui pourrait bien nous fournir de nouveaux indices, et une injonction administrative qui nous donnera peut-être accès à une vidéo révélant le visage d'un assassin.

Will savait reconnaître quand on le congédiait. Il enfonça les mains dans ses poches et se dirigea vers l'escalier. Il avait toujours les muscles crispés, mais sa brève montée de stress avait freiné des quatre fers. Tout ce qui lui en restait, c'était une certaine anxiété. Il n'aimait pas l'idée de laisser Faith toute seule. Il était énervé de ne pas avoir pensé plus tôt à vérifier l'ADN utilisé pour le test du labo. Il était anxieux parce qu'Amanda avait raison. Ce n'était pas Nesbitt qui avait assassiné quinze femmes et en avait terrorisé cinq autres au cours de ces huit dernières années.

Alors qui ?

Quelqu'un doté d'une connaissance intime des crimes. Quelqu'un qui avait suffisamment de liens avec Daryl Nesbitt pour pouvoir le piéger. Quelqu'un qui était assez intelligent pour savoir brouiller les pistes. Quelqu'un qui disposait aujourd'hui de toute une collection de bandeaux à cheveux, peignes, brosses et élastiques.

Un complice ? Un imitateur ? Un cinglé ? Un assassin ?

Deux jours plus tard, Will se reposait les mêmes questions que dans la chapelle de la prison.

Il sortit par la porte au bas de l'escalier. La morgue était située derrière le bâtiment du GBI, dans un grand local à structure métallique qui ressemblait à un hangar. Le vent fouetta sa veste lorsqu'il longea le trottoir. Will garda les yeux baissés. Il n'y avait pas grand-chose à regarder dans le ciel. Des nuages sombres. Le tonnerre. Il sentait de minuscules éclats de pluie lui lacérer le visage.

Un corbillard noir était garé devant la plate-forme de chargement. Les deux portières de l'arrière étaient ouvertes. Gary aidait le chauffeur à transférer le cercueil de Shay Van Dorne sur un brancard à roulettes. Quand Will avait pensé à l'exhumation, il avait imaginé des blocs de terre et de débris disloqués, peut-être même la main du Gardien de la crypte cherchant à s'échapper du bois pourri. Le cercueil en métal était absolument intact, sa peinture noire toujours aussi étincelante qu'un miroir. Le seul détail qui indiquait qu'il n'arrivait pas tout droit de l'espace d'exposition d'un magasin de pompes funèbres, c'étaient les toiles d'araignées qui pendaient à l'un de ses coins. Une araignée avait réussi à se faire enfermer hermétiquement dans le caveau.

Will traversa la salle d'accueil de la morgue. Des fenêtres donnaient sur la salle d'autopsie. Deux médecins légistes étaient déjà à pied d'œuvre. Ils portaient des tabliers jaunes et des blouses stériles bleues. Des masques chirurgicaux blancs. Des calots de couleur. Des gants en latex blanc cassé.

Sara était dans une petite pièce au bout d'un long couloir. Sur les murs, des photos de scènes de crimes faisaient office d'œuvres d'art. Le bureau du fond servait d'espace de travail temporaire pour qui en avait besoin. Un bureau. Un téléphone. Deux chaises. Pas de fenêtre.

Will ralentit le pas afin de pouvoir la contempler.

Assise, les bras posés sur son bureau, elle regardait fixement l'iPhone qu'elle tenait en main. Elle avait troqué ses vêtements contre une blouse et portait des lunettes. Ses longs cheveux auburn étaient relevés en un chignon lâche au sommet de sa tête. Will observa son profil.

Je vois bien vers où penche son cœur.

Will se sentait honteux : Sara s'était littéralement mise à genoux devant lui et lui avait répété qu'elle l'aimait et qu'elle l'avait choisi, mais rien n'avait eu autant d'impact sur lui que d'entendre Nick Shelton déclarer sur un ton désinvolte que cette femme l'avait dans la peau.

Elle ne l'avait pas encore aperçu. Elle reposa son téléphone. Il la vit ouvrir le tiroir du haut de son bureau. Elle en sortit un tube de crème, dont elle commença à s'enduire les mains, puis les bras.

Pour un gars persuadé de ne pas être un tueur en série, Will l'observait depuis un peu trop longtemps. Il signala sa présence en prenant la parole.

— Amanda veut que j'assiste à l'autopsie.

Elle leva la tête vers lui en souriant. Ce n'était pas son sourire habituel. Celui-ci était plein d'incertitude.

— Maman a trouvé l'adresse mail de Delilah Humphrey, répondit-elle. Je ne sais pas quoi dire.

Will ne savait pas non plus. Il devait trouver un moyen d'arranger les choses avec Sara. Cette coupure de courant entre eux n'avait que trop duré. Il s'assit sur la chaise à côté du bureau et laissa son genou toucher la jambe de Sara.

Elle baissa les yeux, mais cette caresse sur sa jambe ne semblait pas être suffisante.

— J'ai, euh…

Will se racla la gorge, puis leva sa main qui n'était pas blessée.

— J'ai la peau un peu sèche, moi aussi.

Les sourcils de Sara se froncèrent, mais elle joua le jeu. Elle étala de la lotion sur ses mains et les massa. Il regarda les doigts de la médecin lui assouplir doucement la peau. Will sentit la tension de ses épaules commencer à s'alléger, elle aussi. Sa respiration ralentit. Celle de Sara aussi. Lentement, enfin, l'atmosphère changea dans la pièce aveugle. Il voyait bien qu'elle le sentait, elle aussi. Elle sourit en lui serrant délicatement chaque doigt, puis avec son pouce elle suivit les lignes de la paume de Will. La mère de l'agent spécial était férue d'astrologie. Il avait trouvé une affiche de chiromancie dans ses affaires. Il lista en pensée les noms des lignes à mesure que Sara les caressait.

Ligne de vie. Ligne du destin. Ligne de tête. Ligne de cœur.

Sara leva les yeux vers lui.

— Salut, dit-il.

— Salut, répondit-elle.

Et, en un claquement de doigts, la fiche se rebrancha dans la prise électrique.

Sara se pencha et posa ses lèvres dans la paume du policier. C'était une femme un peu bizarre. Elle avait fait une fixation sur l'écriture de Jeffrey. Elle en faisait une sur les mains de Will.

— Tu veux que je t'aide pour ce mail ? demanda-t-il.

— Oui, merci, dit-elle en reprenant son téléphone portable. Est-ce que je peux te lire mon premier jet ?

Will hocha la tête.

— Il y a d'abord le blabla habituel, pour lui rappeler qui je suis. Je lui donne mon numéro de portable, au cas où elle préférerait ne pas laisser de trace écrite. Ensuite, j'ai mis : « Je sais que c'est difficile, mais je voudrais m'entretenir avec Tommi. Tout ce qu'elle pourra me dire restera anonyme, comme la dernière fois. Demandez-lui de prendre contact avec moi, s'il vous plaît, mais uniquement si elle se sent à l'aise pour parler. Je comprendrai et respecterai son choix si elle refuse. »

Will imagina la réaction de Delilah à la lecture de ce mail. Elle n'avait aucune raison de répondre, encore moins de prévenir sa fille.

— Crois-tu que tu devrais lui expliquer pourquoi ?

— C'est la question que je n'arrive pas à trancher, répondit Sara.

Elle reposa le téléphone sur le bureau, mais garda la main de Will dans la sienne.

— Tommi n'a jamais cru que Daryl Nesbitt était son agresseur. Je lui ai montré sa photo d'identité judiciaire, et elle a dit que ce n'était pas lui. Sans la moindre hésitation.

Will lâcha la bombe qui avait contraint Nick et Faith à foncer à l'autre bout de l'État, chacun dans une direction opposée :

— On est en train de tester à nouveau des échantillons d'ADN de Nesbitt et de Heath Caterino.

Surprise, Sara entrouvrit la bouche. Elle fut plus rapide que Will pour repérer le gouffre béant.

— Vous pensez que Daryl a fait lécher l'enveloppe par quelqu'un d'autre, comprit-elle.

— On sait que Nesbitt aime bien jouer à des petits jeux, et il a très clairement une revanche à prendre. Je n'ai jamais rencontré de détenu qui ne reprochait pas aux autres le pétrin dans lequel il s'était mis.

— Il a reproché à Jeffrey la perte de son pied. Il a réclamé des dommages et intérêts dans son action en justice.

— Et les preuves ?

Sara en dressa la liste :

— Le marteau correspondait à la marque des outils trouvés dans le garage de Nesbitt. Il habitait à deux rues des bois. Il connaissait bien la ville. Deux des victimes avaient son numéro dans leur portable. Il n'avait aucun alibi pour le moment des agressions. Il travaillait sur un chantier à proximité de la route pare-feu. Il conduisait une fourgonnette sombre, comme celle dont Tommi se souvenait. Bien sûr, on pouvait se douter que Tommi refuserait de témoigner. Et puis, il y a eu le cabanon.

Will dut se rappeler de faire preuve de prudence. Il n'avait pas l'intention de piétiner la mémoire de son défunt mari. Pas devant elle, en tout cas.

— Je sais bien que Jeffrey était dos au mur à cause de la disparition de la troisième étudiante, Rosario Lopez. Mais, une fois le feu de la bataille dissipé, on voit bien que ce n'était pas un dossier en béton.

— Ce n'est pas moi qui te contredirai. Et c'est pour ça que Jeffrey n'a pas poussé le procureur à engager des poursuites, expliqua Sara. Une fois Nesbitt sous les verrous, il pensait que d'autres témoins se signaleraient, ou que d'autres preuves seraient découvertes. Il a continué de travailler sur cette affaire pendant une année entière pour essayer de trouver quelque chose, n'importe quoi, qui pourrait mettre les agressions sur le compte de Nesbitt. Mais personne ne s'est présenté, et il n'est pas parvenu à résoudre l'affaire, et finalement Nesbitt a réussi à ajouter une tentative de meurtre à son casier, donc...

Gary toqua sur le cadre de la porte.

— Docteur Linton ? Nous sommes prêts.

— J'arrive dans une seconde.

Sara se replongea dans son mail, sur son téléphone. Elle lut à voix haute en même temps qu'elle écrivait :

— Je vous en prie, demandez à Tommi de m'appeler ou de m'envoyer un mail. Il est possible qu'elle ait eu raison au sujet de la photo. Comment ça sonne ? demanda-t-elle.

— Ça dépend, répondit Will. Est-ce que tu veux lui faire peur ?

— Tu ne crois pas qu'elle devrait avoir peur ?

— Envoie-le, conclut-il.

Sara attendit le petit chuintement qui indiquait que le message était bien parti, avant de glisser son téléphone dans sa poche arrière.

— Gary n'a jamais fait d'exhumation avant, donc ça va être lent, OK ?

— La lenteur, ça me va.

Elle garda la main de Will dans la sienne lorsqu'ils traversèrent le couloir. Sara ne la lâcha que lorsqu'ils arrivèrent devant l'armoire à fournitures. Elle y prit un tablier jaune, un calot chirurgical bleu et deux masques.

— Sur le corps d'Alexandra McAllister, des entailles ont été pratiquées à l'aide d'un instrument semblable à une lame de rasoir ou à un scalpel, rappela-t-elle à l'enquêteur. Le tueur savait que le sang attirerait les prédateurs. Les nerfs du plexus brachial ont été proprement sectionnés. La perforation de la colonne vertébrale était dissimulée, mais je sais ce que je cherche. Je devrais être capable de te dire assez vite si Shay Van Dorne montre le même type de lésions.

— Amanda veut que je la tienne au courant dès que possible.

— Est-ce qu'il arrive à Amanda de ne pas vouloir les choses dès que possible ? demanda Sara tout en nouant le masque chirurgical derrière la tête de Will. L'ouverture du caveau a dissipé l'odeur en grande partie. Tu n'auras sans doute pas besoin de ça, mais tu peux t'en servir si tu veux.

Elle s'équipa ensuite, faisant deux tours autour de sa taille avec le cordon du tablier. Elle glissa ses cheveux sous le calot chirurgical et enfila les gants. Will remarqua la transformation qui s'opérait à mesure qu'elle se préparait pour Shay Van Dorne. Parfois, les médecins faisaient des blagues pour alléger un peu ce qui était en réalité une situation fort sinistre. Sara ne plaisantait jamais. Elle abordait toujours l'examen d'un corps avec une forme de solennité respectueuse.

Gary avait apporté le cercueil dans l'antichambre. Une enveloppe en plastique transparent était scotchée sur le couvercle. Will aperçut des documents à l'intérieur, et ce qui ressemblait à une manivelle pour ouvrir une vieille fenêtre en aluminium.

Will desserra sa cravate. Les éclairages faisaient l'effet de lampes chauffantes qui mettaient l'air en ébullition. Ils surgissaient du plafond comme les bras d'un robot. Il y avait partout dans la pièce des micros et des caméras, y compris une qui était braquée sur le cercueil. Un brancard attendait le corps, un drap blanc plié et un appui-tête posé par-dessus. Une autre table était recouverte de papier marron stérile, pour éviter de contaminer les différents éléments qu'ils y poseraient. Sur une troisième table étaient disposés une loupe et des instruments chirurgicaux. Gary avait préparé une copie du compte rendu original de l'accident de Shay Van Dorne. Des photographies couleur de la scène étaient empilées à côté.

Will n'avait pas téléchargé les photos disponibles sur le serveur. Il les parcourut du regard pour la première fois. Shay Van Dorne avait été retrouvée, gisant sur le dos, au milieu de la forêt. Elle était vêtue d'un treillis vert et d'un polo en laine blanc. Ses habits présentaient des déchirures aux endroits où les animaux s'étaient régalés – au niveau des seins, de l'abdomen et de la région pelvienne. Ses lèvres et ses paupières avaient été dévorées. Une partie de son nez avait disparu.

— Prêts ?

Sara attendit que tout le monde acquiesce d'un signe de tête. Elle appuya avec le pied sur une pédale pour allumer les caméras et micros. Will l'entendit annoncer à voix haute la date et l'heure, décliner son identité et présenter les autres personnes de l'assistance.

Il ne put s'empêcher de repenser au visionnage de la veille – la vidéo de l'examen de Leslie Truong sur cette vieille bande VHS.

Sara avait l'air tellement différente. Huit ans plus tard, même si elle disait à peu près les mêmes choses, sa voix était différente, elle aussi.

— Je vais procéder à l'examen préliminaire dans cette pièce, puis Gary fera les radios, et ensuite nous l'amènerons dans la salle d'autopsie.

Sara en avait terminé avec les détails techniques. Ses paroles suivantes furent pour son assistant.

— La plupart des cercueils en bois sont maintenus clos grâce à un fermoir en métal. Les modèles les plus chers proposent une serrure que l'on ouvre à l'aide d'une clé hexagonale.

— Comme une clé Allen ? demanda-t-il.

— Exactement.

La médecin légiste détacha l'enveloppe en plastique du cercueil. Elle en sortit la manivelle et la tint en l'air.

— Ça, c'est une clé de cercueil. Le manche est plus long, car il déverrouille un cercueil en métal. La serrure est toujours située du côté pieds. Le panneau qui couvre la partie supérieure du corps s'appelle le capot. Est-ce que tu sens le joint en caoutchouc ?

Gary fit courir ses doigts le long du rebord.

— Oui, répondit-il.

— Le joint scelle le cercueil, mais pas de façon complètement hermétique. Souviens-toi de ce que je t'ai expliqué sur l'émission de gaz pendant la décomposition. Si le sceau du cercueil ou du caveau est trop serré, alors l'un et l'autre peuvent exploser.

Sara se dirigea vers le pied du cercueil.

— Certains États exigent l'utilisation d'un caveau. D'autres non. Dis-toi bien que les gens sont obligés de prendre des décisions à l'un des pires moments de leur vie, donc, quel que soit le choix qu'ils ont fait pour les funérailles, pars du principe que c'était la meilleure décision qu'ils pouvaient prendre à ce moment-là.

— Ma grand-mère était fan de l'équipe de Georgia, déclara Gary, alors on l'a enterrée dans un cercueil rouge et blanc avec un bulldog peint dessus.

Will se demanda si le jeune homme se souvenait que l'autopsie était enregistrée.

Sara n'avait pas oublié, elle. Elle inséra la clé dans le trou. Elle poursuivit sa leçon, qui était presque autant destinée à l'apprenti qu'au futur jury.

— Les cercueils en bois s'ouvrent en faisant un quart de tour vers la gauche. Ceux en métal nécessitent plusieurs tours. On défait toutes les attaches qui retiennent le capot supérieur et le panneau des pieds. Prêt ?

Sara n'attendit pas la réponse, cette fois. Elle empoigna la manivelle à deux mains et se mit à la tourner en prenant la force dans les épaules. Le joint du cercueil s'entrouvrit. Will entendit comme un souffle, qui n'était pas sans rappeler le léger chuintement qu'émettait un iPhone lorsqu'on envoyait un mail.

Il toucha le masque qui pendait à son cou, mais Sara avait raison. Il n'en avait pas besoin. L'odeur qu'il sentait était la même odeur douceâtre, légèrement écœurante, que celle qui devait émaner du cadavre de Shay Van Dorne trois ans plus tôt, quand elle avait été enfermée dans cette boîte métallique étanche.

Sara glissa les doigts sous le rebord du panneau qui couvrait le bas du corps. Elle attendit que Gary en fasse autant pour le capot supérieur.

Ils soulevèrent en même temps.

Will se tenait derrière Gary, mais sa taille lui offrait une vue directe dans le cercueil.

La peau de Shay Van Dorne était jaune et d'aspect cireux. Son cou était boursoufflé. Son front, tacheté de moisissure. Elle était vêtue d'un chemisier en soie noir et d'une longue jupe assortie. Ses cheveux bruns étalés autour des épaules étaient tout ternes. Ses joues, anormalement rebondies et roses. Ses lèvres, son nez et ses paupières avaient été reconstruits de façon experte à l'aide de cire de thanatopraxie. À part la différence de couleur, Will n'aurait jamais deviné qu'un animal les avait mangés. La peau morte n'absorbait pas le maquillage.

Elle avait les mains croisées sur la poitrine. Ses ongles étaient longs et recourbés. Elle tenait une petite pochette en dentelle entre ses doigts depuis trois ans.

Sara enleva délicatement la pochette. Elle en secoua le contenu dans sa paume. Deux alliances en tombèrent – l'une était un anneau simple, l'autre était surmontée d'un gros diamant.

Will vit que les yeux de Sara s'embuaient. Sa propre alliance était avec celle de Jeffrey. Elle les conservait dans une petite boîte en bois. Quand Will l'avait rencontrée, la boîte était posée sur le manteau de la cheminée. Maintenant, elle était sur une étagère, dans le placard de la chambre d'amis.

— Tu trouveras souvent des objets personnels avec le défunt, expliqua Sara à Gary. Assure-toi de bien les lister et de les photographier pour qu'ils puissent être remis en place avant la nouvelle inhumation.

Gary prit la pochette et la déposa précautionneusement sur le papier marron.

— Mettons-la sur la table, décida Sara en tirant vers elle un marchepied.

Le jeune en trouva un autre près de la porte.

Will s'adossa au mur. Ils n'avaient pas besoin de son aide pour transférer le corps de cinquante-deux kilos sur le brancard. Gary la souleva par les épaules. Sara prit les pieds. Will vit la main de Shay tomber dans le vide lorsqu'elle fut placée sur le brancard. Il regarda ses pieds nus. Les ongles des orteils étaient recourbés comme les griffes d'un chat. Tendant le cou, il repéra une paire de chaussures à talons aiguilles dans un sac en plastique, glissée à l'intérieur du cercueil.

— La substance cireuse que tu vois sur la peau, c'est l'adipocire. L'hydrolyse bactérienne du gras se produit pendant la putréfaction, cinquième étape de la mort biologique. C'est une légende urbaine de dire que les cheveux et les ongles continuent de pousser. En fait la peau se rétracte, et c'est ce qui donne aux ongles une apparence plus longue. Le fluide de conservation utilisé pour l'embaumement ne peut pas circuler jusqu'aux follicules, ce qui explique pourquoi les cheveux perdent de leur lustre.

Gary déplaça le cercueil hors du champ des caméras et fit rouler le brancard jusqu'à lui faire prendre sa place.

— Pourquoi on ne lui a pas enfilé ses chaussures ? demanda-t-il à Sara.

— Ce n'est pas rare, surtout pour les talons aiguilles. Parfois, on trouve des sous-vêtements disposés dans un sac, aux pieds du corps. Et si une autopsie a été effectuée, on peut aussi trouver un sachet scellé contenant les organes.

Gary eut l'air surpris.

— Rien de tout cela ne sort des pratiques courantes du secteur, apprit-elle à Gary. Déshabillons-la.

Will resta dos au mur pendant qu'ils travaillaient. L'apprenti déboutonna le chemisier et le déposa sur le papier marron. Le soutien-gorge se dégrafait par-devant. L'attache en plastique était cassée. Il l'ôta délicatement. Du coton avait été fourré dans l'un des bonnets pour combler l'absence d'un des seins de Shay. Le matériau avait collé à la plaie béante. Le bras tomba et pendit dans le vide. L'aisselle était remplie de coton, elle aussi.

— Pendant l'embaumement, on utilise de la bourre pour boucher les orifices et les éventuelles blessures ouvertes. Cela empêche les fluides de s'écouler.

Sara baissa la jupe. Il n'y avait pas de sous-vêtements en dessous. Les cuisses s'écartèrent. Will vit qu'il y avait encore plus de coton tassé entre ses jambes, formant presque une couche. Il ne put s'empêcher de penser à Leslie Truong, Tommi Humphrey, Alexandra McAllister et à toutes les autres femmes du tableur Excel.

Sara tourna doucement la tête de Shay et fit courir ses doigts le long des vertèbres cervicales. Ensuite, elle regarda les aisselles. Elle dut utiliser une pince à épiler pour ôter la bourre. À un mètre et demi de distance, Will voyait les nerfs et les veines qui saillaient de l'aisselle de la femme comme un faisceau de câbles arrachés à un ordinateur.

Sara observa la blessure à l'aide de la loupe. Elle leva les yeux vers l'agent spécial et hocha la tête. La perforation au niveau de la vertèbre C5. Les nerfs proprement tranchés au niveau du plexus brachial.

Shay Van Dorne présentait les mêmes lésions qu'Alexandra McAllister.

Pendant que Sara énonçait ses premières conclusions pour l'enregistrement, Will sortit son téléphone de sa poche. Il le garda baissé pour qu'il n'apparaisse pas dans le cadre de la caméra. Il envoya un pouce levé par texto à Amanda. Elle répondit OK. Il était sur le point de remettre le téléphone dans sa poche, lorsqu'il pensa à Faith. Elle était connectée au service de localisation de Will. Elle était visiblement dans les temps. Faith n'était plus qu'à une vingtaine de minutes de la circonscription où vivait Gerald Caterino.

Il songea à lui envoyer un texto d'encouragement, mais un pouce levé lui parut déplacé. Faith avait déjà dû gérer Callie Zanger toute seule. Will ne savait pas comment elle tiendrait le coup si Gerald s'effondrait à nouveau. Entendre les sanglots du père de Beckey dans sa petite penderie avait été un supplice. Cela avait rappelé à Will les petits en bas âge qui arrivaient parfois au foyer pour enfants.

Ils pleuraient pendant des jours, jusqu'à ce qu'ils comprennent que personne ne les consolerait.

Il finit par lui envoyer un émoji représentant une patate douce. Sa partenaire comprendrait.

— Pourquoi ? demanda Gary.

Will redressa la tête.

Sara était en train d'expliquer quelque chose à son assistant.

— On ne trouvera rien de remarquable en soulevant ses paupières.

Will rangea son téléphone. Il savait qu'elle employait le mot « remarquable » au sens propre. À cause des dégâts causés par les animaux, les orbites seraient vides sous les coques oculaires en plastique qui conservaient la forme de la paupière. Il n'y avait aucune remarque à faire là-dessus.

Sara ôta la cire qui imitait la forme des lèvres de Shay Van Dorne. La mâchoire resta fermée. Sara posa la cire sur le papier marron.

— Tu vois les quatre jeux de fils métalliques qui relient les gencives du haut et du bas ?

— On dirait des attaches pour sachet de pain de mie, nota Gary.

— Le thanatopracteur utilise un appareil à ligature, pour fermer la bouche. Cet instrument ressemble à un croisement entre une seringue et une paire de ciseaux, mais il faut plutôt se représenter son fonctionnement comme celui d'un petit harpon. Il projette une tige métallique pointue terminée par un fil de fer, qui transperce le maxillaire et la mandibule. Ensuite, on torsade le fil métallique du haut avec celui du bas, et cela maintient la bouche fermée. J'ai besoin de la petite pince coupante.

Gary posa la pince dans la main de Sara.

Elle coupa les fils. La bouche se relâcha aussitôt, et la mâchoire du bas s'affaissa puis se décala sur le côté comme si elle était cassée. Sara appuya ses doigts le long de l'os.

— L'articulation est disloquée, indiqua-t-elle.

Will devina à sa voix que cette découverte la troublait. Il ramassa le compte rendu du coroner posé sur le chariot. C'était un formulaire classique. Il savait que la case intitulée DESCRIPTION DES BLESSURES – RÉSUMÉ se trouvait à la troisième page. Il suivit du doigt l'unique phrase qui y figurait.

Activité animale dans les organes sexuels, comme détaillé sur le schéma.

Will observa le dessin anatomique. Les seins et le pelvis étaient encerclés. Il y avait des croix sur les yeux et la bouche. Rien n'était indiqué pour la mâchoire. Le coroner de Dougall County était dentiste de formation. Il aurait remarqué une mâchoire disloquée.

Will releva la tête.

Sara installait une lampe pour regarder dans la bouche. Elle tira le marchepied vers elle. Ainsi juchée, elle voyait directement le fond de la gorge. Elle appuya sur la mandibule pour ouvrir la bouche le plus possible. Puis, elle regarda à l'intérieur à l'aide de la loupe.

Pour l'enregistrement, elle fit le constat à voix haute.

— Je regarde le quart supérieur droit de la mâchoire. Il y a un morceau de latex ou de vinyle coincé entre la dernière molaire et sa dent de sagesse.

Gary avait remarqué son changement d'attitude.

— Est-ce que c'est bizarre ? demanda-t-il.

Elle contourna la question.

— En général, les dents de sagesse sortent à la fin de l'adolescence ou au début de la vingtaine. La plupart du temps, elles sont mal alignées. Elles peuvent tasser les autres dents et provoquer des douleurs importantes. Normalement, on les arrache deux par deux ou toutes en même temps, donc il est remarquable qu'une femme de trente-cinq ans n'ait qu'une seule dent de sagesse.

Sara descendit du marchepied. Le regard qu'elle lança à Will le convainquit qu'il se passait quelque chose de terrible. Elle étala les photos prises par le coroner de Dougall County. Elle trouva ce qu'elle cherchait.

— Le latex n'y était pas quand le coroner a pris les photos de la bouche.

— L'embaumeur porte toujours des gants, n'est-ce pas ? À cause des maladies ? demanda Gary.

— Oui, répondit-elle. J'ai besoin des forceps.

Sara retourna auprès du corps de Shay. Elle ajusta l'orientation de la lampe au-dessus de sa tête. Elle enfonça la longue pince dans la bouche de Shay. Le latex s'étira lorsqu'elle tenta de le faire sortir. Puis, la mâchoire commença à glisser.

— Maintiens la mâchoire, dit-elle à Gary. Le bout est vraiment coincé, là-dedans.

Gary mit ses doigts de chaque côté du menton et força la bouche à s'ouvrir aussi grand que possible.

Sara essaya encore de tirer sur le latex. Le matériau était fin, presque translucide.

Son téléphone se mit à sonner. Le son était étouffé dans sa poche arrière.

Elle se tourna vers Will avec une mine renfrognée.

— Peux-tu décrocher ? Ça pourrait être…

Elle ne voulait pas prononcer le nom de Delilah Humphrey pendant l'enregistrement.

Il récupéra le téléphone dans sa poche et lui montra l'écran.

— Je vais prendre cet appel dans le couloir, dit-elle à Gary.

Will la suivit hors de la salle. Elle gardait ses mains gantées en l'air. Elle ne pouvait pas toucher le téléphone.

— Tu peux écouter, dit-elle au policier.

Ce dernier appuya sur l'icône du haut-parleur sur l'écran et tint le portable près de la bouche de Sara.

— Madame Humphrey ? dit-elle.

Il y eut un grésillement. Will se dit qu'ils avaient laissé passer trop de sonneries, mais le minuteur continuait d'égrener les secondes, sur l'écran.

— Madame Humphrey, ici la docteur Linton. Vous êtes là ?

Nouveau grésillement, mais cette fois, une voix féminine prit la parole.

— Quoi d'neuf, doc ?

Un éclair de stupéfaction passa dans les yeux de Sara.

— Tommi ?

— Elle-même.

La voix de Tommi était plus grave que Will l'avait imaginé. Il s'était représenté la jeune femme comme une personne timide, brisée. La voix à l'autre bout du fil était dure comme l'acier.

— Je suis désolée de te déranger, s'excusa Sara.

— « Il est possible qu'elle ait eu raison au sujet de la photo », débita Tommi en citant le mail de Sara. Je vous ai dit que ce n'était pas Daryl Nesbitt, il y a huit ans.

La médecin serra les lèvres. Will devina qu'elle n'était pas allée aussi loin dans la préparation de ces retrouvailles ; faire une demande par texto à sa propre mère et envoyer un mail à Delilah étaient les seules étapes qu'elle avait réussi à anticiper.

— Tommi, appela Sara, il faut que je sache si quelque chose t'est revenu.

— De quoi je me souviendrais ? rétorqua l'interpellée.

La voix d'acier s'était changée en lame de rasoir.

— Et *pourquoi* je m'en souviendrais ? ajouta-t-elle.

— Je sais que c'est difficile.

— Ouais, je sais que vous savez.

Sara adressa un signe de tête à Will avant que ce dernier ait même envisagé de poser la question. Elle avait raconté à son ancienne patiente son propre viol.

— Tommi…

Cette dernière l'interrompit en poussant un long soupir triste. Will imaginait parfaitement la fumée de cigarette qui devait s'échapper de sa bouche.

— Je ne peux pas avoir d'enfants, déclara Tommi.

Sara croisa le regard de Will et s'y accrocha.

— Je suis vraiment désolée, murmura-t-elle.

Will comprit que c'était à lui qu'elle parlait.

Il secoua la tête. Jamais elle n'aurait besoin de s'excuser pour cela.

— Je voulais être heureuse, vous voyez ? reprit Tommi. Je vous ai regardée et j'ai pensé : « Si la Dr Linton peut être heureuse, moi aussi, je peux être heureuse. »

Sara ne lui fit pas l'insulte de répondre une platitude.

— C'est dur, dit-elle simplement.

Un nouveau silence. Will entendit un petit bruit sec. Une bouche qui aspirait la fumée, et la recrachait.

— Je n'arrive pas à être avec un homme, sauf s'il me fait du mal, avoua Tommi.

Elle avait prononcé cette confession précipitamment. Will voyait Sara imiter sa méthode – ralentir le cours des choses, trouver un moyen de contourner la détermination qu'ils entendaient dans la voix de la jeune femme.

Sara secoua lentement la tête. Elle ne parvenait pas à trouver les mots justes. Elle ne ressentait rien d'autre qu'une profonde désolation.

— Vous aussi, vous êtes comme ça ? demanda Tommi.

Sara regarda de nouveau Will.

— Parfois, répondit-elle.

À l'autre bout du fil, on souffla un long jet de fumée de cigarette.

Tommi prit une autre bouffée.

— Il m'a dit que c'était ma faute, déclara-t-elle enfin. Voilà ce que je me rappelle. Que c'était ma faute.

Sara resta bouche bée. Elle reprit son souffle avant de répondre.

— Est-ce qu'il t'a dit pourquoi ?

La fumeuse fit une nouvelle pause pour tirer sur sa cigarette, inspirant profondément, puis recrachant lentement la fumée.

— Il a dit qu'il m'avait vue, qu'il m'avait désirée, et qu'il savait que j'étais trop coincée pour lui adresser la parole, alors il était obligé de me forcer.

— Tommi, tu sais que ce n'est pas ta faute, appuya Sara.

— Ouais, il faut arrêter de demander aux victimes de viols ce qu'elles ont fait de mal, et commencer à demander aux hommes pourquoi ils violent.

Sa voix avait pris une tonalité presque chantante, comme si elle récitait un mantra entendu dans un groupe d'entraide.

— Je sais que ce n'est pas rationnel, on ne se débarrasse pas facilement de ce sentiment de culpabilité. Il y a toujours des moments où l'on se dit que c'est sa faute.

— Ça vous arrive ?

— Parfois, reconnut Sara. Mais pas tout le temps.

— Pour moi, c'est *tout le temps*. Toute cette saloperie de temps.

— Tommi…

— Il a pleuré, lâcha-t-elle. C'est ce dont je me souviens le plus. Il a pleuré comme un putain de bébé. À genoux, en train de pleurnicher et de se balancer comme un môme.

Soudain, Will eut l'impression de ne plus avoir d'air dans ses poumons. La sueur perla dans sa nuque.

Pas plus tard que la veille, il avait vu un homme pleurer de cette façon.

À genoux. En se balançant. En sanglotant comme un enfant.

Will était dans le placard au meurtre de Gerald Caterino. L'obsession du père pour l'agression qu'avait subie sa fille s'étalait sur les murs. Les comptes rendus du coroner. Les articles de journaux. Les rapports de police. Les dépositions des témoins. L'ADN. Une brosse. Un peigne. Un chouchou. Un bandeau. Une pince à cheveux. Personne au monde n'en savait autant que Gerald Caterino sur les agressions de Rebecca Caterino et Leslie Truong.

Un complice ? Un imitateur ? Un cinglé ? Un assassin ?

Ils étaient partis du principe que Daryl Nesbitt avait peut-être falsifié l'ADN sur l'enveloppe.

Et si c'était Gerald Caterino, le faussaire ?

Will eut du mal à attraper le téléphone dans sa poche. Faith était sans doute en train de tourner dans l'allée de Caterino en ce moment-même. Il devait la prévenir.

Sara comprit que quelque chose n'allait pas.

— Tommi..., commença-t-elle à dire.

— Sa mère était à l'hôpital.

— Quoi ?

Le ton choqué de Sara pétrifia Will. Elle avait presque crié sa question.

— C'est pour ça qu'il a fait ça, continua Tommi. C'était ça son excuse. Sa mère était malade, à l'hôpital. Il avait peur qu'elle meure. Il avait besoin de quelqu'un pour le réconforter.

— Tommi...

— Je suis un vrai putain de réconfort, dit-elle avec un rire amer. Hé, Sara, vous voulez me rendre un service ? Perdez ce numéro. Je ne peux pas vous aider. Je ne peux même pas m'aider moi-même.

Il y eut un déclic. Elle avait raccroché.

Will tapa le numéro de Faith sur son portable.

— Il faut que je..., commença-t-il à expliquer.

— Le bout de latex, l'interrompit Sara. Will, ce n'est pas un morceau de gant. C'est un bout de préservatif.

27

Grant County – Jeudi – Une semaine plus tard

Jeffrey s'efforça de ne pas boiter en descendant la grand-rue. Exactement une semaine s'était écoulée depuis le raid sur la maison de Daryl Nesbitt, et il voulait montrer à la ville que le chef de la police se portait bien. Aussi bien qu'on pouvait l'être avec un nez cassé, une douleur dans le dos, et la respiration sifflante d'un chihuahua malade.

Rosario Lopez n'avait jamais été en danger ; elle n'avait même jamais vraiment disparu. L'étudiante avait ramené chez elle un garçon rencontré à la cafétéria et, comme le font souvent les étudiants, ils avaient fini par passer la journée au lit, à se faire livrer à manger et à parler de leur enfance. La chasse à l'homme en forêt n'avait eu aucune raison d'être, et les craintes de Jeffrey étaient infondées, car la jeune femme n'était absolument pas retenue prisonnière dans le cabanon.

Le chef de la police aurait pu continuer à s'autoflageller au sujet de toutes les différentes façons dont il aurait traité Daryl Nesbitt s'il n'avait pas eu l'enlèvement potentiel de Rosario Lopez suspendu au-dessus de sa tête comme une épée de Damoclès, mais il avait appris depuis longtemps que se reprocher le passé sans cesse ne pouvait mener qu'à trébucher dans l'avenir.

Par ailleurs, il avait commis d'autres erreurs plus graves qui l'empêchaient encore de dormir.

Rebecca Caterino était toujours dans le coma. Personne ne pouvait encore se prononcer sur l'ampleur des dégâts au niveau cérébral. Il n'y avait rien d'autre à faire qu'attendre. Jeffrey se répétait en boucle qu'elle finirait par s'en remettre. Beckey ne pourrait certes plus jamais marcher, mais elle aurait une vie. Elle pourrait retourner à l'école. Elle passerait son diplôme. La compagnie d'assurance du comté négociait déjà un accord avec le père de la jeune femme. L'école allait débourser une fortune. Et accessoirement, au bas de cette liste, il y avait le fait que Jeffrey conserverait son emploi.

Pour l'instant, du moins.

Bonita Truong avait repris l'avion pour San Francisco avec le corps de sa fille. Elle avait déjà appelé Jeffrey à deux reprises. À chaque fois, tout ce qu'il pouvait faire, c'était l'écouter pleurer. Il n'y avait rien que personne puisse faire pour atténuer sa souffrance. Comme le disait Cathy Linton, le temps était le meilleur remède.

Jeffrey désirait ardemment cet élixir de guérison. Il aurait voulu que les heures accélèrent pour passer de l'autre côté de sa tristesse. C'était pour s'éloigner de ce genre d'affaires violentes et déchirantes qu'il avait quitté Birmingham. Il avait cru que Grant County serait son Valhalla, où le pire qui puisse se produire serait un vol de vélo ou un étudiant emboutissant sa voiture dans un arbre.

Il se dit que rien n'avait changé. Daryl Nesbitt était une aberration. Un psychopathe comme on n'en croisait qu'une seule fois dans toute une vie. À compter de ce jour, tout ce que Jeffrey souhaitait, c'était que sa carrière se résume à serrer des mains aux réunions du Rotary Club et à aider des vieilles dames à retrouver leur chat.

Il sortit une pastille contre la toux de son emballage et l'envoya dans sa bouche.

D'un bout à l'autre de la grand-rue, le printemps se manifestait. Le centre-ville était toujours aussi coquet que sur une carte postale, malgré les horreurs qui s'étaient déroulées dans les bois la semaine passée. Les feuilles des cornouillers s'agitaient frénétiquement dans le vent. Les fleurs plantées par les membres du club de jardinage s'étaient épanouies. Un banc en bois tenait désormais compagnie aux tonnelles à vendre, devant le magasin de bricolage. Et devant la boutique de vêtements, le portant d'habits en soldes était vide.

Jeffrey toussa de nouveau.

La fumée qu'il avait inhalée n'était pas seule responsable de son irritation de la gorge. Il avait également passé toute la dernière heure à se disputer avec le procureur et le maire au sujet des preuves retenues contre Daryl Nesbitt. Le marteau. La proximité. Le numéro de téléphone.

Le cabanon.

Jeffrey avait la chair de poule à chaque fois qu'il pensait à la petite prison que Daryl Nesbitt avait bricolée dans son jardin. Les barreaux et grilles aux portes et aux fenêtres avaient été fixés avec des vis à sens unique de vingt centimètres. Ils avaient dû les sortir à la perceuse pour ouvrir la porte. À l'intérieur, ils avaient trouvé un lit de camp avec une couverture rose pastel. Il y avait aussi un seau posé dans un coin, une brosse à cheveux rose et un peigne assorti.

Une chaîne était attachée à un anneau de métal fiché dans le béton du sol.

Pas de sang. Pas de fluides. Pas de cheveux. Pas d'ADN. Le cabanon ressemblait à une cellule de prison, mais posséder une telle cellule n'était pas illégal en soi. Et travailler près d'une route pare-feu proche d'un lieu où un corps avait été retrouvé n'était pas illégal non plus. Pas plus que posséder le maillet de 680 grammes qui faisait partie du kit Dead Blow de chez Brawleigh. Ou conduire un utilitaire anthracite. Ou avoir son numéro de téléphone enregistré dans les portables de victimes d'agression.

La pédopornographie, en revanche, suffisait à envoyer Daryl Nesbitt en prison pour au moins cinq ans.

Cinq ans.

Jeffrey pouvait mettre ces cinq ans à profit. Des témoins se manifesteraient. Les mémoires se rafraîchiraient. Tommi Humphrey pourrait décider de sortir de son silence. Il ne se fiait pas à la réponse négative que Tommi avait eue quant à la photo d'identité judiciaire de Daryl Nesbitt. Il voulait organiser une séance d'identification pour que Tommi ait la possibilité d'observer le visage du pédophile depuis la pénombre d'une pièce où elle se sentirait en sécurité. Regarder une photo et voir un individu en personne étaient deux choses bien différentes.

Le plus grand obstacle auquel il allait devoir faire face, c'était l'avocat de Nesbitt. Il venait de Memminger et savait s'y prendre pour défendre les ordures. Il s'opposerait forcément à une séance d'identification. Il avait commencé par refuser que l'on s'adresse à son client. Il avait ensuite fait des pieds et des mains pour que Nesbitt puisse bénéficier d'un séjour prolongé à l'hôpital de Macon plutôt que d'être placé dans une maison d'arrêt du comté. Pire encore, il avait fait une demande de non-lieu fondée sur le fait que la police était entrée chez lui sans motif valable. Si le juge se laissait convaincre, Daryl Nesbitt serait remis en liberté.

Jeffrey et Lena étaient les deux seules personnes qui pouvaient empêcher cela. Tous deux avaient signé, sous peine de parjure, des déclarations sous serment. Tous deux étaient prêts à poser la main sur la Bible et à jurer de dire la vérité.

Tous deux savaient que, tout ce qu'ils diraient, ce seraient des mensonges.

Il y avait en matière juridique une doctrine nommée « fruit de l'arbre empoisonné ». Cela signifiait grosso modo que, en l'absence de motif valable autorisant la police à entrer chez quelqu'un, toutes les preuves qu'elle était susceptible de trouver à l'intérieur de cette résidence pouvaient être jugées irrecevables au tribunal.

Lena était clairement entrée chez Nesbitt sans motif valable. Il était parfaitement légal de se trouver chez soi avec une érection. Il ne l'était pas moins de refuser de parler à la police. On avait même le droit de lui claquer la porte à la figure. L'erreur que Lena avait commise, c'était d'avoir attrapé Daryl par le bras. Il avait essayé de se dégager. Et, au lieu de le lâcher, Lena était entrée dans la maison. Puis elle s'était avancée d'un pas encore. La porte s'était refermée, et c'était à ce moment-là que la situation avait dégénéré.

Et que la ligne de défense consistant à proclamer que « j'avais senti une odeur de cannabis sur lui » s'était effondrée.

Heureusement, Lena et Jeffrey avaient mis au point une autre version des événements, selon laquelle le scénario catastrophe qu'avait imaginé Frank s'était réellement produit : Daryl avait attrapé la policière et fermé la porte.

On pouvait se fier au tonitruant « je vous l'avais bien dit » que Frank répétait en boucle. Par ailleurs, Matt et Hendricks corroboraient cette version des faits. Ils étaient recroquevillés derrière une Chevrolet Malibu, quinze mètres plus loin, lorsque la chose s'était produite. À une telle distance, il était difficile de savoir qui avait tiré le bras de qui.

Le mensonge avait également servi à dissimuler tout un tas d'autres détails gênants. Lena avait omis de préciser qu'elle était de la police, par exemple. Matt et Hendricks s'étaient dispersés. Brad avait déboulé dans la cuisine et tiré un coup de fusil. Frank s'était effondré derrière le cabanon. Lena avait perdu son arme en poursuivant Daryl dans l'escalier. Et surtout, Daryl avait balancé Lena à travers la chambre comme une poupée de chiffon. Elle s'était cogné la tête contre le bureau. Et c'est à ce moment que l'ordinateur portable s'était allumé.

Un vrai coup de bol.

C'était seulement à cause de ces images pédopornographiques que Daryl Nesbitt croupissait entre les quatre murs d'une cellule, à l'heure qu'il était, plutôt que de traquer sa prochaine victime. Il arrivait toutes sortes de mésaventures aux pédophiles, en prison. Les hommes qui finissent derrière les barreaux ont rarement eu des enfances très joyeuses, en règle générale, et il y aurait sans doute au moins un détenu qui serait ravi de s'occuper personnellement d'un Daryl Nesbitt. De toute façon, dès lors que les types comme lui se retrouvaient en prison, ils s'y comportaient si mal qu'ils n'en ressortaient pas de sitôt.

Jeffrey descendit du trottoir, faisant comme si les muscles comprimés de son dos ne le lançaient pas atrocement. Quand il atteignit le centre médical de Grant, la pastille contre la toux s'était complètement dissoute. Le parking était vide, à l'exception de la fourgonnette de plombier Linton et Filles. Il passa par l'entrée latérale, espérant que Tessa utiliserait l'ascenseur.

Cet espoir fut réduit à néant lorsque, ayant descendu quatre marches à peine de l'escalier qui menait au sous-sol, Jeffrey entendit siffloter. Il se pencha par-dessus la balustrade, s'attendant à apercevoir des cheveux blond vénitien.

Seconde cruelle déception.

Ce fut Eddie Linton qui leva la tête. Il souriait.

Puis il vit Jeffrey.

Ce dernier n'était vraiment pas d'attaque pour courir. De toute façon cela n'aurait servi à rien : le père de Sara tenait une forme incroyable pour un homme qui passait le plus clair de son temps recroquevillé sous des éviers et des lavabos.

Eddie s'arrêta sur le palier juste en dessous de l'endroit où se trouvait le chef de la police. Sa ceinture porte-outils lui tombait sur les hanches. Entre son entreprise de plomberie et ses investissements immobiliers, Eddie était sans doute l'un des hommes les plus riches de la ville, mais il s'habillait comme un clochard, avec son T-shirt plein de trous et son jean déchiré. Il ne se coiffait que rarement. Ses sourcils broussailleux tire-bouchonnaient comme des fusilli.

— Eddie, salua Jeffrey, cherchant à briser la glace.

Ce dernier croisa les bras sur sa poitrine.

— Alors, comment ça se passe à Colton ? demanda-t-il.

— J'aurais grand besoin d'un plombier.

— Utilise plutôt un seau en métal, rétorqua Eddie avec un rictus. Le plastique, ça garde les odeurs.

Jeffrey ne put qu'admirer le synchronisme entre le père et la fille.

— Ça va durer combien de temps, tout ça ? demanda-t-il.

— Combien de temps penses-tu vivre ?

Eddie lui barrait le chemin. Jeffrey n'était pas bête au point de tenter un passage en force, et il était trop fier pour s'en aller.

— J'ai beaucoup réfléchi à la situation dans laquelle on se trouve, toi et moi, ajouta le plombier.

Jeffrey se dit que seul l'un d'eux avait choisi de s'y retrouver.

— Ma femme m'a dit quelque chose de très profond quand Sara est née, reprit-il. Tu connais ma femme, n'est-ce pas ?

— Oui, je crois bien qu'elle fréquente ma paroisse, répondit Jeffrey en lui lançant un regard circonspect.

— Bon, alors tu sais que c'est une femme très intelligente. Je me rappelle une chose qu'elle m'a dite quand Sara est née. On était à la maternité, je tenais cette magnifique petite rousse dans mes bras, et mon épouse – Cathy, tu te souviens – m'a dit que j'avais intérêt à rester sur le droit chemin, parce que les filles avaient tendance à épouser des hommes qui ressemblent à leur père.

Il eut un sourire mélancolique.

— Et c'est à ce moment, dans cet hôpital, que j'ai juré de toujours être bon et respectueux envers mon petit bébé, poursuivit-il. De l'écouter, de lui faire confiance, et de lui faire comprendre qu'elle mérite ce qu'il y a de mieux.

— Je sais que tu veux en venir quelque part, ironisa Jeffrey.

— Là où je veux en venir, répondit Eddie en haussant les épaules, c'est que j'ai perdu mon temps. J'aurais dû l'ignorer, pour lui apprendre comment se comporter avec les hommes qui la traitent comme une moins que rien.

L'homme âgé attrapa la balustrade et se hissa en haut des marches, bousculant Jeffrey au passage. Le muscle endolori dans son dos le lança atrocement, mais il n'allait pas donner à Eddie Linton la satisfaction de le voir souffrir.

Le commissaire fit une grimace et descendit d'une marche, sa colonne vertébrale lui faisant souffrir le martyre. Mais ce n'était rien à côté de ce qu'il ressentit devant la porte fermée.

De la même façon que Brock utilisait le sous-sol de l'entreprise familiale de pompes funèbres pour se consacrer à son activité de coroner, Sara avait utilisé la morgue de l'hôpital, à l'époque. Son nom était encore gravé sur la vitre : SARA TOLLIVER.

Mais ce nom de famille avait été recouvert d'un morceau de ruban adhésif, sur lequel le nom LINTON avait été écrit au marqueur noir.

Jeffrey pensa qu'il aurait pu choisir une autre femme avec laquelle tromper Sara que la seule fabricante d'enseignes de la ville.

Il attrapa un coin du ruban adhésif entre ses doigts, mais son amour-propre l'empêcha de l'arracher. Des sons lui parvinrent depuis l'autre côté de la porte close. Il pencha la tête sur le côté. Il n'était pas d'humeur à se faire agresser par Tessa. Ce n'étaient pas des voix qu'il entendait, mais de la musique. Paul Simon.

50 Ways to Leave Your Lover. Cinquante façons de quitter l'être aimé.

Sara écoutait leur chanson.

Jeffrey rejeta ses épaules en arrière, ignorant le signal d'alarme que lui envoyaient ses muscles. Il ouvrit la porte.

Sara était à genoux, avec des gants en caoutchouc et un bandana bleu autour de la tête, en train de récurer le carrelage.

Elle leva les yeux vers Jeffrey et le regarda par-dessus ses lunettes.

— Tu as croisé mon père ? lui demanda-t-elle.

— Ouais, il m'a joué *Le Crépuscule des dieux* en entier.

La médecin se retint de sourire. Elle lâcha la brosse dans le seau et retira ses gants. Puis elle se leva et essuya la crasse qu'elle avait sur les genoux. Elle portait un short et un T-shirt au logo orange et bleu du lycée de Heartsdale, délavé et recouvert de taches de peinture.

— Nesbitt ? fit-elle.

— Le procureur ne retient que les accusations de pédopornographie, répondit Jeffrey. Entre nous, je le comprends. Notre dossier est bancal. Il n'y a que des preuves circonstancielles, et encore, elles ne sont pas solides. Par ailleurs, un procès nous pend au nez à propos de l'affaire Caterino. Personne ne veut prendre le risque de faire le saut de l'ange.

— Et tu es sûr que c'est Nesbitt ?

— Qui d'autre ça pourrait être ? Même en mettant de côté les preuves circonstancielles. Le tueur connaît bien les bois. Il connaissait l'existence de la route pare-feu. Il avait ses habitudes sur le campus. Il traquait les victimes. Il leur volait des effets personnels. Il connaissait leurs habitudes. D'après tous ces éléments, il s'agit forcément d'un homme capable de se fondre dans le décor.

— Un homme qui a grandi ici.

— Daryl Nesbitt, en conclut Jeffrey.

— C'est vrai que le tueur a attaqué deux femmes à une demi-heure d'intervalle, reconnut Sara. Et depuis l'arrestation de Nesbitt, il n'est rien arrivé à personne d'autre. Ce n'est pas anodin.

— J'espère qu'un détenu qui aura eu des problèmes avec son papa va lui faire la peau avant le procès.

Sara fronça les sourcils. Elle pouvait s'offrir le luxe de ne pas croire en la justice que l'on rend soi-même. Mais, en tant que policier, son ex-mari avait appris qu'il fallait parfois s'aventurer dans ces zones grises où se jouaient des questions de vie ou de mort. Il fallait juste veiller à ne pas y rester coincé pour la vie.

— Tu as parlé à Brock ? demanda-t-elle.

Cette semaine, Jeffrey avait parlé au coroner plus qu'à n'importe quel policier de sa brigade. Ce dernier voulait être tenu au courant du déroulement des enquêtes dans les moindres détails.

— Il m'a laissé cinq messages vocaux sur mon téléphone. Ces agressions l'ont pas mal chamboulé, on dirait.

— Non, je crois que c'est autre chose, dit Sara. Il est vraiment perdu sans son père. Tu sais à quel point c'est difficile pour Brock de se faire des amis. Sa famille, c'est tout pour lui.

Jeffrey se sentit coupable d'avoir mis les appels du coroner de côté – et c'était exactement ce que Sara voulait.

— Il a toujours sa mère, répliqua-t-il.

— Peut-être plus pour très longtemps. Myrna a failli mourir, l'année dernière. Elle a fait une vilaine crise d'asthme, toute seule chez elle. C'est Brock qui l'a trouvée. La situation est restée critique pendant quelques semaines. Je l'avais déjà vu pleurer avant, mais jamais comme ça. Il sanglotait.

Jeffrey secoua la tête.

— Je ne m'en souviens pas, dit-il.

— Je me souviens de la date parce que l'agression de Tommi Humphrey a eu lieu pendant que Myrna était à l'hôpital.

Sara enleva le bandana de sa tête et secoua ses cheveux.

— Brock m'a demandé de rester auprès d'elle, expliqua-t-elle encore. Son père était soûl. C'était Brock qui faisait marcher l'entreprise. Je suis restée avec elle quelques heures pour qu'il puisse faire une pause. Quand il est revenu, il était dans un état complètement survolté. Il ne tenait plus en place, sans doute à cause du manque de sommeil et de tout le souci qu'il se faisait. Je me suis inquiétée pour lui tout le reste de la nuit. Le matin, j'ai été au travail, et c'est là que Sibyl m'a appelée pour Tommi.

Jeffrey avait reçu le message cinq sur cinq.

— OK, je vais rappeler Brock, dit-il.

— Merci.

Sara ramassa le seau en plastique.

— Tu veux emporter ça chez toi ? lui demanda-t-elle.

— On m'a dit que ceux en métal étaient mieux…

Lorsqu'elle emporta le seau jusqu'à l'évier, Sara souriait.

Jeffrey parcourut la morgue du regard, pendant que Sara rinçait le seau des derniers résidus de savon. Cela faisait au moins un an qu'il n'était pas venu ici, dans ce sous-sol. Rien n'y avait changé mais, d'un autre côté, cette morgue était restée figée dans le temps depuis presque un siècle. L'hôpital avait été construit dans les années 1930, pendant une période de prospérité, et le sous-sol n'avait jamais fait l'objet de la moindre rénovation. Les carreaux bleu ciel aux murs étaient si vieux qu'ils revenaient à la mode. Les petits carrés verts et brun clair qui se dessinaient au sol étaient également d'origine, de même que la table d'autopsie en porcelaine, avec ses bords recourbés et le trou d'évacuation en son milieu. Au pied de celle-ci, il y avait un petit lavabo et un robinet. Une balance comme on en verrait chez l'épicier était accrochée au plafond.

— Jeff ? fit Sara qui avait coupé l'eau et se tenait à présent appuyée à l'évier. Pourquoi tu es venu ?

— Tes beaux yeux bleus me manquaient.

Il la regarda lever au ciel les yeux en question. C'était une de leurs vieilles blagues de couple : Sara avait les yeux verts.

— Je voulais te dire que je suis content que tu remplaces Brock, dans cette affaire, reprit Jeffrey. Le comté a besoin d'un vrai médecin légiste. Les temps changent. Même les communes rurales sont touchées par la hausse des crimes violents, de nos jours.

— Tu t'entraînes pour un colloque ? Tu veux que je te serve de cobaye ?

— Désolé. J'ai du mal à tenir debout sans ma béquille affective.

Elle regarda son visage pour la première fois depuis qu'il était entré dans la pièce.

— Comment vont tes poumons ? demanda-t-elle. Le médecin te fait faire des exercices respiratoires ?

— Trois fois par jour, répondit Jeffrey, notant dans un coin de sa tête qu'il fallait commencer à les faire. Mais c'est surtout mon nez qui me fait mal.

— Il a l'air cassé.

— Tu devrais voir la tête que j'ai faite à la fille qui m'a agressé.

Cette fois, Sara ne sourit pas. Elle ôta ses lunettes et se mit à les essuyer avec le bas de son T-shirt. Elle ne leva pas les yeux vers Jeffrey avant d'avoir terminé.

— C'est vraiment pour ça que tu m'as trompée ? Parce que je passais trop de temps avec ma famille ?

Le chef de la police tâcha de se souvenir.

— C'est ce que tu m'as dit dans mon bureau la semaine dernière, lui rappela Sara. C'est l'une des nombreuses choses que tu m'as dites. Que j'aurais dû passer plus de temps avec toi et moins avec ma famille.

Il sortit une pastille contre la toux de sa poche et en défit l'emballage avec soin.

— Tu as oublié dans quel ordre les choses se sont passées, poursuivit Sara. Je n'ai pas débarqué en ville le lendemain matin pour demander le divorce sans t'avoir parlé. Je t'ai appelé au motel le soir même où c'est arrivé. J'étais prête à t'écouter.

Jeffrey se rappela sa première nuit alcoolisée au Kudzu Arms. Il avait une femme sous la douche et celle qui allait bientôt devenir son ex-femme au téléphone. Elle était hors d'elle.

— Je t'avais proposé de suivre une thérapie de couple avec moi, ajouta Sara.

Il mit la pastille dans sa bouche.

— Je ne voulais pas payer pour entendre une autre femme me dire que j'étais un connard, répondit-il.

Sara rentra le menton. Tous deux savaient très bien que ce n'était pas lui mais elle qui aurait fait les chèques à la thérapeute.

— Tu aurais pu me le dire, reprit-elle. À propos de ma famille. Que ça te dérangeait.

— On ne parlait pas beaucoup, à cette époque, répondit Jeffrey, qui voyait une ouverture. Avant de nous marier, on parlait tout le temps. Tu te souviens ?

Elle l'observa un instant, une expression insondable sur le visage.

— J'adorais ça, te parler, Sara. J'adore la façon dont ton cerveau fonctionne. Je suis incapable de voir les choses comme tu les vois.

Elle rentra le menton à nouveau.

— J'avais l'impression que ta vie devenait un secret auquel seule ta famille avait accès, ajouta Jeffrey.

— C'est ma famille.

— Elle t'entoure comme les murs de Jéricho, je sais, et ça ne me pose aucun problème, dit-il sans mentir. Je le savais déjà quand je t'ai épousée. Mais tu me demandes ce qui s'est passé. Tu as cessé de me parler : c'est une des raisons principales.

Cette confession sincère lui valut un petit rire.

— C'est bien la première fois qu'on m'accuse de ne pas parler assez, répliqua Sara.

— Parler des choses importantes, je veux dire. Comment tu te sentais. Ce qui te tracassait. Les problèmes que tu rencontrais au travail. J'étais ton confident, autrefois. Tu pouvais tout me dire.

Il avait décidé de jouer cartes sur table.

— Je pensais me marier avec la femme que j'aimais, ajouta-t-il. Je me suis retrouvé avec une épouse silencieuse.

Il vit le corps de Sara se tendre – une réaction que Jeffrey connaissait bien pour l'avoir observée à chaque fois qu'elle se sentait blessée.

— Voilà, dit-il en s'efforçant de parler d'une voix la plus douce possible. Voilà ce que tu fais quand j'essaie de te parler.

— Que veux-tu que je te dise ?

Sa voix n'était plus qu'un murmure – autre signe qu'elle était blessée.

— Que *voulais*-tu que je te dise ? se corrigea-t-elle.

Il secoua la tête. Il n'y arriverait jamais dans ces conditions.

— Dis-moi ce que j'ai mal fait, lui intima-t-elle. Dis-le-moi, car je vais finir par rencontrer quelqu'un d'autre, et je ne veux pas répéter la même erreur.

L'idée que Sara puisse rencontrer quelqu'un d'autre lui donnait envie de démolir tout l'immeuble.

— Je te l'ai déjà dit, répondit-il. Je voulais bien que tu consacres du temps à ta famille. Mais je voulais que tu m'en consacres à moi aussi, de temps en temps.

— Est-ce que ça aurait changé quoi que ce soit ? demanda Sara. Tu aurais trouvé une autre raison. Tu as trompé toutes les femmes avec qui tu as été en couple. Tu as besoin d'être dans un état de limérence permanente pour te sentir heureux.

— De limérence, répéta Jeffrey, tâchant de calmer le jeu. Est-ce que c'est comme quand tu m'as dit que tu aurais aimé que je sois sémelpare, et je me suis senti humilié parce que j'ai dû aller vérifier le mot dans le dictionnaire ?

Elle sourit à contrecœur.

— C'est un état passionnel qui ne dure pas, expliqua-t-elle. C'est comme ça qu'on se sent quand on tombe amoureux de quelqu'un. On est obsédé par cette personne. On est euphorique. On ne peut penser à rien d'autre.

— Ça a l'air super.

— Ça l'est, mais ensuite il faut aussi sortir la poubelle, payer les factures, faire semblant d'aimer ses beaux-parents, et ça s'appelle un couple. La limérence, c'est ce qui t'y amène, mais après il faut qu'il y ait autre chose pour avoir envie de rester.

— Tu n'es pas en train de m'accuser de ne pas t'aimer, c'est impossible, rétorqua le policier.

— Jeffrey…

— Que puis-je faire pour te reconquérir ?

Sara éclata d'un rire sincère.

— Je ne suis pas un trophée, répondit-elle.

Par ailleurs, elle ne savait absolument pas quoi lui répondre.

— Je t'aime encore, déclara-t-il.

Le bon sens le retint d'en dire davantage.

Le corps de Sara se tendit à nouveau. Jeffrey repensait à sa peau si douce. Les courbes et les vallées de son corps. Ils n'avaient couché ensemble qu'une seule fois depuis le divorce. Elle était venue toquer à sa porte au beau milieu de la nuit. Elle ne lui avait pas laissé le temps de lui demander ce qu'elle faisait là. Elle s'était immédiatement mise à l'embrasser, et puis ils étaient allés au lit. Tous deux avaient les larmes aux yeux. À l'époque, Jeffrey ne s'était pas rendu compte que Sara portait le deuil de ce qu'elle avait perdu, tandis que lui s'imaginait avoir récupéré quelque chose de précieux.

— Sara, je t'aime encore, tu sais.

Plus il prononçait ces mots, plus il savait qu'il disait la vérité.

— Je n'abandonnerai pas, déclara-t-il. Je vais pousser ce rocher jusqu'en haut de la colline.

— Est-ce que ça a marché pour Sisyphe ? demanda la médecin en secouant la tête.

— Je sais pas. Mais il est mort depuis deux mille ans et on parle encore de lui.

Elle sourit, encore à contrecœur, certes, mais elle sourit.

— Sois honnête avec moi, dit-elle. Ça ne guérira rien du tout, mais ça m'aidera à cicatriser.

Il savait ce qu'elle voulait, mais demanda quand même :

— Honnête à propos de quoi ?

— À propos des autres femmes, répondit-elle. Si tu veux bien faire les choses, sois honnête. Je sais qu'il n'y a pas eu que Jolene.

Elle ne savait rien du tout.

— Je te l'ai dit, Sara. Il n'y a eu que Jolene, une poignée de fois. Et ça ne voulait rien dire du tout.

Elle hocha la tête, comme s'il venait de mettre un point final à la conversation.

— Je m'en vais, déclara-t-elle.

— Sara...

— Mes parents m'attendent pour déjeuner.

Jeffrey la regarda récupérer son sac à main, ses clés de voiture.

— Ce n'est pas fini, Sara. Je refuse de te perdre.

Elle avança vers lui. Elle posa les mains sur ses épaules et se mit sur la pointe des pieds, de façon à pouvoir le regarder dans les yeux. Ils demeurèrent ainsi un moment, l'un contre l'autre. Elle se mordilla la lèvre inférieure, ce qui attira l'attention de Jeffrey sur sa bouche exquise.

Il commença à approcher son visage du sien.

Elle lui mit une petite tape sur l'épaule.

— Tu éteindras la lumière en sortant, dit-elle.

Jeffrey la regarda s'éloigner jusqu'à ce que la porte se referme sur elle. Sa silhouette disparut derrière le verre dépoli de la vitre. De ce côté-ci de la porte, le nom TOLLIVER apparaissait à l'envers, sous le ruban adhésif.

Jeffrey inspira aussi profondément que le lui permettaient ses poumons abîmés par la fumée. Il parcourut du regard l'ancienne morgue. Le bureau de Sara était au fond. Il s'aperçut qu'elle avait apporté des cartons pour y ranger ses nouveaux dossiers. Il y avait aussi un gros paquet de stylos et une pile de bloc-notes encore sous plastique. Le vieux compresseur de la chambre froide se mit à chuinter.

En plus d'acheter une voiture de sport ridiculement chère, Sara avait pris deux décisions capitales, le lendemain du jour où elle avait jeté Jeffrey dehors. Elle était allée déposer ses papiers de demande de divorce au tribunal, et elle avait envoyé une lettre au maire pour démissionner de sa fonction de coroner du comté. Un an s'était écoulé, et l'une de ces deux décisions seulement avait pris effet.

Jeffrey avait encore ses chances.

Il sortit son BlackBerry et fit défiler le menu jusqu'à accéder à ses notes personnelles.

C'était le seul pan de sa vie où Jeffrey n'était pas de la vieille école. Il possédait encore un carnet d'adresses Rolodex. Dans son travail, il consignait par écrit toutes ses notes et ses pense-bêtes. Il utilisait un calendrier en papier. Ses carnets à spirales étaient rangés dans des boîtes qu'il conservait chez lui, au grenier, et qui finiraient certainement dans le grenier de la maison dans laquelle il vivrait lorsqu'il serait à la retraite.

Et Sara vivrait dans cette maison avec lui, même s'il devait y laisser la vie.

Jeffrey regarda une dernière fois la liste secrète de noms et de numéros de téléphone qui s'affichait sur son écran.

Heidi. Lillie. Kathy. Kaitlin. Emmie. Jolene.

Il les effaça tous un par un.

28

Atlanta

Sara avait retiré sa chemise. Elle se tenait debout les bras en croix pendant que Faith collait un petit micro sur sa poitrine nue. Elles étaient dans le fourgon que le GBI utilisait pour enquêter sur les scènes de crime. Sur les écrans fixés dans le véhicule, on voyait les portes arrière closes, filmées depuis l'intérieur. La caméra était dissimulée dans le sac à main de la médecin. Le petit trou qui avait été pratiqué dans le cuir n'était pas plus gros que la circonférence de son auriculaire.

Faith déchira un autre morceau de scotch.

Sara leva les yeux. Elle devait garder les yeux secs, mais lorsqu'elle pensait à ce qu'elle n'avait pas vu, à ce qui lui crevait pourtant les yeux huit ans auparavant, elle avait l'impression d'être emportée par une avalanche.

C'était le latex entre les dents de Shay Van Dorne qui avait provoqué la première secousse. Sara était en train de se remémorer l'ordre des événements – pas de présence de latex dans la bouche de Shay avant qu'elle soit embaumée, il n'y était apparu qu'après –, quand Tommi Humphrey l'avait appelée.

La seconde secousse avait été causée par une phrase familière.

D'après Tommi, son agresseur avait déclaré qu'il avait été forcé de l'enlever car elle était trop coincée pour lui adresser la parole.

Trop coincée.

Sara se souvenait de Brock et du regard plein d'envie qu'il lançait aux pom-pom girls, à la cafétéria, quand elles allaient s'installer à la table des élèves populaires.

« Elles ne me regardent même pas, lui avait chuchoté Brock. Elles sont trop coincées pour m'adresser la parole. »

La troisième secousse venait des sanglots.

Sara ne connaissait pas Daryl Nesbitt personnellement, mais elle n'arrivait pas à l'imaginer en train de pleurer au-dessus d'une de ses victimes. Le seul homme qu'elle avait vu souvent fondre en larmes était celui à côté de qui elle avait pris le car de ramassage scolaire pendant dix ans.

La quatrième et dernière secousse lui avait fait tomber le ciel sur la tête.

La mère de Brock avait été hospitalisée lors de la dernière semaine d'octobre. Sara ne se souvenait pas bien de tous les détails, mais elle se rappelait le changement de comportement de Brock quand il était venu la relayer au chevet de sa mère au milieu de la nuit. Son obséquiosité habituelle avait totalement disparu. Il était très agité, presque fébrile. Sara avait mis cela sur le compte de l'angoisse et de l'inquiétude mais, avec le recul, elle se rendait bien compte de ce qui avait provoqué cet étrange comportement.

Le triomphe.

— J'ai presque terminé.

Debout près de Sara, Faith lui fixait l'émetteur-récepteur de son micro à l'arrière de son pantalon.

Dan Brock avait passé deux ans à préparer son diplôme technique de thanatopraxie. Les cours étaient intensifs et exigeaient des connaissances aiguës en matière de thanatologie, de chimie, et d'anatomie humaine. En tant que coroner du comté, il avait assisté à quarante heures de formation obligatoire au Centre de formation aux métiers de la sécurité publique de Géorgie, qui était à Forsyth. Il y avait reçu des cours portant sur les méthodes de la police scientifique et les enquêtes menées sur les scènes de crime. Chaque année, il devait effectuer vingt-quatre heures de formation continue qui lui permettaient de rester toujours au fait des avancées technologiques en matière d'autopsie.

Il saurait comment s'y prendre pour paralyser une personne. Il saurait aussi effacer ses traces.

Sous les éboulis de l'avalanche, Sara avait trouvé le dernier indice, qui était aussi le plus accablant.

Elle avait envoyé la photo de Brock à Tommi Humphrey, avec la question :

Est-ce que c'est lui ?

Quatre interminables minutes plus tard, Tommi avait répondu :

Oui.

— OK, tu peux te rhabiller, dit Faith.

La médecin reboutonna sa chemise. Elle avait les doigts gourds. Elle repensa à l'équation que la policière avait faite pendant la réunion de la veille.

A + B = C.

L'homme qui avait agressé et mutilé Tommi Humphrey était aussi celui qui avait agressé Rebecca Caterino et Leslie Truong.

C'était lui qui avait assassiné les femmes listées dans le tableur de Miranda Newberry.

C'était lui qui avait enlevé, drogué et violé Callie Zanger.

C'était cet homme que Sara appelait son ami.

Ses yeux étaient remplis de larmes. Elle était en colère. Elle était terrifiée. Elle était dévastée.

Pendant plus de trente ans, Sara avait ressenti une réelle sympathie, une affection non feinte pour Dan Brock. Comment le petit garçon qui était son voisin de classe à la maternelle, l'adolescent maladroit qui maniait si bien l'autodérision, comment ce même individu pouvait-il être le monstre qui avait torturé, violé et tué tant de femmes ?

— Vas-y, reprit Faith, qui tenait l'un des écouteurs de son casque près de son oreille.

Sara tâcha de parler le plus normalement possible :

— Un, deux, trois. Un, deux, trois.

— Bien, fit l'agente spéciale, reposant le casque sur la table. Tu es sûre que tu veux faire ça ?

— Non, reconnut Sara. Mais on n'a ni corps ni scènes de crime. On n'a que des suppositions et un tableur. Les familles méritent d'avoir des réponses, et c'est la seule façon de les leur apporter.

— On pourrait aussi tenter notre chance, suggéra son amie. On pourrait l'arrêter et lui foutre les jetons. Si ça se trouve, il avouera.

La médecin savait que cela ne marcherait pas.

— Non, si cette affaire devient publique, il niera en bloc, j'en suis sûre. Et alors, personne ne connaîtra la vérité. Les Van Dorne, Callie Zanger, Gerald Caterino – toutes les victimes qu'il a laissées derrière lui. Brock n'avouera jamais rien, et surtout pas tant que sa mère est en vie.

L'air sombre, Faith ouvrit la porte.

Will faisait le guet à l'extérieur. Il portait un gilet pare-balles et un fusil en bandoulière. Harnaché ainsi, il semblait extrêmement menaçant.

Il regarda Sara sans un mot, mais son silence en disait long.

Sara avait enfilé son cardigan bleu, celui avec les poches profondes.

Amanda grimpa à bord du fourgon, et lui glissa au passage :

— Le mot de passe, c'est « salade ».

La médecin tourna son regard vers Will. Il secoua la tête. Il ne voulait pas qu'elle fasse ça.

— Dès l'instant où vous voulez arrêter, dites juste le mot de passe et on arrive en vitesse. D'accord ?

Elle se racla la gorge.

— Oui, répondit-elle à Amanda.

Faith regardait les écrans, dans le fourgon. L'équipe se trouvait à huit cents mètres des locaux de chez AllCare, où travaillait Brock. La caméra fixée au tableau de bord de Nick leur montrait la façade avant de l'entrepôt. Il n'y avait aucune caméra à l'intérieur, pour des questions de respect de la vie privée.

— Ce serait fantastique d'obtenir des aveux complets, reconnut la directrice adjointe du GBI, mais n'importe quel détail que vous arriverez à lui soutirer au sujet de Caterino ou de Truong suffira à convaincre un juge de lui mettre une aiguille dans le bras.

Elle voulait bien sûr parler de la peine capitale.

— J'ai placé des hommes devant le quai de chargement et à l'arrière, mais nous ne pouvons pas entrer, poursuivit Amanda. Nous ne savons pas si les stores du bureau de Brock sont encore tirés. Dès que vous serez dans l'entrepôt, Will et Faith se posteront dans le couloir. C'est la position la plus proche qu'ils puissent occuper sans risquer de se faire remarquer. Tout ce que votre caméra et votre micro capteront sera automatiquement retransmis sur leurs téléphones. Si vous dites le mot de passe, prévoyez huit à dix secondes pour qu'ils ouvrent la porte du bureau.

Sara opina du chef. Son corps était tout engourdi.

— Tiens, intervint Faith en lui tendant un revolver chargé, canon vers le bas. Si tu as besoin d'utiliser ça, appuie sur la gâchette jusqu'à ce que le barillet soit vide, OK ? Il y a six coups. N'hésite pas. Ne tire pas seulement pour blesser. Tire pour neutraliser le danger.

Sara soupesa le revolver. Elle jeta un coup d'œil à Will et glissa l'arme dans l'une des grandes poches de son gilet de laine.

— Nick ? disait Amanda dans l'émetteur radio. Au rapport ?

— La cible est toujours à l'intérieur, grésilla la voix de l'agent. L'équipe de midi a quitté le bâtiment. On les a interceptés dans la rue. J'ai chopé le directeur et on a causé un peu. Ils ne reçoivent pas de livraison avant 13 heures. On a bloqué la rue des deux côtés. Il reste neuf voitures sur le parking. Dont celle de Brock. Les autres appartiennent aux employés. D'après le directeur, ils sont sans doute dans la salle de repos.

— Faith, commença Amanda, la première chose à faire, c'est d'évacuer ces civils sans alerter Brock.

— La salle de repos a une fenêtre qui donne sur l'entrepôt, dit la policière qui avait trouvé les plans du bâtiment sur le site web du comté. Il va falloir être prudents.

— Chaque seconde de cette opération exige de la prudence, répondit sa supérieure, avant de s'adresser à Sara. À vous de jouer, docteur Linton. On peut le faire tomber dès maintenant. Tommi peut l'identifier. Son témoignage serait incontestable, on pourrait même se passer d'aveux.

Shay Van Dorne. Alexandra McAllister. Rebecca Caterino. Leslie Truong. Callie Zanger. Pia Danske. Theresa Singer. Alice Scott. Joan Feeney...

Sara passa la bretelle de son sac à main sur son épaule.

— Je suis prête.

Will l'aida à descendre du fourgon. Elle garda sa main dans la sienne et lui déposa un baiser sur la bouche.

— On mange McDo ce soir, lui dit-elle.

Mais il ne la laissa pas détendre l'atmosphère.

— S'il te touche, je le tue, promit-il.

Sara serra les doigts de Will avant de partir. Plus elle s'éloignait de lui, plus elle se sentait engourdie. Une sorte d'anesthésie s'étendait de ses membres à sa poitrine, si bien que, lorsqu'elle atteignit sa voiture, elle avait l'impression d'avancer comme un robot. Elle boucla sa ceinture de sécurité, mit le contact, enclencha le levier de vitesse, démarra.

Will et Faith la suivaient dans une Sedan noire. Sara apercevait la mâchoire serrée, comme résignée, de Will dans le rétroviseur. Les huit cents mètres de route qui menaient à l'entrepôt lui semblaient interminables. Sara pensait à tout et rien en même temps.

Avait-elle raison de faire cela ? En était-elle capable ? Et si Brock ne disait rien ? S'il se mettait en colère ? Elle leur avait assuré que l'ancien coroner de Grant County ne lui ferait jamais de mal, que s'il l'avait voulu il aurait pu le faire depuis longtemps, mais que se passerait-il si le Brock que Sara connaissait se transformait en celui qui aime faire souffrir les femmes ? Elle avait vu des preuves flagrantes de sa folie. Cela ne lui suffisait pas de violer les femmes. Il voulait aussi les détruire. Sara était sur le point de le mettre au pied du mur. Allait-il essayer de la détruire, elle aussi ?

Elle mit son clignotant et prit le virage.

L'entrepôt AllCare ressemblait exactement à ce qu'elle avait vu la veille – à quelques exceptions près. Une équipe du SWAT était déjà postée sur le toit du bâtiment. Un coup d'œil de l'autre côté de la rue lui permit de s'assurer qu'un sniper couvrait également l'entrée principale. Sara savait qu'il y en aurait un autre à l'arrière. Deux autres hommes vêtus de noir attendaient de part et d'autre de l'escalier en béton qui menait à l'entrée.

Si tout se passait comme prévu, Brock serait en train de patienter dans son bureau en désordre. Sara l'avait appelé pour le prévenir qu'elle passerait lui rendre la clé de son box. Brock avait eu l'air ravi à l'idée de la revoir. Il serait en train de déjeuner à son bureau. Il lui avait même proposé de partager avec elle un gâteau qu'il avait apporté de chez lui – « La recette de maman. »

Sara trouva une place tout près de la porte d'entrée. Elle aurait dû prendre un moment pour respirer, pour ralentir les battements de son cœur, mais cela aurait été inutile. Rien n'aurait pu la calmer.

Lorsqu'elle sortit de la voiture, elle ajusta le sac à main sur son épaule droite. Elle plongea la main gauche dans la poche de son cardigan. Elle serra la crosse du revolver de façon qu'il ne rebondisse pas contre sa hanche alors qu'elle se dirigeait vers l'entrée.

Deux hommes armés de fusils étaient postés de chaque côté de l'escalier, le dos au mur. Ils suivirent la médecin du regard tandis qu'elle grimpait les marches.

Sara entendit un moteur de voiture se couper dans son dos. Des portières s'ouvrirent et claquèrent. Elle ne se retourna pas pour regarder Will à nouveau, mais elle savait ce qu'il faisait tout en la suivant à distance. Son amoureux était un grand maniaque des listes. Il était certainement en train de faire mentalement l'inventaire de toutes les façons dont cette situation pouvait évoluer :

1. Brock avoue et se rend.
2. Brock avoue et ne se rend pas.
3. Brock prend Sara en otage.
4. Will tue Brock.

Sara ajouta sa propre hypothèse :

5. Brock explique pourquoi tout cela n'est qu'un affreux malentendu

Dans l'entrée vide, Sara ajusta son sac de sorte que la caméra soit braquée devant elle. La réceptionniste avait posé un écriteau EN PAUSE DÉJEUNER sur le comptoir. Un petit cadran d'horloge en plastique indiquait 13 heures – soit l'heure à laquelle elle serait de retour.

Sara prit une brève inspiration. Elle attrapa la sangle de son sac et raffermit sa prise sur la crosse du revolver.

Elle se sentit prise d'étourdissement en avançant dans le couloir. Elle entendit Will et Faith arriver dans l'entrée. Elle avait une envie désespérée de se retourner, mais elle n'était pas sûre qu'elle pourrait continuer à avancer si elle voyait l'agent spécial.

Huit à dix secondes.

Le temps que cela prendrait pour ouvrir la porte du bureau de Brock, selon Amanda.

Will le ferait certainement en moins de trois secondes, pensa Sara

La porte de l'entrepôt était à cinq pas. La médecin sentit la sueur couler le long de sa poitrine, contourner le mouchard et s'accumuler dans son soutien-gorge. Elle jeta un œil aux photos accrochées au mur.

David Harper, employé du mois.

Hal Watson, directeur de l'établissement.

Dan Brock, directeur des services d'embaumement.

Une carte de l'État était scotchée à côté de la photo de Brock. Les zones bleutées indiquaient les territoires couverts par AllCare. Il s'agissait d'une version plus récente que celle qui était affichée dans le bureau de son ami. White County y était entièrement bleu.

« Mon territoire. »

Sara entendit le murmure de gens qui échangeaient des mots à voix basse. Elle se retourna. Faith était en train d'évacuer les employés de la salle de repos. Will avait la main sur son fusil, et son index était posé sur le pontet.

Leurs regards se croisèrent une dernière fois.

Sara prit une grande inspiration.

Elle ouvrit la porte et entra dans l'entrepôt.

Ses sens étaient comme saturés. L'odeur du formaldéhyde. Les lumières brutales qui tombaient directement du plafond et aiguisaient tous les détails de la salle. Les trente tables en inox, qui étaient toutes vides à l'exception d'une seule. Une embaumeuse était en train d'y laver les cheveux d'une défunte. Sa main allait et venait à mesure qu'elle les démêlait.

Sara s'assura que les stores vénitiens de la fenêtre du bureau de Brock étaient bien fermés. Elle s'éclaircit la voix et s'adressa à la femme :

— Hal me fait vous demander si vous pouvez aller le voir un instant dans son bureau.

— Hal ? s'étonna la femme. Il faut juste que je…

— Allez-y, lui intima Sara, tout en jetant un autre coup d'œil vers les stores fermés.

Le regard de la femme alla se poser sur la fenêtre de la salle de repos, puis retourna vers Sara. Elle posa le peigne. Retira ses gants. Dénoua son tablier en s'éloignant d'un pas rapide.

Sara sentit son rythme cardiaque accélérer de plus belle alors qu'elle approchait du bureau de Brock. Ses mains s'étaient mises à trembler. Ses années de pratique en tant que médecin, chirurgien et médecin légiste lui avaient appris à contrôler ses émotions. Mais à présent, debout devant la porte close du bureau de Brock, elle n'arrivait plus à enclencher l'interrupteur.

C'était l'un de ses plus vieux amis.

C'était un violeur.

C'était un assassin.

Sara toqua à la porte.

— Sara ? C'est toi ?

La porte s'ouvrit en grand.

Brock lui adressa son sourire habituel. Il voulut la prendre dans ses bras, mais elle recula.

— D-désolée, fit-elle.

Son bredouillage la fit paniquer. Mais, cette partie-là, elle l'avait prévue. Elle savait qu'il voudrait la prendre dans ses bras, parce que c'était ce qu'ils faisaient toujours.

— Je couve quelque chose, se justifia-t-elle. Je ne veux pas que tu l'attrapes.

— Tu rigoles ! J'ai une santé de fer à force de travailler ici.

Il lui fit signe d'entrer.

— Je suis désolé qu'on n'ait pas pu déjeuner dehors. Je devais préparer une réunion.

Sara gardait la main gauche dans sa poche. La crosse du revolver était glissante de sueur. Elle força ses jambes à bouger. Elle regarda autour d'elle, s'attendant à trouver le bureau dans le même état que la veille.

Mais ce n'était absolument pas le cas.

Brock avait tout rangé. Il avait dû y passer toute la nuit. Les dossiers qui débordaient avaient disparu. Les formulaires et bons de commande étaient nettement empilés dans des bannettes étiquetées. Son bureau était propre et entièrement vide, exception faite de deux gros classeurs, d'au moins sept centimètres d'épaisseur chacun. Sur leurs couvertures en vinyle vert sombre, le logo AllCare était imprimé en relief et en doré. Sara s'efforça de ne pas paraître trop nerveuse tandis qu'elle lançait un regard furtif en direction des lames de bois baissées du store vénitien qui aveuglait la fenêtre.

Elle ne voyait rien du dehors. Et personne au dehors ne pouvait la voir.

— Désolé qu'il fasse tellement chaud ici, dit Brock qui avait défait les boutons de ses manches et retroussait à présent celles-ci. Tu veux un verre d'eau, ou autre chose à boire ?

— Non merci, répondit Sara, luttant pour contrôler le tremblement dans sa voix. Tu as fait du rangement.

— J'ai eu si honte, hier, après ton départ. Généralement, je ne laisse pas le désordre s'installer à ce point.

Puis il fit un geste en direction de la table basse.

— Mais assieds-toi, l'invita-t-il. Tu peux rester un peu ?

Sara posa son sac sur la table, s'assurant que la caméra soit bien braquée sur l'autre siège. Elle se cala au fond de son fauteuil, pour laisser le plus d'espace possible entre eux.

— Peut-être que je ne devrais pas risquer d'attraper ta crève, en effet, dit Brock.

Et au lieu de s'installer dans le siège face à elle, il alla s'asseoir derrière son bureau.

Les gros classeurs étaient devant lui. Sara voyait bien ses mains posées sur le bureau, mais la caméra ne le pouvait pas.

Le trou dans son sac était trop bas.

Will allait s'inquiéter. Il voulait pouvoir surveiller les mains de leur suspect à chaque instant. Elle pria pour qu'il ne défonce pas immédiatement la porte.

— Tu as eu le numéro que tu cherchais, finalement ? lui demanda Brock.

Elle sentit ses sourcils se lever malgré elle.

— Le numéro de Delilah, ajouta-t-il. J'ai demandé à maman, mais tu sais à quel point elle peut être distraite, la pauvre chérie.

Elle sentit sa lèvre inférieure se mettre à trembler. Tout cela était trop normal. Elle ne pouvait pas laisser les choses rester aussi normales.

— Sara ?

— Oui, répondit-elle.

Puis, au prix d'un effort surhumain, elle parvint à articuler :

— Je l'ai retrouvé.

— Tant mieux, se réjouit-il. Et comment Lucas et les autres t'ont-ils traitée ce matin, à Villa Rica ?

Sara sentit la surprise s'afficher sur son visage. Lucas l'avait assistée pour procéder à l'exhumation de Shay Van Dorne.

— Il fait faire ses embaumements par AllCare, ajouta Brock.

La lèvre de Sara ne s'arrêtait pas de trembler. La comédie avait assez duré.

— Il y avait du latex, dit-elle.

Il attendait.

— Entre ses d-dents, bredouilla-t-elle de nouveau. J'ai trouvé du latex coincé entre les dents de Shay.

Le visage de son ami demeurait impassible.

— Ça venait d'un préservatif, ajouta-t-elle. Post-mortem.

Brock ne broncha pas. Imperturbable, il ajusta les classeurs verts, s'assurant qu'ils soient bien parallèles au bord de la table.

— Tu veux entendre quelque chose de marrant, Sara ?

Elle sentit son estomac se décrocher. Elle y était allée trop vite, trop tôt.

— Brock..., tenta-t-elle.

— Après ton départ, hier, j'ai pensé à la première fois où je me suis rendu compte que tu étais mon amie. Je parie que tu ne t'en es même pas aperçue, le jour où c'est arrivé, je me trompe ?

Sara ne pouvait pas faire ça.

— Dan, s'il te plaît.

— Tu as toujours été si gentille avec moi. Tu étais la seule à faire preuve de gentillesse à mon égard.

Sa voix avait pris des accents mélancoliques.

— Je me souviens m'être dit, bon, cette Sara Linton est gentille avec tout le monde, et moi, je suis un Monsieur Tout-le-monde, en quelque sorte, et c'est pour ça que j'étais inclus. Mais, un jour, tu m'as défendu. Tu te souviens de ce que tu as fait ?

Elle dut se mordre la lèvre pour faire cesser les tremblements. Qu'était-il en train de faire ? Elle lui avait parlé du latex. Ezra Ingle lui avait probablement fait part des détails de l'examen d'Alexandra McAllister. Il avait lu le texto au sujet de Tommi Humphrey que Sara lui avait accidentellement envoyé.

— On était en sixième, ajouta Brock en levant les mains et en agitant les doigts. Le coach Childers.

Sara sentit un lointain souvenir remonter à la surface de sa mémoire. Childers était un fermier. Il se faisait un petit revenu complémentaire en travaillant à l'école.

— Il a eu un accident avec une moissonneuse-batteuse, se souvint-elle.

— C'est exact, confirma l'autre. Il s'est fait happer par les rouleaux de la récolteuse à maïs. Il a eu tous les doigts d'une main entièrement coupés, et l'autre bras arraché. Le pauvre type s'est vidé de son sang avant que qui que ce soit puisse venir l'aider.

Sara secoua la tête. À quoi cela servait-il ? Pourquoi lui racontait-il cette histoire ?

— Je me rappelle quand papa a emmené le coach Childers au sous-sol, poursuivit-il. Je n'avais pas le droit d'y aller tout seul, mais il fallait absolument que j'y jette un œil.

Brock émit un petit gloussement, comme s'il était en train de révéler une erreur de jeunesse.

— J'ai attendu que tout le monde dorme à poings fermés, continua-t-il, et puis je suis descendu au sous-sol et j'ai ouvert la fermeture Éclair du sac. Le coach Childers était allongé là, sur le dos. Son unique bras était posé sur sa poitrine et enveloppé dans un sac plastique. J'imagine qu'ils n'ont pas réussi à retrouver ses doigts.

Sara s'en souvenait, à présent. Le lendemain du jour où le coach Childers était mort, Brock avait été accueilli à bord du bus scolaire par un concert de cris moqueurs et de huées. Tous les enfants connaissaient les détails de l'accident. Ils savaient où le corps du coach Childers avait été emmené.

— La main du mort, se rappela Sara, comme au poker.

Le visage de Brock afficha un sourire sans joie.

— Voilà, fit-il. Voilà ce qu'ils n'arrêtaient pas de crier. La main du mort. La main du mort.

Il se mit à agiter les mains comme l'avaient fait les enfants ce jour-là. Et leurs railleries à son égard s'étaient prolongées pendant des semaines entières.

— Et tu te souviens de ce que tu as fait ? demanda-t-il.

Elle essaya de déglutir, mais elle n'avait plus de salive dans la bouche.

— Je leur ai crié après, répondit-il.

— Tu ne leur as pas seulement crié après, la corrigea-t-il. Tu t'es mise debout au milieu du bus et tu leur as hurlé : « Fermez vos gueules, bande d'enfoirés ! »

Brock éclata de rire, comme s'il n'en revenait toujours pas.

— On n'avait jamais entendu ces mots criés haut et fort. D'ailleurs, la plupart d'entre nous ne savaient même pas ce que ça voulait dire. Ma maman, elle m'a dit : « Oh ! cet Eddie Linton jure comme un charretier devant ses filles. » Mais tu te souviens de ce qui est arrivé ensuite ?

Cette conversation semblait tellement normale. Comment était-ce possible ?

— J'ai eu une retenue, répondit Sara.

— Alors que tu n'avais jamais été punie.

Son sourire s'effaçait.

— Tu as fait ça pour moi, Sara. C'est là que j'ai su que tu étais mon amie.

Sara serra les lèvres. Cette pièce était une étuve. La sueur lui ruisselait dans le dos. Elle ne savait pas quoi faire, ni quoi dire.

— S'il te plaît, le supplia-t-elle.

— Oh ! Sara, je sais que c'est difficile, dit Brock en joignant les mains sur son bureau. Je suis désolé.

Sa voix était si familière, si compatissante. Elle l'avait entendu employer le même ton réconfortant auprès d'une foultitude de gens endeuillés. C'était également de cette manière qu'il s'était adressé à elle, le jour où elle s'était rendue à son entreprise de pompes funèbres pour organiser les funérailles de Jeffrey.

— Le bras du coach, je l'ai emporté dans les bois, déclara subitement Brock.

Sara se concentrait sur l'angoisse qu'elle distinguait dans ses yeux. Il avait toujours été terrifié à l'idée d'être rejeté. Elle tenta d'activer l'interrupteur dans sa tête, afin de se débrancher de ses émotions.

— Je me sentais tellement seul, ajouta-t-il.

Il l'observait, cherchant à évaluer jusqu'où il pouvait aller.

— Je voulais juste être avec quelqu'un. C'est tout, Sara, ce n'est pas plus compliqué que ça. Je voulais être avec quelqu'un qui ne pouvait pas se moquer de moi ou me repousser.

Elle avait posé une main sur sa bouche. Son esprit refusait de comprendre ce qu'il était en train de dire.

— J'ai mis longtemps à me rendre compte que le sang était un lubrifiant, avoua-t-il.

Sara sentit la bile lui remonter dans la gorge. Elle la ravala et tâcha de se blinder. Elle ne pouvait pas lui montrer son dégoût. Elle devait faire en sorte qu'il continue de parler. Elle le devait aux familles. Elle le devait aux victimes dont ils ignoraient encore l'existence.

— Si on pratique une incision ici, indiqua Brock en se frottant la poitrine, et qu'on exerce une pression sur ce point, la bouche se remplit de sang.

Sara sentit sa gorge se comprimer. À l'entendre, on aurait cru à un geste presque doux, mais la mâchoire de Shay Van Dorne avait été disloquée, et le préservatif s'était déchiré contre ses dents. Tommi Humphrey avait été mutilée. Quant à Alexandra McAllister, elle avait été détruite avec une aiguille à tricoter.

Sara se força à chasser ces images de son esprit.

Elle s'obligea à soutenir le regard de Brock, où se lisait tout le manque d'affection dont il souffrait. Il attendait sa permission pour continuer.

Elle se contenta de hocher la tête, ne pouvant compter sur sa voix.

— La première fois, c'était avec Hannah Nesbitt, reprit-il.

Elle sentit de nouveau sa gorge se serrer.

— J'allais à l'université, à l'époque, et j'étais rentré à la maison. Daryl était un gamin, de dix ou onze ans peut-être, quand sa mère est morte. Tu peux le vérifier, n'est-ce pas ?

Il souhaitait apparemment une réponse. Sara savait que la mère de Daryl Nesbitt était morte d'une overdose quand il avait huit ans, mais elle lui répondit :

— Oui.

— La famille avait demandé un cercueil ouvert. J'étais dans le funérarium, en train de m'assurer que tout était bien à sa place, quand j'ai été saisi de cette envie irrépressible de l'embrasser une dernière fois.

Une dernière fois ?

— C'était très chaste, vraiment. J'ai juste posé mes lèvres sur les siennes.

Il retint sa respiration un bref instant.

— Quand je me suis retourné, j'ai vu Daryl. Il était là, il me regardait. Aucun de nous deux n'a rien dit, mais j'ai senti qu'il y avait entre nous comme une communication silencieuse. Nous étions deux êtres solitaires qui savaient que, au plus profond d'eux-mêmes, quelque chose n'allait pas.

Sara luttait pour garder le silence. Elle était allée dans ce funérarium, elle aussi. Elle essayait de se représenter cette scène épouvantable : Daryl était enfant lorsqu'il avait surpris un adulte en train de profaner le corps de sa mère. Il avait sans doute été trop effrayé, trop perturbé, pour comprendre quoi que ce soit.

— Je savais qu'il allait me dénoncer, continua l'interlocuteur de Sara qui ne la regardait plus, à présent, mais gardait les yeux baissés en direction de son bureau. Je m'attendais à ce qu'il parte en courant pour aller tout raconter, mais il ne l'a pas fait. Il a gardé le secret. Alors, moi, j'ai dû garder le sien.

Brock se mit à renifler. Il s'essuya le nez du revers de sa main.

— Papa faisait dix à douze services par an qui concernaient un Nesbitt, un Abbott, ou une autre pauvre raclure sortie de Dew-Lolly qui avait épousé un des leurs. Daryl traînait toujours autour des filles plus jeunes que lui. Même ses propres cousines. Il allait se frotter contre elles. Il jouait avec leurs cheveux. Parfois il les emmenait dans la salle de bains, et elles ressortaient en pleurant.

Brock avait les larmes aux yeux.

— Moi, ça me mettait très en colère, parce que je savais que je ne pouvais pas le dénoncer. Sinon Daryl m'aurait dénoncé aussi, et papa et maman auraient su, et ma vie se serait arrêtée là, expliqua-t-il en levant les yeux vers son amie d'enfance. Je n'aurais jamais pu faire ça à maman. Tu comprends ce que je dis, n'est-ce pas ? Elle ne doit jamais être au courant.

Sara opina, mais ce n'était pas parce qu'elle était d'accord. Elle avait réussi à activer son interrupteur émotionnel dès qu'elle l'avait entendu évoquer l'immonde complicité qu'il avait nouée avec un gamin.

Elle glissa de nouveau la main dans la poche de son gilet. Sa sueur avait rendu la crosse du revolver toute collante.

— Il y a beaucoup de gens qui font des choses affreuses dès qu'ils ont bu, reprit Brock. Et puis ils dessoûlent et ils disent : « Ce n'était pas moi, c'était l'alcool. »

Il baissa encore une fois les yeux vers son bureau.

— Mais, moi, je me suis toujours demandé : et si la personne qu'ils deviennent quand ils sont soûls, c'était la personne qu'ils sont vraiment ? Et si c'était la personne sobre qui jouait la comédie ?

Sara avait compris sa façon de procéder. Il digressait, puis évoquait un détail propre à retenir son attention. Elle n'avait pas à attendre très longtemps pour qu'il revienne à son principal sujet.

— Axle, le beau-père de Daryl, travaillait pour nous de temps en temps, lui apprit-il. Parfois, on recevait un cercueil en métal avec un coin abîmé, ou un éclat. L'assurance nous le remboursait, mais on pouvait quand même le vendre, si on trouvait quelqu'un pour le réparer. Quelqu'un qui savait travailler le métal.

— Le kit Dead Blow, comprit Sara.

— Un jour, Axle a laissé un marteau dans l'un de nos cercueils, poursuivit Broke, qui avait retrouvé son petit sourire triste. Je l'ai gardé, je ne sais pas pourquoi. J'aimais bien sentir son poids dans ma main. Et puis il était pointu, je me suis dit que ça pourrait servir.

Il avait de nouveau baissé les yeux. Il se mit à triturer le coin d'un des classeurs verts. Cela produisait un petit cliquetis.

— Tu as laissé le marteau à l'intérieur de Leslie, rappela Sara. Tu savais pourtant qu'on pourrait l'identifier grâce au numéro de fabrication sur le manche.

— J'avais prévu de dire quelque chose quand vous le sortiriez, un truc comme « oh, j'ai déjà vu cet objet auparavant ». Mais je ne savais pas qu'Axle était en prison. Jeffrey a dit quelque chose à Frank pendant qu'on se rendait tous ensemble sur la scène de crime – tu te souviens de cette journée dans les bois ?

Sara avait encore la vidéo en mémoire. Le sang qui coulait entre les jambes de Leslie. Le marteau fracassé dont l'extrémité dépassait comme autant d'échardes de verre.

— J'ai entendu Jeffrey poser une question à Frank au sujet de Daryl. Il avait déjà l'idée en tête. Je savais que Daryl avait accès aux outils d'Axle, parce qu'il arrivait qu'Axle vienne à la maison avec lui pour nous aider à réparer un cercueil.

Sara voulait que ses aveux soient le plus clairs possible sur l'enregistrement.

— Tu as donc laissé le marteau à l'intérieur de Leslie Truong pour piéger Axle Abbott ?

Brock répondit par un léger hochement de tête, ce qui ne suffisait pas.

— Le marteau était enfoncé tellement loin que j'ai dû inciser Leslie pour le retirer, fit-elle remarquer.

Il s'essuya la bouche avec ses doigts. Pour la première fois, il semblait exprimer du regret.

— Je me suis emporté, avoua-t-il. J'ai dû… J'ai été obligé de travailler vite. Elle était presque arrivée au campus quand je l'ai rattrapée. Je n'ai pas eu beaucoup de temps pour réfléchir.

Il n'avait pas réfléchi du tout. Il n'avait fait que suivre ses instincts les plus sombres, les plus détestables. Leslie Truong n'était pas un de ses fantasmes. Au contraire, elle avait été un obstacle à l'assouvissement de ses désirs morbides.

— As-tu pris un objet qui appartenait à Leslie ? demanda la médecin. Est-ce que tu la surveillais ?

— Je ne l'avais jamais vue avant ce jour-là.

Le fait qu'il s'en soit pris à l'étudiante par hasard ne rendait pas l'acte moins abominable.

— Sara, tu dois me comprendre. Je n'ai pas eu le temps de me préparer. Elle était en train de retourner au campus. Je savais qu'elle m'avait vu dans les bois. Si tu n'avais pas été là, il aurait fallu que je trouve un mensonge à raconter à Jeffrey, pour aller la retrouver.

Sara se souvint d'avoir retrouvé Brock sanglotant contre un arbre. À l'époque, elle avait mis ses larmes sur le compte de la récente disparition de son père. Maintenant elle se demandait si ce n'était pas parce qu'il était terrifié à l'idée de se faire prendre qu'il pleurait.

— J'ai dû profiter de l'occasion, poursuivit-il. J'avais très peu de temps pour faire ce que j'avais à faire. Et tu as raison, à propos du marteau. Je savais que les chiffres sur le manche aideraient Jeffrey à reconstituer le puzzle. C'est pour ça que je l'ai laissé là-bas. Mais je pensais que ce serait à Axle que ça attirerait des ennuis. Et puis, finalement, c'est tombé sur Daryl. Tout a parfaitement concordé, Sara. C'était comme si Dieu lui-même l'avait voulu.

Il avait eu du bol, c'est tout.

— Laisse Dieu en dehors de tout ça, lui intima-t-elle.

— J'ai empêché un pédophile de s'en prendre à d'autres enfants, persista Brock. Tu es au courant de l'existence de ce cabanon dans son jardin, Sara. Daryl avait l'intention d'y enfermer un petit. Il avait tout préparé. Et c'est *moi* qui l'en ai empêché. C'est grâce à moi que ce violeur d'enfants est en prison.

Elle se mordit la langue pour ne pas lui dire qu'ils étaient des violeurs tous les deux.

Brock sentit sa réaction de toute façon. Il cessa de la regarder dans les yeux. Il se remit à triturer le coin de son classeur.

Tic-tic-tic.

— Maman a fait cette crise d'asthme en octobre, peu avant la mort de papa, reprit-il. C'est ça que tu veux savoir, hein ?

— Oui, répondit Sara, prise d'un haut-le-cœur.

— J'avais besoin de réconfort, expliqua Brock – comme il l'avait dit à Tommi Humphrey, neuf ans auparavant. Je ne prévoyais pas de faire ce que j'ai fait, mais je l'observais depuis si longtemps, et l'envie que j'avais en moi est devenue tellement forte, et puis tout à coup, on s'est retrouvés dans les bois ensemble.

Sara savait qu'il mentait. Il s'était bien préparé avant d'enlever Tommi. Il avait apporté le Gatorade arrangé à sa façon. Il avait imbibé le gant de toilette de Javel. Il avait pris une aiguille à tricoter – celle qu'il avait pointée contre sa nuque. Il l'avait tellement abîmée qu'elle ne pouvait plus avoir d'enfant. Ce n'était pas du réconfort que cet affreux sadique recherchait. Il avait voulu se fabriquer une version macabre d'épouse silencieuse.

— Dis son nom, lui demanda Sara.

Ce n'était pas pour l'enregistrement qu'elle lui demandait cela. C'était pour elle-même, pour Tommi, pour toutes les femmes qu'il avait détruites.

— Dis son nom, répéta-t-elle.

Mais il refusait de le faire.

— Ça, c'était en octobre, reprit-il. Et puis en mars, papa est mort.

Mars. Rebecca Caterino. Leslie Truong.

— Est-ce que tu te souviens de Johanna Mettes ? lança-t-il. Je crois que tu t'occupais de ses enfants, à la clinique.

Il faisait une nouvelle digression. Sara le poussa à accélérer :

— Elle est morte dans un accident de voiture.

— Eh bien, j'étais avec elle quand papa est descendu au sous-sol, poursuivit Brock d'une voix maussade. J'étais dans sa bouche, et papa nous a surpris.

La main de Sara alla se poser sur sa gorge.

— Papa s'est effondré d'un coup. Il n'a même pas agrippé son bras gauche. J'ai cru qu'il était tombé dans l'escalier. Ce n'est pas la crise cardiaque qui l'a tué, c'est juste le fait de m'avoir vu.

L'embaumeur ouvrit un tiroir et sortit un paquet de mouchoirs. Il s'essuya les yeux.

— J'avais tellement honte, poursuivit-il. Mais je me suis aussi senti tellement libre, tout à coup. Je n'avais plus à me cacher, à tout faire en douce. Maman ne venait jamais au sous-sol. Je pouvais faire ce que je voulais, mais...

Il marqua un temps.

— J'ai vraiment raté mon coup, la première fois, reprit Brock. Rien ne s'est passé comme prévu. Je ne connaissais pas le bon dosage de Rohypnol à administrer. Elle n'arrêtait pas de se réveiller et de bouger. Je n'ai pas réussi à obtenir ce que je voulais. Tu comprends ce que je veux dire, Sara ? Je voulais qu'elle soit immobile. Qu'elle reste tranquille.

Sara avait vu ce qu'il avait fait.

— Tu as mutilé Tommi.

— Elle était tellement sèche et j'avais besoin de...

Il se mit à chuchoter :

— Je sais que je me suis laissé emporter. Le marteau n'arrêtait pas de déraper, et je ne me suis pas rendu compte à quel point l'aiguille à tricoter était pointue, et... et j'étais habitué à ce que le sang soit froid. Et elle, elle était tellement chaude. Comme une main enroulée autour de moi. J'en voulais encore. C'était tellement bon d'être avec une chose vivante, qui respirait.

Des larmes de colère montèrent aux yeux de Sara. Tommi n'était pas une *chose*.

— Elle faisait de son mieux pour rester immobile, mais elle n'arrêtait pas de tressaillir, dit Brock. C'est pourquoi j'ai dû me servir du poinçon avec Beckey. Pour faire en sorte qu'elle ne bouge pas.

Sara réussit alors à inspirer à fond. Il avait enfin prononcé un nom. Il passait vraiment aux aveux.

— Mais le poinçon ne paralysait que les membres inférieurs, ajouta-t-il. J'ai appris à arranger ça à force de tâtonnements.

Sara pensa à toutes les victimes de ces tâtonnements.

— Beckey, elle n'arrêtait pas de balancer ses petits poings vers moi. Elle refusait d'avaler le Gatorade. J'ai dû la frapper pour la calmer un peu. Seulement voilà...

Il se pencha en avant, Sara eut un mouvement de recul.

— Beckey s'en est tirée, n'est-ce pas ? fit Brock, qui leva aussitôt la paume de sa main, pour signifier à son interlocutrice qu'elle n'avait pas à répondre à sa question. Je leur ai laissé une chance. Je les ai laissées seules. À un moment donné, elles auraient toutes pu choisir de me quitter.

Sara secoua la tête face à ce mensonge. Il ne leur avait laissé aucune chance. Il les avait droguées. Et quand la drogue avait cessé de faire effet, il avait utilisé le poinçon pour les paralyser. Rares étaient celles qui avaient eu la chance inouïe de réussir à s'échapper lors de la minuscule fenêtre de tir entre ces deux étapes.

— Quand j'allais leur rendre visite dans les bois, continua Brock, et que je constatais qu'elles étaient encore là, c'était tout simplement... magique.

Il y avait quelque chose d'ouvertement sexuel dans la façon dont il effleurait du doigt le contour de ses lèvres.

— Celles qui restaient avec moi, je prenais tout mon temps avec elles. Je les coiffais. Je les maquillais. Il ne s'agissait pas toujours de faire l'amour. Parfois, je leur tenais juste la main. Et quand elles mouraient, je laissais les animaux en profiter. C'est dans l'ordre naturel des choses, n'est-ce pas ? Tu es poussière, et tu redeviendras poussière.

Il faisait allusion à leur conversation de la veille. Sara ne comptait pas le laisser trouver des justifications à ses fantasmes délirants.

— Elles finissaient toutes ici, n'est-ce pas ? dit-elle. J'ai vu la carte dans le couloir. Tous les comtés où tu as laissé des corps, ce sont aussi des endroits où tu travailles. C'est comme ça que Shay Van Dorne s'est retrouvée avec un bout de préservatif coincé entre les dents. Tu l'as à nouveau violée quand elle a été amenée ici.

Brock ouvrit un autre tiroir. Il y plongea la main.

Sara se tendit, mais elle vit alors ce qu'il était en train de faire.

Brock posa un chouchou rose sur l'un de ses classeurs. Le ruban élastique était décoré de marguerites blanches comme on en voit dans les dessins animés. La main de Brock disparut de nouveau. Il sortit une barrette en plastique. Un bandeau rose. Un élastique rouge de chez Chanel. Une brosse à cheveux argentée. Un peigne en plastique. Une pince à cheveux écaille de tortue à laquelle il manquait une dent. Sara avait perdu le compte de ce déluge d'accessoires capillaires lorsque Brock sortit du tiroir le dernier de ses trophées : un long ruban blanc. Sara n'eut même pas à lire le mot que formaient les lettres orange et bleues, car elle reconnut immédiatement le logo du lycée de Heartsdale.

— Est-ce que c'est…

— Je ne t'aurais jamais fait de mal, Sara.

Cette dernière sentit une vague de chaleur lui parcourir le corps. Le lycée. L'équipe de tennis. Elle se rappela qu'elle s'attachait à l'époque les cheveux avec un ruban identique à celui qui pendillait entre les doigts de Brock.

— Tu m'as pris ça ? demanda-t-elle, en formulant sa question à grand-peine.

— Oui, mais c'était juste pour que tu ne t'en serves plus.

Il posa soigneusement le ruban à cheval sur les deux classeurs.

— C'est comme ça qu'elles attiraient mon attention, expliqua-t-il. Avec un petit mouvement des cheveux. Ou en passant leurs doigts dans leurs boucles. Je les voyais au magasin, ou à la salle de sport et alors... C'étaient toujours des petits moments privés comme ça qui m'attiraient, me happaient. C'était spécial, quelque chose que moi seul pouvais saisir. Je voyais une lumière apparaître autour d'elles. Pas comme un projecteur, plus comme un éclat venu de l'intérieur.

Sara sentit que ses joues étaient baignées de larmes. Elle se souvenait de ce ruban, à présent. Elle l'avait emprunté à Tessa, puis elle l'avait perdu. Alors, elles s'étaient disputées, il y avait eu des cris et des portes claquées, et Cathy avait fini par les envoyer dans leurs chambres.

— Gina Vogel, dit l'ancien coroner.

Le nom résonna dans la tête de Sara. Elle n'arrivait pas à quitter ce ruban des yeux.

— J'ai vu Gina à l'épicerie il y a quelques mois, ajouta-t-il. Elle est très drôle. Tu l'aimerais bien.

— Quoi ?

Sara s'imaginait à la place de cette femme, à l'épicerie, Brock la surveillant de loin tandis qu'elle dénouait le ruban blanc qu'elle avait dans les cheveux.

— Sara ? fit-il. Je gardais Gina pour le mois de mars, mais j'ai dû accélérer les choses. Je savais que je n'arriverais pas à vous berner une deuxième fois.

Elle se sentit ensevelie par une nouvelle avalanche quand elle comprit vraiment ce qu'il essayait de lui dire.

Ce qu'ils craignaient le plus s'était réalisé.

— Tu as enlevé une autre femme ? s'enquit-elle.

— Gina est ma police d'assurance.

Sara regarda le bureau d'un œil neuf. Brock savait à quoi s'attendre et s'y était préparé. Les boîtes étaient soigneusement étiquetées.

Tous ses papiers étaient classés. C'était le bureau d'un homme qui avait décidé de mettre de l'ordre dans ses affaires.

— Contre quoi veux-tu échanger Gina ? demanda la médecin. Tu ne vas pas t'en tirer comme ça, Brock. Il n'y a aucun moyen…

— Tu t'occuperas de maman à ma place, dis ?

Sara se pencha en avant sur son siège. Elle vit ce qu'il y avait, derrière les classeurs verts. Brock ne comptait pas s'en tirer du tout. Il avait sorti une seringue, qui n'était pas dans le champ de la caméra. Elle contenait un liquide marron sale. Le piston était tiré au maximum.

— Non, fit-elle en secouant la tête.

— Je peux te dire où se trouve Gina.

— Brock…

— Tu es tellement gentille, Sara. C'est pour ça que tu es venue ici. Tu veux aider les familles à faire leur deuil, pas vrai ?

Elle vit son regard se poser sur son sac à main. Il savait qu'il était filmé.

— Tu peux encore sauver Gina, ajouta-t-il. Si tu la trouves à temps.

Sara cherchait frénétiquement une façon de l'arrêter. Il allait s'injecter ce poison dans le bras. Que pouvait-elle faire ? Sortir le revolver de sa poche et le menacer ? Lui tirer dessus ? Dire le mot de passe et attendre que Will tue Brock avant qu'il se tue lui-même ?

Gina Vogel.

Tu peux encore sauver Gina.

— Tu es une femme intelligente, Sara. Tu vas rassembler les pièces du puzzle.

Il baissa les yeux vers les classeurs, comme pour lui indiquer ce qu'ils contenaient.

— Je ne veux pas aller devant le juge, ajouta-t-il.

— Dis-moi où elle se trouve, supplia Sara. On peut encore tout arrêter.

Derrière le classeur, ses mains s'activaient, méthodiquement. Il ôta le capuchon de l'aiguille. Évacua l'air du corps de la seringue.

— Tu sais qu'ils vont me condamner à mort. Peut-être que je le mérite. Je n'ai jamais vraiment laissé le choix à ces femmes. Je ne suis pas assez fou pour ne pas en avoir conscience.

— S'il te plaît, l'implora-t-elle encore.

— Je veux te remercier pour ton amitié, Sara. Je le pense vraiment.

— Dan, on va trouver une solution. Dis-moi juste où elle est.

— Wallace Road coupe la 515, à environ un kilomètre et demi au sud d'Ellijay.

— S'il te plaît...

L'aiguille s'enfonça dans sa veine. Il posa le pouce sur le piston.

— Gina est à trois kilomètres à l'ouest, à environ cinquante mètres de la route pare-feu. Je les ai toujours bien aimées, ces routes-là.

Sara prononça le dernier mot qu'il entendrait :

— Salade.

Le criminel eut l'air perplexe, mais son pouce enfonçait déjà le piston. Le liquide marron pénétra sa veine. Sa bouche s'ouvrit. Ses pupilles se contractèrent.

— Oh ! fit-il, surpris par l'effet de la piqûre.

Quand Will enfonça la porte, Brock était mort.

29

Gina sentit quelque chose de mouillé lui frapper le visage. Elle crut qu'un chien était en train de lui pisser dessus, puis elle crut qu'elle était dans la douche, et enfin elle se souvint qu'elle était dans les bois.

Ses yeux s'ouvrirent.

Les arbres se balançaient au-dessus de sa tête. Des nuages noirs. Il faisait encore jour. Une goutte de pluie vint s'écraser dans son œil.

Ses yeux étaient ouverts !

Elle cligna des paupières. Puis elle cilla de nouveau, pour se prouver qu'elle pouvait le faire. Elle contrôlait ses yeux. Elle regardait en l'air, elle voyait des choses. Il faisait jour. Elle était seule. Il n'était pas là.

Il fallait qu'elle parte !

Gina pensa aux muscles de son ventre. Les… les abdos. Le fameux « six-pack ». Voire le « huit-pack ». Mais qu'est-ce qui n'allait pas chez elle ? Pourquoi les seules connaissances qu'elle avait sur les muscles du ventre venaient-elles de *Bienvenue à Jersey Shore*, une foutue émission de téléréalité ?

Bordel de bordel.

Il allait revenir. Il lui avait dit qu'il reviendrait.

Elle contracta ses muscles. Tous. Chaque morceau lardé de son corps. Elle ouvrit la bouche. Elle cria aussi fort qu'elle put, aussi longtemps qu'elle le put, un mot unique.

— Allez !

Son corps bascula sur le côté. Elle ne savait absolument pas comment elle avait fait pour se retourner, mais elle avait réussi, alors elle pouvait peut-être réussir d'autres choses.

Mais elle était tellement fatiguée.

Sa tête tournait tellement que le monde autour d'elle semblait s'être complètement renversé.

Soudain, du vomi lui remonta dans la gorge. La douleur provoquée par la contraction de son estomac lui donnait l'impression d'avoir avalé un rasoir. Elle ne pouvait s'arrêter de vomir. L'odeur lui donnait encore plus la nausée. Elle avait le visage dedans. Elle en aspirait par le nez. C'était bleu, avec des points noirs. Elle vomissait bleu.

Un gémissement s'échappa de sa gorge. Elle renifla. Le gros caillot de vomi coincé dans son nez fut ravalé dans sa gorge.

Elle ferma les yeux.

Ne ferme pas les yeux !

Elle vit sa main dans la flaque de vomi. Près de son visage. Elle pouvait la sentir. La goûter. Elle regarda ses doigts remuer les épais grumeaux bleus. Elle allait se mettre debout. Elle savait comment se mettre debout. Elle sentait tout, à présent. Tous les nerfs de son corps étaient en vie, et au taquet.

La douleur...

Elle ne pouvait pas laisser la douleur l'arrêter. Il fallait qu'elle bouge. Elle devait se tirer d'ici. Il allait revenir. Il avait promis qu'il reviendrait.

Il l'avait suppliée de l'attendre.

Bouge ! Bouge ! Bouge !

Elle essaya de se redresser en poussant sur ses bras. Les genoux au sol. Une mini-pompe. Elle pouvait le faire. Le sang battait furieusement à ses tempes. Son cœur tambourinait comme jamais. Ses paupières papillonnaient sous l'effort. Elle était tellement fatiguée.

Elle entendit un bruit de pas.

Bouge, nom de Dieu, bouge !

Elle aperçut des chaussures. Des Nike noires. Des virgules noires. Un pantalon noir.

Il allait la violer.

Il allait la violer.

Encore.

Elle serra les paupières.

Ne bois pas. Recrache. Cours.

Elle entendit le choc de ses genoux contre le sol lorsqu'il s'agenouilla près d'elle.

Il lui ouvrit les paupières. Il l'obligeait à la regarder. Elle avait fait tout son possible pour ne pas voir son visage, pour pouvoir lui jurer honnêtement qu'elle n'avait aucune idée de ce à quoi il ressemblait, qu'elle ne le dirait pas à la police, qu'elle ne pourrait pas l'identifier, qu'il pouvait lui faire confiance car elle ne parlerait jamais, et maintenant il l'obligeait, il la forçait à regarder son visage.

Elle sentit ses yeux partir dans tous les sens, comme ceux d'un chien enragé ; elle regardait le sol, le vomi, les arbres, tout sauf son visage.

— Gina Vogel ? appela l'homme.

Ses yeux revinrent sur lui, malgré elle. Il était plus jeune qu'elle ne l'avait cru. Il portait une casquette de base-ball noire. Elle vit le mot au-dessus de la visière. Des lettres blanches cousues sur le tissu noir.

POLICE.

— Que…, croassa-t-elle.

Sa gorge était trop irritée. À cause du froid. À cause du truc qu'il lui faisait boire. À cause du vomi.

À cause de lui.

— Ça va aller, lui assura POLICE. Je vais rester près de vous jusqu'à ce que l'ambulance arrive.

Il enroula son corps dans une couverture. Elle ne pouvait pas se redresser ni s'asseoir. Sa tête tournait trop. De la lumière clignotait sans cesse devant ses yeux. Trop de lumière. Son cerveau faisait comme ce machin qui tournait à l'intérieur du phare des flics, il tourbillonnait, et tourbillonnait, saisissant brièvement la réalité par instants, puis tout aussi rapidement la laissant s'échapper.

— L'homme qui vous a fait ça est mort, lui dit POLICE. Il ne fera plus jamais de mal à aucune femme.

Gina porta son poing à ses lèvres. Elle essayait de s'accrocher aux mots qu'il venait de prononcer, de ne pas les laisser s'échapper. Elle avait survécu. Elle était en vie. Elle allait rentrer chez elle. Elle allait changer. Elle allait se nourrir de façon plus saine. Elle allait travailler trois jours par semaine. Elle allait appeler sa mère plus souvent. Elle serait gentille avec sa nièce maussade et renfrognée. Elle allait dire à son patron de douze ans que, oui, elle savait comment on synchronisait un calendrier Outlook.

POLICE lui frotta le bras.

— Essayez juste de respirer calmement, OK ? Vous avez été droguée.

Sans blague, c'est on ne peut plus clair !

— Ils sont presque arrivés, lui apprit POLICE. Vous pouvez continuer de pleurer si vous en avez besoin. Je ne vous quitterai pas.

Gina se rendit compte qu'elle avait enfoncé son poing dans sa bouche. Elle regarda ses doigts comme un bébé ignorant de tout. L'index. Le majeur. L'annulaire. L'auriculaire. Le pouce. Elle arrivait à tous les bouger. Elle ferma les yeux. Elle les sentait toujours bouger. Elle n'avait même pas à y penser.

Un rire s'échappa de sa bouche. Merde alors, ce qu'elle était shootée. Comment pouvait-elle planer autant alors qu'elle venait littéralement de recracher tout son estomac ? Il gisait par terre, comme une bouse de Schtroumpf. Elle remua à nouveau les doigts, essayant d'attraper les bulles de savon qui flottaient comme des amibes dans les airs. Leurs couleurs étaient magnifiques. Gina était magnifique ! Elle était une pierre précieuse qui roulait dans un kaléidoscope. Une chaussette chaude et douce, qui dansait avec d'autres chaussettes, chaudes et duveteuses, dans un sèche-linge.

— Madame ? l'appela POLICE. Madame ?

Bordel de merde, elle était toujours vieille.

30

Une semaine plus tard

Sara regarda par la fenêtre de son bureau. Le soleil se couchait. Le parking devant le QG du GBI était presque vide. Elle voyait la voiture de Will garée à côté de la Mini de Faith. La voiture de Sara était chez elle. Will avait insisté pour lui servir de chauffeur, ces derniers jours. L'Acura d'Amanda était stationnée près de l'entrée principale.

Elle retourna à son ordinateur portable. Elle avait mis pause sur la vidéo provenant du bureau de Brock. La seule partie qui l'intéressait était les seize dernières secondes.

Sara examina de près le visage de Brock.

Elle voulait y voir de la folie, du danger, de l'agressivité…

Mais ce n'était que son visage.

Il lui avait demandé de s'occuper de sa mère. Myrna Brock avait été retrouvée morte dans la chambre de sa résidence pour seniors. Quelqu'un l'avait coiffée et maquillée. Une seringue vide gisait sur la table de chevet. Le résidu qu'elle contenait était d'un marron sale. Les analyses avaient montré qu'elle avait reçu ce qu'on appelait un shoot fatal – l'injection d'un mélange d'héroïne et d'une substance létale, en l'occurrence, un fluide d'embaumement.

Les mêmes produits retrouvés dans la seringue que Brock s'était lui-même injectée dans le bras.

Il avait désigné Sara comme exécuteur testamentaire. Il avait laissé des instructions très précises sur la façon dont la dépouille de sa mère devait être traitée. Il avait tout payé en avance, une pratique courante dans le secteur. La médecin avait fait en sorte que Myrna reçoive un enterrement chrétien convenable dans les Jardins du souvenir de Heartsdale.

Sa propre mère était venue au bord de la tombe, mais le reste de la ville était resté à distance.

Quant au corps de Brock, rien n'avait été précisé dans aucun de ses documents. Il avait laissé à Sara la liberté de disposer de son corps. Elle imagina qu'il avait supposé qu'elle serait « gentille ».

Elle avait payé de sa poche la crémation de Brock. Puis, debout devant les toilettes du funérarium, elle avait appuyé sans relâche sur la chasse d'eau, jusqu'à ce que le dernier grain de ses cendres ait disparu.

Sara appuya sur la barre d'espace de son clavier, pour relancer la vidéo.

« Je n'ai jamais vraiment laissé le choix à ces femmes... » disait Brock.

Elle ferma les yeux, mais elle avait regardé cette scène tant de fois qu'elle continuait de voir le petit sourire qui se dessinait sur son visage. Brock avait été aux commandes dès l'instant où Sara était entrée dans son bureau. Elle l'avait regardé remonter ses manches. Il avait préparé le shoot fatal en avance. Il l'avait caché dans la tranche d'un des classeurs. Il avait fait en sorte que sa mère n'apprenne jamais les crimes qu'il avait commis. Il avait mis la vie de Gina Vogel entre les mains de Sara.

Contrairement à ses victimes, il s'était éteint comme il l'avait souhaité.

Sur la vidéo, Brock déclarait : « Je les ai toujours bien aimées, ces routes-là. »

Sara ouvrit les yeux. C'était le passage qui l'émouvait toujours. Le seul indice que Brock était en train de s'injecter le poison mortel était un tressaillement quasi imperceptible de ses épaules.

Elle entendit son propre cri sur l'enregistrement.

Il poussait le piston de la seringue.

Elle arrêta la vidéo.

Tu peux encore sauver Gina.

Sara serra le poing. Les reproches familiers défilèrent comme le bandeau d'infos en direct au bas de l'écran de télé. Cette main avait agrippé un revolver chargé. Cette main aurait pu arracher la seringue. Cette main aurait pu gifler Dan Brock au visage, le frapper, le rouer de coups, au lieu de rester bien sagement enfoncée dans sa poche.

Sara ne savait que faire de cette colère. Une part d'elle mourait d'envie de voir son ancien ami d'enfance, menotté et enchaîné, traverser le tribunal d'un pas traînant, tête basse, et exposer sa barbarie au monde entier.

Et puis il y avait cette autre part d'elle-même, qui avait été de l'autre côté de ce tribunal. Une victime qui regardait son violeur. Les yeux gonflés à force d'avoir pleuré. La gorge à vif à force d'avoir crié. À la barre, elle avait faiblement levé son bras pour désigner l'homme qui lui avait enlevé son identité, son amour-propre.

Tommi pouvait-elle faire cela ? Pouvait-elle traverser une salle de tribunal pleine à craquer et venir à la barre ? Faire face à Brock l'aurait-il aidée à guérir son âme ? Sara n'aurait jamais l'occasion de le lui demander. Tommi avait bloqué son numéro. Delilah avait fermé son compte de messagerie électronique.

Callie Zanger ne s'était pas vu accorder la même invisibilité. Faith lui avait tout dit en personne. Cette femme avait le droit de savoir. Ce n'était pas à eux de décider de garder le secret.

Les victimes et leurs familles ne conserveraient pas longtemps la propriété de leurs secrets. Les organismes de presse réclamaient des renseignements et menaçaient déjà de poursuites, au nom des lois sur la liberté de l'information. Ils voulaient avoir accès aux classeurs verts.

Dan Brock avait laissé derrière lui un ensemble de pages, d'une épaisseur de quinze centimètres, dans lesquelles il consignait méticuleusement ses crimes, commis tant sur les morts que sur les vivants. Ses journaux de traque remontaient à l'époque du lycée. La première fois qu'il avait violé quelqu'un, c'était pendant ses études de thanatopraxie. Tommi Humphrey avait été sa première mutilation. Rebecca Caterino, sa première paralysie. Leslie Truong, son premier meurtre.

Ses notes détaillaient la couleur de cheveux de ses victimes, la couleur de leurs yeux, la corpulence physique, ainsi que des informations sur leur personnalité. Sa collection d'accessoires pour cheveux volés était décrite en détail, jusqu'au lieu où chacun avait été trouvé. Brock avait apporté ses talents de coroner aux scènes de crime, décrivant les blessures et les entailles, indiquant les emplacements, les dégradations, ses retours successifs, la dissipation des effets du Rohypnol, les moments auxquels il avait décidé de les paralyser définitivement, les heures approximatives de décès, l'instrument tranchant qu'il avait utilisé pour faire couler le sang afin que les animaux se chargent de faire disparaître toute trace de preuve.

Meurtre, viol, agression, harcèlement, sodomie forcée, mutilation de cadavre, nécrophilie.

Dan Brock en avait fait assez pour monter une centaine de dossiers contre lui.

Et ensuite, il avait fait en sorte de ne jamais devoir répondre à aucun de ces chefs d'accusation.

— À l'aide.

C'était Faith. Elle toqua sur le montant de la porte et entra dans le bureau.

— Est-ce que c'est Ébola ? demanda-t-elle en tendant son téléphone à Sara.

Sara regarda la photo de l'éruption cutanée sur le ventre d'Emma qui s'affichait sur l'écran.

— Tu as changé de lessive, récemment ?

— Je suis sûre que son radin de père l'a fait, répondit la policière en s'affalant sur une chaise. On a terminé de visionner toutes les vidéos des caméras de sécurité de l'immeuble de Callie Zanger. Brock est entré dans son appartement trois mois avant qu'elle se fasse agresser, exactement comme il l'a décrit dans son journal de traque.

Mais Sara savait qu'ils allaient passer les prochains mois à vérifier tous les renseignements contenus dans les classeurs verts. Personne n'était assez idiot pour croire le criminel sur parole.

— Et qu'est-ce qu'on a sur l'homme au bonnet noir qui apparaît sur la vidéo de la scène du crime de Leslie Truong ?

— Rien. C'est de la VHS. Tout ce qu'ils ont pu obtenir, c'est une forme floue.

Sara regarda à nouveau la vidéo interrompue sur son écran. Le pouce de Brock était posé sur le piston de la seringue hypodermique. Elle voulait le laisser comme cela – en plein processus, à jamais figé dans le choix qu'il avait fait de s'en tirer à bon compte.

— Je te dis ça en tant qu'amie : il faut que tu arrêtes de regarder cette vidéo, dit Faith.

Sara referma son ordinateur.

— J'aurais dû faire quelque chose, répliqua-t-elle.

— Tu oublies que ce que tu as fait dans ce bureau a sauvé la vie de Gina Vogel, pour commencer. Si tu avais essayé d'attraper cette seringue, Brock aurait pu t'injecter le poison à toi, à la place. Ou te frapper. Ou te faire quelque chose de terrible, Sara, parce qu'il avait beau être gentil avec toi, pour une raison qui m'échappe, c'était un psychopathe qui assassinait et mutilait des femmes.

La médecin légiste serra ses mains l'une contre l'autre sur ses genoux. Will lui avait dit la même chose. À plusieurs reprises.

— Je suis tellement furieuse qu'il ait eu ce pouvoir. Il a eu le droit de choisir sa fin.

— La mort, c'est la mort, répliqua Faith. Savoure ta victoire.

Rien de tout cela n'était une victoire. Tout le monde avait perdu.

Sauf Lena Adams. Rien de ce qu'ils avaient trouvé ne contredirait le témoignage de Lena sur la façon dont les images pédopornographiques avaient été retrouvées dans l'ordinateur portable de Nesbitt. Une fois de plus, elle avait réussi à s'en sortir.

Seulement, cette fois, elle partait avec un bébé dans les bras.

Sara n'avait pas besoin de s'ajouter de motif d'indignation. Elle changea de sujet.

— Comment va Gina Vogel ? demanda-t-elle à Faith.

— À peu près bien, peut-être ? Elle a parlé de partir vivre à Pékin, et ensuite elle a dit qu'elle ne pourrait jamais quitter Atlanta, lui apprit l'agente spéciale en haussant les épaules. Elle pleure, et l'instant d'après elle rigole, puis ce sont à nouveau les larmes. Je crois qu'elle va s'en sortir, mais qu'est-ce que j'en sais ?

Sara ne le savait pas non plus. D'une certaine manière, elle avait trouvé sa façon de s'en sortir. Elle ignorait comment et pourquoi. Certaines personnes avaient de la chance, c'était tout.

— Daryl Nesbitt est à l'hôpital. Sa jambe est infectée, expliqua Faith qui ne semblait pas très soucieuse de la situation du détenu. Les médecins disent que ça ne se présente pas bien. Ils vont devoir lui enlever un autre bout de jambe.

Sara savait que ce serait le début de la fin pour Daryl Nesbitt. La part intellectuelle de sa psyché avait envie de vitupérer contre ce système exceptionnellement cruel, mais la part plus terre à terre était satisfaite que Daryl s'en aille bientôt. Perdre Jeffrey lui avait appris que, parfois, la justice avait besoin d'un coup de pouce.

— Et la proposition de marché faite à Nesbitt en échange d'informations sur les téléphones illicites introduits en douce dans la prison ? demanda-t-elle.

— Maintenant qu'il sait que l'accusation de pédophilie ne va pas disparaître de son dossier, il n'en a plus rien à foutre, des portables.

— Un escroc, ça reste un escroc, conclut Sara, connaissant l'avis de son amie sur la question.

— Au moins, Gerald Caterino a obtenu quelque chose, dans tout ça. Il refuse de nous laisser comparer l'ADN de Heath à celui de Brock, expliqua Faith en haussant les épaules, mais au moins, le gamin est inscrit à l'école élémentaire. C'est quelque chose, hein ?

— C'est quelque chose.

Sara se demandait si Caterino n'essayait pas de garder la possibilité de nier de façon plausible. Un jour, Heath allait poser des questions sur les circonstances de sa naissance. Il était plus facile de mentir si on ne cherchait jamais la vérité.

— Il paraît que Miranda Newberry a plaidé coupable, reprit-elle.

— Elle sera sortie dans dix-huit mois, répondit Faith d'un air déçu et amer.

Gerald Caterino n'était pas la seule victime de Miranda. Elle avait escroqué des dizaines de parents et d'époux en deuil, leur soutirant des dizaines de milliers de dollars.

— Elle a fait du bon boulot de détective, fit remarquer Sara. Presque tous les noms de ce tableur Excel se sont révélés exacts.

— Si elle voulait être détective, elle aurait dû aller à l'école de police ou obtenir sa licence de détective privé.

Faith en était passée par là. Elle avait très peu d'indulgence envers les gens qui sautaient cette étape.

— Tu sais ce qu'on dit, poursuivit-elle. « Si tu fais des clowneries, le clown revient te mordre. »

— Jane Austen ?

— Mo'Nique, répondit l'agente spéciale en quittant la chaise où elle était assise. Je m'en vais, mon amie. Arrête de regarder ça, s'il te plaît.

Sara se força à sourire jusqu'à ce que Faith soit sortie.

Elle ouvrit son ordinateur et visionna de nouveau la vidéo.

Brock posa le ruban blanc sur les classeurs verts.

Sara ne savait pas pourquoi elle se souvenait si distinctement d'avoir perdu ce ruban. Sa dispute avec Tessa n'avait été qu'une parmi de nombreuses autres. Sara avait toujours eu les cheveux longs. Au fil des années, elle avait perdu des centaines de rubans et d'élastiques. Elle ne savait absolument pas que Brock avait volé ce ruban précis. Et lorsqu'elle était entrée dans le bureau de Brock, à l'intérieur de l'entrepôt d'AllCare, elle était tellement sûre qu'il ne lui ferait pas de mal.

Maintenant, elle se posait la question.

Son téléphone sonna. C'était Will qui lui avait envoyé un émoji de voiture. Elle lui envoya, en retour, une femme en train de courir et un homme derrière un bureau, pour lui faire comprendre qu'elle allait le rejoindre.

Sara rangea son ordinateur portable dans sa mallette. Le sac en papier marron à l'intérieur de la poche extérieure se chiffonna. Elle dut tout ressortir pour le remettre en place. Elle récupéra son sac à main sur le canapé. Elle vérifia qu'elle avait bien ses clés et verrouilla la porte de son bureau.

Elle composa le numéro de téléphone de Tessa en descendant l'escalier.

— Quoi d'neuf, *Swimfan* ? répondit sa cadette.

Sara rit pour lui faire plaisir. Sa petite sœur ne lui laisserait jamais l'occasion d'oublier la nuit que Sara avait passée à pourchasser Will dans toute la ville, comme une folle.

— Je réfléchissais à un truc…, commença Sara.

— Ne va pas te faire de mal.

La médecin leva les yeux au ciel. Elle ouvrit la porte de la morgue.

— Quand j'ai été mal à Atlanta, je suis rentrée à la maison. Et quand j'ai été mal à la maison, je suis retournée à Atlanta.

Tessa poussa un soupir dramatique.

— Il va falloir être plus précise, j'ai oublié comment on faisait des extrapolations.

— Tu as été mal, et maintenant, tu es à la maison, et je dois comprendre ça et te soutenir.

— T'en as mis, du temps.

— Merci pour ta générosité, dit Sara en éteignant les lumières du couloir. J'ai passé des coups de fil, et j'ai obtenu quelques recommandations auprès de très bonnes sages-femmes. Elles cherchent toujours des stagiaires. Je t'enverrai leurs coordonnées par mail quand je rentrerai chez moi.

Le soufflement de Tessa lui indiqua que sa sœur ne se laisserait pas amadouer aussi facilement.

— Comment ça va, avec Will ?

Sara jeta un coup d'œil derrière elle, en direction du petit bureau au fond de la morgue, où elle avait massé les mains de Will avec de la crème.

— Tu avais raison. J'ai arrangé ça en le paluchant.

— Bien joué, la félicita sa sœur. Je suis toujours fâchée après toi.

Sara regarda son portable. Tessa lui avait encore raccroché au nez.

Elle canalisa les grossièretés qui lui venaient à l'esprit tout en se dirigeant vers le bâtiment principal. Elle adorait sa cadette, mais Tessa jouait trop les petites sœurs.

Sara se retrouva encore à grimper un escalier – sa vie au GBI était un empilement infini de Lego. Elle changea de main pour tenir sa mallette, rajusta la bandoulière de son sac à main. Elle fut prise d'une nervosité passagère à l'idée de voir Will. Il avait été tellement patient avec elle depuis le suicide de Brock. Sara le tenait en éveil toute la nuit, à force de se tourner et retourner dans leur lit. Il refusait de la laisser dormir sur le canapé. Will avait passé toute son enfance à affronter les traumatismes. Il savait que, parfois, tout ce qu'on pouvait faire, c'était écouter.

Le couloir était plongé dans le noir, lorsque Sara ouvrit la porte. Amanda et Faith étaient déjà rentrées chez elles. Seule la lumière du bureau de Will découpait un triangle blanc sur la moquette du couloir. Sara entendait la voix de Bruce Springsteen sortir des enceintes de son ordinateur.

I'm on Fire.

D'une main, Sara détacha l'élastique de ses cheveux, qui retombèrent sur ses épaules.

Elle attendit que Will remarque sa présence, dans l'encadrement de la porte.

— Salut, dit-il en souriant.

— Salut.

Elle alla s'asseoir sur la causeuse, dans le coin de la pièce, puis laissa tomber sa mallette et son sac par terre.

— Viens là, l'appela-t-elle en tapotant le coussin à côté d'elle. J'ai quelque chose à te montrer.

Il la regarda d'un air intrigué, mais obtempéra.

Sara prit une grande inspiration apaisante. Cela faisait des jours qu'elle répétait cette scène dans sa tête mais, là, le moment était venu, et elle avait des papillons dans le ventre.

— Quelque chose ne va pas ? lui demanda Will.

— Non, mon amour.

Elle sortit de sa mallette le sac en papier marron. Elle en ouvrit le haut et le posa sur le canapé, entre eux.

Will éclata de rire. Il avait reconnu le logo McDonald's. Il se pencha et jeta un œil à l'intérieur du sachet.

— C'est un Big Mac, constata-t-il.

Sara attendit.

Il sortit la boîte de son emballage. Son sourire s'évanouit.

— Il y a quelque chose dedans, mais ça n'a pas le poids d'un Big Mac, remarqua-t-il.

— Plus tard, il faudra que tu m'expliques comment tu connais le poids d'un Big Mac.

— OK, répondit-il. Mais est-ce que tu l'as jeté dans la poubelle normale ou dans la poubelle des morts ?

— Chéri, laisse tomber cette histoire de hamburger.

Il avait toujours l'air déçu, mais elle se dit que ça ne durerait pas.

D'une pichenette, Will ouvrit la boîte.

Ses yeux se posèrent sur le petit coussin bleu de chez Tiffany que Sara avait disposé sur un fond de papier de soie noir.

L'alliance en titane et platine était sombre à l'extérieur et claire à l'intérieur. Will ne portait jamais de bijoux. L'alliance de son premier mariage avait été achetée dans une boutique de prêteur sur gages. Par Will. Angie ne lui avait jamais rien donné.

Il regarda fixement la bague, mais ne dit rien.

L'esprit de Sara se mit à mouliner et à émettre une série d'hypothèses ; l'anneau était peut-être trop épais, ou bien il n'aimait pas la couleur, ou alors il avait changé d'avis.

— Est-ce que tu as changé d'avis ? lui demanda-t-elle.

Il posa précautionneusement la boîte entre eux, sur le canapé.

— J'ai beaucoup réfléchi à mon travail, commença-t-il. Pas au salaire, qui n'est pas terrible, mais à la façon dont je fais mon boulot, à proprement parler.

Les lèvres de Sara se pincèrent.

— Et je le fais en me mettant à la place du méchant, continua-t-il. C'est comme ça que j'arrive à le cerner.

Elle sentit sa gorge se serrer. Il ignorait délibérément et complètement la bague.

— J'arrive à me représenter les assassins, les voleurs, les maris violents et les violeurs. J'arrive même à comprendre Brock, d'une certaine manière. Je suis très bon pour imaginer plein de choses, mais je n'arrive pas à imaginer ce que je ferais si tu mourais.

Sara sentit des larmes lui piquer les yeux. L'idée de perdre Will lui était aussi insupportable que de l'imaginer devoir traverser l'enfer qu'elle avait enduré à la mort de Jeffrey.

— Quand je t'ai vue sur cette vidéo de Grant County datant d'il y a huit ans, je ne t'ai pas reconnue.

Elle s'essuya les yeux. Ces huit années lui paraissaient une vie entière.

— Au foyer pour enfants, la seule façon de tenir le coup, c'était de se dire que, quel que soit le malheur qui t'arrivait, c'était quelqu'un d'autre qui le vivait. Et que tu n'étais pas cette personne. Tu te scindais en deux, et la nouvelle personne était celle qui pouvait continuer à vivre.

Sara resta silencieuse. Il parlait si rarement de son enfance, qu'elle ne voulait pas lui donner de raison de s'arrêter.

Will regarda l'alliance.

Elle avait dépensé trop d'argent. Il n'aimait pas la couleur. Le métal était trop lourd.

— Tu sais que ma mère était une prostituée, reprit-il.

Il essayait de la dissuader.

— Mon amour, tu sais que ça n'a pas d'importance pour moi, dit Sara.

Le visage de Will était toujours tourné en direction de la bague.

— Quand j'ai récupéré ses affaires, j'ai vu qu'elle avait tous ces bijoux fantaisie bon marché.

Sara se mordit la langue. Sa bague était loin d'être bon marché.

— Des colliers, des bracelets et... Comment tu appelles ce truc trop moche qu'Amanda porte sur ses vestes ?

— Une broche.

— Une broche, répéta-t-il. Les colliers étaient tellement vieux que les cordons se désintégraient. Tous les bracelets en argent étaient devenus noirs. Il y en avait au moins vingt. J'imagine qu'elle les portait tous en même temps. Comment on appelle ces bracelets en argent ?

— Des joncs, répondit-elle.

— Des joncs.

Il détacha enfin les yeux de l'alliance. Il étendit le bras et posa la main sur le dossier du canapé. Du bout des doigts, il joua avec les pointes des cheveux de Sara.

— Et c'est quoi le nom de ces colliers qui serrent le cou, comme des colliers de chien ?

— Des ras-de-cou. Tu veux que je te trouve des photos sur mon ordinateur ?

Il tira doucement sur ses cheveux. Elle comprit qu'il la faisait marcher.

— Tu es magnifique, dit-il.

Sara sentit son cœur chavirer. Il avait un sourire rêveur. Elle avait déjà craqué pour quelqu'un par le passé, mais Will était le seul homme qu'elle ait rencontré qui soit capable de la faire complètement fondre.

— Tu as les yeux d'un vert vraiment particulier, reprit-il. On dirait presque que ce ne sont pas des vrais.

Il caressa encore ses cheveux et glissa ses mèches derrière son oreille. Elle dut résister à l'envie de ronronner comme un chat.

— Quand je t'ai rencontrée, je n'arrêtais pas de me dire que j'avais déjà vu cette couleur quelque part. Je devenais dingue à force d'essayer de me souvenir où.

Sa main retomba et se reposa sur le dossier du canapé.

— J'ai regardé des bagues pendant des mois – les tailles princesse, marquise, coussin, et j'en passe –, et puis j'ai été pris d'une crise de panique en me disant qu'il fallait que je dépense quatre-vingt mille dollars.

— Will, tu n'as pas à…

Il mit la main dans sa poche et en sortit une petite bague en argent. C'était un bijou fantaisie bon marché. Le métal était bosselé. La pierre verte était éraflée sur le côté.

La couleur était quasi identique à celle des yeux de Sara.

— C'était celle de ma mère, dit-il.

Sara avait porté les deux mains à sa bouche. Tout ce temps, il avait gardé la bague dans sa poche. Il avait attendu le bon moment.

— Alors ? demanda-t-il.

— Oui, mon amour. Je serais heureuse de t'épouser.

Sara n'avait pas besoin d'entendre la question.

Elle n'allait pas tout foutre en l'air, cette fois.

NOTE DE L'AUTRICE

Chère lecteur, chère lectrice,

Tout d'abord, une mise en garde importante – que dis-je, une mise en garde essentielle – pour vous prévenir que cette lettre est bourrée de SPOILERS, donc je vous en prie, comprenez que, si vous continuez à la parcourir avant de lire *L'Épouse silencieuse*, l'histoire sera complètement gâchée, et vous ne pourrez vous en prendre qu'à vous-même. Je ne plaisante pas ! Ne venez pas me dire que vous avez lu cette note et que ça vous a gâché l'histoire, car je vous mettrai ce paragraphe sous le nez en criant, de façon théâtrale, C'EST VOTRE FAUTE.

Maintenant que cette question est évacuée, je veux vous remercier de lire mes livres, que vous soyez un nouveau lecteur ou que vous me suiviez depuis le début. Si vous appartenez à cette dernière catégorie et que vous vous demandez combien d'années se sont écoulées depuis mon premier roman, *Mort aveugle*, le nombre que vous cherchez est dix-neuf.

Je sais ce que vous vous dites – « J'ai lu *Mort aveugle* quand ma première fille est née, et maintenant, elle attend son premier bébé ! »

Cher lecteur, ce sont là des histoires qui font, certes, chaud au cœur, mais que je n'ai aucune envie d'entendre.

Quand j'ai commencé à réfléchir à *L'Épouse silencieuse*, je savais que je voulais retourner à Grant County, mais je savais aussi qu'après dix-neuf ans (et seize romans) passés à mettre Sara dans les situations les plus abominables possible, je n'arrivais pas à me résoudre à lui donner quarante ans. En fait, dans la série *Will Trent* actuelle, seules cinq années se sont écoulées entre la mort de Jeffrey et les histoires que j'y raconte, ce qui fonctionnait très bien pour l'univers de Will Trent, mais me posait problème pour la structure de ma dernière aventure, en particulier à cause du gigantesque fossé technologique entre les deux séries. En 2001, Yahoo ! et les BlackBerry, c'était la pointe du progrès. Facebook, Google et les iPhones n'avaient pas encore été inventés ou en étaient à leurs premiers balbutiements. Je me rappelle avoir utilisé un CD d'installation AOL comme sous-verre à côté de mon gros ordinateur quand j'écrivais ce livre. Bonté divine, mon ordinateur portable pesait presque aussi lourd que mon chat.

Étant donné ces défis, j'ai décidé de tirer avantage du fait que mes romans sont de la fiction. Au lieu d'un intervalle de dix-neuf ans entre *Mort aveugle* et *L'Épouse silencieuse*, j'ai choisi le chiffre de huit ans (et figurez-vous qu'étrangement c'est exactement le nombre d'années dont j'ai vieilli, dans le monde réel…) Dans Grant County, Sara conduit à présent une Z4 au lieu d'une Z3. Lena a un BlackBerry. Marla Simms se sert toujours d'une machine à écrire IBM Selectric, bien sûr, mais, même en 2001, c'était déjà considéré comme un outil préhistorique. Si vous vous demandez d'où viennent les contrariétés de Gina Vogel, maintenant vous comprenez.

J'espère que vous me pardonnerez ce saut quantique. J'ai énormément apprécié de retrouver Jeffrey, surtout à ce moment de sa relation avec Sara, sur lequel je n'avais jamais écrit auparavant. Mais cela m'a rappelé aussi à quel point j'aime Will et je me suis souvenue que, lorsque j'ai choisi de mettre un terme à l'histoire de Jeffrey, je me suis dit que la meilleure façon de lui rendre hommage, c'était de faire de Will un personnage qui valait le détour. Et si vous avez été attentif, vous aurez constaté que Will vaut pour le moins le détour. Pour moi, la phrase qui résume le mieux les deux grandes histoires d'amour de Sara se trouve au début de *L'Épouse silencieuse* : « Avec Jeffrey, Sara avait compris que des dizaines, voire des centaines d'autres femmes auraient pu l'aimer aussi intensément qu'elle. Mais, avec Will, Sara avait l'intime conviction d'être la seule femme au monde capable de l'aimer comme il méritait d'être aimé. »

Je parie que vous n'aviez même pas remarqué que, secrètement, j'écris des histoires d'amour, en fait.

Des histoires d'amour sans concession, violentes, mais des histoires d'amour tout de même.

Au tout début de ma carrière, il y a dix-neuf longues années, donc (ou huit années, selon le calendrier karinien), j'ai pris la décision qu'il y aurait une cohérence, d'un livre à l'autre, dans les sujets sur lesquels j'écris. C'est pourquoi j'ai décidé de laisser partir Jeffrey. C'est pourquoi j'ai décidé d'écrire avec sincérité sur les violences faites aux femmes. J'avais l'impression qu'il était important de décrire sans fard le véritable visage de cette violence et d'explorer les effets sur le long terme du traumatisme, de façon aussi réaliste que possible. Si j'ai réussi quelque chose avec ces deux séries, j'espère que les gens les considéreront comme le récit honnête d'histoires qu'on n'entend pas souvent : celles des survivantes, des résistantes, des mères, des filles, des sœurs, des épouses, des amies et des solitaires.

Et pour répondre à la question que vous vous posez, je l'espère : oui, il y aura d'autres aventures de Sara et Will. J'ai hâte de me lancer dans ce grand périple.

KARIN SLAUGHTER
Atlanta, Géorgie

REMERCIEMENTS

Mes premiers remerciements vont toujours à Kate Elton et Victoria Sanders, qui sont à mes côtés depuis le début. Ensuite, je voudrais exprimer ma gratitude envers mes amis de chez HarperCollins GPP, aux États-Unis et à l'étranger, parmi lesquels figurent, mais pas uniquement, toutes les personnes dont j'ai utilisé les noms pour les victimes de ce roman. De rien ! J'aimerais aussi adresser des remerciements chaleureux à Hilary Zaitz Michael chez WME et, chez VSA, à Diane Dickensheid, Bernadette Baker-Baughman et Jessica Spivey.

Un grand hip hip hip à mes collègues autrices ! Carolina De Robertis a encore une fois corrigé mon espagnol défaillant, Alafair Burke m'a offert des conseils juridiques non contraignants. Charlaine Harris m'a conseillée dans bien d'autres domaines. Lisa Unger m'a parlé de licornes jusqu'à ce que je m'endorme. Kate White a été fantastique comme seule une Kate White sait le faire.

Pour la partie médicale, David Harper, docteur en médecine, s'est comme d'habitude montré généreux et incroyablement serviable. David m'aide à assassiner violemment des gens (et à les sauver, parfois) depuis les premiers opus de la série *Grant County*, et je lui suis éternellement reconnaissante pour sa patience. Toutes les erreurs éventuelles sont les miennes – donc, si vous êtes dans la profession médicale, rappelez-vous qu'il s'agit là d'une œuvre de fiction, et si vous ne l'êtes pas, n'essayez rien de tout cela chez vous.

La Dr Judy Melinek m'a également donné des conseils très avisés du point de vue des examens médicaux. Le Dr Stephen LaScala m'a longuement entretenue de ligaments et d'articulations. Carola Vriend-Shurink m'a fascinée avec ses précisions funéraires. Et si le départ à la retraite de l'agent spécial du GBI Dona Robertson a été une grande perte pour l'État, il a également représenté une fantastique opportunité pour moi (et pour la bibliothèque de sa ville). La Dr Lynne Nygaard m'a aidée à manier les termes scientifiques. Theresa Singer, qui apparaît dans ce livre sous les traits de Rennie Seeger, a gagné le défi chorégraphique que je lui avais lancé, et donc le droit d'apparaître dans ce roman. J'espère que ça valait le coup !

Mes derniers remerciements vont au procureur qui est dans mon cœur depuis bien plus de huit années kariniennes, et à mon père, qui m'apporte toujours de la soupe quand j'écris, même s'il a oublié de m'apporter du pain de maïs une ou deux fois cette année – je me sens d'ailleurs obligée de préciser par écrit que ces oublis ne sont pas acceptables.

Une note générale au sujet du contenu : je veux qu'il soit bien clair que c'est intentionnellement que je n'ai pas mentionné le nom du criminel qui a assassiné au moins quatre personnes dans les forêts nationales de Géorgie, Floride et Caroline du Nord, entre 2007 et 2008. Je voudrais également exprimer mon soutien au projet de loi Georgia House Bill 1322.

Composé et édité par HarperCollins France.

Achevé d'imprimer en avril 2021.

CPI

FIRMIN-DIDOT

à Mesnil-sur-l'Estrée (Eure)

Dépôt légal : mai 2021.

Pour limiter l'empreinte environnementale de ses livres, HarperCollins France s'engage à n'utiliser que du papier fabriqué à partir de bois provenant de forêts gérées durablement et de manière responsable.

Imprimé en France